T0107583

After. En mil pedazos

Biografía

Anna Todd es una escritora primeriza que vive en Austin con su marido, con quien, batiendo todas las estadísticas, se casó un mes después de graduarse. Durante los tres despliegues que él hizo en Irak, ella realizó diversos y curiosos trabajos, desde vender maquillaje hasta atender en el mostrador de Hacienda. Anna siempre ha sido una ávida lectora amante de las boy bands y los romances, así que ahora que ha encontrado una forma de combinar todas sus aficiones es feliz viviendo en un sueño hecho realidad.

Anna Todd
After. En mil pedazos
(Serie After, 2)

Traducción de Vicky Charques y
Marisa Rodríguez

 Planeta

Obra editada en colaboración con Editorial Planeta – España

Título original: *After We Collided*

© 2014, Anna Todd
La autora está representada por Wattpad.
Publicado de acuerdo con el editor original, Gallery Books, una división de
Simon & Schuster, Inc
©2014, Traducción: Vicky Charques y Marisa Rodríguez (Traducciones
Imposibles)

© 2014, Editorial Planeta – Barcelona, España

Derechos reservados

© 2018, Editorial Planeta Mexicana, S.A. de C.V.
Bajo el sello editorial BOOKET M.R.
Avenida Presidente Masarik núm. 111, Piso 2
Polanco V Sección, Miguel Hidalgo
C.P. 11560, Ciudad de México
www.planetadelibros.com.mx

Diseño de portada: Departamento de Arte y Diseño. Área Editorial Grupo
Planeta
Adaptación de portada: Caskara / design & packaging
Fotografía de portada: © Stockbyte / Getty Images

Primera edición impresa en España: noviembre de 2014
ISBN: 978-84-08-13523-4

Primera edición impresa en México en Booket: marzo de 2018
Décima reimpresión en México en Booket: abril de 2021
ISBN: 978-607-07-4740-3

Impreso en los talleres de Litográfica Ingramex, S.A. de C.V.
Centeno núm. 162-1, colonia Granjas Esmeralda, Ciudad de México
Impreso en México –*Printed in Mexico*

A todo el que lea esta novela,
con todo mi amor y mi gratitud

PRÓLOGO

Hardin

No siento el asfalto helado bajo mi cuerpo ni la nieve que me cae encima. Sólo noto el agujero que me desgarra el pecho. Me arrodillo desesperado viendo cómo Zed arranca el coche y sale del estacionamiento con Tessa en el asiento del acompañante.

Nunca lo habría imaginado, ni en mis peores pesadillas habría pensado que podría sentir un dolor semejante. El dolor de la pérdida, lo llaman. Jamás había tenido nada ni a nadie de verdad, jamás había sentido la necesidad de tener a alguien, de hacer a alguien completamente mío, de aferrarme a alguien con tanta intensidad. El pánico, el maldito pánico que me da perderla, no entraba en mis planes. Nada de esto entraba en mis planes. Iba a ser muy fácil: me acostaba con ella, me ganaba una lana y el derecho a restregárselo a Zed. Punto final. Sólo que no fue así. La rubia con faldas largas que hace listas interminables de tareas pendientes se me fue metiendo bajo la piel hasta que estuve tan loco por ella que ni yo mismo lo creía. No me di cuenta de lo enamorado que estaba de ella hasta que me encontré vomitando en el lavabo después de haberles enseñado a los brutos de mis amigos la prueba de su virginidad robada. Fue horrible y la pasé muy mal..., pero eso no me impidió hacerlo.

Gané la apuesta pero he perdido lo único que ha conseguido hacerme feliz en la vida, además de todas las cosas buenas que me hizo ver que yo tenía. La nieve me está empapando la ropa y me gustaría culpar a mi padre por haberme pasado su adicción; me gustaría culpar a mi madre por haberlo aguantado demasiado tiempo y haber ayudado a crear a un niño de tarados; y también culpar a Tessa por haberme dirigido la palabra alguna vez. Carajo, me gustaría culpar a todo el mundo.

Pero no puedo. Lo he hecho yo solito. La he destrozado a ella y también lo que teníamos.

Sin embargo, haré lo que haga falta, sea lo que sea, para compensar mis errores.

¿Adónde irá ahora? ¿Podré volver a encontrarla?

CAPÍTULO 1

Tessa

—Tardó más de un mes —sollozo mientras Zed termina de contarme cómo empezó lo de la apuesta.

Se me revuelve el estómago y cierro los ojos en busca de alivio.

—Lo sé. No dejaba de salirnos con excusas y de pedir más tiempo, y rebajó la cantidad que iba a percibir. Era muy raro. Todos pensamos que estaba obsesionado con ganar, con demostrar algo o qué sé yo, pero ahora lo entiendo. —Zed hace una pausa y estudia mi expresión—. No hablaba de otra cosa. El día que te invité a ver una película, enloqueció. Después de llevarte a casa se enfadó conmigo y me dijo que me alejara de ti. Pero me lo tomé a broma porque pensaba que estaba borracho.

—¿Les contó... les contó lo del arroyo? ¿Y todo... lo demás? —Contengo la respiración. La lástima que veo en sus ojos es toda la respuesta que necesito—. Dios mío. —Me tapo la cara con las manos.

—Nos lo contó todo... Con pelos y señales... —dice en voz baja.

Permanezco en silencio y apago el celular. No ha dejado de vibrar desde que salí del bar. No tiene ningún derecho a llamarme.

—¿Dónde está tu nueva residencia? —pregunta Zed. Estamos cerca del campus.

—No vivo en una residencia. Hardin y yo... —Apenas si puedo terminar la frase—. Me convenció para que me fuera a vivir con él hace una semana.

—No. —Zed no lo puede creer.

—Sí. Es un... Es un... —tartamudeo, incapaz de encontrar la palabra adecuada para su crueldad.

—No sabía que hubiera llegado tan lejos. Creía que después de enseñarnos..., ya sabes, la prueba... volvería a la normalidad, a meterse con una distinta cada noche. Pero desapareció. Apenas lo hemos visto, excepto la otra noche, cuando vino a los muelles a intentar convencernos a Jace y a mí de que no te contásemos nada. Le ofreció a Jace un montón de dinero para que mantuviera el hocico cerrado.

—¿Dinero? —digo.

Hardin no podría ser más rastrero. La cabina de la camioneta de Zed se hace más pequeña con cada repugnante revelación.

—Sí. Jace se limitó a reírse, claro está, y le dijo a Hardin que no iba a contarte nada.

—¿Y tú? —pregunto recordando los nudillos magullados de Hardin y la cara de Zed.

—No exactamente... Le dije que, si no te lo contaba él pronto, lo haría yo. Salta a la vista que no le gustó la idea —dice señalando su cara—. Por si te hace sentir mejor, creo que le importas de verdad.

—No le importo y, aunque le importara, lo mismo da —replico apoyando la cabeza en la ventanilla.

Hardin ha compartido con sus amigos cada beso y cada caricia, todos los momentos que hemos pasado juntos. Mis momentos más íntimos. Los únicos momentos de intimidad de mi vida resulta que no lo han sido.

—¿Quieres que vayamos a mi casa? Sin segundas intenciones ni nada por el estilo. Puedes dormir en el sillón hasta que... decidas qué vas a hacer —me ofrece.

—No. No, gracias. ¿Puedo usar tu celular? Me gustaría llamar a Landon.

Zed señala con un gesto de la cabeza hacia su celular, que está sobre el tablero, y por un momento me pregunto cómo habrían sido las cosas si no hubiera rechazado a Zed por Hardin después de la hoguera. Nunca habría cometido todos estos errores.

Landon responde al segundo timbre y, tal y como esperaba, me dice que vaya a su casa. No le he contado lo que ha pasado, pero él es así de amable. Le doy a Zed la dirección de Landon y permanece en silencio mientras atravesamos la ciudad.

—Va a venir a buscarme por no haberte llevado con él —me dice.

—Te pediría disculpas por haberte metido en esto..., pero lo cierto es que se lo han buscado —replico con sinceridad.

Zed me da un poco de lástima porque creo que sus intenciones eran más nobles que las de Hardin, pero mis heridas están demasiado recientes como para poder pensar en eso ahora mismo.

—Lo sé —dice—. Si necesitas cualquier cosa, llámame —se ofrece, y yo asiento antes de bajar del coche.

El vaho sale de mi boca en bocanadas cálidas que se pierden en el aire gélido. Sin embargo, yo no siento el frío. No siento nada.

Landon es mi único amigo pero vive en casa del padre de Hardin. No se me escapa lo irónico de la situación.

—Llueve mucho —dice invitándome a entrar a toda prisa—. ¿Y tu abrigo? —me regaña medio en broma. Luego parpadea perplejo en cuanto la luz me da en la cara—. ¿Qué hizo? ¿Qué te pasó?

Examino la habitación, rezando para que Ken y Karen no estén abajo.

—¿Tanto se me nota? —Me seco las lágrimas.

Me da un abrazo y yo me seco los ojos otra vez. Ya no tengo fuerzas, ni físicas ni mentales, para sollozar. Estoy más allá, mucho más allá, de los sollozos.

Me trae un vaso de agua.

—Sube a tu habitación —me dice.

Consigo sonreír, pero un instinto perverso me lleva a la puerta del cuarto de Hardin cuando llego a lo alto de la escalera. En cuanto me doy cuenta, el dolor que amenaza con desgarrarme reaparece con mayor intensidad. Rápidamente, doy media vuelta y me meto en el cuarto que hay al otro lado del pasillo. Me asaltan los recuerdos de la noche en la que crucé el pasillo corriendo al oír a Hardin gritar en sueños. Me siento en la cama de «mi habitación», incómoda, sin saber qué hacer después.

Landon aparece a los pocos minutos. Se sienta a mi lado, lo bastante cerca para demostrarme que está preocupado y lo bastante lejos para ser respetuoso, como de costumbre.

—¿Quieres hablar de lo ocurrido? —me pregunta con amabilidad.

Asiento. A pesar de que repetir todo el drama duele aún más que haberme enterado de todo, el hecho de contárselo a Landon es casi una liberación, y me consuela saber que al menos había una persona que no estaba al tanto de mi humillación.

Él me escucha inerte como una piedra, hasta tal punto que no sé qué está pensando. Quiero saber qué opina de su hermanastro. De mí. Aunque cuando termino, salta, cargado de energía furiosa.

—¡Pero ¿qué demonios le pasa a ese pendenjo?! No lo puedo creer. Yo pensaba que casi se estaba convirtiendo... en una buena persona... y te hace... ¡esto! ¡Es de locos! No puedo creer que te lo haya hecho precisamente a ti. ¿Por qué iba a arruinar lo único que tiene?

Tan pronto termina la frase, vuelve la cabeza alarmado.

Entonces yo también lo oigo. Alguien está subiendo por la escalera. No son unos pasos cualesquiera, sino pesadas botas que hacen crujir los peldaños de madera y avanzan a toda velocidad.

—Está aquí —decimos al unísono, y durante una fracción de segundo me planteo esconderme en el ropero.

Landon me mira muy serio.

—¿Quieres verlo?

Niego frenética con la cabeza y él se levanta a cerrar la puerta al mismo tiempo que la voz de Hardin me atraviesa:

—¡Tessa!

En cuanto Landon alarga el brazo, Hardin vuela por el pasillo y lo aparta a un lado para entrar en la habitación. Se detiene en el centro y yo me levanto de la cama. Landon se queda ahí parado, boquiabierto; no está acostumbrado a estas cosas.

—Tessa, suerte que estás aquí. —Suspira y se pasa las manos por el pelo.

Me duele el pecho de verlo, aparto la mirada y me concentro en la pared.

—Tessa, nena. Escúchame, por favor. Tú sólo...

No digo nada y camino hacia él. Se le ilumina la mirada, esperanzado, y extiende el brazo para agarrarme, pero yo sigo caminando y lo dejo atrás. Con el rabillo del ojo veo cómo la esperanza desaparece de sus ojos.

«Te lo mereces.»

—Háblame —me suplica.

Pero niego con la cabeza y me paro junto a Landon.

—No, ¡no voy a volver a hablarte nunca! —grito.

—No lo dices en serio...

Se acerca a nosotros.

—¡No me toques! —grito cuando me toma del brazo.

Landon se interpone entre nosotros y le apoya a su hermanastro la mano en el hombro.

—Hardin, será mejor que te vayas.

Él aprieta los dientes y nos mira a uno y a otro.

—Landon, será mejor que te apartes —le advierte.

Pero Landon no se mueve, y conozco a Hardin lo suficiente para saber que está sopesando sus opciones, si vale la pena o no pegarle delante de mí.

Finalmente parece decidir que no y respira hondo.

—Por favor..., danos un minuto —dice intentando mantener la calma.

Landon me mira y mis ojos le suplican que no lo haga. Le da la espalda a Hardin.

—No quiere hablar contigo.

—¡No me digas lo que quiere! —le grita Hardin, y estrella el puño contra la pared.

El yeso se abolla y se agrieta.

Pego un brinco y me echo a llorar de nuevo. «Ahora no, ahora no», me repito en silencio intentando controlar mis emociones.

—¡Hardin, vete! —grita Landon justo cuando Ken y Karen aparecen en la puerta.

«Ay, no. No debería haber venido.»

—¿Qué demonios pasa aquí? —pregunta Ken.

Nadie dice nada. Karen me mira comprensiva y Ken repite la pregunta.

Hardin le lanza entonces una mirada asesina.

—¡Estoy intentando hablar con Tessa y Landon se empeña en meterse donde no lo llaman!

Ken mira a Landon y luego a mí.

—¿Qué has hecho, Hardin? —Su tono de voz ha cambiado. Ha pasado de la preocupación al... ¿enojo? No sé muy bien cómo definirlo.

—¡Nada! ¡Maldita sea! —Hardin da un manotazo al aire.

—Lo ha arruinado todo, eso es lo que ha hecho, y ahora Tessa no tiene adónde ir —aclara Landon.

Quiero hablar, sólo que no tengo ni idea de qué decir.

—Sí que tiene adónde ir. Puede ir a casa, que es donde debe estar. Conmigo —replica Hardin.

—Hardin ha estado jugando con Tessa todo el tiempo. ¡Le ha hecho algo horrible! —explota Landon.

Karen ahoga un grito y viene hacia mí.

Quiero desaparecer. Nunca me he sentido más expuesta e insignificante. No quería que Ken y Karen se enterasen..., aunque tampoco importa mucho porque no creo que quieran volver a verme después de esta noche.

—¿Tú quieres irte con él? —me pregunta Ken frenando mi colapso mental.

Niego débilmente con la cabeza.

—No pienso irme sin ti —salta Hardin.

Da un paso hacia mí, pero retrocedo.

—Creo que es hora de que te vayas, Hardin —dice Ken para mi sorpresa.

—¿Perdona? —La cara de su hijo adquiere un tono de rojo que sólo puedo describir como furioso—. Puedes considerarte afortunado de que venga a tu casa... ¿Cómo te atreves a echarme?

—Me ha hecho muy feliz ver crecer nuestra relación, hijo, pero esta noche es mejor que te vayas.

Hardin da manotazos en el aire.

—Vaya mierda; ¡¿a ti qué te importa ella?! —grita.

Ken me mira y luego mira a su hijo.

—No sé lo que le has hecho, pero espero que haya valido la pena porque has perdido lo único bueno que tenías en la vida —dice bajando la cabeza.

No sé si lo han aturdido las palabras de Ken o si su enojo ha alcanzado el punto máximo y luego se ha disipado como una tormenta, pero lo cierto es que Hardin se queda muy quieto, me mira un instante y sale de la habitación. Nadie se mueve mientras lo oímos bajar la escalera a buen ritmo.

El portazo retumba en la casa en silencio. Miro a Ken y sollozo:

—Lo siento. Ya me voy. No era mi intención que ocurriera nada de esto.

—No, quédate todo el tiempo que necesites. Aquí siempre eres bienvenida —dice, y Karen y él me abrazan.

Entonces ella me estrecha la mano. Ken me mira cansado y exasperado.

—Tessa, quiero a Hardin —asegura—, pero creo que los dos sabemos que, sin ti, no hay nada que nos una.

CAPÍTULO 2

Tessa

Permanecí bajo el agua todo cuanto pude, dejando que ésta cayera sobre mí. Quería que me purificara, que me diera confianza. Pero el baño caliente no me ayudó a relajarme como esperaba que lo hiciera. No puedo pensar en nada que vaya a calmar el dolor que siento por dentro. Parece infinito. Permanente. Como un organismo que se ha aposentado en mi interior y a la vez como un agujero que poco a poco se va haciendo más grande.

—Siento mucho lo de la pared. Me he ofrecido a pagarla, pero Ken se niega —le digo a Landon mientras me cepillo el pelo húmedo.

—No te preocupes por eso. Ya tienes bastante —repone frunciendo el ceño mientras me pasa la mano por la espalda.

—No entiendo cómo mi vida ha acabado así, cómo he llegado a este punto —explico mirando al frente porque no quiero ver los ojos de mi mejor amigo—. Hace tres meses todo tenía sentido para mí. Tenía a Noah, que nunca me habría hecho nada parecido a esto. Estaba muy unida a mi madre y tenía una idea clara de cómo iba a ser mi vida. Y ahora no tengo nada. Nada en absoluto. Ni siquiera sé si debería volver a las prácticas porque Hardin puede aparecer por allí o tal vez convencer a Christian Vance de que me despida simplemente porque sabe que puede hacerlo. —Estrecho con fuerza la almohada que hay en la cama—. Hardin no tenía nada que perder, pero yo sí. He permitido que me lo quitara todo. Mi vida antes de conocerlo era muy sencilla y lo tenía todo muy claro. Ahora..., después de él..., es sólo... después.

Landon me mira con los ojos muy abiertos.

—Tessa, no puedes dejar las prácticas, ya te ha quitado bastante. No dejes que también te quite eso —dice casi suplicando—. Lo bueno de la vida después de Hardin es que puedes hacer con ella lo que quieras. Como si quieres empezar de cero.

Sé que tiene razón, pero no es tan fácil. Ahora todo a mi alrededor guarda relación con Hardin, incluso me pintó el maldito coche. De algún modo se ha convertido en el pegamento que mantenía mi vida en su sitio, y en su ausencia sólo me quedan las ruinas de lo que fue mi existencia.

Cuando cedo y asiento poco convencida, Landon me sonríe un poco y me dice:

—Voy a dejarte descansar.

Luego me abraza y se dirige hacia la puerta.

—¿Crees que pasará algún día? —pregunto, y da media vuelta.

—¿El qué?

Mi voz es apenas un susurro cuando digo:

—El dolor.

—No lo sé... Quiero pensar que sí. El tiempo lo cura... casi todo —me contesta reconfortándome con su media sonrisa y el ceño medio fruncido.

No sé si el tiempo me curará o no, pero sé que, si no lo hace, no sobreviviré.

Con mucha decisión, disimulada con sus modales intachables y su buena educación, Landon me saca de la cama a la mañana siguiente para asegurarse de que no falte a las prácticas. Me tomo un minuto para dejarles una nota de agradecimiento a Ken y a Karen y para pedirles perdón una vez más por el agujero que Hardin les ha hecho en la pared. Landon está muy callado y me mira con el rabillo del ojo mientras maneja, intentando animarme con sonrisas y pequeñas frases de autoayuda. Pero yo sigo encontrándome fatal.

Los recuerdos invaden mi mente cuando entramos en el estacionamiento. Hardin de rodillas en la nieve. Zed explicándome la apuesta. Abro la puerta de mi coche lo más rápido que puedo para entrar y escapar del frío. Hago una mueca al ver mi reflejo en el retrovisor. Tengo los ojos inyectados en sangre y rodeados de sendos círculos negros con unas bolsas enormes. Parezco sacada de una película de terror. Voy a necesitar mucho más maquillaje del que imaginaba.

Me dirijo a Walmart —la única tienda que hay abierta a estas horas— a comprar todo lo que necesito para enmascarar mis sentimientos, pero no tengo ni las fuerzas ni la energía para esforzarme de verdad con las apariencias, así que no estoy segura de tener muy buen aspecto.

Un ejemplo: llego a la editorial y Kimberly ahoga un grito al verme. Intento sonreírle cuando salta de su sillón.

—Tessa, cielo, ¿estás bien? —me pregunta muy preocupada.

—¿Tan mala cara tengo? —digo encogiéndome de hombros, sin fuerzas.

—No, claro que no —miente—. Sólo que te ves...

—Agotada. Lo estoy. Los exámenes finales casi consiguen acabar conmigo —contesto.

Asiente y me dedica una cálida sonrisa, pero sé que no me quita ojo de encima hasta que llego a mi oficina. Después de eso, el día se me hace eterno, como si no fuera a acabar nunca, hasta que a última hora el señor Vance llama a mi puerta.

—Buenas tardes, Tessa —dice con una sonrisa.

—Buenas tardes —consigo responder.

—Sólo quería que supieras que estoy muy impresionado con el trabajo que has hecho hasta ahora. —Sonríe—. En realidad, haces un trabajo mejor y más detallado que muchos de mis empleados.

—Gracias, significa mucho para mí —digo, y de inmediato una voz en mi cabeza me recuerda que conseguí estas prácticas gracias a Hardin.

—Dicho esto, me gustaría invitarte a un congreso en Seattle el fin de semana que viene. Suelen ser muy aburridos, pero éste tratará sobre edición digital, «el futuro ya está aquí» y todo eso. Conocerás a mucha gente y aprenderás cosas. Voy a abrir una sucursal en Seattle dentro de unos meses y necesito hacer contactos. —Se ríe—. ¿Qué me dices? Tendrás los gastos pagados y saldremos el viernes por la tarde. Puedes traerte a Hardin si quieres. No al congreso, pero sí a Seattle —me explica con una sonrisa de complicidad.

Si supiera lo que de verdad está pasando...

—Por supuesto que quiero ir, y agradezco mucho su invitación —le digo sin poder disimular mi entusiasmo y el alivio que siento. Por fin me sucede algo bueno.

—¡Genial! Kimberly te dará todos los detalles y te explicará cómo tramitas lo de los gastos... —prosigue, aunque yo tengo la cabeza en otra parte.

La idea de asistir al congreso alivia un poco el dolor. Estaré lejos de Hardin pero, por otra parte, Seattle ahora me recuerda a cuando Hardin hablaba de llevarme allí. Lo ha mancillado todo en mi vida, incluyendo el Estado de Washington. El despacho se hace más pequeño y el aire más denso.

—¿Te encuentras bien? —pregunta el señor Vance frunciendo el ceño, preocupado.

—Sí, sí... Sólo es que... no he comido y anoche tampoco dormí mucho —le digo.

—Anda, vete a casa. Puedes acabar lo que estés haciendo allí.

—No pasa nada, puedo...

—No, vete a casa. Aquí no hay emergencias. Nos las arreglaremos sin ti —me asegura con un gesto, y se va.

Recojo mis cosas y me miro en el espejo del baño. Sí, sigo teniendo muy mal aspecto. Estoy a punto de subir al elevador cuando Kimberly me llama.

—¿Te vas a casa? —me pregunta, y asiento—. Te advierto que Hardin está de mal humor. Ten cuidado.

—¿Qué? ¿Cómo lo sabes?

—Porque me ha gritado cuando no he querido pasarte sus llamadas. —Sonríe—. Ni siquiera la décima vez que lo ha intentado. Me figuro que, si quisieras hablar con él, te habría llamado al celular.

—Gracias —le digo, y se lo agradezco también en silencio por ser tan observadora. La voz de Hardin por el auricular habría hecho diez veces más grande el agujero que tengo en el pecho.

Consigo llegar al coche antes de empezar a llorar de nuevo. El dolor sólo parece empeorar cuando no tengo con qué distraerme, cuando me quedo sola con mis pensamientos y mis recuerdos y, por supuesto, cuando veo las quince llamadas perdidas de Hardin en la pantalla de mi celular y los diez mensajes de texto que no voy a leer.

Me recupero lo suficiente para poder manejar y hago lo que tanto miedo me da hacer: llamar a mi madre.

Responde al primer timbre.

—¿Sí?

—Mamá —sollozo. La palabra se me hace rara cuando sale de mi boca, pero ahora mismo necesito su consuelo.

—¿Qué te hizo?

Ésa es la reacción de todo el mundo. Todos veían que Hardin era un peligro inminente. Todos menos yo.

—Yo..., él... —No consigo articular una frase completa—. ¿Puedo ir a casa, aunque sólo sea un día? —le pregunto.

—Por supuesto, Tessa. Nos vemos dentro de dos horas —me dice, y cuelga.

Mucho mejor de lo que me imaginaba, pero no tan cariñosa como esperaba. Ojalá tuviera un carácter parecido al de Karen, dulce y capaz de aceptar cualquier defecto. Desearía que fuera un poco más tierna, lo justo para que yo pudiera tener el consuelo de una madre, una madre afectuosa y comprensiva.

Me meto en la autopista y apago el celular para evitar hacer una estupidez, como leer alguno de los mensajes de Hardin.

CAPÍTULO 3

Tessa

El trayecto de vuelta al hogar de mi infancia es fácil y lo conozco bien; no necesito pensar mucho. Me obligo a gritarlo todo, tal cual, a gritar todo cuanto me permiten mis pulmones hasta que me duele la garganta, antes de llegar a la ciudad en la que nací. Me cuesta mucho más de lo que pensaba porque no tengo ganas de gritar. De lo que realmente tengo ganas es de llorar y de que me trague la tierra. Daría cualquier cosa por retroceder en el tiempo hasta mi primer día en la universidad; habría seguido el consejo de mi madre y me habría cambiado de habitación. A ella le preocupaba que Steph fuera una mala influencia; ay, si nos hubiéramos dado cuenta de que el chico maleducado de pelo rizado iba a ser el problema. De que iba a tomarme, a embaucarme y a hacerme pedacitos para luego soplar y esparcirlos por el cielo y bajo las botas de sus amigos.

Sólo he estado a dos horas de casa todo este tiempo, pero con todo lo que ha pasado, parece como si hubiera estado mucho más lejos. No he vuelto aquí desde que empecé la universidad. Si no hubiera roto con Noah, habría vuelto a menudo. Me obligo a mantener la vista en la carretera cuando paso por delante de su casa.

Me estaciono en nuestra entrada y salto del coche. Pero cuando estoy delante de la puerta no sé si debo llamar o no. Se me hace raro llamar, pero no me encuentro cómoda entrando sin más. ¿Cómo pueden haber cambiado tanto las cosas desde que me fui a la universidad?

Finalmente decido entrar sin más y me encuentro a mi madre, de pie junto al sillón café de cuero, completamente maquillada, con un vestido y zapatos de tacón. Todo está igual que siempre: limpio y perfectamente ordenado. La única diferencia es que parece más pequeño, tal vez en comparación con la casa de Ken. Bueno, la verdad es que la casa de mis padres es pequeña y fea vista desde fuera, pero por dentro está muy bien decorada y mi madre siempre hizo lo imposible por esconder el caos de su matrimonio detrás de unas paredes bien pintadas, flores y atención a las líneas limpias. Una estrategia decorativa con la que continuó después de que mi padre nos dejara, creo que porque para entonces ya se había convertido en costumbre. Hace calor en la casa, y el familiar aroma de vainilla invade mis fosas nasales. Mi madre siempre ha estado obsesionada con los quemadores de aceites esenciales, y hay uno en cada habitación. Me quito los zapatos en la puerta; sé que no quiere restos de nieve en su suelo de madera recién encerado.

—¿Quieres un café, Theresa? —pregunta antes de darme un abrazo.

He heredado la adicción al café de mi madre, y esa pequeña conexión me dibuja una sonrisa en los labios.

—Sí, por favor.

La sigo a la cocina y me siento ante la mesa sin saber muy bien cómo empezar la conversación.

—¿Vas a contarme lo que ocurrió? —pregunta sin reparos.

Respiro hondo y le doy un sorbo a mi café antes de responderle.

—Hardin y yo terminamos.

Su expresión es neutra.

—¿Por qué?

—Bueno, porque resultó no ser quien yo creía que era —digo.

Sujeto la taza de café con ambas manos para intentar no pensar en el dolor y prepararme para la contestación de mi madre.

—Y ¿quién creías que era?

—Alguien que me quería. —No estoy muy segura de quién creía que era Hardin, como persona, por sí mismo, más allá de eso.

—Y ¿ahora ya no lo crees?

—No, ahora sé que no es así.

—¿Por qué estás tan segura? —pregunta con sangre fría.

—Porque confiaba en él y me traicionó de un modo horrible.

Sé que estoy omitiendo los detalles, pero sigo sintiendo la extraña necesidad de proteger a Hardin de los juicios de mi madre. Me regaño a mí misma por ser tan tonta, por pensar en él siquiera, cuando está claro que él no haría lo mismo por mí.

—¿No crees que deberías haber considerado esa posibilidad antes de haber decidido irte a vivir con él?

—Sí, lo sé. Adelante, dime lo tonta que soy, dime que me lo advertiste.

—Te lo advertí, te advertí que había tipos como él. Es mejor mantenerse muy lejos de hombres como él y como tu padre. Sólo me alegro de que todo haya terminado antes de empezar. La gente comete errores, Tessa. —Bebe de su taza y deja una marca rosa de lápiz de labios en la orilla—. Estoy segura de que te perdonará.

—¿Quién?

—Noah, ¿quién si no?

«Pero ¿es que no lo entiende?» Sólo necesito hablar con ella, que me consuele, no que me presione para que vuelva con Noah. Me pongo de pie, la miro y luego miro alrededor. «¿Lo dirá en serio? No puede ser que lo esté diciendo en serio.»

—¡Que las cosas no hayan funcionado con Hardin no significa que vaya a volver con Noah! —salto.

—Y ¿por qué no? Tessa, deberías dar las gracias de que esté dispuesto a darte una segunda oportunidad.

—¿Qué? ¿Por qué no puedes olvidarte de eso? Ahora mismo no necesito estar con nadie, y menos aún con Noah. —Quiero arrancarme el pelo a mechones. O arrancárselo a ella.

—¿Qué significa eso de «y menos aún con Noah»? ¿Cómo puedes decir algo así de él? Se ha portado contigo de maravilla desde que eran niños.

Suspiro y vuelvo a sentarme.

—Lo sé, mamá, y Noah me importa mucho, sólo que no de esa manera.

—No sabes lo que dices. —Se levanta y tira su café por el desagüe—. El amor no siempre es lo más importante, Theresa. Lo importante es la estabilidad y la seguridad.

—Sólo tengo dieciocho años —le digo.

No quiero pensar en estar con alguien sin amarlo, sólo por la estabilidad. Quiero conseguir por mí misma seguridad y estabilidad. Quiero a alguien a quien amar y que me ame.

—Casi diecinueve, y si no te previenes desde ahora luego nadie te querrá. Ahora ve a retocarte el maquillaje porque Noah llegará en cualquier momento —anuncia mi madre, y sale de la cocina.

No sé por qué he venido aquí en busca de consuelo. Me habría ido mejor si me hubiera quedado todo el día durmiendo en el coche.

Tal y como ha dicho, Noah llega cinco minutos después, aunque yo no me he molestado en maquillarme. Cuando lo veo entrar en la pequeña cocina me siento caer mucho más bajo de lo que he caído hasta ahora, cosa que no creía que fuera posible.

Me sonríe con su perfecta y cálida sonrisa.

—Hola —saluda.

—Hola, Noah.

Se acerca y me levanto para darle un abrazo. Su cuerpo emana calor y su sudadera huele muy bien, tal como yo lo recordaba.

—Tu madre me llamó —dice.

—Lo sé. —Intento sonreír—. Perdona que siga metiéndote en esto. No entiendo cuál es su problema.

—Yo sí: quiere que seas feliz —dice defendiéndola.

—Noah... —le advierto.

—Lo que pasa es que no sabe qué te hace realmente feliz. Quiere que sea yo, a pesar de que no es así. —Se encoge de hombros.

—Perdona.

—Tess, deja de pedirme perdón. Sólo quería asegurarme de que estabas bien —me confirma, y me da otro abrazo.

—No lo estoy —confieso.

—Lo sé. ¿Quieres hablar de ello?

—No lo sé... ¿Seguro que no te importa? —No quiero hacerle daño otra vez hablándole del chico por el que lo dejé.

—Sí, seguro —dice, y se sirve un vaso de agua antes de sentarse ante la mesa frente a mí.

—Está bien... —repongo, y básicamente se lo cuento todo.

Me reservo los detalles sexuales, porque eso es privado.

Bueno, en mi caso, no, pero para mí lo son. Sigo sin poder creer que Hardin les contara a sus amigos todo lo que hacíamos... Eso es lo peor. Aún peor que haberles enseñado las sábanas es el hecho de que, después de decirme que me quería y de hacer el amor, pudiera dar media vuelta y burlarse de lo que había pasado entre nosotros delante de todo el mundo.

—Sabía que iba a hacerte daño pero no me imaginaba hasta qué punto —dice Noah. Es evidente que está muy enojado. Me resulta raro verlo exteriorizar así las emociones, dado que normalmente es muy tranquilo y muy callado—. Eres demasiado buena para él, Tessa. Ese tipo es escoria.

—No puedo creer lo tonta que he sido. Lo dejé todo por él. Pero lo peor del mundo es amar a alguien que no te quiere.

Noah agarra el vaso y le da vueltas entre las manos.

—Lo sé perfectamente —dice con dulzura.

Quiero golpearme por lo que acabo de decir, por habérselo dicho a él. Abro la boca pero me interrumpe antes de que pueda disculparme.

—No pasa nada —replica, y alarga el brazo para acariciarme la mano con el pulgar.

Ay, ojalá estuviera enamorada de Noah. Con él sería mucho más feliz y él nunca sería capaz de hacerme nada parecido a lo que me ha hecho Hardin.

Noah me pone al corriente de todo lo que me he perdido, que no es mucho. Va a ir a estudiar a San Francisco en vez de a la WCU, cosa que le agradezco un montón. Al menos, ha salido algo bueno del daño que le he hecho: le ha dado el empujoncito que necesitaba para salir de Washington. Me habla de lo que ha estado investigando sobre California y, para cuando se va, ya ha anochecido y caigo en la cuenta de que mi madre se ha quedado en su cuarto todo el rato que ha durado la visita.

Salgo al jardín de atrás y acabo en el invernadero en el que pasé casi toda mi infancia. Contemplo mi reflejo en el cristal y miro hacia el interior de la pequeña estructura. Las plantas y las flores están muertas y está todo hecho un desastre. Muy apropiado.

Tengo tantas cosas que hacer, tanto en lo que pensar... He de encontrar un lugar donde vivir y el modo de recoger todas mis cosas del departamento de Hardin. He pensado seriamente en no ir a buscarlas, pero no puedo. Toda mi ropa está allí y, lo que es más importante, también mis libros de texto.

Me llevo la mano a la bolsa, enciendo el celular y a los pocos segundos tengo el correo lleno y aparece el símbolo del buzón de voz. No hago caso del buzón de voz y echo un vistazo rápido a los mensajes, pero sólo al remitente. Todos son de Hardin excepto uno.

Kimberly me ha escrito:

Christian me ha dicho que te quedes en casa mañana. Todo el mundo se irá al mediodía porque hay que pintar la primera planta, así que no vengas a la oficina. Avísame si necesitas algo. Bss.

Qué alivio, mañana tengo el día libre. Me encantan mis prácticas, pero estoy empezando a pensar que debería cambiarme de universidad o incluso irme de Washington. El campus no es lo bastante grande para poder evitar a Hardin y a todos sus amigos, y no quiero que me recuerde constantemente lo que tuve con él. Bueno, lo que creía tener con él.

Cuando entro de nuevo en casa no siento ni las manos ni la cara a causa del frío. Mi madre está sentada en una silla, leyendo una revista.

—¿Puedo quedarme a dormir? —le pregunto.

Me mira un instante.

—Sí. Mañana veremos cómo te metemos otra vez en una residencia —dice, y sigue leyendo su revista.

Imagino que no va a decirme nada más esta noche. Subo a mi antigua habitación, que está tal y como la dejé. No ha cambiado nada. Ni siquiera me molesto en desmaquillarme. Me cuesta, pero me obligo a dormir y sueño con los tiempos en los que mi vida era mucho mejor. Antes de conocer a Hardin.

Suena el celular en plena noche y me despierta. Lo ignoro y me pregunto si Hardin será capaz de dormir.

A la mañana siguiente, todo cuanto mi madre me dice antes de irse a trabajar es que llamará a la facultad y los obligará a aceptarme de vuelta en la residencia, en un edificio distinto del de antes. Me voy con la intención de ir al campus, pero luego decido pasar por el departamento.

Tomo la salida a la carretera que lleva hasta allí y manejo lo más rápido que puedo para llegar antes de cambiar de opinión.

Busco el coche de Hardin en el estacionamiento. Dos veces. Cuando me aseguro de que no está, dejo el coche en la nieve, cerca de la entrada. Llego al vestíbulo con los pantalones empapados y estoy congelada. Trato de pensar en cualquier cosa menos en Hardin pero me resulta imposible.

Hardin debía de odiarme de verdad para haber llegado a tales extremos con tal de destrozarme la vida y luego hacer que me mudara a un departamento lejos de todas las personas que conozco. Debe de sentirse muy orgulloso de sí mismo por hacerme sufrir así.

Me peleo con las llaves antes de abrir la puerta de nuestro departamento y me entra el pánico, de modo que casi me caigo al suelo.

«¿Cuándo va a terminar esto? ¿Se volverá más soportable?»

Entro directamente en el cuarto y saco mis maletas del ropero. Meto toda mi ropa en ellas sin ningún cuidado. Mis ojos se posan en la mesita de noche, donde hay un pequeño portarretratos. Es la foto que nos tomamos Hardin y yo, muy sonrientes, antes de la boda de Ken.

Qué pena que fuera todo una farsa. La tomo estirándome por encima de la cama y la arrojo con rabia al suelo de concreto. El cristal se quiebra. Paso entonces por encima de la cama, recojo la foto del suelo y la rompo en pedazos lo más pequeños que puedo. No me doy cuenta de que estoy sollozando hasta que no puedo respirar.

Meto mis libros en una caja vacía y, de forma instintiva, me guardo también la copia de *Cumbres borrascosas* de Hardin. No creo que la extrañe y, la verdad, me la debe después de todo lo que me ha arrebatado.

Me duele la garganta, así que voy a la cocina y me pongo un vaso de agua. Me siento a la mesa unos minutos y finjo que nada de esto ha pasado. Me imagino que, en vez de tener que enfrentar yo sola los días venideros, Hardin está a punto de volver a casa después de clase y me sonreirá y me dirá que me quiere y que me ha extrañado durante todo el día. Que me sentará en la barra de la cocina y me besará con deseo y amor...

De repente, el ruido de los goznes de la puerta me saca de mi ridícula ensoñación. Me pongo de pie de un brinco cuando veo aparecer a Hardin. Él no me ve porque está mirando hacia atrás.

A una chica de pelo castaño con un vestido negro tejido.

—Es aquí... —empieza a decir, y se calla en cuanto ve mis maletas en el suelo.

Me quedo helada cuando sus ojos recorren el departamento y la cocina. Los abre como platos al verme.

—¿Tess? —dice como si no estuviera seguro de que fuera real.

CAPÍTULO 4

Tessa

Tengo muy mal aspecto. Llevo unos pantalones de mezclilla caídos y una sudadera, el maquillaje de ayer y el pelo enredado. Miro a la chica que está de pie detrás de él. El pelo castaño le cae en sedosos chinos por la espalda como una cascada. Lleva un maquillaje ligero y perfecto, es una de esas mujeres que ni siquiera lo necesitan. Obvio.

Esto es muy humillante y desearía que me tragase la tierra y desaparecer de la vista de esa preciosa chica.

Cuando me agacho a recoger una de mis maletas del suelo, Hardin parece recordar que ella está ahí y se vuelve para mirarla.

—Tessa, ¿qué haces aquí? —pregunta. Intento limpiarme los restos de maquillaje de debajo de los ojos mientras le pregunta a su nueva chica—: ¿Nos das un minuto?

Ella me mira, asiente y sale al pasillo del edificio.

—No puedo creer que estés aquí —dice Hardin entrando en la cocina.

Se quita la chamarra, cosa que hace que se le levante la camiseta blanca y aparezca su torso bronceado. El tatuaje que lleva ahí, en el estómago, las ramas retorcidas con furia de un árbol muerto, me atormenta. Me pide que lo acaricie. Me encanta ese tatuaje. Es mi favorito de todos los que lleva. Sólo ahora veo el paralelismo entre el árbol y él. Ninguno de los dos es capaz de sentir nada. Ambos están solos. Al menos, el árbol tiene la esperanza de volver a florecer. Hardin, no.

—Ya... ya me iba —consigo decir.

Está perfecto, guapísimo. El desastre más hermoso.

—Por favor, deja que me explique —me suplica, y veo que sus ojeras son aún más pronunciadas que las mías.

—No.

Intento agarrar de nuevo mis maletas pero me las quita de las manos y las deja otra vez en el suelo.

—Dos minutos. Sólo te pido eso, Tess —dice.

Dos minutos con Hardin es demasiado tiempo, pero es la conclusión que necesito para poder seguir con mi vida. Suspiro y me siento tratando de contener cualquier sonido que pueda traicionar mi cara impenetrable. Salta a la vista que Hardin está sorprendido, pero rápidamente se sienta frente a mí.

—Ya veo que no has perdido el tiempo —digo en voz baja levantando la barbilla hacia la puerta.

—¿Qué? —dice él, y entonces parece acordarse de la chica—. Trabaja conmigo. Su marido está abajo, con su hija recién nacida. Están buscando casa y ella quería ver nuestro... departamento.

—¿Te mudas? —pregunto.

—No, si tú te quedas. Pero no le veo sentido a quedarme aquí sin ti. Estoy valorando mis opciones.

Una parte de mí siente un gran alivio, pero al instante mi parte más a la defensiva me recuerda que el que no se haya acostado con la morena no significa que no vaya a acostarse con otra en breve. Ignoro la punzada de tristeza que siento al oír a Hardin hablar de mudarse, a pesar de que no voy a estar aquí cuando eso ocurra.

—¿Crees que traería a alguien aquí, a nuestro departamento? Sólo han pasado dos días... ¿Es eso lo que piensas de mí?

Pero cómo se atreve.

—¡Sí! ¡Ahora es eso lo que pienso de ti!

Asiento furiosamente y el dolor se refleja en su cara, pero después de un instante simplemente suspira abatido.

—¿Dónde dormiste anoche? Fui a casa de mi padre y no estabas allí.

—En casa de mi madre.

—Ah. —Baja la cabeza y se mira las manos—. ¿Han hecho las paces?

Lo miro directamente a los ojos. Es increíble que tenga el valor de preguntarme por mi familia.

—Eso ya no es de tu incumbencia.

Extiende la mano hacia mí pero se detiene.

—Te extraño, Tessa.

Me quedo sin aliento, aunque entonces recuerdo lo bien que se le da retorcer las cosas. Me volteo.

—Ajá, seguro que sí.

A pesar de que mis emociones son un torbellino, no me permito desmoronarme delante de él.

—Te extraño, Tessa —repite—. Sé que lo he arruinado completamente, pero te quiero. Te necesito.

—Cállate, Hardin. Ahórrate el tiempo y las fuerzas. Ya no me engañas. Ya tienes lo que querías, ¿por qué no me dejas de una vez?

—Porque no puedo. —Intenta tomarme la mano pero la aparto—. Te quiero. Tienes que darme otra oportunidad para que pueda compensarte. Te necesito, Tessa. Te necesito. Y tú también me necesitas a mí.

—No, la verdad es que no —replico—. Me iba muy bien hasta que apareciste en mi vida.

—Que te fuera muy bien no es lo mismo que ser feliz —dice.

—¿Feliz? —resoplo—. Y ¿ahora me veo feliz?

¿Cómo se atreve a afirmar que él me hace feliz?

Sin embargo, me hizo feliz. Me hacía muy feliz.

—No puedes quedarte ahí sentada y decirme que no crees que te quiero.

—Sé que no me quieres. Para ti no era más que un juego. Tú me estabas utilizando mientras yo me enamoraba de ti.

Se le llenan los ojos de lágrimas.

—Deja que te demuestre que te quiero, por favor. Haré lo que sea, Tessa. Lo que sea.

—Ya me has demostrado bastante, Hardin. La única razón por la que estoy aquí sentada es porque me debo a mí misma escuchar lo que tienes que decir para así poder seguir adelante con mi vida.

—No quiero que sigas con tu vida —dice.

Resoplo.

—¡Me da igual lo que tú quieras! Lo que me importa es el daño que me has hecho.

Su voz suena débil y quebradiza cuando añade:

—Dijiste que nunca ibas a dejarme.

No confío en mí misma cuando se pone así. Odio que su dolor me controle y me haga perder el buen juicio.

—Te dije que no te dejaría si no me dabas un motivo para hacerlo. Pero lo has hecho.

Ahora entiendo perfectamente por qué siempre temía que lo dejara. Yo creía que eran imaginaciones suyas, que creía no ser lo bastante bueno para mí, pero me equivocaba. Y de qué manera. Sabía que saldría huyendo en cuanto descubriera la verdad. Debería largarme ahora mismo. Lo justificaba con todo lo que le pasó de niño, pero entonces empiezo a preguntarme si todo eso no es también una mentira. De principio a fin.

—No puedo seguir así —digo—. Confiaba en ti, Hardin. Confiaba en ti con todo mi ser. Creía en ti, te quería y tú me estabas utilizando desde el primer momento. ¿Tienes la menor idea de cómo me siento? Todo el mundo se burlaba de mí a mis espaldas, empezando por ti, la persona en la que más confiaba.

—Lo sé, Tessa, lo sé. No sé cómo decirte lo mucho que lo siento. No sé en qué demonios pensaba cuando propuse lo de la apuesta. Creía que iba a ser muy fácil... —Le tiemblan las manos mientras me suplica—. Creía que te acostarías conmigo y se acabó. Pero tú eras tan testaruda y tan... fascinante que de repente no podía dejar de pensar en ti. Me sentaba en mi habitación planeando excusas para volver a verte, aunque sólo fuera para pelearnos. Supe que ya no era una apuesta después de lo del arroyo pero no fui capaz de admitirlo. Estaba luchando conmigo mismo y me preocupaba mi reputación. Sé que es de locos, pero estoy intentando ser sincero. Y cuando le contaba a todo el mundo las cosas que hacíamos, no les contaba lo que hacíamos de verdad... No podía hacerte eso, ni siquiera al principio. Me inventaba historias y ellos las creían.

Algunas lágrimas ruedan por mis mejillas y Hardin alarga el brazo para secármelas. No me muevo lo bastante rápido y el tacto de su piel enciende la mía. Tengo que sacar fuerzas de flaqueza para no esconder la cara en su mano.

—Odio verte así —musita.

Cierro los ojos y vuelvo a abrirlos, desesperada por contener las lágrimas. Permanezco en silencio mientras él sigue hablando.

—Te lo juro, empecé a contarles a Nate y a Logan lo del arroyo pero noté que me estaba encabronando, que me ponía celoso de pensar que iban a enterarse de lo que hacía contigo..., de cómo te hacía sentir, así que les dije que me hiciste..., bueno, les conté una mentira.

Sé que el hecho de que les mintiera sobre lo que hicimos no es mejor que el hecho de que les contara la verdad, en serio. Pero por alguna razón me siento aliviada al saber que Hardin y yo somos los únicos que realmente sabemos lo que ha pasado entre nosotros, los detalles de nuestros momentos de intimidad.

Aunque con eso no basta. Además, seguro que lo que me está contando también es mentira. No tengo manera de saberlo, y aquí estoy, dispuesta a creerlo. «Estoy muy mal.»

—Aunque te creyera, no puedo perdonarte —digo.

Parpadeo para contener las lágrimas y él se lleva las manos a la cabeza.

—¿No me quieres? —pregunta mirándome por entre los dedos.

—Sí, te quiero —admito.

El peso de mi confesión cae sobre nosotros. Hardin baja las manos y me mira con una expresión que hace que desee tragarme mis palabras. Aunque sea la verdad: lo quiero, lo quiero demasiado.

—Entonces ¿por qué no puedes perdonarme?

—Porque es imperdonable. No sólo me mentiste. Me robaste la virginidad para ganar una apuesta y luego le enseñaste a la gente las sábanas manchadas con mi sangre. ¿Crees que hay alguien capaz de perdonar eso?

Deja caer las manos y sus ojos verdes y brillantes parecen desesperados.

—¡Te hice perder la virginidad porque te quiero! —dice, cosa que sólo consigue que niegue fervientemente con la cabeza. Así que continúa—: Ya no sé ni quién soy sin ti.

Desvío la mirada.

—De todas maneras, no habría funcionado, ambos lo sabíamos —le digo para sentirme mejor.

Es horrible estar sentada delante de él y verlo sufrir pero, al mismo tiempo, mi sentido de la justicia hace que el hecho de verlo sufrir me haga sentir... un poco mejor.

—¿Por qué no habría salido bien? Era maravilloso...

—Lo que teníamos estaba basado en una mentira, Hardin. —Y, como el hecho de verlo sufrir de repente me ha dado confianza en mí misma, añado—: Además, ¿tú te has visto? Y ¿me has visto a mí?

No lo digo en serio, pero la cara que pone cuando utilizo su mayor inseguridad sobre nuestra relación en su contra, aunque por dentro me mata, también me recuerda que se lo merece. Siempre le ha preocupado cómo nos ven los demás, que soy demasiado buena para él. Y ahora acabo de restregárselo por la cara.

—¿Lo dices por Noah? Lo has visto, ¿no es así?

La mandíbula me llega al suelo. ¿Cómo se atreve? Los ojos se le llenan de lágrimas y tengo que recordarme a mí misma que él se lo ha buscado. Lo ha arruinado todo.

—Sí, pero es irrelevante. Ése es tu problema, que vas por ahí haciéndole a la gente lo que se te da la gana, sin preocuparte de las consecuencias, ¡y esperas que todos te sigan el juego! —le grito levantándome de la mesa.

—¡No es verdad, Tessa! —exclama, y pongo los ojos en blanco. Al verlo, hace una pausa, se levanta y mira por la ventana y luego a mí—. Bueno, sí, es posible. Pero tú me importas de verdad.

—Ya, pues deberías haberlo pensado antes de presumir de tu conquista ante tus amigos —respondo al instante.

—¿Mi conquista? ¿Lo dices en serio? No eres ninguna conquista. ¡Lo eres todo para mí! Eres el aire que respiro, el dolor que siento, mi corazón, ¡mi vida! —exclama dando un paso en mi dirección.

Lo que más me entristece es que son las palabras más conmovedoras que me ha dicho nunca, pero me las está diciendo a gritos.

—¡Es demasiado tarde! —le devuelvo los gritos—. ¿Crees que puedes...?

Me sorprende cuando me toma por la nuca, me atrae hacia sí y sus labios atrapan los míos. El calor de su boca casi hace que me caiga de rodillas. Muevo la lengua como respuesta a la suya antes de que mi mente procese lo que está pasando. Gime de alivio y trato de apartarlo. Me agarra ambas muñecas con una mano y las aprieta contra su pecho mientras continúa besándome y yo sigo intentando que me suelte, pero mi boca le sigue el ritmo. Empieza a andar hacia atrás y me jala hasta que está contra la barra de la cocina y lleva la otra mano a mi nuca para sujetarme. Mi corazón roto y todo el dolor que siento empiezan a disolverse y relajo las manos. Esto está mal, pero me sienta muy bien.

Aunque está mal.

Me aparto e intenta volver a juntar nuestros labios, pero alejo la cabeza.

—No —le digo.

Su mirada se dulcifica.

—Por favor... —suplica.

—No, Hardin. Debo irme.

Me suelta las muñecas.

—¿Adónde?

—Pues... Aún no lo sé. Mi madre está intentando volver a meterme en una residencia.

—No..., no... —Menea la cabeza y su voz se torna frenética—: Tú vives aquí, no vuelvas a la residencia. —Se pasa las manos por el pelo—. Si alguien tiene que irse, soy yo. Por favor, quédate aquí para que sepa dónde estás.

—No te hace falta saber dónde estoy.

—Quédate —repite.

Si he de ser sincera conmigo misma, deseo quedarme con él. Deseo decirle que lo quiero más que al aire que respiro, pero no puedo. Me niego a que vuelva a enredarme y a volver a ser esa chica que deja que un tipo haga con ella lo que quiera.

Tomo mis maletas y miento y digo lo único que sé que le impedirá seguirme:

—Noah y mi madre me están esperando. Tengo que irme —y salgo por la puerta.

No me sigue, y no me permito mirar atrás para verlo sufrir.

CAPÍTULO 5

Tessa

Cuando llego al coche no empiezo a llorar, como pensaba que iba a hacer. En vez de eso, me quedo sentada y miro por la ventanilla. La nieve se ha pegado al parabrisas, cobijándome en el interior. El viento aúlla en el exterior, recoge la nieve y la arrastra en remolinos, envolviéndome por completo. Cada copo que cubre el cristal forma una barrera entre la cruda realidad y mi coche.

No puedo creer que Hardin haya aparecido en el departamento justo mientras yo recogía mis cosas. Esperaba no tener que verlo. Aunque ha ayudado, no para aliviar el dolor, pero sí a la situación en general. Al menos ahora puedo intentar dejar atrás este desastroso momento de mi vida. Deseo creerlo y creer que me quiere, pero estoy metida en esto por haberlo creído. Podría estar comportándose así sólo porque sabe que ya no tiene ningún control sobre mí. Aunque me quiera, ¿qué cambia eso? No cambiaría nada de lo que ha hecho, ni borraría todas las burlas ni lo mucho que ha fanfarroneado sobre las cosas que hemos hecho, ni las mentiras.

Ojalá pudiera pagar el departamento yo sola; me quedaría y obligaría a Hardin a irse. No quiero volver a la residencia a compartir cuarto y los baños comunitarios. ¿Por qué tuvo que empezar todo con una mentira? De habernos conocido de otra manera, ahora mismo estaríamos los dos en el departamento, riéndonos en el sillón o besándonos en la recámara, y no estaría yo sola en el coche sin tener adónde ir.

Arranco el motor, tengo las manos congeladas. ¿No podría haberme quedado en la calle en verano?

Vuelvo a sentirme como Catherine, sólo que no la Catherine de *Cumbres borrascosas*, sino la Catherine de *La abadía de Northanger*: estupefacta y obligada a emprender un largo viaje en solitario. Es cierto que no voy a recorrer más de cien kilómetros desde Northanger después de haber sido humillada y despedida pero, aun así, comprendo lo mal que se sentía. No consigo decidir quién sería Hardin en esta versión de la novela. Por un lado, es como Henry, listo y divertido, y sabe tanto de literatura como yo. Sin embargo, Henry es mucho más amable que Hardin, y en eso es en lo que Hardin se parece más a John, arrogante y maleducado.

Manejo por la ciudad sin rumbo fijo y me doy cuenta de que las palabras de Hardin han producido en mí un impacto mayor del que me gustaría. El hecho de que me suplicara que me quedara casi lo recompone todo para volver a destrozarlo después. Estoy segura de que únicamente quería que me quedara para demostrar que era capaz de convencerme. Porque, desde luego, ni ha llamado ni me ha escrito desde que me he ido de allí.

Me obligo a ir a la facultad y a hacer el último examen antes de las fiestas. Me siento muy distante durante la prueba, y me parece imposible que la gente del campus no sepa por lo que estoy pasando. Se ve que una sonrisa falsa y la plática intrascendente pueden esconder hasta el dolor más insoportable.

Llamo a mi madre para ver qué tal va lo de meterme en otra residencia. Sólo me dice «No ha habido suerte» y cuelga al instante. Sigo manejando sin saber adónde ir un rato más y de repente veo que estoy a una manzana de Vance y que son casi las cinco. No quiero aprovecharme de Landon pidiéndole que me deje pasar otra noche en casa de Ken. Sé que no le importaría, pero no es justo que meta a la familia de Hardin en esto, y la verdad es que esa casa me trae demasiados recuerdos. No podría soportarlo. Paso una calle tapizada de moteles y me estaciono en uno de los que tienen mejor aspecto. De repente caigo en la cuenta de que nunca he estado en un motel, pero tampoco tengo más opciones.

El hombre bajito detrás del mostrador parece amable. Me sonríe y me pide la identificación. Unos minutos después me entrega la tarjeta que abre la habitación y una hoja de papel con la clave de la conexión wifi. Conseguir habitación en un motel es mucho más fácil de lo que imaginaba; un poco caro, pero no quiero quedarme en uno barato y jugarme el pellejo.

—Bajando por la banqueta a la izquierda —me indica con una sonrisa.

Le doy las gracias, salgo al gélido exterior y muevo el coche al sitio más cercano a mi habitación para no tener que cargar las maletas lejos.

A esto es a lo que me ha llevado ese chico desconsiderado y egoísta: a tener que hospedarme en un motel, sola, con todas mis cosas metidas en bolsas de mala manera. Soy la que no tiene a nadie a quien acudir en vez de la chica que siempre tenía un plan.

Tomo algunas de mis pertenencias, cierro el coche, que parece una chatarra junto al BMW que hay al lado. Cuando pienso que mi día no podía ir peor, se me cae una de las maletas en la banqueta cubierta de nieve. Toda mi ropa y un par de libros se desparraman sobre la nieve húmeda. Me apresuro a recogerlos con la mano que tengo libre, pero me da miedo ver qué libros son. No creo que pueda soportar ver mis más preciadas pertenencias estropeadas, hoy no.

—Permítame que la ayude —dice una voz masculina, y a mi lado aparece una mano en mi auxilio—. ¿Tessa?

Levanto la vista aturdida y encuentro unos ojos azules que me miran con preocupación.

—¿Trevor? —digo, a pesar de que sé perfectamente que es él. Me enderezo y miro alrededor—. ¿Qué haces aquí?

—Yo podría preguntarte lo mismo. —Me sonríe.

—Bueno... es que... —Me muerdo el labio inferior.

Sin embargo, me ahorra tener que darle explicaciones.

—Mis tuberías se han vuelto locas, y heme aquí.

Se agacha y recoge algunas de mis cosas. Me pasa un ejemplar empapado de *Cumbres borrascosas* con una ceja levantada. Luego me entrega un par de suéteres mojados y *Orgullo y prejuicio*, y dice con cara afligida:

—Éste está bastante perjudicado.

El universo me está gastando una broma pesada.

—Ya sabía que te gustaban los clásicos —me dice con una sonrisa amigable.

Carga las maletas y le doy las gracias con un gesto de la cabeza antes de introducir la llave electrónica en la ranura y abrir la puerta. La habitación está helada y corro a poner la calefacción al máximo.

—Con lo que cobran, ya podrían ser menos tacaños con la electricidad —dice Trevor dejando las maletas en el suelo.

Sonrío y asiento. Tomo la ropa que ha caído en la nieve y la tiendo en la barra de la cortina del baño. Cuando vuelvo a la recámara se hace un incómodo silencio con esta persona a la que apenas conozco, en esta habitación que no es mía.

—¿Está cerca de aquí tu departamento? —pregunto intentando entablar conversación.

—Mi casa. Sí, está a poco más de un kilómetro. Me gusta vivir cerca del trabajo, así nunca llego tarde.

—Qué buena idea... —Parece propio de mí.

Trevor está muy distinto con ropa de calle. Siempre lo he visto con traje y corbata, pero ahora lleva unos *jeans* ajustados y un suéter rojo y el pelo revuelto, cuando normalmente lo lleva repeinado y relamido.

—Eso creo. ¿Has venido sola? —pregunta mirando al suelo. Le incomoda husmear.

—Sí, estoy sola. —Si supiera hasta qué punto...

—No quiero fisgonear, sólo lo pregunto porque a tu novio no parezco caerle bien. —Se ríe un poco y se aparta el pelo negro de la frente.

—Ah, a Hardin nadie le cae bien. No es nada personal. —Me muerdo las uñas—. Aunque no es mi novio.

—Perdona. Pensaba que lo era.

—Lo era..., más o menos.

«¿Lo fue?» Dijo que lo era, entre otras muchas cosas.

—Perdona, de verdad. No hago más que meter la pata. —Se ríe.

—No pasa nada. No me importa —le digo, y deshago el resto de mis maletas.

—¿Quieres que me vaya? No quiero molestar. —Se vuelve hacia la puerta, como para que vea que lo dice de verdad.

—No, no, quédate. Si quieres, claro está. No hace falta que te vayas —digo demasiado rápido.

«Pero ¿qué me pasa?»

—Decidido. Entonces me quedo —dice sentándose en la silla que hay junto al escritorio.

Busco un sitio en el que sentarme. Opto por hacerlo en la orilla de la cama. Estoy suficientemente lejos de él. Vaya, la habitación es bastante grande.

—¿Te gusta trabajar en Vance? —me pregunta dibujando en la mesa con los dedos.

—Me encanta. Es mucho mejor de lo que imaginaba. En realidad, es el trabajo de mis sueños. Espero que me contraten cuando termine la universidad.

—Creo que Christian te ofrecerá un puesto bastante antes. Le gustas mucho. El manuscrito que le pasaste la semana pasada fue el único tema de conversación durante la comida del otro día. Dice que tienes buen ojo y, viniendo de él, es todo un cumplido.

—¿De verdad? ¿Eso dijo? —No puedo evitar sonreír. Me resulta extraño e incómodo hacerlo, pero reconfortante a la vez.

—Sí, ¿por qué si no iba a invitarte al congreso? Sólo vamos los cuatro.

—¿Los cuatro? —pregunto.

—Sí. Christian, Kim, tú y yo.

—Ah, no sabía que Kimberly también fuera.

Espero que el señor Vance no se sintiera obligado a invitarme por mi relación con Hardin, el hijo de su mejor amigo.

—No podría sobrevivir todo el fin de semana sin ella —añade Trevor—. Por lo organizada que es, por supuesto.

Le sonrío.

—Ya veo. Y ¿tú por qué vas? —pregunto antes de darme una patada en el trasero mentalmente—. Quiero decir que cómo es que vas a ir si tú trabajas en contabilidad —intento aclarar.

—No te preocupes, lo entiendo; los bibliófilos como ustedes no necesitan tener cerca a la calculadora humana. —Pone los ojos en blanco y me echo a reír con ganas—. Va a abrir una sucursal en Seattle en breve y vamos a reunirnos con un posible inversor. También vamos a buscar oficina y me necesita cerca para asegurarse de que conseguimos un buen trato, y Kimberly quiere ver el edificio para comprobar que encaja con nuestra forma de trabajar.

—¿También llevas temas inmobiliarios?

La habitación por fin se ha calentado, así que me quito los zapatos y me siento con las piernas cruzadas.

—No, para nada, pero se me dan bien los números —presume—. La pasaremos bien. Seattle es una ciudad muy bonita. ¿La conoces?

—Sí, es mi ciudad favorita. Aunque tampoco es que tenga muchas entre las que elegir...

—Yo tampoco. Soy de Ohio, así que no he visto muchas. Comparada con Ohio, Seattle parece Nueva York.

De repente siento verdadero interés en saber más sobre Trevor.

—Y ¿cómo es que viniste a Washington?

—Mi madre falleció durante mi último año de instituto y tenía que salir de allí. Hay tanto para ver... Justo antes de que muriera le prometí que no iba a pasar el resto de mi vida en el pueblo de mala muerte en el que vivíamos. Cuando me admitieron en la WCU fue el mejor y el peor día de mi vida.

—¿Por qué el peor? —pregunto.

—Porque ella murió justo ese día. Irónico, ¿no te parece? —Me dedica una sonrisa lánguida. Es adorable cuando sólo la mitad de su boca sonríe.

—Lo siento mucho.

—No te preocupes. Era una de esas personas que no encajaban aquí, con todos los demás. Era demasiado buena, ¿sabes? Pudimos disfrutarla más tiempo del que merecíamos y no cambiaría nada —dice. Me regala una sonrisa completa y me señala—. Y ¿qué hay de ti? ¿Vas a quedarte aquí?

—No, siempre he querido mudarme a Seattle. Pero últimamente he pensado en irme incluso más lejos —confieso.

—Deberías. Deberías viajar y ver mundo. A una mujer como tú no se la debe encerrar entre cuatro paredes. —Seguro que nota que pongo cara rara porque añade rápidamente—: Perdona..., sólo quiero decir que podrías hacer mil cosas. Tienes mucho talento, se te nota.

No me ha molestado lo que ha dicho. Hay algo en el modo en que me ha llamado *mujer* que me hace feliz. Siempre me he sentido como una niña porque así es como me trata todo el mundo. Trevor es sólo un amigo, un nuevo amigo, pero me alegro de contar con su compañía en un día tan terrible.

—¿Cenaste? —pregunto.

—Aún no. Estaba pensando en pedir pizza para no tener que salir con este tiempo. —Se ríe.

—¿Compartimos una? —le ofrezco.

—Trato hecho —dice con la mirada más amable que he visto en mucho tiempo.

CAPÍTULO 6

Hardin

Mi padre pone la cara más estúpida que he visto en mi vida. Siempre la pone cuando intenta parecer autoritario, como ahora, con los brazos cruzados, plantado en la entrada de la puerta principal.

—No va a venir aquí, Hardin. Sabe que la encontrarías.

Lucho contra el impulso de hacer que los dientes se le claven en el paladar. Me paso los dedos por el pelo y hago una mueca cuando siento el dolor en los nudillos. Esta vez, los cortes son más profundos que de costumbre. Darle de puñetazos a la pared de ladrillo del departamento ha causado más daño en mis manos del que pensaba. No es nada comparado con cómo me siento por dentro. No sabía que esta clase de dolor existiera, es mucho peor que cualquier dolor físico que pueda infligirme a mí mismo.

—Hijo, creo que deberías darle un tiempo.

«¿Éste quién demonios se cree que es?»

—¿Un tiempo? ¡No necesita tiempo! ¡Lo que necesita es volver a casa! —grito.

La vieja de al lado se vuelve a mirarnos y levanto los brazos en su dirección.

—Por favor, no seas maleducado con mis vecinos —me advierte mi padre.

—¡Pues diles a tus estúpidos vecinos que se vayan a la mierda! —Estoy seguro de que la bruja lo ha oído.

—Adiós, Hardin —dice mi padre con un suspiro, y cierra la puerta.

—¡Carajo! —grito dando vueltas en el sitio hasta que me decido a volver al coche.

«¿Dónde mierda se habrá metido?» Estoy enloquecido, muy preocupado por ella. ¿Estará acompañada? ¿Tendrá miedo? Ja, es Tessa. No le teme a nada. Estará repasando las razones que tiene para odiarme. De hecho, seguro que las está poniendo por escrito. Su estúpida necesidad de controlarlo todo y sus ridículas listas solían ponerme los nervios de punta, pero ahora me muero por verla anotar las tonterías más irrelevantes. Daría cualquier cosa por verla morderse el carnoso labio inferior cuando se concentra, o que me dirija su adorable mirada asesina una vez más. Ahora que está con Noah y con su madre, la oportunidad que creía tener se ha esfumado. Cuando le recuerden que es demasiado buena para mí, volverá a ser suya.

La llamo de nuevo pero salta el buzón de voz por enésima vez. Maldita sea, soy un completo imbécil. Después de conducir durante una hora a todas las bibliotecas y librerías de la zona, decido volver al departamento. «Puede que vuelva, puede que vuelva...», me digo. Aunque sé perfectamente que no volverá.

Pero ¿y si vuelve? Necesito limpiar el desastre que he hecho y comprar una vajilla nueva para reemplazar los platos que he lanzado contra las paredes. Por si vuelve a casa.

Una voz masculina retumba en el aire y en mis huesos.

—*¿Dónde estás, Scott?*

—*Lo he visto salir del bar. Sé que está aquí* —*dice otro hombre.*

El suelo está frío cuando salgo de la cama. Al principio creía que eran papá y sus amigos. Ahora sé que no.

—*¡Sal! ¡Sal si eres tan valiente!* —*dice la voz más grave, y oigo un terrible estruendo.*

—*Aquí no está* —*oigo que contesta mi madre cuando llego al pie de la escalera y puedo verlos a todos. Mi madre y cuatro hombres.*

—*Vaya, vaya... Mira lo que tenemos aquí* —*dice el más alto de todos ellos*—. *Quién se iba a imaginar que la mujer de Scott estaba tan buena.*

Agarra a mi madre del brazo y la levanta del sillón de un jalón.

Ella le agarra la camisa con desesperación.

—*Por favor... No está aquí. Si les debe dinero, les daré todo lo que tengo. Pueden llevarse lo que quieran. Llévense la televisión...*

Pero el hombre se ríe de ella.

—*¿La televisión? No quiero una maldita televisión.*

Veo cómo mi madre se revuelve para intentar liberarse, igual que un pez que atrapé en una ocasión.

—Llévense mis joyas... No son gran cosa, pero... Por favor...

—¡Cierra el hocico! —dice otro hombre abofeteándola.

—¡Mamá! —grito corriendo en dirección a la sala.

—¡Hardin, sube a tu cuarto! —me chilla, pero no pienso dejar a mi madre con esos hombres malos.

—Lárgate, mocoso —me espeta uno de ellos, y me da un empujón tan fuerte que me caigo de nalgas—. Verás, zorra, el problema es que tu marido me hizo esto —dice señalándose la cabeza. Una cortada enorme le cruza la calva—. Y, como no está en casa, lo único que queremos es a ti. —Sonríe y mi madre intenta darle una patada.

—Hardin, cariño, vete a tu habitación... ¡Corre! —me grita.

«¿Por qué está enfadada conmigo?»

—Creo que quiere mirar —dice el de la cortada en la cabeza, y la tira en el sillón.

Me despierto violentamente y me siento en la cama.

«Mierda.»

No cesan. Cada noche es peor que la anterior. Me había acostumbrado a no tenerlas y a poder dormir. Gracias a ella. Todo gracias a ella.

Pero aquí estoy, a las cuatro de la mañana, con las sábanas manchadas de sangre de mis nudillos y un dolor de cabeza espantoso a causa de las pesadillas.

Cierro los ojos e intento fingir que ella está aquí conmigo, y rezo para poder volver a dormirme.

CAPÍTULO 7

Tessa

—Tessa, nena, despierta —me susurra Hardin mientras con sus labios acaricia la piel sensible de debajo de mi oreja—. Estás preciosa por las mañanas.

Sonrío y lo jalo del pelo para poder verle los ojos. Le doy un beso de esquimal y se ríe.

—Te quiero —dice, y sus labios toman los míos.

Soy la única que puede disfrutarlos.

—¿Hardin? —pregunto entonces—. ¿Hardin?

Pero se desvanece...

Abro los ojos y aterrizo en la fría realidad. La habitación está oscura como la noche y por un instante no sé dónde estoy. Hasta que me acuerdo: en la habitación de un motel. Sola. Agarro el teléfono de la mesita: sólo son las cuatro de la mañana. Me seco las lágrimas y cierro los ojos para intentar regresar junto a Hardin, aunque sea sólo en sueños.

Cuando vuelvo a despertarme son las siete. Me meto en la regadera e intento disfrutar del agua caliente, que me relaja. Me seco el pelo con la secadora y me maquillo. Hoy es el primer día en el que quiero estar presentable. Necesito librarme de este... caos que llevo dentro. Como no sé qué otra cosa hacer, sigo el ejemplo de mi madre y me pinto una cara perfecta para enterrar lo que siento.

Para cuando termino no sólo parezco bien descansada, sino que tengo muy buen aspecto. Me enchino el pelo y saco el vestido blanco de la maleta. Ay. Menos mal que hay una plancha en la habitación. Hace demasiado frío para este vestido, que no me llega a las rodillas, pero no voy a estar mucho rato en la calle. Escojo unos zapatos negros y los dejo sobre la cama, junto al vestido.

Antes de vestirme, vuelvo a hacer las maletas para ordenar su contenido. Espero que mi madre me llame con buenas noticias sobre la residencia. De lo contrario, tendré que quedarme aquí hasta que lo haga, cosa que me dejará pronto sin los pocos ahorros que tengo. A lo mejor debería buscar departamento. Tal vez pueda permitirme uno pequeño cerca de Vance.

Abro la puerta y veo que el sol de la mañana ha derretido casi toda la nieve. Menos mal. Voy a abrir el coche cuando Trevor sale de su habitación, que está a dos puertas de la mía. Lleva un traje negro y corbata verde; va impecable.

—¡Buenos días! Podría haberte ayudado a llevarlas —dice cuando me ve cargando las maletas.

Anoche, después de comernos la pizza, vimos un rato la televisión y compartimos historias de la universidad. Él tenía muchas más que yo porque ya se ha graduado y, aunque disfruté mucho escuchando cómo podría haber sido mi vida en la facultad, cómo debería haber sido, me entristeció un poco. No debería haber estado yendo de fiesta en fiesta con gente como Hardin. Debería haberme buscado un pequeño grupo de amigos de verdad. Todo habría sido muy distinto y mucho mejor.

—¿Dormiste bien? —me pregunta sacando un juego de llaves de la bolsa.

Con un clic, el BMW se pone en marcha. Tenía que ser suyo.

—¿Tu coche arranca solo? —Me río.

Levanta la llave.

—Con ayuda de esto.

—Muy bonito. —Sonrío con algo de sarcasmo.

—Muy cómodo —contraataca él.

—¿Extravagante?

—Un poco. —Se echa a reír—. Pero sigue siendo muy cómodo. Estás preciosa, como de costumbre.

Meto mi equipaje en la cajuela.

—Gracias. Hace un frío horrible —digo sentándome.

—Nos vemos en la oficina, Tessa —repone él al tiempo que sube a su BMW.

A pesar de que brilla el sol, hace un frío intenso, así que me apresuro a arrancar el motor y pongo la calefacción.

«Clic..., clic..., clic», es todo cuanto responde mi coche.

Lo intento de nuevo con el ceño fruncido. Nada.

—¿Es que no puede salirme nada bien? —exclamo en voz alta golpeando el volante con las palmas de las manos.

Intento arrancar el coche por tercera vez pero, claro, sigue sin funcionar. Esta vez ni siquiera emite sonido alguno. Levanto la vista y doy las gracias de que Trevor siga en el estacionamiento. Baja la ventanilla y no puedo evitar reírme de mi mala suerte.

—¿Te importaría llevarme al trabajo? —pregunto, y asiente.

—Por supuesto. Creo que sé adónde vas... —Se echa a reír y salgo de mi coche.

No puedo evitar encender el celular durante el corto trayecto hasta Vance. Para mi sorpresa, no hay un solo sms de Hardin. Tengo unos pocos mensajes en el buzón de voz, pero no sé si son suyos o de mi madre. Prefiero no escucharlos, por si acaso. Le escribo a mi madre para preguntarle por la residencia. Trevor me deja en la puerta para que no tenga que andar con este frío. Es muy considerado.

—Te ves descansada —me dice Kimberly con una sonrisa cuando paso por delante de su mostrador y tomo una dona.

—Me encuentro algo mejor —digo sirviéndome una taza de café.

—¿Lista para mañana? Me muero por pasar fuera el fin de semana. Seattle es genial para ir de compras y, mientras el señor Vance y Trevor van de reunión en reunión, seguro que se nos ocurren mil cosas para hacer... y... ¿Hablaste con Hardin?

Tardo un segundo en decidirme a contárselo. Se va a enterar de todas maneras.

—No. Recogí mis cosas ayer —le digo, y ella frunce el ceño.

—No sabes cuánto lo siento. Se te pasará con el tiempo.

No sé, eso espero.

El día transcurre más rápido de lo que esperaba y termino el manuscrito de esta semana antes de lo previsto. Tengo muchas ganas de ir a Seattle, y espero poder quitarme a Hardin de la cabeza, aunque sólo sea un rato. El lunes es mi cumpleaños, aunque no tengo ganas de que llegue. Si las cosas no se hubieran torcido tan rápido, el martes estaría de camino a Inglaterra con Hardin. Tampoco quiero pasar la Navidad con mi madre. Espero estar en una residencia para entonces, aunque esté vacía durante las fiestas. Así podré pensar en una buena razón para no tener que ir a su casa. Sé que es Navidad y que es horrible que piense así, pero no estoy preparada para fiestas.

Mi madre me contesta al final de la jornada. No hay respuesta de ninguna residencia. Fantástico. Al menos sólo falta una noche para el viaje a Seattle. Esto de ir de un lado para otro es una lata.

Cuando me estoy preparando para salir recuerdo que no he venido en mi coche. Espero que Trevor no se haya ido ya.

—Hasta mañana. Nos vemos aquí. El chofer de Christian nos llevará a Seattle —me informa Kimberly.

«¿El señor Vance tiene chofer?»

Obvio.

Al salir del elevador veo a Trevor sentado en uno de los sillones negros del vestíbulo. El contraste del sillón negro, el traje negro y sus ojos azules es muy atractivo.

—No sabía si ibas a necesitar que te llevara o no, y no quería importunarte en tu oficina —me dice.

—Gracias, de verdad. Voy a buscar a alguien que me arregle el coche en cuanto vuelva al motel.

Hace menos frío que esta mañana, pero sólo un poco.

—Puedo ayudarte, si quieres. Ya me han arreglado las tuberías, así que no voy a dormir en el motel. Pero puedo acompañarte si... —Deja de hablar de repente y abre unos ojos como platos.

—¿Qué? —pregunto siguiendo su mirada.

Hardin está en el estacionamiento, de pie junto a su coche, y nos mira furioso.

Me ha dejado sin aire en los pulmones de nuevo. ¿Cómo es que cada vez está peor?

—¿Qué haces aquí, Hardin? —pregunto acercándome a él a grandes pasos.

—No me has dejado otra opción: no me contestas el teléfono —dice.

—Si no te contesto, será por algo. ¡No puedes aparecer así como así en mi lugar de trabajo! —le grito.

Trevor parece incómodo y lo intimida la presencia de Hardin, pero permanece a mi lado.

—¿Estás bien? —dice—. Avísame cuando estés lista.

—¿Lista para qué? —replica Hardin con mirada de loco.

—Va a llevarme de vuelta al motel porque mi coche no arranca.

—¡Un motel! —exclama Hardin levantando la voz.

Antes de que pueda detenerlo se abalanza sobre Trevor, lo agarra de la solapa del traje y lo estampa contra una camioneta roja.

—¡Hardin, detente! ¡Suéltalo! ¡No compartimos habitación! —le explico.

No sé por qué le estoy dando explicaciones, pero no quiero que le haga daño a Trevor.

Hardin suelta entonces a Trevor pero sigue pegado a su cara.

—Quítate, Hardin —lo tomo del hombro y se relaja un poco.

—No te acerques a ella —espeta a pocos centímetros de la cara de Trevor.

Él está lívido y, una vez más, he metido a un inocente en este desastre.

—Lo siento mucho —le digo a Trevor.

—No pasa nada. ¿Todavía necesitas que te lleve? —pregunta.

—No —responde Hardin por mí.

—Sí, por favor —le digo a Trevor—. Dame un minuto.

Como es todo un caballero, él asiente y se va a su coche para darnos un poco de intimidad.

CAPÍTULO 8

Tessa

—No puedo creer que te hayas buscado un motel —dice pasándose la mano por el pelo.

—Ya..., yo tampoco.

—Puedes quedarte en el departamento. Yo me quedaré en la fraternidad o donde sea.

—No. —De eso, ni hablar.

—Por favor, no te pongas así. —Se pasa las manos por la frente.

—¿Que no me ponga así? ¿Me lo dices en serio? ¡Ni siquiera sé por qué te dirijo la palabra!

—¿Quieres tranquilizarte? Ahora dime, ¿qué le pasa a tu coche? Y ¿qué hace ese imbécil en el motel?

—No sé qué le pasa a mi coche —gruño.

No voy a decirle nada sobre Trevor, no es asunto suyo.

—Lo revisaré.

—No, llamaré a un mecánico. Ahora vete.

—Voy a seguirte al motel —dice señalando la carretera con la cabeza.

—¿Quieres dejarlo de una vez? —bramo, y Hardin pone los ojos en blanco—. ¿Es otro de tus jueguecitos? ¿Quieres ver hasta dónde puedes llegar?

Da un paso atrás, como si le hubiera dado un empujón. El coche de Trevor sigue en el estacionamiento, esperándome.

—No, no es eso. ¿Cómo puedes pensar así después de todo lo que he hecho?

—Lo pienso precisamente por todo lo que has hecho —digo a punto de carcajearme por la elección de sus palabras.

—Sólo quiero hablar contigo. Sé que podemos arreglarlo —insiste. Ha jugado de tal manera conmigo desde el principio que ya no sé qué es real y qué no—. Sé que tú también me extrañas —añade apoyándose en su coche.

Me quedo de piedra. Es un arrogante.

—¿Es eso lo que quieres oír? ¿Que te extraño? Pues claro que te extraño. Pero ¿sabes qué? Que no es a ti a quien extraño, sino a la persona que creía que eras, no a la persona que sé que eres en realidad. ¡De ti no quiero saber nada, Hardin! —le grito.

—¡Siempre has sabido quién era! ¡He sido yo todo el tiempo y lo sabes! —grita a su vez.

¿Por qué no podemos hablar sin gritarnos? Porque me saca de mis casillas, por eso.

—No, no lo sé —replico—. Si hubiera sabido que... —Me callo antes de confesar que quiero perdonarlo. Lo que quiero hacer y lo que sé que debería hacer son cosas muy distintas.

—¿Qué? —pregunta. Evidentemente tenía que intentar obligarme a terminar la frase.

—Nada. Vete.

—Tess, no sabes lo mal que la he pasado estos días. No puedo dormir, no puedo pensar sin ti. Necesito saber que existe la posibilidad de que volvamos...

No lo dejo acabar.

—¿Lo mal que la has pasado? —¿Cómo puede ser tan egoísta?—. Y ¿cómo crees que la he pasado yo, Hardin? ¡Imagínate lo que se siente cuando tu vida se desmorona en cuestión de horas! ¡Imagínate lo que se siente al estar tan enamorado de alguien que lo dejas todo por esa persona para descubrir que todo fue un simple juego, una apuesta! ¿Cómo crees que se siente eso? —Doy un paso hacia él manoteando—. ¿Cómo crees que me siento por haber arruinado mi relación con mi madre por alguien a quien no le importo nada? ¿Qué crees que se siente al tener que dormir en un motel? ¿Cómo crees que me siento mientras intento salir adelante cuando tú no dejas de aparecer por todas partes? ¿Es que no sabes dejarme en paz?

No dice nada, así que continúo peleando con él. Una parte de mí sabe que estoy siendo demasiado dura con él, pero me ha traicionado de la peor manera posible y se lo merece.

—¡No digas que te resulta muy duro porque es todo culpa tuya! —prosigo—. ¡Lo has arruinado todo! Eso es lo que haces siempre. Y ¿sabes qué? No me das lástima... Bueno, en realidad, sí. Me das lástima porque nunca serás feliz. Estarás solo toda tu vida y por eso me das lástima. Yo seguiré adelante, encontraré un buen hombre que me trate como tú deberías haberlo hecho y nos casaremos y tendremos hijos. Yo seré feliz.

Estoy sin aliento después de mi largo monólogo, y Hardin me mira con los ojos rojos y la boca abierta.

—Y ¿sabes qué es lo peor? Que me lo advertiste. Me dijiste que ibas a acabar conmigo y yo no te escuché.

Intento controlar las lágrimas desesperadamente pero no puedo. Caen implacables por mis mejillas, se me corre el rímel y me pican los ojos.

—Yo... Perdóname. Ya me voy —dice en voz baja.

Parece totalmente abatido, tal y como yo quería verlo, pero no me produce la satisfacción que esperaba sentir.

Si me hubiera dicho la verdad, quizá habría sido capaz de perdonarlo al principio, incluso después de habernos acostado, pero en vez de eso me lo ocultó y le ofreció a la gente dinero a cambio de su silencio e intentó atraparme haciéndome firmar el contrato de la renta. Mi primera vez es algo que nunca olvidaré, y Hardin me la ha arruinado.

Corro al coche de Trevor y me meto. La calefacción está puesta y el aire caliente me golpea la cara y se mezcla con mis lágrimas. Él no dice nada mientras me lleva al motel, cosa que agradezco.

Cuando se pone el sol me obligo a darme un baño, demasiado caliente. La expresión de Hardin mientras se alejaba de mí y se metía en su coche se me ha quedado grabada en la mente. La veo cada vez que cierro los ojos.

El celular no ha sonado ni una vez desde que salí del estacionamiento de Vance. Había imaginado, tonta e ingenua, que podía funcionar. Que a pesar de nuestras diferencias y sus arrebatos..., bueno, los arrebatos de ambos..., podríamos hacer que funcionara. No sé muy bien cómo consigo obligarme a dormir, pero me duermo.

A la mañana siguiente estoy un poco nerviosa por emprender mi primer viaje de negocios y entro en pánico. Además, se me ha olvidado llamar para que me arreglen el coche. Busco el mecánico más cercano y llamo. Probablemente me tocará pagar más para que me guarden el coche durante el fin de semana pero, ahora mismo, ésa es la menor de mis preocupaciones. No se lo menciono al amable señor que me contesta al otro lado, con la esperanza de que no se acuerden de cobrarme el extra.

Me enchino el pelo y me maquillo más que de costumbre. Elijo un vestido azul marino que aún no he estrenado. Lo compré porque sabía que a Hardin le encantaría cómo la tela fina abraza mis curvas. El vestido en sí no es nada atrevido: me llega al comienzo de las pantorrillas y la manga es semilarga, pero me sienta muy bien.

Odio que todo me recuerde a él. Me planto ante el espejo y me imagino cómo me estaría mirando si me viera con este vestido, cómo se le dilatarían las pupilas y se relamería y se mordería el labio mientras yo me arreglo el pelo por última vez.

Llaman a la puerta y vuelvo al mundo real.

—¿La señorita Young? —pregunta un hombre con overol azul de mecánico cuando abro la puerta.

—Soy yo —digo abriendo la bolsa para sacar las llaves—. Aquí tiene, es el Corolla blanco —le digo entregándoselas.

Mira atrás.

—¿El Corolla blanco? —pregunta confuso.

Salgo de la habitación y veo que mi coche... no está.

—Pero ¿qué...? Espere, voy a llamar a recepción para preguntar si han hecho que la grúa se lleve mi coche por haberlo dejado estacionado ahí todo el día.

Qué forma más estupenda de empezar el día.

—Hola, soy Tessa Young, de la habitación treinta y seis —digo cuando me contestan el teléfono—. Creo que ayer llamaron a la grúa para que se llevara mi coche... —Estoy intentando ser amable, pero la verdad es que esto es muy frustrante.

—No, no hemos llamado a la grúa —contesta el recepcionista.

La cabeza me da vueltas.

—Bueno, pues deben de haberme robado el coche...

Como me lo hayan robado tendré un problema de verdad. Ya casi es hora de marcharme.

—No, esta mañana ha venido un amigo suyo y se lo ha llevado —añade el hombre.

—¿Un amigo mío?

—Sí, un chico lleno de... tatuajes y todo eso —dice en voz baja, como si Hardin pudiera oírlo.

—¿Qué? —Lo he entendido perfectamente, pero no sé qué otra cosa decir.

—Sí, ha venido con un remolque, hará unas horas —dice—. Perdone, creía que lo sabía...

—Gracias —gruño, y cuelgo. Me vuelvo hacia el hombre vestido de azul y le digo—: Lo siento muchísimo. Por lo visto, alguien se ha llevado mi coche a otro mecánico. No lo sabía. Perdone que le haya hecho perder el tiempo.

Sonríe y me asegura que no pasa nada.

Después de la pelea de ayer con Hardin, había olvidado que necesito que alguien me lleve al trabajo. Llamo a Trevor y me dice que ya le ha pedido al señor Vance y a Kimberly que pasen a recogerme de camino a la oficina. Le doy las gracias, cuelgo y abro las cortinas. Un coche negro se estaciona entonces delante de mi habitación, la ventanilla comienza a bajar y veo el pelo rubio de Kimberly.

—¡Buenos días, venimos a rescatarte! —anuncia con una carcajada en cuanto abro la puerta.

Trevor, amable e inteligente, ha pensado en todo.

El conductor sale del coche y se lleva la mano a la gorra para saludarme. Mete mi bolsa en la cajuela. Cuando abre la puerta trasera, veo que hay dos asientos enfrentados. En uno de ellos está Kimberly, dando palmaditas en el cuero, invitándome a sentarme con ella. En el otro están sentados el señor Vance y Trevor, que me miran con expresión divertida.

—¿Lista para tu escapada de fin de semana? —me pregunta Trevor con una gran sonrisa.

—Más de lo que imaginas —contesto subiendo al coche.

CAPÍTULO 9

Tessa

Nos metemos en la autopista y Trevor y el señor Vance retoman lo que parece ser una conversación muy profunda sobre el precio por metro cuadrado de un edificio de nueva construcción en Seattle. Kimberly me da un codazo e imita su parloteo con la mano.

—Estos hombres son aburridos —dice—. Oye, Trevor me contó que el coche te está dando problemas.

—Sí, no sé qué le pasa —contesto tratando de quitarle importancia, lo cual me es más fácil gracias a la cálida sonrisa de Kimberly—. Ayer no arrancaba, así que llamé a un mecánico, pero Hardin ya había hecho que vinieran a buscarlo.

Sonríe.

—No se da por vencido.

Suspiro.

—Eso parece. Ojalá me diera tiempo para procesarlo todo.

—¿Qué es lo que tienes que procesar? —pregunta.

Había olvidado que ella no sabe nada de la apuesta ni de mi humillación, y no quiero contárselo. Sólo sabe que Hardin y yo terminamos.

—No sé, todo. Están pasando muchas cosas y todavía no tengo donde vivir. Siento que no se lo está tomando tan en serio como debería. Cree que puede hacer conmigo y con mi vida lo que quiera, que puede aparecer y disculparse y que se lo voy a perdonar todo, y las cosas no funcionan así, al menos ya no —resoplo.

—Bien por ti. Me alegro de que te hayas dado tu lugar —dice.

Y yo me alegro de que no me pida detalles.

—Gracias, yo también.

Estoy muy orgullosa de mí misma por haber sido firme con Hardin y por no haber cedido, aunque también me siento fatal por lo que le dije ayer. Sé que se lo tenía merecido, pero no puedo evitar pensar: «¿Y si de verdad le importo tanto como dice?». No obstante, aunque en el fondo sea así, no creo que con eso baste para garantizar que no volverá a hacerme daño.

Porque ésa es su costumbre: hacerle daño a la gente.

Kimberly entonces cambia de tema y añade entusiasmada:

—Deberíamos salir esta noche después de la última plática. El domingo esos dos estarán reunidos toda la mañana y podremos ir de compras. Podemos salir esta noche y el sábado, ¿qué te parece?

—Y ¿adónde vamos a ir? —Me echo a reír—. Sólo tengo dieciocho años.

—Da igual. Christian conoce a mucha gente en Seattle. Si vas con él, entrarás en todas partes.

Me encanta cómo se le ilumina la cara cuando habla del señor Vance, y eso que lo tiene sentado al lado.

—Bueno —digo—. Nunca he «salido». He estado en unas cuantas fiestas de la fraternidad, pero nunca he pisado un club ni nada parecido.

—Te la pasarás bien, no te preocupes —me asegura—. Y tienes que ponerte ese vestido —añade con una carcajada.

CAPÍTULO 10

Hardin

«Estarás solo toda tu vida y por eso me das lástima. Yo seguiré adelante, encontraré un buen hombre que me trate como tú deberías haberlo hecho y nos casaremos y tendremos hijos. Yo seré feliz.»

Las palabras de Tessa resuenan en mi cabeza sin cesar. Sé que tiene razón, pero desearía que no fuera así. Nunca me había importado estar solo hasta ahora. Ahora sé lo que me estaba perdiendo.

—¿Vienes? —La voz de Jace me saca de mis sombríos pensamientos.

—¿Cómo dices? —pregunto. Casi me olvido de que estoy manejando.

Pone los ojos en blanco y le da una fumada al churro.

—Vamos a ir a casa de Zed, ¿vienes?

Gruño.

—No sé...

—¿Por qué no? Tienes que dejar de ser tan blando. Vas llorando por los rincones como un bebé.

Le lanzo una mirada asesina. Si hubiera podido pegar ojo anoche, lo estrangularía.

—No es verdad —digo lentamente.

—Güey, no haces otra cosa. Lo que necesitas es ponerte pedo y echar una cogida esta noche. Seguro que estará lleno de chicas fáciles.

—No necesito acostarme con nadie. —Yo sólo la deseo a ella.

—Está bien, vamos a casa de Zed. Si no quieres coger, al menos tómate unas cuantas cervezas —insiste.

—¿No te cansas de hacer siempre lo mismo? —le pregunto, y él me mira como si fuera un extraterrestre.

—¿Qué?

—Ya sabes, ¿no se te hace aburrido ir de fiesta y meterte con una distinta cada noche?

—Madre mía, ¡estás peor de lo que imaginaba! ¡Te ha dado fuerte, colega!

—No es eso. Sólo es que estoy harto de hacer siempre lo mismo.

No sabe lo agradable que es meterse en la cama y hacer reír a Tessa. No sabe lo divertido que es oírle hablar sin parar de sus novelas favoritas, que me pegue cuando intento meterle mano. Eso es mejor que cualquier fiesta.

—Te ha dejado hecho pedazos. Vaya mierda. —Se echa a reír.

—No es verdad —miento.

—Ya, claro... —Tira lo que queda del churro por la ventanilla—. Está soltera, ¿no? —inquiere, y cuando me ve apretando el volante se dobla de la risa—. Sólo te estoy tomando el pelo, Scott. Quería ver si te enojabas.

—Chinga tu madre —mascullo y, para demostrar que se equivoca, giro hacia casa de Zed.

CAPÍTULO 11

Tessa

El Four Seasons de Seattle es el hotel más bonito que he visto jamás. Intento caminar despacio para apreciar todos los detalles, pero Kimberly me arrastra al elevador que hay al fondo del vestíbulo y deja atrás a Trevor y al señor Vance.

Al poco, nos detenemos delante de una puerta.

—Ésta es tu habitación —dice—. Te veo en nuestra suite en cuanto hayas terminado de deshacer las maletas para repasar el itinerario del fin de semana, aunque estoy segura de que ya lo has hecho. Deberías cambiarte, creo que tendrías que reservar ese vestido para cuando salgamos esta noche. —Me guiña el ojo y sigue caminando por el pasillo.

La diferencia entre el hotel en el que he dormido las dos últimas noches y éste es abismal. Un cuadro del vestíbulo debe de costar más que todo lo que se han gastado en decorar una habitación entera del motel. Las vistas son increíbles. Seattle es una ciudad preciosa. Me imagino viviendo en ella, en un rascacielos, trabajando en Seattle Publishing, o incluso en Vance, ahora que van a abrir una sucursal aquí. Sería fantástico.

Cuelgo la ropa del fin de semana en el ropero. Me pongo una falda lápiz negra y una camisa lila. Tengo muchas ganas de que empiece el congreso y los nervios a flor de piel. Sé que necesito divertirme un poco, pero todo esto es nuevo para mí y todavía siento el vacío del daño que Hardin me ha causado.

Son las dos y media cuando llego a la suite que comparten Kimberly y el señor Vance. Estoy muy nerviosa porque sé que tenemos que estar en la sala de congresos a las tres.

Kimberly me recibe con una sonrisa y me invita a pasar. Su suite tiene habitación principal y sala. Parece más grande que la casa de mi madre.

—Es... Caray... —digo.

El señor Vance se ríe y se sirve una copa de algo que parece agua.

—No está mal.

—Llamamos al servicio de habitaciones para poder comer algo antes de bajar. Llegará en cualquier momento —dice Kimberly, y sonrío y le doy las gracias.

No me había dado cuenta del hambre que tenía hasta que la he oído hablar de comida. No he probado bocado en todo el día.

—¿Lista para aburrirte hasta la saciedad? —pregunta Trevor acercándose desde la sala.

—No creo que se me haga nada aburrido. —Sonrío y él se ríe—. De hecho, es posible que no quiera irme de aquí —añado.

—Yo tampoco —confiesa.

—Lo mismo digo —dice Kimberly.

El señor Vance menea la cabeza.

—Eso tiene fácil arreglo, amor. —Le acaricia la espalda con la mano y aparto la mirada ante ese gesto tan íntimo.

—¡Deberíamos trasladar a Seattle la central y vivir todos aquí! —bromea Kimberly. O eso creo.

—A Smith le encantaría esta ciudad.

—¿Smith? —pregunto, luego me acuerdo de que su hijo estaba en la boda y me sonrojo—. Su hijo. Perdón.

—No pasa nada. Sé que es un nombre poco común. —Se ríe y se apoya en Kimberly.

Debe de ser muy bonito mantener una relación llena de cariño y confianza. Envidio a Kimberly; me da vergüenza admitirlo, pero yo querría algo así para mí. Tiene en su vida un hombre a quien le importa de verdad y que haría cualquier cosa por hacerla feliz. Es muy afortunada.

Sonrío.

—Es un nombre precioso.

Bajamos después de comer y me encuentro en una enorme sala de congresos repleta de amantes de los libros. Estoy en el cielo.

—Contactos, contactos, contactos —dice el señor Vance—. Se trata de hacer contactos.

Y durante tres horas me presenta prácticamente a todos los asistentes. Lo mejor es que no me presenta como a una becaria, sino que él y todos me tratan como a una adulta.

CAPÍTULO 12

Hardin

—Pero mira a quién tenemos aquí —dice Molly, y pone los ojos en blanco cuando Jace y yo entramos en el departamento de Zed.

—¿Ya estás borracha y embarazada? —le contesto.

—¿Y? Son más de las cinco —dice con una sonrisa maliciosa. Meneo la cabeza cuando añade—: Tómate un trago conmigo, Hardin —y agarra una botella de licor café y dos caballitos de la barra.

—Está bien. Uno —digo, y sonríe antes de llenar los pequeños vasos.

Diez minutos después, estoy mirando la galería de imágenes de mi celular. Ojalá le hubiera dejado a Tessa hacernos más fotos juntos. Ahora tendría más que mirar. Carajo, me ha dado fuerte de verdad, como ha dicho Jace. Creo que me estoy volviendo loco y lo peor es que me da igual con tal de que eso me ayude a volver a estar con ella.

«Yo seré feliz», dijo. Sé que yo no la he hecho feliz, pero podría hacerlo. Aunque tampoco es justo que continúe persiguiéndola. Le he arreglado el coche porque no quería que se preocupara de hacerlo ella. Me alegro de haberlo hecho porque no me habría enterado de que se iba a Seattle si no hubiera llamado a Vance para asegurarme de que tenía quien la llevara a trabajar.

¿Por qué no me lo dijo? Ahora ese cabrón de Trevor está con Tessa, cuando el que debería estar allí soy yo. Sé que le gusta y ella podría enamorarse de él. Él es justo lo que necesita y los dos son muy parecidos. No como ella y yo. Trevor podría hacerla feliz. La idea me encabrona hasta tal punto que quiero tirarlo de cabeza por la ventana...

Pero tal vez tenga que darle tiempo a Tessa y la oportunidad de ser feliz. Ayer me dejó claro que no puede perdonarme.

—¡Molly! —grito desde el sillón.

—¿Qué?

—Tráeme otro caballito.

No me hace falta mirarla, noto cómo su sonrisa victoriosa llena la habitación.

CAPÍTULO 13

Tessa

—¡Estuvo increíble! Muchísimas gracias por haberme traído, señor Vance —le suelto de golpe a mi jefe cuando nos metemos todos en el elevador.

—Ha sido un placer, de verdad. Eres una de mis mejores empleadas, muy brillante a pesar de ser una becaria. Y, por el amor de Dios, llámame Christian, como ya te dije —repone con falsa indignación.

—Sí, sí, de acuerdo. Pero es que no tengo palabras, señor... Christian. Ha sido genial poder oír a todo el mundo dar su opinión sobre la edición digital, y más porque no va a parar de crecer y es tan cómodo y tan fácil para los lectores. Es tremendo, y el mercado va a seguir en expansión... —continúo con mi perorata.

—Cierto, cierto. Y esta noche hemos ayudado a que Vance crezca un poco más. Imagina la de clientes nuevos que vamos a conseguir cuando hayamos terminado de optimizar nuestras operaciones.

—Ustedes dos, ¿han acabado ya? —protesta Kimberly tomando del brazo de Christian—. ¡Vamos a cambiarnos y a comernos la ciudad! Es el primer fin de semana en meses que tenemos niñera —añade con un gesto juguetón.

Él le sonríe.

—A sus órdenes, señora.

Me alegro de que el señor Vance, quiero decir, Christian, haya vuelto a encontrar la felicidad tras la muerte de su esposa. Miro a Trevor, que me regala una pequeña sonrisa.

—Necesito un trago —dice Kimberly.

—Yo también —asiente Christian—. Nos vemos en el vestíbulo dentro de media hora. El chofer nos recogerá en la puerta. ¡Yo invito a cenar!

Vuelvo a mi habitación y conecto las tenazas para retocarme el peinado. Me aplico una sombra de ojos oscura en los párpados y me miro al espejo. Se nota pero no es excesiva. Me pongo delineador de ojos negro y un poco de rubor en las mejillas. Luego me arreglo el pelo. El vestido azul marino de esta mañana ahora me queda mucho mejor, con el maquillaje de noche y el pelo algo cardado. Cómo me gustaría que Hardin...

«No, no me gustaría. No, no y no», me repito a mí misma mientras me pongo los zapatos negros de tacón. Tomo el celular y la bolsa antes de salir de la habitación para reunirme con mis amigos... ¿Son mis amigos?

No lo sé. Siento que Kimberly es mi amiga y Trevor es muy amable. Christian es mi jefe, así que es otra cosa.

En el elevador le envío un mensaje a Landon diciéndole que me la estoy pasando muy bien en Seattle. Lo extraño y espero que podamos seguir siendo buenos amigos, aunque yo ya no esté con Hardin.

Al salir del elevador veo el pelo negro de Trevor cerca de la entrada. Lleva pantalones negros de vestir y un suéter de color crema. Me recuerda un poco a Noah. Admiro durante un segundo lo apuesto que es antes de hacerle saber que ya estoy aquí. Cuando me ve, abre mucho los ojos y emite un sonido entre una tos y un gritito. No puedo evitar echarme a reír un poco al ver cómo se ruboriza.

—Estás... estás preciosa —dice.

Sonrío y le contesto:

—Gracias. Tú tampoco estás mal.

Se ruboriza un poco más.

—Gracias —musita.

Es muy extraño verlo así de tímido. Normalmente es siempre muy tranquilo, muy sereno.

—¡Ahí están! —oigo que exclama Kimberly.

—¡Vaaaya, Kim! —le digo llevándome la mano a la boca como si tuviera que contener las palabras.

Está espectacular con un vestido rojo de los que se atan al cuello que sólo le llega a la mitad del muslo. Lleva el pelo corto y rubio recogido con broches. Le da un aspecto sexi pero elegante a la vez.

—Me parece que nos vamos a pasar la noche espantando tipos —le dice Christian a Trevor, y ambos se ríen mientras nos acompañan a la salida del hotel.

Con una orden de Christian, el coche nos lleva a una marisquería muy bonita en la que pedimos el salmón y las croquetas de cangrejo más suculentos del mundo. Christian nos cuenta unas anécdotas divertidísimas de cuando trabajaba en Nueva York. Lo pasamos muy bien, y Trevor y Kimberly bromean con él. Es un hombre con sentido del humor y se ríe de todo.

Después de cenar, el coche nos lleva a un edificio de tres plantas que es todo de cristal. Por las ventanas se ven cientos de luces brillantes que iluminan cuerpos en movimiento y crean una fascinante combinación de luces y sombras en cuerpos, piernas y brazos. No dista mucho de cómo me imaginaba que era un club, sólo que es mucho más grande y hay mucha más gente.

Al salir del coche Kimberly me toma del brazo.

—Mañana iremos a un lugar más tranquilo. Unas cuantas personas del congreso querían venir aquí. ¡Y aquí estamos! —dice con una carcajada.

El gigantesco hombre que vigila la puerta sostiene una carpeta en la mano, y es evidente que controla el acceso al interior. La fila da la vuelta a la esquina.

—¿Vamos a tener que esperar mucho? —le pregunto a Trevor.

—No —dice con una sonrisa—. El señor Vance nunca tiene que esperar.

No tardo en averiguar a qué se refiere. Christian le susurra algo al portero y, al instante, el gigantón retira el cordón para dejarnos pasar. Me mareo un poco al entrar, la música está muy alta y las luces bailan en el interior, enorme y lleno de humo.

Estoy segura de que jamás entenderé por qué a la gente le gusta pagar por tener dolor de cabeza y respirar humo artificial mientras se restriegan contra extraños.

Una mujer con un vestido muy corto nos conduce escaleras arriba, a una pequeña sala con finas cortinas en lugar de paredes. En él hay dos sillones y una mesa.

—Es la zona vip, Tessa —me dice Kimberly, y miro alrededor con curiosidad.

—Ah —contesto. Sigo su ejemplo y me siento en uno de los sillones.

—¿Qué sueles beber? —me pregunta Trevor.

—No suelo beber —digo.

—Yo tampoco. Bueno, me gusta el vino, pero no soy un gran bebedor.

—Ah, no. Esta noche vas a beber, Tessa. Te hace falta —interviene Kimberly.

—Yo... No... —empiezo a decir.

—Un sexo en la playa para ella y otro para mí —le dice a la mujer que nos ha acompañado.

Ella asiente, y Christian le pide una bebida que no conozco y Trevor una copa de vino tinto. Nadie me ha preguntado si tengo edad de beber. A lo mejor es que parezco mayor de lo que soy, o Christian es tan famoso que no quieren contrariarlo ni molestar a sus acompañantes.

No tengo la menor idea de qué es eso de «sexo en la playa», pero prefiero no mostrar mi ignorancia. Cuando regresa, la mujer me trae un vaso de tubo con una rodaja de piña y una sombrilla rosa. Le doy las gracias y pruebo un sorbo con el popote. Está delicioso, dulce pero con un punto amargo al tragar.

—¿Te gusta? —pregunta Kimberly.

Asiento y le doy un trago más largo.

CAPÍTULO 14

Hardin

—Carajo, vamos, Hardin. Una más —me susurra Molly al oído.

Aún no he decidido si quiero emborracharme o no. Ya me he tomado tres caballitos y sé que, si me tomo el cuarto, estaré borracho. Por otro lado, agarrar una buena peda y olvidarme de todo suena genial. Pero quiero poder pensar con claridad.

—¿Y si nos vamos? —me pregunta entonces arrastrando las palabras.

Molly huele a whisky y a marihuana. Una parte de mí quiere llevarla al baño y cogérsela, sólo porque puedo. Sólo porque Tessa está en Seattle con el maldito Trevor y yo estoy a tres horas de allí, sentado en un sillón y medio borracho.

—Vamos, Hardin. Sabes que puedo hacer que la olvides —dice sentándose en mis piernas.

—¿Qué? —le pregunto cuando me pone las manos en el cuello.

—Tessa. Haré que te olvides de ella. Puedes cogerme hasta que no te acuerdes ni de su nombre.

Su aliento tibio me roza el cuello, y la aparto.

—Levántate —le digo.

—¿Qué carajo te pasa, Hardin? —salta. He herido su orgullo.

—No quiero nada contigo —le espeto con brusquedad.

—¿Desde cuándo? No te he oído quejarte nunca, aunque hemos cogido un montón de veces.

—No desde... —empiezo a decir.

—¿No desde qué? —Salta del sillón y empieza a manotear en el aire—. ¿Desde que conociste a esa zorra estirada?

Tengo que hacer un esfuerzo por recordar que Molly es una chica, no el demonio que parece ser, antes de hacer una estupidez.

—No hables así de ella —replico poniéndome de pie.

—Es la verdad, y ahora mírate. ¡Eres como el perrito faldero de una Virgen María convertida en puta que no quiere ni verte! —grita, no sé si riendo o llorando; en ella es habitual confundir ambas cosas.

Aprieto los puños y en ese momento Jace y Zed aparecen detrás de ella. Molly se apoya en el hombro de Jace.

—Díganselo, chicos. Díganle que no hay quien lo aguante desde que lo desenmascaramos ante ella.

—Nosotros, no. Fuiste tú —la corrige Zed.

Molly le lanza una mirada asesina.

—Es lo mismo —dice poniendo los ojos en blanco.

—¿Qué les pasa? —pregunta Jace.

—Nada —respondo por ella—. Le ha sentado mal que no quiera cogerme su trasero lastimero.

—No, estoy encabronada porque eres un pendejo. Que sepas que nadie te soporta. Por eso Jace me dijo que se lo contara todo.

Me hierve la sangre.

—¿Qué? —exclamo entre dientes.

Sabía que Jace era un cabrón, pero estaba convencido de que Molly se lo contó todo a Tessa porque se moría de celos.

—Sí. Él me dijo que se lo contara. Lo tenía todo planeado: yo debía contárselo delante de ti cuando ella ya hubiera tomado unas copas y luego él iría a consolarla mientras tú llorabas como un bebé. —Se ríe—. ¿No fue eso lo que dijiste, Jace? ¿Que ibas a cogértela hasta dejarla sin sentido? —dice Molly usando las garras para entrecomillar las frases.

Doy un paso hacia Jace.

—Güey, era una broma —empieza a decir él.

Si no me equivoco, los labios de Zed se curvan en una sonrisa cuando golpeo la cara de Jace.

Le doy tantos madrazos a Jace que no siento los nudillos. La rabia lo puede todo. Me siento encima de él y sigo repartiendo golpes. Me lo imagino tocando a Tessa, besándola, desnudándola, y le pego con más fuerza. La sangre que le cubre la cara es un incentivo más, quiero hacerle todo el daño que pueda.

Los lentes de pasta negra de Jace están rotas y tiradas en el suelo, junto a su cara ensangrentada, mientras unas fuertes manos me separan de él.

—¡Ya detente! ¡Vas a matarlo! —me grita Logan para sacarme de mi trance.

—¡Si tienen algo que decir, me lo dicen a la cara! —le grito al grupo, a esos a los que creía mis amigos, o algo parecido.

Todo el mundo guarda silencio, incluso Molly.

—Es en serio. ¡Si alguien más se atreve a mencionarla, le partiré la cara!

Le lanzo una última mirada a Jace, que está intentando levantarse del suelo. Salgo del departamento de Zed y me adentro en la fría noche.

CAPÍTULO 15

Tessa

—¡Esto es adictivo! —le grito a Kimberly bebiéndome lo poco que quedaba en mi vaso. Rebusco con el popote entre los cubitos de hielo las últimas gotas del líquido afrutado.

Sonríe de oreja a oreja.

—¿Otra? —Tiene los ojos un poco rojos pero sigue muy compuesta, mientras que yo tengo la risa floja y la cabeza en las nubes.

Estoy borracha. Eso es lo que estoy.

Asiento con entusiasmo y, con los dedos en las rodillas, tamborileo al ritmo de la música.

—¿Te encuentras bien? —Trevor lo ve y se echa a reír.

—¡Sí! ¡Me encuentro de maravilla! —grito por encima de la música.

—¡Deberíamos bailar! —dice Kimberly.

—¡Yo no bailo! Quiero decir, que no sé bailar, y menos con esta música —contesto. Nunca he bailado como baila la gente del club y me aterra unirme a ellos. Pero el alcohol que fluye por mis venas me infunde valor—. Al diablo. ¡Vamos a bailar! —exclamo.

Kimberly sonríe, se vuelve hacia Christian y le da un beso que dura más de lo normal. Luego se levanta del sillón en un abrir y cerrar de ojos y me conduce a la pista de baile. Cuando pasamos junto al barandal, miro abajo, donde hay dos plantas llenas de gente bailando. Están tan absortos que me asusta y me atrae a la vez.

Por supuesto, Kimberly se mueve como una experta, así que cierro los ojos e intento dejar que la música controle mi cuerpo. Me siento incómoda pero quiero caerle bien a Kim, es lo único que tengo.

Después de bailar no sé cuántas canciones y dos copas más, todo empieza a darme vueltas. Me excuso para ir al baño, sujetándome la bolsa mientras me abro paso entre cuerpos sudorosos. Noto que mi celular empieza a vibrar. Lo saco de la bolsa. Es mi madre; no contesto. Estoy demasiado borracha para poder hablar con ella. Cuando llego a la fila del baño, reviso el buzón y frunzo el ceño al ver que no hay ningún mensaje de Hardin.

«¿Y si lo llamo, a ver qué hace?»

No. No puedo hacer eso. Sería irresponsable y mañana lo lamentaría.

Las luces que rebotan en las paredes empiezan a marearme mientras espero. Intento concentrarme en la pantalla del celular, esperando a que se me pase. Cuando la puerta de uno de los baños se abre al fin, entro de un salto y me inclino sobre el excusado, esperando a que mi cuerpo decida si va a vomitar o no. Detesto sentirme así. Si Hardin estuviera aquí, me traería agua y se ofrecería a sujetarme el pelo.

«No, no lo haría.»

Debería llamarlo.

Cuando parece que finalmente no voy a vomitar, salgo del cubículo en dirección a los lavabos. Toco un par de botones del celular, lo sujeto con el hombro y la mejilla y tomo una toalla de papel del dispensador. La pongo debajo de la llave para humedecerla pero no sale agua hasta que la paso por el sensor. Odio las llaves automáticas. Se me ha corrido un poco el maquillaje y parezco otra persona. Llevo el pelo alborotado y tengo los ojos inyectados en sangre. Cuelgo al tercer timbre y dejo el celular en la orilla del lavabo.

«¿Por qué demonios no contesta?», me pregunto. Entonces el teléfono empieza a vibrar y casi se cae dentro del agua, cosa que hace que me eche a reír a carcajadas. No sé por qué me hace tanta gracia.

El nombre de Hardin aparece en la pantalla y la toco con los dedos húmedos.

—¿Harold? —pregunto.

«¿Harold?» Ay, madre, he bebido demasiado.

La voz de Hardin suena rara y como sin aliento al otro lado.

—¿Tessa? ¿Va todo bien? ¿Me has llamado?

En serio, tiene una voz celestial.

—No sé, ¿te sale mi nombre en la pantalla? De ser así, es probable que haya sido yo —digo sin parar de reír.

—¿Has bebido? —pregunta en tono serio.

—Tal vez —digo con voz aguda, y lanzo la toalla de papel al bote de la basura.

Entonces entran dos chicas borrachas, una de ellas trastabilla sola y todo el mundo se dobla de la risa. Se meten tambaleantes en el cubículo más grande y yo vuelvo a concentrarme en la llamada.

—¿Dónde estás? —pregunta Hardin de malas maneras.

—Oye, cálmate. —Él siempre me está diciendo que me calme. Ahora me toca a mí.

Suspira.

—Tessa... —Sé que está enojado, pero estoy demasiado atontada para que me importe—. ¿Cuántas te has tomado?

—No sé... Puede que cinco. O seis. Creo —respondo apoyada en la pared. El frío de los azulejos atraviesa la fina tela de mi vestido, son la gloria contra mi piel sudada.

—¿Cinco o seis qué?

—Sexos en la playa... Nunca lo hemos probado... Habría sido divertido —digo con una sonrisa pícara.

Ojalá pudiera verle la cara de tonto. No de tonto..., de adonis. Pero ahora mismo lo de «cara de tonto» me suena mejor.

—Madre mía, estás pedísima —dice, y adivino que se está pasando las manos por el pelo—. ¿Dónde estás?

Sé que es infantil, pero respondo:

—Lejos de ti.

—Eso ya lo sé. Ahora dime dónde estás. ¿Estás en un club? —ladra.

—Uy... Pareces el enanito gruñón —replico echándome a reír.

Sé que puede oír la música, por eso lo creo cuando me dice:

—No me será difícil encontrarte.

Me da igual.

Las palabras salen de mi boca antes de que pueda cerrarla:

—¿Por qué no me has llamado hoy?

—¿Qué? —inquiere. Está claro que no se esperaba la pregunta.

—Hoy no has intentado llamarme. —Soy patética.

—Creía que no querías que te llamara.

—Y no quiero. Pero aun así...

—Muy bien, pues te llamo mañana —dice con calma.

—No cuelgues.

—No voy a colgar... Sólo quería decir que mañana te llamaré, aunque no me contestes —me explica, y mi corazón da un salto mortal.

Intento fingir desinterés.

—Está bien.

«Pero ¿qué estoy haciendo?»

—¿Vas a decirme dónde estás?

—No.

—¿Trevor está contigo? —pregunta muy serio.

—Sí, pero también están Kim y... Christian. —No sé por qué me estoy justificando.

—¿Ése era su plan? ¿Llevarte al congreso y emborracharte en un maldito club? —inquiere levantando la voz—. Lo que tienes que hacer es volver al hotel. No estás acostumbrada a beber, y encima estás por ahí con Trevor...

Le cuelgo sin dejarlo acabar. Pero ¿quién se cree que es? Tiene suerte de que lo haya llamado, aunque sea borracha. Vaya aguafiestas.

Necesito otra copa.

Vibra el celular varias veces pero ignoro todas las llamadas. «Toma ésa, Hardin.»

Encuentro el camino de vuelta a la zona vip y le pido otra copa a la camarera.

—¿Te encuentras bien? —me pregunta Kimberly—. Pareces enojada.

—¡Estoy bien!

Me bebo la copa en cuanto me la sirven. Hardin es un imbécil. Es culpa suya que no estemos juntos. ¡Y encima tiene el valor de gritarme cuando lo llamo! Podría estar aquí conmigo si no hubiera hecho lo que hizo. Pero tengo a Trevor, que es muy dulce y muy guapo.

—¿Qué? —pregunta él con una sonrisa cuando me atrapa mirándolo.

Me río y desvío la mirada.

—Nada.

Me termino otra copa y hablamos de lo interesante que será mañana. Me levanto y anuncio:

—¡Me voy a bailar!

Da la impresión de que Trevor quiere decir algo, tal vez quiera ofrecerse a acompañarme, pero se ruboriza y no abre la boca. Kimberly parece que ha tenido suficiente y me dice que me vaya con un gesto de la mano. Puedo ir yo sola, no me importa. Me abro paso hasta el centro de la pista de baile y empiezo a moverme. Seguro que estoy ridícula, pero sienta tan bien disfrutar de la música y olvidar todo lo demás, como el haber llamado a Hardin estando borracha...

A media canción noto que hay alguien alto detrás de mí, cerca de mí. Me vuelvo. Es un chico muy lindo, con *jeans* oscuros y camiseta blanca. Lleva el pelo muy corto y tiene una bonita sonrisa. No es Hardin, pero es que nadie es como Hardin.

«Deja de pensar en él», me recuerdo mientras el chico me agarra por las caderas y me pregunta al oído:

—¿Puedo bailar contigo?

—Sí..., claro —contesto. Pero en realidad es el alcohol el que habla.

—Eres muy guapa —me dice, me da la vuelta y pone fin a los centímetros que nos separaban.

Se pega a mi espalda y cierro los ojos, intentando imaginarme que soy otra persona. Una mujer que baila con desconocidos en un club.

El ritmo de la segunda canción es más lento, más sensual, y mis caderas se mueven más despacio. Nos volvemos, estamos cara a cara. Se lleva mi mano a la boca y me acaricia la piel con los labios. Sus ojos encuentran los míos y de repente tengo su lengua en mi boca. Mi corazón grita para que lo aparte y el sabor desconocido casi me produce arcadas. Pero mi cerebro... mi cerebro me dice todo lo contrario: «Bésalo y olvídate de Hardin. Bésalo».

Así que ignoro el malestar que siento en el estómago. Cierro los ojos y entrelazo la lengua con la suya. He besado a más tipos en tres meses de universidad que en toda mi vida. Las manos del desconocido se deslizan a mi espalda y comienzan a descender.

—¿Y si nos vamos a mi casa? —dice cuando nuestras bocas se separan.

—¿Qué? —Lo he oído, pero espero que lo que acabo de decir borre su pregunta.

—Vayamos a mi casa —repite arrastrando las palabras.

—No creo que sea buena idea.

—Es una gran idea —repone echándose a reír.

Las luces multicolores son como un caleidoscopio en su cara, y hacen que parezca extraño y mucho más amenazador que antes.

—¿Qué te hace pensar que voy a ir a tu casa contigo? ¡No te conozco de nada! —grito.

—Porque te excito y te encanta, pequeña perversa —dice como si fuera evidente y nada ofensivo.

Me preparo para gritarle o pegarle un rodillazo en la entrepierna, pero intento calmarme y pararme a pensar. Le he estado restregando las nalgas y lo he besado. Normal que quiera más. Pero ¿qué demonios me ocurre? Acabo de meterme con un desconocido en un club. No es propio de mí.

—Lo siento, pero no —digo echando a andar.

Cuando regreso junto al grupo, parece que Trevor está a punto de quedarse dormido en el sillón. No puedo evitar sonreír ante su *adorabilidad*.

¿Esa palabra existe? Oh, creo que he bebido demasiado.

Me siento y saco una botella de agua de la cubitera que hay encima de la mesa.

—¿La has pasado bien? —me pregunta Kimberly.

Asiento.

—Sí, me la he pasado muy padre —digo a pesar de lo ocurrido hace unos minutos.

—¿Nos vamos, cielo? Mañana tenemos que madrugar —le dice Christian a Kim.

—Sí. Cuando tú quieras —responde ella acariciándole el muslo.

Aparto la mirada y noto que me sonrojo.

Pico a Trevor con el dedo.

—¿Vienes o prefieres quedarte aquí a dormir? —bromeo.

Se echa a reír y se endereza.

—Aún no lo he decidido. El sillón es muy cómodo y la música es muy relajante.

Christian llama al chofer, que dice que estará en la puerta dentro de cinco minutos. Nos levantamos y bajamos por la escalera de caracol que hay en uno de los laterales del club. En la barra del primer piso, Kimberly pide la última copa y yo me planteo tomarme otra mientras esperamos, pero finalmente decido que ya he bebido bastante. Una más y perderé el conocimiento. O vomitaré. No quiero ni lo uno ni lo otro.

Christian recibe un mensaje de texto y vamos a la salida. Se agradece el aire fresco, aunque no es más que una suave brisa cuando subimos al coche.

Son casi las tres de la madrugada cuando regresamos al hotel. Estoy borracha y me muero de hambre. No dejo nada comestible en el minibar, tropiezo con la cama y me quedo acostada. Ni siquiera me molesto en quitarme los zapatos.

CAPÍTULO 16

Tessa

—Cállateeee —gruño cuando un molesto ruido me despierta de la borrachera.

Tardo unos segundos en darme cuenta de que no son los gritos de mi madre, sino que están llamando a la puerta a golpes.

—¡Voy, voy! —grito, y tropiezo mientras voy a abrir.

Entonces me paro y miro el reloj: son casi las cuatro de la madrugada. «¿Quién diablos será?»

Incluso borracha, empieza a entrarme miedo. ¿Y si es Hardin? Han pasado más de tres horas desde que lo llamé bien peda. Es imposible que me haya localizado. Y ¿qué le digo? No estoy preparada para esto.

Cuando vuelven a aporrear la puerta, aparto mis pensamientos y la abro, lista para lo peor.

Pero sólo es Trevor. Es una decepción tan grande que hasta me duele el pecho. Me froto los ojos. Estoy tan borracha como antes de acostarme.

—Perdona que te haya despertado, pero ¿no tendrás tú mi celular por casualidad? —pregunta.

—¿Eh? —digo, y doy un par de pasos atrás para que pueda entrar.

Cierra la puerta y nos rodea la oscuridad salvo por las luces de la ciudad que entran por la ventana. Estoy demasiado borracha para ponerme a buscar el interruptor.

—Creo que hemos intercambiado los celulares. Yo tengo el tuyo, y creo que tú has tomado el mío por error. —Abre la mano y me enseña mi teléfono—. Iba a esperar a que se hiciera de día, pero el tuyo no ha parado de sonar.

—Ah —me limito a decir.

Encuentro mi bolsa y la abro. Lo primero que aparece es el celular de Trevor.

—Perdona... Debo de haberlo agarrado sin querer cuando íbamos en el coche —me disculpo y se lo devuelvo.

—No pasa nada. Perdona que te haya despertado. Eres la única chica que conozco que está igual de guapa al despertar que...

Un golpe tremendo en la puerta le impide acabar la frase, y el estruendo me pone de muy mal humor.

—Pero ¡¿qué pasa? ¿Hay una fiesta en mi habitación o qué?! —grito empezando a andar hacia la puerta, lista para armarle la bronca de su vida al empleado del hotel que seguramente ha venido a pedirnos a Trevor y a mí que no hagamos tanto ruido y que, irónicamente, ha hecho mucho más ruido que nosotros.

Alargo la mano para abrir cuando los golpes se intensifican y me quedo petrificada del susto. A continuación, se oye:

—¡Tessa! ¡Abre la maldita puerta!

La voz de Hardin retumba en el aire como si nada se interpusiera entre nosotros. Se enciende la luz detrás de mí. Trevor está lívido de terror.

Si Hardin lo encuentra en mi habitación, esto va a acabar en llanto y crujir de dientes, aunque no haya pasado nada.

—Escóndete en el baño —le digo, y él abre unos ojos como platos.

—¿Qué? ¡No puedo esconderme en el baño! —exclama.

Tiene razón, es una idea absurda.

—¡Abre la maldita puerta! —vuelve a gritar Hardin. Entonces empieza a darle patadas. Sin parar.

Miro a Trevor una última vez para intentar memorizar sus hermosos rasgos antes de que Hardin le haga una cara nueva.

—¡Ya voy! —grito, y abro la puerta hasta la mitad.

Hardin está muy enojado y va todo de negro. Lo recorro de arriba abajo con ojos de borracha. No lleva las botas de siempre, sino unas Converse negras. Nunca lo había visto sin sus botas. Me gustan esos zapatos...

Pero me estoy dispersando.

Entonces Hardin abre la puerta de un empujón, entra a la carga y va derecho a Trevor. Por fortuna, lo agarro de la camiseta y consigo detenerlo.

—¡¿Crees que puedes emborracharla y meterte en su habitación?! —le grita mientras intenta soltarse. Sé que no lo está intentando con todas sus fuerzas porque, si así fuera, yo ya tendría el trasero en el piso—. He visto cómo encendías la luz por el ojo de la cerradura. ¿Qué estaban haciendo a oscuras?

—No estábamos... —empieza a decir Trevor.

—¡Hardin, basta ya! ¡No puedes ir por ahí pegándole a todo el mundo! —grito tirándole de la camiseta.

—¡Sí puedo! —brama.

—Trevor, vuelve a tu habitación para que intente hacerlo entrar en razón —intervengo—. Perdona que se esté comportando como una cabra loca.

Trevor casi se echa a reír por mi elección de palabras, pero se detiene con una mirada de Hardin.

Hardin se vuelve hacia mí y Trevor se marcha de mi habitación.

—¿Una cabra loca?

—¡Sí, porque estás loco! ¡No puedes aparecer hecho un energúmeno en mi habitación e intentar darle una golpiza a mi amigo!

—No debería estar aquí. ¿Qué estaba haciendo? ¿Por qué sigues vestida? ¿De dónde carajos ha salido ese vestido? —dice recorriéndome de arriba abajo con la mirada.

Paso de la oleada de calor que me revuelve el vientre y me concentro en estar indignada.

—Ha venido por su celular porque yo se lo había quitado sin querer. Y... ya no me acuerdo de qué más me has preguntado —confieso.

—Ya, pues tal vez no deberías haber bebido tanto.

—Bebo lo que quiero, cuando quiero, donde quiero y siempre que quiero. Gracias.

Pone los ojos en blanco.

—Eres una molestia hasta cuando estás peda —me espeta, y se deja caer en el sillón.

—Y tú eres una molestia... siempre. ¿Quién te ha dicho que puedes sentarte? —resoplo cruzándome de brazos.

Él me mira con sus ojos verdes y brillantes. Mierda, está tan bueno...

—No puedo creer que lo haya encontrado en tu habitación.

—No puedo creer que te haya dejado entrar en mi habitación —replico.

—¿Te lo has cogido?

—¿Qué? ¡¿Cómo te atreves a preguntarme eso?! —grito.

—Responde a mi pregunta.

—No, pendejo. Por supuesto que no.

—¿Ibas a hacerlo? ¿Quieres acostarte con él?

—¡Cállate, Hardin! ¡Estás loco! —exclamo al tiempo que sacudo la cabeza y camino de la cama a la ventana.

—Entonces ¿por qué sigues vestida?

—¡Eso no tiene sentido! —Pongo los ojos en blanco—. Además, no es asunto tuyo con quién me acuesto o dejo de acostarme. Puede que me haya acostado con él, puede que me haya acostado con otro. —Las comisuras de mis labios amenazan con dibujar una sonrisa, pero me obligo a permanecer muy seria cuando digo lentamente—: Nunca lo sabrás.

Mis palabras producen el efecto deseado y a Hardin le cambia la cara hasta que parece la de una bestia.

—¡¿Qué acabas de decir?! —brama.

Ja. Esto es mucho más divertido de lo que creía. Me encanta estar borracha con Hardin porque digo las cosas sin pensar, cosas en serio, y todo me hace mucha gracia.

—Ya me oíste... —replico, y me acerco para plantarme delante de él—. A lo mejor dejé que el tipo de la discoteca me llevara al baño. A lo mejor Trevor me lo hizo aquí mismo —digo mirando la cama por encima del hombro.

—Cállate. Cállate, Tessa —me advierte Hardin.

Pero me echo a reír. Me siento fuerte, segura, y quiero arrancarle la camiseta.

—¿Qué te pasa, Hardin? ¿No te gusta imaginarme en brazos de Trevor? —No sé si es la ira de Hardin, el alcohol, o lo mucho que lo extraño, pero sin pensarlo dos veces me encaramo en su regazo. Apoyo las rodillas junto a sus muslos. Lo he sorprendido y, si no me equivoco, está temblando.

—¿Qué... qué estás haciendo..., Tessa?

—Dime, Hardin, ¿te gustaría que Trevor...?

—Cállate. ¡Deja de decir eso! —me suplica, y lo dejo estar.

—Anímate, Hardin. Sabes que no lo haría.

Le rodeo el cuello con las manos. La nostalgia de estar entre sus brazos me tiene casi sin aliento.

—Estás borracha, Tessa —dice intentando soltarse.

—¿Y?... Te deseo. —Ni yo misma me esperaba decir eso.

Decido dejar de pensar, al menos con lógica, y lo tomo del pelo. Cómo extrañaba sentir sus chinos entre mis dedos.

—Tessa... No sabes lo que haces. Estás muy peda —me dice.

Pero lo dice sin convicción.

—Hardin..., no le des tantas vueltas. ¿Es que no me extrañas? —digo contra su cuello, chupándoselo un poco. Mis hormonas han tomado el control, y no sé si alguna vez lo he deseado más.

—Sí... —sisea, y succiono con más fuerza para asegurarme de que le hago un chupetón—. Tessa, no puedo..., por favor.

Me niego a parar. Muevo las caderas sobre su entrepierna y gime.

—No... —susurra, y sus grandes manos se aferran a mis caderas y las obligan a detenerse.

Contrariada, le lanzo una mirada asesina.

—Tienes dos opciones: o me coges o te largas. Tú decides.

«¿Qué diablos acabo de decir?»

—Mañana me odiarás si te toco un solo pelo estando... como estás —dice mirándome a los ojos.

—Ya te odio ahora —espeto, y Hardin hace una mueca al oírlo—. Más o menos —añado con más dulzura de la que debería.

Me suelta las caderas hasta que puedo volver a moverlas.

—¿No podemos hablar primero?

—No, y deja de ser tan pesado —gruño restregándome contra su pierna.

—No podemos hacerlo... Así, no.

¿Desde cuándo tiene sentido de la moralidad?

—Sé que quieres hacerlo, Hardin. Noto lo dura que se te ha puesto —le susurro al oído.

No puedo creer las vulgaridades que brotan de mi boca de borracha, pero la de Hardin es rosa y tiene las pupilas tan dilatadas que sus ojos parecen casi negros.

—Ven —le susurro mordisqueándole el lóbulo de la oreja—, ¿no se te antoja cogerme encima del escritorio? ¿O mejor en la cama? Las posibilidades son infinitas...

—Carajo... Está bien. A la mierda todo —dice, y me sujeta del pelo y atrae mi boca hacia la suya.

En cuanto nuestros labios se tocan, mi cuerpo se enciende. Gimo y él me recompensa con un gemido similar. Enrosco los dedos en su pelo y jalo con fuerza, incapaz de controlarme, incapaz de controlar las ganas que le tengo. Sé que se está conteniendo y eso me vuelve loca. Le suelto el pelo y tomo su camiseta negra de abajo, la jalo de la tela y se la quito por la cabeza. Nuestros labios se separan un segundo y Hardin echa la cabeza atrás.

—Tessa... —suplica.

—Hardin —respondo recorriendo sus tatuajes con los dedos.

Extrañaba cómo sus músculos se tensan bajo la piel, cómo los intrincados remolinos de tinta negra le decoran el cuerpo perfecto.

—No puedo aprovecharme de ti —dice, pero entonces gime y le lamo el labio inferior con la lengua.

Tengo que reírme.

—Será mejor que te calles.

Mi mano desciende hasta su entrepierna. Sé que no puede resistirse a mí, cosa que me complace más de lo que debería. Nunca pensé que alguna vez sería yo la que tendría todo el control estando con él. Es curioso cómo cambian las cosas.

Está tan duro y tan excitado... Me bajo y busco el cierre.

CAPÍTULO 17

Hardin

La cabeza me da vueltas y sé que está mal, pero no puedo evitarlo. La deseo, la necesito. Me muero por ella. Tiene que ser mía y me ha dado un ultimátum: o me la cojo, o me largo. Si ésas son mis opciones, no pienso largarme. Lo que está saliendo por esa boca suena tan raro..., tan impropio de ella.

Pero me excita muchísimo.

Sus pequeñas manos intentan bajarme el cierre de los pantalones. Meneo la cabeza cuando el cinturón me cae por los tobillos. No puedo pensar con claridad. No puedo razonar. Estoy borracho y loco por esta mujer dulce y, en este momento salvaje, a la que quiero más de lo que puedo soportar.

—Espera... —repito.

No deseo que pare, pero mi lado bueno quiere oponer un mínimo de resistencia para no sentirse tan culpable.

—No..., no espero. Ya he esperado bastante —dice con voz suave y seductora mientras me baja el bóxer y me la agarra con la mano.

—Así, Tessa...

—Ése es el plan: así, Tessa.

No puedo detenerla. Ni aunque quisiera. Lo necesita, me necesita. Y, borracha o no, soy lo bastante egoísta para aceptar si éste es el único modo en que puedo conseguir que me quiera.

Se arrodilla y se la mete en la boca. Cuando bajo la vista, me mira y pestañea. Carajo, parece un ángel y un demonio a la vez, tan dulce y tan sucia mientras me vuelve loco con la boca, arriba y abajo y trazando círculos.

Hace una pausa, se saca la verga, se la pone junto a la cara y me pregunta con una sonrisa:

—¿Te gusto así?

Casi me vengo sólo de oírla. Asiento, incapaz de hablar, y se la traga de nuevo, ahueca las mejillas y chupa con fuerza metiéndose un tramo más en su preciosa boca. No quiero que pare pero necesito tocarla. Sentirla.

—Espera —le suplico, y le pongo la mano en el hombro para echarla atrás. Niega con la cabeza y me tortura subiendo y bajando a velocidad de vértigo—. Tessa..., por favor —jadeo, pero la noto reír, una vibración profunda que me atraviesa hasta que, por fortuna, se detiene justo cuando estoy a punto de terminar en su garganta.

Sonríe y se limpia los labios hinchados con el dorso de la mano.

—Es que sabes muy rico —dice.

—Carajo, ¿desde cuándo tienes una boca tan sucia? —le pregunto cuando se levanta del suelo.

—No lo sé... Siempre pienso estas cosas, sólo es que nunca tengo los huevos de decirlas —responde acercándose a la cama.

Casi me echo a reír a carcajadas al oírla decir «huevos». No es propio de Tess, pero esta noche manda ella y lo sabe. Sé que está disfrutando de tenerme a su merced.

Ese vestido basta para hacer perder la razón a cualquiera. La tela abraza todas sus curvas, cada movimiento de su piel perfecta. Nunca he visto nada más sexi. Hasta que se lo quita por la cabeza y me lo tira juguetona. Creo que se me van a salir los ojos de las órbitas; tiene un cuerpo perfecto. El encaje blanco del brasier apenas puede contener sus senos plenos, y lleva enrollado uno de los laterales de las pantaletas de encaje, dejando expuesta la suave piel entre la cadera y el pubis. Le encanta que la bese ahí, aunque sé que se avergüenza de las finas líneas blancas, casi transparentes de su piel. No sé por qué; para mí es perfecta. Con o sin marcas.

—Te toca. —Sonríe, y se deja caer en la cama.

He soñado con esto desde el día en que me dejó. No creía que fuera a llegar y aquí estamos. Sé que necesito prestar atención a cada detalle porque es probable que no vuelva a suceder.

Al parecer, lo pienso demasiado porque levanta la cabeza y me mira con una ceja levantada.

—¿Voy a tener que empezar yo sola? —me provoca.

«Carajo, es insaciable.»

En vez de contestarle, me acerco a la cama, me siento junto a sus piernas y ella comienza a jalar con impaciencia las pantaletas. Le aparto las manos y se las bajo.

—Te he extrañado mucho —digo, pero ella sólo me agarra del pelo y me hunde la cabeza ahí abajo, donde me quiere.

Me resisto un poco pero al final cedo y la acaricio con los labios. Gime y se arquea cuando le dedico todas las atenciones de mi lengua a su punto más sensible. Sé lo mucho que le gusta. Recuerdo que la primera vez que se lo toqué me preguntó qué era eso.

Su inocencia me excitaba mucho. Me sigue excitando muchísimo.

—Así, Hardin... —gime.

Lo extrañaba. Normalmente haría algún comentario sobre lo mojada que está, pero no encuentro las palabras. Me consumen sus gemidos y el modo en que se agarra a la sábana por el placer que le estoy dando. Le meto un dedo, lo deslizo dentro y fuera y ella arquea la espalda.

—Más, Hardin. Más, por favor —me suplica, y le doy lo que quiere.

Curvo dos dedos dentro de ella antes de sacarlos y regalarle mi lengua. Se le tensan las piernas, como pasa siempre que está a punto. Me aparto para observar las caricias de mis dedos, que se mueven cada vez más veloces de un lado a otro. Grita. Grita mi nombre mientras se viene en mis dedos. La miro memorizando cada detalle, los ojos cerrados, sus labios entreabiertos, su pecho que sube y baja y el rubor sonrosado que cubre sus mejillas durante el orgasmo. La quiero. Carajo, cuánto la quiero. No puedo evitar meterme los dedos en la boca cuando ha terminado. Sabe a gloria, y espero poder recordarlo cuando me deje otra vez.

El sube y baja de su pecho me distrae hasta que abre los ojos. Tiene una sonrisa de oreja a oreja en su preciosa cara y no puedo evitar sonreír cuando me indica con el dedo que me acerque.

—¿Llevas un condón? —me pregunta mientras me acuesto sobre ella.

—Sí... —digo. La sonrisa desaparece y frunce el ceño. Espero que no saque conclusiones equivocadas—. Es la costumbre —admito con sinceridad.

—Me da igual —masculla mirando mis pantalones tirados en el suelo.

Se sienta, los toma y rebusca en las bolsas hasta que encuentra lo que quiere.

Agarro de mala gana el envoltorio del condón y le sostengo la mirada.

—¿Estás segura? —le pregunto por enésima vez.

—Sí. Y si vuelves a preguntármelo me iré a la habitación de Trevor con tu condón —ladra.

Bajo la vista. Esta noche no tiene ningún pudor, pero no me la puedo imaginar con nadie más, sólo conmigo. Tal vez porque creo que eso me mataría. Se me acelera el pulso cuando me la imagino con el falso ese de Noah. La sangre me hierve en las venas y me pongo de mal humor.

—Como quieras. Estoy segura de que le encantará... —empieza a decir, pero le tapo la boca con la mano para hacerla callar.

—No te atrevas a acabar la frase —amenazo, y noto cómo sus labios dibujan una sonrisa bajo mis dedos.

Sé que esto no es sano, y que me provoque así, y cogérmela estando borracha, pero no parece que ninguno de los dos podamos evitarlo. No puedo negarme cuando sé que soy lo que quiere y que cabe la posibilidad..., la remota posibilidad de que recuerde lo que tenemos juntos y me dé otra oportunidad. Le quito la mano de la boca y rasgo el envoltorio del condón. En cuanto me lo pongo, se sube en mí.

—Quiero hacerlo así primero —insiste agarrándome la verga antes de metérsela.

Dejo escapar un suspiro de placer y de derrota y ella empieza a mover las caderas contra las mías. Traza círculos lentos; es el ritmo más delicioso del mundo. Su cuerpo, su boca carnosa y perfecta..., esto es hipnótico y tremendamente sexi. Sé que no voy a durar mucho, llevo demasiado sin hacerlo. Últimamente lo único que he hecho ha sido chaquetEármela yo solo imaginándome que estaba con ella.

—Háblame, Hardin, háblame como antes —gimotea rodeándome el cuello con los brazos y atrayéndome hacia sí. Odio el modo en que dice «como antes», como si fuera hace cien años.

Me incorporo un poco sobre la cama para seguir sus movimientos y pegarle la boca al oído.

—Te gusta que te diga obscenidades, ¿verdad? —susurro, y Tessa gime—. Contéstame —digo, y asiente con la cabeza—. Lo sabía. Intentas parecer una ingenua pero yo te conozco bien. —Le muerdo el cuello.

Mi autocontrol ha desaparecido y chupo con fuerza para dejarle marca. Para que el maldito Trevor la vea. Para que todos la vean.

—Sabes que soy el único que puede hacerte sentir así... Sabes que nadie más puede hacerte gritar como yo... Nadie más sabe exactamente cómo tocarte —digo bajando la mano y frotando con los dedos el punto en el que se unen nuestros cuerpos.

Está empapada y mis dedos se deslizan con facilidad gracias a la humedad.

—¡Sí, sí! —ronronea.

—Dilo, Tessa. Di que soy el único.

Le acaricio el clítoris en pequeños círculos y la embisto con las caderas sin que ella deje de moverse.

—Lo eres. —Los ojos le van a llegar a la coronilla. Está perdida en la pasión que siente por mí y yo estoy a punto de unirme a ella.

—¿Qué soy?

Necesito que lo diga, aunque sea mentira. La quiero con tal desesperación que me da miedo. La tomo de las caderas y con un movimiento rápido la acuesto de espaldas sobre la cama y me pongo encima de ella. Grita cuando entro y salgo de su cuerpo con más fuerza que nunca. Le meto los dedos en la boca. Quiero que me sienta. Que me sienta del todo y que me quiera tanto como yo a ella. Es mía y yo soy suyo. El sudor brilla en su piel suave y está para comérsela. Sus senos suben y bajan con cada embestida y echa la cabeza atrás.

—Eres el único..., Hardin..., el único... —dice, y se muerde el labio.

Se lleva las manos a la cara y luego me agarra la mía. Observo cómo se viene debajo de mí... y es muy hermoso. Tiene una forma de olvidarse de todo que es más que perfecta. Sus palabras son todo cuanto necesito para acabar, y entonces ella me clava las uñas en la espalda. Se agradece el dolor, me encanta la pasión que hay entre nosotros. Me incorporo y la levanto conmigo. La siento en mi regazo para que pueda montarme otra vez. La abrazo y su cabeza cae sobre mis hombros mientras levanto las caderas fuera de la cama. Mi pene entra y sale de su interior a buen ritmo mientras termino en el condón rugiendo su nombre.

Me acuesto sin soltarla y suspira cuando le acaricio la frente con los dedos y le aparto el pelo empapado de la cara. Su pecho sube y baja, sube y baja, y me reconforta.

—Te quiero —le digo, e intento mirarla pero vuelve la cabeza y me tapa la boca con un dedo.

—Cállate...

—No, no me callo... —Ruedo hacia un lado y añado en voz baja—: Tenemos que hablar.

—A dormir... Tengo que levantarme dentro de tres horas... A dormir... —musita rodeándome la cintura con el brazo.

Que me abrace me hace sentir mejor que la cogida que acabamos de tener, y la idea de dormir en la misma cama que ella es un placer, ha pasado demasiado tiempo.

—Bueno —digo, y le doy un beso en la frente.

Hace una mueca pero sé que está demasiado cansada para resistirse.

—Te quiero —le repito, pero cuando no dice nada más me tranquilizo pensando que ya debe de haberse dormido.

Nuestra relación, o lo que sea esto, ha cambiado por completo en una sola noche. De repente me he convertido en lo que más miedo me daba ser, y ella me controla a su antojo. Podría hacerme el hombre más feliz sobre la faz de la Tierra o podría hundirme en la miseria con una sola palabra.

CAPÍTULO 18

Tessa

La alarma de mi celular irrumpe en mi sueño como un pingüino baila-rín. Literalmente, porque mi subconsciente traduce el sonido en la imagen de un pingüino que baila.

Sin embargo, la placentera fantasía no dura mucho. Me despierto y de inmediato empieza a dolerme la cabeza. Cuando intento sentarme, algo me lo impide... O alguien.

«Ay, no.»

Recuerdo a un tipo que me molestaba. Me entra el pánico y abro los ojos de sopetón... Pero lo que veo es la piel tatuada de Hardin encima de mí. Tiene la cabeza sobre mi estómago y me rodea con un brazo.

«Mierda.»

Intento hacerlo a un lado sin despertarlo, pero él gime y abre los ojos muy despacio. Los cierra otra vez, se levanta y desenreda nuestras piernas. Salto de la cama y, cuando vuelve a abrirlos, no dice nada, sólo me observa como si estuviera viendo a un depredador. La imagen de Hardin penetrán-dome sin cesar y gritando mi nombre se repite en mi mente una y otra vez.

«Pero ¿en qué demonios estaba pensando?»

Quiero decir algo, pero la verdad es que no se me ocurre nada. Por dentro me estoy poniendo mal, me va a dar un ataque. Como si supiera lo que pasa por mi mente, salta de la cama, sábana en mano, y se cubre el cuerpo desnudo. Ay, por favor. Se sienta en una silla y me mira y me doy cuenta de que sólo llevo puesto el brasier. Cierro las piernas y vuel-vo a sentarme en la cama.

—Di algo —me pide.

—Yo... No sé qué decir —confieso.

No puedo creer que haya pasado. No puedo creer que Hardin esté aquí, en mi cama, desnudo.

—Lo siento —dice, y deja caer la cabeza entre las manos.

Me va a explotar el cerebro por las cantidades ingentes de alcohol que tomé ayer y por haberme acostado con Hardin.

—Eso espero —mascullo.

Se jala del pelo.

—Fuiste tú quien me llamó.

—Pero no te dije que vinieras —replico.

No sé qué voy a hacer. No he decidido aún si quiero pelearme con él, echarlo a patadas o intentar resolverlo como una adulta.

Me levanto y me voy al baño. Su voz me acompaña.

—Estabas borracha y pensé que te encontrabas en apuros o algo así y Trevor estaba aquí.

Abro la llave de la regadera y me miro al espejo. Llevo un chupetón encarnado en el cuello. Me toco la marca y recuerdo la lengua de Hardin sobre mi piel. Debo de estar un poco ebria todavía porque no consigo pensar con claridad. Creía que lo estaba superando y resulta que tengo al cabrón que me rompió el corazón en mi habitación y un chupetón enorme en el cuello, igual que una adolescente indomable.

—¿Tessa? —dice entrando en el baño.

Me meto en la regadera. Permanezco en silencio mientras el agua caliente limpia mis pecados.

—¿Estás...? —Se le quiebra la voz—. ¿Estás bien después de lo que pasó anoche?

¿Por qué está tan raro? Me esperaba una sonrisa de superioridad y como mínimo cinco «de nada» en cuanto abriera los ojos.

—No... No lo sé. No, no estoy bien —le digo.

—¿Me odias... más que antes?

Parece tan vulnerable que me da un vuelco el corazón pero necesito ser firme. Esto es un desastre: empezaba a olvidarlo. «No hay quien se lo crea», se burla mi subconsciente, pero lo ignoro.

—No, más o menos igual que antes —contesto.

—Ah.

Me enjuago el pelo una última vez y rezo para que el agua me rehidrate y me libre de la cruda.

—No era mi intención aprovecharme de ti, te lo juro —dice cuando cierro la llave.

Agarro una toalla del pequeño estante y me envuelvo con ella. Está apoyado en el marco de la puerta y lo único que lleva puesto es el bóxer. Tiene el pecho y el cuello cubiertos de marcas rojas.

No pienso volver a tomar.

—Tessa, sé que debes de estar enojada, pero tenemos mucho de qué hablar.

—No, no hay nada qué hablar. Estaba borracha y te llamé. Viniste y nos acostamos. ¿Qué hay que hablar? —Intento mantener la calma, no quiero que sepa lo mucho que me afecta. Lo mucho que me afectó lo de anoche.

Entonces veo que tiene los nudillos en carne viva.

—¿Qué te ha pasado en las manos? ¡Maldita sea, Hardin! ¡¿No me digas que le has partido la cara a Trevor?! —grito, y hago una mueca por el terrible dolor de cabeza que tengo.

—¿Qué? ¡No! —exclama levantando las manos para defenderse.

—Entonces ¿a quién?

Menea la cabeza.

—Da igual. Tenemos cosas más importantes de las que hablar.

—No, no tenemos nada qué hablar. No ha cambiado nada.

Abro el estuche de maquillaje y saco el corrector. Me lo aplico generosamente en el cuello mientras Hardin sigue de pie detrás de mí, en silencio.

—Ha sido un error. No debería haberte llamado —digo al cabo de un rato, enojada porque ni con tres capas de corrector consigo disimular el chupetón.

—No ha sido un error. Está claro que me extrañas. Por eso me llamaste.

—¿Qué? No. Te llamé por... por accidente. No era mi intención.

—Mentira.

Me conoce demasiado bien.

—¿Sabes qué? No importa por qué te llamé —salto—. No deberías haber venido.

Tomo el delineador de ojos y empiezo a pintarme una raya bastante gruesa.

—Pues yo digo que tenía que venir. Estabas borracha y cualquiera sabe lo que podría haber pasado.

—¿Como, por ejemplo, que me acostara con quien no debía?

Se le encienden las mejillas. Sé que estoy siendo un poco pesada, pero debería haber sabido que no tenía que acostarse conmigo estando tan borracha. Me paso el cepillo por el pelo húmedo.

—No me dejaste otra opción, haz memoria —replica tan pesado como yo.

Me acuerdo. Recuerdo que salté encima de él y empecé a restregarme contra su entrepierna. Recuerdo que le dije que o se acostaba conmigo o se iba. Recuerdo que me dijo que no y me pidió que parase. Me siento muy humillada y horrorizada por mi comportamiento pero, lo peor de todo, es que me recuerda a la primera vez que lo besé, cuando me acusó de haberme lanzado a sus brazos.

La furia bulle en mi interior y tiro el cepillo contra el mueble del baño.

—¡No te atrevas a culparme a mí! ¡Podrías haber dicho que no! —le grito.

—¡Te dije que no! ¡Varias veces! —me contesta a gritos.

—¡No era consciente de lo que hacía y lo sabes!

No es del todo cierto. Sabía lo que quería, sólo que no estoy dispuesta a admitirlo.

Sin embargo, empieza a repetirme las vulgaridades que le dije anoche:

—«¡Es que sabes muy rico!» «¡Háblame como antes!» «¡Eres el único, Hardin!»...

Me está sacando de mis casillas.

—¡Fuera de aquí! ¡Largo! —le grito, y tomo el celular para ver la hora.

—Anoche no querías que me fuera —replica con toda la crueldad del mundo.

Me vuelvo para mirarlo.

—Me iba muy bien antes de que llegaras. Tenía aquí a Trevor —digo porque sé lo mal que le va a caer.

Pero entonces me sorprende echándose a reír.

—Por favor... Los dos sabemos que con Trevor no tienes ni para empezar. Me deseabas a mí y sólo a mí. Y todavía me deseas —se burla.

—¡Estaba borracha, Hardin! ¿Para qué te quiero a ti teniéndolo a él? —le suelto, pero me arrepiento al instante de haberlo dicho.

Le brillan los ojos, no sé si porque le he hecho daño o porque se ha puesto celoso, y doy un paso hacia él.

—No —dice extendiendo los brazos para que no me acerque—. ¿Sabes qué? Me parece perfecto. ¡Eres toda suya! No sé por qué chingados he venido. ¡Debería haber sabido que ibas a portarte así!

Intento bajar la voz antes de que alguien llame para quejarse, pero no sé si lo consigo:

—¿Me tomas el pelo? Te plantas aquí, te aprovechas de mí y ¿encima tienes el valor de insultarme?

—¿Que me aproveché de ti? ¡Tú te aprovechaste de mí, Tessa! Sabes que no sé decirte que no, ¡y no parabas de insistir!

Sé que tiene razón, pero estoy encabronada y me siento humillada por mi comportamiento agresivo de anoche.

—Da igual quién se aprovechara de quién. Lo único que importa es que te vayas y no vuelvas a acercarte a mí —sentencio, luego prendo la secadora para no oír su respuesta.

A los pocos segundos arranca el cable del enchufe de un jalón; un poco más y se lleva hasta el marco.

—Pero ¡¿a ti qué carajos te pasa?! —le grito conectando la secadora de nuevo—. ¡Podrías haberla roto!

Hardin es capaz de hacerle perder la paciencia a un santo.

«¿Cómo se me ocurrió llamarlo?»

—No voy a marcharme hasta que hayamos hablado —resopla.

Ignoro el dolor que siento en el pecho.

—Ya te lo he dicho: no tenemos nada de qué hablar. Me has hecho daño y no puedo perdonártelo. Fin de la cuestión.

Por mucho que intente luchar contra mis sentimientos, en el fondo sé que me encanta que haya venido. Aunque estemos gritándonos y peleándonos, lo he extrañado mucho.

—Ni siquiera has intentado perdonarme —dice en un tono mucho más dulce.

—Lo he intentado. He intentado superarlo, pero no puedo. No sé si todo esto es parte de tu juego. No sé si volverás a hacerme daño.

Conecto las tenazas y suspiro.

—Tengo que terminar de arreglarme.

Desaparece cuando vuelvo a prender la secadora. Una pequeña parte de mí espera encontrarlo sentado en la cama cuando salga del baño, la muy idiota. No es mi parte racional. Es la chica ingenua y tonta que se enamoró de un chico que es todo lo contrario de lo que ella necesita. Una relación entre Hardin y yo nunca funcionará, lo sé. Me gustaría que ella también lo supiera.

Me enchino el pelo y termino de peinarme de tal modo que éste me tapa el chupetón que me ha hecho en el cuello. Cuando salgo del baño a preparar lo que voy a ponerme, Hardin está sentado en la cama y la chica tonta se alegra un poco. Saco un brasier rojo y unos calzones de la maleta y me los pongo sin quitarme la toalla. Cuando la dejo caer, Hardin ahoga un grito e intenta disimularlo tosiendo.

Saco el vestido blanco del armario y noto que un hilo invisible nos une, pero me resisto y saco el vestido blanco del armario. Me siento muy cómoda con él aquí, teniendo en cuenta la situación. ¿Por qué tiene que ser todo tan confuso y agotador? ¿Por qué tiene que ser tan complicado? Y, lo más importante, ¿por qué no puedo olvidarlo y seguir con mi vida?

—Deberías irte —digo en voz baja.

—¿Necesitas ayuda? —pregunta cuando ve que me cuesta subirme el cierre del vestido.

—No... Puedo sola.

—Espera.

Se levanta y se acerca a mí. Caminamos sobre la fina línea que separa el amor del odio, la tempestad de la calma. Me resulta extraño y embriagador.

Me levanto el pelo y Hardin se toma su tiempo para subirme el cierre del vestido. Se me acelera el pulso y me regaño mentalmente por haber permitido que me ayude.

—¿Cómo conseguiste encontrarme? —inquiero en cuanto la pregunta se me pasa por la cabeza.

Se encoge de hombros como si no me hubiera seguido desde la otra punta del Estado.

—Llamé a Vance.

—¿Te dio mi número de habitación? —No me gusta nada la idea.

—No, me la dio el recepcionista. —Sonríe orgulloso de sí mismo—. Puedo ser muy persuasivo.

El hecho de que haya sido cosa del hotel no hace que me sienta mejor.

—No podemos seguir así..., ya sabes, contigo bromeando y actuando como si fuéramos amigos —digo subiéndome a los zapatos negros de tacón.

Él empieza a ponerse sus pantalones.

—¿Por qué no?

—Porque no nos hace ningún bien estar en la misma habitación.

Sonríe y aparecen sus hoyuelos malvados.

—Sabes que eso no es verdad —dice poniéndose la camiseta con absoluta tranquilidad.

—Lo es.

—No.

—¿Quieres dejarlo en paz? —le suplico.

—No lo dices en serio, y lo sé. Sabías muy bien lo que hacías cuando dejaste que me quedara anoche.

—No, no lo sabía —protesto—. Estaba borracha. Anoche no sabía lo que hacía, ni cuando besé a aquel tipo ni cuando te abrí la puerta.

Cierro la boca al instante. Espero no haberlo dicho en voz alta. No obstante, por el modo en que Hardin abre los ojos y aprieta los dientes, sé que me ha oído. Mi dolor de cabeza se multiplica por diez y me entran ganas de darme de cachetadas.

—¡¿Qué... qué acabas de decir?! —brama.

—Nada..., yo...

—¿Besaste a un tipo? ¿A quién? —pregunta con la voz rota como si acabara de correr un maratón.

—A un tipo en el club —confieso.

—¿Es en serio? —jadea. Asiento y explota—: Pero ¿qué...? Pero ¿qué carajos te pasa, Tessa? ¿Besaste a un maldito tipo en el club y a continuación te acostaste conmigo? Pero ¿tú quién eres?

Se pasa las manos por la cara. Si lo conozco tan bien como creo, está a punto de romper algo.

—Sucedió y ya está, y te recuerdo que tú y yo no estamos juntos.

—Intento defenderme, pero sé que lo único que consigo es empeorarlo.

—Carajo... Eres increíble. ¡Mi Tessa jamás habría besado a un maldito desconocido en un club! —ladra.

—No soy *tu* Tessa —le informo.

Menea la cabeza una y otra vez. Al final me mira a los ojos y escupe:

—¿Sabes una cosa? Tienes razón. Y, sólo para que lo sepas, mientras tú te estabas besuqueando con ese idiota, yo me estaba cogiendo a Molly.

CAPÍTULO 19

Tessa

«Me estaba cogiendo a Molly.» «Me estaba cogiendo a Molly.» «Me estaba cogiendo a Molly.» «Me estaba cogiendo a Molly.» «Me estaba cogiendo a Molly.» «Me estaba cogiendo a Molly.» «Me estaba cogiendo a Molly.» «Me estaba cogiendo a Molly.» «Me estaba cogiendo a Molly.» «Me estaba cogiendo a Molly.» «Me estaba cogiendo a Molly.» «Me estaba cogiendo a Molly.»

Las palabras de Hardin resuenan en mi cabeza mucho después de que haya salido para siempre de mi vida con un portazo. Intento tranquilizarme antes de bajar a reunirme con los demás.

Debería haber sabido que estaba jugando conmigo, que seguía metiéndose con esa puta. Seguro que ha estado acostándose con ella todo el tiempo que hemos estado «saliendo» juntos. ¿Cómo puedo ser tan tonta? Anoche estuve a punto de creerlo cuando me dijo que me quería. Pensaba: «¿Por qué, si no, ha venido en coche hasta Seattle?». Pero la verdadera razón es ésta: porque es Hardin y hace ese tipo de cosas para engañarme. Siempre las ha hecho y siempre las hará. Me confunde lo culpable que me siento por haberle soltado que besé a un tipo y por haberlo culpado a él de lo sucedido anoche, cuando sé perfectamente que yo quería que pasara tanto como él. Sólo es que no quiero admitirlo, ni ante él, ni a mí misma.

Se me revuelve el estómago al imaginármelo con Molly. Si no como pronto, voy a vomitar. No sólo por la cruda, sino también por la confesión de Hardin. Tenía que ser con Molly... La detesto. La estoy viendo, con su sonrisa de superioridad, disfrutando al saber el daño que me hace que vuelva a acostarse con él.

Esos pensamientos funestos me acosan como buitres hasta que detengo el ataque de nervios justo al borde del abismo, me limpio los lagrimales con un pañuelo de papel y tomo la bolsa. En el elevador estoy a punto de derrumbarme de nuevo, pero para cuando llego a la planta baja ya he recuperado el control.

—¡Tessa! —me llama Trevor desde la otra punta del vestíbulo—. Buenos días —dice acercándome una taza de café.

—Gracias, Trevor. Te pido disculpas por el comportamiento de Hardin anoche —empiezo a decir.

—No pasa nada, de verdad. Ese chico es un poco... ¿intenso?

Casi me echo a reír, pero la sola idea me da náuseas.

—Sí... Eso..., intenso —mascullo, y le doy un sorbo al café.

Mira el celular y se lo guarda otra vez en la bolsa.

—Kimberly y Christian bajarán dentro de unos minutos. —Sonríe—. ¿Hardin sigue aquí?

—No, y tampoco va a volver —replico tratando de fingir que no me importa—. ¿Dormiste bien? —pregunto para cambiar de tema.

—Sí, pero estaba preocupado por ti.

Su mirada se posa en mi cuello y me recoloco el pelo por si se me ve el chupetón.

—¿Y eso? —digo.

—¿Puedo preguntarte algo? No quiero que te siente mal ni nada... —lo dice con tono cauto y eso me pone un poco nerviosa.

—Sí..., adelante.

—¿Alguna vez... alguna vez te ha hecho daño Hardin? —me suelta entonces mirando al suelo.

—¿Qué? Discutimos constantemente, así que, sí, me hace daño a todas horas —le contesto. Luego le doy otro sorbo a la deliciosa taza de café.

Trevor me mira con ojos de cordero.

—Me refiero a físicamente —musita.

Ladeo la cabeza para poder verlo bien. ¿Me está preguntando si Hardin me ha pegado alguna vez? Me quiero morir.

—¡No! —exclamo—. Por supuesto que no. Él nunca haría algo así.

Por su mirada, sé que no era su intención ofenderme.

—Perdona... Es sólo que parece muy violento y siempre está enojado.

—Hardin está furioso con el mundo y a veces se pone violento, pero nunca, jamás, me pondría la mano encima.

Resulta raro, pero Trevor me está encabronado por acusar a Hardin de una cosa así. Él no lo conoce... Aunque, por lo visto, yo tampoco.

Permanecemos de pie varios minutos en silencio y le doy vueltas al asunto hasta que veo el pelo rubio de Kimberly acercándose a nosotros.

—Perdóname, de verdad. Sólo es que creo que te mereces que te traten mucho mejor —añade Trevor en voz baja antes de que los demás se unan a nosotros.

—Me encuentro fatal. Peor que fatal —gruñe Kimberly.

—Yo también. La cabeza me va a explotar —comparto con ella mientras recorremos el largo pasillo que conduce a la sala de congresos.

—Sí, pero tú tienes un aspecto magnífico y yo todavía llevo pegadas las legañas —añade.

—Estás preciosa —le dice Christian, y la besa en la frente.

—Gracias, cariño, pero tú no eres objetivo. —Kimberly se ríe y a continuación se masajea las sienes.

—Parece que esta noche no vamos a salir —interviene Trevor con una sonrisa.

Todo el mundo está de acuerdo con él.

Llegamos al congreso y voy directa a la mesa del desayuno por un tazón de cereales. Como más deprisa de lo que debería y no puedo dejar de pensar en lo que dijo Hardin. Me habría gustado poder besarlo una vez más... No, no, mal. Se ve que todavía estoy borracha.

Los seminarios se suceden con rapidez, y aunque Kimberly gruñe porque el volumen del micrófono del orador principal está demasiado alto, a mediodía mi dolor de cabeza ya casi ha desaparecido.

Mediodía. Hardin ya debe de haber llegado a casa. Seguro que está con Molly. Seguro que se ha ido directamente a buscarla sólo para molestarme. ¿Se habrán acostado ya en nuestra antigua recámara? ¿En la cama que era para nosotros? Recuerdo sus caricias y cómo gemía mi nombre anoche, y de repente el cuerpo de Molly sustituye al mío. Lo único que veo es a Hardin con Molly. A Molly con Hardin.

—¿Me has oído? —pregunta Trevor sentándose a mi lado.

Sonrío para disculparme.

—Perdona, tenía la cabeza en otra parte.

—Como esta noche nadie quiere salir, me preguntaba si te gustaría cenar conmigo. —Miro sus relucientes ojos azules y, como tardo en responder, tartamudea—: Si no quieres..., no pasa nada.

—La verdad es que me encantaría —le digo.

—¿De verdad? —Por fin respira. Se nota que pensaba que lo iba a rechazar, y más después del modo en que Hardin se comportó con él anoche.

Durante las siguientes cuatro horas de pláticas y conferencias, dejo que mi corazón disfrute sabiendo que Trevor aún quiere salir conmigo después de que el energúmeno de mi ex lo haya amenazado.

—Qué bien que por fin ha terminado. Necesito dormir —gruñe Kimberly mientras subimos al elevador.

—Parece que te estás haciendo mayor —se burla Christian, y ella pone los ojos en blanco y apoya la cabeza en su hombro.

—Tessa, mañana por la mañana, mientras ellos están reunidos, nosotras nos iremos de compras —dice antes de cerrar los ojos.

Por mí, perfecto. Igual que una cena tranquila en Seattle con Trevor. De hecho, suena de maravilla después de mi noche salvaje con Hardin. No me está gustando mi comportamiento este fin de semana: he besado a un desconocido y prácticamente obligué a Hardin a que se acostara conmigo. Y ahora me voy a cenar con otro hombre. No obstante, este último es el menos malo de todos, y sé que no habrá sexo con él.

«Puede que tú no tengas sexo, pero seguro que Hardin y Molly...», empieza a decir mi subconsciente. Qué pesado, ya me está hartando.

Al llegar a la puerta de mi habitación, Trevor se detiene y dice:

—Pasaré a recogerte a las seis y media, si te parece bien.

Le sonrío, asiento y entro en la escena del crimen.

Iba a intentar tomar una pequeña siesta antes de salir a cenar con él, pero termino dándome otro baño. Me siento sucia después de todo lo que ocurrió anoche y necesito quitarme el olor de Hardin de la piel. Hace dos semanas estaba segura de que el día de hoy iba a ser muy distinto. Hardin y yo estaríamos haciendo las maletas para ir a visitar a su madre a Londres por Navidad. Ahora ni siquiera tengo dónde vivir, lo que me recuerda que debo devolverle las llamadas a mi madre. Anoche me telefoneó mil veces.

Salgo del baño, empiezo a maquillarme y marco su número.

—Hola, Tessa —responde cortante.

—Perdona que no pudiera llamarte anoche. Estoy en Seattle, en el congreso de edición, y ayer estuvimos cenando hasta tarde con unos clientes.

—Ah, qué bueno. ¿Está Hardin ahí? —pregunta. Ésa no me la esperaba.

—No... ¿Por qué lo dices? —contesto haciéndome la loca.

—Porque me llamó anoche intentando averiguar dónde estabas. No me gusta que le hayas dado mi número. Sabes lo que opino de él, Theresa.

—Yo no le he dado el número...

—Creía que habían roto —me interrumpe.

—Hemos roto. Yo rompí con él. Será que necesita preguntarme algo sobre el departamento o algo parecido —miento.

Debía de estar muy desesperado para llamar a casa de mi madre. Me alegro, pero también me duele.

—Ya que lo mencionas, no vamos a poder encontrarte habitación en una residencia hasta pasadas las vacaciones de Navidad. Como no tienes que ir a trabajar y tampoco habrá clases, puedes quedarte aquí hasta entonces.

—Ah... Bueno.

No quiero pasar las vacaciones de Navidad con mi madre, pero ¿acaso tengo elección?

—Te veo el lunes. Y, Tessa, si sabes lo que te conviene, procura no acercarte a ese chico —dice antes de colgar.

Una semana en casa de mi madre. El infierno. No sé cómo he podido vivir allí durante dieciocho años. La verdad es que no me había dado cuenta de lo horrible que era hasta que disfruté de un poco de libertad. A lo mejor, como Hardin se va a Inglaterra el martes, podría pasar dos noches más en el motel y luego quedarme en el departamento hasta que él regrese. No quiero para nada volver allí, pero firmé el contrato de alquiler y Hardin no tiene por qué enterarse.

Miro el celular y veo que ni me ha llamado ni me ha enviado ningún mensaje. Lo sabía. No puedo creer que se acostara con Molly y me
lo restregara luego por la cara. Lo peor es que, si no le hubiera confesa-
do que besé a un tipo, no me lo habría contado. Igual que lo de la
apuesta con la que empezó nuestra «relación». Y eso significa que no
puedo confiar en él.

Termino de arreglarme y decido ponerme un vestido negro, sin
adornos. Mis días de faldas plisadas de lana son cosa del pasado. Me
aplico otra capa de corrector en el cuello y espero a que llegue Trevor.
Como era de esperar, llama a la puerta a las seis y media en punto.

CAPÍTULO 20

Hardin

Contemplo la enorme casa de mi padre sin decidirme a entrar.

Karen ha adornado el jardín con demasiadas luces, pequeños árboles de Navidad y lo que parece ser un reno bailarín. Un Santa Claus inflable se retuerce con el viento, es como si se estuviera burlando de mí. Salgo del coche y pedazos de billetes de avión rotos revolotean por el asiento hasta que cierro la puerta.

Voy a tener que llamar para que me reembolsen los billetes o me los cambien por otros; de lo contrario, habré tirado dos mil varos a la basura. Debería irme yo solo y escapar de este país de mierda una temporada pero, no sé por qué, volver a casa, a Londres, no se me antoja sin Tessa. Menos mal que a mi madre no le ha parecido mala idea lo de venir a verme. De hecho, me da la impresión de que le hace ilusión venir a los Estados Unidos.

Toco el timbre e intento buscar una excusa que explique qué hago aquí. Pero Landon aparece antes de que se me ocurra nada.

—Hola —lo saludo cuando abre la puerta.

—¿Hola? —pregunta.

Me meto las manos en las bolsas, sin saber qué decir ni qué hacer.

—Tessa no está aquí —dice yendo a la sala, indiferente a mi presencia.

—Sí... Ya lo sé. Está en Seattle —digo pisándole los talones.

—¿Entonces?

—Pues... He venido a... a hablar contigo... o con mi padre. Quiero decir, Ken —divago.

—¿Hablar? ¿De qué?

Saca el separador del libro que lleva en la mano y empieza a leer. Quiero arrancárselo de las manos y tirarlo al fuego de la chimenea, pero eso no va a llevarme a ninguna parte.

—De Tessa —respondo en voz baja. Le doy vueltas al *piercing* del labio con los dedos, esperando que Landon se eche a reír.

Él me mira y cierra el libro.

—A ver si lo entiendo... Tessa no quiere saber nada de ti y por eso has venido... ¿a hablar conmigo? ¿O con tu padre? ¿Incluso con mi madre?

—Sí... Supongo... —Carajo, qué pesado es. Como si esto no fuera ya bastante humillante.

—Bueno... Y ¿qué te hace pensar que me importas un comino? Personalmente, creo que Tessa no debería volver a dirigirte la palabra y, a estas alturas, creía que ya habrías pasado a la siguiente.

—No seas cabrón. Ya sé que la cagué..., pero la quiero, Landon. Y sé que ella me quiere a mí. Lo que ocurre es que está muy dolida.

Él respira hondo y se rasca la barbilla con los dedos.

—No sé, Hardin. Lo que le hiciste no tiene perdón. Confiaba en ti y la humillaste delante de todo el mundo.

—Lo sé..., lo sé. Carajo, ¿crees que no lo sé?

Suspira.

—Bueno, si has venido aquí a pedir ayuda, imagino que comprendes lo mal que está la situación.

—Y ¿qué crees que debería hacer? No como su amigo, sino como mi..., ya sabes, como el hijastro de mi padre.

—¿Quieres decir como tu hermanastro? Tu hermanastro. —Landon sonríe. Pongo los ojos en blanco y él se ríe—. ¿Has podido hablar con ella?

—Sí... De hecho, anoche fui a Seattle y dejó que me quedara con ella —le digo.

—¿Qué? —inquiere muy sorprendido.

—Sí. Estaba borracha. Muy borracha, y prácticamente me obligó a que me la cogiera. —Por su expresión, entiendo que no he elegido bien las palabras—. Perdona... Me obligó a que me acostara con ella. Bueno, no tuvo que obligarme, porque yo quería hacerlo, ¿cómo iba a decirle que no?... Es... es...

«¿Por qué le cuento todo esto?»

Landon agita la mano en el aire.

—¡Bueno, bueno! Ya entendí.

—En fin, esta mañana le dije una pendejada que no debería haberle dicho sólo porque me contó que besó a otro.

—¿Tessa ha besado a otro? —pregunta con incredulidad.

—Sí..., a un idiota en un maldito club —gruño. No quiero ni pensarlo.

—Madre mía, debe de estar muy encabronada contigo.

—Lo sé.

—Y ¿qué es eso que le dijiste esta mañana?

—Le conté que ayer me cogí a Molly —confieso.

—¿En serio? Quiero decir..., ¿de verdad te acostaste ayer con Molly?

—No, carajo, no. —Niego con la cabeza.

«¿Qué demonios está pasando? ¿Cómo es que estoy teniendo una plática rarísima a corazón abierto ni más ni menos que con Landon?»

—Y ¿por qué se lo has dicho entonces?

—Porque estaba encabronado. —Me encojo de hombros—. Porque había besado a otro.

—Bueno... O sea, que le dijiste que te acostaste con Molly sabiendo que Tess la odia sólo para hacerle daño.

—Sí...

—Gran idea —replica, y pone los ojos en blanco.

Entonces le borro el sarcasmo de la cara soltando una bomba:

—¿Tú crees que me quiere? —Tengo que saberlo.

Landon levanta la cabeza, se ha puesto muy serio de repente.

—No lo sé... —Miente muy mal.

—Dímelo. La conoces mejor que nadie, aunque no tanto como yo.

—Te quiere, pero por el modo en que la traicionaste, está convencida de que tú no la has querido nunca.

Se me vuelve a partir el corazón. Y no puedo creer que le esté pidiendo ayuda, pero la necesito.

—¿Qué puedo hacer? ¿Vas a ayudarme?

—No lo sé... —Me mira sin saber qué decir, pero seguro que nota lo desesperado que estoy—. Supongo que puedo intentar hablar con ella. El lunes es su cumpleaños. Eso lo sabes, ¿no?

—Sí, claro que lo sé. ¿Has hecho planes con ella? —le pregunto. Más le vale responder que no.

—No, me dijo que iba a ir a casa de su madre.

—¿A casa de su madre? ¿Por qué? ¿Cuándo hablaste con ella?

—Me envió un mensaje hace un par de horas. Y ¿qué otra cosa va a hacer? ¿Pasar su cumpleaños sola en un motel?

Decido ignorar ese último comentario. Si no hubiera perdido el control esta mañana, es posible que me hubiera dejado quedarme esta noche también con ella. Y ahora está en Seattle con el dichoso Trevor.

Se oyen pasos que bajan la escalera y mi padre aparece en la puerta instantes después.

—Me ha parecido oír tu voz...

—Sí... He venido a hablar con Landon —miento.

Bueno, es una verdad a medias. He venido a hablar con el primero que encontrara. Soy patético.

Mi padre parece sorprendido.

—¿Ah, sí?

—Sí. Otra cosa, mamá llega el martes por la mañana —le digo—. Para pasar la Navidad.

—Me alegra saberlo. Te extraña muchísimo.

Me gustaría contestarle, soltarle algún comentario sobre la mierda de padre que es, pero no tengo fuerzas.

—Bueno, los dejo que hablen —añade, y se vuelve para subir por la escalera—. Oye, Hardin... —dice a mitad de camino.

—¿Sí?

—Me alegra verte aquí.

—Muy bien —contesto. No sé qué otra cosa decir.

Mi padre me sonríe y sigue subiendo.

Vaya día de mierda. Me duele la cabeza.

—Bueno... Pues ya me voy... —le digo a Landon.

Asiente.

—Haré lo que pueda —me promete mientras me acompaña a la salida.

—Gracias —digo. Y, cuando nos quedamos de pie incómodos en la entrada, masyullo—: Sabes que no voy a darte un abrazo ni a hacer ninguna otra pendejada parecida, ¿no?

Salgo y lo oigo reírse y cerrar la puerta.

CAPÍTULO 21

Tessa

—¿Tienes planes para Navidad? —me pregunta Trevor.

Levanto un dedo para indicarle que espere un momento mientras saboreo este bocado de ravioli. La comida es excelente; no soy una experta, pero este restaurante por lo menos debe de ser de cinco tenedores.

—La verdad es que nada del otro mundo —contesto al cabo—. Voy a pasar la semana en casa de mi madre. ¿Y tú?

—Voy a trabajar como voluntario en un comedor social. La verdad es que no me gusta mucho volver a Ohio. Tengo allí tías y primos, pero desde que mi madre murió... Allí no hay nada para mí —me explica.

—Siento mucho lo de tu madre, Trevor. Aunque es todo un detalle que trabajes de voluntario.

Sonrío para mostrarle mi simpatía y me llevo a la boca el último trozo de ravioli. Me sabe tan bien como el primero, pero después de lo que me ha contado Trevor, disfruto menos con la comida a pesar de que aprecio la cena aún más. ¿No es raro?

Seguimos platicando y me atiborro con un pastel de chocolate sin harina bañado de caramelo. Más tarde, cuando la mesera trae la cuenta, él saca la billetera.

—No serás una de esas mujeres que insisten en pagar a medias, ¿verdad?

—Ja. —Me río—. Puede, si estuviéramos en un McDonald's...

Trevor se ríe pero no dice nada. Hardin habría hecho algún comentario estúpido sobre cómo acabo de hacer retroceder el feminismo medio siglo.

Vuelve a caer una especie de aguanieve y Trevor me dice que espere en el restaurante mientras él busca un taxi. Es muy considerado. Al cabo de pocos minutos, me hace gestos al otro lado del cristal y salgo corriendo del restaurante para subir al coche.

—¿Cómo es que quieres trabajar en el mundo editorial? —me pregunta de camino al hotel.

—Me encanta leer, no hago otra cosa. Es lo único que me interesa, así que es la carrera perfecta. Algún día me encantaría ser escritora, pero por ahora disfruto mucho con lo que me permiten hacer en Vance —le digo.

Sonríe.

—A mí me pasa igual con la contabilidad. Tampoco me interesa nada más. Desde pequeño supe que acabaría trabajando con números.

Aborrezco las matemáticas, pero sonrío mientras él sigue hablando del tema.

—¿Te gusta leer? —pregunto cuando por fin se calla y el taxi se detiene delante del hotel.

—Sí, más o menos. Pero no leo ficción.

—Ah, mira..., y ¿por qué no? —No puedo evitar preguntárselo.

Se encoge de hombros.

—No me gusta la ficción. —Sale del taxi y me ofrece la mano.

—¿Cómo es posible? —pregunto aceptándola y saliendo a mi vez—. La lectura es la mejor manera de escapar de las preocupaciones del día a día, de poder vivir cientos, incluso miles de vidas distintas. Lo que no es ficción no tiene ese poder, no te cambia del mismo modo que la ficción.

—¿La ficción te cambia?

—Sí, te cambia. Si no te afecta, aunque sólo sea un poco, es que no estás leyendo el libro adecuado. —Mientras atravesamos el vestíbulo contemplo los maravillosos cuadros que adornan las paredes—. Me gusta pensar que todas las novelas que he leído hasta ahora ya forman parte de mí, que me han hecho como soy, en cierto sentido.

—¡Eres muy apasionada! —dice riéndose.

—Sí... Supongo que sí —convengo.

Hardin estaría de acuerdo conmigo y podríamos seguir hablando de lo mismo durante horas, incluso días.

En el elevador ninguno de los dos dice gran cosa y, cuando bajamos, Trevor camina un paso detrás de mí todo el pasillo. Estoy cansada y lista para irme a dormir, y eso que sólo son las nueve.

Él sonríe cuando llegamos a la puerta de mi habitación.

—La pasé de maravilla esta noche. Gracias por cenar conmigo.

—Gracias a ti por haberme invitado. —Le devuelvo la sonrisa.

—De verdad que disfruté mucho con tu compañía. Tenemos mucho en común. Me encantaría volver a verte. —Espera mi respuesta y luego puntualiza—: Fuera del trabajo.

—Claro, a mí también me gustaría —digo.

Da un paso hacia mí y me quedo helada. Me pone la mano en la cadera y se acerca.

—Creo... que no es el mejor momento —añado con voz aguda.

Se pone colorado como un jitomate de la vergüenza y me siento muy culpable por haberlo rechazado.

—Lo comprendo. Será mejor que me vaya —dice—. Buenas noches, Tessa —y se va.

En cuanto entro en mi habitación, dejo escapar un enorme suspiro. No me había percatado de que he estado reprimiéndolo toda la noche. Me quito los zapatos y me pregunto si debo desvestirme o recostarme un rato. Estoy cansada, muy cansada. Decido acostarme un rato y me quedo dormida en cuestión de minutos.

El día con Kimberly se me pasa volando y, más que comprar, chismeamos.

—¿Qué tal anoche? —pregunta.

La mujer que me está pintando las uñas levanta la cabeza para oírnos mejor, y le sonrío.

—Estuvo bien. Hardin y yo salimos a cenar —digo, y Kimberly pone cara de perplejidad.

—¿Hardin?

—Trevor. Quería decir Trevor. —Si no me estuvieran pintando las uñas, me daría de bofetadas.

Terminan de hacernos la manicura y buscamos unos grandes almacenes. Miramos un montón de zapatos y encuentro muchas cosas que me gustan, pero nada que quiera comprarme. Kimberly compra varias blusas y camisetas con tal entusiasmo que no hace falta que me diga que le encanta ir de compras.

Pasamos junto a la sección de caballeros y escoge una camisa azul marino.

—Creo que también le voy a comprar una camisa a Christian. Es divertido, porque odia que me gaste dinero en él.

—Pero ¿a él... no... no le sobra? —pregunto. Espero no parecer una entrometida.

—Así es. Para aventar para arriba. Pero me gusta pagar mi parte cuando salimos. No estoy con él por su dinero —dice con orgullo.

Me alegro de haber conocido a Kimberly. Ella y Landon son mis únicos amigos ahora mismo. Y nunca he tenido muchas amigas, así que esto es nuevo para mí.

A pesar de eso, me alegro cuando Christian envía su coche a recogernos. Me la he pasado de película en Seattle, pero también ha sido un fin de semana horrible. Duermo todo el trayecto de vuelta a casa y pido que me dejen en el motel. Para mi sorpresa, mi coche me está esperando estacionado donde lo dejé.

Pago dos noches más y le escribo a mi madre para decirle que no me encuentro bien y que creo que es una intoxicación alimentaria. No me contesta. Enciendo la televisión y me pongo la pijama. No hay nada, nada que valga la pena, y la verdad es que prefiero leer. Agarro las llaves del coche y salgo a buscar mi maleta.

Cuando abro la puerta del coche veo una cosa negra. ¿Un lector de libros electrónicos?

Lo tomo y leo el pequeño pósit que lleva pegado en la parte superior:

«Feliz cumpleaños, Hardin», dice.

El corazón parece que me va a explotar y luego me da un vuelco. Nunca me han gustado estos aparatos, prefiero un libro de verdad, palpar el papel. Pero, tras el congreso, he cambiado ligeramente de opinión. Además, así me será más fácil llevar conmigo los manuscritos del trabajo sin tener que malgastar papel imprimiéndolos.

Aun así, agarro el ejemplar de *Cumbres borrascosas* de Hardin de la guantera y vuelvo a mi habitación. Cuando enciendo el aparato primero sonrío y luego me echo a llorar. En la pantalla de inicio hay una pestaña en la que pone «Tess». La toco con el dedo y aparece una larga lista que contiene todas las novelas de las que Hardin y yo hemos hablado, discutido e incluso aquellas de las que nos hemos reído.

CAPÍTULO 22

Tessa

Cuando por fin me despierto son las dos de la tarde. No recuerdo cuándo fue la última vez que dormí hasta después de las once, y creo que nunca había dormido hasta la tarde, pero me perdono porque anoche estuve leyendo y jugando con el maravilloso regalo de Hardin hasta altas horas. Es tan tan considerado... Es el mejor regalo que me han hecho nunca.

Tomo el celular de la mesita de noche y reviso las llamadas perdidas. Hay dos de mi madre, una de Landon. Tengo unas pocas felicitaciones de cumpleaños en el buzón, entre ellas, una de Noah. Nunca me ha importado mucho mi cumpleaños, la verdad, pero tampoco me apasiona la idea de pasarlo sola.

Bueno, no estaré sola. Catherine Earnshaw y Elizabeth Bennet son mejor compañía que mi madre.

Pido un montón de comida china y me paso el día en pijama en la habitación. Mi madre se pone hecha una furia cuando la llamo para decirle que no me encuentro bien. Sé que no me cree pero el caso es que me importa un comino. Es mi cumpleaños y puedo hacer lo que me dé la gana, y si lo que deseo es tumbarme en la cama con comida china y mi juguete nuevo, pues eso es lo que voy a hacer.

Mis dedos intentan marcar el número de Hardin unas cuantas veces, pero se lo impido. Por muy maravilloso que sea su regalo, se acostó con Molly. Cada vez que creo que no puede hacerme más daño, se supera. Empiezo a pensar en mi cena del sábado con Trevor, que es tan amable y encantador. Dice lo que siente y me regala cumplidos. No me grita ni me hace enfurecer. Nunca me ha mentido. Nunca tengo que adivinar lo que piensa o lo que siente. Es inteligente, educado y tiene éxito, y trabaja como voluntario en un comedor social durante las vacaciones. Comparado con Hardin, es perfecto.

El problema es que no debería compararlo con Hardin. Trevor es un poco aburrido y no comparte conmigo la misma pasión por las novelas que sentimos Hardin y yo. Pero tampoco compartimos un pasado infernal.

Lo que más me encabrona de Hardin es que en realidad me encanta su personalidad, incluso su mala educación. Es divertido, ingenioso y muy dulce cuando quiere. Este regalo me está confundiendo. Que no se me olvide lo que me ha hecho. Todas las mentiras, los secretos y la de veces que se ha acostado con Molly.

Le mando un mensaje a Landon para darle las gracias y me contesta a los pocos segundos para pedirme la dirección del motel. Quiero decirle que no hace falta que maneje hasta aquí, pero tampoco quiero pasar lo que queda de mi cumpleaños completamente sola. No me visto pero me pongo el brasier y espero a Landon leyendo.

Llama a la puerta una hora después y, cuando abro, su amable sonrisa me hace sonreír. Me da un abrazo.

—Feliz cumpleaños, Tessa.

—Gracias —le contesto, y lo estrecho con fuerza.

Me suelta y se sienta en la silla del escritorio.

—¿Te sientes más mayor?

—No... Bueno, sí. Siento como si la semana pasada hubiera envejecido diez años.

Sonríe tímidamente pero no hace comentarios.

—He pedido comida china... Ha sobrado mucha, si tienes hambre... —le ofrezco.

Se da la vuelta, agarra uno de los recipientes de poliestireno y un tenedor de plástico del escritorio.

—Gracias. ¿Esto es lo que has estado haciendo todo el día? —se burla.

—Pues sí. —Me río y me siento con las piernas cruzadas sobre la cama.

Mientras mastica, mira detrás de mí y levanta una ceja.

—¿Tienes un libro electrónico? Creía que odiabas esos aparatos.

—Bueno... Así era, pero ahora creo que me encantan. —Tomo el aparato y lo contemplo con admiración—. ¡Miles de libros en la punta de los dedos! ¿Acaso hay algo mejor? —Sonrío y ladeo la cabeza.

—No hay nada mejor que hacerse un regalo el día en que cumples años —dice con la boca llena.

—En realidad, es un regalo de Hardin. Me lo dejó en el coche.

—Vaya. Es todo un detalle —repone con un tono de voz muy peculiar.

—Sí, desde luego. Incluso cargó un montón de novelas maravillosas y... —Me contengo.

—Y ¿qué te parece? —pregunta.

—Pues me confunde aún más. A veces tiene este tipo de detalles superbonitos, pero al mismo tiempo es capaz de hacerme las cosas más hirientes.

Landon sonríe y dice blandiendo el tenedor:

—Pero te quiere. Por desgracia, el amor y el sentido común no siempre van de la mano.

Suspiro.

—No sabe lo que es el amor.

Leo la lista de novelas románticas y caigo en la cuenta de que el sentido común no suele aparecer en ninguna de las tramas.

—Ayer vino a hablar conmigo —dice, y el regalo se me cae sobre el colchón.

—¿Cómo dices?

—Sí, ya lo sé. Para mí también fue toda una sorpresa. Vino a buscarme a mí, a su padre, o a mi madre —explica, y meneo la cabeza.

—¿Para qué?

—Para pedir ayuda.

Empiezo a preocuparme.

—¿Ayuda? ¿Con qué? ¿Está bien?

—Sí... Bueno, no. Me pidió que le ayudara contigo. Está destrozado, Tessa. Imagínate cómo debía de estar para ir a casa de su padre.

—Y ¿qué dijo?

No me imagino a Hardin llamando a la puerta de casa de su padre para pedirle consejos sobre relaciones.

—Que te quiere. Que quiere que lo ayude a convencerte de que le des otra oportunidad. Deseaba que lo supieras porque no quiero ocultarte nada.

—No sé... no sé qué decir. Es increíble que acudiera a ti. Que pidiera ayuda.

—Por mucho que odie admitirlo, no es el mismo Hardin Scott que conocí. Incluso bromeó acerca de darme un abrazo.

Se echa a reír.

No puedo evitar que a mí también me dé risa.

—¡No lo creo! —No sé qué pensar de todo esto, pero lo de abrazar a Landon tiene gracia. Cuando dejo de reír, lo miro y me atrevo a preguntar—: ¿Tú crees que me quiere de verdad?

—Sí. No sé si deberías perdonarlo, pero si de algo estoy seguro es de que te quiere.

—Pero me mintió, me convirtió en el hazmerreír del campus; a pesar de haberme dicho que me quería, fue y les contó lo que había pasado entre nosotros. Y luego, en cuanto empiezo a pensar que podría olvidar el asunto, se acuesta con Molly.

Las lágrimas me escuecen en los ojos, tomo la botella de agua de la mesita de noche y bebo para intentar distraerme.

—No se acostó con ella —repone Landon.

Me lo quedo mirando.

—Lo hizo —contesto—. Me lo dijo.

Él deja de comer y niega con la cabeza.

—Sólo lo dijo para hacerte daño. Sé que no mejora mucho las cosas, pero ambos tienen tendencia a combatir el fuego con fuego.

Miro a Landon y lo primero que me pasa por la cabeza es que Hardin es muy hábil. Ha conseguido que su hermanastro se crea sus mentiras. Pero luego pienso: «¿Y si de verdad no se acostó con Molly?». Sin eso, ¿sería capaz de perdonarlo? Estaba decidida a no hacerlo, pero no consigo librarme de él.

Y, como si el universo se burlara de mí, en ese momento la pantalla del celular se ilumina con un mensaje de Trevor:

Feliz cumpleaños, preciosa.

Le escribo un agradecimiento rápido y luego le digo a Landon:

—Necesito más tiempo. No sé qué pensar.

Asiente.

—Me parece bien. ¿Qué vas a hacer en Navidad?

—Esto —digo señalando los recipientes vacíos de comida para llevar y el libro electrónico.

Agarra el control remoto.

—¿No vas a irte a casa?

—Aquí me siento más en casa que con mi madre —digo intentando no pensar en lo patética que soy.

—No puedes pasar la Navidad sola en un motel, Tessa. Deberías venir a casa. Creo que mi madre te compró unas cuantas cosas antes de que... ya sabes.

—¿Antes de que mi vida se fuera a la deriva? —digo medio riéndome, y él asiente—. En realidad, estaba pensando que, como Hardin se va mañana, podría quedarme en el departamento... hasta que me den habitación en la residencia, que con suerte será antes de que él vuelva a su humilde morada.

Mi situación es tan absurda que no puedo evitar reírme de ella.

—Sí... Eso deberías hacer —dice Landon con la mirada fija en la pantalla de la televisión.

—¿Tú crees? ¿Y si Hardin aparece o algo así?

Sin dejar de mirar la televisión, responde:

—Pero ¿no va a estar en Londres?

—Sí, tienes razón. Además, mi firma está en el contrato.

Vemos la televisión y hablamos de Dakota, que en breve se irá a Nueva York. Si ella decide quedarse allí, él está pensando en trasladarse a la NYU el año que viene. Me alegro por él, pero no quiero que se vaya de Washington, aunque tampoco voy a decirle eso, claro está. Se queda hasta las nueve. Luego me meto en la cama y me quedo dormida leyendo.

A la mañana siguiente me preparo para regresar al departamento. No estoy convencida de volver allí, pero no tengo alternativa. No quiero aprovecharme de Landon, y de ninguna manera voy a ir a casa de mi madre, pero si sigo en el motel me quedaré sin dinero. Me siento culpable por no ir a casa de mi madre, aunque lo cierto es que no se me antoja nada tener que oír sus comentarios insidiosos durante toda la semana. Puede que vaya a verla en Navidad, pero hoy no. Tengo cinco días para decidirlo.

Una vez he terminado de maquillarme y de enchinarme el pelo, me pongo una blusa blanca de manga larga y unos *jeans* oscuros. Me gustaría quedarme en pijama, pero tengo que ir a la tienda a comprar comida para los próximos días. Si me como lo que Hardin haya dejado en el departamento, sabrá que he estado allí. Meto mis escasas pertenencias en mis maletas y corro al coche. Para mi sorpresa, le han pasado el aspirador y huele un poco a menta. Hardin.

Empieza a nevar de camino a la tienda. Compro suficiente comida como para que me dure hasta que haya decidido qué voy a hacer los próximos días. Espero en la fila pensando en qué me habría comprado Hardin para Navidad. El regalo de cumpleaños ha sido tan acertado que quién sabe qué se le habría ocurrido. Espero que fuera una cosa sencilla, nada caro.

—¿Vas a pasar? —oigo que gruñe una mujer detrás de mí.

Cuando levanto la vista, la cajera está esperando impaciente y con cara de pocos amigos. No me había dado cuenta de que ya no quedaba nadie delante.

—Lo siento —musito colocando las cosas en la cinta transportadora.

El pulso se me acelera cuando llego al estacionamiento del departamento. ¿Y si aún no se ha ido? Sólo es mediodía. Busco su coche con la mirada. No está. Es probable que lo haya dejado en el aeropuerto.

«O puede que lo haya llevado Molly.»

Mi subconsciente no sabe cuándo cerrar la boca. Decido que no está en casa, me estaciono y agarro las compras. Nieva con fuerza y una fina capa de nieve cubre los coches a mi alrededor. Al menos dentro de poco estaré calentita en el departamento. Cuando estoy delante de la puerta, respiro hondo antes de meter la llave en la cerradura y entrar. Me encanta esta casa. Es perfecta para nosotros..., para él... o para mí, por separado.

Abro los muebles de la cocina y el refrigerador y me sorprende ver que están llenos de comida. Al parecer, Hardin ha hecho las compras hace poco. Meto mi comida donde puedo y vuelvo al coche por mis cosas.

No puedo dejar de pensar en lo que dijo Landon. Es alucinante que Hardin fuera a pedirle consejo a alguien y que Landon esté tan seguro de que me quiere, cosa que sé que he guardado en las profundidades y luego he tirado la llave por miedo a que me diera esperanzas. Si me permito admitir que Hardin me quiere, lo único que estaría haciendo sería empeorar las cosas.

En cuanto vuelvo al departamento cierro la puerta y llevo las maletas al cuarto. Saco casi toda mi ropa y la cuelgo en el ropero para que no se arrugue. Lo malo es que usar el armario que iba a compartir con Hardin no hace más que retorcer de nuevo la daga que llevo clavada en el corazón. Sólo ha colgado unos pocos pantalones negros en el lado izquierdo. Tengo que contenerme para no colgarle las camisetas que siempre lleva un poco arrugadas, y aun así se las arregla para estar perfecto. Miro la camisa negra de vestir que cuelga de mala manera al fondo, la que se puso para la boda. Acabo a toda prisa de colgar la ropa y me alejo del ropero.

Me preparo unos macarrones y enciendo la televisión. Subo el volumen para poder oír un antiguo episodio de «Friends» que he visto por lo menos veinte veces y me meto en la cocina. Repito los diálogos mientras cargo el lavaplatos; espero que Hardin no lo note, pero es que odio que haya platos sucios en la tarja. Enciendo una vela y limpio la cocina. Antes de darme cuenta estoy barriendo el suelo, pasando la aspiradora por el sillón y haciendo la cama. Cuando termino de limpiar el departamento, pongo la lavadora y doblo la ropa que Hardin se ha dejado en la secadora. Es el día más tranquilo y sereno que he tenido en toda la semana. Hasta que oigo voces y veo en cámara lenta cómo se abre la puerta.

«Mierda.» Ya está aquí, otra vez. Y ¿cómo es que siempre aparece cuando yo estoy en el departamento? Espero que no le haya dado las llaves a uno de sus amigos... ¿Y si es Zed con una chica? «Me da igual quién sea, pero que no sea Hardin, por favor.»

Una mujer a la que no he visto nunca entra por la puerta pero, de alguna manera, sé quién es al instante. El parecido es innegable, y es preciosa.

—Hardin, es un departamento muy bonito —dice con un acento tan marcado como el de su hijo.

«Esto... no... puede... estar... pasando.» Voy a quedar como una psicópata ante la madre de Hardin, con mi comida en la cocina, la ropa en la lavadora y el departamento limpísimo. Me quedo de pie, petrificada, y me entra el pánico.

—¡Qué alegría! ¡Tú debes de ser Tessa! —me sonríe ella, y corre hacia mí.

Hardin entra por la puerta, ladea la cabeza y deja las maletas con estampado floral de su madre en el suelo. Su cara de sorpresa es todo un poema. Dejo de mirarlo y me centro en la mujer que se me acerca con los brazos abiertos.

—Me llevé una decepción cuando Hardin me dijo que esta semana estarías fuera de la ciudad —dice estrechándome contra sí—. El muy pícaro me tenía engañada. ¡Qué sorpresa!

«¿Qué?»

Me toma por los hombros y me aparta para poder verme bien.

—¡Eres preciosa! —exclama emocionada, y me da otro abrazo.

Le devuelvo el abrazo en silencio. Hardin parece aterrorizado y atónito.

Bienvenido al club.

CAPÍTULO 23

Tessa

La madre de Hardin me abraza por cuarta vez y él por fin masculla:

—Mamá, no la atosigues. Es un poco tímida.

—Tienes toda la razón. Perdona, Tessa. Es que estoy muy contenta, por fin te conozco. Hardin me ha hablado mucho de ti —dice con afecto.

Noto que se me encienden las mejillas y ella da un paso atrás y asiente con comprensión. Me sorprende que sepa que existo. Imaginaba que, como siempre, me mantenía en secreto.

—Tranquila —consigo decir a pesar de que estoy horrorizada.

La señora Daniels sonríe feliz y mira a su hijo, que está diciendo:

—Mamá, ¿por qué no vas a la cocina por un vaso de agua?

Se va y Hardin se me acerca despacio.

—¿Podemos hablar... un momento... en el cuarto? —tartamudea.

Asiento y miro a la cocina antes de seguirlo a la recámara que solíamos compartir.

—Pero ¿qué demonios es esto? —pregunto en voz baja cerrando la puerta.

Él hace una mueca y se sienta en la cama.

—Lo sé... Lo siento. No he sido capaz de contarle lo que pasó. No podía contarle lo que hice. Y ¿has venido... para quedarte? —Lo dice con más ilusión de la que puedo soportar.

—No.

—Ah.

Suspiro y me paso las manos por el pelo. Ese gesto me lo ha pegado él, creo.

—Y ¿ahora qué hago? —le pregunto.

—No lo sé... —dice con un largo suspiro—. No espero que me sigas la corriente ni nada... Sólo necesitaba un poco más de tiempo antes de contárselo.

—No sabía que ibas a estar aquí. Pensaba que te ibas a Londres.

—Cambié de parecer. No quería irme sin ti... —repone sin aliento y con los ojos llenos de dolor.

—¿Hay alguna razón por la que no le hayas contado que ya no estamos juntos? —No sé si quiero oír la respuesta.

—Estaba muy contenta porque había encontrado a alguien... No quería entristecerla.

Recuerdo que Ken me dijo que nunca pensó que Hardin fuera capaz de tener una relación, y estaba en lo cierto. Sin embargo, no quiero arruinarle la estancia a su madre, y desde luego no voy a decir lo que estoy a punto de decir por hacerle un favor a él.

—Bueno. Cuéntaselo cuando creas oportuno. Pero no le digas nada de la apuesta.

Agacho la cabeza pensando que seguro que su madre sufriría al enterarse de lo que ha hecho su hijo para perder a su primer y único amor.

—¿De veras? ¿Te parece bien que crea que seguimos juntos? —Parece más sorprendido de lo que debería. Cuando asiento, respira aliviado—. Gracias. Estaba convencido de que ibas a descubrirme delante de ella.

—Yo nunca haría eso. —Y lo digo en serio. Por muy enojada que esté con Hardin, sería incapaz de arruinar la relación con su madre—. Me iré en cuanto acabe de lavar la ropa. Pensaba que no estarías en casa. Iba a quedarme aquí en vez de en el motel.

Me revuelvo incómoda. Llevamos demasiado rato en el cuarto.

—¿No tienes adónde ir? —pregunta.

—Puedo ir a casa de mi madre, sólo que no quiero —confieso—. El motel no está mal, pero es un poco caro.

Es la conversación más civilizada que hemos mantenido en toda la semana.

—Sé que no aceptarás quedarte aquí, pero ¿me permites que te dé algo de dinero?

Sé que teme mi reacción.

—No necesito tu dinero —repongo.

—Lo sé, sólo era un ofrecimiento. —Agacha la cabeza.

—Será mejor que salgamos —suspiro, y abro la puerta.

—Ahora voy —dice en voz baja.

No me gusta la idea de estar a solas con su madre, pero no puedo quedarme en el pequeño cuarto con Hardin. Respiro hondo y salgo por la puerta.

Cuando entro en la cocina, la señora Daniels me mira desde el lavabo.

—No está enfadado conmigo, ¿verdad? No quería importunarte. —Tiene una voz muy dulce, nada que ver con la de su hijo.

—No, claro que no. Sólo estaba... repasando algunas cosas para la semana —miento. Miento muy mal, y suelo evitarlo a toda costa.

—Me alegro. Sé que es muy temperamental. —Tiene una sonrisa tan afectuosa que no puedo evitar devolvérsela.

Me sirvo un vaso de agua para tranquilizarme y la señora Daniels empieza a hablar.

—Me cuesta acostumbrarme a lo guapa que eres. Me dijo que eras la chica más bonita que había conocido, pero creía que era una exageración de mi hijo.

Con menos elegancia que la chica más bonita que un chico haya conocido, escupo el trago de agua de vuelta al vaso. «¿Hardin ha dicho qué?» Quiero pedirle que me lo repita, pero bebo otro trago para intentar disimular mi horrenda reacción.

Se echa a reír.

—La verdad es que te imaginaba cubierta de tatuajes y con el pelo verde.

—No, nada de tatuajes. No son para mí. Ni tampoco el pelo verde. —Me río y siento que se me relajan un poco los hombros.

—Vas a graduarte en Filología Inglesa, como Hardin, ¿verdad?

—Sí, señora Daniels.

—¿Señora Daniels? Llámame Trish.

—En realidad estoy haciendo prácticas en la editorial Vance, así que mi horario de clases es un poco raro, y ahora mismo estamos de vacaciones.

—¿Vance? ¿Christian Vance? —pregunta. Asiento—. Hace por lo menos... diez años que no lo veo. —Baja la vista al vaso que tengo en las manos—. Hardin y yo estuvimos viviendo con él durante un año después de que Ken... Bueno, eso no importa. A Hardin no le gusta que hable de más —añade con una risita nerviosa.

No sabía que Hardin y su madre se hubieran quedado en casa del señor Vance, pero sí que estaban muy unidos, mucho más que si Christian fuera sólo el mejor amigo de su padre.

—Sé lo de Ken —digo intentando que no se sienta tan incómoda.

Sin embargo, de inmediato me preocupa que crea que sé lo que le ocurrió a ella, y espero que no se haya molestado.

—¿Ah, sí? —contesta.

Intento subsanar el error y respondo:

—Sí, Hardin me ha contado...

Dejo de hablar en cuanto él entra en la cocina, y he de confesar que agradezco la interrupción.

Levanta una ceja.

—¿Qué te ha contado Hardin? —inquiere.

Se me dispara la tensión pero, para mi sorpresa, su madre me cubre.

—Nada, hijo, cosas de mujeres.

Se acerca a él y le rodea la cintura con el brazo. Hardin se aparta un poco, como por instinto. Ella frunce el ceño pero me da la sensación de que para ellos es lo normal.

La secadora suena. Me lo tomo como una señal para salir de la habitación y acabar lo de la ropa. Cuanto antes me vaya, mejor.

Saco la ropa caliente de la máquina y me siento en el suelo del pequeño lavadero para doblarla. La madre de Hardin es un encanto y me habría gustado conocerla en circunstancias normales. No estoy enojada con Hardin. He pasado demasiado tiempo furiosa. Estoy triste y extraño lo que podríamos haber tenido.

Cuando termino con la ropa, me dirijo al cuarto a hacer las maletas. Ojalá no hubiera colgado la ropa en el ropero ni hubiera guardado la comida en la cocina.

—¿Necesitas ayuda, cariño? —me pregunta Trish.

—No, sólo estoy haciendo la maleta para irme a casa de mi madre —contesto. El motel es demasiado caro, así que no me queda otra.

—¿Vas a irte hoy? ¿Ahora mismo? —Frunce el ceño.

—Sí... Le dije que iba a ir a casa por Navidad —explico.

Por una vez quiero que Hardin aparezca y me saque de ésta.

—Qué pena. Esperaba que te quedaras al menos una noche. Quién sabe cuándo volveré a verte... Me encantaría conocer a la chica de la que se ha enamorado mi hijo.

De repente algo en mí quiere hacer feliz a esta mujer. No sé si es por haber metido la pata al decirle que sabía lo de ella y Ken, o si es por cómo me ha protegido delante de Hardin. Pero sé que no quiero pensarlo dos veces, así que hago callar a mi vocecita interior, asiento y digo:

—Está bien.

—¿De verdad? ¿Vas a quedarte? Sólo será una noche. Luego podrás irte a casa de tu madre. Además, no te conviene manejar bajo la nieve.

Me da el quinto abrazo del día.

Bueno, ella estará aquí para suavizar las cosas entre Hardin y yo. Mientras esté presente no podemos pelearnos. Al menos, yo no pienso pelearme. Sé que es... la peor idea que he tenido en mi vida, pero es difícil decirle que no a Trish. Igual que a su hijo.

—Voy a darme un baño rápido. ¡El vuelo ha sido muy largo! —Sonríe de oreja a oreja y se va.

Me desplomo sobre la cama y cierro los ojos. Van a ser las veinticuatro horas más largas y dolorosas de mi vida. Haga lo que haga, siempre acabo en el mismo sitio: con Hardin.

Abro los ojos unos minutos después. Hardin está delante del ropero, de espaldas a mí.

—Perdona, no quería molestarte —dice dándose la vuelta. Me incorporo. Está muy raro, no para de disculparse—. He visto que has limpiado el departamento —comenta en voz baja.

—Sí... No he podido evitarlo. —Sonrío y él me sonríe también—. Hardin, le he dicho a tu madre que pasaría la noche aquí. Sólo esta noche pero, si no te parece bien, me iré. Me sentí mal porque es muy amable y no pude decirle que no, pero si vas a estar incómodo...

—Tessa, me parece bien —dice a toda prisa, aunque le tiembla la voz cuando añade—: Quiero que te quedes.

No sé qué decir y no entiendo este extraño giro de los acontecimientos. Deseo darle las gracias por su regalo, pero ahora mismo no me cabe nada más en la cabeza.

—¿La pasaste bien ayer en tu cumpleaños? —me pregunta.

—Sí. Landon vino a verme.

—Ah...

Pero entonces oímos a su madre en la sala y Hardin se dispone a salir. Se detiene antes de abrir la puerta y me mira.

—No sé cómo tengo que comportarme.

Suspiro.

—Yo tampoco.

Y, con eso, asiente y los dos nos levantamos para reunirnos con su madre en la otra habitación.

CAPÍTULO 24

Tessa

Cuando Hardin y yo entramos a la sala, su madre está sentada en el sillón y se ha recogido el pelo. Parece mucho más joven de lo que es y su aspecto es imponente.

—Deberíamos rentar alguna película. ¡Prepararé la cena! —exclama—. ¿Has extrañado la comida de mamá, garbancito?

Hardin pone los ojos en blanco y se encoge de hombros.

—Claro. Eres la mejor cocinera del mundo.

Esto no podría ser más incómodo.

—¡Oye! ¡Que tampoco se me da tan mal! —Se echa a reír—. Y, gracias a ese comentario, esta noche tú eres el chef.

Me revuelvo incómoda. No sé cómo comportarme con Hardin ahora que no nos estamos peleando ni estamos juntos. Es un momento muy raro para ambos, aunque de repente me doy cuenta de que es propio de nuestra relación: Karen y Ken creían que estábamos saliendo mucho antes de que empezáramos a salir.

—Tessa, ¿sabes cocinar? —pregunta Trish sacándome de mi ensimismamiento—. ¿O de eso se encarga Hardin?

—Lo hacemos entre los dos. Aunque, más que cocinar, preparamos cosas —contesto.

—Me alegro de que estés cuidando a mi chico, y el departamento es muy bonito. Sospecho que la que limpia es Tessa.

No estoy cuidando de su chico porque eso es lo que se pierde por haberme hecho daño de esa manera.

—Sí... Él es un cochino —respondo.

Hardin me mira con una leve sonrisa jugando en sus labios.

—No soy un cochino... Ella es demasiado limpia.

Pongo los ojos en blanco.

—Es un cochino —exclamamos Trish y yo al unísono.

—¿Vamos a ver una película o se van a pasar la noche señalando mis defectos? —inquiere Hardin con un gesto.

Me siento en el sillón para no tener que tomar la incómoda decisión de dónde me acomodo. Sé que Hardin nos está mirando al sillón y a mí, preguntándose qué hacer. Al cabo de un momento toma asiento a mi lado y noto el calor de su cercanía.

—¿Qué quieren ver? —pregunta su madre.

—Me da igual —dice él.

—Elige tú. —Intento suavizar su respuesta.

Ella sonríe y elige *Como si fuera la primera vez*, una película que estoy segura de que Hardin debe de odiar.

Al instante, él gruñe y empieza:

—¡Esa película es más vieja que Matusalén!

—Chsss —le digo, y resopla pero deja de protestar.

Lo atrapo mirándome varias veces mientras Trish y yo reímos y suspiramos con la película. Me la estoy pasando bien y, durante unos breves instantes, casi me olvido de todo lo que ha ocurrido entre Hardin y yo. Me cuesta no recostarme sobre él, no acariciarle la mano o apartarle el pelo que le cae en la frente.

—Tengo hambre —masculla cuando acaba la película.

—Mi vuelo ha sido muy largo. ¿Por qué no cocinan Tessa y tú? —sonríe Trish.

—Le estás sacando mucho provecho a lo del vuelo, ¿sabes? —replica Hardin.

Trish asiente y esboza una media sonrisa que le he visto un par de veces a su hijo.

—Cocino yo —me ofrezco, y me levanto.

Entro en la cocina y me apoyo en la barra. Me agarro de la orilla del mármol con más fuerza de la necesaria, intentando recobrar el aliento. No sé cuánto tiempo más podré seguir haciendo esto, fingir que Hardin no lo ha estropeado todo, fingir que lo quiero. «Lo quiero, desgraciadamente estoy enamorada de él.» El problema no es que no sienta nada por este chico egoísta y temperamental. El problema es que le he dado ya muchas oportunidades, que he mirado hacia otro lado para no ver las cosas tan horribles que hace y dice. Pero esto es demasiado.

—Hardin, sé un caballero y ayúdala —oigo decir a Trish, y corro al congelador, a fingir que no estaba teniendo un pequeño ataque de nervios.

—Oye..., ¿te ayudo? —resuena su voz en la pequeña cocina.

—Bueno... —contesto.

—¿Paletas? —pregunta, y miro lo que tengo en las manos. Iba a agarrar el pollo, pero me he distraído.

—Sí, a todo el mundo le gustan las paletas, ¿no? —digo, y sonríe y aparecen esos diabólicos hoyuelos.

«Puedo hacerlo. Puedo estar en la misma habitación que Hardin. Puedo ser amable con él y podemos llevarnos bien.»

—Deberías hacer esa pasta con pollo que preparaste para mí —le sugiero.

Me mira fijamente con sus ojos verdes.

—¿Eso es lo que quieres comer?

—Sí, si no es mucho trabajo.

—No lo es.

—Hoy estás muy raro —susurro para que nuestra invitada no pueda oírnos.

—En absoluto. —Se encoge de hombros y da un paso hacia mí.

Se me acelera el pulso al ver que se agacha, y cuando empiezo a apartarme toma la puerta del congelador y la abre.

«Pensaba que iba a besarme. Pero ¿a mí qué me pasa?»

Preparamos la cena casi en completo silencio, ninguno de los dos sabe qué decir. No le quito los ojos de encima a Hardin, el modo en que sus largos dedos sostienen la base del cuchillo para trocear el pollo y las verduras, cómo se relame las comisuras de los labios cuando prueba la salsa. Sé que mirarlo así no me ayuda a ser imparcial, ni es sano, pero no puedo evitarlo.

—Voy a poner la mesa mientras le dices a tu madre que la cena está lista —digo cuando termina.

—¿Qué? Ahora grito.

—No, eso es de mala educación. Ve y díselo.

Pone los ojos en blanco pero obedece. Regresa al instante, solo.

—Se ha dormido —me dice.

Lo he oído, pero aun así pregunto:

—¿Qué?

—Sí. Se ha quedado dormida en el sillón. ¿La despierto?

—No... Ha tenido un día muy largo. Le guardaré la comida para cuando se despierte. Es tarde.

—Son las ocho.

—Sí... Muy tarde.

—Supongo.

—Pero ¿qué te pasa? Sé que esto es muy incómodo, pero de todos modos estás muy raro —señalo sirviendo dos platos sin pensar.

—Gracias —dice tomando uno antes de sentarse a la mesa.

Agarro un tenedor del cajón y decido comer de pie, junto a la barra de la cocina.

—¿No vas a contármelo? —insisto.

—¿Qué tengo que contarte? —Toma el tenedor y empieza a comer.

—Por qué estás tan... callado... y eres tan... amable. Es muy raro.

Se toma un momento para masticar y tragar antes de responder:

—Es que no quiero abrir el hocico y meter la pata.

—Ah —digo. Es todo lo que se me ocurre. Esa respuesta no era la que me esperaba.

Le da la vuelta a la situación.

—Y ¿tú por qué estás siendo tan amable y estás tan rara?

—Porque tu madre está aquí y lo pasado pasado está, no puedo hacer nada para cambiarlo. No puedo estar enojada toda la vida. —Me apoyo en la barra con el codo.

—¿Eso qué significa?

—Nada. Sólo digo que quiero que nos tratemos con cortesía y dejemos de pelear. No cambia nada entre nosotros. —Me muerdo la lengua para no echarme a llorar.

En vez de responder, Hardin se levanta y avienta el plato a la tarja. La porcelana se parte por la mitad con un sonoro crujido y doy un salto. Él ni siquiera pestañea. Se va al cuarto sin mirar atrás.

Me dirijo a la sala para comprobar que su impulsividad no ha despertado a su madre. Por suerte, sigue durmiendo. Tiene la boca entreabierta de tal modo que aún se parece más a su hijo.

Como siempre, me toca a mí recoger los platos rotos de Hardin. Cargo el lavaplatos y guardo las sobras. Limpio la barra. Estoy cansada, mentalmente agotada, pero tengo que bañarme antes de acostarme. ¿Dónde voy a dormir? Hardin está en la recámara y Trish en el sillón. A lo mejor debería volver al motel.

Subo un poco la calefacción y apago las luces de la sala. Entro en el cuarto por la pijama. Hardin está sentado en la cama, con los codos apoyados en las rodillas y la cara entre las manos. No levanta la vista, así que agarro unos shorts, unas pantaletas y una camiseta de mi maleta antes de salir de la habitación. Cuando estoy en la puerta oigo algo que parece un sollozo ahogado.

«¿Hardin está llorando?»

No puede ser. No es posible.

Pero, por si acaso, no puedo salir de la habitación. Vuelvo a la cama y me pongo delante de él.

—¿Hardin? —digo en voz baja intentando apartarle las manos de la cara. Se resiste y tiro con más fuerza—. Mírame —le suplico.

Me quedo sin aire en los pulmones cuando lo hace. Tiene los ojos rojos y las mejillas bañadas en lágrimas. Intento tomarle las manos pero me aparta.

—Vete, Tessa —dice.

Esa canción ya me la sé.

—No —repongo arrodillándome entre sus piernas.

Se limpia los ojos con el dorso de la mano.

—Esto ha sido una pésima idea. Por la mañana se lo contaré todo a mi madre.

—No es necesario. —Le caen unas cuantas lágrimas más, pero ya no es el llanto estremecedor de antes.

—Lo es. Tenerte tan cerca y tan lejos me está matando. Es el peor castigo imaginable. No es que no me lo merezca... Pero es demasiado —solloza—. Hasta para mí.

Respira hondo.

—Cuando accediste a quedarte pensé... que a lo mejor... que a lo mejor todavía te importaba igual que tú a mí. Pero lo veo, Tess, veo cómo me miras ahora. Veo el daño que te hice. Veo cómo has cambiado por mi culpa. Sé que me lo busqué, pero aun así me mata ver cómo te me escurres entre los dedos. —Las lágrimas fluyen ahora mucho más rápido y caen en su camiseta negra.

Quiero decirle algo, cualquier cosa, para que pare. Para que deje de sufrir.

Pero ¿dónde estaba él cuando yo me pasaba las noches llorando?

—¿Quieres que me vaya? —pregunto, y asiente.

Me duele su rechazo, incluso ahora. Sé que no debería estar aquí, que no deberíamos hacer esto, pero necesito más. Necesito más tiempo con él. Incluso estos momentos peligrosos y dolorosos son mejor que nada. Ojalá no lo quisiera. Ojalá no lo hubiera conocido.

Pero lo conozco y lo quiero.

—Está bien. —Trago saliva y me pongo de pie.

Me toma por la muñeca para detenerme.

—Perdóname. Por todo. Por haberte hecho daño, por todo —dice con tono de despedida.

Por mucho que me resista, en el fondo sé que no estoy preparada para que se rinda. Por otra parte, tampoco estoy lista para perdonarlo. Llevo días confusa las veinticuatro horas, pero lo de hoy es demasiado.

—No... —empiezo a decir, pero me interrumpo.

—¿Qué?

—No quiero irme —digo tan bajito que no estoy segura de que me haya oído.

—¿Qué? —me pregunta otra vez.

—No quiero irme. Sé que debería, pero no quiero. Al menos, no esta noche.

Juro que, tras decir eso, puedo ver cómo los pedazos de este hombre destrozado se juntan uno a uno hasta que vuelve a estar de una pieza. Es precioso, pero también aterrador.

—¿Eso qué significa?

—No lo sé, pero tampoco estoy preparada para averiguarlo —digo con la esperanza de poder descifrar este sentimiento hablando.

Hardin me mira perplejo, como si no hubiera estado llorando. Como un robot, se limpia la cara con la camiseta y dice:

—Muy bien. Tú dormirás aquí y yo en el suelo.

Agarra dos almohadas y una cobija de la cama y no puedo evitar pensar que puede, puede, que fueran lágrimas de cocodrilo. Pero sé que no es así. Lo sé.

CAPÍTULO 25

Tessa

Bajo el edredón, no paro de pensar en que nunca, nunca jamás pensaba que vería a Hardin así. Estaba tan desvalido, tan vulnerable, temblando por el llanto... Siento que la dinámica entre él y yo cambia constantemente, y uno siempre tiene más poder que el otro. Ahora mismo, yo soy quien tiene la sartén por el mango.

Pero no me gusta, y tampoco me gusta esta dinámica. El amor no debería ser una batalla tras otra. Además, no me fío de mí misma en lo que a nosotros se refiere. Hasta hace unas horas lo tenía todo clarísimo, pero ahora, después de haberlo visto tan mal, no puedo pensar con claridad y tengo la cabeza embotada.

Incluso en la oscuridad, sé que Hardin me está mirando. Cuando suspiro con toda el alma, dice:

—¿Quieres que ponga la televisión?

—No. Si tú quieres, hazlo. Yo estoy bien así —contesto.

Ojalá hubiera agarrado el libro electrónico para poder leer hasta quedarme dormida. A lo mejor contemplar cómo Catherine y Heathcliff se arruinan la existencia haría que la mía pareciera más fácil, menos traumática. Catherine se pasó la vida intentando luchar contra el amor que sentía por ese hombre hasta el día en que le suplica que la perdone y afirma que no puede vivir sin él... Todo para morirse a las pocas horas. Yo podré vivir sin Hardin, ¿no? No voy a pasarme el resto de mi existencia así. Esto es temporal, ¿verdad? No nos pasaremos la vida siendo unos infelices y haciendo desgraciados a los demás por ser unos necios, ¿no? Empieza a preocuparme el paralelismo, y más porque implica que Trevor es Edgar. No sé qué pensar. Es muy raro.

—¿Tess? —me llama mi Heathcliff.

—¿Sí? —digo con la voz rota.

—No me cogí... No me acosté con Molly —dice, como si corrigiendo su lenguaje soez la frase fuera a repugnarme menos.

Permanezco en silencio. En parte, perpleja porque haya sacado el tema, en parte porque quiero creerlo. Sin embargo, no puedo permitirme olvidar que es un maestro de la mentira y el engaño.

—Te lo juro —añade.

«Bueno, ya que me lo "jura"...»

—Entonces ¿por qué lo dijiste? —pregunto de mala manera.

—Para herirte. Estaba muy encabronado porque acababas de soltarme que habías besado a otro, así que dije lo que sabía que podía hacerte más daño.

No lo veo, pero sé que está boca arriba, con los brazos cruzados debajo de la cabeza, mirando al techo.

—¿De verdad besaste a otro? —pregunta sin darme tiempo a contestar.

—Sí —confieso. Pero cuando lo oigo respirar hondo, intento suavizar el golpe—: Bueno, sólo una vez.

—¿Por qué? —Su tono de voz es calmado, pero se nota que sufre por dentro. Es un sonido extraño.

—La verdad es que no tengo ni idea... Estaba encabronada por cómo me habías hablado por teléfono y había bebido demasiado. Me puse a bailar con aquel tipo y me besó.

—¿Bailaste con él? ¿Cómo?

Pongo los ojos en blanco. Tiene que saberlo todo de todo lo que hago, incluso cuando no estamos juntos.

—Será mejor que no te lo cuente.

—Cuéntamelo.

Su respuesta hace que la tensión vuelva a poder cortarse con un cuchillo.

—Hardin, bailamos como baila la gente en un club. Luego me besó e intentó que me fuera a casa con él.

Miro las aspas del ventilador del techo. Sé que, si seguimos hablando de esto, al final se detendrán, incapaces de cortar la tensión.

Intento cambiar de tema.

—Gracias por el libro electrónico. Es todo un detalle.

—¿Intentó llevarte a su casa? ¿Te fuiste con él?

Lo oigo resoplar y revolver la cobija y sé que ahora está sentado.

Yo sigo pegada al colchón.

—¿De verdad me lo preguntas? Sabes que nunca haría algo así —le espeto.

—Bueno, también creía que nunca bailarías con un extraño y te besuquearías con él en un club, y mira —me ladra.

Dejo pasar dos segundos de silencio y replico:

—No creo que quieras hablar de las cosas que no nos esperábamos del otro.

Se revuelve entre las cobijas de nuevo y de repente noto que está a mi lado, con la voz en mi oído:

—Por favor, dime que no te fuiste con él.

Se sienta en la cama junto a mí y me aparto.

—Sabes de sobra que no me fui con él. Estuve contigo esa misma noche.

—Necesito oírtelo decir. —Su voz es dura pero suplicante—. Dime que sólo lo besaste una vez y que no has vuelto a hablar con él.

—Sólo lo besé una vez y no he vuelto a hablar con él —repito sólo porque sé que necesita oírlo con desesperación.

Mantengo la mirada fija en el remolino de tinta que asoma por el cuello de su camiseta. Me tranquiliza y me inquieta que esté en la cama. No puedo soportar por más tiempo la batalla que se libra en mi interior conmigo en medio.

—¿Hay algo más que deba saber? —pregunta en voz baja.

—No —miento.

No voy a contarle lo de mi cita con Trevor. No pasó nada, y no es asunto de Hardin. Me gusta Trevor y quiero mantenerlo a salvo de la bomba de relojería más conocida como Hardin.

—¿Seguro?

—Hardin... No creo que estés en posición de dudar de mí —le digo mirándolo a los ojos. No puedo evitarlo.

Para mi sorpresa, responde:

—Lo sé.

Se levanta de la cama e intento ignorar el enorme vacío que me engulle.

CAPÍTULO 26

Hardin

He pasado el día en el infierno, un infierno en el que he caído con mucho gusto, pero el infierno, al fin y al cabo. No esperaba encontrarme a Tessa en el departamento al volver del aeropuerto. Me había inventado una mentira sencilla: mi novia no iba a estar en casa porque se había ido a su pueblo a pasar la Navidad. Mi madre protestó un poco pero no hizo más preguntas ni cuestionó mi excusa. Estaba muy emocionada, y sorprendida, a decir verdad, de que tuviera una mujer en mi vida. Creo que mi padre y ella esperaban que me pasara toda la vida solo. Yo también lo creía.

En cierto sentido, me fascina no poder estar ni un segundo sin pensar en ella, cuando hace apenas tres meses únicamente quería estar solo. No sabía lo que me estaba perdiendo y, ahora que lo he encontrado, no quiero perderlo. Es ella. Haga lo que haga, no consigo olvidarla.

He intentado dejarlo estar, quitármela de la cabeza, seguir adelante... Pero ha sido un desastre. La rubia simpática con la que salí el sábado no era Tessa. No hay otra como Tessa. De aspecto se le parecía mucho y vestía igual que ella. Se ruborizaba cuando me oía maldecir y parecía tenerme un poco de miedo durante la cena. Era linda, pero aburridísima.

Le faltaba el fuego que tiene Tess. No criticaba mi lenguaje soez y no dijo nada cuando le puse la mano en el muslo durante la cena. Sé que sólo aceptó salir conmigo para hacer realidad alguna ridícula fantasía sobre el chico malo antes de ir a misa a la mañana siguiente. Por mí perfecto, porque yo también la estaba utilizando para reemplazar a Tessa, para olvidar que Tessa estaba en Seattle con el baboso de Trevor. La culpabilidad que sentí cuando fui a besarla fue abrumadora. Me aparté y su cara inocente no podía mostrar más vergüenza. Hui corriendo al coche y la dejé botada en el restaurante.

Me siento y miro a la chica dormida de la que estoy locamente ena-morado. Verla en nuestro departamento, su ropa en la lavadora, la casa limpia y su cepillo de dientes en el baño... Me había hecho ilusiones. Pero eso que dicen sobre las ilusiones es verdad.

Soy consciente de que me estoy aferrando a un clavo ardiendo, a la remota posibilidad de que me perdone. Si se despierta, seguro que se pondrá a gritar al ver que estoy de pie junto a la cama.

Sé que necesito relajarme un poco, darle tiempo y espacio. Lo que siento y lo que hago me dejan agotado, me consumen y no tengo ni idea de cómo sobrellevarlo. Pero lo resolveré, arreglaré todo esto. Le aparto un mechón rebelde de la cara y me obligo a alejarme de la cama, a volver al montón de cobijas, al suelo de cemento, donde debo estar.

A lo mejor esta noche consigo dormir.

CAPÍTULO 27

Tessa

Cuando me despierto, el techo rojo de ladrillo me confunde unos instantes. Se me hace raro despertarme aquí después de haber pasado varios días en el motel. Cuando salto de la cama, el suelo está limpio; la cobija y las almohadas, amontonadas junto al ropero. Agarro la bolsa de aseo y me meto en el baño.

Oigo la voz de Hardin procedente de la sala.

—No puede quedarse hoy también, mamá. Su madre la está esperando.

—Y ¿no podría venir aquí? Me encantaría conocerla —contesta Trish.

«Ay, no.»

—No. A su madre... no le caigo bien —dice.

—¿Por qué no?

—Cree que no soy lo suficientemente bueno para Tessa. Y por mi aspecto.

—¿Qué aspecto tienes, Hardin? No dejes que nadie te llene de inseguridades. Creía que te encantaba tu... estilo.

—Y me gusta. Me importa una mierda lo que piensen los demás, a excepción de Tessa.

Abro la boca de par en par. Trish se echa a reír.

—¿Quién eres tú y dónde está mi hijo? —bromea. Entonces, con la voz cargada de felicidad, añade—: No recuerdo cuándo fue la última vez que hablamos sin que me mandaras a volar. Años. Esto me gusta.

—Bueno... —gruñe él, y me río imaginándome a Trish intentando darle un abrazo.

Me baño y decido terminar de arreglarme antes de salir. Sé que soy una cobarde, pero necesito un poco más de tiempo hasta que me plante una sonrisa falsa en la cara para la madre de Hardin. No es una sonrisa falsa, no del todo... «Y ahí está el problema», me recuerda mi subconsciente. Ayer la pasé muy bien y he dormido mejor que en toda la semana.

Con el pelo enchinado casi a la perfección, recojo mis cosas y las guardo en la bolsa de aseo. Entonces llaman a la puerta tímidamente.

—¿Tess? —pregunta Hardin.

—Ya terminé —contesto.

Abro y me lo encuentro vestido con unas bermudas grises de algodón y una camiseta blanca.

—No quiero apurarte, pero tengo que orinar.

Me sonríe y asiento. Intento no fijarme en cómo los pantalones le cuelgan de las caderas, en cómo la tinta en cursiva del costado se transparenta a través de la camiseta blanca.

—Termino de vestirme y me voy —le digo.

Mira la pared.

—Está bien.

Entro en la recámara. Me siento muy culpable por engañar a su madre y por irme tan pronto. Sé que le hacía mucha ilusión conocerme y yo voy a desaparecer en su segundo día de visita.

Decido ponerme el vestido blanco con medias negras debajo porque hace demasiado frío para ir sin nada. Tal vez debería ponerme *jeans* y camiseta, pero me encanta la sensación de seguridad en mí misma que me da ese vestido y hoy la voy a necesitar. Guardo otra vez la ropa en la maleta y meto los ganchos en el ropero.

—¿Te ayudo? —pregunta Trish detrás de mí.

Pego un brinco del susto y se me cae el vestido azul marino que me puse en Seattle.

Examina con la mirada el contenido del ropero medio vacío.

—¿Cuánto tiempo vas a quedarte en casa de tu madre?

—Pues... —Soy una pésima mentirosa.

—Parece que vas a estar fuera una larga temporada.

—Ya... Es que no tengo mucha ropa —digo con una vocecita aguda.

—Quería preguntarte si quieres salir de compras conmigo. Podríamos ir juntas si regresas antes de que yo me vaya.

No sé si me cree o si sospecha que no tengo intención de volver.

—Sí..., claro —vuelvo a mentir.

—Mamá... —dice Hardin en voz baja entrando en la habitación. Frunce el ceño al ver el ropero vacío. Espero que su madre no lo conozcas tanto como yo.

—Estoy terminando de hacer la maleta —le explico, y asiente. Cierro la última y lo miro sin saber qué debo decir.

—Ya te las llevo yo —dice agarrando mis llaves de encima de la cómoda y desapareciendo con mi equipaje.

Cuando se marcha, Trish me da un abrazo.

—Me alegro mucho de haberte conocido, Tessa. No tienes ni idea de cuánto significa para mí ver a mi único hijo así.

—¿Así? —consigo preguntar.

—Feliz —responde, y empiezan a picarme los ojos.

Si le parece que ahora mismo es feliz, no quiero ver al Hardin al que ella está acostumbrada.

—¿Tessa? —dice entonces. Me vuelvo para mirarla por última vez—. Regresarás a casa con él, ¿verdad?

Me derrumbo. Tengo el presentimiento de que no se refiere sólo a que vuelva cuando hayan pasado las fiestas.

No sé si la voz me va a delatar, así que asiento con la cabeza y me voy a toda velocidad.

En la puerta del elevador decido bajar por la escalera para no tener que ver a Hardin. Me seco las lágrimas y respiro hondo antes de salir a la nieve. Al llegar al coche veo que no hay nieve en el parabrisas y que el motor está en marcha.

Decido no llamar a mi madre para decirle que estoy en camino. Ahora mismo no quiero hablar con ella. Quiero aprovechar las dos horas al volante para despejarme. Necesito hacer una lista mental de los pros y los contras de volver con Hardin. Sé que parezco tonta por pensarlo siquiera porque me ha hecho lo indecible. Me ha mentido, me ha traicionado y me ha humillado. Por ahora, en la columna de los contras tenemos las mentiras, las sábanas, el condón, la apuesta, su genio, sus amigos, Molly, su ego, su actitud y el que se haya cargado la confianza que deposité en él.

En la columna de los pros tenemos... Que lo quiero. Que me hace feliz, me hace sentirme más fuerte, más segura de mí misma. Que normalmente quiere lo mejor para mí, menos cuando me hace daño por ser un descerebrado... Su forma de sonreír y su risa, su manera de abrazarme, de besarme, de estrecharme entre sus brazos y que se nota que está cambiando por mí.

Sé que la columna de los pros está llena de cosas insignificantes, sobre todo si las comparamos con lo negativo, pero ¿acaso no son las cosas pequeñas e insignificantes las más importantes en la vida? No sé si estoy loca por plantearme perdonarlo o si estoy siguiendo los dictados del corazón. ¿Quién me guiará mejor en el amor: mi cerebro o mis sentimientos?

Intento luchar contra lo que siento, alejarme de él. Es algo que nunca he conseguido hacer.

En este momento me iría bien tener un amigo con quien hablar, alguien que haya pasado por una situación similar. Me gustaría poder llamar a Steph, pero ella también me mintió desde el principio. Hablaría con Landon, pero él ya me ha dado su opinión y a veces la perspectiva de una mujer es más acertada, más cercana.

Nieva mucho y hace un fuerte viento. Me acurruco en el coche entre las carreteras desiertas. Debería haberme quedado en el motel. No sé cómo se me ha ocurrido venir. Paso algún momento de apuro pero aun así el trayecto se me hace más corto de lo que pensaba y, antes de darme cuenta, la casa de mi madre se alza ante mí.

Me meto en el camino perfecto, sin nieve, y me abre la puerta a la tercera vez que toco el timbre. Lleva puesta una bata y el pelo húmedo. Puedo contar con los dedos de una mano las veces que la he visto sin peinar y sin maquillar.

—¿Qué haces aquí? ¿Por qué no has llamado para avisar? —me dispara con menos simpatía que nunca.

Entro en casa.

—No lo sé. Estaba manejando bajo la nieve y no quería distraerme.

—Aun así, deberías haber llamado para que pudiera arreglarme.

—No hace falta que te arregles, soy yo, mamá.

Bufa.

—Ninguna excusa es buena para ir hecha un desastre, Tessa —dice como si se estuviera refiriendo a mi aspecto.

Es un comentario tan ridículo que casi me echo a reír a carcajadas, pero me contengo.

—¿Y tus maletas? —inquiere.

—En el coche. Luego iré por ellas.

—¿Eso que llevas puesto... es un vestido? —Me inspecciona de arriba abajo.

—Es para la oficina. Me gusta mucho.

—Es demasiado provocador... Pero al menos el color es bonito.

—Gracias. Oye, ¿cómo están los Porter? —pregunto. Sé que hablar de la familia de Noah la distraerá.

—Están muy bien. Te extrañan. —Entra en la cocina y dice sin darse la vuelta—: Podríamos invitarlos a cenar con nosotras esta noche.

Hago una mueca y corro tras ella.

—No, no creo que sea una buena idea.

Me mira y luego se sirve una taza de café.

—¿Por?

—No sé... Se me haría muy raro.

—Theresa, conoces a los Porter desde hace años. Me encantaría que supieran que has conseguido una beca de prácticas y que estás yendo a la universidad.

—¿Lo que quieres es presumir a tu hija?

Es una idea que no me gusta. Sólo quiere que vengan para tener otra cosa de la que alardear.

—No, quiero que vean todos tus logros. Eso no es presumir —me espeta.

—Preferiría que no los invitaras.

—Theresa, ésta es mi casa y, si quiero invitarlos, lo haré. Voy a terminar de ponerme presentable. Enseguida vuelvo.

Y con un giro teatral me deja sola en la cocina.

Pongo los ojos en blanco y me voy a mi antigua habitación. Estoy agotada. Me tumbo en la cama y espero a que mi madre termine su largo y laborioso ritual de belleza.

—¿Theresa?

La voz de mi madre me despierta. No recuerdo haberme quedado dormida.

Levanto la cabeza que tenía apoyada en *Buddha*, mi elefante de peluche, y digo desorientada:

—¡Voy!

Medio aturdida, me levanto y me arrastro por el pasillo. Cuando llego a la sala, Noah está sentado en el sillón. No es la familia Porter al completo, como mi madre había amenazado, pero basta para despertarme del todo.

—¡Mira quién ha venido mientras dormías! —dice mi madre con su sonrisa más falsa.

—Hola —saludo, pero lo que de verdad pienso es: «Ya sabía que no debería haber venido».

Noah me saluda con la mano.

—Hola, Tessa. Estás muy guapa.

Con él no tengo problema. Lo quiero un montón, como si fuera de la familia. Pero necesito un descanso en mi vida y su presencia hace que aún me sienta más culpable y dolida. Sé que no es culpa suya y que no es justo que lo trate mal, y más aún con lo bien que se ha portado durante la ruptura.

Mi madre nos deja solos. Me quito los zapatos y me siento en el sillón, lejos de Noah.

—¿Qué tal las vacaciones? —pregunta.

—Bien, ¿y las tuyas?

—Bien también. Tu madre me ha contado que has estado en Seattle.

—Sí, ha sido genial. Fui con mi jefe y unos cuantos compañeros de trabajo.

Asiente, interesado.

—Eso es fantástico, Tessa. Me alegro mucho por ti. ¡Te estás metiendo en el mundo editorial!

—¡Gracias! —Sonrío. Esto no es tan raro como pensaba.

Un momento después mira el pasillo por el que ha desaparecido mi madre y se acerca a mí.

—Oye, tu madre está muy tensa desde el sábado. Mucho más de lo habitual. ¿Cómo llevas tú el asunto?

Frunzo el ceño.

—No entiendo a qué te refieres.

—A lo de tu padre —dice muy despacio, como si yo supiera de qué me está hablando.

«Un momento.»

—¿Mi padre?

—¿No te lo ha contado? —Echa otro vistazo al pasillo vacío—. Ah... Oye, no le digas que te lo dije...

No lo dejo acabar. Me pongo de pie y echo a andar furiosa por el pasillo, hacia su habitación.

—¡Mamá!

¿Qué pasa con mi padre? No lo he visto ni sé nada de él desde hace ocho años. Por lo solemne que se ha puesto Noah... ¿Se habrá muerto? No sé cómo me sentiría si fuera eso.

—¡¿Qué pasa con papá?! —grito en cuanto entro en su habitación. Ella parece sorprendida, pero se recupera rápido—. ¿Y bien?

Pone los ojos en blanco.

—Tessa, baja la voz. No es nada, nada de lo que debas preocuparte.

—Eso lo decidiré yo. ¡Dime qué está pasando! ¿Está muerto?

—¿Muerto? Uy, no. Si se hubiera muerto, te lo contaría —dice gesticulando con desdén.

—Entonces ¿qué ocurre?

Suspira y me mira un segundo.

—Volvió. Está viviendo no muy lejos de donde vives tú, pero no va a intentar ponerse en contacto contigo, no te preocupes. Ya me encargué yo.

—¿Eso qué demonios significa?

Ya tengo bastantes problemas en la cabeza por culpa de Hardin, y ahora el padre que me abandonó ha vuelto a Washington. Ahora que lo pienso, ni siquiera sabía que se hubiera ido de Washington alguna vez. Sólo sabía que yo no tenía padre.

—No significa nada. Iba a contártelo cuando te llamé el viernes, pero como estabas demasiado ocupada para devolverme las llamadas, lo resolví por mi cuenta.

Esa noche estaba demasiado borracha para hablar con ella, y menos mal que no lo hice. Nunca podría haber soportado la noticia estando peda. Apenas puedo soportarla ahora.

—No va a molestarte, así que deja de poner esa cara y arréglate. Nos vamos de compras —dice con demasiada indiferencia.

—No quiero ir de compras, mamá. Esto me ha sorprendido y es importante para mí.

—No, no lo es —replica molesta y con desprecio—. Lleva años sin verte y así seguirá. No cambia nada.

Desaparece en su vestidor y me doy cuenta de que no tiene sentido discutir con ella.

Regreso a la sala, tomo el celular y me pongo los zapatos.

—¿Adónde vas? —pregunta Noah.

—¿Quién sabe? —digo, y salgo al aire gélido de la calle.

He perdido un montón de tiempo para venir aquí, dos horas manejando bajo la nieve sólo para que se comporte como una arpía... No, como una zorra. Es una zorra. Limpio la nieve del parabrisas con el brazo. Resulta ser muy mala idea porque se hiela aún más. Me meto en el coche y, tiritando de frío, enciendo el motor y espero a que se caliente.

Maldigo sin parar mientras manejo y grito a mi madre hasta que me quedo sin voz. Intento pensar en lo que voy a hacer a continuación pero tengo la cabeza llena de recuerdos de mi padre y no consigo concentrarme. Las lágrimas me ruedan por las mejillas. Tomo el celular del asiento de al lado.

A los pocos segundos la voz de Hardin me saluda:

—¿Tess? ¿Estás bien?

—Sí... —empiezo a decir, pero me traiciona la voz y me ahogo en mitad de un sollozo.

—¿Qué pasó? ¿Qué te hizo?

—Ha... ¿Puedo volver a casa? —pregunto, y oigo que deja escapar un profundo suspiro.

—Claro que puedes volver, nena... Tessa —se corrige, aunque me gustaría que no lo hubiera hecho.

»¿A cuánto estás? —pregunta.

—A veinte minutos —lloro.

—Bien, ¿quieres que sigamos hablando?

—No... Está nevando —le explico, y cuelgo.

No debería haberme ido de allí. Es irónico que vuelva corriendo con Hardin a pesar de todo lo que me ha hecho.

Mucho, demasiado tiempo después, entro en el estacionamiento del departamento. Sigo llorando y me limpio la cara lo mejor que puedo, pero se me corre el maquillaje y me ensucia la piel. Cuando pongo un pie en la nieve, veo a Hardin en la puerta, cubierto de blanco. Sin pensar, corro hacia él y lo abrazo. Da un paso atrás, perplejo por mi demostración de afecto, pero luego me rodea con los brazos y me deja llorar sobre su sudadera cubierta de nieve.

CAPÍTULO 28

Hardin

Abrazarla por primera vez en lo que se me parece toda una vida es algo que no tengo palabras para describir. Siento un tremendo alivio físico cuando corre a mis brazos. No me lo esperaba. Ha estado tan fría y distante últimamente... No la culpo pero, demonios, cómo duele.

—¿Estás bien? —pregunto con la boca en su pelo.

Asiente con la cabeza contra mi pecho pero no para de llorar. Sé que no está bien. Seguro que su madre le ha soltado alguna mierda que no debía. Sabía que iba a pasar y, para ser sincero, mi parte egoísta se alegra de que haya metido la pata. No me gusta que le haya hecho daño a Tessa, aunque eso ha provocado que mi chica acuda a mí en busca de consuelo.

—Vayamos adentro —le digo.

Asiente de nuevo pero no se mueve. Me obligo a soltarla y caminamos hacia el interior. Líneas negras recorren su preciosa cara y tiene los labios hinchados. Espero que no haya venido llorando todo el trayecto.

En cuanto entramos en el vestíbulo me quito la bufanda y le tapo la cabeza y las orejas hasta que sólo se le ve esa cara tan bonita que tiene. Debe de estar helada con ese vestido. Ese vestido... En condiciones normales empezaría a fantasear largo y tendido sobre quitárselo, pero hoy no, tal y como está, no.

Le entra el hipo más adorable del mundo y se sube la bufanda hasta cubrirse la cabeza. El pelo rubio sobresale por un lateral del nudo y parece mucho más joven que de costumbre.

—¿Quieres contármelo? —aprovecho para preguntarle cuando bajamos del elevador y empezamos a caminar hacia nuestro... hacia el departamento.

Asiente y abro la puerta. Mi madre está sentada en el sillón y pone cara de preocupación al ver el estado en que se encuentra Tessa. Le lanzo una mirada de advertencia, esperando que recuerde que me ha prometido que no iba a bombardearla a preguntas nada más llegar. Mi madre deja de mirarla y finge que ve la televisión.

—Estaremos en el cuarto —anuncio, y ella asiente. Sé que la pone mal no poder hablar, pero no voy a consentir que su curiosidad provoque que Tessa se sienta peor.

Me detengo un momento por el camino para subirle a la calefacción porque sé que está muerta de frío. Cuando entro en la recámara, ella ya está sentada en la cama. No sé cuánto se me permite acercarme, así que espero a que diga algo.

—¿Hardin? —me llama con un hilo de voz. La ronquera me confirma que ha estado llorando todo el camino, y me siento mal por ella.

Me coloco frente a ella y vuelve a dejarme de piedra cuando me jala de la camiseta hasta que me tiene entre sus piernas. Sé que ha ocurrido algo más grave de lo habitual con su madre.

—Tess... ¿Qué te ha hecho?

Rompe a llorar de nuevo y me mancha de maquillaje el bajo de mi camiseta blanca. No me importa, me la guardaré de recuerdo para cuando vuelva a dejarme.

—Mi padre... —dice con la voz rota, y me quedo helado.

—¿Tu padre? Si estaba en... Tessa, ¿tu padre estaba en casa? ¿Te ha hecho algo? —le pregunto entre dientes.

Niega con la cabeza y le levanto la barbilla para que me mire. Nunca deja de hablar, ni siquiera cuando está enojada. De hecho, cuando se enoja es cuando más se expresa.

—Se ha trasladado a vivir aquí y yo ni siquiera sabía que se hubiera ido —explica a continuación—. Quiero decir, me lo imaginaba, pero nunca me había parado a pensarlo. Nunca he pensado en él.

Mi voz no suena tan serena como desearía cuando le pregunto:

—¿Has hablado hoy con él?

—No. Pero ella sí. Me dijo que mi padre no se me va a acercar, pero no quiero que sea ella quien lo decida.

—¿Quieres verlo?

Tess sólo me ha contado cosas malas de su padre. Era un hombre violento que pegaba a su madre delante de ella. ¿Por qué iba a querer verlo?

—No... Bueno, no lo sé. Pero quiero decidirlo yo. —Se limpia los ojos con el dorso de la mano—. Aunque no creo que él quiera verme...

Quiero encontrar a ese hombre y asegurarme de que no se acerque nunca a ella, y tengo que contenerme para no hacer una estupidez.

—No puedo evitar pensar: ¿y si es igual que el tuyo?

—¿Qué quieres decir?

—¿Y si ha cambiado? ¿Y si ha dejado de beber? —La esperanza en su voz me parte el corazón... O lo que queda de él.

—No lo sé... No es lo habitual —le digo con sinceridad. Veo cómo tuerce el gesto y añado—: Pero podría ser. A lo mejor ahora es un hombre distinto... —No es creíble, pero ¿para qué quitarle la ilusión?—. No sabía que te interesara tanto tu padre.

—No me interesa... No me interesaba. Sólo estoy furiosa porque mi madre me lo ha estado ocultando —dice, y entonces, en las pausas entre llantos y sollozos, me cuenta el resto.

La madre de Tessa es la única mujer del mundo capaz de revelar que su exmarido alcohólico ha vuelto y a continuación anunciar que va a irse de compras. No hago ningún comentario sobre la visita de Noah, por mucho que me moleste. No hay manera de quitarse a ese imbécil de encima.

Por fin levanta la vista y me mira, algo más calmada. Se ve un poco mejor que cuando ha venido corriendo hacia mí en el estacionamiento, y quiero pensar que es gracias a que yo estoy con ella.

—¿No te molesta que me quede aquí? —pregunta.

—No, claro que no. Puedes quedarte todo el tiempo que necesites. Al fin y al cabo, es tu departamento.

Intento sonreír y, para mi sorpresa, me devuelve la sonrisa antes de volver a sonarse la nariz en mi camiseta.

—La semana que viene me darán habitación en la residencia.

Asiento sin decir nada. Si abro la boca, le suplicaré como un patético que no vuelva a dejarme.

CAPÍTULO 29

Tessa

Me meto en el baño para desmaquillarme y recomponerme. El agua caliente borra los rastros del día tan emocionante que he tenido, y la verdad es que estoy contenta de haber vuelto. A pesar de todo lo que hemos pasado Hardin y yo, me alegra saber que todavía tengo un lugar seguro en el que refugiarme con él. Hardin es la única constante en mi vida. Recuerdo que me dijo eso una vez. Me pregunto si lo sentía.

Y, aunque entonces no lo sintiera, estoy segura de que ahora sí que lo siente. Ojalá me hablara más de sus sentimientos. Ayer, cuando se vino abajo, fue la primera vez que lo vi expresar sus sentimientos con tanta fuerza. Sólo quiero oír las palabras que hay detrás de las lágrimas.

Vuelvo a la recámara y lo encuentro dejando mis maletas en el suelo.

—He salido a por tus cosas —me informa.

—Gracias. De verdad que espero no molestarlos —le digo agachándome por unos pants y una camiseta. No aguanto más este vestido.

—Quiero tenerte aquí; lo sabes, ¿verdad? —repone en voz baja. Me encojo de hombros y frunce el ceño—. Deberías saberlo, Tess.

—Lo sé... Sólo que tu madre está aquí, y no necesitan que aparezca yo con mis dramas... —le explico.

—Mi madre se alegra de que estés aquí y yo también.

Me hincho como un pavo real pero cambio de tema.

—¿Tienen planes para hoy?

—Creo que quería ir al centro comercial, pero podemos dejarlo para mañana.

—No, vayan si quieren. Yo puedo entretenerme sola.

No quiero que cancele sus planes con su madre, a la que llevaba tanto tiempo sin ver.

—No, de verdad que no me importa. No te conviene estar sola.

—Estoy bien.

—¿Es que no me has oído, Tessa? —me ruge, y lo miro.

Parece haber olvidado que ya no puede decidir por mí. Nadie va a decidir por mí nunca más.

Entonces, cambia de tono y rectifica:

—Perdona... Quédate aquí y yo iré de compras con mi madre.

—Mucho mejor —le digo mientras trato de no sonreír.

Hardin está siendo tan... amable, tan prudente estos días... Aunque no está bien que me presione, ha sido agradable saber que sigue siendo Hardin.

Me dispongo a cambiarme de ropa y en cuanto me quito el vestido llama a la puerta.

—¿Tess?

—¿Sí?

Tarda un segundo en decir:

—¿Seguirás aquí cuando volvamos?

Me río.

—Sí. No tengo otro sitio adonde ir.

—Está bien. Si necesitas algo, llámame —añade con voz triste.

A los pocos minutos oigo cerrarse la puerta principal y salgo de la recámara. Debería haberme ido con ellos para no quedarme aquí con mis pensamientos. Ya me siento bastante sola. Veo la televisión durante una hora y me aburro mortalmente. De vez en cuando el celular vibra y aparece el nombre de mi madre en la pantalla. La ignoro, y desearía que Hardin hubiera regresado ya. Me pongo a leer en el libro electrónico para matar el rato, pero no puedo dejar de mirar el reloj.

Quiero escribirle a Hardin y preguntarle cuánto van a tardar en volver, pero finalmente decido que será mejor que me ponga a preparar la cena. Entro en la cocina para decidir qué voy a cocinar: algo fácil pero que requiera tiempo. Lasaña.

Dan las ocho, las ocho y media, y a las nueve ya estoy pensando otra vez en escribirle.

«Pero ¿qué me pasa?» ¿Una pelea con mi madre y de repente no puedo vivir sin Hardin? Siendo sincera, la verdad es que nunca he podido vivir sin Hardin y, aunque no me gusta admitirlo, sé que no estoy preparada para pasar el resto de mi vida sin él. No voy a lanzarme a la piscina con él, pero estoy harta de luchar conmigo misma. Por muy mal que se haya portado conmigo, soy mucho más desgraciada sin él que cuando descubrí lo de la apuesta. Una parte de mí está muy enojada por ser tan débil, pero otra parte no puede negar lo resuelta que me sentía cuando he vuelto hoy aquí. Todavía necesito tiempo para pensar, para ver cómo funciona lo de estar cerca. Sigo estando muy confusa.

Las nueve y cuarto. Sólo son las nueve y cuarto cuando termino de poner la mesa y de recoger la cocina. Voy a mandarle un mensaje, sólo uno, un simple «Hola, ¿qué tal van?», para ver cómo están. Está nevando, es normal que me preocupe por su seguridad.

En cuanto agarro el celular se abre la puerta. Dejo el teléfono con disimulo al verlos entrar.

—¿Qué tal les fue? —pregunto.

—¿Has preparado la cena? —pregunta él al mismo tiempo.

—Tú primero —decimos a la vez.

Y nos soltamos a reír.

Levanto una mano y los informo:

—Hice la cena, aunque si ya han cenado, no pasa nada.

—¡Huele de maravilla! —dice Trish inspeccionando la mesa llena de comida. Suelta las bolsas y se sienta—. Muchas gracias, querida Tessa. El centro comercial fue un horror, lleno de gente comprando los regalos de Nochebuena a última hora. ¿Quién se espera a comprar los regalos dos días antes?

—¿Tú? —dice Hardin sirviéndose un vaso de agua.

—¡Chsss! —lo regaña Trish, y se lleva a la boca un palito de pan.

Hardin se sienta a la mesa al lado de su madre y yo me instalo enfrente. Trish habla de lo horroroso que ha sido salir de compras y de cómo los guardias de seguridad han derribado a un hombre que estaba intentando robar un vestido en Macy's. Hardin asegura que el vestido era para el hombre, pero Trish pone los ojos en blanco y sigue con la película de terror. La cena que he preparado está especialmente rica, mucho mejor que de costumbre, y en los refractarios de la lasaña casi no queda nada cuando los tres acabamos de comer. Yo he repetido. Es la última vez que no como nada en todo el día.

—Hemos comprado un árbol —dice su madre de repente—. Uno pequeño, para que puedan tenerlo aquí. ¡Es su primera Navidad juntos! —Aplaude y me río.

Hardin y yo nunca hemos hablado de comprar un árbol de Navidad, ni siquiera antes de que todo se fuera a pique. La mudanza me tenía tan ocupada, y Hardin tan distraída, que casi ni me acordaba de que era Navidad. Ninguno de los dos celebró Acción de Gracias, él por razones obvias y yo porque no quería pasar el día en la iglesia a la que va mi madre, así que pedimos pizza y pasamos el rato en mi cuarto.

—Les parece bien, ¿verdad? —pregunta Trish, y entonces caigo en la cuenta de que no le he contestado.

—Por supuesto que sí —le digo mirando a Hardin, que tiene la vista fija en su plato vacío.

Trish vuelve a monopolizar la conversación y se lo agradezco. Unos minutos después, anuncia:

—Me encantaría quedarme un rato más con ustedes, pero necesito mi sueño reparador.

Me da las gracias de nuevo por la cena y lleva su plato a la tarja. Nos da las buenas noches y se inclina para besar a Hardin en la mejilla. Él protesta y se aparta, así que ella apenas lo roza con los labios, pero parece darse por satisfecha con el leve contacto. Luego me rodea los hombros con los brazos y me da un beso en la coronilla. Hardin pone los ojos en blanco y le pego un puntapié por debajo de la mesa. Una vez se ha ido, me levanto y guardo lo poco que ha sobrado.

—Gracias por preparar la cena. No tenías por qué hacerlo —dice Hardin.

Asiento con la cabeza y nos dirigimos a la recámara.

—Como anoche dormiste tú en el suelo, hoy me toca a mí —me ofrezco, a pesar de que sé que nunca me dejaría hacer eso.

—No, no es necesario. Tampoco se duerme tan mal —repone.

Me siento en la cama y Hardin saca las cobijas del ropero y las extiende en el suelo. Le lanzo dos almohadas y me sonríe ligeramente antes de desabrocharse los pantalones. «Debería mirar hacia otra parte.» No quiero, pero sé que debería hacerlo. Se baja los pantalones negros y saca los pies de las perneras. El modo en que se mueven sus abdominales tatuados me hace imposible apartar la vista y me recuerda lo mucho que me sigue atrayendo a pesar de mi enojo. El bóxer negro se abraza a su piel, y Hardin levanta la cabeza y me mira. Su expresión es dura, la mirada fija en mí, y eso me pone aún peor. Tiene una mandíbula tan bien dibujada, tan fascinante... Y sigue sin dejar de mirarme.

—Perdona —le digo, y me obligo a volver la cabeza, roja de la humillación.

—No, es culpa mía. Es la costumbre. —Se encoge de hombros y saca unos pantalones de algodón de la cómoda.

Miro a la pared hasta que dice:

—Buenas noches, Tess.

Y apaga la luz. Prácticamente puedo ver su sonrisa de satisfacción.

Me despierta un sonido agudo y me quedo mirando el techo. Apenas puedo distinguir las aspas del ventilador moviéndose en la oscuridad.

Luego oigo a Hardin, su voz.

—¡No, por favor! —gimotea.

«Mierda. Tiene otra pesadilla.» Salto de la cama y me arrodillo junto a su cuerpo tembloroso.

—¡No! —repite mucho más alto.

—¡Hardin! ¡Hardin, despierta! —le digo al oído mientras lo sujeto por los hombros.

Tiene la camiseta empapada de sudor y el rostro contorsionado. Abre los ojos y se incorpora.

—Tess... —jadea estrechándome en sus brazos.

Le paso los dedos por el pelo y luego le acaricio la espalda, apenas un roce por encima de la piel.

—Todo está bien —le repito una y otra vez, y él me abraza con más fuerza—. Ven, vayamos a la cama.

Me levanto y, sin soltar mi camiseta, se mete en la cama conmigo.

—¿Te encuentras bien? —le pregunto en cuanto se acuesta.

Asiente y me pego a él.

—¿Te importaría traerme un vaso de agua? —dice.

—Claro que no. Ahora vuelvo.

Enciendo la lámpara de la mesita de noche, me levanto de la cama e intento no hacer ruido para no despertar a Trish. Sin embargo, cuando entro en la cocina, ella ya está allí.

—¿Está bien? —pregunta.

—Sí, ya se le ha pasado. Voy a llevarle un vaso de agua —le digo llenando uno con agua de la llave.

Cuando me doy la vuelta, me jala, me abraza y me da un beso en la mejilla.

—¿Mañana podríamos hablar? —me pregunta.

De repente estoy demasiado nerviosa para articular ni una palabra. Asiento con la cabeza y ella me sonríe aunque, cuando me voy, solloza.

De vuelta en la recámara, Hardin pone cara de alivio al verme, me da las gracias y acepta el vaso de agua. Se lo bebe de un trago mientras yo lo miro y disfruto de volver a tenerlo en la cama. Sé que está inquieto, creo que por la pesadilla, pero sé que en parte es por mí.

—Ven aquí —le digo.

Entonces veo cómo le cambia la expresión cuando acerca el cuerpo al mío, lo rodeo con los brazos y apoyo la cabeza en su pecho. Me reconforta tanto como a él. A pesar de todo lo que ha hecho, me siento en casa en brazos de este chico con tantos defectos.

—No me sueltes, Tess —me susurra, y cierra los ojos.

CAPÍTULO 30

Tessa

Me despierto sudando. Hardin se abraza a mí como un oso, con la cabeza descansando sobre mi estómago. Seguro que se le han dormido los brazos bajo mi peso. Tenemos las piernas entrelazadas y está roncando un poco.

Respiro hondo y, con cuidado, muevo el brazo para apartarle el pelo de la frente. Es como si hiciera años que no se lo toco, cuando en realidad sólo llevo desde el sábado. En mi cabeza repaso el fin de semana en Seattle como si estuviera viendo una película mientras continúo acariciándole la suave maraña de pelo.

Abre los ojos y escondo la mano a toda velocidad.

—Perdona —digo avergonzada de que me haya atrapado con las manos en la masa.

—No te preocupes, era muy agradable —repone con la voz ronca por el sueño.

Se despereza, me huele la piel un momento y se despega de mí demasiado pronto. Desearía no haberle tocado el pelo para que siguiera durmiendo, abrazado a mí.

—Hoy tengo trabajo. Me iré un rato a la ciudad —dice.

A continuación, saca unos pantalones de mezclilla negros del ropero, y se pone las botas rápidamente. Tengo la impresión de que está deseando largarse.

—Bueno —asiento.

«¿Cómo que "bueno"?» Pensaba que estaría contento de haber dormido conmigo y de que nos hayamos abrazado por primera vez en varios días. Pensaba que cambiaría algo, no todo, pero al menos vería que estaba mermando mi resistencia, que me tenía un poco más cerca de volver a reconciliarme con él.

—Bueno... —dice, y le da vueltas al *piercing* de la ceja con dos dedos antes de quitarse la camiseta blanca por la cabeza y sacar una negra del cajón.

Luego sale de la habitación sin añadir nada más y me deja hecha un caos. Me esperaba muchas cosas, pero no que saliera huyendo. ¿Qué es ese trabajo tan urgente que tiene que hacer hoy? Lee manuscritos, igual que yo, sólo que él tiene libertad para hacerlo desde casa. ¿Por qué quiere ir a trabajar precisamente hoy? El recuerdo de lo que Hardin estuvo haciendo la última vez que «tenía que trabajar» me revuelve el estómago.

Lo oigo hablar unos instantes con su madre y luego la puerta principal que se abre y se cierra. Me tumbo sobre las almohadas y pataleo en la cama como una niña emberrinchada. Sin embargo, entonces oigo el canto de sirena de la cafetera, me levanto de la cama y me voy a la cocina a tomarme un café.

—Buenos días, cielo —me saluda alegremente Trish cuando paso junto a ella.

—Buenos días. Gracias por haber hecho café —digo tomando la cafetera caliente.

—Hardin me dijo que tenía trabajo. —Por su tono, parece que me lo está preguntando.

—Sí... Eso dijo —contesto, no muy segura de qué decir.

No obstante, ella no parece notarlo.

—Me alegro de que esté bien después de lo de anoche —sigue afirmando. Parece preocupada.

—Sí, yo también. —Y entonces, sin pensar, añado—: No debería haberle hecho dormir en el suelo.

Frunce el ceño con expresión inquisitiva.

—¿No tiene pesadillas cuando no duerme en el suelo? —pregunta con cautela.

—No. No las tiene cuando... —No termino la frase. Remuevo el café e intento pensar en cómo salir de ésta.

—Cuando tú estás con él —acaba la frase por mí.

—Sí... Cuando estoy con él.

Me mira con esa mirada esperanzada que sólo tienen las madres cuando hablan de sus hijos, o eso me han dicho.

—¿Quieres saber por qué las tiene? Sé que me va a odiar por contártelo, pero creo que deberías saberlo.

—No, por favor, Trish. —Trago saliva. No quiero que ella me explique esa historia—. Ya me lo contó él..., lo de aquella noche.

Trago saliva de nuevo cuando abre unos ojos como platos.

—¿Te lo contó? —dice con un grito quedo.

—Lo siento, no era mi intención soltarlo así. La otra noche pensaba que ya lo sabías... —me disculpo, y le doy otro trago al café.

—No..., no... No me pidas disculpas. Es sólo que me cuesta creer que te lo haya contado. Es evidente que sabes lo de las pesadillas, pero esto... Esto es increíble. —Se seca los ojos con los dedos y sonríe de todo corazón.

—Espero que no te haya molestado —repito—. Siento mucho lo ocurrido.

No quiero husmear en los secretos de la familia, pero tampoco he tenido que lidiar nunca con nada parecido.

—No me has molestado, Tessa, querida —dice empezando a sollozar—. Me hace muy feliz que te haya encontrado... Eran unas pesadillas tan horribles que se pasaba la noche gritando. Intenté que fuera a terapia, pero ya conoces a Hardin. No les contaba nada. Nada. Ni siquiera abría la boca. Sólo se sentaba en la consulta y se quedaba mirando la pared.

Dejo la taza en la barra de la cocina y la abrazo.

—No sé qué te hizo volver ayer, pero me alegro de que lo hicieras —añade pegada a mi hombro.

—¿Qué?

Se aparta y me mira con ironía.

—Cariño, soy mayor pero no tonta. Sabía que pasaba algo entre ustedes. Vi la cara de sorpresa que puso Hardin cuando llegamos al departamento, y supe que algo no iba bien cuando me dijo que no ibas a poder venir a Inglaterra.

Tenía la impresión de que Trish sospechaba algo, pero no sabía que podía leernos como si fuéramos un libro abierto. Le doy un buen trago a mi café, que se ha enfriado, y me paro a pensar.

Entonces, me toma del brazo con ternura.

—Estaba muy ilusionado... con que vinieras a Inglaterra y, de repente, hace un par de días me dijo que no ibas a poder, que tenías que irte fuera. ¿Qué les pasó?

Bebo otro sorbo y la miro a los ojos.

—Bueno...

No sé qué decirle, porque «Tu hijo me desvirgó para ganar una apuesta» no me parece lo más apropiado en este momento.

—Me mintió —me limito a contestar. No quiero que se enoje con Hardin ni contarle los detalles, pero tampoco quiero engañarla.

—¿Una mentira muy grande?

—Una mentira descomunal.

Me mira como si estuviera mirando una mina antipersona.

—Y ¿lo siente?

Se me hace raro hablar con Trish de esto. Ni siquiera la conozco, y es su madre, así que siempre se pondrá de su parte pase lo que pase. Con delicadeza, respondo:

—Sí... Creo que sí —y me bebo lo que queda de café.

—¿Te ha dicho que lo siente?

—Sí... Un par de veces.

—Y ¿te lo ha demostrado?

—Más o menos.

«¿Me lo ha demostrado?» Sé que el otro día se desmoronó y que está más tranquilo que de costumbre, pero la verdad es que no me ha dicho lo que quiero oír.

Trish me mira y por un momento me da miedo su respuesta pero, para mi sorpresa, dice:

—Verás, yo soy su madre y tengo que aguantarlo, pero tú no. Si quiere que lo perdones, tendrá que ganárselo. Tiene que demostrarte que no volverá a hacer nunca nada parecido a lo que sea que te hizo, y me imagino que la mentira tuvo que ser muy grande para que te fueras de casa. Trata de recordar que no suele estar en contacto con sus emociones. Es un chico, un hombre ya, que le guarda mucho rencor al mundo.

Sé que parece una pregunta ridícula, la gente miente a todas horas, pero las palabras se me escapan de la boca antes de que mi cerebro pueda censurarlas.

—¿Perdonarías a alguien que te hubiera mentido? —digo.

—Todo depende de la mentira y del arrepentimiento que esa persona me demostrara. Lo que sí te diré es que, cuando uno se permite creer demasiadas mentiras, luego le resulta muy difícil volver a encontrar la verdad.

«¿Me está diciendo que no debería perdonarlo?»

Tamborilea con los dedos sobre la barra.

—Sin embargo, conozco a mi hijo y noto lo mucho que ha cambiado desde la última vez que lo vi. En los últimos meses ha cambiado muchísimo, Tessa, no sabes cuánto. Se ríe y sonríe a menudo. Ayer incluso platicó conmigo. —Su sonrisa es radiante, a pesar de que el tema es muy serio—. Sé que si te perdiera volvería a ser como era antes, pero no quiero que te sientas obligada a seguir con él sólo por eso.

—No, no me siento obligada. Sólo es que no sé qué pensar.

Desearía poder contarle toda la historia para que pudiera darme su sincera opinión. Ojalá mi madre fuera tan comprensiva como parece serlo Trish.

—Bueno, eso es lo difícil —repone—. Tienes que decidirlo tú. Tómate tu tiempo y haz que se lo gane. A mi hijo todo le resulta muy fácil, desde siempre. Tal vez en parte sea ése su problema: siempre consigue lo que quiere.

Me río porque no podría ser más cierto.

—Ésa es una gran verdad.

Suspiro y abro la alacena para agarrar una caja de cereales, pero Trish interrumpe mis planes.

—¿Y si nos vestimos y salimos a desayunar y a hacer cosas de chicas? Me vendría bien cortarme el pelo —se ríe y agita la melena castaña adelante y atrás.

Tiene un sentido del humor parecido al de su hijo, aunque él no lo demuestra a menudo. El de Hardin es más obsceno, aunque veo de quién lo ha heredado.

—Genial. Voy a bañarme —digo guardando los cereales.

—¿A bañarte? ¡Está nevando y nos van a lavar el pelo! Yo iba a salir así. —Señala el pants negro que lleva puesto—. ¡Ponte unos pantalones y vámonos!

Si fuera a salir con mi madre, las cosas serían muy distintas. Tendría que llevar la ropa planchada, el pelo rizado y el maquillaje perfecto... Aunque sólo fuéramos a hacer la compra a la tienda de la esquina.

Sonrío.

—Muy bien.

En el cuarto, saco unos *jeans* y una sudadera del ropero y me recojo el pelo en la coronilla con una liga. Me pongo mis Toms, entro en el baño y me lavo la cara y los dientes. Cuando me reúno con Trish en la sala, está lista y esperando junto a la puerta.

—Debería dejarle una nota a Hardin —digo.

Pero ella sonríe y me empuja hacia la puerta.

—El chico estará bien.

Después de pasar el resto de la mañana y parte de la tarde con Trish, estoy mucho más relajada. Es amable, divertida, y sabe escuchar. Mantiene la conversación alegre y me hace reír casi todo el rato. Nos arreglan el pelo a las dos y ella se corta el fleco. Me reta a que me lo corte yo también, pero lo rechazo con una sonrisa. Sin embargo, dejo que me convenza de comprarme un vestido negro para Navidad, a pesar de que no tengo ni idea de qué voy a hacer ese día. No quiero estropeársela a Hardin y a su madre, y tampoco he comprado regalos. Creo que aceptaré la invitación de Landon y pasaré el día en su casa. Ahora que no estamos juntos, pasar el día de Navidad con Hardin me parece demasiado. Nos encontramos en esta fase extraña: no estamos juntos pero, hasta esta mañana, sentía que nos estábamos acercando.

Para cuando regresamos al departamento, veo el coche de Hardin en el estacionamiento y yo empiezo a ponerme nerviosa. Subimos a casa y nos lo encontramos sentado en el sillón, con las piernas y la mesita auxiliar llenas de papeles. Tiene una pluma entre los dientes y parece muy concentrado en su tarea. Sospecho que está trabajando, aunque sólo lo he visto trabajar un par de veces desde que lo conozco.

—¡Hola, hijo! —lo saluda Trish con voz alegre.

—Hola —responde él sin entusiasmo.

—¿Nos has extrañado? —bromea Trish, y él pone los ojos en blanco antes de recoger las hojas sueltas y meterlas en una carpeta.

—Estaré en el cuarto —bufa levantándose del sillón.

Miro a Trish y me encojo de hombros. Luego sigo a Hardin a la habitación.

—¿Adónde fueron? —pregunta dejando la carpeta en la cómoda. Una de las hojas se cae y vuelve a meterla.

Me siento en la cama con las piernas cruzadas.

—A desayunar. Luego fuimos a cortarnos el pelo y de compras.

—Ah.

—¿Y tú? —pregunto.

Se queda mirando al suelo.

—Fui a trabajar.

—Mañana es Nochebuena. No te creo —replico en un tono que indica que estoy aprendiendo de Trish.

Hardin me lanza una mirada asesina.

—Me importa un comino que te lo creas o no —dice en tono de burla sentándose en la otra punta de la cama.

—¿Qué mosca te picó? —le espeto.

—Nada. A mí no me pasa nada.

Está a la defensiva, noto los muros que ha levantado para protegerse.

—Salta a la vista que te ocurre algo —insisto—. ¿Por qué te has ido esta mañana?

Se pasa las manos por el pelo.

—Ya te lo dije.

—Mentirme no te va a ayudar en nada. Precisamente por eso estamos... metidos en este problema —le recuerdo.

—¡Bueno! ¿Quieres saber dónde estaba? ¡En casa de mi padre! —me grita, y se levanta.

—¿En casa de tu padre? ¿Para qué?

—He estado hablando con Landon. —Se sienta en la silla.

Pongo los ojos en blanco.

—Lo del trabajo era más creíble.

—Si no me crees, llámalo.

—Está bien, y ¿de qué hablaste con Landon?

—De ti, por supuesto.

—¿Qué pasa conmigo? —Levanto las manos para invitarlo a que se explique.

—Pues de todo. Para empezar, sé que no quieres estar aquí —replica mirándome fijamente.

—Si no quisiera estar aquí, no estaría aquí.

—No tienes otro sitio adonde ir. Si lo tuvieras, no estarías aquí.

—¿Qué te hace estar tan seguro? Anoche dormimos en la misma cama.

—Sí, y sabes muy bien por qué. Si no hubiera tenido una pesadilla, no lo habrías hecho. Sólo lo hiciste por eso, y ésa es la única razón por la que me sigues hablando. Te doy lástima.

Le tiemblan las manos y sus ojos se me clavan como dagas. Veo vergüenza detrás de sus iris verdes.

—El porqué es lo de menos —digo negando con la cabeza.

No sé por qué siempre tiene que sacar ese tipo de conclusiones. ¿Por qué le cuesta tanto aceptar que alguien lo quiera?

—¡Te da lástima el pobre Hardin que tiene pesadillas y no puede dormir solo! —exclama. Está levantando mucho la voz, y tenemos compañía.

—¡Deja de gritar de una vez! ¡Tu madre está detrás de esa puerta! —le espeto.

—¿Eso es lo que estuvieron haciendo todo el día?, ¿hablar de mí? No me hace falta que me tengas lástima, Tess.

—¡Por Dios, Hardin! ¡Eres de lo más frustrante! No hemos hablado de ti, no como tú crees. Y, para que conste, no me das lástima. Te quería en la cama conmigo, con o sin pesadillas.

Cruzo los brazos.

—Sí, claro —me ladra.

—El problema no son mis sentimientos; el problema es cómo te sientes tú respecto a ti mismo. Tienes que dejar de compadecerte de ti mismo, para empezar —le digo con la misma dureza.

—No me compadezco de mí mismo.

—Pues a mí me parece que sí. Acabas de provocar una pelea sin motivo. Deberíamos avanzar, no retroceder.

—¿Avanzar? —Me mira a los ojos.

—Sí... Quiero decir, tal vez. —Se me traba la lengua.

—¿Tal vez? —Sonríe.

Y de repente está feliz, sonriendo como un niño en Navidad. Hace un segundo estaba discutiendo conmigo, con las mejillas encendidas. Por raro que parezca, a mí también se me ha pasado el enojo casi del todo. El control que tiene sobre mí me aterra.

—Estás loco. Loco de atar —le digo.

Me regala una sonrisa de superioridad.

—Me gusta cómo te han dejado el pelo.

—Estás muy mal —lo molesto, y se ríe.

—No voy a discutírtelo —replica.

Y no puedo evitar reírme con él... Puede que esté tan loca como él.

CAPÍTULO 31

Tessa

Mi celular interrumpe nuestro momento cuando empieza a vibrar y a bailar encima de la cómoda. Hardin lo agarra por mí, mira la pantalla y dice:

—Landon.

Le quito el teléfono y respondo.

—¿Diga?

—Hola, Tessa —dice Landon—. Mi madre me ha pedido que te llame para ver si vas a venir a casa el día de Navidad.

Su madre es tan buena... Apuesto a que hace los mejores dulces navideños del mundo.

—Sí, me gustaría mucho. ¿A qué hora tengo que estar ahí?

—A mediodía. —Se echa a reír—. Ya ha empezado a cocinar, así que yo dejaría de comer hasta entonces.

—Que empiece el ayuno —bromeo—. ¿Tengo que llevar algo? Sé que Karen cocina mucho mejor que yo, pero podría preparar algo. ¿Qué tal el postre?

—Sí, trae un postre... Y otra cosa... Sé que es muy raro y, si no te sientes cómoda, no pasa nada —dice bajando la voz—. Pero quieren invitar también a Hardin y a su madre. Aunque si Hardin y tú siguen como el perro y el gato...

—Ahora nos llevamos mejor, más o menos —lo interrumpo.

Hardin levanta una ceja al oírlo y yo le sonrío nerviosa.

Landon respira aliviado.

—Estupendo. Si puedes, invítalos de nuestra parte. Mis padres te lo agradecen mucho.

—Lo haré —le garantizo—. ¿Qué puedo comprarles? ¿Se te ocurre algún regalo?

—No, no. ¡Nada! No tienes que traer regalos.

Miro la pared e intento no pensar que Hardin no me quita los ojos de encima.

—Bien, entendido. Pero voy a llevar regalos —insisto—. ¿Se te ocurre algo?

Landon suspira.

—Tan necia como siempre. A mi madre le gusta cocinar, y a Ken... cómprale un pisapapeles o algo así.

—¿Un pisapapeles? —No salgo de mi asombro—. Es un regalo horroroso.

Se suelta a reír.

—No le compres una corbata porque se la voy a regalar yo. —Luego protesta—: Oye, si necesitas algo, avisa. Tengo que dejarte, he de ayudar a limpiar la casa —y con eso, cuelga.

Dejo el celular en la cómoda y Hardin no tarda en preguntar:

—¿Vas a pasar con ellos la Navidad?

—Sí... No quiero ir a casa de mi madre —digo sentándome en la cama.

—No me extraña. —Se rasca la barbilla con el índice—. ¿Podrías pasarla aquí?

Comienzo a arrancarme los pellejitos de alrededor de las uñas.

—Podrías... venir conmigo —sugiero.

—¿Y dejar sola a mi madre? —gruñe.

—¡No! Por supuesto que no. Karen y tu padre quieren que vaya, quieren que vayan los dos.

Hardin me mira como si estuviera loca.

—Sí, claro, y ¿por qué crees que mi madre va a querer ir a pasar el día con mi padre y su nueva esposa?

—No... no lo sé. Pero podría ser genial estar todos juntos.

La verdad es que no estoy muy segura de cómo acabaría la cosa, más que nada porque no sé en qué términos se encuentran Trish y Ken ahora, si es que se hablan. Tampoco me corresponde a mí intentar que todos hagan las paces. No soy de la familia. Ni siquiera soy la novia de Hardin.

—Paso. —Frunce el ceño.

A pesar del problema que tenemos Hardin y yo, habría sido bonito pasar la Navidad con él. Pero lo entiendo. Convencer a Hardin de que fuera a casa de su padre ya era muy difícil; que lleve a su madre es misión imposible.

Como a mi cerebro le gusta solucionar problemas, empiezo a pensar en que necesito comprar regalos para Landon y sus padres y puede que también para Trish. ¿Qué les compro? Debería salir ya. Son más de las cinco. Sólo me queda un rato de hoy y mañana, que es Nochebuena. No tengo ni idea de si debería comprarle algo a Hardin o no. De hecho, estoy casi segura de que no. Sería muy raro hacerle un regalo ahora que estamos en esta fase tan extraña.

—¿Qué te pasa? —Me pregunta Hardin al verme tan callada.

Refunfuño.

—Tengo que ir al centro comercial. Eso me pasa por no tener casa en Navidad.

—No creo que la mala planificación tenga nada que ver con no tener casa —me molesta.

No sonríe mucho, pero le brillan los ojos... ¿Está coqueteando conmigo? Me río sólo de pensarlo.

—En la vida he planificado nada mal.

—Ya, ya... —se burla, y levanto la mano en su dirección.

Me toma la muñeca para detener mi golpe juguetón. Un calor familiar fluye por mis venas y por todo mi cuerpo y lo miro a los ojos. Me suelta rápidamente y ninguno de los dos sabe adónde mirar. El aire se carga de tensión y me levanto para volver a calzarme.

—¿Ya te vas? —pregunta.

—Sí... El centro comercial cierra a las nueve —le recuerdo.

—¿Vas a ir sola? —Cambia el peso de una pierna a la otra, nervioso.

—¿Quieres? —digo.

Sé que no es buena idea, pero al menos quiero intentar que avancemos, e ir al centro comercial está bien, ¿verdad?

—¿De compras contigo?

—Sí..., pero si no se te antoja no pasa nada —digo un tanto incómoda.

—No, claro que sí. Sólo es que no esperaba que me lo pidieras.

Asiento, tomo la bolsa y el celular y salgo a la sala con Hardin pisándome los talones.

—Nos vamos al centro comercial —le dice Hardin a su madre.

—¿Los dos? —pregunta ella poniendo los ojos en blanco. Cuando estamos en la puerta, grita sin levantarse—: ¡Tessa, cariño, si quieres dejarlo allí, prometo no protestar!

Me pongo a reír.

—Lo tendré en cuenta —digo saliendo del departamento.

Hardin arranca el coche y una melodía de piano que conozco muy bien resuena en el habitáculo. Se apresura a bajar el volumen pero es demasiado tarde. Lo miro muy satisfecha.

—Les he agarrado el gusto, ¿está bien?

—Sí, claro... —me burlo, y subo el volumen de nuevo.

Si las cosas pudieran ser siempre así... Si esta relación cordial, el coqueteo y el punto intermedio en el que estamos ahora pudieran durar para siempre... Pero no durarán, es imposible. Tenemos que hablar de lo ocurrido y de cómo será todo de ahora en adelante. Sé que tenemos mucho que aclarar, pero no vamos a resolver el problema de una sentada, ni siquiera aunque yo insista. Quiero encontrar el momento oportuno e ir poco a poco hasta entonces.

Pasamos casi todo el trayecto en silencio. La música dice todo lo que me gustaría que pudiéramos decirnos el uno al otro. Cuando estamos cerca de la entrada de Macy's, Hardin anuncia:

—Te dejo en la puerta. —Y yo asiento.

Lo espero bajo la rejilla de ventilación mientras él estaciona el coche y camina por el frío en mi busca.

Después de pasar casi una hora mirando refractarios para hornear de todas las formas y tamaños, decido regalarle a Karen un juego de moldes para pasteles. Sé que debe de tener un montón, pero parece que la cocina y la jardinería son sus únicas aficiones, y no tengo tiempo para pensar en nada mejor.

—¿Podemos llevar esto al coche y luego seguir con las compras? —le pregunto a Hardin mientras intento que no se me caiga la caja.

—Dámela, la llevo yo. Espérame aquí —dice al tiempo que me la quita de las manos.

En cuanto se va, me voy a la sección de caballero, donde cientos de corbatas en cajas largas y estrechas parecen burlarse de mí y de Landon, que las considera un regalo infalible. Sigo buscando pero nunca he comprado un «regalo de padre» y no tengo ni idea de qué regalarle a Ken.

—Hace un frío terrible —dice Hardin cuando vuelve del coche, temblando y frotándose las manos.

—Una camiseta no parece lo más idóneo para la nieve.

Pone los ojos en blanco.

—Tengo hambre, ¿y tú?

Vamos a la galería de restauración. Hardin me busca sitio y compra porciones de pizza de la única franquicia aceptable. Minutos después se sienta conmigo a la mesa con dos platos llenos. Tomo una rebanada y una servilleta y le doy una pequeña mordida.

—Qué elegancia —se burla cuando ve que me limpio la boca al terminar de masticar.

—Cállate —le digo tomando otro trozo.

—Esto es... muy agradable, ¿no crees? —pregunta.

—¿La pizza? —pregunto muy inocente, aunque sé que no se refiere a la comida.

—Nosotros dos pasando la tarde juntos. Hacía mucho que no estábamos así.

«Parece que fue hace mil años...»

—Sólo hace algunos días, en realidad —le recuerdo.

—Para nosotros, eso es mucho.

—Pues sí... —Doy una mordida más grande para poder permanecer callada más tiempo.

—¿Desde cuándo llevas pensando en avanzar? —pregunta.

Termino de masticar lentamente y tomo un largo trago de agua.

—Desde hace unos pocos días, creo. —Quiero mantener la conversación tan trivial como sea posible para evitar una escena, pero añado—: Todavía tenemos que hablar de muchas cosas.

—Lo sé, pero estoy tan... —Abre mucho los ojos por algo que ha visto detrás de mí.

Giro la cabeza y se me revuelve el estómago al divisar una mata de pelo rojo. Steph. Y, junto a ella, su novio Tristan.

—Vámonos —digo.

Me levanto y dejo la charola de comida sobre la mesa.

—Tessa, aún no has comprado todos los regalos. Además, no creo que nos hayan visto.

Cuando me vuelvo otra vez, los ojos de Steph se encuentran con los míos. Es evidente que está sorprendida, no sé si de verme a mí o de verme con Hardin. Puede que ambas cosas.

—Me ha visto —digo.

La pareja se nos acerca y siento que tengo los pies clavados al suelo.

—Hola —saluda Tristan incómodo cuando llega junto a nosotros.

—Hola —dice Hardin frotándose la nuca.

No quiero decir nada. Miro a Steph, tomo mi bolsa de encima de la mesa y empiezo a caminar.

—¡Tessa, espera! —me llama ella. Sus zapatos de plataforma golpean los duros azulejos mientras intenta alcanzarme—. ¿Podemos hablar?

—¿Hablar de qué, Steph? —le espeto—. ¿De cómo mi primera y única amiga de la facultad dejó que me humillasen delante de todo el mundo?

Hardin y Tristan se miran el uno al otro, no saben si deben intervenir o no.

Steph extiende las manos.

—Perdóname, ¿sí? Sé que debería habértelo dicho. Yo... ¡creía que te lo contaría!

—Y con eso se arregla todo, ¿no?

—No, ya sé que no. Pero de veras lo siento, Tessa. Sé que debería habértelo contado.

—Pero no lo hiciste. —Cruzo los brazos.

—Te extraño. Extraño estar contigo —añade.

—Seguro que extrañas no poder hacerme el blanco de tus bromas.

—Te equivocas, Tessa. Eres... eras mi amiga. Sé que la he cagado, pero de veras lo siento.

La disculpa me toma con la guardia baja, aunque me recupero y le digo:

—Ya, pues no puedo perdonarte.

Frunce el ceño. Y entonces pone cara de enojo.

—Pero ¿a él sí que puedes perdonarlo? Él fue quien lo empezó todo y tú se lo perdonas. ¿No se te hace raro?

Quiero ponerla en su sitio, insultarla, pero sé que tiene razón.

—No se lo he perdonado, sólo estoy... No sé lo que estoy haciendo —gimoteo, y me llevo las manos a la cara.

Steph suspira.

—Tessa, no espero que se te pase sin más, pero al menos dame una oportunidad. Podríamos salir, sólo nosotros cuatro. El grupo se ha ido a la mierda, la verdad.

Me la quedo mirando.

—¿Qué quieres decir?

—Jace está más insoportable que de costumbre desde que Hardin le dio la golpiza de su vida. Tristan y yo nos mantenemos alejados de todos.

Miro a Hardin y a Tristan, que nos están observando, y luego otra vez a Steph.

—¿Hardin le ha pegado a Jace?

—Sí..., el fin de semana pasado. —Frunce el ceño—. ¿No te ha dicho nada?

—No...

Quiero enterarme de todo lo que pueda antes de que Hardin se acerque y le cierre la boca. Como Steph quiere congraciarse conmigo, empieza a hablar sin que yo tenga que decirle nada.

—Sí, fue porque Molly le dijo a Hardin que Jace lo había planeado todo..., ya me entiendes —añade en voz baja—, que te lo contara delante de todos... —Pero entonces se ríe tímidamente—. La verdad es que se lo había buscado, y la cara que puso ella cuando Hardin se la quitó de encima no tenía precio. En serio, ¡debería haberle tomado una foto!

Me quedo pensando que Hardin rechazó a Molly y golpeó a Jace antes de viajar a Seattle. Entonces oigo decir a Tristan:

—Chicas... —casi como para avisarnos de que Hardin está cerca.

Hardin viene a mi lado y me toma de la mano. Tristan intenta quitar a Steph de en medio. Ella me mira un instante y dice con los ojos muy abiertos:

—Tessa, tú sólo piénsalo, por favor. ¿Te parece bien? Te extraño.

CAPÍTULO 32

Tessa

—¿Estás bien? —me pregunta Hardin cuando por fin se van.

—Sí..., estoy bien —contesto.

—¿Qué te ha dicho?

—Nada..., quiere que la perdone. —Me encojo de hombros y nos dirigimos a la zona de tránsito.

Necesito procesar todo lo que Steph me ha dicho antes de comentárselo a Hardin. Debió de asistir a una de sus fiestas antes de ir a Seattle, y Molly estaba allí. Casi resulta gracioso que me dijera que se acostó con ella la noche en que, en realidad, la rechazó. Casi. La culpabilidad que siento por haber besado a aquel extraño en un club mientras Hardin estaba quitándose de encima a Molly no tarda en ser mucho mayor que la ironía de la situación o el peso que me he quitado de encima.

—¿Tess? —Hardin se detiene y agita una mano delante de mi cara—. ¿Qué pasa?

—Nada. Estaba pensando en qué le compro a tu padre. —Se me da muy mal mentir, y mi respuesta sale más atropellada de lo que me gustaría—. ¿Le gustan los deportes? Creo que sí. Recuerdo que estuvieron viendo juntos el partido de futbol americano.

Hardin me mira un instante y luego dice:

—Los Packers, le gusta el equipo de los Packers.

Estoy segura de que quiere hacerme más preguntas sobre la conversación con Steph, pero se contiene.

Vamos a una tienda de deportes y los dos estamos muy callados. Hardin escoge un par de cosas para su padre. No me deja pagar, así que tomo un llavero que había cerca de la caja registradora y lo pago sólo para molestarlo. Pone los ojos en blanco y le saco la lengua.

—Eres consciente de que te has equivocado de equipo, ¿verdad? —dice cuando salimos de la tienda.

—¿Qué? —Saco el pequeño obsequio de la bolsa.

—Es de los Giants, no de los Packers —se burla Hardin.

—En fin... —digo volviendo a guardar el llavero—. Menos mal que nadie sabrá que los regalos buenos son los tuyos.

—¿Hemos terminado? —lloriquea.

—No, me falta Landon.

—Ah, sí. Dijo que quería probar un lápiz labial nuevo. ¿Era en tono coral?

Me llevo las manos a la cintura y me planto delante de Hardin.

—¡No digas eso de él! A lo mejor debería comprarte a ti el labial, ya que sabes exactamente el tono y todo —lo riño.

Me gusta discutir en broma con Hardin, es mucho mejor que cuando vamos directos a las yugulares.

Pone los ojos en blanco pero sonríe antes de hablar.

—Cómprale entradas para el hockey. Eso es fácil y no muy caro.

—Buena idea.

—Lo sé —admite—. Qué mal que no tenga ni un amigo con el que ir.

—Yo puedo ir con él.

El modo en que Hardin se burla de Landon me hace gracia porque no tiene nada que ver con cómo se burlaba de él antes. Ahora ya no lo hace con malicia.

—También quiero comprar un regalo para tu madre —le digo.

Me lanza una mirada divertida, sexi e inofensiva.

—¿Por qué?

—Porque es Navidad.

—Cómprale un suéter —dice, y señala una tienda de ropa para ancianas.

La miro un momento y digo:

—Se me da pésimo esto de comprar regalos. ¿Tú qué le compraste?

Lo que me regaló por mi cumpleaños era tan perfecto que imagino que a su madre le ha comprado un detalle igual de acertado.

Se encoge de hombros.

—Una pulsera y una bufanda.

—¿Una pulsera? —pregunto arrastrándolo hacia las profundidades del centro comercial.

—No, quería decir un collar. Es un collar muy sencillo en el que pone «Mamá» o alguna mamada parecida.

—Qué bonito —digo mientras volvemos a entrar en Macy's. Miro alrededor y me animo un poco—. Creo que aquí encontraré algo... Le gustan los pants.

—¡No, por favor! ¡Más pants no! Es lo que lleva todos los días.

Sonrío al ver su expresión de contrariedad.

—Razón de más para comprarle uno nuevo.

Vemos varios modelos. Hardin toca la tela de uno y observo sus nudillos y a las costras que los recubren y vuelvo a pensar en lo que me ha contado Steph.

No tardo en encontrar un pants verde menta que creo que le gustará y vamos a la caja. Por el camino, me siento valiente, en parte porque ahora sé que es verdad que no se acostó con Molly mientras yo estaba en Seattle.

Cuando llega nuestro turno, dejo la prenda sobre el mostrador, me vuelvo hacia Hardin y digo:

—Tenemos que hablar, esta noche.

La cajera nos mira a uno y a otro confusa. Quiero decirle que es de mala educación quedarse mirando a la gente, pero Hardin me contesta antes de que haya podido reunir el valor suficiente:

—¿Hablar?

—Sí... —digo observando cómo la cajera quita la alarma de la prenda—. Después de poner el árbol que tu madre nos compró ayer.

—Y ¿de qué quieres hablar?

Me vuelvo para mirarlo.

—De todo —digo.

Parece aterrorizado, y las implicaciones de esa palabra resuenan en el aire. Cuando la cajera pasa el lector del código de barras por la etiqueta del pantalón, el chiflido rompe el silencio y Hardin musita:

—Voy por el coche.

Mientras observo a la cajera meter el regalo de Trish en una bolsa, me digo: «El año que viene me aseguraré de comprar unos regalos fabulosos para compensar las miserias de este año». Pero después pienso: «¿El año que viene? ¿Quién dice que el año que viene estaré con él?».

Ninguno de los dos abre la boca durante el trayecto de vuelta al departamento. Yo estoy ocupada intentando organizar mis ideas y todo lo que quiero decir, y él... Bueno, me da la sensación de que está haciendo lo mismo. Cuando llegamos, tomo las bolsas y corro bajo la lluvia helada hacia el vestíbulo. Prefiero la nieve, sin duda.

Subimos al elevador y oigo que me ruge el estómago.

—Tengo hambre —le digo a Hardin cuando me mira la panza.

—Ah. —Parece como si tuviera un comentario sarcástico en la punta de la lengua pero decide guardárselo.

El hambre empeora cuando entramos en el departamento y el olor a ajo se apodera de mis sentidos. Se me hace agua la boca.

—¡He preparado la cena! —anuncia Trish—. ¿Qué tal por el centro comercial?

Hardin me quita las bolsas de las manos y desaparece en el cuarto.

—No ha ido mal —respondo—. No había tanta gente como me temía.

—Mejor. ¿Quieres que pongamos el árbol? No creo que Hardin nos ayude con eso. —Sonríe—. Detesta todo lo que es divertido. Pero podemos hacerlo nosotras dos, ¿quieres?

Me echo a reír.

—Claro que sí.

—Come algo primero —ordena Hardin cuando entra en la cocina dando grandes pasos.

Le lanzo una mirada enfurecida y sigo hablando con su madre. Después de poner el árbol con ella me espera la temida plática con Hardin, y no tengo ninguna prisa. Además, necesito por lo menos media hora para agarrar fuerzas y poder decir todo lo que quiero. Tener una conversación como ésta con su madre en casa no es lo más acertado, pero no puedo esperar más. Hay que dejar las cosas claras de una vez por todas. Se me está acabando la paciencia: no podemos seguir mucho más tiempo en esta fase rara.

—¿Tienes hambre, Tessa? —me pregunta Trish.

—La verdad es que sí —le digo sin hacer caso del pesado de su hijo.

Mientras Trish me sirve un plato de pollo asado con espinacas y ajo, me siento a la mesa y me concentro en lo bien que huele. Me lo pone delante y casi se me saltan las lágrimas al ver que luce mejor de lo que huele.

—Hardin, ¿podrías sacar las piezas del árbol de la caja? —dice entonces ella—. Eso nos facilitaría mucho la tarea.

—Claro —dice él.

Trish me sonríe.

—También he comprado adornos —explica.

Para cuando termino de cenar, Hardin ha colocado las ramas en las ranuras correspondientes y el árbol ya está armado.

—¿Verdad que no ha sido tan terrible? —le dice su madre. Hardin toma la caja de los adornos y ella se la quita de las manos—. Dame, te ayudaremos con eso.

Llena a reventar, me levanto de la mesa y pienso que nunca, jamás, me habría imaginado que iba a adornar un árbol de Navidad en lo que era nuestro departamento, con Hardin y su madre. Disfruto mucho haciéndolo y, cuando terminamos, aunque los adornos parecen estar puestos al azar, Trish está muy satisfecha.

—¡Vamos a tomarnos todos una foto! —sugiere.

—Las fotos no son lo mío —refunfuña Hardin.

—Vamos, Hardin, es Navidad.

Trish parpadea con coquetería y él pone los ojos en blanco por enésima vez desde que llegó ella.

—Hoy, no —replica.

Sé que no es justo por mi parte, pero me da lástima su madre, así que miro a Hardin con ojitos tiernos y le digo:

—¿Sólo una?

—Está bien, pesadas. Pero sólo una.

Se coloca de pie frente al árbol con Trish. Tomo el celular para tomar la foto. Hardin apenas sonríe, pero la felicidad de Trish lo compensa. Me alegro de que no sugiera que nos tomemos otra Hardin y yo. Necesitamos decidir qué vamos a hacer antes de empezar a tomarnos fotos románticas con árboles de Navidad de fondo.

Le pido a Trish su número de celular y le envío una copia de la foto con Hardin, quien vuelve a la cocina a servirse la cena.

—Voy a envolver los regalos antes de que se me haga más tarde —anuncio.

—Hasta mañana, cariño —dice Trish dándome un abrazo.

Me meto en el cuarto y veo que Hardin ya ha preparado el papel de regalo, los listones, la cinta adhesiva y todo lo necesario. Me concentro en la tarea para que podamos hablar cuanto antes. Quiero zanjar el asunto pero me da miedo lo que pueda pasar. Sé que ya me he decidido, pero no estoy segura de estar lista para admitirlo. Soy consciente de que es una tontería, pero no he hecho más que tonterías desde que conocí a Hardin, y no siempre ha salido mal.

Estoy terminando de escribir el nombre de Ken en la etiqueta de uno de los regalos cuando él entra.

—¿Ya terminaste? —pregunta.

—Sí... Tengo que imprimir las entradas de Landon antes de que podamos hablar.

Ladea la cabeza.

—¿Por qué?

—Porque necesito que me ayudes y no sueles ser muy colaborador cuando discutimos.

—¿Cómo sabes que vamos a discutir?

—Porque es lo que hacemos siempre —digo medio riendo, y él asiente en silencio.

—Sacaré la impresora del mueble.

Enciendo la *laptop*. Veinte minutos después tenemos impresas y metidas en una pequeña caja de regalo dos entradas para ver a los Seattle Thunderbirds.

—Bueno... ¿Alguna otra cosa más antes de que podamos... hablar? —me pregunta.

—No, creo que no —digo.

Nos sentamos en la cama, él apoyado en la cabecera, con sus largas piernas estiradas, y yo a los pies con las piernas cruzadas. No sé por dónde empezar ni qué decir.

—Bien... —comienza Hardin.

Esto es muy incómodo.

—Bien... —Empiezo a jalarme los pellejitos de alrededor de las uñas—. ¿Qué te pasó con Jace?

—¿Te lo ha contado Steph?

—Sí, me lo ha contado.

—Ya, estaba hablando demasiado.

—Hardin, tienes que hablar conmigo o no vamos a ninguna parte. Abre mucho los ojos indignado.

—Estoy hablando.

—Hardin...

—Bien, bien... —Deja escapar un suspiro de enojo—. Tenía planeado intentar meterse contigo.

Se me revuelve el estómago sólo de pensarlo. Aunque, por lo que me ha contado Steph, ése no fue el motivo de la pelea. ¿Me estará mintiendo otra vez?

—¿Y? —replico—. Sabes que eso no habría sucedido ni en un millón de años.

—Eso no cambia nada. Sólo de imaginármelo poniéndote las manos encima... —Se estremece y continúa—: Además, él fue quien... Bueno, él y Molly. Los dos planearon contártelo delante de todo el mundo. Jace no tenía derecho a humillarte de ese modo. Lo estropeó todo.

El alivio momentáneo que siento ahora que la versión de Hardin encaja con la de Steph se torna en enojo al comprobar que sigue creyendo que si yo no me hubiera enterado de lo de la apuesta todo sería perfecto.

—Hardin, lo estropeaste todo tú solito —le recuerdo—. Ellos sólo me lo contaron.

—Ya lo sé, Tessa —dice molesto.

—¿De verdad? ¿Estás seguro? Porque no has dicho nada al respecto. Encoge las piernas con un movimiento brusco.

—¿Cómo que no? ¡Si el otro día incluso me puse a llorar, carajo! Noto que le lanzo una mirada asesina.

—Para empezar, tienes que dejar de soltar tantas palabrotas cuando me hablas. Y, para continuar, ésa ha sido la única ocasión en la que te he visto decir algo, pero tampoco mucho.

—Lo intenté en Seattle, pero no querías hablar conmigo. Y me has estado ignorando, así que ¿cómo iba a decirte nada?

—Hardin, lo importante es que, si vamos a intentar superarlo, necesito que te abras a mí, necesito saber exactamente cómo te sientes.

Me clava sus ojos verdes.

—Y ¿cuándo voy a poder oír cómo te sientes tú, Tessa? Eres tan cerrada como yo.

—¿Qué? No... No es verdad.

—¡Lo es! No me has dicho cómo te sientes con todo esto. Lo único que repites sin cesar es que no quieres nada conmigo. —Agita los brazos en mi dirección—. Sin embargo, aquí estás. No entiendo nada.

Necesito un momento para pensar en lo que ha dicho. Tengo la cabeza confundida de tantas cosas que he olvidado decirle...

—He estado hecha un caos.

—No leo el pensamiento, Tessa. ¿Por qué estás hecha un caos?

Tengo un nudo en la garganta.

—Por esto. Por nosotros. No sé qué hacer. Ni con nosotros ni con tu traición. —Acabamos de empezar a hablar y ya estoy al borde del llanto.

—Y ¿qué quieres hacer? —inquiere en un tono algo pesado.

—No lo sé.

—Sí lo sabes.

Me conoce muy bien.

Necesito oírle decir un montón de cosas antes de poder estar segura de lo que quiero hacer.

—¿Qué quieres que haga? —digo.

—Quiero que te quedes conmigo. Quiero que me perdones y me des otra oportunidad. Sé que ya me has dado muchas pero, por favor, dame otra más. No puedo vivir sin ti. Lo he intentado y sé que tú también. No vamos a encontrar a nadie más. O nos reconciliamos, o acabaremos solos, y sé que tú también lo sabes.

Tiene los ojos llorosos cuando acaba de hablar, y necesito secarme las lágrimas.

—Me has hecho muchísimo daño, Hardin —digo.

—Lo sé, nena, lo sé. Daría lo que fuera por poder cambiar eso —asegura, y se queda mirando la cama con una expresión extraña—. No es verdad. No cambiaría nada. Bueno, te lo habría contado antes, eso sí —dice. Levanto la cabeza. Él levanta la suya y me mira a los ojos—. No lo cambiaría porque, si no hubiera hecho una cabronada como ésa, no habríamos acabado juntos. Nuestros destinos nunca se habrían cruzado de verdad, no del modo que ha hecho que estemos tan unidos. Aunque me ha destrozado la vida, sin la maldita y pérfida apuesta no habría tenido ninguna vida que destruir. Seguro que ahora aún me odias más que antes, pero querías oír la verdad.

Lo miro a través de sus ojos verdes. No sé qué decir.

Porque, cuando lo pienso, cuando lo pienso seriamente, sé que yo tampoco cambiaría nada.

CAPÍTULO 33

Hardin

Nunca había sido tan sincero con nadie, pero quiero poner todas las cartas sobre la mesa.

Tessa se pone a llorar y me pregunta con ternura:

—¿Cómo sé que no vas a volver a hacerme daño?

Sé que lleva conteniendo las lágrimas todo el tiempo, pero me alegro de que se haya rendido. Necesitaba ver alguna muestra de emoción... Ha estado muy fría últimamente, y eso no es propio de ella. Antes me bastaba con mirarla a los ojos para saber en qué estaba pensando. Ahora ha levantado un muro que me impide verla como sólo yo puedo hacerlo. Ojalá que el tiempo que hemos pasado juntos hoy juegue a mi favor.

Eso y mi sinceridad.

—No hay forma de saberlo, Tessa —confieso—. Te aseguro que volveré a hacerte daño, y tú me lo harás a mí. Pero también te aseguro que nunca te ocultaré nada ni volveré a traicionarte. Es posible que sueltes alguna burrada que no sientes de verdad, y ya verás como yo también diré barbaridades, pero podemos solucionar nuestros problemas porque eso es lo que hace la gente. Sólo necesito una última oportunidad para demostrarte que puedo ser el hombre que mereces. Por favor, Tessa. Por favor... —le suplico.

Me mira fijamente con los ojos rojos, haciendo un esfuerzo por reprimirse. Odio verla así y me odio a mí mismo por haberla puesto así.

—Me quieres, ¿no es así? —pregunto. Me da miedo la respuesta.

—Sí, más que a nada —reconoce con un suspiro.

No puedo ocultar la sonrisa que dibujan mis labios. Oír de su boca que aún me quiere me devuelve a la vida. Me preocupaba muchísimo que hubiera tirado la toalla, que hubiera dejado de quererme y siguiera adelante con su vida. No me la merezco y sé que lo sabe. Pero la cabeza me da vueltas y está demasiado callada. No soporto estar tan lejos de ella.

—¿Qué puedo hacer? ¿Qué quieres que haga para que podamos dejar esto atrás? —pregunto desesperado, con demasiado énfasis. Lo sé por el modo en que me mira, como si la hubiera asustado o molestado o... qué sé yo—. ¿Dije algo que no debería? —Me llevo las manos a la cara y me seco los ojos—. Sabía que iba a meter la pata. No soy bueno con las palabras.

Nunca me he puesto tan sentimental en toda mi vida, y no es agradable. Nunca he tenido que expresarle mis sentimientos a nadie ni he tenido ganas de hacerlo, aunque por esta chica haría lo que fuera. Siempre lo arruino todo, pero esto tengo que arreglarlo, o al menos intentarlo con todas mis fuerzas.

—No... —solloza—. Sólo es que... No sé. Quiero estar contigo. Quiero olvidarlo todo pero no quiero arrepentirme después. No quiero ser la chica que se deja pisotear y maltratar y siempre vuelve por más.

Me inclino hacia ella y pregunto:

—¿Quién crees que va a pensar así de ti?

—Todo el mundo. Mi madre. Tus amigos... Tú.

Sabía que era eso. Sabía que le preocupaba más lo que debe hacer que lo que quiere hacer.

—No pienses en los demás —digo—. ¿Qué más da lo que piense nadie? Por una vez, piensa en lo que quieres, en lo que tú quieres. ¿Qué te hace feliz?

Con unos ojazos preciosos, redondos, rojos y llorosos, dice:

—Tú.

Y el corazón me da un brinco.

—Estoy cansada de guardármelo todo para mí. Todo cuanto quería decirte y no te he dicho me tiene agotada —añade.

—Pues no te lo guardes —replico.

—Me haces feliz, Hardin. Pero también me haces muy desgraciada, me encabronas y, sobre todo, me vuelves loca.

—Ahí está la gracia, ¿no? Por eso hacemos tan buena pareja, Tess, porque somos lo peor el uno para el otro.

A mí ella también me vuelve loco, y me encabrona y me hace feliz. Muy feliz.

—Somos lo peor el uno para el otro —dice con una leve sonrisa.

—Lo somos —repito, y le devuelvo la sonrisa—. Pero te quiero más de lo que nadie te querrá nunca, y te juro que dedicaré el resto de mi vida a compensártelo. Si me dejas.

Espero que haya oído la sinceridad en mi voz, lo mucho que deseo que me perdone. Lo necesito. La necesito como nunca he necesitado a nada ni a nadie, y sé que ella me quiere. No estaría aquí de no ser así, aunque no puedo creer que acabe de decir «el resto de mi vida». Espero no haberla asustado.

No dice nada y se me parte el corazón. Las lágrimas se agolpan detrás de mis párpados y susurro:

—Lo siento mucho, Tessa... Te quiero con locura...

Me desarma cuando salta como un rayo y se sienta en mis piernas. Le tomo la cara entre las manos. Respira hondo y apoya la mejilla en la palma de mi mano.

Me mira.

—Necesito que sea con mis condiciones —suplica—. No podré soportar que me rompas otra vez el corazón.

—Lo que haga falta. Yo sólo quiero estar contigo —le aseguro.

—Tenemos que ir despacio. No debería estar haciendo esto... Si vuelves a hacerme daño, no te lo perdonaré jamás —amenaza.

—No lo haré. Te lo juro.

Preferiría morir a volver a hacerle daño. Todavía no me creo que vaya a darme otra oportunidad.

—Te he extrañado mucho, Hardin.

Cierra los ojos y quiero besarla, quiero sentir sus labios ardientes contra los míos, pero acaba de decirme que quiere ir despacio.

—Yo también a ti —respondo.

Apoya la frente en la mía y respiro aliviado.

—Entonces ¿es en serio? —pregunto intentando que no se me note lo desesperado que estoy.

Se sienta derecha y la miro a los ojos, esos ojos que se han pasado la semana atormentándome cada vez que cierro los párpados. Sonríe y asiente.

—Sí... Creo que sí.

Le rodeo la cintura con los brazos y se recuesta en mí.

—¿Me das un beso? —le ruego.

No intenta ocultar la sorpresa. Me acaricia la frente y me aparta el pelo de la cara. Maldita sea, me encanta que haga eso.

—Por favor —digo.

Y me hace callar con sus labios.

CAPÍTULO 34

Tessa

Abro la boca y Hardin no desaprovecha la oportunidad de meterme la lengua. El metal del *piercing* de su labio inferior está frío, y paso la lengua por la suave superficie. Es un sabor que me resulta familiar y me excita mucho, como siempre. Por mucho que me resista, lo necesito. Necesito tenerlo cerca, necesito que me consuele, que me rete, que me haga enojar, que me bese y que me quiera. Enrosco los dedos en su pelo y tiro de los suaves mechones cuando me estrecha entre sus brazos con más fuerza. Ha dicho todo cuanto necesitaba oír, y me siento mejor con mi insensata decisión de permitirle que vuelva a mi vida..., aunque la verdad es que nunca ha dejado de formar parte de ella. Sé que debería haber aguantado más, que debería haberlo torturado y haberlo hecho esperar igual que él me torturó con sus mentiras. Pero no puedo. No es como en las películas. Es la vida real, mi vida, y a mi vida le falta algo sin él. Mi vida es insoportable sin él. Este chico tatuado, maleducado y furioso con el mundo se me ha metido en la piel, en el corazón, y sé que, por mucho que lo intente, no conseguiré librarme de él.

Su lengua me acaricia el labio inferior y me muero de la vergüenza cuando se me escapa un gemido gutural. Me aparto. Estamos sin aliento, me arde la piel y él tiene las mejillas encendidas.

—Gracias por darme otra oportunidad —jadea estrechándome contra su pecho.

—Lo dices como si hubiera tenido elección —replico.

—La tienes —dice frunciendo el ceño.

—Lo sé —miento.

Lo cierto es que no he tenido elección desde que lo conocí. Estoy loca por él desde la primera vez que nos besamos.

—¿Y ahora qué? —pregunto.

—Lo que tú decidas. Yo sé lo que quiero.

—Quiero que volvamos a estar como antes de... como antes de todo lo que pasó.

Hardin asiente.

—Eso quiero yo también, nena. Te lo compensaré, te lo prometo.

Cada vez que Hardin me llama «nena» siento mariposas en el estómago. Su voz ronca, el acento británico y la delicadeza que hay detrás de su tono son una combinación irresistible.

—Por favor, no hagas que me arrepienta —le suplico, y me toma la cara entre las manos de nuevo.

—No lo haré. Ya lo verás —me promete y me besa otra vez.

Sé que tenemos muchas cosas que solucionar, pero estoy tranquila, decidida y segura de haber hecho lo correcto. Me preocupa la reacción de todo el mundo, sobre todo la de mi madre, aunque ya me ocuparé de eso llegado el momento. El hecho de que no vaya a pasar la Navidad con ella por primera vez en dieciocho años para poder estar con Hardin y que hayamos decidido volver a estar juntos no hará más que empeorar las cosas con ella, pero la verdad es que me da igual. Bueno, me importa, pero no puedo seguir luchando con cada decisión que tomo y es imposible tenerla contenta, así que he dejado de intentarlo.

Apoyo la cabeza en el pecho de Hardin y él me agarra la cola de caballo y la retuerce entre los dedos. Me alegro de haber terminado de envolver los regalos. Ya ha sido bastante estresante tener que comprarlos a última hora.

«Mierda. No le he comprado nada a Hardin.» ¿Me habrá comprado él algún regalo? No creo, pero ahora que volvemos a estar juntos... O que estamos juntos por primera vez... Me preocupa que me haya comprado algo y que se sienta mal cuando vea que yo no tengo regalo para él. ¿Qué podría regalarle?

—¿Qué te pasa? —pregunta levantándome la barbilla.

—Nada...

—No habrás... —empieza a decir, despacio y dubitativo—. No habrás... cambiado de opinión.

—No..., no. Sólo es que... no te he comprado ningún regalo —confieso.

Sonríe y me mira.

—¿Estás preocupada porque no me has comprado nada? —Se ríe—. Tessa, de verdad, me lo has dado todo. Es absurdo que te preocupes por un simple regalo de Navidad.

Aun así, me siento culpable, aunque me encanta la convicción con la que lo dice.

—¿Estás seguro? —pregunto.

—Del todo. —Vuelve a reírse.

—Te compraré un superregalo de cumpleaños —digo, y vuelve a acariciarme el labio inferior con el dedo.

Entreabro la boca y espero a que me bese de nuevo, pero sus labios se posan en mi nariz y luego en mi frente. Es un gesto sorprendentemente dulce.

—No celebro mi cumpleaños —explica.

—Lo sé..., yo tampoco celebro el mío. —Es de lo poco que tenemos en común.

—¿Hardin? —Se oye la voz de Trish mientras llama con cuidado a la puerta.

Él gruñe y pone los ojos en blanco y yo me bajo de su regazo.

Lo miro algo ofendida.

—No te vas a morir por tratarla un poco mejor... Lleva mucho tiempo sin verte.

—No la trato mal —dice. Y sé que de verdad lo cree.

—Intenta ser un poco más amable con ella, hazlo por mí. —Parpadeo como una vampiresa y él menea la cabeza.

—Eres un demonio —me espeta.

Su madre vuelve a llamar.

—¿Hardin?

—¡Voy! —dice, y se baja de la cama de un salto.

Cuando abre la puerta, veo que su madre parece terriblemente aburrida.

—¿Quieren ver una película? —pregunta.

Hardin se vuelve hacia mí y levanta una ceja cuando digo:

—Sí —y me levanto de la cama.

—¡Fantástico! —sonríe ella y despeina a su hijo.

—Voy a cambiarme —dice Hardin corriéndonos del cuarto con un gesto de la mano.

Trish me tiende la mano.

—Ven, Tessa. Vamos a preparar algo para botanear.

Sigo a su madre a la cocina. Será mejor que no vea a Hardin cambiándose de ropa. Quiero ir poco a poco. Despacio. No sé si eso es posible con él. Me pregunto si debería decirle a Trish que he decidido perdonar a su hijo, o al menos intentarlo.

—¿Galletas? —sugiere.

Asiento y abro la alacena de la cocina.

—¿De mantequilla de cacahuate? —le pregunto agarrando la harina.

Trish levanta las cejas impresionada.

—¿Sabes hacerlas? Yo suelo comprar la masa lista para hornear, pero mucho mejor si sabes hacerlas caseras.

—No soy una gran cocinera, pero Karen me ha enseñado a preparar una receta fácil de galletas de mantequilla de cacahuate.

—¿Karen? —pregunta, y me quiero morir.

No quería mencionar a Karen. Lo último que pretendo es incomodar a Trish. Me vuelvo para encender el horno y esconder mi vergüenza.

—¿La conoces? —dice.

No sé interpretar su tono de voz, así que me ando con pies de plomo.

—Sí... Su hijo, Landon, es mi amigo..., mi mejor amigo.

Trish me pasa unos tazones y una cuchara y pregunta intentando parecer neutral:

—Ah... Y ¿cómo es?

Enraso la harina en la cuchara de medir y la echo en un tazón grande tratando que nuestras miradas no se encuentren. No quiero contestar. No quiero mentir, pero no sé cómo se siente con respecto a Ken y a su nueva esposa.

—Puedes contármelo —insiste.

—Es encantadora —confieso.

Asiente.

—Me lo imaginaba.

—No ha sido mi intención mencionarla. Se me ha escapado —me disculpo.

Me pasa la mantequilla.

—No te preocupes, cielo. No le deseo nada malo a esa mujer, nada en absoluto, aunque por supuesto me encantaría oír que es más fea que un trol. —Se echa a reír y me siento muy aliviada—. Pero me alegro de que el padre de Hardin sea feliz. Sólo querría que mi hijo olvidara todo el rencor que siente hacia él.

—Lo ha... —empiezo a decir, pero cierro el hocico en cuanto Hardin entra en la cocina.

—¿Qué decías? —me pregunta Trish.

Miro a uno y a otra. No me corresponde a mí decírselo si Hardin no lo ha hecho.

—¿De qué están hablando, pareja? —pregunta Hardin.

—De tu padre —responde Trish, y él palidece. Por su expresión, sé que no tenía intención de contarle la relación incipiente con su padre.

—No sabía que... —intento explicarle, pero levanta la mano para que me calle.

Odio lo mucho que le gusta guardar su intimidad. Imagino que tendré que vivir con ello.

—Tranquila, Tess. He estado... pasando algo de tiempo con él —dice Hardin rojo como un jitomate.

Sin pensar, me pongo a su lado. Esperaba que se enojara conmigo y que le mintiera a su madre, pero me alegro de haberme equivocado.

—¿En serio? —pregunta ella muy sorprendida.

—Sí... Perdona, mamá. Ni me acerqué a él hasta hace un par de meses. Me emborraché y le destrocé la sala..., pero luego pasé un par de noches en su casa y fuimos a su boda.

—¿Has vuelto a beber? —inquiere Trish, y los ojos empiezan a llenársele de lágrimas—. Hardin, por favor, dime que no has vuelto a beber.

—No, mamá. Sólo fue en un par de ocasiones. Nada que ver con lo de antes —le promete.

¿«Lo de antes»? Sé que solía beber demasiado pero, por la reacción de su madre, es mucho peor de lo que me había dado a entender.

—¿Estás molesta conmigo por haber ido a verlo? —pregunta Hardin, y le pongo la mano en la cintura para reconfortarlo.

—Ay, hijo. Nunca me molestaría contigo por relacionarte con tu padre. Estoy sorprendida, eso es todo. Podrías habérmelo dicho. —Parpadea un par de veces para contener las lágrimas—. Llevo mucho tiempo deseando que olvides el resentimiento que le tienes. Fue una época horrible de nuestras vidas, pero sobrevivimos y la dejamos atrás. Tu padre no es el hombre que era y yo tampoco soy la misma mujer.

—Eso no cambia nada —dice él en voz baja.

—No, no cambia nada, pero a veces uno tiene que elegir olvidar, seguir adelante. Me hace muy muy feliz que hayas estado viéndolo. Te hará bien. La razón por la que te envié aquí..., bueno, una de las razones, fue para que lo perdonaras.

—No lo he perdonado.

—Pues deberías —dice ella con sinceridad—. Yo lo he hecho.

Hardin se apoya sobre los codos en la barra de la cocina y deja caer la cabeza mientras le acaricio la espalda con la mano. Al notar el gesto, Trish me sonríe como diciéndome que lo ha comprendido. La admiro más que nunca. Es tan fuerte y cariñosa pese a lo poco afectuoso que es su hijo... Ojalá tuviera a alguien en su vida, igual que Ken tiene a Karen.

Hardin debe de estar pensando exactamente lo mismo porque deja caer la cabeza y dice:

—Pero él vive en una mansión y maneja coches caros. Tiene una nueva esposa... y tú estás sola.

—Me dan igual su casa y su dinero —le asegura ella. Luego sonríe—. Y ¿qué te hace pensar que estoy sola?

—¿Qué? —Levanta la cabeza sorprendido.

—¡No te asombres tanto! Soy un buen partido, hijo.

—¿Estás saliendo con alguien? ¿Con quién?

—Con Mike. —Se ruboriza, y me encanta.

La mandíbula de Hardin llega al suelo.

—¿Con Mike? ¿El vecino?

—Sí, con el vecino. Es un hombre muy bueno, Hardin. —Se echa a reír y me mira con complicidad—. Y me resulta muy cómodo tenerlo justo al lado.

Hardin hace oídos sordos a eso último.

—¿Desde cuándo? ¿Por qué no me lo habías dicho?

—Desde hace un par de meses. No es nada serio..., por ahora. Además, no creo que seas quién para darme consejos amorosos —se burla ella.

—Pero ¿Mike? Es un poco...

—No hables mal de él. Todavía estás en edad de recibir unas nalgadas —lo regaña Trish con una sonrisa juguetona.

Hardin levanta los brazos en señal de derrota.

—Bueno, bueno...

Está mucho más relajado que esta mañana. La tensión entre nosotros casi ha desaparecido y me hace muy feliz verlo bromear con su madre.

A continuación, Trish anuncia muy contenta:

—¡Perfecto! Voy a escoger la película. No vengan sin las galletas.

Sonríe y nos deja solos en la cocina.

Me acerco al tazón de los ingredientes y termino de mezclar la masa. Me chupo el dedo y Hardin, siempre de gran ayuda, apunta:

—No creo que eso sea muy higiénico.

Meto el dedo en el tazón, rebaño la masa pegajosa y me acerco a él.

—Prueba.

Intento transferir la masa a su mano pero se lleva mi dedo a la boca y lo chupa. Ahogo un gemido y trato de convencerme de que sólo es su forma de limpiarme la masa de galleta... a pesar de cómo me está mirando..., a pesar de cómo me pasa la lengua por el dedo. A pesar de que la temperatura en la cocina haya subido trescientos grados y a pesar de que el corazón me lata tan fuerte que se me va a salir del pecho.

—Ya basta —digo sacando el dedo de su boca.

Me lanza una sonrisa maliciosa.

—Tendrá que esperar.

El plato de galletas desaparece durante los primeros diez minutos de película. He de confesar que me siento orgullosa de haber aprendido a hacer galletas. Trish me alaba mucho, y Hardin se come la mitad, cosa que me sirve como cumplido.

—¿Es malo que estas galletas sean lo que más me ha gustado de los Estados Unidos hasta la fecha? —dice llevándose la última a la boca.

—Sí, una lástima —se burla Hardin, y yo me río por lo bajo.

—Vas a tener que hacerlas todos los días hasta que me vaya, Tessa.

—Por mí, perfecto. —Sonrío y me acurruco contra Hardin. Me rodea la cintura con el brazo y doblo las piernas para poder estar más cerca de él.

Trish se queda dormida casi al final de la película, pero Hardin baja el volumen de la televisión para que podamos terminar de verla sin despertarla. Para entonces estoy llorando a moco tendido. Es una de las películas más tristes que he visto. No sé cómo Trish ha podido quedarse dormida.

—Ha sido espantoso. Muy bonita pero muy triste —sollozo.

—Es culpa de mi madre. Yo quería ver una comedia y no sé cómo hemos acabado viendo *Milagros inesperados*. Te lo dije.

Sube la mano de mi cintura a mis hombros, me estrecha contra su pecho y me da un beso en la frente.

—Podemos ver «Friends» cuando estemos en el cuarto para que te olvides de que al final se mue...

—¡Hardin, no me lo recuerdes! —protesto.

No obstante, se echa a reír antes de levantarse del sillón y jalarme del brazo para que yo haga lo mismo. Una vez en la habitación, Hardin enciende la lámpara de la mesita de noche y la televisión.

Cierra la puerta y vuelve junto a mí con esos ojos verdes brillantes y esos hoyuelos malévolos y me estremezco.

CAPÍTULO 35

Hardin

—Voy a cambiarme —dice Tessa y desaparece tras la puerta del ropero abierta, con un pañuelo de papel en la mano.

Tiene los ojos rojos de tanto llorar con la película. Sabía que le iba a afectar, aunque he de confesar que estaba esperando ver su reacción. No porque deseara verla llorar, sino porque me gusta lo mucho que se implica en todo. Se abre sin reparos a la fuerza de la ficción, ya sea una película o una novela, y se permite perderse en ella por completo. Es fascinante.

Cuando regresa, va tan sólo con unos shorts y el brasier de encaje puesto.

«Uff.» Ni siquiera intento disimular que la estoy mirando.

—¿Crees que podrías ponerte... mi camiseta? —le pregunto. No sé qué le parecerá, pero extraño verla dormir con ella.

—Me encantaría. —Sonríe y toma la camiseta que me he puesto hoy de encima del bote de la ropa sucia.

—Qué bien —afirmo intentando disimular mi entusiasmo.

Sin embargo, cuando veo cómo sus pechos sobresalen por encima del encaje al levantar los brazos...

«Deja de mirar. Despacio, quiere ir despacio. Puedo ir despacio..., dentro y fuera de ella. Mierda, ¿qué clase de obseso soy?» Cuando me decido a desviar la mirada, se mete la mano debajo de la camiseta y se saca el brasier por una manga... «Carajo...»

—¿Estás bien? —pregunta metiéndose en la cama.

—Sí —digo.

Trago saliva y contemplo hipnotizado cómo se suelta el pelo. Las ondas suaves y rubias caen sobre sus hombros y mueve la cabeza a un lado y a otro. Lo está haciendo a propósito.

—Bueno... —asiente, y se acuesta encima del edredón. Me gustaría que se metiera debajo para no tenerla... tan a la vista.

Me lanza una mirada inquisitiva.

—¿No vienes a la cama?

Ni me había dado cuenta de que aún sigo de pie en medio de la habitación.

—Ya voy...

—Se hace un poco raro esto de volver a estar juntos, pero no tienes por qué estar tan distante —dice nerviosa.

—Lo sé —respondo, y me acuesto con las manos estiradas hacia adelante para ocultar ciertas cosas.

—Aunque no tan raro como pensaba —añade en un susurro.

—Sí...

Me da gusto oírlo. Me preocupaba que no fuera como antes, que estuviera a la defensiva y no fuera la Tess a la que tanto quiero. Sólo han pasado unas pocas horas, pero espero que todo siga como hasta el momento. Es tan fácil estar con ella, tan tan fácil... Y tan difícil a la vez...

Pone su pequeña mano encima de la mía y apoya la cabeza en mi pecho.

—Estás muy raro. ¿En qué piensas? —pregunta.

—Sólo estoy contento de tenerte aquí. Es todo.

«Y no puedo parar de pensar que me muero por hacerte el amor», añado para mis adentros. Ya no quiero acostarme con Tessa como antes, ahora es mucho más. Muchísimo más. Quiero tenerla lo más cerca posible. Quiero que vuelva a confiar a ciegas en mí. Me duele el corazón cuando pienso en la confianza que depositó en mí y en cómo la traicioné.

—Hay algo más —dice. Me ha atrapado.

Niego con la cabeza y sus dedos dibujan una fina línea desde mi sien hasta el aro de metal que llevo en la ceja.

—No quieras saber qué estoy pensando —confieso.

No me gustaría que creyera que para mí es sólo un objeto, que sólo quiero utilizarla. No quiero contarle qué estoy pensando, pero no puedo seguir ocultándole cosas. Tengo que ser sincero con ella, ahora y siempre.

Me mira y su cara de preocupación me parte el alma.

—Dímelo.

—Pues... estaba pensando en... coger..., quiero decir, en hacerte el amor.

—Ah —dice en voz baja y abriendo mucho los ojos.

—Lo sé, soy un puerco —gruño. ¿Por qué habré tenido que decirle la verdad?

—No... No lo eres. —Se ruboriza—. Yo estaba pensando lo mismo.

Se muerde el labio inferior. Esto es una tortura.

—¿Ah, sí?

—Sí... Quiero decir que hace mucho que no... Bueno, sin contar lo de Seattle, pero esa noche estaba muy borracha.

Busco en su cara algún signo de desprecio por mi falta de autocontrol la semana pasada, cuando se me abalanzó encima como una fiera, pero no hay ni rastro. Lo que veo es que le da vergüenza recordar lo que ocurrió. Me aprieta el bóxer de pensar en lo de Seattle.

—No quiero que creas que te estoy utilizando... por todo lo que ha ocurrido —le explico.

—Hardin, te aseguro que ésa precisamente no es una de las cosas que se me pasan por la cabeza en este momento.

Me daba miedo que mi estupidez hubiera arruinado nuestros momentos íntimos para siempre.

—¿Estás segura? Porque no quiero volver a cagarla —digo.

Se lleva mi mano a su entrepierna a modo de respuesta.

«Carajo.»

Le tomo la muñeca con la otra mano y la atraigo hacia mí. En cuestión de segundos estoy encima de ella, con una rodilla entre sus muslos. Primero le beso el cuello, mi boca delirante y veloz se aferra a su piel suave. Jala su camiseta y levanta la espalda de la cama lo justo para que pueda quitársela. Mi lengua deja un sendero húmedo en su clavícula y en su pecho. Jala mi camiseta y mi sudadera a la vez y la ayudo hasta que sólo llevo puesto el bóxer.

Quiero acariciar hasta el último milímetro de su cuerpo, cada curva, cada ángulo. Dios, es preciosa. Me agacho para besarle el vientre y sus dedos desaparecen en mi pelo y lo jalan de las raíces. La muerdo. Sus calzones y sus shorts aterrizan en el suelo. Mi lengua acaricia la piel de sus caderas.

Exploro su cuerpo como si fuera la primera o la última vez, pero me apresura.

—Hardin..., por favor...

Pongo la boca en su parte más sensible y deslizo la lengua arriba y abajo, saboreándola mientras consume mis sentidos.

—Así —jadea, y me jala más fuerte del pelo.

Despega las caderas de la cama para apretarse contra mi lengua. Me aparto y gimotea. Me encanta que me tenga tantas ganas como yo a ella. Me incorporo, abro el cajón de la mesita de noche, tomo el paquete metálico y lo rasgo con los dientes.

No me quita los ojos de encima y yo a ella tampoco. Observo cómo su pecho sube y baja expectante. Me deshago del bóxer y la beso en la mejilla, con la verga sobre su muslo.

Me enderezo y me pongo el condón.

—No te muevas —le ordeno.

Tessa obedece y me recoloco entre sus piernas. No aguanto más. La tengo tan dura que me duele.

—Siempre estás a punto para mí —digo humedeciéndome los dedos en ella y llevándoselos a la boca para que saboree sus propios jugos.

Es tímida pero no protesta, sino que me relame el dedo con la lengua, y la sensación es tan placentera que me adentro de inmediato en ella. Es exquisito, y lo extrañaba muchísimo.

—Puta madre... —blasfemo mientras ella gime de alivio.

Todos mis dolores de cabeza se desvanecen en cuanto me hundo en ella y la lleno del todo. Tess entorna los ojos, echa la cabeza atrás y yo muevo las caderas en círculos muy despacio antes de metérsela y sacársela una y otra vez.

—Más..., por favor, Hardin.

«Carajo, cómo me gusta oírla suplicar.»

—No, nena... Quiero ir despacio —digo con otra rotación de las caderas.

Deseo saborear cada segundo. Quiero ir despacio y quiero que sienta lo mucho que la amo, lo mucho que me arrepiento de haberle hecho daño y que estoy dispuesto a hacer cualquier cosa por ella. Le cubro la boca de besos y ella me la acaricia con la lengua. Gimo cuando me clava las uñas en los bíceps con tanta fuerza que seguro que me deja marca.

—Te quiero... No sabes cuánto —le digo cambiando de ritmo. Sé que la estoy torturando con la lentitud de mis movimientos.

—Te... te quiero —gime, y empiezan a temblarle las piernas. Ya casi está.

Me encantaría poder vernos, encajados el uno en el otro pero separados. El contraste de su piel suave y clara con la tinta negra que cubre la mía, sus manos subiendo y bajando por mis brazos deben de ser dignas de ver. Somos la luz y la oscuridad; es un caos perfecto, es todo lo que temo, lo que quiero y lo que necesito.

Gime con más fuerza y tengo que taparle la boca con la mano para que la muerda y ahogue sus gritos.

—Chsss... Relájate, nena.

Mis embestidas se aceleran y su cuerpo se tensa debajo del mío mientras Tessa grita mi nombre entre mis dedos. Me uno a ella en unos segundos, al máximo, sin guardarme nada. Ella es mi droga perfecta.

—Mírame —susurro.

Me mira a los ojos y me remata. Suelto hasta la última gota y su cuerpo se relaja. Estamos jadeantes, inmóviles. Me quito el condón, le hago un nudo y lo tiro al bote de la basura que hay junto a la cama.

Cuando me aparto de ella, me toma del brazo para impedírmelo. Le sonrío y me quedo donde estoy. Me apoyo en un codo para no aplastarla. Me acaricia la mejilla y con el pulgar dibuja pequeños círculos en mi piel empapada.

—Te quiero, Hardin —dice en voz baja.

—Te quiero, Tess —contesto, y apoyo la cabeza contra su pecho.

Me pesan los párpados y noto que Tessa empieza a respirar más despacio. Me duermo escuchando el latir constante de su corazón.

CAPÍTULO 36

Tessa

La cabeza de Hardin me pesa en el estómago. Mi celular vibra en la mesita de noche y me despierta. Lo hago a un lado con todo el cuidado del mundo y agarro el maldito aparato. En la pantalla brilla el nombre de mi madre y gruño antes de contestar.

—¿Theresa? —dice severa al otro lado.

—Sí.

—¿Dónde estás? ¿A qué hora vas a llegar? —inquiere.

—No voy a ir, mamá.

—Es Nochebuena, Tessa. Sé que estás enojada por lo de tu padre, pero necesito que pases la Navidad conmigo. No deberías estar sola en un motel.

Me siento un poco culpable por no pasar las vacaciones con mi madre. No es la mujer más agradable del mundo, pero soy todo lo que tiene. Aun así, le digo:

—No voy a ir hasta allí, mamá. Está nevando y no quiero estar en casa.

Hardin se mueve y levanta la cabeza. Justo cuando voy a decir que no emita ni un suspiro, abre la boca.

—¿Qué pasa? —dice, y oigo el grito ahogado de mi madre.

—¡Theresa Young! ¿Es que te has vuelto loca? —grita.

—Mamá, no quiero discutirlo ahora mismo.

—¡Es él, no me mientas! ¡Reconozco su voz!

Vaya asco de despertar. Me quito a Hardin de encima, cubro mi cuerpo desnudo con la cobija y me siento.

—Voy a colgar, mamá.

—No te atrevas a colgar...

Pero me atrevo. Y luego pongo el celular en silencio. Sabía que tenía que enterarse más tarde o más temprano, pero habría preferido que fuera más bien tarde.

—Bueno, pues ya sabe que hemos vuelto... a estar juntos. Te ha oído y está hecha una furia —digo, y le enseño el celular para que vea que mi madre ha llamado dos veces en menos de un minuto.

Se acurruca a mi espalda.

—Habría acabado enterándose de todos modos, mejor que haya sido así.

—Pues no. Podría habérselo contado yo en vez de haberlo descubierto ella sola porque te ha oído por el teléfono.

Se encoge de hombros.

—Lo mismo da: se habría encabronado igual.

—Aun así. —Me molesta un poco que Hardin reaccione de ese modo. Sé que mi madre le importa un comino, pero al fin y al cabo es mi madre y no quería que se enterara de ese modo—. No te costaría nada ser un poco más amable.

Asiente y dice:

—Perdona.

Esperaba que se pusiera pesado. Qué agradable sorpresa.

A continuación sonríe y me atrae hacia sí.

—¿Y si te preparo el desayuno, Daisy?

—¿Daisy? —inquiero con una ceja levantada.

—Es pronto y no estoy muy fino con las citas literarias, pero estás gruñona... Así que te he llamado Daisy.

—Daisy Buchanan no era gruñona, y yo tampoco —refunfuño, aunque no puedo evitar sonreír.

Suelta una carcajada.

—Lo eres, y ¿cómo sabes a qué Daisy me refiero?

—No hay muchas y te conozco bien.

—¿Ah, sí?

—Sí, y que sepas que no me siento ofendida —lo molesto.

—Ya, ya..., señora Bennet —contraataca.

—Como has dicho «señora», imagino que te refieres a la madre, no a Elizabeth, y que intentas decir que soy insufrible. Pero como no estás muy fino, ¿a lo mejor querías decir que soy encantadora? No hay quien te entienda. —Le sonrío.

—Está bien, está bien... Carajo. —Se ríe—. A uno se le ocurre hacer un chiste malo y lo mandan al paredón.

Mi enojo inicial se disuelve mientras seguimos con nuestro duelo verbal y me levanto de la cama. Hardin dice que podemos quedarnos en pijama porque no vamos a salir de casa. Se me hace raro. En casa de mi madre tendría que ponerme la ropa de los domingos.

—Ponte mi camiseta —dice señalando la que tiramos anoche al suelo.

Sonrío, la recojo y me la pongo junto con unos pants. No creo que Noah me haya visto nunca en pants. Hace poco que empecé a maquillarme, pero siempre he ido bien vestida. Me pregunto qué habría pensado Noah si hubiera aparecido por su casa vestida así para pasar un rato con él. Tiene gracia, siempre creí que me encontraba a gusto con Noah, creía que era yo misma cuando estaba con él porque me conocía de toda la vida, cuando en realidad no me conoce en absoluto. No conoce a la verdadera Tessa. Con Hardin estoy tan cómoda que hasta me atrevo a sacarla.

—¿Lista? —me pregunta.

Asiento y me recojo el pelo en un chongo flojo. Apago el celular y lo dejo encima de la cómoda, luego salgo con Hardin a la sala. Un delicioso aroma a café inunda el departamento. Trish está en la cocina, haciendo *hot cakes*.

Sonríe y se vuelve hacia nosotros.

—¡Feliz Navidad!

—Aún no es Navidad —dice Hardin, y lo miro mal.

Pone los ojos en blanco y le sonríe a su madre. Me sirvo una taza de café y le doy las gracias a Trish por preparar el desayuno. Hardin y yo nos sentamos a la mesa mientras nos cuenta cómo su abuela le enseñó a preparar esta clase de *hot cakes*. Hardin la escucha con atención y hasta sonríe.

Empezamos a comer. Son los *hot cakes* de arándanos más suculentos del mundo.

—¿Vamos a abrir hoy los regalos? —pregunta Trish—. Lo digo porque imagino que mañana estarás en casa de tu madre.

No sé muy bien qué contestar, y empiezo a rebuscar las palabras.

—En realidad..., no... La verdad..., le he dicho a...

—Mañana va a ir a casa de papá. Se lo prometió a Landon, que no tiene más amigos, así que no puede cancelarlo —interviene Hardin.

Le agradezco que me eche una mano, pero que diga que soy la única amiga que tiene Landon es cruel... Puede que sea verdad, pero él también es mi único amigo.

—Ah... No pasa nada, cariño. No temas decirme ese tipo de cosas. No tengo nada en contra de que visites a Ken —dice Trish, y no sé si se dirige a mí o a Hardin.

Él niega con la cabeza.

—Yo no voy a ir. Le dije a Tessa que tú y yo no iríamos.

Trish se queda con el tenedor en la boca.

—¿También me habían invitado a mí? —dice sorprendida a más no poder.

—Sí... Querían que fueran los dos —le explico.

—¿Por qué? —pregunta.

—No... lo... sé —digo.

Es la pura verdad. Karen es muy amable y sé que quiere que su marido y Hardin hagan las paces. Ésa es la única explicación que se me ocurre.

—Ya les dije que no vamos a ir. No te preocupes, mamá.

Trish se saca por fin el tenedor de la boca y mastica pensativa.

—No, puede que debamos ir —dice al rato para mi sorpresa y la de Hardin.

—¿Por qué quieres ir allí? —le pregunta él con mala cara.

—No lo sé... La última vez que vi a tu padre fue hace casi diez años. Creo que me debo a mí misma ver cómo le ha dado la vuelta a su vida. Además, sé que no quieres pasar la Navidad sin Tessa.

—Podría quedarme —digo.

No quiero cancelar lo de mañana pero tampoco quiero que Trish se sienta obligada a ir.

—No, de verdad. Me parece bien. Deberíamos ir todos.

—¿Estás segura? —La preocupación de Hardin es evidente.

—Sí... No será tan terrible. —Sonríe—. Además, si Kathy es quien le ha enseñado a Tessa a preparar esas deliciosas galletas, imagínate el festín que nos espera.

—Karen, mamá. Se llama Karen.

—Oye, es la esposa de mi exmarido, con quien voy a pasar la Navidad. Puedo llamarla como me plazca. —Suelta una carcajada y me río con ella.

—Avisaré a Landon de que vamos a ir todos —digo, y me levanto para ir por el celular.

Nunca imaginé que pasaría la Navidad con Hardin y con su familia completa. Estos últimos meses no han sido para nada lo que esperaba.

Cuando enciendo el teléfono veo que tengo tres mensajes en el buzón de voz, todos de mi madre, seguro. No los escucho, sino que marco el número de Landon.

—Hola, Tessa. ¡Feliz Nochebuena! —me saluda, tan alegre como siempre. Me lo imagino sonriente.

—Feliz Nochebuena, Landon.

—¡Gracias! Lo primero: espero que no te hayas arrepentido.

—No, claro que no. Más bien al contrario. Llamo para preguntarte si todavía quieren que Hardin y Trish vayan también.

—¿De verdad? ¿Han aceptado?

—Sí...

—¿Eso significa que Hardin y tú...?

—Sí... Ya sé que soy una imbécil por...

—Yo no he dicho eso.

—Lo sé, pero seguro que lo estás pensando...

—No. Mañana lo hablamos, si quieres, pero no eres ninguna imbécil, Tessa.

—Gracias —le digo de corazón. Debe de ser la única persona que no tiene una opinión negativa al respecto.

—Le diré a mi madre que van a venir. Se pondrá muy contenta —dice antes de colgar.

Para cuando regreso a la sala, Trish y Hardin están sentados con sus regalos en las piernas, y veo dos cajas sobre el sillón que imagino que son para mí.

—¡Yo primero! —dice Trish, y rasga el papel con dibujos de copos de nieve de una de las cajas. Sonríe de oreja a oreja al ver el pants que le compré—. ¡Me encanta! ¿Cómo lo has sabido? —dice señalando el gris que lleva puesto.

—No se me da muy bien comprar regalos —le digo.

Se ríe.

—No seas tonta. Es muy bonito —me asegura mientras abre la segunda caja.

Se toma un momento para ver lo que hay dentro, le da un abrazo a Hardin y saca un collar que dice «Mamá», justo lo que él me había dicho. Parece que también le gusta la bufanda gruesa que su hijo le ha comprado.

Me estoy arrepintiendo de no haberle comprado nada a Hardin. Sabía que tarde o temprano volvería con él, y creo que él también lo sabía. No ha mencionado que me haya comprado nada, y las dos cajas que tengo en las piernas tienen la firma de Trish, qué alivio.

Hardin es el siguiente. Le dedica a su madre su mejor sonrisa falsa cuando ve la ropa que le ha regalado. Hay un suéter rojo de manga larga. Intento imaginarme a Hardin con otro color que no sea ni el blanco ni el negro, pero me resulta imposible.

—Te toca —me dice.

Nerviosa, sonrío y le quito el listón brillante a la caja del primer regalo. A Trish se le da mejor elegir ropa de mujer que de hombre, como demuestra el vestido amarillo claro que contiene la caja. Es corto y ligero, y me encanta.

—Muchas gracias. ¡Es precioso! —exclamo y le doy un abrazo.

Aprecio de corazón que se haya acordado de mí. Acaba de conocerme, pero me trata con tanto cariño que es como si la conociera desde hace tiempo.

La segunda caja es mucho más pequeña, pero han usado tanta cinta adhesiva para envolverla que me resulta casi imposible quitarle el papel. Cuando al fin lo consigo, descubro un brazalete, una pulsera de dijes. Nunca antes había visto una igual. Trish es tan detallista como su hijo. La levanto y acaricio con los dedos la cadena para poder ver bien los dijes. Sólo hay tres, un poco más grandes que la uña de mi pulgar. Dos son de peltre y el tercero es completamente blanco..., ¿porcelana?

El blanco es un infinito con los extremos en forma de corazón. Como el tatuaje de la muñeca de Hardin. Lo miro a él y miro el tatuaje. Se revuelve y vuelvo a mirar el brazalete. El segundo dije es una nota musical, y el tercero, un poco más grande que los otros dos, tiene forma de libro. Cuando paso los dedos por encima, noto que tiene algo inscrito al dorso. Dice:

«No sé de qué están hechas las almas, pero la mía y la suya son una sola».

Alzo la vista en dirección a Hardin y me trago las lágrimas que amenazan con formarse tras mis párpados. Esto no me lo ha comprado su madre.

Esto me lo ha comprado él.

CAPÍTULO 37

Tessa

Hardin se ha ruborizado. Una sonrisa nerviosa le baila en los labios y lo miro en silencio un minuto.

Luego prácticamente me paro en sus narices de un salto y estoy a punto de tirarlo al suelo de las ganas que tengo de tener cerca a este loco salvaje. Es lo bastante fuerte para impedir que nos caigamos al suelo. Lo abrazo con todas mis fuerzas y se atraganta, así que aflojo un poco la presión.

—¡Es... es absolutamente perfecto! —sollozo—. Gracias. Es un detalle increíble.

Apoyo la frente en la suya y me acurruco en su regazo.

De inmediato, sin embargo, me apresuro a apartarme. Por un instante se me había olvidado que no estamos solos.

—¡Lo siento! —me disculpo ante Trish, y vuelvo a mi sitio en el sillón.

Ella me sonríe con complicidad.

—No tienes por qué disculparte, cielo.

Hardin no dice nada. Sé que no quiere hablar del regalo delante de su madre, así que cambio de tema. Su regalo es alucinante. No podría haber escogido una cita más acertada de ninguna otra novela. «No sé de qué están hechas las almas, pero la mía y la suya son una sola»... Describe tan bien lo que siento por él. Somos muy distintos, pero a la vez somos iguales, del mismo modo que Catherine y Heathcliff. Sólo espero no compartir también su destino. Prefiero pensar que hemos aprendido de sus errores y que no permitiremos que nos suceda lo mismo que a ellos.

Me pongo la pulsera y muevo el brazo de un lado a otro, despacio, para ver cómo se mueven los dijes. Nunca me habían hecho un regalo como éste. Creía que era imposible superar el libro electrónico, pero Hardin ha conseguido sorprenderme con este brazalete. Noah siempre me regalaba lo mismo: perfume y calcetines. Todos los años. Claro que yo también le regalaba colonia y calcetines todos los años. Éramos así, nos gustaban la rutina y el aburrimiento.

Contemplo la pulsera unos segundos más antes de darme cuenta de que Hardin y su madre me están mirando. Me levanto inmediatamente y empiezo a recoger los papeles de regalo.

Con una carcajada, Trish pregunta:

—¿Y bien, señorita y caballero?, ¿qué planes tenemos para hoy?

—Yo quiero tomar una siesta —contesta Hardin, y ella pone los ojos en blanco.

—¿Una siesta? ¿Tan temprano? ¿Y en Navidad? —se burla.

—Por enésima vez: hoy no es Navidad —dice un poco grosero. Luego sonríe.

—Eres todo un caso —lo regaña Trish dándole un golpe en el brazo.

—De tal palo, tal astilla.

Se pelean de broma y me pierdo en mis pensamientos mientras recojo la montaña de papel de regalo roto y arrugado y la tiro al contenedor metálico. Me siento fatal por no haberle comprado nada a Hardin. Ojalá el centro comercial estuviera abierto... No sé qué le compraría, pero cualquier cosa es mejor que nada. Miro otra vez el brazalete y acaricio con el dedo el pequeño infinito. Es increíble que me haya comprado un amuleto a juego con su tatuaje.

—¿Ya has terminado?

Doy un brinco al oír su voz y sentir su aliento en mi oreja. Me vuelvo y le doy una cachetada.

—¡Me has asustado!

—Perdona, amor —dice entre risas.

El corazón se me sale del pecho cuando me llama «amor». No es propio de él.

Lo noto sonreír con la boca pegada a mi cuello y me rodea la cintura con los brazos.

—¿Quieres dormirte conmigo?

Me vuelvo hacia él.

—No. Me quedo aquí con tu madre. Pero... —añado con una sonrisa— iré a arroparte.

Prefiero no dormir la siesta a menos que esté demasiado agotada para hacer nada, y me gustaría pasar un rato con su madre, o leer, o algo así.

Hardin pone cara de exasperación pero me conduce al cuarto. Se quita la camiseta y la tira al suelo. Mis ojos viajan por los paisajes de tinta de su piel y me sonríe.

—¿De verdad te ha gustado la pulsera? —pregunta acercándose a la cama. Tira los cojines al suelo y yo los recojo.

—¡Eres un puerco! —protesto. Dejo los cojines sobre el arcón y la camiseta de Hardin en la cómoda antes de tomar mi libro electrónico y acostarme en la cama con él—. Y la respuesta es sí: me encanta la pulsera. Es un detalle precioso, Hardin. ¿Por qué no me has dicho que el regalo era tuyo?

Me jala y me coloca la cabeza en su pecho.

—Porque sabía que ya te sentías bastante mal por no haberme comprado nada —dice, y se echa a reír—. Y que al ver mi maravilloso regalo te sentirías aún peor.

—Vaya, eres tan humilde... —bromeo.

—Además, cuando lo encargué, no sabía si ibas a volver a dirigirme la palabra —confiesa.

—Sabías que volvería.

—No, la verdad es que no. Esta vez te veías distinta.

—¿Y eso?

—No sabría decirte. No era como el centenar de veces que has dicho que no querías nada conmigo. —Me aparta un mechón rebelde de la frente con el pulgar.

Me concentro en el subir y bajar de su pecho.

—Bueno... Yo lo sabía. Quiero decir que no quería admitirlo, pero sabía que volvería contigo. Siempre lo hago.

—No te daré motivos para que vuelvas a dejarme.

—Eso espero —le digo, y le beso la palma de la mano—. Y yo a ti tampoco.

No digo nada más porque, por ahora, no hay nada más que decir. Tiene sueño y no quiero que siga repitiendo que voy a dejarlo. A los pocos minutos está dormido. Desde que Hardin me ha llamado Daisy esta mañana me han entrado ganas de releer *El gran Gatsby*, así que busco en la biblioteca de mi libro electrónico para ver si Hardin me lo ha descargado. No podía faltar. Justo cuando me dispongo a reunirme con su madre, oigo una voz furiosa de mujer.

—¡Disculpe!

«Mi madre.» Dejo el libro electrónico a los pies de la cama y me levanto.

«¿Qué demonios está haciendo aquí?»

—¡No tiene usted derecho a entrar ahí! —le grita Trish.

Trish. Mi madre. Hardin. El departamento. Mierda. Esto no va a acabar bien.

La puerta de la recámara se abre de par en par y aparece mi madre, con aspecto sofisticado pero amenazador, con un vestido rojo y unos zapatos negros de tacón. Lleva el pelo enchinado y recogido en lo alto de la coronilla y un tono de carmín demasiado brillante para mis ojos.

—¿Cómo es posible que hayas vuelto aquí? ¡Después de todo lo ocurrido! —grita.

—Mamá... —empiezo a decir mientras se vuelve hacia Trish.

—Y ¿usted quién demonios es? —pregunta acercándose demasiado a Trish.

—Soy su madre —dice ella señalando a Hardin.

Él gruñe medio dormido y abre los ojos.

—Pero ¿qué demonios pasa? —Es lo primero que sale de su boca cuando ve al diablo vestido de carmesí.

Mi madre se vuelve hacia mí.

—Vámonos, Tessa.

—Yo no voy a ningún lado. ¿Qué estás haciendo aquí? —le pregunto.

Resopla y se lleva las manos a las caderas.

—Ya te lo dije: eres mi única hija y no voy a quedarme sentada de brazos cruzados viendo cómo arruinas tu vida por este... pendejo.

Sus palabras son gasolina bajo mi piel, y de inmediato salgo en su defensa.

—¡No hables así de él! —le grito.

—Ese pendejo es mi hijo, señora —dice Trish con cara de pocos amigos. Por muy divertida que sea, es una mujer dispuesta a lanzarse a los leones por su hijo.

—Ya, pues su hijo está destrozando y corrompiendo a mi hija —contraataca mi madre.

—Ustedes dos, fuera —dice Hardin levantándose de la cama.

Mi madre menea la cabeza y le sonríe con toda la dentadura.

—Theresa, recoge tus cosas. Ahora.

Que me dé órdenes me pone muy mal.

—¿Qué parte de «yo no voy a ningún lado» no has entendido? Te di la oportunidad de pasar las fiestas conmigo pero fuiste demasiado orgullosa para permitírmelo. —Sé que no debería hablarle así, pero no puedo evitarlo.

—¡¿Demasiado orgullosa? ¿Crees que por comprarte un par de vestidos de puta y haber aprendido a maquillarte de repente sabes más que yo de la vida?! —Aunque está gritando, parece que se está riendo, como si mis elecciones fueran un chiste—. Pues te equivocas. ¡Que te hayas entregado a esta... esta escoria no te convierte en una mujer! No eres más que una mocosa. Una mocosa ingenua y fácil de impresionar. Recoge tus cosas antes de que lo haga yo.

—No va a tocar nada —le espeta Hardin—. No va a irse con usted. Se va a quedar aquí conmigo, donde debe estar.

Mi madre se vuelve hacia él. La risa ha desaparecido.

—¿Donde debe estar? ¿Donde debía estar cuando la dejaste botada en un maldito motel después de todo lo que le hiciste? No eres digno de ella y no va a quedarse aquí contigo.

—Señora, está usted hablando con dos personas adultas —interviene Trish—. Tessa es suficientemente responsable. Si lo que quiere es quedarse, usted no puede hacer nada para...

Los ojos centelleantes de mi madre buscan los ojos impávidos de la madre de Hardin. Esto es un desastre. Abro la boca para decir algo pero mi madre se me adelanta.

—¿Cómo puede usted defender su comportamiento pecaminoso e indecente? ¡Deberían encerrarlo después de lo que le hizo a mi hija!

—Es evidente que ella ha decidido perdonarlo, y usted no puede sino aceptarlo —dice Trish sin despeinarse.

Está demasiado tranquila. Parece una serpiente, de esas que se deslizan imperceptiblemente y nunca sabes cuándo van a atacar. Pero cuando lo hacen, es el final. Mi madre es la presa y ahora mismo espero que la picadura de Trish sea venenosa.

—¿Perdonarlo? Le robó su inocencia como parte de un juego, de una apuesta con sus amigos. ¡Y luego fue a presumir de su hazaña ante ellos mientras ella estaba aquí jugando a la casita!

El grito quedo de Trish anula los demás sonidos, y durante un segundo sólo se oye el silencio. Boquiabierta, mira a su hijo.

—¿Qué...?

—Ah, ¿no se lo habían contado? ¿Quiere decir que el muy embustero tenía engañada incluso a su madre? Pobre mujer, no me extraña que lo estuviera defendiendo —dice mi madre meneando la cabeza—. Su hijo apostó con sus amigos, por dinero, que desvirgaría a Tessa. Incluso guardó la prueba y la exhibió por todo el campus.

Estoy patidifusa. No dejo de mirar a nuestras madres porque tengo miedo de mirar a Hardin. Por el cambio en su respiración, sé que pensaba que no le había contado a mi madre los detalles de su traición. En cuanto a Trish, no quería que supiera las cosas tan horribles que ha hecho su hijo. Era mi vergüenza, y yo decidía si compartirla o no.

—¿La prueba? —dice Trish con la voz temblorosa.

—Sí, la prueba. ¡El preservativo! Ah, y las sábanas manchadas de sangre de la virginidad robada de Tessa. A saber en qué se habrá gastado el dinero, pero le contó a todo el mundo hasta el último detalle de sus momentos de... intimidad. Ahora dígame si debería obligar a mi hija a venir conmigo o no. —Mi madre levanta una ceja inquisitiva y perfectamente depilada en dirección a Trish.

Lo noto en cuanto sucede. Siento el cambio en la habitación, en el flujo de la energía. Trish se ha pasado al bando de mi madre. Intento desesperadamente aferrarme al borde del precipicio que es Hardin, pero puedo verlo a la perfección en la mirada de asco que le dirige a su hijo. Una mirada que dice que esto no es nada nuevo. Es algo que ya ha tenido que usar contra su hijo, como un recuerdo que vuelve en forma de expresión facial. Una mirada que deja muy claro que cree, una vez más, todo lo malo que le cuentan de su hijo.

—¡¿Cómo pudiste, Hardin?! —grita—. Esperaba que hubieras cambiado... Esperaba que hubieras dejado de hacerles esas cosas a las chicas..., a las mujeres. ¿Acaso has olvidado lo que ocurrió la última vez?

CAPÍTULO 38

Tessa

No ayuda. No ayuda en absoluto, pero mi madre prácticamente me brama al oído:

—¿La última vez? ¿Lo ves, Theresa? Ésa es precisamente la razón por la que tienes que alejarte de él. Ya ha hecho esto antes. ¡Lo sabía! ¡El príncipe azul ataca de nuevo!

Miro a Hardin y dejo caer los brazos a los costados. «Otra vez, no.» No creo que pueda aguantar más golpes. Suyos, no.

—Esto no es así, mamá —interviene él finalmente.

Trish lo mira boquiabierta y se seca los ojos, aunque las lágrimas siguen brotando de ellos.

—Pues te aseguro que es lo que parece, Hardin. No lo puedo creer. Te quiero, hijo, pero en esta ocasión no puedo ayudarte. Esto está mal. Muy mal.

Siempre soy incapaz de expresar mi opinión en situaciones como ésta. Quiero hablar, tengo que hacerlo, pero una lista interminable de posibles cosas espantosas a las que Trish podría estar refiriéndose con lo de «la última vez» invade mi mente y me roba la voz.

—¡He dicho que no es así! —grita Hardin levantando los brazos.

Trish se vuelve y me mira con dureza.

—Tessa, deberías irte con tu madre —dice, y se me forma un nudo en la garganta.

—¿Qué? —inquiere Hardin.

—Tú no le haces ningún bien. Te quiero más que a mi vida, pero no puedo dejar que hagas esto otra vez. Se suponía que venir a los Estados Unidos iba a ayudarte...

—Theresa —interviene mi madre—. Creo que ya he oído suficiente. —Me agarra del brazo—. Vámonos.

Hardin se acerca y ella da un paso atrás y me toma con más fuerza.

—Suéltela ahora mismo —dice con los dientes apretados.

Las uñas de color ciruela de mi madre se clavan en mi piel mientras intento procesar lo acontecido en los últimos dos minutos. No esperaba que ella irrumpiera en el departamento, y desde luego no esperaba que Trish dejara caer insinuaciones sobre otro de los muchos secretos de Hardin.

«¿Ha hecho esto antes? ¿A quién? ¿La amaba? Y ¿ella lo amaba a él?» Me dijo que nunca había estado con una chica virgen, y que nunca había querido a nadie. «¿Me mintió?» Su expresión de enojo me impide leerlo en su rostro.

—Tú ya no tienes nada que decir en lo que a ella se refiere —le espeta mi madre.

Sin embargo, sorprendiendo a todos los presentes, incluso a mí misma, libero mi brazo lentamente... y me coloco detrás de Hardin. Él se queda boquiabierto, como si no estuviera muy seguro de qué estoy haciendo. Trish y mi madre muestran la misma expresión de horror.

—¡Theresa! No seas estúpida. ¡Ven aquí! —me ordena mi madre.

En respuesta, envuelvo con los dedos el antebrazo de Hardin y me quedo escondida detrás de él. No sé por qué, pero lo hago. Debería irme con mi madre u obligar a Hardin a decirme de qué diablos está hablando Trish. Pero lo cierto es que sólo quiero que mi madre se vaya. Necesito unos minutos, unas horas..., un tiempo indefinido, para comprender qué está sucediendo. Acababa de perdonarlo. Acababa de decidir olvidarlo todo y seguir con él. ¿Por qué tiene que haber siempre algún secreto oculto que sale a la luz en el peor momento posible?

—Theresa. —Mi madre da otro paso hacia mí y Hardin hace el brazo hacia atrás para protegerme de ella.

—No se acerque —le advierte.

Trish se aproxima a su vez.

—Hardin, es su hija —interviene—. No tienes ningún derecho a entrometerte entre ellas.

—¿Que no tengo derecho? ¡Ella no tiene ningún derecho a irrumpir en nuestro departamento y en nuestro cuarto sin que nadie la haya invitado! —grita, y yo me aferro con más fuerza a su brazo.

—Ése no es su cuarto, y éste no es su departamento —replica mi madre.

—¡Sí lo es! ¿No ve detrás de quién está? Me está utilizando como escudo para que la proteja de usted —subraya Hardin mientras la señala con el dedo.

—Se está comportando de manera insensata y no sabe lo que le conviene...

Entonces, hallando por fin parte de mi voz, la interrumpo:

—¡Deja de hablar como si yo no estuviera presente! Estoy aquí, y soy una persona adulta, mamá. Si quiero quedarme, lo haré —anuncio.

Con ojos compasivos, Trish intenta convencerme:

—Tessa, cielo, creo que deberías escuchar a tu madre.

Su sutil manera de correrme se me clava en el pecho como un puñal de traición, pero no sé qué es lo que sabe acerca de su hijo.

—¡Gracias! —exclama mi madre aliviada—. Por fin alguien razonable en esta familia.

Trish le lanza una mirada de advertencia.

—Señora, no me gusta el modo en que trata a su hija, así que no piense que estamos en el mismo equipo, porque no es así.

Mi madre se encoge de hombros ligeramente.

—No importa, el caso es que las dos estamos de acuerdo en que tienes que marcharte de aquí, Tessa. Tienes que salir de este departamento para no volver jamás. Pediremos el traslado a otra facultad si es necesario.

—Puede tomar sus propias... —empieza Hardin.

—Te ha envenenado la mente, Theresa. Mira las cosas que te ha hecho. ¿Crees que lo conoces? —pregunta mi madre.

—Lo conozco —replico con los dientes apretados.

Mi madre centra la atención en Hardin. Viendo cómo su pecho asciende y desciende al ritmo de su respiración agitada, sus mejillas rojas de ira y sus manos formando puños con tanta fuerza que tiene los nudillos blancos, no sé cómo mi madre no tiene miedo de él. Debería sentirse intimidada y, sin embargo, le dice sin inmutarse:

—Si de verdad te importa lo más mínimo, pídele que se vaya. Hasta ahora sólo le has hecho daño. No es la misma chica que dejé en la universidad hace tres meses, y todo por tu culpa. Tú no la viste llorar durante días después de lo que le hiciste. Probablemente estabas de fiesta con otra chica mientras ella lloraba hasta quedarse dormida. La has destrozado. ¿Cómo puedes dormir por las noches? Sabes que acabarás haciéndole daño otra vez antes o después, de modo que, si te queda algo de decencia, dile... dile que venga conmigo.

Un silencio gélido invade la habitación.

Trish está sumida en sus pensamientos, con la mirada perdida en la pared, como si estuviera recordando las acciones pasadas de su hijo. Mi madre observa con furia a Hardin, esperando su respuesta. La respiración de él es tan agitada que temo que estalle en cualquier momento. Y yo... yo estoy intentando decidir qué voluntad ganará mi lucha interior: la de mi corazón o la de mi cabeza.

—No voy a ir contigo —digo por fin.

En respuesta a mi decisión, mi decisión adulta, una decisión que sé que acarreará consecuencias que tendré que asumir y que hará que tenga que soportar grandes dificultades mientras trato de averiguar si puedo estar con el hombre que amo o no, mi madre... pone los ojos en blanco.

Y entonces pierdo el control.

—No eres bienvenida aquí. ¡No vuelvas nunca! —le grito con toda la crudeza de que soy capaz—. ¿Quién te crees que eres para irrumpir aquí y hablarle de ese modo? —Me coloco delante de Hardin y me enfrento a ella cara a cara—. ¡No quiero tener ninguna relación contigo! ¡Nadie quiere! Por eso sigues sola después de todos estos años. ¡Eres cruel y prepotente! ¡Nunca serás feliz! —Tomo aliento y trago saliva al notar lo seca que tengo la garganta.

Mi madre me mira con una gran seguridad en sí misma y no poco desdén.

—Estoy sola porque así lo he decidido —espeta—. No necesito estar con nadie. Yo no soy como tú.

—¿Como yo? ¡Yo no necesito estar con nadie! Tú prácticamente me obligaste a estar con Noah. ¡Nunca creí poder tener elección en nada! Siempre me has controlado, pero eso se acabó. ¡Estoy harta! —Las lágrimas empiezan a descender por mis mejillas.

Mi madre frunce los labios como si estuviera considerando algo en serio, pero su voz está cargada de sarcasmo cuando dice:

—Está claro que tienes problemas de codependencia. ¿Esto es por culpa de tu padre?

Con los ojos adoloridos y, sin duda, inyectados en sangre y cargados con todo el daño que quiero infligirle, la miro. Empiezo a hablar despacio, y siento cómo poco a poco me voy acelerando frenéticamente:

—Te odio. Te odio con toda mi alma. Se fue por tu culpa. ¡Porque no te soportaba! Y no lo culpo. De hecho, ojalá me hubiese llevado con...

Y, en ese momento, la mano de Hardin me cubre la boca y sus fuertes brazos me estrechan contra su pecho.

CAPÍTULO 39

Hardin

No paraba de pensar en que más le valía a su madre no volver a darle una cachetada. No se me había ocurrido que Tessa fuera a ponerse a la defensiva de esta manera.

Tiene la cara roja de furia y sus lágrimas me empapan la mano.

¿Por qué su madre tiene que arruinarlo todo siempre? A pesar de lo mucho que la detesto, no la culpo por estar enfadada. Le hice daño a Tessa, pero no creo que le haya destruido la vida.

¿O sí?

Miro a mi madre en busca de ayuda. No sé qué hacer. Su mirada me indica que me odia. No quería que supiera lo que le hice a Tess. Sabía que eso la destrozaría, especialmente después de lo que pasó.

Pero ya no soy la persona que era entonces. Esto es totalmente diferente.

Amo a Tessa.

Entre todo el caos que causé, encontré el amor.

Ella grita en mi mano e intenta librarse de mí, pero no es lo bastante fuerte. Sé que si no la retengo su madre le dará otra cachetada y tendré que intervenir, o Tessa dirá algo de lo que se arrepentirá toda la vida.

—Creo que será mejor que se vaya —le digo a su madre.

Tessa se revuelve entre mis brazos y no para de darme patadas en la espinilla. Detesto verla enojada, especialmente así de enojada, aunque mi lado egoísta se alegra de que esta vez su ira no vaya dirigida contra mí.

«Sin embargo, pronto será así...»

Sé que su madre tiene razón con respecto a mí: no soy nada bueno para ella. No soy el hombre que Tessa cree que soy, pero la quiero demasiado como para permitir que me deje de nuevo. Acabo de recuperarla y no pienso volver a perderla. Sólo espero que me escuche, que escuche toda la historia. Aunque tampoco creo que cambie nada. Sé lo que va a pasar, y sé que no se quedará conmigo cuando lo sepa todo. «Carajo, ¿por qué ha tenido que abrir la boca mi madre?»

Guío a Tessa hacia el cuarto. De camino, ella se retuerce con tanta fuerza que ambos nos volvemos y nos encontramos frente a su madre de nuevo. Con una última mirada de odio, hace ademán de abalanzarse sobre ella, pero la retengo con fuerza.

La jalo hacia nuestra habitación, la suelto, me apresuro a cerrar la puerta y pongo el seguro.

Tessa dirige entonces su mirada letal hacia mí.

—¡¿Por qué has hecho eso?! Tú...

—Porque estabas diciendo cosas de las que te vas a arrepentir, y lo sabes.

—¡¿Por qué lo has hecho?! —grita—. ¿Por qué me has detenido? ¡Tengo tanta mierda que soltarle a esa zorra que ni siquiera... no sé por...! —Me empuja el pecho con las manos.

—Eh..., eh..., cálmate —protesto, intentando no recordar que está proyectando la ira que siente hacia su madre en mí. Sé que lo está haciendo.

Tomo su rostro entre las manos y acaricio sus pómulos con los pulgares, asegurándome de que me mira a los ojos mientras su respiración se relaja.

—Cálmate, nena —repito.

El furibundo rubor desaparece de sus mejillas y asiente lentamente.

—Voy a asegurarme de que se vaya, ¿de acuerdo? —digo en voz tan baja que casi parece un susurro.

Asiente de nuevo y se aleja para sentarse en la cama.

—Date prisa —me pide mientras salgo del cuarto.

En la sala me encuentro a la madre de Tessa sola, paseándose. Se vuelve hacia mí rápidamente, como un tigre al detectar una presa.

—¿Dónde está? —pregunta.

—No va a salir. Váyase y no vuelva. Lo digo en serio —replico con los dientes apretados.

Levanta una ceja.

—¿Me estás amenazando?

—Tómeselo como quiera, pero manténgase alejada de ella.

Esa mujer de manicura perfecta, tan contenida y remilgada, me lanza una mirada severa y asesina que sólo he visto en la gente que conforma el grupo de Jace.

—Todo esto es culpa tuya —dice tranquilamente—. Le has lavado el cerebro; ya no es capaz de pensar por sí misma. Sé lo que estás haciendo. He estado con hombres como tú. Supe que nos traerías problemas desde el primer día que te vi. Debería haber insistido en que Tessa se cambiara de habitación para evitar todo esto. Ningún hombre va a querer estar con ella después de esto..., después de ti. Mírate. —Agita la mano en el aire y se vuelve hacia la puerta.

La sigo hasta el descanso.

—De eso se trata, ¿no? De que nadie la quiera, nadie más que yo. Jamás estará con nadie que no sea yo —alardeo—. Siempre me elegirá a mí antes que a usted, antes que a nadie.

Da media vuelta y camina de nuevo en mi dirección.

—Eres el demonio, y no pienso desaparecer sin más —espeta—. Es mi hija, y es demasiado buena para ti.

Asiento rápidamente varias veces y después la miro de manera inexpresiva.

—Me aseguraré de recordarlo cuando me acueste con ella esta noche.

En cuanto las palabras salen de mi boca, sofoca un grito y levanta la mano para golpearme. La agarro de la muñeca y se la bajo suavemente. Jamás le haría daño, ni a ella ni a ninguna otra mujer, pero tampoco voy a permitir que me lo haga ella a mí.

Le ofrezco mi mejor sonrisa, doy media vuelta para regresar a mi departamento y le cierro la puerta en las narices.

CAPÍTULO 40

Hardin

Apoyo la cabeza en la puerta un momento y, cuando me vuelvo, me encuentro a mi madre de pie en la sala, mirándome con una taza de café en las manos y los ojos muy rojos.

—¿Dónde estabas? —digo.

—En el baño —responde con voz entrecortada.

—¿Cómo has podido decirle a Tessa que se vaya y que me deje? —pregunto.

Sabía que estaría decepcionada de mí, pero eso ha sido demasiado.

—Porque, Hardin —suspira y levanta las manos como si fuera obvio—, no eres bueno para ella, y lo sabes. No quiero que acabe como Natalie o las demás —añade negando con la cabeza.

—¿Sabes qué sucederá si me deja, mamá? Creo que no lo entiendes... No puedo vivir sin ella. Sé que no soy bueno para ella, y me arrepiento de lo que hice cada vez que la miro, pero puedo llegar a serlo. Sé que puedo.

Llego al centro de la sala y empiezo a pasearme de un lado a otro.

—Hardin..., ¿estás seguro de que no estás jugando otra vez?

—No, mamá... —Agacho la cabeza e intento mantener la calma—. Esto no es un juego para mí, esta vez no. La amo. La amo de verdad. —Miro a mi madre, buena y amable, a esa mujer que tanto ha tenido que soportar, y añado—: La amo tanto que no tengo palabras para describirlo, porque ni siquiera yo lo entiendo. Jamás pensé que podría sentirme de esta forma. Lo único que sé es que ella es mi única oportunidad para ser feliz. Si me deja, jamás me recuperaré. No lo haré, mamá. Ella es la única oportunidad que tengo de no pasarme solo el resto de mi vida. No sé qué chingados hice para merecerla, nada que yo sepa, pero me quiere. ¿Sabes lo que se siente cuando alguien te quiere a pesar de que tú te comportes como un mierda? Es demasiado buena para mí, y me ama. Y no tengo ni idea de por qué.

Mi madre se seca los ojos con el dorso de la mano y me obliga a detenerme un instante. Me resulta difícil continuar, pero digo:

—Siempre está ahí para mí, mamá. Siempre me perdona, aunque no debería. Siempre tiene las palabras adecuadas. Me tranquiliza, pero me desafía, hace que quiera ser un hombre mejor. Sé que soy un mierda, lo sé. La he cagado mucho, pero Tessa no puede dejarme. Ya no quiero estar solo, y jamás volveré a amar a nadie; ella es mi otra mitad. Lo sé. Es mi pecado definitivo, mamá, y me condenaré felizmente por ella.

Termino mi discurso casi sin aliento. Mi madre, con las mejillas húmedas, mira detrás de mí.

Me vuelvo y veo a Tessa con las manos en las caderas, los ojos abiertos como platos y las mejillas tan húmedas como las suyas.

Mi madre se suena la nariz y dice con voz suave:

—Voy a salir un rato... Les daré un poco de intimidad. —Se dirige a la puerta, se pone sus zapatos y su abrigo y sale de casa.

Me siento mal de que no haya muchos sitios adonde pueda ir en Nochebuena, y además está nevando, pero ahora mismo necesito estar a solas con Tessa. En cuanto mi madre sale por la puerta, cruzo la habitación para llegar hasta ella.

—Eso que... acabas de decir... ¿es en serio? —pregunta entre lágrimas.

—Sabes que sí —contesto.

Las comisuras de sus labios se curvan hacia arriba y recorre el pequeño espacio que nos separa para colocar una mano sobre mi pecho.

—Necesito saber qué hiciste.

—Lo sé..., pero prométeme que intentarás entenderlo...

—Cuéntamelo, Hardin.

—... y que sabes que no me siento orgulloso de nada de esto.

Tessa asiente. Inspiro hondo mientras ella nos guía hacia el sillón. Ni siquiera sé por dónde chingados empezar.

CAPÍTULO 41

Tessa

El rostro de Hardin palidece. Se frota las rodillas con las manos y se pasa los dedos por el pelo. Mira al techo y luego al suelo. Seguro que, en su interior, de algún modo espera que todo eso retrase esta conversación eternamente.

Pero por fin comienza:

—En casa tenía un maldito grupo de amigos. Imagino que eran como Jace... Teníamos una especie de... juego, supongo. Elegíamos a una chica... elegíamos a una chica para el otro, y competíamos por ver quién conseguía acostarse con la suya primero.

Se me revuelve el estómago.

—El que ganaba se llevaba a la chava más buena a la semana siguiente, y había dinero de por medio...

—¿Cuántas semanas? —pregunto, y me arrepiento al instante. No quiero saberlo, pero he de hacerlo.

—Sólo habían pasado cinco semanas cuando una chica...

—Natalie —digo, atando cabos.

Hardin mira hacia la ventana.

—Sí... Natalie fue la última.

—Y ¿qué le hiciste? —Me aterra la respuesta.

—La tercera semana... James pensó que Martin estaba mintiendo, de modo que se le ocurrió la idea de aportar pruebas...

«Pruebas.» Esa palabra siempre me atormentará. Las sábanas manchadas de sangre me vienen a la cabeza y empieza a dolerme el pecho.

—No el mismo tipo de pruebas... —Sabe lo que estoy pensando—. Fotos...

Me quedo boquiabierta.

—¿Fotos?

—Y un video... —admite, y se cubre el rostro con sus grandes manos.

«¿Un vídeo?»

—¿Te grabaste acostándote con alguien? ¿Ella lo sabía? —pregunto, aunque sé la respuesta antes incluso de que niegue con la cabeza—. ¿Cómo pudiste hacerlo? ¿Cómo pudiste hacerle eso a alguien? —Empiezo a llorar.

De repente soy consciente de que no conozco a Hardin en absoluto, y tengo que tragarme la bilis que asciende por mi garganta. Me aparto de él de manera instintiva, y veo el dolor reflejado en sus ojos.

—No lo sé... Entonces no me importaba. Para mí sólo era una diversión... Bueno, verdadera diversión no, pero no me importaba.

Su sinceridad me destroza el alma y, por una vez, añoro los días en los que me lo ocultaba todo.

—Y ¿qué pasó con Natalie? —pregunto con voz ronca mientras me seco las lágrimas.

—Cuando James vio su video... quiso cogérsela también. Y cuando ella lo rechazó, le enseñó el video a todo el mundo.

—¡Ay! Pobre chica. —Me siento muy mal por lo que le hicieron, por lo que Hardin le hizo.

—El video se extendió tan rápido que sus padres se enteraron ese mismo día. Su familia era muy importante en su comunidad eclesiástica... y la noticia no les cayó muy bien. La corrieron de casa y, cuando se difundió la noticia, perdió su beca para la universidad privada a la que iba a ir ese otoño.

—Le arruinaste la vida —digo en voz baja.

Hardin le arruinó la vida a esa chica, del mismo modo en que una vez amenazó con arruinarme la mía. ¿Acabaré como ella? ¿Soy como ella ya?

Lo miro.

—Dijiste que nunca antes habías estado con una virgen.

—No era virgen. Ya lo había hecho con otro tipo. Pero ésa fue la razón por la que mi madre me envió aquí. Todo el mundo allí sabía lo que había pasado. Yo no salía en el video. Bueno, me la estaba cogiendo, pero no me veía, sólo se veían algunos de los tatuajes de mis brazos.

—Se agarra uno de los puños con la palma de la otra mano—. Allí ahora se me conoce básicamente por eso...

La cabeza me da vueltas.

—¿Qué dijo cuando descubrió lo que habías hecho?

—Que se había enamorado de mí..., y me preguntó si podía quedarse en mi casa hasta que encontrara algún otro sitio adonde ir.

—Y ¿la dejaste?

Niega con la cabeza.

—¿Por qué?

—Porque no quería, me daba igual lo que le ocurriera.

—¿Cómo puedes ser tan frío respecto a esto? ¿Es que no entiendes lo que le hiciste? La engatusaste. Te acostaste con ella y la grabaste. Se lo enseñaste a tus amigos y básicamente a todo el instituto. ¡Perdió la beca y a su familia por tu culpa! Y ¡¡ni siquiera tienes la compasión de ayudarla cuando no tiene ningún otro sitio adonde ir?! —grito poniéndome en pie—. ¿Dónde está ahora? ¿Qué fue de ella?

—No lo sé. No me molesté en averiguarlo.

Lo que más me horroriza de todo esto es la calma y la frialdad con la que me lo cuenta. Esto es nauseabundo. Empiezo a ver un patrón, veo las similitudes entre Natalie y yo. Yo también me quedé sin ningún sitio adonde ir por culpa de Hardin. Ya no tengo relación con mi madre por culpa de Hardin. Me enamoré de él mientras me estaba utilizando como parte de algún juego cruel.

Él se levanta también, pero mantiene los pocos centímetros que nos separan.

—Dios mío... —Mi cuerpo entero empieza a temblar—. Me grabaste, ¿verdad?

—¡No! ¡Carajo, no! ¡Jamás te haría eso a ti, Tessa! ¡Te juro que no lo hice!

No debería, pero una parte de mí le cree, al menos en esto.

—¿A cuántas más se lo has hecho? —pregunto.

—¿El qué?

—Grabarlas.

—Sólo a Natalie... hasta que llegué aquí.

—¿Lo volviste a hacer? Después de lo que le hiciste a esa pobre chica, ¡¡lo volviste a hacer?! —grito.

—Una vez... a la hermana de Dan —dice.

«¿A la hermana de Dan?»

—¿A la hermana de tu amigo Dan? —Ahora todo encaja—. ¡A eso se refería Jace cuando se estaban peleando!

Me había olvidado de la pelea entre Dan y Hardin, pero Jace hizo alusión a una tensión previa entre ambos.

—¿Por qué hiciste eso si era tu amigo? ¿Se lo enseñaste a todo el mundo?

—No, no se lo enseñé a nadie. Lo borré después de mandarle a Dan una captura de pantalla... La verdad es que no sé por qué lo hice. Se comportó como un cabrón diciéndome que me mantuviera alejado de ella cuando la trajo al grupo la primera vez, y me entraron ganas de cogérmela sólo para joderlo. Es un auténtico pendejo, Tessa.

—Pero ¿es que no te das cuenta de lo horrible que es esto? ¡¿No te das cuenta de lo horrible que eres?! —grito.

—¡Claro que sí, Tessa! ¡Ya lo sé!

—Pensaba que lo de mi apuesta era lo peor que habías hecho... pero es increíble, esto es aún peor.

La historia de Natalie no me duele ni la mitad de lo que me dolió descubrir lo de la apuesta que tenían Hardin y Zed, pero es mucho peor, porque es más vil y vomitiva, y hace que me cuestione todo lo que creía que sabía sobre él. Sabía que no era perfecto, ni mucho menos, pero esto alcanza nuevos niveles de perversión.

—Todo esto fue antes de conocerte a ti, Tessa, forma parte de mi pasado. Por favor, deja que siga siendo así —me ruega—. Ya no soy esa persona, tú me has convertido en alguien mejor.

—¡Hardin, ni siquiera te importa lo que les hiciste a esas chicas! Ni siquiera te sientes culpable, ¿verdad?

—Claro que sí.

Ladeo la cabeza y lo miro con recelo.

—Pero sólo porque yo lo sé ahora. —Al ver que no me lo discute, reitero lo dicho—: ¡No te importan, ni ellas ni nadie!

—¡Es cierto! No me importan. ¡La verdad es que no me importa nadie una mierda, excepto tú! —me grita en respuesta.

—¡Esto es demasiado, Hardin! Incluso para mí... La apuesta, el departamento, las peleas, las mentiras, volver juntos, mi madre, tu madre, la Navidad... Maldita sea, es demasiado. Ni siquiera me das un respiro entre todos estos... todos estos problemas. Cuando por fin supero una cosa, surge otra. ¡Qué más habrás hecho! —Empiezo a llorar—. No te conozco en absoluto, ¿verdad?

—¡Claro que me conoces, Tessa! Ése no era yo. Éste soy yo. Éste soy yo ahora. ¡Te quiero! Haré cualquier cosa por ti, para que veas que éste soy yo, el hombre que te quiere más que al aire que respira, el hombre que baila en las bodas y que te observa dormir, el hombre que no puede empezar el día hasta que me besas, el hombre que preferiría morir a estar sin ti. Éste soy yo, así es como soy. Por favor, no dejes que esto arruine lo nuestro, por favor, nena.

Me mira con sus ojos verdes y vidriosos y sus palabras me conmueven, pero no es suficiente. Da un paso hacia mí, y retrocedo. Necesito pensar. Levanto una mano en su dirección.

—Necesito tiempo. Ahora mismo esto es demasiado para mí.

Deja caer los hombros y parece aliviado.

—Está bien..., está bien... Tómate un tiempo para pensar.

—Lejos de ti —me explico.

—No...

—Sí, Hardin, no puedo pensar con claridad a tu lado.

—No, Tessa, no vas a ir a ninguna parte —dice a modo de orden.

—No vas a decirme lo que puedo o no puedo hacer —le espeto.

Suspira, hunde los dedos en su pelo y jala con fuerza las raíces.

—Está bien... Está bien... Pero deja que me vaya yo. Quédate tú aquí.

Quiero replicar, pero lo cierto es que no deseo irme. Ya estoy harta de habitaciones de hotel, y mañana es Navidad.

—Volveré por la mañana..., a menos que necesites más tiempo —dice.

Se pone los zapatos y alarga la mano hacia el portallaves y entonces se da cuenta de que su madre se llevó su coche.

—Llévate el mío —digo.

Asiente y se aproxima a mí.

—No —digo, y levanto la mano de nuevo—. Y todavía llevas puesta la pijama.

Frunce el ceño y mira hacia abajo. Se dirige al cuarto y sale dos minutos después completamente vestido. Se detiene para mirarme a los ojos.

—Por favor, recuerda que te quiero y que he cambiado —dice una vez más antes de irse y dejarme totalmente sola en el departamento.

CAPÍTULO 42

Tessa

«¿Qué diablos voy a hacer?»

Me dirijo al cuarto y me siento en la cama. Todo esto me ha revuelto el estómago. Sabía que Hardin no había sido una buena persona en el pasado, y sabía que habría más cosas que no me gustaría oír, pero de todo a que me había imaginado que podía estar refiriéndose Trish, esto no se me había pasado por la cabeza ni por un instante. Abusó de esa chica de una manera espantosa y deplorable, y no tuvo ningún tipo de remordimientos; apenas sí los tiene ahora.

Intento inspirar y espirar lentamente mientras las lágrimas descienden por mis mejillas. Para mí, la peor parte es saber su nombre. Sé que es triste, pero si se tratara sólo de una chica anónima podría fingir de alguna manera que no existió. Saber que se llama Natalie me genera demasiados pensamientos. ¿Qué aspecto tiene? ¿Qué pensaba estudiar en la universidad antes de que Hardin le arrebatase su beca? ¿Tiene hermanos o hermanas? ¿Vieron ellos el video? Y, si Trish no lo hubiera mencionado, ¿me habría enterado de esto alguna vez?

¿Cuántas veces se acostaron? ¿Le gustó a Hardin?... Claro que le gustó. Es sexo, y es evidente que él lo practicaba con mucha frecuencia. Con otras chicas. Con muchas otras chicas. ¿Se quedó a pasar con Natalie la noche después de hacerlo? ¿Por qué siento celos de ella? Debería sentir lástima, no envidia por haber tocado a Hardin. Descarto ese pensamiento y vuelvo a centrarme en la clase de persona que es él en realidad.

Debería haberle dicho que se quedara para hablar de todo esto; siempre me voy o, en este caso, hago que se vaya él. El problema es que su presencia elimina todo el autocontrol que debería tener.

Me gustaría saber qué le sucedió a Natalie después de que Hardin le arruinó la vida; saber si ahora es feliz y lleva una buena vida. Así me sentiría algo mejor. Ojalá tuviera una amiga con la que hablar de todo esto, alguien que supiera aconsejarme. Pero aunque la tuviera, jamás divulgaría la indiscreción de Hardin. No quiero que nadie sepa lo que les ha hecho a esas chicas. Sé que es absurdo que intente protegerlo cuando no se lo merece, pero no puedo evitarlo. No quiero que nadie piense mal de él, y sobre todo no quiero que él tenga un concepto peor de sí mismo del que ya tiene.

Me recuesto sobre las almohadas y me quedo mirando el techo. Acababa de superar..., bueno, estaba superando el hecho de que me hubiera utilizado para ganar una apuesta. Y ¿ahora me entero de todo esto? Natalie, y cuatro chicas más, ya que ha dicho que lo de ella fue en la quinta semana. Y luego la hermana de Dan. Es una especie de ciclo, así es como actúa. ¿Será capaz de dejar de hacerlo? ¿Qué me habría pasado si no se hubiera enamorado de mí?

Sé que me quiere, que me quiere de verdad. Lo sé.

Y yo lo amo a pesar de todos los errores que comete y que ha cometido en el pasado. He visto cambios en él, incluso durante la última semana. Nunca había expresado lo que siente por mí como lo ha hecho hoy. Ojalá esa bonita declaración no hubiera venido acompañada de esa espantosa revelación.

Dijo que yo era su única oportunidad de ser feliz, que soy la única oportunidad que tiene de no pasarse la vida solo. Qué afirmación tan enorme, tan veraz. Nadie lo amará nunca como yo lo hago. No porque no sea merecedor de ello, sino porque nadie lo conocerá jamás como lo conozco yo. O lo conocía. ¿Lo conozco todavía? No estoy segura, pero quiero creer que sí, que conozco a su verdadero ser. La persona que es ahora no es la misma que era hace sólo unos meses.

A pesar del dolor que me ha causado, también ha hecho mucho para demostrarme que me quería. Se ha esforzado muchísimo para ser la persona que necesito que sea. Puede cambiar, le he visto hacerlo. En el fondo pienso que ya es hora de que acepte mi parte de culpa en este caso, no por lo que le hizo a Natalie, sino por ser tan dura con él cuando sé que cambiar requiere tiempo y que nadie puede borrar su pasado. Lo que hizo estuvo mal, tremendamente mal, pero a veces olvido que es un hombre solitario y enojado que hasta ahora no había amado a nadie. Quiere a su madre, a su manera, que no es la típica manera en que la gente suele querer a sus padres.

Al mismo tiempo, sin embargo, estoy harta. Harta de este ciclo con Hardin. El principio de nuestra relación fue un constante toma y daca. Se mostraba cruel, después agradable, después cruel otra vez. Ahora el ciclo ha evolucionado en cierto modo, pero es peor. Mucho peor. Lo dejo, después volvemos, y luego vuelvo a dejarlo. No puedo seguir haciendo esto, no podemos seguir así. Como me esté ocultando algo más, me destrozará. Apenas puedo mantenerme en pie ahora. No soportaré más secretos, más desengaños, más rupturas. Antes siempre lo tenía todo planeado. Calculaba y sobreanalizaba cada detalle de mi vida, hasta que Hardin apareció. Ha puesto mi existencia patas arriba, en muchas ocasiones de un modo negativo. Pero aun así me ha hecho más feliz de lo que nunca lo había sido.

Necesitamos estar juntos e intentar superar todas las cosas horribles que ha hecho, o tengo que cortar definitivamente. Si lo dejo, tendré que irme de aquí e irme muy lejos. Necesito dejar atrás todo lo que me recuerde mi vida con él o jamás podré dar vuelta a la página.

Y de repente me doy cuenta de que las lágrimas han cesado, indicándome que ya tengo mi veredicto. El dolor que siento al considerar dejarlo es mucho peor que el que él me ha causado.

No puedo dejarlo, ahora ya lo sé.

Soy consciente de lo patético que resulta, pero no puedo vivir sin él. Nadie me hará sentir jamás como él me hace sentir. Nadie será nunca como él. Él es mi otra mitad, del mismo modo en que yo lo soy para él. No debería haber permitido que se fuera. Necesitaba tiempo para pensar y debería tomarme un poco más, pero ya estoy deseando que vuelva. «¿Es siempre así el amor? ¿Es siempre tan apasionado y tan tremendamente doloroso?» No tengo ninguna experiencia con la que comparar.

Al oír la puerta de casa, me levanto de la cama y corro a la sala, pero me llevo una gran decepción al encontrarme con Trish en vez de con Hardin.

Cuelga las llaves de su hijo en el portallaves y se quita los zapatos cubiertos de nieve. No sé qué decirle después de que me dijo que me fuera con mi madre.

—¿Dónde está Hardin? —pregunta mientras se dirige a la cocina.

—Se fue. Esta noche no volverá —le explico.

Se vuelve hacia mí.

—Vaya.

—Si lo llamas te dirá dónde está, si no quieres pasar la noche aquí... conmigo.

—Tessa —dice, y es evidente que está buscando las palabras adecuadas, pero la compasión se refleja claramente en su rostro—. Lamento lo que dije. No quiero que pienses que tengo nada en contra de ti, porque no es así. Sólo quería protegerte de lo que Hardin puede llegar a hacerte. No quiero que...

—¿Que acabe como Natalie?

Veo en su rostro que el recuerdo le hace daño.

—¿Te lo contó?

—Sí.

—¿Todo? —Detecto la duda en su voz.

—Sí, lo del video, las fotos, la beca. Todo.

—Y ¿sigues aquí?

—Le dije que necesitaba tiempo y espacio para pensar, pero sí. No pienso irme a ninguna parte.

Asiente, y ambas nos sentamos a la mesa, una enfrente de la otra. Al ver que me mira con los ojos abiertos como platos, sé lo que está pensando, de modo que le digo:

—Sé que ha hecho cosas horribles, cosas deplorables, no obstante lo creo cuando dice que ha cambiado. Él ya no es esa persona.

Trish coloca una mano sobre la otra.

—Tessa, es mi hijo, y lo quiero, pero tienes que pensar bien todo esto. A ti te hizo lo mismo que había hecho antes. Sé que te quiere, ahora lo sé, aunque me temo que el daño ya está hecho.

Asiento, y aprecio su sinceridad, pero le digo:

—No es cierto. Bueno, el daño sin duda está hecho, pero no es irreversible. Y me corresponde a mí averiguar cómo sobrellevar lo de su pasado. Si se lo recrimino, ¿cómo va a avanzar y dejarlo atrás? ¿Acaso ya no merece que nunca nadie lo ame por sus errores? Sé que seguramente pensarás que soy una ingenua y una estúpida por perdonarlo, pero quiero a tu hijo y yo tampoco puedo vivir sin él.

Trish chasquea suavemente la lengua y niega con la cabeza.

—Tessa, no creo que seas ninguna de esas cosas. En todo caso, que seas capaz de perdonarlo denota madurez y compasión. Mi hijo se odia a sí mismo, siempre lo ha hecho, y creía que siempre lo haría, hasta que apareciste tú. No sé qué hice mal con Hardin. Intenté ser la mejor madre que pude, pero todo era tan difícil cuando su padre se fue... Tenía que trabajar mucho, y no le presté la atención que debería haberle prestado. De haberlo hecho, tal vez ahora respetaría más a las mujeres.

Sé que, si no hubiese llorado ya todo lo que tenía que llorar hoy, ahora mismo estaría haciéndolo otra vez. Se siente tan culpable que me dan ganas de consolarla.

—Hardin no es así por tu culpa —digo—. Creo que tiene mucha relación con los sentimientos hacia su padre y con la clase de amistades que tiene, y estoy trabajando en ambas cosas. Por favor, no te culpes. Nada de esto es culpa tuya.

Trish alarga los brazos y le ofrezco mis manos. Me las toma, y dice:

—Eres la persona con el corazón más grande que he conocido en mis treinta y cinco años de vida.

Levanto una ceja.

—¿Treinta y cinco?

—Oye, déjame en paz. Los aparento, ¿no? —Sonríe.

—Claro —respondo, y me río.

Hace veinticinco minutos estaba llorando y al borde de un ataque de nervios, y ahora me estoy riendo con Trish. En el momento en que decidí dejar que el pasado de Hardin siguiese ahí, en el pasado, sentí cómo la tensión abandonaba mi cuerpo.

—Debería llamarlo y comunicarle mi decisión —digo.

Trish ladea la cabeza y sonríe con malicia.

—Yo creo que no le vendrá mal un poco más de tiempo de sufrimiento.

No me atrae la idea de seguir torturándolo, pero lo cierto es que necesita pensar en todo lo que ha hecho.

—Supongo que no...

—Creo que necesita saber que las malas decisiones tienen consecuencias. —Y después, con una mirada pícara, añade—: ¿Qué te parece si preparo la cena y después lo sacas de la incertidumbre?

Me alegro de contar con su sentido del humor y sus consejos para sacarme de mi triste confusión con respecto al pasado de Hardin. Estoy dispuesta a dejar esto atrás, o al menos a intentarlo, pero es verdad que necesita saber que estas cosas no están bien, y yo necesito saber si hay algún otro demonio de su pasado esperando para arrollarme.

—¿Qué se te antoja?

—Cualquier cosa. ¿Te ayudo? —me ofrezco, pero ella niega con la cabeza.

—Tú relájate. Has tenido un día largo, con todo el problema de Hardin... y lo de tu madre.

Pongo los ojos en blanco.

—Sí..., es una mujer complicada.

Sonríe y abre el refrigerador.

—¿«Complicada»? Yo habría usado otra palabra, pero se trata de tu madre...

—Es una z... —replico evitando decir la palabra completa delante de Trish.

—Sí, es una zorra. Yo lo diré por ti. —Se ríe, y yo la acompaño.

Trish cocina tacos de pollo para cenar, y mientras tanto platicamos un poco sobre la Navidad, el tiempo, y cualquier cosa menos lo que realmente tengo en la cabeza: Hardin.

La verdad es que creo que me está matando literalmente el hecho de no llamarlo para decirle que vuelva a casa ahora mismo.

—¿Crees que ya ha sufrido bastante? —digo sin admitir que he estado contando los minutos.

—No, pero no es decisión mía —responde su madre.

—Tengo que hacerlo.

Salgo de la cocina para llamarlo. Cuando contesta, la sorpresa en su voz es evidente.

—¿Tessa?

—Hardin, aún tenemos mucho de que hablar, pero me gustaría que volvieses a casa para poder hacerlo.

—¿Ya? Sí..., sí, ¡por supuesto! —dice apresuradamente—. Ahora mismo salgo.

—Bien... —digo, y cuelgo.

No tengo mucho tiempo de repasarlo todo en mi cabeza antes de que llegue. Necesito ser firme y asegurarme de que entiende que lo que hizo está mal, pero que lo quiero de todos modos.

Me paseo de un lado a otro por el frío suelo de concreto, esperando. Después de lo que me parece una hora, oigo la puerta de entrada y las fuertes pisadas de sus botas avanzando por el pequeño pasillo.

Cuando la puerta del cuarto se abre, se me parte el corazón por enésima vez.

Tiene los ojos hinchados e inyectados en sangre. No dice nada. En lugar de hacerlo, se acerca y me deja un objeto pequeño en la mano. «¿Un papel?»

Lo miro mientras me cierra el puño alrededor del papel doblado.

—Léelo antes de tomar una decisión —dice con voz suave.

Después me da un beso en la sien y se dirige a la sala.

CAPÍTULO 43

Tessa

Conforme desdoblo el papel, abro unos ojos como platos de la sorpresa. Toda la hoja está llena de garabatos negros, por delante y por detrás. Es una carta de Hardin.

Casi tengo miedo de leerla..., pero sé que debo hacerlo.

Tess:

Puesto que no se me dan bien las palabras a la hora de relatar mi vida interior, puede que le haya robado algunas al señor Darcy, ese que tanto te gusta. Te escribo sin ninguna intención de afligirte ni de humillarme a mí mismo insistiendo en unos deseos que, para la felicidad de ambos, no pueden olvidarse tan fácilmente; el esfuerzo de redactar y de leer esta carta podría haberse evitado si mi modo de ser no me obligara a escribirla y a que tú la leas. Por tanto, perdóname que me tome la libertad de solicitar tu atención; aunque ya sé que habrás de concedérmela de mala gana, te lo pido en justicia...

Sé que te he hecho demasiadas chingaderas, y que no te merezco, pero te pido..., no, te ruego que, por favor, pases por alto las cosas que he hecho. Soy consciente de que siempre te pido demasiado, y lo lamento. Si pudiera volver atrás y borrarlo todo, lo haría. Sé que estás enojada y decepcionada por mis actos, y eso me mata. En lugar de inventarme excusas que justifiquen mi manera de ser, voy a hablarte sobre mí, sobre la persona que no conociste. Voy a empezar por las cosas que recuerdo. Seguro que hay más, pero juro que a partir de hoy no volveré a ocultarte nada a propósito. Cuando tenía nueve años, robé la bici de mi vecino y rompí la rueda, y mentí al respecto. Ese mismo año lancé una pelota de béisbol por la ventana de la sala y también mentí al respecto. Ya sabes lo de mi madre y los soldados. Mi padre se fue poco después, y yo me alegré cuando lo hizo.

No tenía muchos amigos porque era un cabrón. Molestaba a los chicos de mi clase a menudo. Prácticamente todos los días. Fui un imbécil con mi madre. Ése fue el último año que le dije que la quería. Seguí molestando a la gente y comportándome como un pendejo con todo el mundo hasta ahora, así que no puedo nombrar todas las situaciones, pero quiero que sepas que fueron muchas. A los trece años, unos amigos y yo entramos en una tienda y robamos un montón de cosas de forma aleatoria. No sé por qué lo hicimos, pero cuando atraparon a uno de mis amigos, lo amenacé para que asumiese toda la culpa, y lo hizo. Me fumé mi primer cigarrillo a los trece. Me supo a mierda y me pasé diez minutos tosiendo. No volví a fumar hasta que empecé con la hierba, pero ya llegaremos ahí.

A los catorce perdí la virginidad con la hermana mayor de mi amigo Mark. Era una zorra y tenía diecisiete años entonces. Fue una experiencia incómoda, pero aun así me gustó. Se acostó con todos nuestros amigos, no sólo conmigo. Después de hacerlo por primera vez, no volví a hacerlo hasta los quince años, pero después de eso ya no paré. Me metía con cualquiera en fiestas, siempre mentía acerca de mi edad y las chicas eran fáciles. A ninguna de ellas le importaba una mierda, ni ellas a mí tampoco. Empecé a fumar hierba ese mismo año, y lo hacía con frecuencia. Comencé a beber más o menos al mismo tiempo, mis amigos y yo robábamos alcohol de casa o de cualquier sitio que podíamos. Empecé a pelearme mucho también. Recibí lo mío algunas veces, pero la mayoría ganaba yo. Siempre estaba muy enojado, siempre, y me hacía sentir bien herir a otros. Provocaba peleas todo el tiempo por diversión. La peor fue con un chico llamado Tucker, que provenía de una familia pobre. Llevaba ropa vieja y gastada y yo lo torturaba por ello. Le hacía marcas en la camisa con una pluma sólo para demostrar cuántas veces se la ponía sin lavarla. Sí, sé que fui un cabrón.

Un día lo vi caminando y lo golpeé en el hombro sólo por molestar. Él se enojó y me llamó cabrón, de modo que le metí una buena golpiza. Le rompí la nariz, y su madre ni siquiera tenía dinero para llevarlo al médico. Después de aquello seguí haciéndole la vida imposible. Unos meses después, su madre murió y él acabó en una casa de acogida, de gente rica, por suerte para él. El día que yo cumplía dieciséis años, pasó por delante de mí en un coche. Era un vehículo de último modelo. Verlo me encabronó y quise buscarlo para romperle la nariz otra vez pero, ahora, al pensarlo, me alegro por él.

Voy a saltarme el resto de los dieciséis porque lo único que hice fue beber, drogarme y pelearme. Y eso se aplica asimismo a los diecisiete. Robé algunos coches y también rompí algunas ventanas. A los dieciocho años conocí a James. Me caía bien porque le valía madres todo, como a mí. Bebíamos todos los días, el grupo entero. Llegaba a casa borracho todas las noches y vomitaba en el suelo, y después mi madre tenía que limpiarlo. Rompía algo nuevo casi a diario... Teníamos nuestra pequeña banda y nadie se metía con nosotros, sabían que no les convenía.

Entonces empezaron los juegos, los que ya te he contado, y ya sabes lo que pasó con Natalie. Eso fue lo peor de todo, te lo juro. Sé que te disgusta que no me importara lo que le sucediera. No sé por qué no me importó, pero así fue. Justo ahora, mientras manejaba hasta esta habitación de hotel vacía, estaba pensando en Natalie. Sigo sin sentirme tan mal como debería, pero me he puesto a pensar en qué pasaría si alguien te hiciera eso a ti. Casi he tenido que detener el coche para vomitar sólo de pensar que algún día pudieras estar en su lugar. Estuvo mal, muy mal lo que le hice. Una de las otras chicas, Melissa, también se clavó conmigo, pero no pasó nada. Era odiosa y le gustaba llamar la atención. Le dije a todo el mundo que tenía problemas de higiene ahí abajo..., de modo que todo el mundo se ensañó con ella y dejó de molestarme. Me arrestaron una vez por estar borracho en público, y mi madre se enojó tanto que me dejó en la comisaría toda la noche. Y cuando la gente se enteró de lo de Natalie..., aquello fue la gota que derramó el vaso. Me puse hecho una furia cuando mencionó que iba a mandarme a los Estados Unidos. No quería dejar mi vida, por muy jodida que ésta fuera, por muy jodido que estuviera yo. Pero cuando le di una golpiza a alguien delante de una multitud durante un festival, me mandó aquí. Solicité plaza en la WCU y me admitieron, claro.

Al principio de llegar a los Estados Unidos lo odiaba. Lo odiaba todo. Estaba tan enojado por tener que vivir cerca de mi padre que me rebelé todavía más. Bebía y estaba de fiesta en la casa de la fraternidad todo el tiempo. Conocí a Steph. Me metí con ella en una fiesta, y ella me presentó al resto de sus amigos. Nate y yo hicimos buenas migas. Dan y Jace eran unos cabrones, Jace el peor de los dos. Ya sabes lo de la hermana de Dan, así que me saltaré esa parte. Me cogí a unas cuantas chicas después, pero no tantas como puedas pensar. Me acosté con Molly una vez después de que tú y yo nos besáramos, pero sólo lo hice porque no podía dejar de pensar en ti. No podía sacarte de mi cabeza, Tess. Imaginé que eras tú todo el tiempo con la esperanza de que eso ayudara, pero no fue así. Sabía que no eras tú. Tú lo habrías hecho mejor. No paraba de repetirme que si te veía una vez más me daría cuenta de que lo que sentía no era más que una fascinación absurda, pura lujuria. Pero cada vez que te veía quería más y más. Se me ocurrían maneras de encabronarte sólo para oír cómo pronunciabas mi nombre. Quería saber qué pensabas en clase cuando mirabas tu libro con el ceño fruncido. Quería alisarte la arruga que se te formaba entre las cejas. Quería saber qué susurraban Landon y tú. Quería saber hasta lo que escribías en tu maldita agenda. Casi te la quito aquel día que se te cayó y yo te la di. No lo recordarás, pero llevabas puesta una camisa morada y aquella horrible falda gris que solías ponerte casi todos los días.

Después de aquella vez que tiré tus apuntes al aire en tu cuarto y te besé contra la pared, estaba demasiado clavado como para mantenerme alejado de ti. Pensaba en ti constantemente. Consumías todos mis pensamientos. Al principio no sabía qué era, no sabía por qué me había obsesionado tanto contigo. La primera vez que pasaste la noche conmigo, lo supe. Supe que te quería. Supe que haría cualquier cosa por ti. Sé que no me creerás, después de todo lo que te he hecho sufrir, pero es la verdad. Te lo juro.

Me pasaba el día soñando despierto. Soñaba con la vida que podía tener contigo. Te imaginaba sentada en el sillón con una pluma entre los dientes, leyendo una novela, con los pies en mis piernas. No sé por qué, pero no podía quitarme esa imagen de la cabeza. Me torturaba quererte así sabiendo que tú jamás sentirías lo mismo. Amenacé a todo aquel que intentaba sentarse en el asiento al lado del tuyo. Amenacé a Landon para asegurarme de poder sentarme ahí, sólo para estar cerca de ti. Me repetía mil veces que sólo hacía todas esas cosas extrañas para ganar la apuesta. Sabía que me estaba engañando a mí mismo, pero no estaba preparado para admitir la verdad. Hacía cosas, tonterías, que alimentaban mi obsesión por ti. Subrayaba frases en mis novelas que me recordaban a ti. ¿Quieres oír la primera? Era: «Bajó a la pista, evitando mirarla durante un buen rato, como si se tratara del sol; pero, aunque no la miraba, la veía, como sucede con el sol».

Supe que te amaba mientras subrayaba a Tolstói.

Cuando te dije que te quería delante de todos, lo decía de verdad, pero fui un pendejo por no admitirlo cuando me rechazaste. El día en que me dijiste que me querías, fue la primera vez que sentí que había esperanza, esperanza para mí, para nosotros. No sé por qué seguí haciéndote daño y tratándote como lo hice. No voy a hacerte perder el tiempo con una excusa, porque no tengo ninguna. Sólo tengo estos malos instintos y costumbres, y estoy intentando combatirlos por ti. Lo único que sé es que me haces feliz, Tess. Me quieres a pesar de que no deberías, y te necesito. Siempre te he necesitado y siempre lo haré. Cuando me dejaste la semana pasada creía que me iba a morir. Estaba muy perdido. Estaba completamente perdido sin ti. Salí con una chica la semana pasada. No iba a contártelo, pero no quiero arriesgarme a volver a perderte. En realidad no fue nada. No pasó nada entre nosotros. Estuve a punto de besarla, pero me detuve. No podía besarla, no podía besar a nadie que no fueras tú. Era aburrida y no podía compararse contigo. Nadie puede, y nadie podrá.

Sé que seguramente ya es muy tarde, y más ahora que sabes todo el mal que he hecho. Sólo me queda cruzar los dedos y esperar para que me quieras del mismo modo después de leer esto. Y, si no es así, no importa. Lo entiendo. Sé que puedes encontrar a alguien mejor que yo. Yo no soy romántico; nunca te escribiré un poema ni te cantaré una canción.

Ni siquiera soy simpático.

No puedo prometerte que no volveré a hacerte daño, pero sí puedo jurarte que te amaré hasta el día que me muera. Soy una persona horrible y no te merezco, pero espero que me des la oportunidad de hacer que recuperes la fe en mí. Siento todo el dolor que te he causado, y entenderé que no puedas perdonarme.

Lo siento, no pretendía que esta carta fuera tan larga. Supongo que la he cagado más veces de las que imaginaba.

Siempre te querré.

Hardin

Me quedo sentada mirando el papel con la boca abierta y después lo releo dos veces. No sé qué esperaba, pero desde luego no era esto. ¿Cómo puede decir que no es romántico? La pulsera de dijes que llevo en la muñeca y esta preciosísima carta, aunque algo perturbadora, demuestran lo contrario. Incluso ha utilizado el primer párrafo de la carta de Darcy a Elizabeth.

Ahora que me ha expuesto su alma, no puedo sino amarlo más todavía. Ha hecho muchas cosas que yo jamás haría, cosas horribles que han causado daño a mucha gente, pero a mí lo que más me importa es que ya no las hace. No siempre ha hecho lo correcto, pero no puedo pasar por alto todos sus esfuerzos por demostrarme que está cambiando e intentando cambiar, por demostrarme que me quiere. Detesto admitirlo, pero me resulta poético el hecho de que nunca le haya importado nadie más que yo.

Miro la carta un poco más hasta que oigo unos golpes en la puerta de la habitación. Doblo la hoja y la guardo en el último cajón de la cómoda. No quiero que Hardin trate de obligarme a tirarla o a romperla ahora que la he leído.

—Pasa —digo, y me acerco a la puerta para recibirlo.

Abre, ya con la mirada en el suelo.

—¿Has...?

—Sí... —Alargo la mano y le levanto la barbilla para que me mire como siempre lo hace.

Sus ojos rojos están muy abiertos y tristes.

—Lo siento, ha sido una estupidez..., sabía que no debería haber... —empieza.

—No, no lo ha sido. No ha sido una estupidez en absoluto. —Retiro la mano de su barbilla, pero él mantiene la mirada fija en la mía—. Hardin, es justo lo que llevaba esperando que me dijeras desde hace mucho.

—Siento haber tardado tanto, y haberlo escrito... Me resultaba más fácil. No se me da bien decir las cosas. —El rojo de sus ojos cautelosos es precioso en contraste con el brillante verdor de sus iris.

—Ya lo sé.

—¿Has...? ¿Quieres que hablemos de ello? ¿Necesitas más tiempo ahora que sabes lo horrible que soy en realidad? —Frunce el ceño y mira al suelo de nuevo.

—No lo eres. Lo eras... Has hecho muchas cosas... malas, Hardin. —Asiente. No soporto verlo sintiéndose tan mal consigo mismo, incluso a pesar de su pasado—. Pero eso no significa que seas mala persona. Has hecho cosas malas, pero ya no eres mala persona.

Levanta la vista.

—¿Qué?

Tomo su cara entre las manos.

—He dicho que no eres mala persona, Hardin.

—¿De verdad lo piensas? ¿Has leído lo que he escrito?

—Sí, y el hecho de que lo hayas escrito lo demuestra.

Su rostro perfecto refleja claramente su confusión.

—¿Cómo puedes decir eso? No lo entiendo. Querías que te diera espacio, y has leído toda esa mierda, ¿y aun así dices eso? No entiendo...

Le acaricio las mejillas con los pulgares.

—La leí, y ahora que sé todo lo que has hecho, sigo sin cambiar de opinión.

—Vaya... —Sus ojos se vuelven vidriosos.

Me duele pensar que vaya a llorar otra vez, y especialmente de que lo haga delante de mí. Está claro que no entiende lo que quiero decirle.

—Ya me había decidido mientras estabas fuera. Y después de leer lo que has escrito quiero estar contigo más que nunca. Te amo, Hardin.

CAPÍTULO 44

Tessa

Me agarra de las manos y las sostiene durante un segundo antes de rodearme con los brazos como si fuera a desaparecer si me soltara.

Mientras pronunciaba las palabras «quiero estar contigo» me he dado cuenta de lo liberador que resulta todo esto. Ya no tengo que preocuparme por el hecho de que secretos del pasado de Hardin vuelvan para atormentarnos. Ya no tengo que esperar a que nadie me suelte una bomba. Lo sé todo. Por fin sé todo lo que había estado ocultando. No puedo evitar pensar en la frase «A veces es mejor permanecer en la oscuridad que ser cegados por la luz», pero no creo que eso se aplique a mi caso en estos momentos. Me perturban las cosas que ha hecho, pero lo quiero y he elegido no dejar que su pasado nos siga afectando.

Hardin se aparta y se sienta en la orilla de la cama.

—¿En qué estás pensando? ¿Tienes alguna pregunta sobre algo? Quiero ser sincero contigo.

Me coloco entre sus piernas. Él da la vuelta a mis manos y empieza a trazar pequeños patrones en las palmas mientras inspecciona mi rostro buscando pistas de cómo me siento.

—No... Me gustaría saber qué fue de Natalie..., pero no tengo ninguna pregunta.

—Ya no soy esa persona, lo sabes, ¿verdad?

Ya se lo he dicho, pero sé que necesita oírlo otra vez.

—Lo sé. Lo sé, cariño.

En cuanto pronuncio esa palabra, sus ojos se fijan en los míos.

—¿«Cariño»? —Levanta una ceja.

—No sé por qué he dicho eso... —Me ruborizo.

Nunca le había llamado nada que no fuera Hardin, así que me resulta un poco raro hacerlo ahora.

—No..., me gusta. —Sonríe.

—Extrañaba tu sonrisa —le digo, y sus dedos dejan de moverse.

—Y yo la tuya —replica, y a continuación frunce el ceño—. No te hago sonreír lo suficiente.

Deseo decir algo para eliminar la expresión de duda de su rostro, pero no quiero mentirle. Es preciso que sepa cómo me siento.

—Sí..., tenemos que trabajar en eso —respondo.

Sus dedos reanudan sus movimientos y trazan pequeños corazones en la palma de mi mano.

—No sé por qué me quieres —dice.

—La razón no importa. Lo que importa es que lo hago.

—La carta era estúpida, ¿verdad?

—¡No! ¿Quieres dejar ya de odiarte tanto? —replico—. Ha sido maravillosa. La he leído tres veces seguidas. Me ha gustado mucho leer las cosas que pensabas sobre mí..., sobre nosotros.

Levanta la mirada con una expresión de suficiencia y de preocupación a la vez.

—Ya sabías que te quería.

—Sí..., pero es bonito saber esos detalles, que te acuerdes de lo que llevaba puesto. Ese tipo de cosas. Nunca dices esa clase de cosas.

—Vaya. —Parece avergonzado.

Me sigue resultando algo desconcertante el hecho de que Hardin sea el vulnerable de la relación. Ese papel siempre había sido el mío.

—No te avergüences —le digo.

Me envuelve la cintura con sus brazos y me jala para colocarme sobre sus piernas.

—No lo hago —miente.

Le paso una de mis manos por el pelo y enrosco mi otro brazo alrededor de su hombro.

—Pues yo creo que sí —lo desafío suavemente. Él se echa a reír y entierra la cabeza en mi cuello.

—Vaya Nochebuena. Ha sido un día larguísimo —protesta, y no me queda más remedio que estar de acuerdo.

—Sí, ha sido demasiado largo. No me puedo creer que mi madre haya venido aquí. Es increíble.

—En realidad, no —dice, y yo me aparto para mirarlo.

—¿Qué?

—La verdad es que no está siendo irracional. Sí, sus maneras no son las más adecuadas, pero no la culpo por no querer que estés con alguien como yo.

Cansada de esta plática, y de que piense que mi madre tiene en cierto modo razón con respecto a él, lo miro con el ceño fruncido y me retiro de su regazo para sentarme a su lado en la cama.

—Tess, no me mires así. Sólo digo que, ahora que he pensado en todo el mal que he hecho, no la culpo por estar preocupada.

—Hardin, mi madre se equivoca, y dejemos ya de hablar de ella —protesto.

El torbellino emocional del día, y de los últimos meses, me tiene agotada y malhumorada. No puedo creer que el año esté a punto de terminar.

—Bueno, y ¿de qué quieres hablar? —pregunta.

—No lo sé... de algo más ligero. —Sonrío para obligarme a estar menos irritable—. Como, por ejemplo, de lo romántico que puedes llegar a ser.

—Yo no soy romántico —resopla.

—Desde luego que sí. Esa carta es un clásico —le digo de broma.

Pone los ojos en blanco.

—No era una carta, era una nota. Una nota que en un principio iba a ser de un párrafo como mucho.

—Bueno. Pues una nota romántica, entonces.

—Ay, ¿te quieres callar? —gruñe de manera cómica.

Enrosco uno de sus chinos en mi dedo y me río.

—¿Es ahora cuando vas a empezar a molestarme para que diga tu nombre?

Actúa demasiado deprisa como para que me dé tiempo a reaccionar. Me agarra de la cintura y me empuja contra la cama mientras él permanece frente a mí con las manos en las caderas.

—No. Desde entonces he hallado nuevas maneras de hacer que digas mi nombre —exhala con los labios contra mi oreja.

Mi cuerpo entero se enciende con sólo unas pocas palabras de Hardin.

—¿Ah, sí? —digo con voz grave.

Pero de repente, la figura sin rostro de Natalie aparece en mi mente y hace que se me revuelva el estómago.

—Creo que deberíamos esperar a que tu madre no esté en la habitación de al lado —sugiero, en parte porque es evidente que necesito más tiempo para volver a la normalidad de nuestra relación, pero también porque ya me resultó bastante incómodo hacerlo la otra vez estando ella aquí.

—Puedo correrla ahora mismo —bromea, pero se acuesta a mi lado.

—O yo podría correrte a ti.

—No pienso volver a irme. Ni tú tampoco. —La seguridad en su voz me hace sonreír.

Permanecemos recostados el uno al lado del otro, ambos mirando al techo.

—Bueno, pues ya está. Se acabó el volver y dejarlo, ¿no? —pregunto.

—Sí. Se acabaron los secretos, y se acabó el huir. ¿Crees que podrás aguantar al menos una semana entera sin dejarme?

Le doy un codazo y me río.

—Y ¿tú crees que podrás aguantar al menos una semana entera sin enojarme?

—Seguramente no —responde. Sé que está sonriendo.

Me vuelvo y, tal y como esperaba, compruebo que una enorme sonrisa cubre su rostro.

—Tendrás que quedarte a dormir conmigo en mi residencia de vez en cuando —digo—. Esto está muy lejos.

—¿En tu residencia? No vas a vivir en una residencia. Vives aquí.

—Acabamos de volver a estar juntos, ¿crees que es buena idea?

—Vas a quedarte aquí —replica—. No pienso discutir eso.

—Es evidente que estás confundido para estar hablándome así —digo. Me apoyo sobre un codo y lo miro. Sacudo la cabeza ligeramente y le regalo una leve sonrisa—. No quiero vivir en la residencia, sólo quería ver lo que decías.

—Bueno —dice incorporándose e imitando mis gestos—. Me alegro de ver que vuelves a ser tan irritante como de costumbre.

—Y yo me alegro de ver que vuelves a ser un grosero. Después de lo de la carta romántica, me preocupaba que hubieses perdido tu encanto.

—Como vuelvas a decir que soy romántico pienso tomarte aquí y ahora, me da igual que esté mi madre.

Abro unos ojos como platos y él se echa a reír como nunca antes lo había oído.

—¡Es broma! ¡Deberías verte la cara! —grita.

También me pongo a reír irremediablemente.

—Siento que no deberíamos reírnos después de todo lo que ha pasado hoy —admite cuando paramos.

—Igual por eso precisamente deberíamos reírnos.

Eso es lo que hacemos siempre: pelearnos y reconciliarnos después.

—Nuestra relación es un desastre. —Sonríe.

—Sí..., un poco —admito. Hasta ahora ha sido como una montaña rusa.

—Pero ya no lo será, ¿de acuerdo? Lo prometo.

—De acuerdo. —Me inclino y le doy un beso rápido en los labios.

Pero no es suficiente. Nunca lo es. Vuelvo a pegar la boca a la suya, y esta vez la mantengo ahí. Nuestros labios se abren al mismo tiempo y desliza la lengua en mi boca. Mis manos se aferran a su pelo y Hardin me coloca encima de él mientras su lengua masajea la mía. Por muy desastrosa que haya sido nuestra relación, no se puede negar que nuestra pasión sigue intacta. Empiezo a menear las caderas, me pego con fuerza a él y siento cómo sonríe contra mis labios.

—Creo que ya es suficiente por ahora —dice.

Asiento, me aparto y apoyo la cabeza sobre su pecho, disfrutando de la sensación de tener sus brazos alrededor de mi espalda.

—Espero que mañana vaya bien —digo después de unos minutos de silencio.

No responde. Y, cuando levanto la cabeza, veo que tiene los ojos cerrados y los labios ligeramente separados, dormido. Debe de estar agotado. Y la verdad es que yo también lo estoy.

Me incorporo y miro la hora. Son más de las once. Le quito los pantalones con suavidad para no despertarlo y me acurruco a su lado. Mañana es Navidad, y espero que el día transcurra mucho mejor que éste.

CAPÍTULO 45

Hardin

—Hardin —dice Tessa con voz suave.

Gruño y saco el brazo de debajo de su cuerpo. Agarro la almohada y me cubro el rostro con ella.

—No me voy a levantar aún.

—Es tarde y tenemos que arreglarnos.

Me quita la almohada de encima y la tira al suelo.

—Quédate en la cama conmigo —replico—. Cancelémoslo.

La agarro del brazo y Tessa se pone de lado, acoplando su cuerpo al mío.

—No podemos cancelar la Navidad —dice riéndose, y pega los labios a mi cuello.

Me acerco más a ella y presiono las caderas contra las suyas. Me aparta de manera juguetona.

—No, de eso nada. —Me empuja el pecho con las manos para evitar que me coloque encima de ella.

Se levanta de la cama y me deja solo. Se me ocurre seguirla hasta el baño, no para hacerle nada, sino por estar cerca de ella. Pero la cama está demasiado calentita, así que decido no hacerlo. Todavía no puedo creerme que siga aquí. Nunca deja de sorprenderme que me perdone y que me acepte como soy.

Tenerla aquí en Navidad también será diferente. Nunca me habían importado una mierda estas fiestas, pero ver cómo su rostro se ilumina al ver un estúpido árbol con adornos excesivamente caros hace que toda la situación me resulte más tolerable. Que mi madre se encuentre aquí tampoco está mal. Tessa parece adorarla, y mi madre está casi tan obsesionada con mi chica como yo.

«Mi chica.» Tessa es mi chica otra vez, y voy a pasar la Navidad con ella, y con mi desestructurada familia. Qué diferencia con el año pasado, que me pasé el día de Navidad completamente borracho.

Unos minutos después, me obligo a salir de la cama y me dirijo a la cocina. Café. Necesito café.

—Feliz Navidad —dice mi madre cuando entro.

—Igualmente.

Paso por delante de ella y me acerco al refrigerador.

—He hecho café —anuncia.

—Ya lo veo.

Agarro los frosties de Kellogg's de encima del refrigerador y me acerco a la cafetera.

—Hardin, siento lo que dije ayer. Sé que te molestó que estuviera de acuerdo con la madre de Tessa, pero debes entender por qué lo hice.

El caso es que entiendo perfectamente por qué lo hizo, pero ella no es quién para decirle a Tessa que me deje. Después de todo por lo que hemos pasado, necesitamos que alguien esté de nuestra parte. Es como si estuviéramos ella y yo solos contra el mundo, y necesito que mi madre esté de nuestro lado.

—Es sólo que su sitio está conmigo, mamá. No en ninguna otra parte. Sólo conmigo.

Tomo un trapo para limpiar el café que se ha derramado de mi taza. El líquido mancha la tela blanca y casi me parece oír a Tessa regañándome por haber usado el trapo que no tocaba.

—Lo sé, Hardin —dice mi madre—. Ahora lo veo. Lo siento.

—Yo también. Y siento comportarme como un cabrón todo el tiempo. No es mi intención.

Mis palabras parecen sorprenderla, y no se lo reprocho. Nunca me disculpo, tenga o no motivos para hacerlo. Supongo que a eso me dedico, a comportarme como un pendejo y a no dar la cara jamás.

—Tranquilo, lo superaremos. Vamos a pasar una bonita Navidad en la preciosa casa de tu padre. —Sonríe, y el sarcasmo es evidente en su voz.

—Sí, vamos a superarlo.

—Sí, hagámoslo. No quiero que el día de hoy se arruine por todo lo que pasó ayer. Ahora entiendo mejor toda la situación. Sé que la quieres, Hardin, y sé que estás aprendiendo a ser un hombre mejor. Ella te está enseñando, y eso me hace muy feliz.

Mi madre se lleva las manos al pecho y yo pongo los ojos en blanco.

—De verdad, me alegro mucho por ti —dice.

—Gracias. —Aparto la mirada—. Te quiero, mamá.

Se me hace raro pronunciar esas palabras, pero su expresión hace que valga la pena.

Sofoca un grito.

—¿Qué acabas de decir?

Las lágrimas inundan inmediatamente sus ojos al oír las palabras que nunca le digo. No sé qué me ha llevado a pronunciarlas ahora, tal vez el saber que sólo desea lo mejor para mí. O quizá que esté aquí ahora y que haya desempeñado un papel tan importante en la decisión de Tessa de perdonarme. No lo sé, pero su mirada hace que desee habérselo dicho antes. Ha pasado por muchas cosas, y ha hecho todo lo posible por ser una buena madre para mí. Debería disfrutar del sencillo placer de escuchar más de una vez en todos estos años que su único hijo la quiere.

Estaba muy enojado, aún lo estoy, pero no es culpa suya. Nunca lo ha sido.

—Que te quiero, mamá —repito algo avergonzado.

Me jala y me estrecha con fuerza entre sus brazos, con más fuerza de la que suelo tolerar.

—Ay, Hardin, yo también te quiero. Te quiero muchísimo, hijo.

CAPÍTULO 46

Tessa

Decido llevar el pelo liso, por probar algo diferente. Pero cuando acabo de peinarme, me veo rara, así que termino enchinándomelo como de costumbre. Estoy tardando demasiado en arreglarme, y seguro que ya casi es hora de irnos. Puede que esté invirtiendo más tiempo de lo habitual porque en el fondo estoy nerviosa y tengo miedo de cómo saldrán las cosas.

Espero que Hardin se comporte de la mejor manera que sabe, o al menos que lo intente.

Opto por un maquillaje ligero y me pongo sólo un poco de base, lápiz negro y rímel. Iba a ponerme sombra también, pero he tenido que borrarme la raya del párpado superior tres veces hasta que por fin he conseguido hacérmela bien.

—¡¿Estás viva?! —grita Hardin desde el otro lado de la puerta.

—Sí, ya casi estoy —respondo, y me cepillo los dientes una vez más.

—Voy a darme un baño rápido, pero después tenemos que irnos si quieres llegar allí a tiempo —me informa cuando abro la puerta.

—Bien, bien, me vestiré mientras te bañas.

Desaparece en el baño. Me dirijo al ropero y tomo el vestido verde bosque sin mangas que compré para ponérmelo hoy. La tela verde oscuro es gruesa, y el escote, alto. El lazo que cubre mi cintura es mucho más grande de lo que parecía cuando me lo probé el otro día, pero voy a llevar una chamarra encima de todos modos. Tomo mi pulsera de dijes de la cómoda y siento mariposas en el estómago cuando releo la perfecta inscripción.

No sé qué zapatos ponerme; si me pongo tacones, pareceré demasiado arreglada. Me decido por unos negros y planos, y me coloco la chamarra sobre el vestido justo cuando Hardin abre la puerta con sólo una toalla alrededor de la cintura.

«Vaya.» Por mucho tiempo que pase, sigo quedándome sin aliento al verlo. Mientras observo su cuerpo semidesnudo me pregunto cómo es posible que antes no me gustasen los tatuajes.

—Órale —dice observándome de arriba abajo.

—¿Qué? ¿Qué pasa? —Miro hacia abajo para ver qué puede estar mal.

—Pareces... tremendamente inocente.

—Y ¿eso es bueno o malo? Es Navidad, no quiero parecer indecente.

De repente me siento insegura de mi elección.

—No, está bien —me asegura—. Está muy bien.

Su lengua serpentea por su labio inferior. Entonces lo capto, me pongo colorada y aparto la vista antes de que iniciemos algo que no vamos a poder terminar. Al menos, no por ahora.

—Gracias. ¿Tú qué vas a ponerte?

—Lo mismo de siempre.

Lo miro otra vez.

—Ah.

—No voy a arreglarme para ir a casa de mi padre.

—Ya... Y ¿por qué no te pones el suéter rojo que te regaló tu madre? —sugiero, aunque sé que no lo hará.

Suelta una carcajada.

—Ni de broma.

Se dirige al ropero, jala los pantalones que están en el gancho y éste cae al suelo, aunque Hardin no suele reparar en esas cosas. Decido no decirle nada. En lugar de hacerlo, me alejo del ropero justo cuando él deja caer la toalla.

—Estaré fuera con tu madre —me apresuro a decir, intentando obligarme a no mirar su cuerpo.

—Como quieras —responde con una sonrisa de superioridad, y salgo de la habitación.

Trish está en la sala, y luce un vestido rojo y unos tacones negros, algo muy distinto del pants que lleva habitualmente.

—¡Estás preciosa! —le digo.

—¿Seguro? ¿No es demasiado con el maquillaje y demás? —pregunta nerviosa—. No es que me importe, pero no quiero que mi exmarido me vea con mal aspecto después de todos estos años.

—Créeme, no tienes mal aspecto en absoluto —le aseguro, y consigo que sonría un poco.

—¿Están listas? —pregunta Hardin cuando se reúne con nosotras en la sala.

Todavía lleva el pelo mojado, pero de algún modo sigue teniendo un aspecto perfecto. Va todo de negro, incluidas las Converse que llevaba en Seattle y que tanto me gustan.

Su madre no parece reparar en su oscura vestimenta, probablemente porque sigue centrada en su propia apariencia. Cuando entramos en el elevador, Hardin mira a Trish por primera vez y pregunta:

—¿Por qué vas tan elegante?

Ella se ruboriza un poco.

—Es fiesta, ¿por qué no iba a arreglarme?

—Es un poco raro...

Lo interrumpo antes de que diga algo que le arruine el día a su madre.

—Está guapísima, Hardin —aseguro—. Y yo voy tan arreglada como ella.

Durante el trayecto, todos guardamos silencio, incluida Trish. Es evidente que está nerviosa, y ¿quién no iba a estarlo? Yo también lo estaría. De hecho, por motivos diferentes, cuanto más nos acercamos a casa de Ken, más nerviosa me pongo. Sólo quiero que el día transcurra en paz.

Cuando por fin llegamos y estacionamos el coche, oigo que Trish sofoca un grito.

—¿Ésta es su casa?

—Sí. Ya te dije que era grande —dice Hardin apagando el motor.

—No pensé que fuera tan grande —responde ella en voz baja.

Hardin sale del vehículo y le abre la puerta a su madre, que sigue ahí sentada con la boca abierta. Yo también salgo y, mientras ascendemos los escalones que nos llevan a la enorme vivienda, veo la aprensión en su rostro. Lo tomo de la mano para intentar tranquilizarlo, y él me mira con una sonrisa leve pero evidente. No llama al timbre, sino que abre la puerta y entra.

Karen está de pie en la sala con una radiante sonrisa de bienvenida, tan contagiosa que hace que me sienta un poco mejor. Hardin recorre el vestíbulo primero, con su madre a su lado y yo detrás, tomándolo todavía de la mano.

—Gracias a todos por venir —dice Karen mientras se acerca a Trish, ya que da por hecho que Hardin no va a molestarse en presentarlas—. Hola, Trish, soy Karen —la saluda al tiempo que le tiende la mano—. Me alegro de conocerte. Te agradezco mucho que hayas venido.

Karen parece completamente relajada, pero la conozco y sé que en el fondo no lo está.

—Hola, Karen, encantada de conocerte también —responde Trish, y le estrecha la mano.

En ese preciso momento, Ken entra en la habitación, nos ve y, después de mirarnos dos veces, se detiene de repente y mira a su exmujer. Me inclino hacia Hardin; espero que Landon le haya dicho a Ken que íbamos a venir.

—Hola, Ken —dice Trish en un tono más elevado de lo habitual.

—Trish... Vaya..., hola —tartamudea él.

Trish, a quien sospecho satisfecha tras ver su reacción, asiente una vez con la cabeza y dice:

—Estás... distinto.

He intentado imaginar el aspecto que tendría Ken años atrás, con los ojos probablemente rojos por el alcohol, la frente sudorosa y el rostro pálido, pero no soy capaz.

—Sí..., tú también —responde él.

Empiezo a marearme debido a la incómoda tensión, de modo que me siento inmensamente aliviada cuando, de repente, Karen exclama:

—¡Landon! —Y él se une a nosotros.

Claramente, Karen también se siente aliviada al ver a su querido hijo, y su aspecto es muy apropiado para la ocasión; lleva unos pantalones azules y una camisa blanca de vestir con una corbata negra.

—Estás muy guapa —me adula, y me da un abrazo.

Hardin me agarra la mano con más fuerza, pero yo consigo liberarla y también abrazo a Landon.

—Tú tampoco estás nada mal, Landon —le digo.

Hardin rodea entonces mi cintura con el brazo y me jala para recuperarme, sosteniéndome más cerca que antes.

Landon pone los ojos en blanco y se vuelve hacia Trish.

—Hola, señora, soy Landon, el hijo de Karen. Me alegro de conocerla por fin.

—Vaya, por favor, no me llames *señora*. —Trish se echa a reír—. Pero yo también me alegro de conocerte. Tessa me ha hablado mucho de ti.

Landon sonríe.

—Espero que cosas buenas.

—Principalmente —bromea ella.

El encanto de Landon parece disminuir la tensión del ambiente, y Karen interviene:

—Llegan justo a tiempo. ¡El ganso se servirá dentro de un par de minutos!

Ken nos dirige a todos al comedor y Karen desaparece en la cocina. No me sorprende encontrar la mesa perfectamente dispuesta con su mejor vajilla de porcelana, los cubiertos de plata bruñida y unos elegantes servilleteros de madera. Con unos platos de entremeses ordenadamente colocados. El plato principal de ganso está rodeado de gruesas rodajas de naranja. Un puñado de bayas rojas descansa sobre el cuerpo del ave. Todo es muy elegante, y el olor hace que la boca se me haga agua. Delante de mí tengo un plato de papas asadas. El aroma a ajo y perejil inunda el aire, y me quedo admirando el resto de la mesa. Un ornamento de flores descansa en el centro, y cada elemento decorativo repite el tema de las naranjas y las bayas. Karen es siempre una magnífica anfitriona.

—¿Gustan algo de beber? Tengo un vino tinto delicioso en la bodega —dice.

Veo cómo sus mejillas se sonrojan de inmediato al darse cuenta de lo que acaba de preguntar. El alcohol es un tema delicado en este grupo.

Trish sonríe.

—Yo sí quiero, gracias.

Karen desaparece y el resto nos quedamos tan callados que, cuando saca el corcho en la cocina, el sonido se oye tan fuerte que parece resonar en las paredes que nos rodean. Cuando regresa con la botella abierta, me planteo pedirle que me sirva una copa para ver si así se me pasa esta incómoda sensación en el estómago, pero finalmente decido no hacerlo. Con la anfitriona de vuelta, tomamos asiento. Ken preside la mesa, con Karen, Landon y Trish a un lado y Hardin y yo al otro. Después de algunos cumplidos por la presentación, nadie dice una palabra mientras se sirven comida en el plato.

Tras dar unos cuantos bocados, Landon establece contacto visual conmigo, y veo que se debate entre hablar o no. Asiento ligeramente; no quiero tener que interrumpir el silencio. Me llevo un tenedor con ganso a la boca y Hardin me coloca la mano en el muslo.

Landon se limpia la boca con la servilleta y se vuelve hacia Trish.

—Bueno, ¿qué le han parecido hasta ahora los Estados Unidos, señora Daniels? ¿Es la primera vez que viene?

Ella asiente un par de veces.

—Pues sí, es mi primera vez. Me gusta. No me gustaría vivir aquí, pero me gusta. ¿Piensas quedarte en Washington cuando termines la universidad? —dice entonces mirando a Ken como si le estuviese preguntando a él en lugar de a Landon.

—Todavía no lo sé; mi novia se traslada a Nueva York el mes que viene, así que dependerá de lo que ella quiera hacer.

Aunque sea egoísta por mi parte, espero que no se mude allí pronto.

—Bueno, yo estoy deseando que Hardin termine para que pueda volver a casa —dice Trish, y yo dejo caer el cuchillo en el plato.

Todas las miradas se centran en mí, y sonrío a modo de disculpa antes de recoger el cubierto.

—¿Vas a volver a Inglaterra cuando te gradúes? —le pregunta Landon a Hardin.

—Sí, por supuesto —responde él groseramente.

—Vaya —dice Landon mirándome a mí directamente.

Hardin y yo no hemos hablado sobre nuestros planes para después de la universidad, pero jamás se me había pasado por la cabeza que quisiera volver a Inglaterra. Tendremos que discutirlo más tarde, no delante de todo el mundo.

—Y ¿a ti, Ken..., te gustan los Estados Unidos? ¿Piensas quedarte aquí de manera permanente? —pregunta Trish.

—Sí, me encanta esto. Pienso quedarme, sin duda —asegura.

Trish sonríe y bebe un sorbo de vino.

—Tú odiabas los Estados Unidos —repone.

—Tú lo has dicho. Los odiaba —replica, y le ofrece una media sonrisa.

Karen y Hardin se revuelven incómodos en sus asientos, y yo me concentro en masticar la papa que tengo en la boca.

—¿Alguien tiene algo de qué hablar que no sean los Estados Unidos? —Hardin pone los ojos en blanco.

Le propino un puntapié por debajo de la mesa, pero no se da por aludido.

Karen interviene de inmediato.

—¿Qué tal el viaje a Seattle, Tessa? —me pregunta.

Ya se lo he relatado, pero sé que sólo está intentando establecer conversación, de modo que le cuento a todo el mundo lo de la conferencia y el trabajo otra vez. Y así conseguimos superar la comida. Todo el mundo me hace preguntas en un claro intento de permanecer en este tema seguro alejado de los dardos de los excónyuges.

Cuando terminamos con el delicioso ganso y los entremeses, ayudo a Karen a llevar los platos a la cocina. Parece distraída, de modo que no intento darle conversación mientras recogemos la vajilla.

—¿Quieres otra copa de vino, Trish? —pregunta Karen cuando todos pasamos a la sala.

Hardin, Trish y yo nos sentamos en uno de los sillones, Landon se sienta en el otro, y Karen y Ken, en el que está enfrente de nosotros. Es como si estuviésemos formando equipos y Landon fuera el árbitro.

—Sí, por favor. La verdad es que tiene un sabor exquisito —responde Trish, y ofrece la copa vacía para que Karen se la rellene.

—Gracias, lo compramos en Grecia este verano; fue un viaje mag... —Se detiene en mitad de la frase. Tras una pausa, añade—: Un lugar muy bonito —y le devuelve la copa a Trish.

La madre de Hardin sonríe y la levanta ligeramente a modo de brindis.

—Bueno, el vino es excelente.

Al principio no entiendo el momento incómodo, pero entonces me doy cuenta de que Karen ha conseguido al Ken que Trish nunca tuvo. Viaja a Grecia y por todo el mundo, tiene una casa enorme, coches nuevos y, lo que es más importante, un marido cariñoso y sobrio. Admiro a Trish por ser tan fuerte y por su capacidad para perdonar. Está haciendo un esfuerzo tremendo por ser amable, especialmente dadas las circunstancias.

—¿Alguien más? Tessa, ¿quieres una copa? —pregunta Karen mientras termina de servirle una a Landon.

Me vuelvo hacia Trish y Hardin.

—Sólo una, para celebrar la fiesta —añade Karen.

Al final cedo.

—Sí, por favor —respondo.

Voy a necesitar más de una copa de vino si el día continúa siendo así de incómodo.

Mientras me sirve, veo que Hardin asiente con la cabeza varias veces, y entonces pregunta:

—¿Y tú, papá? ¿Quieres una copa de vino?

Todo el mundo lo mira con unos ojos como platos y la boca abierta. Yo le doy un apretón en la mano en un intento de hacerlo callar, pero él continúa con una sonrisa malévola:

—¿Qué? ¿No? Vamos, seguro que quieres una. Sé que lo extrañas.

CAPÍTULO 47

Tessa

—¡Hardin! —exclama Trish.

—¿Qué? Sólo le estoy ofreciendo una bebida. Estoy siendo sociable —dice.

Observo a Ken y veo que se debate entre morder o no el anzuelo de su hijo; no sabe si dejar que esto se convierta en una gran discusión.

—Basta —le susurro a Hardin.

—No seas grosero —le dice Trish.

Por fin, Ken reacciona.

—No pasa nada —dice, y bebe un sorbo de agua.

Analizo la sala. Karen está blanca como la cal. Landon está mirando la enorme televisión de la pared. Trish bebe vino. Ken parece desconcertado, y Hardin lo fulmina con la mirada.

Entonces muestra una sonrisa tranquilizadora.

—Ya sé que no pasa nada.

—Sé que sólo estás furioso —añade Ken—, así que, adelante, di lo que tengas que decir.

No debería haber dicho eso. No debería haber tratado las emociones de Hardin con respecto a esta situación tan a la ligera, como si sólo fuera la opinión de un niño al que apenas tiene que aguantar un momento.

—¿Furioso? No estoy furioso —replica él con calma—. Molesto y divertido con todo esto, sí, pero furioso no.

—¿Qué es lo que te divierte? —pregunta Ken.

«Ay, Ken, cierra la boca.»

—Me divierte el hecho de que estés actuando como si nada hubiera pasado, como si no fueses una gran mierda. —Señala a Ken y a Trish—. Se están comportando de una forma ridícula.

—Te estás excediendo —le advierte su padre.

«Por Dios, Ken.»

—¿Ah, sí? Y ¿desde cuándo decides tú dónde está el límite? —lo desafía él.

—Desde que ésta es mi casa. Por eso puedo decidir.

Hardin se levanta inmediatamente. Lo agarro del brazo para detenerlo, pero él se libera con facilidad. Me apresuro a dejar mi copa de vino en la mesita auxiliar y me pongo de pie.

—¡Hardin, basta! —le ruego, y lo agarro del brazo de nuevo.

Todo iba bien. Algo incómodo, pero bien. Sin embargo, Hardin ha tenido que soltar ese comentario tan grosero. Sé que está enojado con su padre por los errores que cometió, pero el día de Navidad no es el momento más apropiado para sacar todo eso. Hardin y Ken habían empezado a reconstruir su relación, y como Hardin no deje esto ya, las cosas se pueden poner muy feas.

Su padre se levanta con aire autoritario.

—Creía que estábamos superando esto. ¿No viniste a la boda? —pregunta como lo haría un profesor.

Están sólo a unos centímetros de distancia, y sé que esto no va a acabar bien.

—¿Superando qué? ¡Ni siquiera te haces responsable de nada! ¡Te limitas a fingir que no ocurrió!

Ahora Hardin está gritando. La cabeza me da vueltas y lamento haber extendido la invitación de Landon a Hardin y a Trish. Una vez más he causado una discusión familiar.

—Hoy no es el día para hablar de esto, Hardin —dice Ken—. Estábamos teniendo una jornada agradable, pero tenías que iniciar una pelea conmigo.

Hardin levanta las manos en el aire.

—Y ¿cuándo es el día? Carajo, ¡este tipo es increíble! —exclama.

—Cualquiera que no sea Navidad. Hacía años que no veía a tu madre, ¿de verdad tenías que elegir este momento para sacar todo esto?

—¡Si hacía años que no la veías es porque la abandonaste! Nos dejaste sin nada, sin dinero, sin coche..., ¡sin nada! —grita Hardin, y se acerca a la cara de su padre.

Ken se está poniendo rojo de ira. Y entonces comienza a gritar:

—¿Sin dinero? ¡Enviaba dinero todos los meses! ¡Mucho dinero! ¡Y tu madre no quiso aceptar el coche que le ofrecí!

—¡Embustero! —le espeta Hardin—. ¡No enviaste una mierda! ¡Por eso vivíamos en esa casa destartalada y ella tenía que trabajar cincuenta horas a la semana!

—Hardin..., no está mintiendo —interviene Trish.

Él se vuelve hacia su madre al instante.

—¿Qué?

Esto es un desastre. Un desastre mucho más grande que el que había imaginado.

—Enviaba dinero —explica Trish.

Deja la copa y se acerca a él.

—Y ¿dónde está ese dinero? —inquiere Hardin con tono de incredulidad.

—Pagando tus estudios.

Él señala entonces a su padre con un dedo furioso.

—¡Me dijiste que los estaba pagando él! —grita, y se me parte el corazón al verlo así.

—Y así es, con el dinero que guardé durante todos esos años. El dinero que él enviaba.

—¿Qué chingados dices? —Hardin se frota la frente con la mano.

Me coloco detrás de él y entrelazo los dedos con los de su mano libre. Trish apoya una mano en el hombro de su hijo.

—No lo usé todo para tus estudios. También pagaba las facturas con él.

—¿Por qué no me lo contaste? Debería estar pagándolos él, y no con el dinero con el que se supone que tenía que alimentarnos y mantenernos en una casa diariamente. —Se vuelve hacia su padre—. Aun así, nos abandonaste, ¡enviases dinero o no! Te fuiste y ni siquiera pudiste llamarme para mi maldito cumpleaños.

El exceso de saliva se acumula en las comisuras de la boca de Ken y empieza a parpadear rápidamente.

—¿Qué querías que hiciera, Hardin? —replica—. ¿Que me quedara allí? Era alcohólico. Un alcohólico que no valía para nada, y ustedes dos merecían algo mejor de lo que yo podía ofrecerles. Después de aquella noche... supe que tenía que irme.

Hardin se pone rígido y su respiración se vuelve irregular.

—¡No hables de aquella noche! ¡Todo pasó por tu culpa!

Hardin aparta la mano de la mía, Trish parece enojada, Landon aterrado, y Karen... Karen sigue llorando, y entonces me doy cuenta de que voy a tener que ser yo quien detenga toda esta situación.

—¡Ya lo sé! Y no sabes cuánto me gustaría poder borrar eso, hijo. ¡Esa noche me ha atormentado durante los últimos años! —responde Ken con voz ronca, intentando no llorar.

—¿Que te atormenta? ¡Yo vi cómo pasó, hijo de puta! ¡Fui yo quien tuvo que limpiar la maldita sangre del suelo mientras tú seguías fuera poniéndote pedo! —responde Hardin formando puños con las manos.

Karen solloza y se tapa la boca antes de salir de la estancia. No se lo reprocho. No me había dado cuenta de que yo también estaba llorando hasta que las cálidas lágrimas golpean mi pecho. Tenía la sensación de que algo iba a pasar hoy, pero no me esperaba esto.

Ken levanta las manos en el aire.

—¡Lo sé, Hardin! ¡Lo sé! ¡Y no puedo hacer nada para cambiarlo! ¡Ahora estoy sobrio! ¡Hace años que no bebo! ¡No puedes seguir guardándome rencor por ello eternamente!

Trish grita cuando Hardin se abalanza contra su padre. Landon corre para intentar ayudar, pero es demasiado tarde. Hardin empuja a Ken contra la vitrina de la vajilla, la que sustituye a la que ya rompió hace meses. Ken agarra a su hijo de la pechera e intenta retenerlo, pero éste le propina un puñetazo en la barbilla.

Me quedo helada, como siempre, mientras Hardin golpea a su propio padre.

Ken consigue esquivar el siguiente golpe de Hardin, que acaba alcanzando la puerta de cristal de la vitrina. Al ver la sangre, salgo de mi estupor y lo agarro de la camiseta. Entonces da un golpe hacia atrás con el brazo y me lanza contra una mesa. Una copa de vino tinto se cae y mancha mi chamarra blanca.

—¡Mira lo que has hecho! —le grita Landon a Hardin, y corre a mi lado.

Trish está junto a la puerta y le lanza a su hijo una mirada asesina. Ken observa la vitrina rota y después a mí mientras Hardin detiene su ataque contra su padre y se vuelve en mi dirección.

—¡Tessa! Tessa, ¿estás bien? —pregunta.

Asiento en silencio desde el suelo mientras observo un hilo de sangre que cae por sus brazos desde los nudillos. No estoy herida, y el hecho de que mi chamarra se haya manchado es algo demasiado trivial como para mencionarlo en medio de este caos.

—Apártate —le suelta Hardin a Landon mientras ocupa su lugar a mi lado—. ¿Estás bien? Creía que eras Landon —dice, y me ayuda a levantarme con la mano magullada que no está manchada de sangre.

—Estoy bien —repito, y me aparto de él una vez de pie.

—Nos vamos —gruñe, y se dispone a rodearme la cintura con el brazo.

Me alejo más de él. Observo cómo Ken utiliza la manga de su camisa blanca impoluta para limpiarse la sangre de la boca.

—Deberías quedarte aquí, Tessa —me dice Landon.

—¡No me provoques, Landon! —le advierte Hardin, pero él no parece impresionado. Debería estarlo.

—Hardin, ya basta —intervengo.

Al ver que hace ademán de hablar pero no discute, me vuelvo hacia mi amigo.

—Estaré bien —le aseguro.

Es por Hardin por quien debería preocuparse.

—Vamos —ordena él, pero conforme se dirige hacia la puerta se vuelve para asegurarse de que voy detrás de él.

—Siento mucho... todo esto —le digo a Ken mientras sigo a su hijo.

—No es culpa tuya, sino mía —oigo que responde con voz suave a mi espalda.

Trish está callada. Hardin está callado. Y yo estoy helada. Los fríos asientos de piel me tocan las piernas desnudas, y mi chamarra mojada tampoco ayuda. Subo la calefacción al máximo. Hardin me mira, pero yo me concentro en mirar por la ventanilla. No sé si debería enojarme con él. Ha arruinado la cena y ha atacado a su padre, literalmente, delante de todo el mundo.

Sin embargo, siento lástima por él. Ha sufrido mucho, y su padre es la raíz de todos sus problemas, de las pesadillas, del miedo, de su falta de respeto por las mujeres. Nunca tuvo a nadie que le enseñara a ser un hombre.

Cuando Hardin me coloca la mano sobre el muslo, no se la aparto. Me duele la cabeza y no entiendo cómo las cosas se han podido salirse de control tan rápido.

—Hardin, tenemos que hablar de lo que acaba de pasar —dice Trish al cabo de unos minutos.

—No —responde él.

—Sí, tenemos que hablar. Te has excedido.

—¿Que yo me he excedido? ¿Cómo puedes haber olvidado todo lo que ha hecho?

—No he olvidado nada, Hardin —asegura ella—. He elegido perdonarlo; no quiero vivir odiándolo. Pero la violencia nunca es la solución. Además, esa clase de ira te acaba consumiendo; se apodera de tu vida si la dejas. Te destruye si te aferras a ella. No quiero vivir así. Quiero ser feliz, Hardin, y perdonar a tu padre hace que me resulte más fácil serlo.

Su fortaleza nunca deja de sorprenderme, y la testarudez de Hardin tampoco. Se niega a perdonar a su padre por sus errores del pasado, aunque él no deja de reclamar mi perdón a cada instante. Pero tampoco se perdona a sí mismo. Qué irónico.

—Bueno, pues yo no quiero perdonarlo. Creía que podía hacerlo, pero después de lo de hoy no puedo.

—Hoy no te ha hecho nada —lo reprende Trish—. Tú lo has provocado con lo de la bebida sin ningún motivo.

Hardin aparta la mano de mi piel, dejando una mancha de sangre en su lugar.

—No va a irse como si nada, mamá.

—No se trata de eso. Hazte esta pregunta: ¿qué ganas estando tan furioso con él? ¿Qué consigues aparte de unas manos ensangrentadas y una vida solitaria?

Hardin no responde. Se limita a mantener la vista al frente.

—Exacto —dice ella, y el resto del trayecto transcurre en silencio.

Cuando volvemos al departamento, me dirijo directamente al cuarto.

—Le debes una disculpa, Hardin —oigo que le dice Trish por detrás de mí.

Me deshago de la chamarra manchada y la dejo caer al suelo. Me quito los zapatos y me aparto el pelo de la cara, colocándome los mechones sueltos detrás de las orejas. Unos segundos después, Hardin abre la puerta del cuarto; mira la prenda manchada de rojo tirada en el suelo y después a mí.

Se coloca delante de mí y me toma de las manos con ojos suplicantes.

—Lo siento mucho, Tess. No pretendía empujarte así.

—No deberías haber hecho eso. Hoy, no.

—Lo sé... ¿Te he hecho daño? —pregunta secándose las manos heridas contra los pantalones negros.

—No.

Si me hubiese hecho daño físico, tendríamos problemas mucho más graves.

—Lo siento, de verdad. Estaba furioso. Creía que eras Landon...

—No me gustas cuando estás así, tan enojado.

Mis ojos se inundan de lágrimas al recordar las manos de Hardin llenas de cortes.

—Lo sé, nena. —Se inclina ligeramente hasta quedar a la altura de mis ojos—. Jamás te haría daño a propósito. Lo sabes, ¿verdad?

Me acaricia la sien con el pulgar y yo asiento lentamente. Sé que jamás me haría daño, al menos no físicamente. Siempre lo he sabido.

—¿A qué ha venido ese comentario sobre la bebida? Las cosas iban bien —digo.

—Porque se estaba comportando como si nada hubiera pasado, como un cabrón pretencioso, y mi madre le seguía la corriente. Alguien tenía que interceder por ella —explica con una voz suave, confundida, totalmente opuesta a como era hace media hora cuando le gritaba a su padre.

Se me rompe el corazón de nuevo; era su forma de defender a su madre. Una manera errónea, pero instintiva para él. Se aparta el pelo de la frente y se mancha la piel de sangre.

—Intenta ponerte en su lugar —digo—. Va a tener que vivir siempre con ese sentimiento de culpa, Hardin, y tú no se lo pones nada fácil. No digo que no tengas derecho a estar enojado, porque ésa es una reacción natural, pero precisamente tú tendrías que estar más dispuesto a perdonar.

—Yo...

—Y esa violencia tiene que acabar. No puedes ir por ahí golpeando a la gente cada vez que te enojas. No está bien, y no me gusta nada.

— Lo sé. —Mantiene la vista fija en el suelo de concreto.

Suspiro y tomo sus manos entre las mías.

—Y ahora vamos a curarte, aún te sangran los nudillos —digo.

Y lo llevo al baño para limpiarle las heridas por enésima vez desde que lo conozco.

CAPÍTULO 48

Tessa

Hardin no hace el más mínimo gesto de dolor mientras le limpio las heridas. Sumerjo la toalla en el lavabo lleno de agua en un intento de diluir la sangre de la tela blanca. Él me observa sentado en el excusado mientras permanezco de pie entre sus piernas. Levanta las manos una vez más.

—Tenemos que comprar algo para ponértelo en el pulgar —le digo mientras retuerzo la toalla para escurrir el exceso de agua.

—Ya se curará —dice.

—No, mira lo profunda que es la herida —lo reprendo—. La piel en sí es ya prácticamente tejido cicatrizal, y no paras de abrírtela una y otra vez.

No dice nada, simplemente analiza mi rostro.

—¿Qué pasa? —le pregunto.

Vacío el lavabo de agua rosada y espero a que me responda.

—Nada... —miente.

—Dímelo.

—No entiendo cómo puedes aguantar todas mis chingaderas —dice.

—Yo tampoco. —Sonrío, y observo que tuerce el gesto—. Pero vale la pena —añado con sinceridad.

Él sonríe a su vez, acerca mi mano a su rostro y me pasa la almohadilla del pulgar por el hueco de su hoyuelo.

Su sonrisa se intensifica.

—Seguro que sí —dice, y se levanta—. Necesito un baño. —Se quita la camiseta y se inclina para abrir la llave.

—Te espero en la habitación —le digo.

—¿Por qué? Báñate conmigo.

—Tu madre está en la habitación de al lado —le explico en voz baja.

—¿Y qué? Sólo es un baño. Por favor.

No puedo negarme, y lo sabe. La sonrisa de superioridad en su rostro cuando suspiro vencida lo demuestra.

—¿Me bajas el cierre? —le pido, y me pongo de espaldas a él.

Me levanto el pelo y empieza a bajármelo inmediatamente.

—Me gusta ese vestido —dice cuando la tela verde se acumula en el suelo.

Se quita los pantalones y el bóxer y yo intento no mirar su cuerpo desnudo mientras deslizo los tirantes de mi brasier por mis brazos. Cuando estoy totalmente desnuda, Hardin se mete en la ducha y me ofrece la mano. Recorre mi cuerpo con la mirada y se detiene a la altura de mis muslos con el ceño fruncido.

—¿Qué pasa? —pregunto al tiempo que trato de cubrirme con los brazos.

—Tienes sangre. —Señala algunas manchas leves.

—No pasa nada —aseguro.

Tomo la esponja y me froto la piel con ella. Entonces, Hardin me la quita de las manos y vierte jabón en ella.

—Déjame a mí —dice.

Se arrodilla y se me ponen todos los pelos de punta al verlo ahí abajo delante de mí. Asciende la esponja vegetal por mis muslos y traza círculos con ella. Este chico tiene una gran conexión con mis hormonas. Acerca el rostro a mi piel e intento no retorcerme cuando sus labios rozan mi cadera izquierda. Apoya una de sus manos en la parte trasera de mi muslo para mantenerme en el sitio mientras hace lo mismo con la derecha.

—Pásame la regadera —dice interrumpiendo mis lascivos pensamientos.

—¿Qué?

—Que me pases la regadera —repite.

Asiento, la saco de su soporte y se la entrego. Mirándome con un brillo en los ojos y con el agua goteando desde su nariz, hace girar la regadera en la mano y la dirige hacia mi vientre.

—¿Qué... qué estás haciendo? —pregunto al ver que la baja un poco más.

El agua caliente golpea mi piel y observo sus actos con anticipación.

—¿Te gusta?

Asiento.

—Pues si esto te gusta, veamos qué pasa si la bajamos un poquito más...

Todas las células de mi cuerpo se debilitan y danzan bajo mi piel mientras Hardin juega a torturarme. Doy un brinco cuando el agua me toca, y él sonríe con petulancia.

Es una sensación mucho más agradable de lo que había imaginado. Me aferro a su pelo y me muerdo el labio inferior para sofocar mis gemidos. Su madre está en la habitación de al lado, pero no puedo detenerlo, me gusta demasiado.

—¿Tessa...? —dice él esperando una respuesta.

—También. Déjala ahí —jadeo, y él se ríe y me acerca el agua para añadir más presión.

Cuando siento la suave lengua de Hardin lamiéndome justo debajo del agua casi pierdo el equilibrio. Esto es demasiado. Sus lametones y las caricias del agua hacen que me tiemblen las rodillas.

—Hardin..., no puedo... —No sé qué estoy intentando decir, pero cuando su lengua se acelera, lo jalo del pelo con fuerza.

Me empiezan a temblar las piernas, y él suelta entonces la regadera y usa las dos manos para sostenerme.

—Carajo... —maldigo en voz baja, y espero que el ruido del agua ahogue mis gemidos.

Noto cómo sonríe pegado a mí antes de continuar llevándome al límite. Cierro los ojos con fuerza y dejo que el placer se apodere de mi cuerpo.

Hardin aparta la boca de mí el tiempo justo para decir:

—Vamos, nena, termina.

Y lo hago.

Cuando abro los ojos, él sigue de rodillas, con la mano en la verga, que está dura y ansiosa. Recuperando todavía el aliento, me pongo de rodillas, coloco la mano alrededor de la suya y lo acaricio.

—Levántate —le ordeno en voz baja.

Baja la vista, asiente y se pone de pie. Me llevo su sexo a la boca y le lamo la punta.

—Puta madre...

Inspira hondo y le doy varios lametones. Enrosco los brazos alrededor de la parte trasera de sus piernas para mantener el equilibrio sobre el suelo mojado y me meto su miembro hasta la garganta. Hardin hunde los dedos en mi pelo mojado y me sostiene quieta mientras menea las caderas y me penetra la boca.

—Podría pasarme horas cogiéndote la boca.

Sus movimientos se aceleran un poco, y gimo. Sus sucias palabras hacen que mis labios lo succionen con más fuerza, lo que lo obliga a maldecir de nuevo. Este modo salvaje con el que reclama mi boca es algo nuevo. Tiene el control absoluto, y me encanta.

—Me voy a venir en tu boca, nena.

Jala mi pelo un poco más, y siento cómo los músculos de sus piernas se tensan bajo mis manos y gime mi nombre varias veces mientras se vacía en mi garganta.

Después de unos cuantos jadeos, me ayuda a levantarme y me besa en la frente.

—Creo que ya estamos limpios. —Sonríe y se lame los labios.

—Yo diría que sí —contesto con la respiración entrecortada, y tomo el champú.

Cuando ambos estamos definitivamente limpios y listos para salir del baño, le paso las manos por los abdominales y recorro con los dedos el tatuaje de su estómago. Mis manos reptan hacia abajo, pero Hardin me agarra de la muñeca y me detiene.

—Sé que cuesta resistirse a mí, pero mi madre está en la habitación de al lado. Contrólate, jovencita —bromea, y le doy una palmada en el brazo antes de salir de la regadera y tomar una toalla.

—Eso, viniendo de alguien que acaba de usarme... —Me pongo colorada y soy incapaz de terminar la frase.

—Te ha gustado, ¿no? —Levanta una ceja y pongo los ojos en blanco.

—Tráeme la ropa del cuarto —le digo con tono autoritario.

—Sí, señora.

Se coloca la toalla alrededor de la cintura y desaparece del baño repleto de vapor.

Paso la mano por el espejo después de envolverme el pelo con una toalla.

Esta Navidad ha sido agitada y muy estresante. Debería llamar a Landon más tarde, pero antes quiero hablar con Hardin sobre su idea de regresar a Inglaterra al terminar los estudios. Nunca me lo había mencionado.

—Aquí tienes.

Me pasa un montón de ropa y me deja sola en el baño mientras me visto. Me hace gracia encontrar el coordinado de encaje con un pants y una camiseta negra limpia. Limpia, porque la que llevaba hoy está llena de sangre.

CAPÍTULO 49

Tessa

La última noche con la madre de Hardin la pasamos básicamente bebiendo té y escuchando historias embarazosas de cuando era pequeño. Trish nos hizo prometer unas diez veces que el año que viene pasaríamos la Navidad en Inglaterra y que no quería excusas.

La idea de celebrar la Navidad con Hardin dentro de un año hace que sienta mariposas en el estómago. Por primera vez desde que nos conocemos, soy capaz de imaginar un futuro con él. Y no me refiero a tener hijos o a que nos casemos, sino a que por fin me siento lo bastante segura de sus sentimientos como para plantearme el futuro dentro de un año.

A la mañana siguiente, cuando Hardin regresa de dejar a Trish en el aeropuerto demasiado temprano, me despierto. Oigo que tira la ropa al suelo y vuelve a meterse en la cama vestido sólo con el bóxer. Me rodea con los brazos una vez más. Sigo algo molesta con él por lo sucedido ayer, pero tiene los brazos fríos y lo he extrañado el tiempo que se ha ausentado de la cama.

—Vuelvo a trabajar mañana —digo al cabo de unos minutos, sin saber si ya se ha quedado dormido o no.

—Ya lo sé —responde.

—Estoy ilusionada por poder volver a Vance.

—¿Por qué?

—Porque me encanta, y ya llevo más de una semana de vacaciones. Extraño trabajar.

—Qué aplicada —se burla, y sé que está poniendo los ojos en blanco aunque no pueda verle la cara.

Cuando lo pienso, pongo los ojos en blanco también.

—Perdona si me encantan mis prácticas y a ti no te gusta tu trabajo —digo.

—Me gusta mi trabajo, y te recuerdo que tuve el mismo trabajo que tú. Pero lo dejé por algo mejor —alardea.

—Y ¿la razón de que te guste más es que puedes hacerlo desde casa?

—Sí, ésa es la razón principal.

—¿Cuál es la otra razón?

—Sentía que la gente pensaba que sólo había obtenido el empleo por Vance.

No es ninguna novedad, pero es una respuesta más sincera de lo que esperaba por su parte. Esperaba una palabra o dos acerca de que el trabajo era una mierda o una hueva.

—¿De verdad crees que la gente pensaba eso? —Me pongo boca arriba y él se apoya en el codo para mirarme.

—No lo sé. Nunca nadie me dijo nada, pero tenía la sensación de que todos lo pensaban. Sobre todo después de que me hiciese un contrato como empleado, no de prácticas.

—¿Crees que se enojó cuando te fuiste a trabajar a otra parte?

Esboza una sonrisa que parece especialmente amplia en la penumbra de la recámara.

—No lo creo. Sus empleados siempre se estaban quejando de mi supuesta actitud.

—¿«Supuesta actitud»? —pregunto, medio en broma.

Me toma de la mejilla y agacha la cabeza para besarme en la frente.

—Sí, supuesta. Soy una persona encantadora. No tenía ningún problema de actitud. —Sonríe pegado a mi piel. Me río y sonríe todavía más y pega la frente a la mía—. ¿Qué quieres que hagamos hoy? —pregunta.

—No lo sé. Había pensado llamar a Landon e ir a la tienda.

Retrocede un poco.

—¿Para qué?

—Para hablar con él y preguntarle cuándo nos podemos ver. Me gustaría darle esas entradas.

—Los regalos están en su casa, seguro que ya los han abierto.

—No creo que los abran si no estamos allí.

—Yo creo que sí.

—Pues por eso lo digo —bromeo.

Sin embargo, Hardin se pone serio en cuanto menciono a su familia.

—¿Crees que... crees que debería disculparme? Bueno, disculparme no..., pero ¿y si lo llamo? Ya sabes..., a mi padre.

Sé que tengo que andar con cuidado en lo que a Hardin y a Ken se refiere.

—Creo que deberías llamarlo. Creo que deberías intentar asegurarte de que lo que pasó ayer no estropea la relación que estabas empezando a establecer con él.

—Supongo... —suspira—. Después de que le golpease, por un segundo pensé que te quedarías allí y que me dejarías.

—¿En serio?

—Sí. Me alegro de que no lo hicieras, pero es lo que pensé.

Levanto la cabeza del colchón y lo beso en la mandíbula en lugar de responder. He de admitir que, de no haberse sincerado previamente sobre su pasado, probablemente lo habría hecho. Eso lo ha cambiado todo para mí. Ha cambiado mi modo de verlo, y no de una manera negativa o positiva, sino de una manera más comprensiva.

Hardin mira en mi dirección, hacia la ventana.

—Supongo que puedo llamarlo hoy.

—¿Crees que podríamos ir a su casa? De verdad que me gustaría darles los regalos.

Me mira perplejo y dice:

—Podríamos decirles que los abran mientras hablas con ellos por teléfono. Es prácticamente lo mismo, pero así no tenemos que ver sus sonrisas falsas cuando descubran tus espantosos regalos.

—¡Hardin! —protesto.

Se ríe y apoya la cabeza en mi pecho.

—Es broma, eres la mejor haciendo regalos. El llavero del equipo deportivo equivocado fue lo mejor. —Se ríe.

—Vuelve a la cama —digo tocándole el pelo alborotado.

—¿Qué necesitas de la tienda? —me pregunta mientras se acuesta de nuevo.

Había olvidado que había dicho eso.

—Nada.

—No, dijiste que tenías que ir a la tienda. ¿Qué quieres? ¿Tapones o algo?

—¿Tapones?

—Sí, para... cerrar la llave.

«¿Qué?»

—No entiendo...

—Tampones.

Me ruborizo, y estoy segura de que me pongo roja de pies a cabeza.

—Eh..., no.

—¿Nunca tienes la regla?

—Por favor, Hardin, deja de hablar de ello.

—¿Qué pasa? ¿Te da vergüenza hablar de tu mens-trua-ción conmigo? —Levanta la cara para mirarme y veo que está sonriendo con
malicia.

—No me da vergüenza. Es que no es apropiado —me defiendo tremendamente abochornada.

Él sonríe de nuevo.

—Hemos hecho muchas cosas inapropiadas, Theresa.

—No me llames Theresa, ¡y deja de hablar de ello! —protesto, y me
tapo la cara con las manos.

—¿Estás sangrando ahora? —Noto cómo su mano desciende por
mi vientre.

—No... —miento.

Hasta ahora he conseguido librarme de esta situación porque,
como siempre estamos dejándolo y volviendo, nunca ha coincidido.
Ahora que vamos a estar juntos de una manera más estable, sabía que
esto pasaría, sólo estaba evitándolo.

—Entonces no te importará que... —Desliza la mano por el elástico
de mis calzones.

—¡Hardin! —grito, y le aparto la mano de una palmada.

Se ríe.

—Pues admítelo; di: «Hardin, tengo la regla».

—No pienso decir eso.

Sé que debo de tener la cara como un jitomate ahora mismo.

—Venga, mujer, sólo es un poco de sangre.

—Eres asqueroso.

—Eso puede arreglarse. —Sonríe con petulancia, claramente orgulloso de su estúpido chiste.

—Eres repulsivo.

—Relájate, déjate llevar, aprende a fluir... —Se ríe con más ganas.

—¡Para ya! Está bien, si lo digo, ¿dejarás de hacer bromitas sobre la menstruación?

—Sí, al menos durante un período de tiempo.

Su risa es contagiosa y es hermoso estar acostada en la cama riendo con él a pesar del tema de conversación.

—Hardin, tengo la regla. Me ha bajado justo antes de que llegaras a casa. ¿Contento?

—¿Por qué te da vergüenza?

—No me la da, es sólo que no creo que sea algo de lo que las mujeres deban hablar.

—Qué tontería, a mí no me molesta un poco de sangre. —Se pega a mi cuerpo.

—Eres un sucio —replico arrugando la nariz.

—Me han llamado cosas peores. —Sonríe.

—Hoy estás de buen humor.

—Quizá tú también lo estarías si no estuvieras en esos días del mes.

Gruño y agarro la almohada que tengo detrás para taparme la cara con ella.

—¿Podemos hablar de otra cosa, por favor? —digo a través de la tela.

—Claro..., claro... No te hagas mala sangre —replica, y se ríe.

Me aparto la almohada de la cara y lo golpeo con ella en la cabeza antes de levantarme de la cama. Oigo cómo sigue riendo mientras abre la cómoda, supongo que para sacar unos pantalones. Es temprano, sólo son las siete de la mañana, pero estoy totalmente despierta. Preparo café y echo cereales en un tazón. Es increíble que haya pasado ya la Navidad; dentro de unos días terminará el año.

—¿Qué sueles hacer en Año Nuevo? —le pregunto a Hardin cuando se sienta a la mesa vestido con unos pantalones blancos de algodón con cordones.

—Pues salir.

—¿Adónde?

—A alguna fiesta o a un club. O las dos cosas. El año pasado fueron las dos cosas.

—Vaya. —Le paso el tazón de cereales que he preparado.

—¿Qué quieres hacer?

—No lo sé. Salir, creo —contesto.

Arquea una ceja.

—¿En serio?

—Sí... ¿A ti no?

—La verdad es que me importa una mierda lo que hagamos, pero si quieres salir, eso es lo que haremos.

Se lleva una cucharada de frosties a la boca.

—Bueno... —asiento sin saber muy bien adónde iremos. Me preparo otro tazón para mí—. ¿Vas a preguntarle a tu padre si podemos pasarnos hoy? —añado sentándome a su lado.

—No lo sé...

—¿Y si les decimos que vengan ellos? —sugiero.

Hardin me mira con recelo.

—De eso, nada.

—¿Por qué no? Te sentirías más cómodo aquí, ¿no?

Cierra los ojos un momento antes de abrirlos de nuevo.

—Supongo. Luego los llamo.

Termino de desayunar rápidamente y me levanto de la mesa.

—¿Adónde vas? —pregunta.

—A limpiar, claro.

—¿A limpiar qué? La casa está impecable.

—No, no lo está, y quiero que esté perfecta si vamos a tener invitados. —Enjuago mi tazón y lo meto en el lavaplatos—. Podrías ayudarme a limpiar, ¿no? Ya que siempre eres tú el que más ensucia y desordena —señalo.

—Uy, no. Tú limpias mucho mejor que yo —replica.

Pongo los ojos en blanco. No me importa limpiar, porque la verdad es que tengo mis manías a la hora de hacerlo todo, y lo que Hardin entiende por limpiar no es precisamente limpiar. Se limita a guardar las cosas donde quepan sin ningún orden.

—Ah, y no olvides que tenemos que ir a la tienda por tus *tapones*. —Se ríe.

—¡Deja de llamarlos así!

Le tiro un trapo a la cara y oigo cómo se ríe con más intensidad ante mi pudor.

CAPÍTULO 50

Tessa

Cuando el departamento está limpio como a mí me gusta, me dirijo a la tienda para comprar tampones y algunas cosas más por si vienen Ken, Karen y Landon. Hardin quería acompañarme, pero sabía que no iba a parar de hacer bromas sobre los tampones, así que lo he obligado a quedarse en casa.

Al volver, lo encuentro sentado en el mismo sitio en el sillón.

—¿Has llamado ya a tu padre? —pregunto desde la cocina.

—No..., te estaba esperando —responde, y se acerca a la cocina y se sienta a la mesa, suspirando—. Voy a llamarlo ahora.

Me siento frente a él mientras se lleva el teléfono a la oreja.

—Eh..., hola —dice Hardin, y pone el teléfono en manos libres y lo deja sobre la mesa, entre ambos.

—¿Hardin? —pregunta Ken sorprendido.

—Sí... Hum..., oye, ¿se les antoja venir por aquí o algo?

—¿Ir?

Hardin me mira y noto que su paciencia ya se está agotando. Alargo la mano, la dejo sobre la suya y asiento para mostrarle mi apoyo.

—Sí... Tú, Karen y Landon. Para intercambiar regalos, ya que no lo hicimos ayer. Mamá se ha ido —dice.

—¿Estás seguro? —pregunta Ken a su hijo.

—De lo contrario, no te lo habría preguntado, ¿no? —responde Hardin, y yo le aprieto la mano—. Digo..., sí, claro —se corrige, y le sonrío.

—Bien, bueno, deja que hable con Karen, pero sé que estará entusiasmada. ¿A qué hora les queda bien?

Hardin me mira. Articulo con los labios que a las dos, y él se lo dice a su padre.

—Bien... Bueno, nos vemos a las dos entonces.

—Tessa le enviará a Landon la dirección en un mensaje —añade Hardin, y cuelga el teléfono.

—No ha estado mal, ¿no? —digo.

Pone los ojos en blanco.

—Lo que tú digas.

—¿Qué me pongo?

Señala con la mirada mis pantalones y mi camiseta de la WCU.

—Eso.

—De eso, nada. Ésta es nuestra Navidad.

—No, es el día después de Navidad, así que deberías llevar pantalones de mezclilla. —Sonríe y se tira con los dedos del arete del labio.

—No voy a llevar mezclilla. —Me río y me dirijo a la habitación para decidir qué ponerme.

Sostengo mi vestido blanco contra mi pecho delante del espejo cuando Hardin entra en la recámara.

—No sé si es buena idea que vayas de blanco. —Sonríe.

—Pero ¿a ti qué te pasa? ¡Basta ya! —protesto.

—Estás muy linda cuando te ruborizas.

A continuación saco el vestido color vino. Me trae muchos recuerdos. Me lo puse para ir a la primera fiesta de la fraternidad con Steph. Extraño a Steph a pesar de lo enojada que estoy... que estaba con ella. Me siento traicionada, pero la verdad es que tenía cierta parte de razón cuando dijo que no era justo que perdonara a Hardin y a ella no.

—¿En qué piensa esa cabecita? —pregunta él entonces.

—En nada... Sólo me acordaba de Steph.

—¿Qué pasa con ella?

—No lo sé... La extraño. ¿Extrañas a tus amigos? —pregunto. No los ha mencionado desde la carta.

—No. —Se encoge de hombros—. Prefiero pasar el tiempo contigo.

Me gusta este Hardin sincero, aunque señalo:

—Pero también puedes salir con ellos.

—Supongo. No lo sé, la verdad es que me da bastante igual. ¿Quieres quedar con ellos..., ya sabes, después de todo aquello? —Mira al suelo.

—No lo sé..., pero supongo que podría intentarlo a ver qué tal. Pero con Molly, no. —Frunzo el ceño.

Levanta la vista con expresión pícara.

—¿Por qué? Con lo buenas amigas que son.

—Uf. No hablemos de ella. ¿Qué crees que harán en Año Nuevo? —pregunto.

No sé cómo me sentiré con ellos, pero extraño tener amigos, o lo que yo creía que eran amigos.

—Supongo que habrá una fiesta. Logan está obsesionado con el Año Nuevo. ¿Estás segura de que quieres salir con ellos?

Sonrío.

—Sí... Si me estalla en la cara, el año que viene nos quedaremos en casa.

Hardin abre los ojos como platos cuando menciono el año que viene, pero finjo no darme cuenta. Necesito que nuestro segundo intento de celebrar la Navidad transcurra de manera pacífica. Hoy me centro en el presente.

—Tengo que preparar algo para comer. Deberíamos haberles dicho a las tres, ya es mediodía, y ni siquiera estoy lista. —Me paso las manos por la cara sin maquillaje.

—Tranquila, arréglate. Ahora preparo algo yo... —dice él, y sonríe con malicia—. Pero asegúrate de no comer nada más que lo que yo ponga en tu plato.

—Bromeando sobre envenenar a tu padre, ¿eh? Encantador... —suelto.

Se encoge de hombros y desaparece.

Me lavo la cara y me maquillo un poco antes de soltarme el pelo y enchinarme las puntas. Para cuando he terminado de arreglarme, detecto un delicioso aroma a ajo que proviene de la cocina.

Cuando llego junto a Hardin, veo que ha preparado un par de charolas de fruta y verdura y ya ha puesto la mesa. Estoy impresionada, aunque tengo que contener el impulso de reorganizar algunas cosas. Me alegra mucho que Hardin esté dispuesto a invitar a su padre a nuestro departamento, y me alivia ver que hoy parece estar de muy buen humor. Miro el reloj y veo que nuestros invitados estarán aquí dentro de media hora, de modo que me pongo a recoger el pequeño desorden que ha creado Hardin mientras cocinaba para asegurarme de que el departamento está impecable de nuevo.

Me abrazo a su cintura mientras está de pie frente al horno.

—Gracias por hacer todo esto.

Se encoge de hombros.

—No es nada.

—¿Estás bien? —pregunto, y lo suelto y le doy la vuelta para verle la cara.

—Sí..., estoy bien.

—¿Seguro que no estás un poco nervioso? —insisto. Sé que lo está.

—No... Bueno, sólo un poco. Se me hace raro que vengan aquí, ¿sabes?

—Ya, estoy muy orgullosa de que los hayas invitado.

Pego la mejilla a su pecho y él desliza las manos hasta mi cintura.

—¿De verdad?

—Por supuesto que sí, ca... Hardin.

—¿Qué ibas a decir?

Escondo la cara.

—Nada.

No sé de dónde sale ahora esa necesidad de llamarle apelativos cariñosos, pero es muy embarazoso.

—Dímelo —arrulla, y me levanta la barbilla para obligarme a salir de mi escondite.

—No sé por qué, pero casi te llamo «cariño» otra vez. —Me muerdo el labio inferior y su sonrisa se intensifica.

—Ándale, dímelo —dice.

—Te vas a burlar de mí. —Sonrío débilmente.

—No, no lo haré. Yo te llamo «nena» todo el tiempo.

—Ya..., pero cuando tú lo haces es diferente.

—¿Por qué?

—No lo sé... Suena como más sexi o algo cuando lo haces tú..., más romántico. No lo sé. —Me ruborizo.

—Hoy estás muy penosa. —Sonríe y me besa en la frente—. Pero me gusta. Anda, dímelo.

Lo abrazo con más fuerza.

—Está bien.

—¿Está bien, qué?

—Está bien..., cariño. —La palabra me sabe raro mientras se desliza por mi lengua.

—Repítelo.

Dejo escapar un alarido de sorpresa cuando me levanta, me deja sobre la fría barra de la cocina y se coloca entre mis muslos.

—No creas que esto me va a detener. —Sus dedos trazan círculos en mis medias negras.

—Puede que no, pero la..., ya sabes, sí lo hará.

Unos golpes en la puerta me hacen dar un brinco y Hardin sonríe y me guiña un ojo. Mientras se dirige a abrirla, dice por encima del hombro:

—Nena..., eso tampoco lo hará.

CAPÍTULO 51

Hardin

Al abrir la puerta, la cara de mi padre capta inmediatamente mi atención. Tiene un enorme moretón en la mejilla, y un corte pequeño en el centro del labio inferior.

Los saludo con un gesto de la cabeza porque no sé qué mierda decir.

—Qué casa tan bonita —sonríe Karen, y los tres permanecen en el descanso, sin saber qué hacer.

Tessa aparece entonces y salva la situación.

—Pasen. Puedes dejar eso bajo el árbol —le dice a Landon, señalando la bolsa de regalos que sostiene.

— También hemos traído los que dejaron en casa —tercia mi padre.

El ambiente está cargado de tensión, pero no de una tensión furiosa, sino tremendamente incómoda.

Tess sonríe con dulzura.

—Muchísimas gracias.

Se le da tan bien hacer que la gente se sienta a gusto... Al menos, uno de nosotros lo está.

Landon es el primero en entrar en la cocina, seguido de Karen y de Ken. Agarro a Tessa de la mano y la uso como anclaje contra mi ansiedad.

—¿Qué tal el trayecto? —dice Tessa en un intento de entablar conversación.

—Nada mal, manejaba yo —responde Landon.

La conversación pasa de algo incómoda al principio a bastante relajada mientras comemos. Entre plato y plato, Tessa me aprieta la mano por debajo de la mesa.

—La comida estaba deliciosa —dice Karen mirando a Tessa.

—Ah, no, no la he preparado yo: ha sido Hardin —responde ella, y me coloca la mano en el muslo.

—¿En serio? Pues estaba exquisita, Hardin. —Me sonríe.

No me habría importado que Tessa se llevara el mérito por la comida. Sentir cuatro pares de ojos mirándome me está dando ganas de vomitar. Tessa aplica más presión en mi pierna esperando que diga algo. Miro a Karen.

—Gracias —respondo, y ella me aprieta de nuevo para instarme a ofrecerle a Karen una sonrisa muy incómoda.

Tras unos segundos de silencio, Tessa se levanta y recoge su plato de la mesa. Se dirige a la tarja y yo me debato entre seguirla o no.

—La comida estaba muy buena, hijo, estoy impresionado —dice mi padre, interrumpiendo el silencio.

—Ya, es sólo comida —farfullo. Desvía la mirada al suelo y me corrijo—: Quería decir que Tessa cocina mejor que yo, pero gracias.

Parece satisfecho con mi respuesta, y bebe un sorbo de su vaso. Karen sonríe incómoda y me mira con esos extraños ojos casi consoladores que tiene. Aparto la mirada. Tessa vuelve antes de que nadie más tenga la oportunidad de elogiar la comida.

—¿Abrimos los regalos? —pregunta Landon.

—Sí —responden Karen y Tessa al unísono.

Me mantengo lo más cerca posible de Tessa mientras pasamos a la sala. Mi padre, Karen y Landon se sientan en el sillón. Tomo la mano de Tessa y la jalo para que se siente en mis piernas, en el sillón. Veo que mira a nuestros invitados, y Karen intenta reprimir una sonrisa. Tessa aparta la mirada avergonzada, pero no se levanta. Me pego más a ella y abrazo su cintura con más fuerza.

Landon se levanta y toma los regalos. Los reparte y yo me centro en Tessa y en el modo en que se emociona con estas cosas. Me encanta el hecho de que se entusiasme por todo, y me encanta que haga que la gente se sienta cómoda. Incluso en un «segundo intento de Navidad».

Landon le pasa una caja pequeña en la que se lee: «De Ken y Karen». Desgarra el papel y aparece una caja azul con la marca Tiffany & Co. escrita en la parte delantera en letras plateadas.

—¿Qué es? —pregunto en voz baja.

No tengo ni idea de joyería, pero sé que esa marca es cara.

—Una pulsera.

La saca y deja colgando una pulserita de eslabones de plata delante de mí. Unos dijes con forma de lazo y de corazón cuelgan del caro metal. El brillante objeto hace que la pulsera que tiene en la muñeca, el regalo que yo le hice, parezca una auténtica chingadera.

—Por supuesto —digo entre dientes.

Tessa me mira con el ceño fruncido y se vuelve de nuevo hacia ellos.

—Es preciosa; muchísimas gracias —dice radiante.

—Ya tenía... —empiezo a protestar.

Detesto que le hayan hecho un regalo mejor que el mío. Sí, ya sé que tienen lana. Pero ¿no podrían haberle regalado otra cosa, lo que fuera?

Sin embargo, Tessa se vuelve hacia mí y me ruega en silencio que no haga que la situación sea aún más incómoda. Suspiro derrotado y me apoyo contra el respaldo del sillón.

—¿Qué te han regalado a ti? —sonríe Tessa, intentando calmar mi humor.

Se acerca y me besa en la frente. Mira la caja en el brazo de la butaca y me insta a abrirla. Cuando lo hago, sostengo el caro contenido en alto para que lo vea.

—Un reloj. —Se lo muestro, intentando contentarla lo mejor que puedo.

En serio, sigo encabronado con lo de la pulsera. Quería que llevara la mía todos los días. Quería que fuera su regalo favorito.

CAPÍTULO 52

Hardin

A Karen se le ilumina la cara al ver el juego de moldes para pasteles que le compró Tessa.

—¡Hace tiempo que quería unos como estos!

Tessa creía que no iba a darme cuenta de que había añadido mi nombre en las etiquetas con forma de muñeco de nieve, pero lo vi, lo que pasa es que no quise tacharlo.

—Me siento fatal por haberte regalado una tarjeta regalo cuando tú me has comprado estas magníficas entradas —le dice Landon a Tessa.

He de admitir que me alegro de que le haya comprado algo tan impersonal: una tarjeta regalo para el libro electrónico que le regalé por su cumpleaños. Si le hubiese comprado algo más meditado, me habría encabronado, pero viendo la sonrisa de Tessa, cualquiera diría que le ha regalado la maldita primera edición de la novela de Austen. Sigo sin poder creer que le hayan regalado una pulsera cara, qué ganas de presumir su dinero. ¿Y si ahora prefiere llevar ésta en lugar de la mía?

—Gracias por los regalos, son estupendos —dice mi padre, y me mira sosteniendo el llavero que Tessa escogió erróneamente para él.

Me siento un poco culpable al ver su cara de decepción, pero al mismo tiempo la extraña combinación de colores en su rostro me resulta ligeramente divertida. Quiero disculparme por mi arrebato de ayer. Bueno, yo no diría que quiero, pero he de hacerlo. No quiero dar pasos hacia atrás con él. Supongo que no estaba mal pasar tiempo en su compañía. Karen y Tessa se llevan bastante bien, y me siento obligado a darle la oportunidad de que tenga una figura materna cerca, ya que es culpa mía que su madre y ella hayan acabado tan mal. Aunque esté feo decirlo, a mí me conviene que estén así, porque es una persona menos que se entromete en nuestra relación.

—¿Hardin? —me dice Tessa al oído.

Levanto la vista y me doy cuenta de que uno de ellos debe de haberme dicho algo.

—¿Te gustaría ir al partido con Landon? —pregunta.

—¿Qué? No —me apresuro a contestar.

—Gracias, güey. —Landon pone los ojos en blanco.

—Quiero decir que no creo que Landon quiera —me corrijo.

Ser correcto es mucho más difícil de lo que pensaba. Sólo estoy haciendo esto por ella... Bueno, para ser sincero, un poco por mí también, ya que las palabras de mi madre acerca de que la ira sólo me proporcionará manos ensangrentadas y una vida solitaria no paran de reproducirse en mi cabeza.

—Si tú no vienes, iré con Tessa —me dice Landon.

¿Por qué intenta provocarme para una vez que trato de ser amable?

Ella sonríe.

—Sí, yo iré con él. No sé nada de hockey, pero haré lo que haga todo el mundo.

Sin darme cuenta siquiera, rodeo su cintura con el otro brazo y la pego a mi pecho.

—Iré —cedo.

El rostro de Landon se torna divertido y, aunque está de espaldas, estoy convencido de que el de Tessa muestra la misma expresión.

—Me gusta mucho cómo han dejado el lugar, Hardin —dice mi padre.

—Ya venía decorado, pero gracias —respondo.

He llegado a la conclusión de que me siento mucho menos incómodo cuando lo estoy golpeando que cuando intentamos evitar una discusión.

Karen me sonríe.

—Ha sido muy amable por tu parte el invitarnos.

Mi vida sería mucho más sencilla si fuese una zorra asquerosa, pero, qué mierda, es una de las personas más agradables que he conocido en mi vida.

—No es nada... —digo—. Después de lo de ayer es lo menos que podía hacer.

Sé que mi voz suena más forzada y temblorosa de lo que me gustaría.

—Tranquilo..., esas cosas pasan —me asegura Karen.

—No es verdad, no creo que la violencia sea una tradición navideña —respondo.

—Puede que lo sea a partir de ahora. Tessa puede golpearme a mí el año que viene —bromea Landon en un triste intento de animarme.

—Puede que lo haga. —Tessa le saca la lengua y yo sonrío ligeramente.

—No volverá a ocurrir —digo, y miro a mi padre.

Él me observa pensativo.

—En parte fue culpa mía, hijo. Debería haber imaginado que no iba a salir bien, pero espero que ahora que has calmado un poco tu ira podamos volver a intentar establecer una relación —me dice.

Tessa coloca sus pequeñas manos sobre las mías para infundirme ánimos, y asiento.

—Eh... Sí..., genial —respondo tímidamente—. Sí... —Intento contenerme.

Landon se da una palmada en las rodillas con las manos y se pone de pie.

—Bueno, tenemos que irnos. Dime algo si de verdad quieres venir al partido. Y gracias a los dos por habernos invitado.

Tessa los abraza a los tres mientras yo me apoyo en la pared. La cosa no ha ido mal, pero no pienso abrazar a nadie. Excepto a Tessa, claro, aunque después de lo bien que me he portado todo el día debería darme algo más que un abrazo. Observo cómo su vestido ancho oculta sus preciosas curvas y tengo que controlarme ligeramente para no arrastrarla hasta el cuarto. Recuerdo la primera vez que la vi con ese espantoso vestido. Bueno, por aquel entonces me lo parecía; ahora lo adoro. Salió de su residencia como si en vez de a una fiesta fuese a un entierro. Me puse los ojos en blanco cuando me metí con ella mientras se subía en el coche, pero entonces no tenía ni idea de que acabaría enamorándome.

Me despido con la mano una vez más de nuestros invitados y, cuando se han ido, exhalo el aire que no me había dado cuenta que estaba conteniendo. Un partido de hockey con Landon, ¿por qué chingados habré aceptado?

—Ha sido agradable, tú has sido agradable —me elogia Tessa, y se quita inmediatamente los tacones y los coloca de manera ordenada junto a la puerta.

Me encojo de hombros.

—Sí, supongo que ha estado bien.

—Ha estado mucho mejor que bien —dice sonriéndome.

—Lo que tú digas —replico en un tono exageradamente gruñón, y ella se ríe.

—Te quiero mucho. Lo sabes, ¿verdad? —pregunta mientras se dirige a la sala para ordenarla.

Bromeo sobre su obsesión por la limpieza, pero lo cierto es que el departamento estaría hecho un asco si estuviera viviendo yo solo aquí.

—¿Qué te ha parecido el reloj? ¿Te gusta? —pregunta.

—No, es espantoso, y yo nunca llevo relojes.

—A mí me parece bonito.

—¿Y tu pulsera? —digo con vacilación.

—Es bonita.

—Ah... —Aparto la mirada—. Es cara y elegante —añado.

—Sí... Me sabe mal que se hayan gastado todo ese dinero cuando no me la voy a poner mucho. Tendré que ponérmela cuando vayamos a verlos alguna que otra vez.

—¿Por qué no vas a ponértela?

—Porque ya tengo una pulsera favorita. —Sacude la muñeca de un lado a otro haciendo que los dijes choquen entre sí.

—Vaya. ¿Te gusta más la mía? —digo sin poder ocultar una estúpida sonrisa.

Ella me mira con una ligera expresión de reproche.

—Pues claro que sí, Hardin.

Intento conservar la poca dignidad que me queda, pero no puedo evitar levantarla por la parte trasera de las piernas. Tessa grita, y empiezo a reír con ganas. No recuerdo haberme reído así en toda mi vida.

CAPÍTULO 53

Tessa

A la mañana siguiente me despierto temprano, me baño y, todavía enrollada en la toalla, empiezo a preparar el elixir de la vida: café. Mientras observo cómo se va haciendo me doy cuenta de que me pone algo nerviosa la idea de ver a Kimberly. No sé cómo reaccionará cuando sepa que Hardin y yo hemos vuelto. No suele juzgar a la gente, pero si las cosas fueran al revés y fuera ella la que estuviera en mi misma situación con Christian, no sé cómo reaccionaría yo. No conoce todos los detalles, pero sabe que eran lo bastante malos como para que no quisiera contárselos.

Con una humeante taza en la mano, me acerco al ventanal de la sala. Cae una nieve densa; ojalá parase ya. Detesto manejar cuando nieva, y casi todo el trayecto hasta Vance es por la autopista.

—Buenos días —me sorprende la voz de Hardin desde el pasillo.

—Buenos días. —Sonrío y doy otro sorbo al café—. ¿No deberías estar durmiendo? —le pregunto mientras se quita las legañas de los ojos.

—¿Y tú no deberías estar vestida? —responde.

Sonrío de nuevo y paso por su lado en dirección al cuarto para vestirme, pero él tira de la toalla y me la quita del cuerpo. Dejo escapar un grito y corro a la habitación. Al oír sus pasos por detrás, cierro la puerta con seguro. Cualquiera sabe lo que pasará si lo dejo entrar. Me arde la piel sólo de pensarlo, pero ahora no tengo tiempo para eso.

—Muy maduro por tu parte —dice desde el otro lado.

—Nunca he dicho que sea madura.

Sonrío y me acerco al ropero. Me decido por una falda negra larga y una blusa roja. No es mi mejor conjunto, pero es mi primer día después de vacaciones y está nevando. Me maquillo ligeramente frente al espejo de cuerpo entero del ropero y ya sólo me falta peinarme. Cuando abro la puerta no veo a Hardin por ninguna parte. Me seco el pelo un poco antes de recogérmelo en un chongo seguro.

—¿Hardin? —Tomo mi bolsa y saco mi celular para llamarlo.

No contesta. «¿Dónde se habrá metido?» El corazón se me acelera mientras recorro el departamento. Un minuto después, la puerta de la entrada se abre y aparece cubierto de nieve.

—¿Dónde estabas? Me estaba poniendo nerviosa.

—¿Nerviosa? ¿Por qué? —pregunta.

—La verdad es que no lo sé. Por si estabas herido o algo. —Qué ridícula soy.

—He salido a quitar la nieve de tu coche y a arrancar el motor para que esté calentito cuando bajes.

Se quita la chamarra y las botas empapadas y deja un charco de nieve derretida en el concreto.

Me quedo asombrada.

—¿Quién eres tú? —Me echo a reír.

—No empieces con esa mierda o vuelvo abajo y te poncho las ruedas —dice.

Pongo los ojos en blanco y me río ante su falsa amenaza.

—En fin, gracias.

—¿Quieres... quieres que te lleve? —dice, y me mira a los ojos.

Ahora sí que no sé quién es. Ayer fue amable la mayor parte del día, y ahora ha bajado a calentar mi coche y se está ofreciendo a llevarme al trabajo, por no hablar de que anoche se puso a llorar de risa. Ser honesto le sienta de maravilla.

—¿O mejor no? —añade al ver que me tomo mi tiempo para responder.

—Me encantaría —digo, y vuelve a calzarse las botas.

Cuando llegamos abajo y empezamos a salir del lugar de estacionamiento, me suelta:

—Menos mal que tu coche es una mierda. De lo contrario, alguien podría haberlo robado mientras estaba aquí prendido.

—¡No es ninguna mierda! —me defiendo mirando la pequeña raja en la ventanilla del pasajero—. Oye, estaba pensando que la semana que viene, cuando empiecen las clases, podríamos ir juntos en coche al campus, ¿no? Tus horarios coinciden más o menos con los míos, y los días que tenga que ir a Vance me llevaré mi coche y nos veremos después en casa.

—Bueno... —dice con la mirada fija al frente.

—¿Qué pasa?

—Que me habría gustado que me dijeras en qué clases te ibas a inscribir.

—¿Para qué?

—No sé... A lo mejor podría haberme inscrito en alguna contigo, pero claro, prefieres apuntarte con tu querido compañero del alma Landon.

—Tú ya has dado literatura francesa y estadounidense, y no creía que te interesara religión internacional.

—Y no me interesa —resopla.

Sé que esta conversación no nos lleva a ninguna parte, de modo que me siento aliviada cuando veo la enorme «V» del edificio Vance. La nieve ha amainado, pero Hardin se detiene cerca de la puerta principal para minimizar mi exposición al frío.

—Volveré a recogerte a las cuatro —dice, y yo asiento antes de acercarme para darle un beso de despedida.

—Gracias por traerme —susurro contra sus labios, rozándolos una vez más.

—Mmm... —murmura, y me aparto.

Cuando salgo del coche, Trevor aparece a unos metros de distancia, con su traje negro salpicado de nieve blanca. Se me revuelve el estómago cuando veo que me ofrece una cálida sonrisa.

—¡Hola! ¡Cuánto tiem...!

—¡Tess! —grita Hardin, y cierra la puerta del coche y corre a mi lado.

Trevor mira a Hardin, después a mí, y su sonrisa desaparece.

—Te has dejado algo... —dice Hardin, y me entrega una pluma estilográfica.

«¿Una pluma?»

Levanto una ceja.

Él asiente y me toma de la cintura y me besa con fuerza. Si no estuviéramos en un estacionamiento público y no supiera que ésta es su enfermiza forma de marcar su territorio, me derretiría ante la agresiva manera con la que su lengua me separa los labios. Al apartarme, veo en su rostro una expresión de petulancia. Noto un escalofrío y me paso las manos por los brazos. Debería haberme puesto una chamarra más gruesa.

—Me alegro de verte... Trenton, ¿verdad? —dice Hardin con falsa sinceridad.

Sé que sabe perfectamente cómo se llama. Qué maleducado es.

—Eh..., sí. Lo mismo digo —farfulla Trevor, y desaparece a través de las puertas corredizas.

—¿Qué diablos ha sido eso? —lo reprendo.

—¿El qué? —Sonríe con malicia.

Gruño.

—Eres lo peor.

—No te acerques a él, Tess. Por favor —me ordena Hardin, y me besa en la frente para suavizar sus duras palabras.

Pongo los ojos en blanco y me dirijo al edificio pisando el suelo con fuerza como una niña.

—¿Qué tal la Navidad? —pregunta Kimberly mientras tomo una dona y un café.

Seguramente no debería beberme otra taza, pero la escenita de cavernícola de Hardin me ha molestado, y el aroma de los granos de café me relaja.

—Pues...

«Verás, volví con Hardin, después descubrí que había grabado videos sexuales con varias chicas para destrozarles la vida, pero luego volví con él otra vez. Mi madre apareció en mi departamento y armó una escena, y ahora no nos hablamos. La madre de Hardin vino a visitarnos, de modo que tuvimos que fingir que estábamos juntos, aunque en realidad no lo estábamos, lo que básicamente hizo que acabásemos juntos de nuevo, y todo iba de maravilla hasta que mi madre le contó a la suya que me había desvirgado por una apuesta. Ah, y en Navidad, para celebrar el día, Hardin le dio una golpiza a su padre y atravesó de un puñetazo una vitrina de cristal. Ya sabes, lo normal.»

—... genial. ¿Y las tuyas? —respondo, decantándome por la versión corta.

Kimberly empieza a narrarme sus magníficas fiestas con Christian y su hijo. El niño lloró al ver la bicicleta nueva que «Santa» le había traído, e incluso llamó a Kimberly «mami Kim», cosa que le enterneció el corazón, pero hizo que se sintiera incómoda al mismo tiempo.

—Se me hace raro verme como la responsable de alguien o lo que sea que soy —dice—. No estoy casada, ni prometida, con Christian, así que no sé muy bien cuál es mi posición con respecto a Smith.

—Creo que tanto Smith como Christian tienen suerte de que estés en sus vidas, independientemente del cargo que ocupes —le aseguro.

—Eres una chica muy inteligente para tu edad, señorita Young.

Sonríe y yo me apresuro a llegar a mi oficina al ver la hora que es. A mediodía, Kimberly no está en su puesto. Bajo en el elevador y, cuando se detiene en la tercera planta, grito para mis adentros al ver entrar a Trevor.

—Hola —lo saludo tímidamente.

No sé por qué se me hace tan incómoda la situación. No estaba saliendo con Trevor ni nada. Salimos una vez y la pasamos bien. Disfruto de su compañía y él de la mía, eso es todo.

—¿Qué tal las vacaciones? —pregunta, y sus ojos azules brillan bajo la luz fluorescente.

Ojalá todo el mundo dejase de preguntarme eso de una vez.

—Bien, ¿y las tuyas?

—Bien también, el comedor social estuvo muy concurrido: dimos de comer a más de trescientas personas —dice sonriendo con orgullo.

—¡Vaya! ¿Trescientas personas? Es maravilloso. —Sonrío a mi vez.

Es una persona muy agradable, y la tensión entre nosotros casi ha desaparecido.

—La verdad es que fue genial; con suerte, el año que viene tendremos todavía más recursos y podremos alimentar a quinientas. —Cuando ambos salimos del elevador, me pregunta—: ¿Vas a comer?

—Sí, iba a ir a Firehouse, ya que no traje mi coche —respondo sin querer hablar sobre Hardin y yo en estos momentos.

—Puedes acompañarme, si quieres. Yo voy a Panera, pero si quieres te acerco a Firehouse; no deberías ir caminando si está nevando —se ofrece amablemente.

—¿Sabes qué? Me voy contigo a Panera. —Sonrío y nos dirigimos a su coche.

Los asientos térmicos de su BMW me hacen entrar en calor antes incluso de salir del estacionamiento. En el restaurante, Trevor y yo permanecemos casi todo el tiempo en silencio mientras pedimos la comida y nos sentamos a una mesa pequeña en la parte de atrás.

—Estoy pensando en trasladarme a Seattle —me cuenta él mientras mojo pan tostado en mi sopa de brócoli.

—¿En serio? ¿Cuándo? —pregunto en voz alta, intentando que se me oiga por encima del barullo del comedor.

—Dentro de un par de meses. Christian me ha ofrecido un trabajo allí, un ascenso a jefe de finanzas en la nueva oficina, y me lo estoy planteando en serio.

—¡Es una noticia fantástica! ¡Enhorabuena, Trevor!

Se limpia las comisuras de la boca con la servilleta.

—Gracias. Me encantaría dirigir todo el departamento financiero, y más todavía mudarme a Seattle.

Hablamos sobre Seattle durante el resto de la comida y, para cuando hemos terminado, no puedo parar de pensar: «¿Por qué Hardin no siente lo mismo respecto a esa ciudad?».

Cuando volvemos a Vance, la nieve se ha transformado en una lluvia gélida y los dos corremos hacia el edificio. Al llegar al elevador estoy tiritando. Trevor me ofrece el saco de su traje, pero me apresuro a rechazarlo.

—Entonces ¿Hardin y tú han vuelto? —dice, formulando por fin la pregunta que había estado esperando.

—Sí... Estamos trabajando en ello. —Digo con fuerza.

—Vaya... ¿Estás contenta? —pregunta mirándome.

—Sí —asiento mirándolo a mi vez.

—Bien, me da gusto por ti. —Se pasa las manos por el pelo negro y sé que está mintiendo, pero le agradezco que no haga que la situación sea más incómoda todavía. Eso también forma parte de su buen talante.

Cuando salimos del elevador, Kimberly tiene una expresión extraña. Me confunde la manera en que está mirando a Trevor, hasta que la dirección de su mirada me lleva hasta Hardin, que está apoyado contra la pared.

CAPÍTULO 54

Hardin

—¿En serio? ¿En serio? —pregunto agitando las manos en el aire de manera dramática.

Tessa se queda boquiabierta, pero no dice nada mientras mira al maldito Trevor y luego otra vez a mí. «Carajo, Tess.» La ira me invade y empiezo a visualizar las múltiples maneras en las que quiero golpear a ese pendejo.

—Gracias por la comida, Tessa. Nos vemos —dice él con voz tranquila antes de irse.

Miro a Kimberly y veo que sacude la cabeza con gesto de desaprobación antes de tomar una carpeta de su mostrador y dejarnos solos. Tessa mira a su amiga y yo casi me suelto a reír.

Se excusa y se encamina hacia su oficina.

—Sólo hemos comido, Hardin. Puedo comer con quien quiera. Así que no empieces —me advierte.

Cuando ambos estamos dentro, cierro la puerta con seguro.

—Ya sabes lo que pienso de él. —Me apoyo en la pared.

—Habla en voz baja. Esto es mi trabajo.

—Tus prácticas —la corrijo.

—¿Qué? —Me mira con unos ojos como platos.

—No eres una empleada de verdad, sólo estás haciendo prácticas —le recuerdo.

—¿Otra vez con eso?

—No, sólo estaba constatando un hecho.

Soy un cabrón: otro hecho.

—¿En serio? —me desafía.

Aprieto los dientes y miro a la testaruda de mi chica.

—¿Qué estás haciendo aquí? —inquiere, y se sienta en su silla detrás de la mesa.

—He venido para llevarte a comer, para que no tuvieras que caminar bajo la nieve —respondo—. Pero parece ser que sabes cómo hacer que otros hombres te ayuden.

—No es para tanto. Hemos ido a comer y hemos vuelto. Tienes que aprender a controlar tus celos.

—No estoy celoso.

Por supuesto que lo estoy. Y asustado. Pero no pienso admitirlo.

—Somos amigos, Hardin. Olvídalo y ven aquí.

—No —contesto.

—Por favor... —me ruega.

Pongo los ojos en blanco ante mi falta de autocontrol mientras me acerco hacia ella. Se inclina por encima de su mesa y me jala para que me ponga delante.

—Sólo te quiero a ti, Hardin. Te quiero y no quiero estar con nadie más. Sólo contigo. —Me observa con tanta intensidad que aparto la mirada—. Siento que Trevor no te caiga bien, pero no puedes decirme de quién puedo ser amiga.

Cuando me sonríe, intento aferrarme a mi ira, pero noto cómo ésta se disipa lentamente. «Maldita sea, es buena.»

—No lo soporto —digo.

—Es inofensivo. De verdad. Además, se traslada a Seattle en marzo.

Se me hiela la sangre en las venas, pero intento mostrar indiferencia.

—¿En serio?

Tenía que ser, Trevor va a mudarse a Seattle, el lugar al que Tessa quiere ir. El lugar al que yo no pienso ir jamás. Me pregunto si habrá pensado en irse con él. «No, ella no haría eso. ¿O sí? Carajo, no lo sé.»

—Sí, así que ya no estará por aquí. Por favor, déjalo en paz. —Me aprieta las manos.

La miro.

—Está bien, carajo, está bien. No lo tocaré. —Suspiro.

«No puedo creer que acabe de acceder a dejar que se vaya como si nada después de haber intentado besarla.»

—Gracias. Te quiero mucho —me dice mirándome con sus ojos grises.

—Aunque sigo encabronado porque intentó seducirte. Y contigo también, por no escucharme.

—Lo sé, y ahora cállate... —Se pasa la lengua por el labio inferior—. ¿Me dejas que te quite el disgusto? —pregunta con voz temblorosa.

«¿Qué?»

—Me gustaría... me gustaría demostrarte que sólo te quiero a ti.

Sus mejillas se ruborizan con intensidad y desliza las manos hasta mi cinturón mientras se levanta y se pone de puntitas para besarme.

Estoy confundido, enojado... y tremendamente cachondo. Lame con la lengua mi labio inferior. Gruño inmediatamente y la coloco sobre la mesa. Sus manos temblorosas juguetean de nuevo con mi cinturón y me despojan de él. Agarro el doblez de su falda excesivamente larga y se la levanto hasta la parte superior de los muslos, agradecido de que hoy no se haya puesto medias.

—Te quiero, cariño —susurra contra mi cuello, envolviendo mi cintura con las piernas.

Gimo al oír esas palabras saliendo de sus carnosos labios, y me encanta su repentina toma de control cuando empieza a bajarme los pantalones.

—¿No estás...? —pregunto, refiriéndome a su regla—. No, no la tienes.

Se pone colorada y me agarra la verga con la mano. Silbo entre dientes y Tessa sonríe mientras me masturba despacio, demasiado despacio.

—No juegues conmigo.

Gruño y ella menea la mano más rápido mientras me chupa el cuello. Si ésta es su manera de compensarme, no me importaría que la cagara más seguido. Siempre y cuando no implique a otro tipo.

La agarro del pelo y jalo su cabeza para que me mire.

—Quiero cogerte.

Niega con la cabeza y una tímida sonrisa se forma en sus labios.

—Sí —insisto.

—No podemos. —Mira hacia la puerta.

—Lo hemos hecho antes.

—Me refiero a... ya sabes.

—No pasa nada —digo quitándole importancia. La verdad es que no es tan terrible como la gente piensa.

—¿Eso es... normal?

—Sí. Es normal —decreto, y abre unos ojos como platos.

A pesar de su tímida actitud, sus pupilas dilatadas me indican lo mucho que quiere hacerlo también. Su mano sigue en mi miembro, meneándose lentamente. Le separo más las piernas. Tiro del hilo de su tampón y lo arrojo a la papelera. Después le aparto la mano y me pongo el condón.

Ella se baja y se inclina sobre el escritorio, levantándose la falda hasta el culo.

Carajo, esto es lo más excitante que he visto en mi vida, a pesar de las circunstancias.

CAPÍTULO 55

Tessa

Mi excitación aumenta cuando Hardin me levanta la gruesa tela de la falda hasta la cintura.

—Relájate, Tess. Desconecta la mente, no va a ser distinto de otras veces —me promete.

Intento ocultar la vergüenza cuando entra dentro de mí; no noto nada diferente. Bueno, en todo caso, la verdad es que es aún mejor. Más atrevido. Hacer algo tan alejado de mis normas, algo tan tabú, lo hace más emocionante. La mano de Hardin desciende por mi columna y hace que tiemble de anticipación. Su estado de ánimo ha cambiado radicalmente. Después de ver su actitud al salir del elevador, esperaba que hiciera una escena.

—¿Estás bien? —pregunta.

Asiento y gimo en respuesta.

Me agarra de la cadera con una mano y del pelo con la otra para mantenerme en el sitio.

—Me encanta estar dentro de ti, nena —dice con voz grave mientras entra y sale.

Su mano pasa de mi pelo a mis senos. Jala el escote y deja mi pecho al descubierto. Encuentra mi pezón y lo retuerce suavemente entre los dedos. Sofoco un grito y arqueo la espalda mientras repite esa misma acción una y otra vez.

—Uff —exhalo, y cierro la boca con fuerza.

Soy consciente de que estamos en mi oficina, pero por alguna razón no me preocupa tanto como me preocuparía habitualmente. Mis pensamientos empiezan con Hardin y acaban con el placer. La realidad de la situación y el tabú que supone nuestro acto no me parece relevante en estos momentos.

—Te gusta, ¿verdad, nena? Ya te lo decía, no hay ninguna diferencia..., bueno, al menos no hay ninguna diferencia negativa. —Gime y me rodea la cintura con el brazo. Casi me resbalo de la mesa cuando cambia de posición y me acuesta de espaldas contra la dura madera—. Carajo, te quiero; lo sabes, ¿verdad? —jadea en mi oreja.

Asiento, pero sé que necesita más.

—Dilo —insiste.

—Sé que me quieres —le aseguro.

Mi cuerpo se tensa y él endereza la espalda y acerca los dedos para acariciar mi clítoris. Me asomo para intentar ver cómo los dedos hacen magia con mi cuerpo, pero la sensación es demasiado para mí.

—Vamos, termina, nena. —Hardin acelera el ritmo y me levanta más una de las piernas.

Pone los ojos en blanco, y yo estoy tan cerca de un clímax tan intenso y tan abrumador que no veo nada más que estrellas mientras me aferro a sus brazos tatuados. Aprieto los labios con fuerza para evitar gritar su nombre mientras pierdo el control. El final de Hardin no es tan silencioso: se inclina hacia abajo, entierra la cabeza en mi cuello y grita mi nombre una vez antes de pegar la boca a mi piel para acallar su voz.

Luego se retira y me besa el hombro. Me levanto y me arreglo la ropa, aunque supongo que no tardaré en ir al aseo. «Dios, qué raro es esto.» No negaré que lo he disfrutado, pero no puedo quitarme esa idea de la cabeza.

—¿Lista? —pregunta.

—¿Para qué? —digo con la respiración todavía agitada.

—Para irnos a casa.

—No puedo irme a casa. Son sólo las dos —respondo, y señalo el reloj de la pared.

—Llama a la oficina de Vance mientras salimos. Vente a casa conmigo —ordena Hardin, y toma mi bolsa de la mesa—. Aunque supongo que querrás ponerte otro *tapón* antes de que nos vayamos.

Saca un tampón de mi bolsa y me da unos toquecitos en la nariz con él.

Le aparto el brazo de una palmada.

—¡Deja de decir eso! —gruño, y vuelvo a meterlo en mi bolsa mientras él se ríe.

Cuatro días después, me encuentro esperando pacientemente a que Hardin me recoja, mirando por el enorme ventanal del vestíbulo y agradecida de que no haya nevado últimamente. El único rastro de las nevadas de los días anteriores es el montón negro de hielo que se acumula a los lados de la banqueta.

Para mi fastidio, Hardin ha insistido en llevarme a trabajar todos los días desde nuestra discusión sobre Trevor. Todavía me sorprende haber conseguido calmarlo de esa manera. No sé qué habría hecho si hubiera atacado a Trevor en la oficina; Kimberly se habría visto obligada a llamar a seguridad, y probablemente habrían arrestado a Hardin.

Se suponía que iba a recogerme a las cuatro y media, y ya son las cinco y cuarto. Casi todo el mundo se ha ido ya, y varias personas se han ofrecido a acercarme a casa, incluido Trevor, aunque me lo dijo desde mil metros de distancia. No quiero que las cosas estén raras entre nosotros, y me gustaría seguir siendo amiga suya, a pesar de las «órdenes» de Hardin.

Por fin, detiene el coche en el estacionamiento y yo salgo a la calle. Hoy no hace tanto frío como los últimos días, y el sol brillante añade un poco de calidez, pero no la suficiente.

—Siento llegar tarde, me he quedado dormido —me dice mientras me meto en el coche calentito.

—No pasa nada —le aseguro, y miro por la ventanilla.

Estoy algo nerviosa por el Año Nuevo esta noche, y no quiero añadir una pelea con Hardin a mi lista de factores de estrés. Todavía no hemos decidido qué vamos a hacer, cosa que me pone histérica. Quiero conocer todos los detalles y tener la noche planificada.

He estado debatiéndome entre responder o no a los mensajes de texto que Steph me envió hace un par de días. Una parte de mí quiere verla, demostrarle a ella y a todo el mundo que no pudieron conmigo, que me humillaron, sí, pero que soy más fuerte de lo que imaginan. Dicho esto, la otra parte de mí se siente tremendamente incómoda ante la idea de ver a los amigos de Hardin. Sé que seguramente pensarán que soy una idiota por haber vuelto con él.

No sabré cómo actuar delante de ellos, y la verdad es que me da miedo que las cosas sean diferentes cuando salgamos de nuestra pequeña burbuja. ¿Y si Hardin me ignora todo el tiempo, o si Molly está allí? Me hierve la sangre sólo de pensarlo.

—¿Adónde quieres ir? —pregunta.

Le he comentado antes que necesitaba comprarme algo para esta noche.

—Al centro comercial. Tenemos que decidir adónde vamos a ir para saber qué tengo que comprarme.

—¿De verdad quieres quedar con todos, o prefieres que salgamos los dos solos? Yo aún quiero que nos quedemos en casa.

—No quiero quedarme en casa, eso lo hacemos siempre. —Sonrío.

Me encanta quedarme en casa con Hardin, pero él solía salir todo el tiempo, y a veces me preocupa que se acabe aburriendo de mí si lo tengo constantemente encerrado.

Al llegar al centro comercial, me deja en la entrada de Macy's y yo me apresuro a entrar. Cuando se reúne conmigo, ya tengo tres vestidos en los brazos.

—¿Qué es eso? —dice arrugando la nariz al ver un vestido amarillo canario en lo alto del montón—. Ese color es espantoso.

—A ti te parecen espantosos todos los colores menos el negro.

Se encoge de hombros ante mi veraz afirmación y pasa el dedo por la tela del vestido dorado que hay debajo.

—Éste me gusta —dice.

—¿De verdad? Pues es justo el que menos me convencía a mí. No quiero llamar la atención, ¿sabes?

Levanta una ceja.

—¿Y no la llamarías con el amarillo?

Tiene razón. Devuelvo el vestido amarillo a su sitio y le muestro uno blanco sin tirantes.

—¿Qué te parece éste?

—Pruébatelos —sugiere con una sonrisa traviesa.

—Pervertido —bromeo.

—A mucha honra.

Sonríe con petulancia y me sigue a los probadores.

—Tú te quedas fuera —le digo, y cierro la puerta dejando sólo el espacio justo para asomar la cabeza.

Hace pucheros y se sienta en el sillón negro de piel que hay frente al probador.

—Quiero verlos todos —dice cuando cierro la puerta del todo.

—Cállate.

Oigo cómo se ríe y me dan ganas de asomarme sólo para ver su sonrisa, pero decido no hacerlo. Me pruebo primero el vestido blanco sin tirantes y me cuesta subirme el cierre de la espalda. Es estrecho. Demasiado estrecho. Y corto. Demasiado corto. Por fin consigo subírmelo y jalo la falda hacia abajo antes de abrir la puerta del probador.

—¿Hardin? —digo casi en un susurro.

—¡Carajo! —exclama boquiabierto y me ve con el vestido casi inexistente.

—Es muy corto —digo, y me pongo roja.

—Sí, ése no —conviene, y me mira de arriba abajo.

—Lo llevaré si quiero —le digo para recordarle que él no va a dictar qué puedo y qué no puedo ponerme.

Me lanza una mirada asesina durante un instante y luego responde:

—Lo sé... Sólo quería decir que no deberías hacerlo. Enseña demasiado para tu gusto.

—Eso es lo que he pensado yo —replico, y me miro en el espejo de cuerpo entero una vez más.

Hardin sonríe con malicia y lo atrapo mirándome el trasero.

—Aunque la verdad es que es tremendamente sexi.

—Siguiente —digo, y entro de nuevo en el probador.

El vestido dorado resulta ser muy suave, a pesar de que está cubierto de minúsculas lentejuelas. Me llega hasta la mitad del muslo y las mangas son de tres cuartos. Esto es más de mi estilo, sólo que con un toque más arriesgado que de costumbre. Las mangas hacen que parezca algo más conservador, pero la longitud de la tela y el modo en que se ciñe a mi cuerpo indican lo contrario.

—Tess —protesta Hardin impaciente desde fuera.

Abro la puerta y su reacción me levanta el ánimo.

—Carajo. —Traga saliva.

—¿Te gusta? —pregunto mordiéndome el labio inferior.

Me siento bastante segura con el vestido, y más después de ver que las mejillas de Hardin se ruborizan y cambia el peso de su cuerpo hacia adelante y hacia atrás de un pie a otro.

—Mucho.

Esto es algo tan típico de parejas, probarme ropa para él en Macy's, que se me hace raro, aunque resulta muy reconfortante. Hace unos días me entró el pánico cuando se enteró de lo de mi cena con Trevor en Seattle.

—Entonces me quedo con éste —digo.

Después de encontrar un par de zapatos de plataforma negros y bastante intimidantes, nos dirigimos a la caja. Hardin insiste en que lo deje pagar, pero me niego, y en esta ocasión gano la batalla.

—Es verdad, de hecho, deberías comprarme algo tú a mí..., ya sabes, para compensar la escasez de regalos que me hiciste en Navidad —bromea mientras salimos del centro comercial.

Me dispongo a golpearlo en el brazo, pero él me agarra de la muñeca antes del impacto. Pega los labios contra mi palma, me toma de la mano y me dirige hacia el coche. «Ir de la mano en público no es lo nuestro...» Justo mientras se me pasa ese pensamiento por la cabeza, parece darse cuenta de lo que estamos haciendo y me suelta. Paso a paso, supongo.

De regreso en el departamento, después de decirle por octava vez que quiero salir con sus amigos, los nervios empiezan a apoderarse de mí mientras imagino las posibles situaciones que podrían darse esta noche. Sin embargo, no podemos escondernos del mundo eternamente. Cómo se comporte Hardin delante de sus amigos me demostrará lo que siente de verdad por mí, lo que siente respecto a nosotros.

En el baño, me paso el rastrillo por las piernas tres veces y permanezco debajo del agua caliente hasta que empieza a salir fría. Cuando salgo, le pregunto a Hardin qué ha dicho Nate sobre esta noche, aunque no estoy muy segura de si quiero saber la respuesta.

—Me ha mandado un mensaje para quedar en la casa... en mi antigua casa. A las nueve. Parece ser que van a dar una gran fiesta.

Miro la hora. Ya son las siete.

—Bien, voy a prepararme —asiento.

Me maquillo y me seco el pelo con el difusor rápidamente para enchinármelo. Me recojo el fleco hacia atrás, como de costumbre. Estoy... bien...

«Aburrida. Aburrida.» Me veo igual que siempre. Tengo que estar mejor que nunca para mi reaparición. Es mi manera de demostrarles que no acabaron conmigo. Si Molly se encuentra allí, probablemente irá vestida para llamar la atención de todo el mundo, incluida la de Hardin. Por mucho que la deteste, debo reconocer que es preciosa. Con su pelo rosa ardiendo en mi memoria, tomo el lápiz de ojos negro y me pinto una raya gruesa en el párpado superior. Por primera vez, consigo que me salga recta, afortunadamente. Hago lo mismo en el inferior y me aplico un poco más de colorete en las mejillas antes de quitarme el broche del pelo y de tirarlo al bote de basura.

Sin embargo, lo recojo al instante. Bueno, puede que todavía no esté preparada para deshacerme de ellos, pero esta noche no los usaré. Me pongo cabeza abajo y me paso los dedos por los gruesos chinos. La imagen del espejo me deja perpleja. Parezco la típica chica que encontrarías en una discoteca, una chica salvaje..., incluso sexi. La última vez que me puse tanto maquillaje fue en aquella ocasión que Steph me hizo un «cambio de imagen» y Hardin se burló de mí. Esta vez estoy aún más guapa.

—¡Son las ocho y media, Tess! —me avisa desde la sala.

Compruebo el espejo por última vez, respiro hondo y corro al cuarto para vestirme antes de que Hardin me vea. «¿Y si no le gusta?» La última vez no le dio ninguna importancia a mi nuevo y mejorado aspecto. Aparto esos pensamientos de mi mente y me meto el vestido por la cabeza, me subo el cierre y me pongo los tacones nuevos.

¿Debería llevar medias? No. Tengo que relajarme y dejar de darle tantas vueltas a esto.

—¡Tessa, en serio, tenemos que...! —empieza a gritar Hardin mientras entra en la habitación, pero se interrumpe a media frase.

—¿Estoy...?

—Sí, carajo, sí —dice prácticamente gruñendo.

—¿No te parece que es demasiado, con todo este maquillaje?

—No, está..., eh... es bonito, quiero decir que... está bien —tartamudea.

Es evidente que se ha quedado sin palabras, algo que no le sucede nunca, e intento no reírme.

—Oye..., vámonos o no saldremos nunca de este departamento —masculla.

Su reacción dispara mi seguridad en mí misma. Sé que no debería ser así, pero es la verdad. Él está perfecto como siempre, con una camiseta negra sencilla y unos pantalones de mezclilla negros ceñidos. Las Converse que tanto me gustan completan lo que yo denomino el «*look* Hardin».

CAPÍTULO 56

Tessa

The Fray cantan en voz baja sobre el perdón cuando llegamos a la antigua casa de la fraternidad de Hardin. Me he pasado todo el trayecto bastante nerviosa, y los dos estábamos muy callados. Un montón de recuerdos, la mayoría malos, me vienen a la mente, pero decido ignorarlos. Hardin y yo ahora tenemos una relación, una relación de verdad, así que supongo que todo será diferente; ¿o no?

Hardin permanece cerca de mí mientras recorremos la casa atestada de gente hasta la sala repleta de humo. De inmediato nos colocan unos vasos rojos en la mano, pero Hardin se deshace del suyo al instante y me quita el mío. Me dispongo a tomarlo de nuevo y me mira con el ceño fruncido.

—Creo que no deberíamos beber esta noche —dice.

—Creo que *tú* no deberías beber esta noche.

—Bueno, sólo uno —me advierte, y me devuelve el vaso.

—¡Scott! —exclama una voz familiar.

Nate aparece proveniente de la cocina y le da unas palmaditas a Hardin en la espalda antes de ofrecerme una sonrisa amistosa. Casi había olvidado lo lindo que es. Intento imaginármelo sin todos esos tatuajes y *piercings*, pero me resulta imposible.

—Vaya, Tessa, estás... distinta —dice.

Hardin pone los ojos en blanco, me quita el vaso de las manos y bebe un trago antes de devolvérmelo. Quiero quitárselo, pero no deseo provocar una discusión. Por una bebida no va a pasar nada. Le meto mi teléfono en unas de las bolsas traseras para poder sostener mi vaso más fácilmente.

—Vaya, vaya, vaya... Mira a quién tenemos aquí —dice entonces una voz femenina al mismo tiempo que una melena de pelo rosa aparece por detrás de un tipo grande y grueso.

—Genial —gruñe Hardin mientras Molly camina contoneándose hacia nosotros.

—Cuánto tiempo —dice con una sonrisa siniestra.

—Sí —responde Hardin, y me quita de nuevo el vaso.

Después, Molly me mira a mí.

—¡Vaya, Tessa! No te había visto —dice con sarcasmo.

Decido pasarlo por alto y Nate me ofrece otro vaso.

—¿Me has extrañado? —le pregunta Molly a Hardin.

Lleva más ropa que de costumbre, aunque sigue pareciendo que va desnuda. Su blusa negra está rasgada por delante, a propósito, supongo. Los shorts rojos son tremendamente cortos, con cortes en la tela a los lados para revelar todavía más su piel pálida.

—No mucho —responde él sin mirarla.

Me llevo el vaso a los labios para ocultar mi sonrisa de satisfacción.

—No te creo —replica.

—Vete a la mierda —gruñe él.

Ella pone los ojos en blanco como si todo formara parte de un juego.

—Vaya, alguien está de mal humor.

—Vamos, Tessa. —Hardin me toma de la mano y me aleja de allí.

Nos dirigimos a la cocina y dejamos a Molly indignada y a Nate riéndose detrás.

—¡Tessa! —exclama Steph entonces levantándose al instante de uno de los sillones—. ¡Carajo, mujer! ¡Qué sexi estás! ¡Vaya! —Y añade—: ¡Eso me lo pondría yo!

—Gracias. —Sonrío.

Me resulta algo incómodo ver a Steph, pero no tanto como ver a Molly. La verdad es que la extrañaba, y espero que la noche transcurra lo bastante bien como para que podamos explorar la posibilidad de reconstruir nuestra amistad.

Me abraza.

—Me alegro de que hayas venido.

—Voy a hablar con Logan, quédate aquí —me ordena Hardin antes de irse.

Steph lo observa con humor.

—Veo que sigue igual de grosero que siempre —dice, y se ríe sonoramente por encima de la estruendosa música y el barullo de la multitud presente.

—Sí..., algunas cosas nunca cambian.

Sonrío y termino el último trago de la bebida dulce que tengo en el vaso. Detesto pensar en ello, pero el sabor a cerezas me recuerda mi beso con Zed. Su boca era fría, y su lengua, dulce. Es como si aquello hubiera pasado en otra vida, como si hubiera sido otra Tessa la que compartió aquel beso con él.

Como si me hubiese leído la mente, Steph me da unas palmaditas en el hombro.

—Ahí está Zed. ¿Lo has visto desde...? ya sabes. —Señala con su uña pintada con rayas de cebra hacia un chico de pelo negro.

—No..., la verdad es que no he visto a nadie. Excepto a Hardin.

—Zed se sintió como un cabrón después de todo. Casi me daba pena —asegura.

—¿Podemos hablar de otra cosa, por favor? —le ruego al tiempo que los ojos de Zed se encuentran con los míos, y aparto la mirada.

—Claro, mierda. Perdona. ¿Quieres otra copa? —pregunta Steph.

Sonrío para aliviar la tensión.

—Sí, claro.

Entramos en la cocina y miro en dirección hacia el lugar donde estaba Zed, pero ha desaparecido. Me contengo y miro de nuevo a Steph, que está observando su vaso. Ninguna de las dos sabemos qué decir.

—Vamos a buscar a Tristan —sugiere.

—Hardin...

Empiezo a decir que me ha pedido que me quede aquí. Pero lo cierto es que no me lo ha pedido, sino que me lo ha ordenado, y eso me molesta. Inclino el vaso y engullo el resto de la fría bebida. Ya tengo las mejillas calientes a causa del alcohol... Estoy algo menos nerviosa, y tomo otro vaso antes de seguir a Steph hasta la sala.

La casa está más llena que nunca, y no veo a Hardin por ninguna parte. La mitad de la sala está ocupada por una larga mesa repleta de hileras de vasos rojos. Universitarios borrachos lanzan bolas de ping-pong a los vasos y después se beben su contenido. Nunca entenderé la necesidad de jugar a toda clase de juegos mientras están ebrios, pero al menos en esta ocasión no hay besos de por medio. Veo a Tristan sentado en el sillón junto a un tipo pelirrojo al que recuerdo haber visto aquí antes. La última vez se estaba fumando un churro con Jace. Zed está sentado en el brazo del sillón y dice algo al grupo. Acto seguido, Tristan inclina la cabeza hacia atrás muerto de risa. Al ver a Steph, le sonríe. El compañero de cuarto de Nate me gustó desde el momento en que lo conocí. Es un chico muy simpático, y parece que ella le importa de verdad.

—¿Qué tal van las cosas entre ustedes? —le pregunto a Steph mientras nos acercamos a ellos.

Gira el cuerpo entero hacia mí y sonríe.

—Pues la verdad es que nos va genial. ¡Creo que lo quiero!

—¿«Crees»? ¿Todavía no se lo han dicho? —pregunto sorprendida.

—No... ¡Claro que no! ¡Sólo llevamos tres meses saliendo!

—Ah...

Hardin y yo nos lo dijimos incluso antes de estar saliendo de verdad.

—Hardin y tú son diferentes —se apresura a decir ella, reforzando mis sospechas de que me lee el pensamiento—. ¿Qué tal les va? —pregunta, y mira detrás de mí.

—Bien, nos va bien.

Es genial poder decir que estamos bien para variar.

—Son una pareja de lo más extraña.

Me río.

—Sí, lo somos.

—Pero eso es bueno. ¿Te imaginas que Hardin saliera con una chica como él? No querría conocerla en la vida, te lo aseguro. —Se echa a reír.

—Yo tampoco —digo, y me uno a sus risas.

Tristan saluda a Steph con la mano y ella se acerca y se sienta en sus piernas.

—Aquí está mi chica. —La besa dulcemente en la mejilla y me mira—. ¿Cómo estás, Tessa?

—De maravilla. ¿Qué tal estás tú? —pregunto. Parezco un político. «Relájate, Tessa.»

—Bien. Pedísimo, pero bien. —Se echa a reír.

—¿Dónde está Hardin? No lo he visto —me pregunta el chico pelirrojo.

—Está..., pues no tengo ni idea —respondo, y me encojo de hombros.

—Seguro que está por ahí, en alguna parte. No creo que se aleje mucho de ti —tercia Steph intentando consolarme.

La verdad es que no me importa no haber visto a Hardin en un rato, porque el alcohol ha conseguido que esté menos nerviosa, aunque me gustaría que volviera para estar conmigo. Estos son sus amigos, no los míos. Excepto Steph, de la que todavía me lo estoy pensando. Sin embargo, ahora mismo él es la persona que más conozco, y no quiero quedarme aquí plantada, incómoda y sola.

Alguien choca conmigo y me tambaleo hacia adelante ligeramente; por suerte, mi vaso estaba vacío, así que al caer al suelo sobre la alfombra ya manchada sólo unas cuantas gotas de líquido rosa salpican la superficie.

—Mierda, lo siento —balbucea una chica, borracha.

—Tranquila, no pasa nada —respondo.

Su pelo negro es tan brillante que me ciega, y tengo que entornar los ojos. «¿Cómo es posible?» Debo de estar más perjudicada de lo que suponía.

—Ven y siéntate antes de que te aplasten —bromea Steph.

Me río y tomo asiento en un extremo del sillón.

—¿Te has enterado de lo de Jace? —pregunta Tristan.

—No, ¿qué ha pasado? —La mera mención de su nombre hace que se me revuelva el estómago.

—Lo detuvieron. Salió de la cárcel justo ayer —me explica.

—¿En serio? ¿Por qué? ¿Qué hizo? —pregunto.

—Matar a alguien —responde el pelirrojo.

—¡Dios mío! —exclamo, y todo el mundo empieza a reírse. Mi voz es mucho más aguda ahora que estoy al borde de la borrachera.

—Te está tomando el pelo; lo pararon y llevaba hierba encima —dice Tristan entre risas.

—Eres un idiota, Ed —replica Steph, y le da una palmada al chico en el brazo, pero no puedo evitar reír al ver lo rápido que me lo he creído.

—Deberías haberte visto la cara —dice Tristan, y se echa a reír de nuevo.

Pasa otra media hora sin rastro de Hardin. Su ausencia comienza a molestarme, pero cuanto más bebo, menos me importa. Esto en parte se debe también al hecho de que tengo a Molly a la vista, y puedo ver que se ha buscado un juguete rubio para pasar la noche. Él no para de sobarle los muslos, y ambos están tan borrachos que da vergüenza ajena verlos. Aun así, mejor él que Hardin.

—¿Quién quiere jugar? Es obvio que Kyle ya no puede más —dice un chico de lentes señalando con la mirada a su amigo ebrio, tumbado en posición fetal sobre la alfombra.

Miro la mesa repleta de vasos y sumo dos más dos.

—¡Yo! —grita Tristan, dándole un toquecito a Steph para que se levante de sus piernas.

—¡Y yo! —se apunta ella.

—Sabes que eres pésima —la provoca Tristan de broma.

—No es verdad. Lo que pasa es que te da coraje que sea mejor que tú. Pero ahora estoy en tu equipo, así que no tienes por qué sentirte intimidado —responde, y parpadea de manera juguetona. Él sacude la cabeza, riendo.

—¡Tess, juega tú también! —grita por encima de la música.

—Eh... No, da igual —digo.

No tengo ni idea de a qué están jugando, pero seguro que lo hago mal.

—¡Vamos! Será divertido. —Steph une las manos como si me lo estuviera rogando.

—¿Qué juego es?

—Birra pong. —Se encoge de hombros de manera dramática y empieza a reírse sin parar—. No has jugado nunca, ¿verdad? —añade.

—No, no me gusta la cerveza.

—Podemos usar vodka sour de cereza si lo prefieres. Hay garrafas preparadas. Voy al refrigerador por una. —Se vuelve hacia Tristan—. Ve colocando los vasos.

Quiero protestar, pero al mismo tiempo quiero divertirme esta noche. Deseo estar relajada y desmelenarme. Puede que el «Birra pong» no esté tan mal. Seguro que no es peor que estar sentada en ese sillón sola esperando a que Hardin vuelva de donde chingados esté.

Tristan empieza a colocar los vasos formando un triángulo que me recuerda a la disposición de los bolos en la pista.

—¿Vas a jugar? —me pregunta.

—Supongo. Pero no sé cómo se juega —le digo.

—¿Quién quiere jugar con ella? —pregunta Tristan.

Me siento idiota cuando nadie se ofrece. Genial. Sabía que esto era...

—¿Zed? —dice Tristan, interrumpiendo mis pensamientos.

—Eh..., no sé... —responde él sin mirarme a la cara. Me ha estado evitando todo el tiempo que llevo aquí.

—Sólo una ronda, güey.

Los ojos de color miel de Zed me miran por un instante, a continuación vuelve a mirar a Tristan y asiente.

—Bueno, está bien, sólo un juego.

Se acerca y se coloca a mi lado. Ambos permanecemos en silencio mientras Steph rellena los vasos con el alcohol.

—¿Se han estado usando los mismos vasos toda la noche? —le pregunto, intentando ocultar el asco que me da pensar que varias bocas hayan bebido de ellos.

—No pasa nada —dice ella riéndose—. ¡El alcohol mata los gérmenes!

Con el rabillo del ojo veo que Zed también se ríe, pero cuando me vuelvo en su dirección mira hacia otro lado. Sí, va a ser un juego muy largo.

CAPÍTULO 57

Tessa

—Sólo tienes que tirar la bola hacia la mesa y meterla en uno de los vasos —me explica Tristan—, y el otro equipo tiene que beberse el contenido del vaso en el que la hayas metido. Gana el equipo que antes consiga meterla en todos los vasos del adversario.

—Y ¿qué se gana? —pregunto.

—Eh..., nada. Simplemente no te emborrachas tan rápido porque no tienes que beber tantos vasos.

Estoy a punto de señalar que un juego para beber en el que el ganador es el que menos bebe parece estar en contradicción con la mentalidad de la fiesta, pero entonces Steph exclama:

—¡Empiezo yo!

Frota de manera juguetona la pequeña bola blanca en la camiseta de Tristan, la sopla y la lanza en dirección a la mesa. Rebota en el borde de uno de los vasos y acaba cayendo justo en el de atrás.

—¿Quieres beber tú primero? —me pregunta Zed.

—Bueno. —Me encojo de hombros y levanto el vaso.

Cuando Tristan lanza la siguiente bola, falla el tiro y ésta cae al suelo. Zed la recoge y la sumerge en un vaso solitario lleno de agua que hay en nuestro lado. Así que era para eso. No es que sea muy higiénico, pero es una fiesta universitaria..., ¿qué esperaba?

—Y luego dices que soy yo la que no juega bien —se burla Steph de Tristan, que se limita a sonreírle.

—Tú primero —dice Zed.

Mi primer intento de Birra..., digo, de «Vodka sour de cereza pong» parece ir bien, ya que meto mis primeras cuatro bolas seguidas. Me duele la mandíbula de sonreír y de reírme de mis rivales. Estoy alegre por el licor y por el hecho de que me encanta que se me den bien las cosas, incluso si se trata de juegos universitarios para beber.

—¡Tú ya has jugado antes! ¡A mí no me engañas! —me acusa Steph con una mano en la cadera.

—No, es sólo que soy habilidosa. —Me río.

—¿Habilidosa?

—No sientas celos de mi superhabilidad para jugar al Bebe pong —digo, y todos los que nos rodean se echan a reír.

—¡Por Dios! ¡No vuelvas a decir *habilidad*! —replica Steph, y yo me agarro la barriga mientras intento dejar de reírme.

Lo del juego ha sido mejor idea de lo que pensaba. La gran cantidad de alcohol que he consumido ayuda, y me siento atrevida. Joven y atrevida.

—Si metes ésta, ganamos —digo para animar a Zed.

Conforme más bebe, más cómodo parece sentirse a mi lado.

—Lo haré —alardea con una sonrisa.

La pequeña bola cruza el aire y aterriza directamente en el último vaso de Steph y Tristan.

Grito de alegría y me pongo a dar saltos como una idiota, pero me da igual. Zed da una palmada y, sin pensarlo, lo abrazo emocionada. Se queda un poco quieto, pero me rodea la cintura antes de que ambos nos separemos. Es un abrazo inocente, acabamos de ganar, y estoy contenta. Inocente. Cuando la miro, Steph abre los ojos asustada, y eso hace que me vuelva en busca de Hardin.

No está, pero ¿y qué si estuviera? Ha sido él quien me ha dejado sola en esta fiesta. Ni siquiera puedo llamarlo o mandarle un mensaje porque tiene mi celular en su bolsa.

—¡Quiero la revancha! —grita Steph.

Miro a Zed con ojos suplicantes.

—¿Quieres jugar otra vez?

Él echa un vistazo por la habitación antes de responder.

—Sí..., sí..., juguemos otra. —Sonríe.

Zed y yo ganamos por segunda vez, lo que hace que Steph y Tristan nos acusen en broma de estar haciendo trampa.

—¿Estás bien? —pregunta Zed cuando los cuatro nos alejamos de la mesa.

Con dos juegos de Birra pong tengo suficiente; estoy algo borracha. Está bien, más que «algo», pero me siento de maravilla. Tristan desaparece con Steph en la cocina.

—Sí, estoy bien. Muy bien. La estoy pasando genial —le digo, y se pone a reír.

El modo en que apoya la lengua detrás de sus dientes cuando sonríe resulta encantador.

—¡Estupendo! —exclama—. Pero, si me disculpas, tengo que salir a que me dé un poco el aire.

«Aire.» Me encantaría respirar un poco de aire que no esté cargado de humo ni de olor a sudor. En esta casa hace mucho calor.

—¿Puedo acompañarte? —pregunto.

—Este... No sé si es buena idea —responde él apartando la mirada.

—Ah..., de acuerdo. —Me pongo colorada de la vergüenza.

Me vuelvo para alejarme, pero entonces me agarra del brazo.

—Puedes venir. Es sólo que no quiero causar problemas entre Hardin y tú.

—Hardin no está, y puedo ser amiga de quien me dé la gana —balbuceo. Mi voz suena rara, y no puedo evitar que me entre la risa al oírme a mí misma.

—Estás bastante borracha, ¿no? —pregunta Zed, y me abre la puerta para que salga.

—Un *pequito*... un *pequeño*... un poquito. —Me río.

El gélido aire del invierno es refrescante y me sienta de maravilla. Zed y yo recorremos el patio y acabamos sentándonos en el pequeño muro de piedra que solía ser mi favorito durante estas fiestas. Sólo hay algunos chicos fuera a causa del frío. Uno de ellos está vomitando entre los arbustos a unos metros de distancia.

—Genial —protesto.

Zed se ríe pero no dice nada. Siento la piedra fría contra mis muslos, pero tengo la chamarra de Hardin en el coche si la necesito. Sigo sin tener ni idea de dónde está él. Veo que su coche continúa aquí, pero él lleva desaparecido..., bueno, dos partidas de Birra pong y algo más.

Miro a Zed y veo que tiene la vista fija en la oscuridad. ¿Por qué es tan incómoda la situación? Se lleva la mano al estómago y parece que le pica la piel. Cuando se levanta ligeramente la camiseta, veo un vendaje blanco.

—¿Qué es eso? —pregunto con curiosidad.

—Un tatuaje. Me lo he hecho antes de venir.

—¿Me lo enseñas?

—Sí...

Se quita la chamarra y la deja a su lado. Después retira el microporo y el vendaje.

—Esto está muy oscuro —dice, y saca su celular para usar la pantalla como linterna.

—¿El mecanismo de un reloj? —le pregunto.

Sin pensar, paso el dedo índice sobre la tinta. Él se encoge pero no se aparta. El tatuaje es largo y le cubre casi todo el estómago. El resto de la piel está repleta de varios tatuajes más pequeños sin relación aparente. El nuevo tatuaje es un conjunto de engranajes; parece que se mueven, pero supongo que eso es cosa del vodka.

Continúo recorriendo su cálida piel cuando de repente me doy cuenta de lo que estoy haciendo.

—Perdona... —digo apurada, y quito la mano.

—Tranquila..., y sí, es una especie de engranaje. ¿Has visto que la piel parece desgarrada aquí? —Señala los extremos del tatuaje, y yo asiento.

Se encoge de hombros.

—Es como si retirásemos la piel y debajo hubiera un sistema mecánico. Como si fuese un robot o algo así.

—¿El robot de quién? —No sé por qué he preguntado eso.

—De la sociedad, supongo.

—Vaya... —me limito a decir. Su respuesta ha sido mucho más compleja de lo que esperaba—. Eso es genial; entiendo lo que quieres decir. —Sonrío, y la cabeza me da vueltas a causa del alcohol.

—No sé si la gente entenderá todo el concepto. Hasta ahora tú eres la primera que lo ha entendido.

—¿Cuántos tatuajes más quieres hacerte? —pregunto.

—No lo sé, no me queda espacio en los brazos, y ahora tampoco en el estómago, así que supongo que pararé cuando ya no tenga hueco. —Se ríe.

—Yo debería tatuarme algo también —espeto.

—¿Tú? —Se ríe con fuerza.

—¡Sí! ¿Por qué no? —digo con fingida indignación.

Ahora mismo se me antoja bastante. No sé qué me tatuaría, pero parece divertido. Atrevido y divertido.

—Creo que has bebido demasiado —bromea, y se pasa los dedos por encima del microporo para volver a cubrirse la piel con el vendaje.

—¿Crees que no sería capaz de aguantarlo? —lo desafío.

—No, no es eso. Es sólo que..., no sé. No te imagino haciéndote un tatuaje. ¿Qué te dibujarías? —Intenta no reírse.

—No lo sé... ¿Un sol? ¿O una cara sonriente?

—¿Una cara sonriente? Muy bien, sin duda estás borracha.

—Puede —digo con una risita tonta. Después, más serena, añado—: Pensaba que estabas enojado conmigo.

Zed deja de reírse y adopta una expresión neutra.

—¿Por qué? —pregunta en voz baja.

—Porque me estabas evitando hasta que Tristan te ha dicho lo de jugar al Birra pong.

Exhala.

—Ah... No te estaba evitando, Tessa. Es sólo que no quiero causar problemas.

—¿Con quién? ¿Con Hardin? —pregunto, aunque ya sé la respuesta.

—Sí. Me dejó bien claro que no debía acercarme a ti, y no me gustaría pelearme con él otra vez. No quiero que haya más problemas entre nosotros, o contigo. Es que..., da igual.

—Está mejorando. Está aprendiendo a controlar la ira, más o menos —le explico algo incómoda.

No sé si eso es del todo cierto, pero me gustaría pensar que el hecho de que no haya matado a Trevor aún significa algo.

Me mira con vacilación.

—¿En serio?

—Sí. Creo que...

—Por cierto, ¿dónde está? Me sorprende que te haya dejado sola.

—No tengo ni idea —digo, y miro a mi alrededor, como si eso sirviera de algo—. Me ha dicho que iba a hablar con Logan y ya no he vuelto a verlo.

Asiente y se rasca el estómago.

—Qué raro.

—Sí, muy raro. —Me río, y agradezco el hecho de que el vodka haga que todo sea mucho más divertido.

—Steph se ha alegrado mucho de verte esta noche —dice, y se lleva un cigarro a los labios. Con un golpe de pulgar enciende la llama del encendedor y pronto el olor a nicotina invade mis fosas nasales.

—Pues sí. La extrañaba, pero todavía estoy enojada por todo lo que pasó.

El asunto no me parece tan grave como antes. Me la estoy pasando genial, a pesar de que Hardin no esté. Me he reído y bromeado con Steph, y por primera vez siento que puedo dejar todo esto atrás y darle vuelta a la página con ella.

—Has sido muy valiente por venir —me dice con una sonrisa.

—Tonta y valiente no son sinónimos —bromeo.

—En serio, después de todo lo que pasó..., no te has quedado escondida en casa. Yo lo habría hecho.

—Me escondí durante un tiempo, pero él me encontró.

—Siempre lo hago. —La voz de Hardin me sobresalta, y me agarro a la chamarra de Zed para evitar caerme del muro de piedra.

CAPÍTULO 58

Hardin

Mis palabras son ciertas. Siempre la encuentro. Y suelo encontrarla haciendo cosas que me sacan de mis casillas, como estando en compañía de Trevor o de Zed.

No puedo creer que salga y los descubra aquí sentados en el muro, hablando sobre cómo se escondía de mí. Esto es una mierda. Se aferra a Zed para no perder el equilibrio mientras recorro el pasto helado.

—Hardin —exclama claramente sorprendida ante mi presencia.

—Sí, Hardin —digo repitiendo sus palabras.

Zed se aparta de ella e intento mantener la calma. ¿Por qué chingados está aquí fuera sola con Zed? Le dije que se quedara dentro. Cuando le he preguntado a Steph dónde carajo estaba Tessa, lo único que me ha respondido ha sido «Zed». Después de cinco minutos buscándola por toda la casa, principalmente en las habitaciones, por fin he salido a buscarla afuera, y aquí están. Juntos.

—Se suponía que tenías que quedarte dentro —digo, y añado «nena» para suavizar mi tono severo.

—Y se suponía que tú ibas a volver enseguida —me contesta—. Cariño.

Exhalo e inspiro hondo antes de hablar de nuevo. Siempre reacciono a todos mis impulsos, y estoy intentando dejar de hacerlo. Pero, mierda, no me la pone fácil.

—Vayamos adentro —digo, y estiro la mano esperando que me dé la suya.

Tengo que alejarla de Zed y, para ser sincero, yo también tengo que alejarme de él. Ya le di una golpiza en su día, y a una parte de mí no le importaría volver a dársela.

—Voy a hacerme un tatuaje, Hardin —me dice Tessa mientras la ayudo a bajar del muro.

—¿Qué?

«¿Está borracha?»

—Sí... Deberías ver el tatuaje nuevo de Zed. Es muy bonito. —Sonríe—. Enséñaselo, Zed.

¿Por qué chingados está mirándole los tatuajes? ¿Qué me perdí? ¿Qué más estaban haciendo? ¿Qué más le ha enseñado? Siempre ha ido detrás de ella, desde el día que la conoció, como yo. La diferencia es que yo sólo quería cogérmela y a él le gustaba de verdad. Pero gané yo, me eligió a mí.

—No creo... —empieza Zed, visiblemente incómodo.

—No, no. Adelante, enséñamelo, por favor —digo con sarcasmo.

Él exhala un poco de humo y, para mi espanto y mi absoluto disgusto, se levanta la camiseta. Cuando se aparta el vendaje veo que el tatuaje en sí está muy chido, pero no entiendo por qué chingados ha tenido la necesidad de mostrárselo a mi chica.

Tessa sonríe.

—¿A que es fantástico? Yo quiero uno. ¡Voy a tatuarme una cara sonriente!

No puede estar hablando en serio. Me muerdo el labio inferior para evitar reírme en su cara. Miro a Zed, que sacude la cabeza y se encoge de hombros. Parte de mi enojo desaparece ante el ridículo tatuaje que pretende hacerse.

—¿Estás borracha? —le pregunto.

—Puede —dice con una risa tonta.

«Genial.»

—¿Cuánto has bebido? —pregunto.

Yo me he tomado dos copas, pero es evidente que ella ha bebido más.

—No lo sé... ¿Cuánto has bebido tú? —bromea, y me levanta la camiseta.

Apoya sus manos frías contra mi piel caliente y me encojo antes de que hunda la cabeza en mi pecho.

«¿Lo ves, Zed? Es mía. No tuya ni de nadie más, sólo mía.»

—¿Cuánto ha bebido? —le pregunto a él.

—No sé cuánto habrá bebido antes, pero acabamos de jugar dos partidas de Birra pong... con vodka sour de cereza.

—¿Cómo que «acabamos»? ¿Han jugado Birra pong juntos? —pregunto con los dientes apretados.

—No. ¡Vodka sour de cereza pong! —me corrige Tessa, muerta de risa, y levanta la cabeza—. ¡Y hemos ganado! ¡Dos veces! He tirado yo casi todo el tiempo. Steph y Tristan también eran bastante buenos, pero les hemos dado una madriza. ¡Dos veces! —Levanta la mano como esperando a que Zed se la choque, y él hace el gesto en el aire de mala gana desde el lugar donde permanece sentado.

Así es Tessa, una chica que está tan acostumbrada a ser la mejor y la más lista en todo que hasta se alegra de ganar un juego de Birra pong.

Y me encanta.

—¿Vodka solo? —le pregunto a Zed.

—No, la mezcla tenía sólo un poco de vodka, pero ha bebido muchos vasos.

—¿Y la has traído aquí a la oscuridad sabiendo que estaba borracha? —pregunto alzando la voz.

Tessa acerca el rostro al mío y puedo oler la combinación de vodka en su aliento.

—Hardin, por favor, relájate. He sido yo quien le ha pedido si podía salir aquí con él. Al principio me ha dicho que no, porque sabía que reaccionarías... así. —Frunce el ceño e intenta apartar las manos de mi estómago desnudo, pero yo vuelvo a colocarlas contra mi piel. Rodeo su cintura con los brazos y la estrecho más contra mí.

«¿Que me relaje? ¿Acaba de decirme que me relaje?»

—Y no nos olvidemos de que tú me has dejado sola. *Podríamos haberr sssido commmpañeros de Birrrrra pong* —añade arrastrando las palabras.

Sé que tiene razón, pero me está encabronando. Con toda la gente que había, ¿por qué ha tenido que jugar precisamente con Zed? Sé que él todavía siente algo por ella, nada comparado con lo que siento yo, pero por cómo la mira sé que ella le importa.

—¿Tengo o no razón? —pregunta ella.

—Sí, Tessa —gruño para ver si así se calla.

—Me voy adentro —anuncia Zed, y tira el cigarro al suelo antes de irse.

Tessa se queda mirándolo.

—Eres un tocahuevos —dice mientras intenta apartarse de mí de nuevo—. Deberías volver a lo que fuera que estuvieras haciendo.

—No pienso ir a ninguna parte —replico, pasando por alto a propósito su comentario sobre mi ausencia.

—Pues deja de ser tan imbécil, porque esta noche pienso divertirme.

Me mira. Sus iris parecen aún más claros que de costumbre con las rayas negras que se ha pintado alrededor de los ojos.

—No puedes esperar que me alegre de encontrarte a solas con Zed.

—¿Preferirías que estuviera a solas con otra persona?

Se pone muy pesada cuando está borracha.

—No, no me estás entendiendo... —digo.

—No hay nada que entender. No he hecho nada malo, así que deja de comportarte como un cabrón o no pienso estar contigo —me amenaza.

—Está bien, estaré de mejor humor. —Pongo los ojos en blanco.

—Y tampoco pongas los ojos en blanco —me regaña, y aparto los brazos de su cintura.

—Bueno, tampoco pondré los ojos en blanco. —Sonrío.

—Así me gusta —dice, e intenta contener una sonrisa.

—Esta noche estás muy mandona.

—El vodka me hace más valiente.

Siento cómo sus manos descienden por mi vientre.

—Entonces ¿quieres hacerte un tatuaje? —pregunto, y le subo las manos otra vez, pero ella desafía mi intento y las baja más aún.

—Sí, puede que cinco. —Se encoge de hombros—. No lo tengo claro.

—No vas a tatuarte nada. —Me río, aunque lo digo muy en serio.

—¿Por qué no? —Sus dedos juegan con el resorte de mi bóxer.

—Ya hablaremos de eso mañana, cuando estés sobria. —Sé que no le parecerá tan buena idea cuando no esté borracha—. Vayamos adentro.

Desliza la mano en el interior de mi bóxer y se pone de puntitas. Doy por hecho que va a besarme en la mejilla, pero acerca la boca a mi oreja. Siseo entre dientes cuando me estruja suavemente con la mano.

—Yo creo que deberíamos quedarnos aquí fuera —susurra.

«Carajo.»

—Va a ser verdad que el vodka te hace más valiente —digo, y mi voz entrecortada me traiciona.

—Sí..., y me pone cach... —empieza a decir, demasiado alto.

Le tapo la boca cuando un grupo de chicas borrachas pasan por nuestro lado.

—Tenemos que entrar, hace frío, y no creo que a esta gente le haga gracia que te la meta entre los arbustos. —Sonrío con aire de superioridad y sus pupilas se dilatan.

—Pero a mí sí me la haría —replica en cuanto le quito la mano de la boca.

—Carajo, Tessa, unas pocas bebidas y te has vuelto una obsesa sexual.

Me río y recuerdo el viaje a Seattle y las obscenidades que salieron de sus labios carnosos. Tengo que llevarla adentro antes de tomarle la palabra y arrastrarla hasta los arbustos.

Me guiña un ojo.

—Sólo por ti.

Me echo a reír.

—Vamos. —Le ofrezco la mano y la jalo por el patio hasta la casa.

Ella hace pucheros hasta que entramos y eso provoca que me duela la entrepierna más todavía, especialmente cuando saca el labio inferior. Me dan ganas de volverme y mordérselo. Puta madre, estoy tan caliente como ella, y yo no estoy borracho. Puede que un poco drogado, pero borracho no. Se habría enojado mucho si me hubiera visto arriba. Yo no he fumado, pero estaba en la habitación, y no paraban de echarme el humo a la cara.

La arrastro entre la multitud y la dirijo hasta la habitación menos atestada del piso de abajo, que resulta ser la cocina. Tessa apoya los codos en la isla y me mira. ¿Cómo puede estar igual de guapa que cuando salimos de casa? Todas las demás chicas tienen un aspecto espantoso a estas horas, después de la primera bebida se les empieza a correr el maquillaje, se les alborota el pelo y su aspecto es desaliñado. Pero Tessa, no. Tessa parece una maldita diosa en comparación con ellas. En comparación con cualquiera.

—Quiero otra bebida, Hardin —dice, pero cuando niego con la cabeza, me saca la lengua como una niña—. Por favor... Me la estoy pasando bien, no seas aguafiestas.

—De acuerdo, una más, pero debes dejar de hablar como si tuvieras diez años —bromeo.

—De acuerdo, señor. Le ruego acepte mis disculpas por mi inmaduro lenguaje. No volveré a repetir semejante indiscreción...

—O como una vieja —digo, riéndome—. Pero puedes volver a llamarme *señor*.

—Carajo, muy bien, güey. Mierda, dejaré de hablar como una puta... —empieza, pero no termina la frase porque los dos empezamos a reírnos a carcajadas.

—Esta noche estás loca —le digo.

Se ríe.

—Lo sé, es divertido.

Me alegro de que lo esté pasando bien, aunque no puedo evitar sentirme molesto por el hecho de que la haya pasado bien con Zed y no conmigo. Sin embargo, no voy a decir nada porque no quiero fastidiarla.

Se incorpora y da un trago a su bebida.

—Vamos a buscar a Steph —propone.

—¿Ya son amigas otra vez? —le pregunto mientras la sigo. No sé cómo me siento al respecto. Supongo que me parece bien...

—Eso creo. ¡Mira, ahí están! —exclama señalando a Tristan y a Steph sentados en el sillón.

Cuando entramos en la sala, un pequeño grupo de tipos que están sentados en el suelo se vuelven para mirar a Tessa. Ella ni siquiera se percata de sus expresiones lascivas, pero yo sí. Les lanzo una mirada de advertencia y casi todos se vuelven de nuevo menos un tipo rubio que se parece ligeramente a Noah. Sigue mirando mientras pasamos. Yo me planteo si darle una patada en la cara sería buena idea o no. Pero decido tomar a Tessa de la mano en lugar de dar golpizas, al menos por ahora.

Ella se vuelve al instante para mirar nuestras manos unidas, y abre unos ojos como platos. ¿Por qué se sorprende tanto? Bueno, ya sé que normalmente no me siento cómodo haciéndolo, pero en esta ocasión, sí... ¿O no?

—¡Por fin aparecen! —grita Steph mientras nos acercamos.

Molly está sentada en el suelo, al lado de un tipo que reconozco. Estoy seguro de que es un estudiante de primer curso y que su padre tiene terrenos en Vancouver, lo que lo convierte en un hijo de papá. Hacen una pareja ridícula, pero me alegro de que no me agobie por ahora. Es una pesada, y Tessa la detesta.

—Estábamos fuera —explico.

—Me aburro —dice Nate, meneando la cerveza con el dedo.

Me acomodo en un extremo del sillón y siento a Tessa sobre mis piernas. Todos nos miran, pero me importa una mierda. Que alguien se atreva a decir algo. Al cabo de unos segundos, todos apartan la mirada excepto Steph, que se queda observándonos más tiempo de la cuenta antes de sonreír. No le devuelvo el gesto, pero no le digo nada tampoco, lo cual es un avance, ¿no?

—Deberíamos jugar a Verdad o reto —sugiere alguien, y tardo un instante en asimilar quién ha sido.

«¿Qué mierda...?»

Levanto la cabeza y miro a Tessa, que sigue sentada sobre mis piernas.

—Ajá, como si de verdad quisieras jugar —replica Molly burlándose de ella.

—¿A qué viene eso? Tú odias esos juegos —le digo en voz baja.

Ella sonríe con malicia.

—No lo sé, creo que esta noche podría ser divertido.

Sigo su mirada hasta Molly, y no sé si quiero saber lo que está pasando por la preciosa cabecita de Tess.

CAPÍTULO 59

Hardin

Le susurro a Tessa que no me parece buena idea, pero ella se vuelve y me planta el dedo índice en los labios para silenciarme.

—¿Qué pasa, Hardin? ¿Temes algún reto... o es la verdad lo que te da miedo? —suelta Molly con una sonrisa artera.

«Qué hija de puta.» Estoy a punto de responder, pero entonces Tessa ruge:

—Tú eres quien debería tener miedo.

Molly levanta una ceja.

—¿En serio?

—Bueno..., bueno..., relájense —interviene Nate.

Por mucho que me esté gustando ver cómo Tessa pone a esa chica en su sitio, no quiero que Molly sobrepase los límites. Tessa es mucho más frágil y sensible que ella, y Molly sería capaz de decir cualquier cosa para hacerle daño.

—¿Quién empieza? —pregunta Tristan.

Tessa levanta la mano inmediatamente.

—Yo.

«Vale madre, esto va a ser un pinche desastre.»

—Creo que será mejor que empiece yo —interviene Steph.

Tessa suspira, pero baja la mano de nuevo sin decir nada y se lleva el vaso a la boca. Sus labios están rojos por la cereza de la bebida, y por un momento empiezo a imaginármelos rodeando mi...

—Hardin, ¿verdad o reto? —pregunta Steph, interrumpiendo mis lascivos pensamientos.

—Yo no juego —digo, y vuelvo a mis fantasías.

—¿Por qué no? —pregunta.

Una vez roto el hechizo, la miro y gruño:

—Uno, porque no quiero. Y dos, porque ya he jugado a bastantes juegos de mierda.

—Parece que quiere verdad —mascula Molly.

—No ha querido decir eso. Venga, déjalo ya —dice Tristan en mi defensa.

«¿Por qué chingados me acosté con Molly?» No está buena, y no hacía malas mamadas, pero es un maldito fastidio. Al recordar aquellos momentos con ella me dan náuseas, y le dirijo a Steph un gesto de que pase al siguiente con la mano para poder pensar en otra cosa.

—Bueno, Nate, ¿verdad o reto? —pregunta Steph.

—Reto —responde.

—Hum... —Steph señala a una chica alta que lleva los labios pintados de rojo intenso—. ¿A que no te atreves a besar a esa chica rubia de la blusa azul?

Nate mira hacia la chica y protesta:

—¿Y no puedo besar a su amiga en vez de a ella?

Todos miramos a la chica que está al lado, que tiene el pelo largo y chino y la piel bronceada. Es mucho más guapa que la rubia, así que por el bien de Nate espero que Steph acceda al cambio. Sin embargo, ella se ríe y dice con tono autoritario:

—No. A la rubia.

—Eres una cabrona —gruñe Nate, y todo el mundo se pone a reír mientras se dirige a la chica.

Cuando vuelve con la boca manchada de pintalabios rojo, empiezo a entender por qué Tessa detesta este tipo de juegos. Desafiarnos a hacer cosas estúpidas como ésta es absurdo. Hasta ahora nunca me había parado a pensarlo, pero lo cierto es que tampoco había deseado besar sólo a una persona. No quiero volver a besar nunca a nadie que no sea Tessa.

Cuando Nate desafía a Tristan a beberse un vaso de cerveza que la gente haya estado usando como cenicero, desconecto. Tomo un mechón del suave pelo de Tessa y jugueteo con él entre los dedos. Ella se tapa la cara cuando a Tristan le dan arcadas, y Steph se ríe como una histérica.

Después de unos cuantos desafíos absurdos más, por fin llega el turno de Tessa.

—Reto —responde con valentía a Ed.

Le lanzo una mirada asesina para advertirle que, como se atreva a retarla a hacer algo inapropiado, no dudaré en abalanzarme sobre él y asfixiarlo. Es un tipo bastante chido y legal, así que no creo que se pase demasiado, pero prefiero advertírselo por si acaso.

—¿A que no te atreves a beberte un caballito? —dice Ed.

—Qué mierda —protesta Molly.

Tessa hace como que no la oye y se bebe el caballito. Ya está borracha. Si bebe mucho más, acabará vomitando.

—Molly, ¿verdad o reto? —dice entonces Tessa con demasiada petulancia.

Todo el mundo se pone tenso, y veo que Steph me está observando de manera inquisitiva.

Molly mira a Tessa a los ojos, claramente sorprendida ante su audaz movimiento.

—¿Verdad o reto? —repite ella.

—Verdad —contesta Molly.

—¿Es verdad... —empieza Tessa inclinándose hacia adelante— que eres una puta?

Se oyen risas y exclamaciones ahogadas de sorpresa. Entierro el rostro en la espalda de Tessa para amortiguar mis carcajadas. Carajo, esta chica se vuelve loca cuando está borracha.

—¿Perdona? —inquiere Molly, boquiabierta.

—Ya me has oído... ¿Es verdad que eres una puta?

—No —responde Molly con los ojos entornados de odio.

Nate sigue riéndose, a Steph le divierte la situación, aunque está algo preocupada, y Tessa parece estar a punto de abalanzarse sobre Molly.

—Se llama «verdad» por una razón —sigue provocándola.

Le doy un apretón en el muslo y le susurro que la deje en paz. No quiero que Molly le haga daño, porque entonces yo tendré que hacerle daño a ella.

—Es mi turno —dice ella entonces—. Tessa, ¿verdad o reto? —pregunta.

Allá va.

—Reto —responde Tessa con una sonrisa sarcástica.

La otra finge sorpresa, y entonces sonríe con malicia.

—Te reto a besar a Zed.

Levanto la vista hacia el horrible rostro de Molly.

—Ni de broma —digo en voz alta.

Todo el mundo menos ella parece encogerse un poco hacia atrás.

—¿Por qué no? —sonríe Molly mordazmente—. Es terreno conocido, ya lo ha hecho antes.

Me incorporo y estrecho a Tessa contra mí.

—Eso no va a pasar —gruño a esa maldita zorra. Me importa una mierda este estúpido juego, no pienso dejar que bese a nadie.

Zed está mirando hacia la pared, y cuando Molly lo mira, ve que no tiene ningún apoyo en él.

—Bueno, pues que sea verdad entonces —dice—. ¿Es verdad que eres una pendeja por volver con Hardin después de que admitiese que se te cogió para ganar una apuesta? —pregunta con voz alegre.

Tessa se pone rígida sobre mi regazo.

—No, eso no es verdad —dice con un hilo de voz.

Molly se pone de pie.

—No, no, este juego se llama Verdad o reto, no La niñata mentirosa. Es la verdad, y tú eres una pendeja por volver con él. Te crees todo lo que sale por su boca. Y no te lo reprocho, porque sé las cosas tan increíbles que esa boca puede hacer. Carajo, esa lengua...

Antes de que pueda detenerla, Tessa salta de mis piernas y se abalanza sobre Molly. Sus cuerpos impactan. Tessa la empuja por los hombros y se aferra a ellos cuando ambas caen encima de Ed. Por suerte para Molly, un chico ha amortiguado su caída. Pero por desgracia también, Tessa la suelta de los hombros y la agarra del pelo.

—¡Eres una zorra! —grita Tessa con el pelo rosa de la otra en los puños.

Le levanta la cabeza de la alfombra y vuelve a golpearla contra el suelo. Molly grita y patalea bajo el cuerpo de Tessa, aunque Tessa lleva ventaja y Molly no tiene manera de controlar la situación. Le clava las uñas en los brazos, pero Tessa la agarra de las muñecas y se las aparta a ambos lados antes de levantar la mano y darle una cachetada.

«¡Carajo!» Me levanto del sillón y agarro a Tessa de la cintura para detenerla. Jamás habría imaginado que provocaría una pelea entre Tess y nadie, y mucho menos Molly, que es de mucho ladrar y poco morder.

Tess se revuelve entre mis brazos durante unos segundos antes de calmarse ligeramente hasta que puedo sacarla de la sala. Jalo la falda de su vestido para asegurarme de que no se le ha subido; lo último que necesitamos ahora es que yo también me enzarce en una pelea con alguien. Hay poca gente en la cocina, y ya están todos hablando sobre la pelea de la sala.

—¡La voy a matar, Hardin! ¡Te lo juro! —grita librándose de mí.

—Ya lo sé..., ya lo sé —digo, pero no puedo tomarla en serio, a pesar de que acabo de ser testigo de su brutalidad.

—Deja de reírte de mí —resopla sin aliento. Sus ojos abiertos como platos brillan y sus mejillas están rojas de ira.

—No me río de ti. Es sólo que me ha sorprendido lo que ha pasado —digo mordiéndome el labio inferior.

—¡No la soporto! ¡¿Quién chingados se cree que es?! —grita hacia los otros que siguen en la sala, intentando claramente que llegue a oídos de Molly.

—Bien, Ortiz... vamos a darte un poco de agua —digo.

—¿Ortiz? —pregunta.

—Es un luchador de la UFC.

—¿La UFC?

—No importa.

Me río y le pongo un vaso de agua. Me asomo a la sala para comprobar que Molly no está.

—Siento un aumento de adrenalina en todo el cuerpo —me dice Tessa.

Lo mejor de pelearse es el aumento de adrenalina. Es adictivo.

—¿Te habías peleado alguna vez con alguien? —pregunto, aunque estoy seguro de la respuesta.

—No, claro que no.

—Y ¿por qué lo has hecho ahora? ¿Qué importa lo que piense Molly de que estemos juntos?

—No es eso. No es eso lo que me ha encabronado.

—Entonces ¿qué ha sido? —le pregunto.

Me pasa el vaso vacío y se lo relleno de agua.

—Lo que dijo de ustedes —admite con rabia.

—Ah.

—Sí. Debería haberle dado un madrazo —resopla.

—Sí, pero creo que lo de tirarla al suelo y estamparle la cabeza contra él tampoco ha estado mal, Ortiz.

En sus labios se forma una leve sonrisa y empieza a reír tímidamente.

—No puedo creer que haya hecho eso. —Se ríe otra vez.

—Estás muy borracha —asiento riendo a mi vez.

—¡Sí! —coincide en voz alta—. Lo suficiente como para estamparle a Molly la cabeza contra el suelo —se carcajea.

—Creo que todos han disfrutado del espectáculo —digo mientras la agarro de la cintura.

—Espero que no se hayan enojado conmigo por haber armar una escena.

Ahí está mi Tessa. Bien peda, pero intentando ser considerada con los demás.

—Nadie se ha enojado, nena, en todo caso te estarán agradecidos. Ésta es la clase de cosas que dan vida a los chicos de la fraternidad —le aseguro.

—Carajo, espero que no —dice, y parece momentáneamente horrorizada.

—No te preocupes. ¿Quieres que busquemos a Steph? —pregunto para distraerla.

—O podríamos hacer otra cosa... —dice metiendo los dedos por la cintura de mis pantalones.

—Jamás dejaré que bebas vodka cuando no esté yo delante —bromeo, aunque en el fondo lo digo en serio.

—Está bien..., pero ahora vayamos arriba. —Se pone de puntitas y me da un beso en la mandíbula.

—Qué mandona eres, ¿no? —Sonrío.

—No vas a ser tú el que mande todo el tiempo. —Se ríe, me agarra del cuello de la camiseta y me jala hacia abajo hasta ponerme a su altura—. Deja al menos que te haga algo —ronronea, mordisqueándome el lóbulo de la oreja.

—¿Acabas de vivir tu primera pelea y estás pensando en eso?

Asiente.

—Sabes que lo estás deseando, Hardin —dice con una voz tan grave que hace que me aprieten aún más los calzones.

—Bien... Carajo..., está bien —cedo.

—Vaya, qué fácil ha sido.

La agarro de la muñeca y la guío hasta el piso de arriba.

—¿Ocupa alguien ya la que era tu habitación? —pregunta cuando llegamos a la segunda planta.

—Sí, pero hay muchas habitaciones vacías —le digo, y abro la puerta de una de ellas.

Las dos camas pequeñas están cubiertas de cobijas negras, y hay zapatos en el ropero. No sé de quién será este cuarto, pero ahora es nuestro.

Cierro la puerta y avanzo unos pasos hasta Tessa.

—Bájame el cierre —me ordena.

—Veo que no quieres perder el tiempo.

—Cállate y desabróchame el vestido —me espeta.

Sacudo la cabeza divertido, y ella se vuelve y se levanta el pelo. Rozo su cuello con los labios mientras le bajo el cierre por la espalda. Veo cómo el vello se eriza en su suave piel, y lo sigo descendiendo por su columna con el dedo índice.

Temblando un poco, se vuelve y se desliza las mangas del vestido por los brazos. La prenda cae a sus pies y deja al descubierto el coordinado rosa intenso de encaje que tanto me gusta. Deduzco por su sonrisa que es perfectamente consciente de ello.

—Déjate puestos los zapatos —digo prácticamente rogando.

Ella accede con una sonrisa y se mira los pies.

—Antes quiero hacerte una cosa.

Con un movimiento veloz, me jala de los pantalones. Me desabrocha rápidamente el cierre y me los baja. Retrocedo hacia la cama, pero ella me detiene.

—No, puaj. Imagina quién ha hecho qué ahí —dice con cara de asco—. Al piso —ordena.

—Te aseguro que el piso estará mucho más sucio que la cama —replico—. Espera, deja que ponga mi camiseta.

Me quito la camiseta por la cabeza, la extiendo en el suelo y me siento encima de ella. Tessa desciende y se coloca a horcajadas sobre mí. Su boca se aferra a la piel de mi cuello mientras menea las caderas y se pega a mi cuerpo.

«Carajo.»

—Tess... —exhalo—. Si sigues haciendo eso voy a acabar antes de empezar.

Aparta los labios de mi cuello.

—¿Qué quieres hacer, Hardin? ¿Quieres metérmela o quieres que te haga una m...?

La interrumpo con un beso. No voy a perder el tiempo con preliminares. La deseo, la necesito, ahora. En cuestión de segundos, sus pantaletas descansan sobre el piso a su lado, y rebusco en mis bolsas un condón. Necesito recordarle que tiene que empezar a tomarse la píldora; no soporto usar condones con ella. Quiero sentirla del todo.

—Hardin..., apúrate —me ruega, y se echa en la alfombra apoyada sobre los codos. Su cabello largo cae hasta rozar el suelo detrás de su espalda.

Gateo hasta ella, le separo los muslos todavía más con las rodillas y me dispongo a penetrarla. Pierde el equilibrio, se cae hacia atrás y se agarra a mis brazos para incorporarse.

—No... quiero hacerlo yo —dice.

Me empuja contra el suelo y se monta encima de mí. Gime mientras desciende y es el sonido más delicioso que he oído en mi vida. Menea las caderas lentamente, en círculos, subiendo y bajando, torturándome. Se tapa la boca con la mano y pone los ojos en blanco. Cuando me pasa las uñas por el estómago, casi pierdo el control. Rodeo su espalda con el brazo y vuelvo las cosas. Ya me he cansado de que tenga ella el control. No lo soporto.

—¿Qué...? —empieza.

—Soy yo quien manda aquí, soy yo quien tiene el control. ¡No lo olvides, nena! —gruño, y la penetro con fuerza, entrando y saliendo a un ritmo mucho más rápido que con el que ella me estaba atormentando.

Tess asiente embriagada y se tapa la boca de nuevo.

—Cuando... lleguemos a casa... te cogeré otra vez, y allí no te tapa-rás la boca... —le advierto mientras levanto su pierna hasta mi hom-bro—. Todo el mundo te oirá. Oirán lo que te estoy haciendo, lo que sólo yo te hago.

Gime de nuevo. Le beso la pantorrilla y se tensa. Estoy cerca..., muy cerca, y entierro la cabeza en su cuello mientras inundo el condón. Apoyo la cabeza en su pecho hasta que nuestra respiración vuelve a la normalidad.

—Eso ha sido... —exhala.

—¿Mejor que atacar a Molly? —Me río.

—No lo sé..., por el estilo —bromea, y se levanta para vestirse.

CAPÍTULO 60

Tessa

Hardin me sube el cierre y yo me arreglo el pelo con los dedos mientras él se abrocha los pantalones.

—¿Qué hora es? —pregunto mientras se pone los zapatos.

—Faltan dos minutos para las doce —responde tras comprobar la hora en un despertador que hay en un pequeño escritorio.

—Vaya..., pues vamos a bajar ya —le digo.

Sigo más que borracha, pero ahora estoy más relajada, gracias a él. Borracha o no, aún no puedo creer lo que ha pasado con Molly.

—Vamos.

Me toma de la mano y llegamos a la escalera justo cuando todo el mundo empieza a gritar:

—¡Diez..., nueve..., ocho...!

Hardin pone los ojos en blanco.

—¡Siete..., seis...!

—Esto es absurdo —protesta.

—¡Cinco..., cuatro..., tres...! —empiezo a gritar—. Hazlo conmigo —digo.

Intenta no sonreír, pero fracasa y una enorme sonrisa se dibuja en su cara.

—¡Dos..., uno...! —digo metiéndole el dedo en el hoyuelo.

—¡Feliz Año Nuevo! —grita todo el mundo, yo incluida.

—Que viva el Año Nuevo —dice Hardin sin el menor entusiasmo, y yo me río cuando pega los labios a los míos.

A una parte de mí le preocupaba que no me besara aquí, delante de todos, pero ahora acaba de hacerlo. Cuando mis manos se deslizan hasta su cintura, me las agarra para detenerme. Se aparta y sus ojos de color esmeralda relucen. Qué guapo es.

—¿Aún no estás cansada? —bromea, y niego con la cabeza.

—No te engañes. No voy a hacer lo que imaginas. —Sonrío—. Tengo que hacer pipí.

—¿Quieres que te acompañe?

—No. Ahora vuelvo —digo, y le doy un beso rápido antes de dirigirme al baño.

Debería haberlo dejado venir. Esto es mucho más difícil que cuando estoy sobria. Ha sido una noche divertida, aun a pesar de lo de Molly. Hardin me ha sorprendido mostrándose calmado, incluso con Zed, y ha estado de buen humor todo el tiempo.

Después de lavarme las manos, recorro el pasillo de nuevo en su busca.

—¡Hardin! —oigo que exclama una voz femenina.

Miro y veo una cara familiar: es la chica de pelo negro con la que me he topado antes. Y se dirige hacia él. Como soy de naturaleza curiosa, decido quedarme atrás unos metros.

—Tengo tu celular, lo has olvidado en el cuarto de Logan. —Sonríe y saca el teléfono de Hardin de la bolsa.

«¿Qué?» Seguro que no es nada. Estaban en la habitación de Logan, lo que significa que probablemente no estaban solos. Confío en él.

—Gracias. —toma el teléfono y se aleja de ella. Menos mal—. ¡Oye! —le grita entonces—. ¿Te importaría hacerme el favor de no decirle a nadie que estábamos juntos en el cuarto de Logan? —pregunta.

—Yo nunca alardeo de mis asuntos —sonríe la chica antes de irse.

El pasillo empieza a girar a mi alrededor. Noto un dolor instantáneo en el pecho y corro por la escalera. Hardin me ve corriendo y compruebo cómo el color desaparece de su rostro al saber que lo he atrapado.

CAPÍTULO 61

Hardin

Veo un resplandor dorado a unos metros de distancia. Sorteo a Jamie y veo a Tessa, con los ojos abiertos como platos y el labio inferior tembloroso. En unos instantes pasa de animal deslumbrado a novia furiosa y sale corriendo a toda velocidad por la escalera.

«¿Qué?»

—¡Tessa! ¡Espera! —grito tras ella.

Para estar tan borracha, vuela por los escalones. ¿Por qué tiene que huir siempre de mí?

—¡Tess! —grito de nuevo, y aparto a la gente de mi camino.

Por fin, cuando la tengo a tan sólo unos metros de distancia en el recibidor, hace algo que me deja atónito. El cabrón rubio que la estaba mirando antes silba cuando la ve pasar. Ella se detiene de repente y su mirada hace que me quede helado en el sitio. Sonriendo con despecho, toma al tipo de la camisa.

«¿Qué chingados está haciendo? ¿Va a...?»

Respondiendo a mis pensamientos, me mira y le da un beso. Cierro los ojos con fuerza en un intento de borrarlo de mi mente. Esto no puede estar pasando. Ella jamás haría eso, Tessa, no, por muy enojada que estuviera.

El tipo, sorprendido por su repentina muestra de afecto, se recupera al instante y rodea su cintura. Ella abre la boca, desliza una mano hasta su pelo y se agarra a él. Soy incapaz de entender lo que está pasando.

—¡Hardin, no! —grita.

«¿No, qué?»

Cuando abro los ojos me encuentro encima del rubio y veo que tiene el labio partido. ¿Ya lo he golpeado?

—¡Hardin, por favor! —grita otra vez.

Me apresuro a apartarme del güey antes de que todo el mundo forme un círculo a nuestro alrededor.

—Pero ¿qué carajos...? —gruñe él.

Quiero romperle la maldita cabeza, pero me he esforzado mucho por intentar controlar mis arrebatos. ¿Por qué ha tenido que hacer eso y echar por tierra todo mi trabajo? Me dirijo hacia la puerta sin molestarme en comprobar si me está siguiendo.

—¡¿Por qué le has pegado?! —grita Tess a mi espalda cuando llego a mi coche.

—¿Tú qué crees? ¡Porque acabo de ver cómo te metías con él! —grito.

Casi había olvidado lo que se siente, el aumento de adrenalina y el familiar dolor en los nudillos. Sólo le he pegado una vez..., o eso creo... No está mal. Pero quiero más.

Ella empieza a llorar.

—Y ¿qué te importa? ¡Tú has besado a esa chica! ¡Y seguramente has hecho bastante más que eso! ¿Cómo has podido?

—¡No! No te atrevas a llorar, Tessa. ¡Acabas de besar a un güey delante de mí! —digo golpeando el cofre del coche.

—¡Lo que tú hiciste es mucho peor! ¡Oí cómo le decías a esa chica que no dijera nada de lo que hicieron en la habitación de Logan!

—No tienes ni idea de lo que estás diciendo. ¡Yo no besé a nadie!

—¡Claro que sí! ¡Ella te ha dicho que nunca alardea de sus asuntos! —grita sacudiendo los brazos en el aire como una idiota.

«Puta madre, es exasperante.»

—Es una forma de hablar, Tessa. Se refería a que no iba a contarle a nadie lo que hablamos..., ¡ni que fumamos hierba! —grito.

Sofoca un grito.

—¿Fumaste hierba?

—No, no lo he hecho. Pero ¿qué importa eso? ¡Acabas de ponerme los cuernos!

Me jalo el pelo.

—¿Por qué me has dejado sola para irte con ella, y luego le dices que no cuente nada? No tiene ningún...

—¡Es la hermana de Dan! Le he dicho que no dijera nada porque estaba intentando disculparme en privado por lo que le hice. ¡Iba a contártelo mañana cuando no estuvieses tan beligerante, carajo! Estábamos todos en la habitación: Logan, Nate, ella y yo. Ellos estaban fumándose un churro, y cuando se iban le he pedido a Jamie que se quedara un momento porque quería hacer lo correcto con ella, por ti.

—Estoy seguro de que toda mi ira escapa por mis ojos cuando digo—: ¡Yo nunca te pondría los malditos cuernos... ya deberías saberlo!

Y, al instante, Tessa se desinfla. Se ha quedado sin habla, y me alegro. Se está equivocando conmigo, y estoy que me lleva la chingada.

—Pero... —empieza.

—Pero ¿qué? Tú actuaste mal, no yo. Ni siquiera me diste la oportunidad de explicarme. Te comportaste como una niña. ¡Como una niña impulsiva! —grito, y golpeo el cofre de nuevo.

El golpe hace que dé un brinco, pero no me importa.

Debería volver adentro, buscar al rubio y terminar lo que he empezado. Golpear mi coche no me proporciona la misma satisfacción.

—¡No soy ninguna niña! ¡Creía que habías hecho algo con ella! —me grita entre lágrimas.

—¡Pues no lo he hecho! Después de todo por lo que he tenido que pasar para que siguieras conmigo, ¿de verdad crees que iba a ponerte los cuernos con una chava cualquiera en una fiesta o donde sea?

—No sabía qué pensar —replica agitando de nuevo los brazos en el aire.

Me paso la mano por el pelo e intento tranquilizarme.

—Pues lo siento, pero ése es tu problema. Yo ya no sé qué más hacer para que te des cuenta de que te quiero.

Ha besado a otro. Ha besado a otro güey delante de mí. Me siento aún peor que cuando me dejó, porque al menos en aquella ocasión fue culpa mía.

Su cálido aliento forma bocanadas de vaho en el aire frío.

—¡Bueno, pues igual si no estuviera tan acostumbrada a que me ocultes cosas no estaría tan predispuesta a los malentendidos! —grita.

La miro boquiabierto.

—Eres increíble, en serio. En estos momentos no puedo ni mirarte a la cara.

En mi mente, no paro de verla besándose con aquel tipo una y otra vez.

—Siento haberlo besado —dice resignada—. Pero no es para tanto.

—Estás bromeando, ¿no? Por favor, dime que sí, porque si hubiera sido yo el que hubiese besado a alguien probablemente no volverías a hablarme en la vida. Pero claro, como ha sido la princesa Tessa, no pasa nada. ¡Todos contentos! —me burlo.

Se cruza de brazos con indignación.

—¿La princesa Tessa? ¿Qué pretendes, Hardin?

—¡Venga ya! ¡Me has puesto los cuernos delante de mí! Te he traído aquí para que vieras lo mucho que significas para mí. Quería que supieras que me importa una mierda lo que los demás piensen de nosotros. Quería que te la pasaras lo mejor posible, ¡y tú haces esa mierda!

—Hardin..., yo...

—¡No! ¡Aún no he acabado! —Saco las llaves del coche—. ¡Actúas como si esto no fuese nada! Pero para mí es muy importante. Ver los labios de otro sobre los tuyos... es... ¡no te puedes ni imaginar lo enfermo que me pone!

—He dicho que...

Pierdo el control. Sé que doy miedo, pero no puedo evitarlo.

—¡Deja de interrumpirme por una vez en tu maldita vida! —grito—. ¿Sabes qué? No te preocupes. Puedes volver ahí adentro y pedirle a tu nuevo novio que te lleve a casa. —Me vuelvo y abro la puerta del coche—. Se parece mucho a Noah, y seguramente lo que pasa es que lo extrañas.

—¿Qué? ¿Qué tiene que ver Noah en todo esto? Y es evidente que no tengo un tipo de hombre —gruñe, y me señala con la mano—. Aunque a lo mejor debería.

—¡A la mierda! —grito, y me meto en el coche.

Arranco y la dejo ahí con el frío que hace. Cuando llego al alto no puedo evitar golpear el volante sin parar.

Si no me ha llamado antes de una hora significará que se ha ido con otra persona.

CAPÍTULO 62

Tessa

Diez minutos después sigo de pie en la banqueta. Tengo las piernas y los brazos entumecidos y estoy temblando. Hardin volverá de un momento a otro; no puedo creer que de verdad vaya a dejarme aquí sola. Borracha y sola.

Cuando me dispongo a llamarlo recuerdo que él tiene mi teléfono.

«Genial... ¿En qué carajos estaba pensando?» No estaba pensando, ése es el problema. Todo iba tan bien, y yo ni siquiera le he concedido el beneficio de la duda. En lugar de hacerlo, he besado a otro chico. Me dan ganas de vomitar sólo de pensarlo.

«¿Por qué no ha vuelto todavía?»

Tengo que ir adentro. Hace demasiado frío aquí, y quiero otra copa. Se me está empezando a pasar la borrachera, y no estoy preparada para enfrentar la realidad.

Una vez en la casa, voy directo a la cocina para servirme una bebida. Ésta es la razón por la que no debería beber. El sentido común me abandona cuando estoy ebria. He pensado lo peor de él y he cometido un error tremendo.

—¿Tessa? —dice Zed detrás de mí.

—Hola —gruño. Levanto la cabeza del frío banco de la cocina y me vuelvo para mirarlo.

—Este..., ¿qué haces? —dice riéndose a medias—. ¿Estás bien?

—Sí..., estoy bien —miento.

—¿Dónde está Hardin?

—Se ha ido.

—¿Se ha ido? ¿Sin ti?

—Sí. —Doy un trago a mi bebida.

—¿Por qué?

—Porque soy una idiota —respondo con sinceridad.

—Lo dudo mucho. —Sonríe.

—No, en serio, esta vez sí.

—¿Quieres hablar de ello?

—La verdad es que no —suspiro.

—Bueno..., pues te dejo sola —dice, y empieza a alejarse. Pero entonces se vuelve otra vez—. No tiene por qué ser tan complicado, ¿sabes?

—¿El qué? —le pregunto, y lo sigo hasta que nos sentamos a una mesa de la cocina.

—El amor, las relaciones..., todo eso. No tiene por qué ser tan difícil.

—¿Ah, no? ¿No es siempre así?

La única referencia previa que tengo es Noah, y con él nunca nos peleábamos así, pero tampoco sé si lo quería. Al menos, no como quiero a Hardin. Tiro el alcohol a la tarja y me sirvo un vaso de agua.

—No lo creo. Yo nunca he visto a nadie pelearse como lo hacen ustedes dos.

—Es porque somos muy diferentes, eso es todo.

—Sí, supongo que así es. —Sonríe.

Cuando miro el reloj, ha pasado una hora desde que Hardin se fue dejándome aquí. Puede que no vaya a volver después de todo.

—¿Perdonarías a alguien que ha besado a otra persona? —le pregunto por fin a Zed.

—Supongo que depende de las circunstancias.

—¿Y si lo hubiese hecho delante de ti?

—Carajo, no. Eso es imperdonable —dice con una expresión de disgusto.

—Vaya.

Se inclina hacia mí con compasión.

—¿Ha hecho eso?

—No. —Levanto la vista y lo miro a los ojos—. He sido yo.

—¿Tú? —pregunta claramente sorprendido.

—Sí..., ya te he dicho que soy una idiota.

—Sí, siento decirlo, pero lo eres.

—Sí —coincido.

—¿Cómo vas a volver a casa? —pregunta entonces.

—Pues sigo esperando que regrese a por mí, aunque está claro que no lo va a hacer. —Me muerdo el labio.

—¿Quieres que te lleve? —dice, pero cuando miro a mi alrededor con vacilación, añade—: Steph y Tristan estarán arriba, si prefieres...

Lo miro sin dejarlo acabar.

—¿Podrías llevarme ahora? No quiero meter la pata más todavía, pero se me está pasando la borrachera, por suerte, y quiero volver a casa e intentar hablar con Hardin.

—Claro. Vamos —dice Zed, y apuro el agua antes de seguirlo hasta su coche.

A diez minutos del departamento, empiezo a temer la reacción de Hardin cuando vea que Zed me ha acompañado a casa. Intento esforzarme por recuperar la sobriedad, pero las cosas no funcionan así. Estoy mucho menos ebria que hace una hora, pero sigo borracha.

—¿Puedo llamarlo desde tu teléfono? —le pregunto a Zed.

Aparta una mano del volante y se la lleva a la bolsa para buscar su celular.

—Toma... Mierda, se le acabó la pila —dice cuando presiona el botón superior y ve el símbolo de la batería agotada.

—Gracias de todos modos —respondo encogiéndome de hombros.

No obstante, llamar a Hardin desde el teléfono de Zed seguramente no sea muy buena idea. No es tan mala como la de besar a un chico cualquiera delante de él, pero sigue sin ser una buena idea.

—¿Y si no está en casa? —digo.

Zed me mira socarronamente.

—Tienes llaves, ¿no?

—No agarré las mías... No pensé que fuera a necesitarlas.

—Ah..., vaya... Bueno, seguro que sí está —dice, aunque parece nervioso.

Hardin lo asesinaría si me encontrara en su casa. Cuando llegamos al departamento, Zed se estaciona y busco con la mirada el coche de Hardin. Está donde siempre, menos mal. No sé qué habría hecho si no llega a estar aquí.

Zed insiste en acompañarme hasta arriba. Aunque creo que la cosa no acabará bien, no sé si seré capaz de llegar sola al piso en mi estado de embriaguez.

Maldito sea Hardin por dejarme en esa fiesta. Maldito sea por ser un idiota impulsivo. Maldito sea Zed por ser tan lindo y temerario cuando no debería serlo. Y maldito sea Washington por su clima frío.

Cuando llegamos al elevador, empieza a latirme la cabeza al ritmo de mi corazón. Necesito pensar qué voy a decirle a Hardin. Estará muy encabronado conmigo, y tengo que pensar en una buena manera de disculparme que no implique el sexo. No estoy acostumbrada a ser yo la que tiene que disculparse, ya que siempre es él quien mete la pata. Estar en esta posición no es nada agradable. De hecho, es bastante horrible.

Avanzamos por el pasillo y no puedo evitar sentirme como si estuviésemos preparándonos para caminar por una tabla rodeados de tiburones, y no sé si será Zed o si seré yo la que acabe en el agua.

Llamo a la puerta y él aguarda unos pasos por detrás de mí mientras esperamos a que Hardin abra. Esto ha sido muy mala idea. Debería haberme quedado en la fiesta. Llamo de nuevo, esta vez con más fuerza. ¿Y si no abre?

¿Y si se ha llevado mi coche y no está en casa? No se me había ocurrido la posibilidad.

—Si no abre, ¿puedo quedarme en tu casa? —digo intentando contener las lágrimas.

No quiero quedarme en casa de Zed y hacer que Hardin se enoje todavía más conmigo, pero no se me ocurre otra opción.

¿Y si no me perdona? No puedo vivir sin él. Zed apoya la mano en mi espalda y me la frota para consolarme. No puedo llorar, tengo que estar tranquila cuando abra..., si es que abre.

—Claro que sí —responde Zed por fin.

—¡Hardin! Abre la puerta, por favor —le ruego en voz baja, y apoyo la frente contra la madera.

No quiero gritar porque no quiero armar una escena a las dos de la mañana. Bastante hartos estarán ya los vecinos de nuestros gritos.

—Me temo que no va a abrir. —Suspiro y me recuesto contra la pared un momento.

Entonces, por fin, cuando empezamos a alejarnos, la puerta se abre.

—Vaya..., mira quién ha decidido pasarse por aquí —dice Hardin observándonos desde la puerta. Algo en su tono me da escalofríos. Cuando me vuelvo para mirarlo, tiene los ojos inyectados en sangre y las mejillas rosadas—. ¡Zed, qué sorpresa! Es un gusto verte —exclama arrastrando las palabras. Está borracho.

Se me despeja la mente al instante.

—Hardin..., ¿has estado bebiendo?

Me mira de manera imperiosa, claramente inestable.

—¿A ti qué te importa? Ahora tienes otro novio.

—Hardin...

No sé qué decirle. Está claro que está pedísimo. La última vez que lo vi así fue la noche en que Landon me llamó para que fuera a casa de Ken. Conociendo el historial de su padre con la bebida, y viendo el miedo que tenía Trish de que Hardin hubiera empezado a beber de nuevo, me invade el desánimo.

—Gracias por traerme a casa, creo que es mejor que te vayas —le digo amablemente a Zed. Hardin está demasiado borracho como para estar cerca de él.

—¡Nooo! —exclama Hardin—. ¡Pasa! ¡Tomemos algo! —Toma a Zed del brazo y lo jala hacia el interior del departamento.

Los sigo, protestando:

—No es buena idea, Hardin. Estás borracho.

—Tranquila —me dice Zed haciéndome un gesto con la mano. Es como si estuviera deseando morir.

Hardin se tambalea hasta la mesita auxiliar, toma la botella de licor oscuro que hay sobre ella y sirve una copa.

—Sí, Tessa. Relájate.

Quiero gritarle por hablarme de esa manera, pero me ha abandonado la voz.

—Aquí tienes. Voy por otro vaso para ti, Tess —farfulla, y desaparece en la cocina.

Zed se sienta en el sillón y yo tomo asiento en el otro.

—No voy a dejarte aquí sola con él. Está muy borracho —susurra—. Pensaba que no bebía.

—Y no bebe..., así no. Esto es culpa mía. —Entierro la cabeza entre las manos.

Detesto que Hardin se haya emborrachado por lo que he hecho. Quería tener una conversación civilizada con él para poder disculparme por todo.

—No, no lo es —me asegura Zed.

—¡Ésta... para ti! —grita Hardin cuando irrumpe de nuevo en la sala, y me pasa un vaso lleno hasta la mitad de licor.

—No quiero beber más. Ya he bebido bastante por esta noche. —Le quito el vaso de las manos y lo dejo sobre la mesita.

—Como quieras. Más para mí entonces. —Me sonríe, y es una sonrisa malévola, no esa sonrisa que tanto adoro.

Estoy empezando a asustarme. Sé que Hardin jamás me haría daño físicamente, pero no me gusta nada esta cara de él. Preferiría que me gritara o que golpeara una pared a que esté aquí bebiendo sin parar mientras se muestra tan relajado. Demasiado relajado.

Zed hace un pequeño brindis y se lleva la bebida a los labios.

—Es como en los viejos tiempos, ¿verdad? Ya sabes, como cuando querías cogerte a mi chica —dice Hardin, y Zed escupe su bebida de nuevo en el vaso.

—No. Tú la has dejado allí sola; yo sólo la he traído a casa —responde Zed con tono amenazador.

Hardin menea su propia bebida en el aire.

—No me refiero a lo de esta noche, y lo sabes. Aunque estoy bastante encabronado contigo porque te hayas tomado la libertad de traerla a casa. Ya es mayorcita, sabe defenderse.

—No debería tener que defenderse —replica Zed.

Hardin golpea el vaso contra la mesa y doy un brinco.

—¡Eso no es asunto tuyo! Aunque desearías que lo fuera, ¿verdad?

Me siento como si estuviera en medio de una balacera y quisiera apartarme pero mi cuerpo no me lo permitiera. Observo horrorizada cómo mi señor Darcy particular empieza a transformarse en Tom Buchanan...

—No —contesta Zed.

Hardin se sienta a mi lado, pero mantiene sus ojos vidriosos fijos en Zed. Miro la botella de alcohol y veo que queda menos de la mitad. Espero que Hardin no se haya bebido todo lo que falta en la última hora y media.

—Claro que sí —replica él—. No soy idiota. La deseas. Molly me contó todo lo que dijiste en su día.

—Olvídalo, Hardin —gruñe Zed, y esto no hace sino provocar más a mi chico—. Eso te pasa por hablar con Molly.

—Ay, Tessa es tan guapa... ¡Tessa es tan dulce...! ¡Tessa es demasiado buena para Hardin! ¡Tessa debería estar conmigo! —se burla Hardin.

«¿Qué?»

Zed evita mi mirada.

—Cierra la maldita boca, Hardin.

—¿Has oído, nena? Zed creía que podía tenerte. —Se ríe.

—Ya basta, Hardin —digo, y me levanto del sillón.

Zed parece humillado. No debería haberle pedido que me trajera a casa. ¿De verdad dijo esas cosas sobre mí? Había dado por hecho que su actitud conmigo se debía a que se sentía avergonzado por lo de la apuesta, pero ahora ya no estoy segura.

—Mírala, seguro que lo estás pensando ahora mismo..., ¿verdad? —lo provoca Hardin. Zed lo fulmina con la mirada y deja el vaso sobre la mesita—. Nunca será tuya, güey, ríndete. No será de nadie. Sólo mía. Soy el único que se la cogerá jamás. Soy el único que sabrá nunca lo que se siente estando con ella...

—¡Ya basta! —grito—. Pero ¿qué chingados te pasa?

—Nada, sólo estoy diciendo la verdad —responde Hardin.

—Estás siendo cruel —replico—. ¡Y me estás faltando al respeto! —Me vuelvo hacia Zed—: Creo que deberías irte.

Él mira a Hardin, y después otra vez a mí.

—Estoy bien —le aseguro.

No sé qué va a pasar, pero sé que no será ni la mitad de malo de lo que puede llegar a ser si continúa aquí.

—Por favor —le ruego.

Por fin, Zed asiente.

—Está bien, me iré. Tiene que solucionar sus broncas. Bueno..., tienen.

—Ya la has oído: lárgate —le espeta Hardin—. Pero no te sientas mal, a mí tampoco me quiere. —Da otro trago a su copa—. Le gustan más los tipos guapos y bien vestidos.

Se me cae el alma a los pies, y sé que me espera una noche muy larga. No sé si debería estar asustada, pero no lo estoy. Bueno, puede que un poco, aunque no pienso irme a ninguna parte.

—Largo —repite Hardin señalando mientras Zed se dirige hacia la salida.

Una vez que se ha ido del departamento, Hardin cierra la puerta y se vuelve hacia mí.

—Tienes suerte de que no le haya dado una golpiza por haberte traído. Lo sabes, ¿verdad?

—Sí —contesto. Discutir con él no me parece buena idea en estos momentos.

—¿Por qué te has molestado en venir?

—Vivo aquí.

—No por mucho tiempo. —Se pone más alcohol en el vaso.

—¿Qué? —Me quedo sin aliento—. ¿Vas a correrme?

Cuando el vaso está lleno, me guiña un ojo.

—No —dice—, acabarás yéndote por voluntad propia.

—No, no lo haré.

—Puede que tu nuevo amante tenga espacio en su casa. Hacían muy buena pareja.

Su detestable manera de hablarme me recuerda los comienzos de nuestra relación, y no me gusta nada.

—Hardin, deja de decir esas cosas, por favor. Ni siquiera lo conozco. Y siento muchísimo lo que hice.

—Diré lo que se me antoje, del mismo modo que tú haces lo que te da la gana.

—He cometido un error, y lo siento, pero eso no te da derecho a tratarme de esta manera tan cruel ni a beber así. Estaba borracha y de verdad creía que había pasado algo entre esa chica y tú. No sabía qué pensar. Lo siento, jamás te haría daño a propósito —digo lo más rápido que puedo y esforzándome porque lo entienda, pero sé que no me está escuchando.

—¿Aún sigues hablando? —me espeta.

Suspiro e intento controlarme. «No llores. No llores...»

—Me voy a la cama. Hablaremos cuando no estés tan borracho.

No dice nada; ni siquiera me mira, de modo que me quito los zapatos y me dirijo al cuarto. En cuanto cierro la puerta, oigo el vaso estrellarse. Salgo corriendo a la sala y me encuentro la pared mojada y el suelo lleno de cristales. Observo con impotencia cómo toma los otros dos vasos y los estampa contra la pared. Bebe un último trago directamente de la botella y después la arroja también con todas sus fuerzas.

CAPÍTULO 63

Tessa

Agarra la lámpara de la mesita auxiliar, arranca el cable de la pared y la tira contra el suelo. Después agarra un florero y lo estrella contra la pared de ladrillo. ¿Por qué su primer instinto es siempre romper todo lo que tenga a mano?

—¡Detente! —grito—. ¡Hardin, vas a romper todas nuestras cosas! ¡Basta, por favor!

—¡Esto es culpa tuya, Tessa! ¡Tú lo has provocado! —me grita, y agarra otro florero.

Corro por la sala y se lo quito de las manos antes de que lo haga pedazos.

—¡Ya lo sé! Pero, por favor, habla conmigo —le ruego. Ya no puedo seguir conteniendo las lágrimas—. Por favor, Hardin —sollozo.

—¡La has cagado, Tessa! ¡Y mucho!

Golpea la pared con el puño.

Sabía que esto iba a pasar y, la verdad, me sorprende que haya tardado tanto. Me alegro de que por lo menos haya escogido golpear el muro de yeso en lugar del de ladrillo, de lo contrario se habría hecho daño en la mano, o algo peor.

—¡Déjame en paz, carajo! ¡Lárgate! —grita, y empieza a pasearse de un lado a otro antes de apoyar las dos manos contra la pared.

—Te quiero —digo sin pensar.

Necesito que se calme, pero está demasiado borracho y me está intimidando.

—¡Pues no lo parece! ¡Has besado a otro güey! ¡Y has traído a Zed a mi maldita casa!

Se me parte el corazón cuando menciona a Zed. Hardin lo ha humillado.

—Lo sé..., lo siento.

Reprimo el impulso de decirle que es un hipócrita. Sí, sé que lo que he hecho ha estado mal, muy mal, pero yo lo he perdonado por hacerme daño muchas veces.

—Sabes perfectamente que me enfurece verte con otra persona, ¡y tú haces esa mamada! —Las venas de su cuello se tornan moradas y está empezando a parecer un monstruo.

—Hardin, he dicho que lo siento —insisto, hablando lo más suave y relajadamente posible—. ¿Qué más quieres que te diga? No pensaba con claridad.

Se jala de los pelos.

—Que digas que lo sientes no hace que desaparezca de mi mente. No paro de verlo.

Me acerco y me coloco justo delante de él. Apesta a whisky.

—Pues entonces mírame. Mírame.

Llevo las manos a sus mejillas y lo obligo a dirigir sus ojos hacia mí.

—Lo has besado. Has besado a otro cabrón —dice en un tono mucho más calmado que hace unos segundos.

—Lo sé, y lo siento mucho. No sabía lo que hacía. Ya sabes que a veces puedo ser muy irracional.

—Eso no es excusa.

—Lo sé, cariño, lo sé. —Espero que esas palabras lo tranquilicen.

—Me hace daño —dice, aunque la furia ha desaparecido de sus ojos enrojecidos—. Por eso no tenía novia, aunque nunca he querido tenerla, pero esto es lo que pasa cuando la gente sale... o se casa. Por estas mierdas es por lo que necesito estar solo. No quiero pasar por esto. —Se aparta de mí.

Me duele el pecho porque suena como un niño; un niño solitario y triste. No puedo evitar pensar en Hardin cuando era pequeño, escondiéndose mientras sus padres se peleaban porque Ken abusaba del alcohol.

—Hardin, por favor, perdóname. No volverá a ocurrir, jamás volveré a hacer algo así.

—Da igual, Tess, uno de los dos lo hará. Eso es lo que hace la gente que se quiere. Se hacen daño entre sí y luego rompen, o se divorcian. Y yo no quiero eso para nosotros. No quiero eso para ti.

Me acerco más a él.

—Eso no nos pasará a nosotros. Nosotros somos diferentes.

Niega ligeramente con la cabeza.

—Le pasa a todo el mundo; mira a nuestros padres.

—Nuestros padres se casaron con la persona equivocada, eso es todo. Mira a Karen y a tu padre. —Me alegro de comprobar que ahora está mucho más calmado.

—Ellos también acabarán divorciados —repone.

—No, Hardin. No lo creo.

—Yo sí. El matrimonio es una mierda: «Oye, me gustas, vamos a vivir juntos y a firmar un papel para prometernos que jamás nos dejaremos, aunque luego no lo cumplamos». ¿Por qué iba a querer alguien hacer eso voluntariamente? ¿Quién quiere atarse a una persona para siempre?

No estoy preparada para procesar lo que acaba de decirme. ¿No imagina un futuro conmigo? Sólo está diciendo eso porque está borracho, ¿no?

—¿De verdad quieres que me vaya? ¿Eso es lo que deseas?, ¿dejarlo? —le pregunto mirándolo directamente a los ojos.

No me responde.

—¿Hardin?

—No... Mierda..., no, Tessa. Te quiero. Te quiero un montón, pero tú... Lo que has hecho ha sido horrible. Tomaste todos mis miedos y los convertiste en realidad con un solo gesto. —Sus ojos se humedecen y se me parte el corazón.

—Lo sé, y me siento horrible por haberte hecho daño.

Mira la habitación y comprendo que todo lo que hemos construido aquí era su intento de demostrarme que me quiere.

—Deberías estar con alguien como Noah —dice.

—No quiero estar con nadie que no seas tú. —Me seco los ojos.

—Tengo miedo de que lo hagas.

—¿Hacer qué? ¿Dejarte por Noah?

—No por él exactamente; por alguien como él.

—No lo haré, Hardin. Te quiero. No quiero a nadie más, sólo a ti. Me gusta todo de ti, así que deja de dudar de ti.

Me duele pensar que se siente de esta manera.

—Entonces ¿no empezaste a salir conmigo sólo para encabronar a tu madre?

—¿Qué? —exclamo, pero él me mira y espera una respuesta—. No, claro que no. Mi madre no tiene nada que ver con lo nuestro. Me enamoré de ti porque..., bueno, porque no tenía elección. No pude evitarlo. Intenté no hacerlo por lo que pudiera pensar ella, pero era inevitable. Siempre te he amado, quisiera o no hacerlo.

—Ya.

—¿Qué puedo hacer para que me creas?

Después de todo por lo que hemos pasado, ¿cómo puede pensar que estaba con él para rebelarme contra mi madre?

—Pues podrías empezar por no besarte con otros —dice.

—Sé que eres inseguro, pero deberías saber que te quiero. He luchado por ti desde el primer día, con mi madre, con Noah, con todo el mundo.

Sin embargo, algo de lo que acabo de decir lo ha molestado.

—¿Inseguro? —replica—. Yo no soy inseguro. Pero tampoco pienso quedarme ahí sentado mientras juegas conmigo como si fuera un maldito idiota.

Con su repentina recuperación de la ira, empiezo a enojarme yo también.

—¿*A ti* te preocupa que *yo* juegue contigo?

Sé que lo que he hecho está mal, pero él me ha hecho cosas mucho peores. Él sí me trató como si fuera una idiota, y lo perdoné.

—No empieces con esa mierda —ruge.

—Hemos recorrido un largo camino, hemos pasado por muchas cosas, Hardin. No dejes que un error lo eche todo a perder. —Jamás pensé que sería yo la que tuviera que rogarle que me perdonara.

—Tú lo has echado todo a perder, no yo.

—Deja de ser tan frío conmigo. Tú también me has hecho muchas cosas a mí —le espeto.

La furia regresa a su rostro y se aparta bruscamente de mí gritando por encima del hombro:

—¡¿Sabes qué? Yo habré hecho muchas cosas, pero tú has besado a un güey delante de mí!

—Ah, ¿como aquella vez que Molly estaba encima de ti y la besaste delante de mí?

Se vuelve rápidamente.

—Ahí no estábamos juntos.

—Puede que para ti no, pero yo creía que sí.

—Eso no tiene importancia, Tessa.

—¿Quieres decir que no vas a dejarlo pasar?

—No sé qué quiero decir, pero me estás agobiando.

—Creo que deberías irte a la cama —le sugiero.

A pesar del breve momento de comprensión de los últimos minutos, está claro que su mente sigue en modo cruel.

—Y yo creo que no deberías decirme lo que tengo que hacer —replica.

—Sé que estás enojado y herido, pero no puedes hablarme de esa manera. No está bien y no pienso tolerarlo. Me da igual si estás borracho o no.

—No estoy herido —dice fulminándome con la mirada. Hardin y su orgullo.

—Acabas de decir que sí.

—No, no es verdad, no me digas lo que acabo de decir.

—Está bien. Está bien. —Levanto las manos, dándome por vencida. Estoy agotada y no pienso jalar la anilla de la granada que es Hardin en estos momentos.

Se acerca al portallaves y toma su llavero mientras tropieza para ponerse las botas.

—¿Qué estás haciendo? —pregunto, y corro hacia él.

—Me largo, ¿a ti qué te parece?

—No vas a ir a ninguna parte. Has estado bebiendo, y mucho. —Intento quitarle las llaves, pero él se las mete en la bolsa.

—Me importa una mierda. Necesito más bebida.

—¡No! De eso nada. Ya has bebido suficiente, y has roto la botella.

Intento meter la mano en la bolsa, pero me agarra de la muñeca como ha hecho un millón de veces.

Sin embargo, esta vez es diferente, porque está muy enojado, y por un instante tengo miedo.

—Suéltame —lo desafío.

—No intentes evitar que me vaya y te soltaré. —No afloja, y trato de fingir que no me importa.

—Hardin..., vas a hacerme daño.

Me mira a los ojos y me suelta al instante. Cuando levanta la mano, me encojo y retrocedo, pero sólo iba a pasarse la mano por el pelo.

El pánico se refleja en sus ojos.

—¿Creías que iba a pegarte? —dice casi en un susurro, y yo me aparto más todavía.

—Yo..., no lo sé... Estás muy enojado, y me estás dando miedo. —Sabía que no iba a hacerme daño, pero ésta es la manera más fácil de hacer que entre en razón.

—Deberías saber que jamás te haría daño. Por mucho que haya bebido, jamás te tocaría un maldito pelo. —Me fulmina con la mirada.

—Para odiar tanto a tu padre no parece importarte lo más mínimo comportarte como él —le espeto.

—¡Vete a la chingada! ¡No soy como él! —grita.

—¡Sí que lo eres! ¡Estás borracho, me has dejado tirada en esa fiesta y has roto todo cuanto había en la sala, incluida mi lámpara favorita! Te estás comportando igual que él..., igual que era él antes.

—Sí, bueno, y tú te comportas como tu madre. Como una esnob malcriada y una... —escupe con desprecio, y sofoco un grito.

—¿Quién eres tú? —pregunto, y sacudo la cabeza.

Me marcho de la habitación. No quiero seguir escuchándolo, y sé que si continuamos discutiendo mientras está así de borracho las cosas acabarán mal. Ha llevado la falta de respeto hacia mi persona hasta un nuevo nivel.

—Tessa..., yo... —empieza.

—Cállate —le digo volviéndome, y continúo caminando hacia el cuarto.

Puedo soportar sus comentarios groseros, y que me grite, porque, carajo, es verdad que he besado a un tipo delante de él, pero ahora ambos necesitamos distanciarnos antes de decir algo aún peor de lo que nos hemos dicho ya.

—No he querido decir eso —asegura siguiéndome.

Cierro la puerta y el seguro al entrar. Puede que no logremos hacer que esto funcione. Puede que él esté demasiado enojado con el mundo y que yo sea demasiado irracional. Lo presiono demasiado y él hace lo mismo conmigo.

No, eso no es verdad. Es precisamente esa presión que nos impone-
mos el uno al otro la que hace que esto funcione. A pesar de las peleas y
las tensiones, entre nosotros hay pasión. Tanta pasión que casi me ahoga, que me hunde..., y él es la única luz, el único que puede salvarme a
pesar de todo, aunque sea precisamente él quien me está condenando.

Hardin golpea la madera con suavidad.

—Tess, abre la puerta.

—¡Vete, por favor! —grito.

—¡Maldita sea, Tessa! Abre la puerta ahora mismo. ¡Lo siento, ¿está
bien?! —grita, y empieza a golpearla.

Cruzando los dedos para que no la eche abajo, me dirijo a la cómoda para rebuscar en mi último cajón. Al ver el papel blanco me siento
aliviada. Voy al ropero y me encierro en él. Empiezo a leer la nota que
Hardin me escribió y los golpes de la puerta se amortiguan hasta
que dejan de existir. El dolor que siento en el pecho se disuelve, como el
de mi cabeza. No hay nada más allá de esta carta, más allá de las palabras perfectas de mi imperfecto Hardin.

La leo una y otra vez hasta que mis lágrimas cesan, así como el ruido
en el pasillo. Deseo con toda mi alma que no se haya ido, pero no voy a
salir para averiguarlo. Me duele el corazón, y los ojos, y necesito acostarme.

Llevándome la carta conmigo, arrastro mi cuerpo hasta la cama y
me acuesto con el vestido puesto. Por fin, el sueño se apodera de mí
y soy libre de soñar con el Hardin que escribió esas palabras en una
hoja de papel en una habitación de hotel.

Cuando me despierto en mitad de la noche, doblo la carta, vuelvo a
guardarla en el cajón y abro la puerta del cuarto. Hardin está en el pasillo, acurrucado en el suelo de concreto. Creo que es mejor no despertarlo, así que lo dejo durmiendo la borrachera y vuelvo a la cama.

CAPÍTULO 64

Tessa

Ya por la mañana, el pasillo está vacío y el desastre de la sala completamente recogido. No hay ni rastro de cristales en el suelo. La habitación huele a limón, y ya no hay manchas de whisky en la pared.

Me sorprende que Hardin supiera dónde estaban los productos de limpieza.

—¿Hardin? —digo con la voz ronca después de los gritos de anoche.

Al no obtener respuesta, me acerco a la mesa de la cocina, donde veo una ficha con una nota manuscrita que dice: «Por favor, no te marches, volveré pronto».

Siento como si alguien me hubiera quitado una tonelada de peso de encima. Tomo el lector de libros electrónicos, me sirvo un café y espero a que vuelva.

Pasan lo que me parecen horas mientras aguardo a que Hardin regrese. Me he bañado, he ordenado la cocina y he leído cincuenta páginas de *Moby Dick*, y eso que el libro no me apasiona. Me he pasado la mayor parte del tiempo planteándome todos sus posibles comportamientos y pensando en qué va a decirme. El hecho de que no quiera que me marche es algo positivo, ¿no? Espero que sí. La noche anterior está borrosa en mi mente, pero recuerdo los puntos más importantes.

Cuando oigo abrirse la puerta, me quedo paralizada y olvido al instante todo lo que había pensado decirle. Dejo el libro electrónico sobre la mesita y me incorporo en el sillón.

Entra por la puerta y veo que lleva puesta una sudadera gris y sus pantalones negros característicos. Nunca sale de casa con nada que no sea negro y, ocasionalmente blanco, de modo que la combinación de hoy es un poco extraña, pero la sudadera le da un aire más joven. Tiene el pelo revuelto y apartado de la frente, y unas ojeras considerables. Lleva una lámpara en la mano. No es igual que la que rompió anoche, pero se parece mucho.

—Hola —dice, y se pasa la lengua por el labio inferior antes de atrapar el *piercing* entre los dientes.

—Hola —murmuro en respuesta.

—¿Cómo... cómo has dormido? —pregunta.

Me levanto del sillón mientras se dirige a la cocina.

—Bien... —miento.

—Me alegro.

Es obvio que ambos andamos con pies de plomo por miedo a decir algo inapropiado. Él está junto a la barra de la cocina, y yo me quedo al lado del refrigerador.

—He... comprado una lámpara nueva —dice señalando con la cabeza su adquisición.

—Es bonita.

Estoy nerviosa, muy nerviosa.

—No tenían la otra, pero... —empieza a decir.

—Lo siento muchísimo —espeto, interrumpiéndolo.

—Yo también, Tessa.

—La noche no debería haber acabado así —respondo, y bajo la mirada.

—Desde luego.

—Fue una noche horrible. Debería haber dejado que te explicaras antes de besar a nadie, fue estúpido e inmaduro por mi parte.

—Sí, lo fue. No deberían haberte hecho falta explicaciones. Deberías confiar en mí y no sacar conclusiones equivocadas.

Apoya los codos en la barra detrás de él y yo jugueteo con los dedos intentando no arrancarme los pellejitos de alrededor de las uñas.

—Lo sé. Lo siento.

—Te he oído las primeras diez veces que lo has dicho, Tess.

—¿Vas a perdonarme? Anoche insinuaste que me ibas a correr.

—No insinué que fuese a correrte —contesta, y se encoge de hombros—. Sólo dije que las relaciones no funcionan.

Una parte de mí deseaba que no recordara las cosas que soltó anoche. Básicamente me dijo que el matrimonio es algo de locos y que debería estar solo.

—¿Qué quieres decir?

—Pues eso.

—Pues eso, ¿qué? Creía... —No sé cómo seguir.

Pensaba que comprar una lámpara nueva era su manera de disculparse y que por la mañana ya habría cambiado de idea.

—¿Qué creías? —dice.

—Que no querías que me fuera porque deseabas que habláramos de ello cuando volvieras a casa.

—Estamos hablando de ello.

Se me hace un nudo en la garganta.

—Entonces ¿qué pasa? ¿Ya no quieres seguir conmigo?

—No es eso lo que estoy diciendo. Ven aquí —ordena abriendo los brazos.

Recorro nuestra pequeña cocina en silencio y me acerco a él. Gruñe con impaciencia, y cuando estoy lo suficientemente cerca me estrecha contra su pecho, envolviendo mi cintura con los brazos. Apoyo la cabeza en su pecho. El suave algodón de su sudadera todavía está frío por el gélido clima invernal.

—Te he extrañado mucho —dice contra mi pelo.

—No me he ido a ninguna parte —respondo.

Me estrecha más contra él.

—Sí lo hiciste. Cuando besaste a ese güey, te perdí por un momento; eso fue suficiente. No pude soportarlo ni siquiera un segundo.

—No me perdiste, Hardin. Cometí un error.

—Por favor... —empieza, pero entonces se corrige—: No vuelvas a hacerlo. Lo digo en serio.

—No lo haré —le garantizo.

—Y trajiste a Zed aquí.

—Sólo porque me dejaste sola en la fiesta y necesitaba que alguien me trajera a casa —le recuerdo.

No nos hemos mirado a la cara desde que hemos iniciado esta conversación, y quiero que siga siendo así. Sin sus ojos verdes atravesándome con la mirada no tengo miedo..., bueno, tengo menos miedo.

—Deberías haberme llamado —dice.

Sigo sin mirarlo.

—Tú tenías mi teléfono, y estuve esperando fuera. Creía que ibas a volver —replico.

Me aparta con suavidad de su pecho y me sujeta frente a él para poder verme. Parece muy cansado. Y sé que yo también.

—Puede que no controlara demasiado bien mi ira, pero no sabía qué otra cosa hacer.

La intensidad de su mirada me obliga a apartar los ojos y a fijarlos en el piso.

—¿Te gusta? —pregunta Hardin con voz temblorosa cuando me levanta la barbilla para que lo mire.

«¿Qué?» No puede hablar en serio.

—Hardin...

—Contéstame.

—No como tú piensas.

—¿Eso qué significa?

Se está poniendo nervioso, o furioso, no lo tengo claro. Puede que ambas cosas.

—Me gusta, pero como amigo.

—Y ¿nada más? —Su tono es de súplica. Me está rogando que le asegure que sólo lo quiero a él.

Atrapo su rostro entre las manos.

—Nada más, te quiero a ti, y sólo a ti. Y sé que cometí una estupidez, aunque sólo lo hice porque estaba enojada y borracha. Pero no siento nada por nadie más.

—Y ¿por qué tuviste que pedirle a él precisamente que te trajera a casa?

—Fue el único que se ofreció. —Y entonces formulo una pregunta de la que me arrepiento al instante—: ¿Por qué eres tan duro con él?

—¿Duro con él? —resopla—. No puedes hablar en serio.

—Fuiste cruel al humillarlo delante de mí.

Hardin se aparta a un lado y dejamos de estar frente a frente. Me vuelvo para colocarme delante de él, y se pasa los dedos por el pelo alborotado.

—No debería haber venido aquí contigo.

—Prometiste que controlarías tu temperamento. —Estoy intentando no presionarlo, quiero hacer las paces, no seguir alimentando esta discusión.

—Y lo he hecho. Hasta que me pusiste los cuernos y te fuiste de la fiesta con Zed. Podría haberle dado una golpiza a Zed anoche y, carajo, de hecho podría irme ahora mismo y dársela —dice levantando la voz de nuevo.

—Sé que podrías haberlo hecho, y me da gusto que no fuera así.

—Yo no, pero da gusto de que tú sí.

—No quiero que vuelvas a beber. No eres tú mismo cuando lo haces. —Siento las lágrimas formándose en mis ojos e intento contenerlas.

—Ya lo sé... —Me da la espalda—. No pretendía acabar así. Estaba muy enojado y... dolido..., estaba dolido. En lo único que podía pensar aparte de en matar a alguien era en beber, así que fui a Conner's y compré el whisky. No iba a beber tanto, pero no paraba de verte en mi mente besando a ese tipo, así que seguí bebiendo.

Me pasa por la cabeza pasarme por Conner's y gritarle a esa anciana por venderle alcohol a Hardin, pero dentro de un mes cumple veintiún años, y el daño de anoche ya está hecho.

—Tenías miedo de mí, lo vi en tus ojos —dice.

—No..., no tenía miedo de ti. Sabía que no me harías nada.

—Pero recuerdo que te encogiste. Todo lo demás es confuso, pero me acuerdo de eso perfectamente.

—Me sorprendiste —repongo.

Sabía que no iba a pegarme, pero se estaba comportando de un modo muy agresivo, y el alcohol lleva a la gente a hacer cosas atroces que jamás harían estando sobrias.

Da un paso hacia mí, eliminando prácticamente el espacio que hay entre nosotros.

—No quiero que vuelvas a... No quiero volver a sorprenderte así. No volveré a beber de esa manera, lo juro.

Acerca la mano a mi rostro y me acaricia la sien con el dedo índice.

Prefiero no contestar nada. Toda la conversación ha sido confusa y cambiante. En un momento siento que me perdona y, al siguiente, ya no estoy segura. Su tono es mucho más calmado de lo que esperaba, pero la ira sigue presente bajo la superficie.

—No quiero ser esa clase de tipo —prosigue—, y desde luego no quiero ser como mi padre. No debería haber bebido tanto, pero tú tampoco hiciste bien las cosas.

—Yo... —empiezo a decir, pero él me silencia y sus ojos se vuelven vidriosos.

—No obstante, yo he hecho un montón de pendejadas... Podría escribirse un libro entero con todas las mierdas que te he hecho, y tú siempre me perdonas. He hecho cosas peores que tú, así que te lo debo, te debo dejarlo pasar y perdonarte. No es justo que espere cosas de ti que yo no puedo darte. Lo siento muchísimo, Tess, por todo lo de anoche. Me comporté como un auténtico cabrón.

—Yo también. Sé lo que sientes respecto a mí con otros chicos, y no debería haber usado eso en tu contra aunque estuviera enojada. Intentaré pensar antes de actuar la próxima vez. Lo siento.

—¿La próxima vez? —Una pequeña sonrisa se dibuja en sus labios. Qué rápido cambia de estado de ánimo.

—Entonces ¿todo está bien ya? —pregunto.

—Eso no depende sólo de mí.

Lo miro fijamente a esos ojos verdes que tiene.

—Yo quiero que estemos bien.

—Yo también, nena. Yo también.

Una tremenda sensación de alivio me invade al oír esas palabras, y me pego contra su pecho una vez más. Sé que hemos dejado muchas cosas por decir a propósito, pero ya hemos resuelto lo suficiente por el momento. Me besa en la cabeza y mi corazón late de alegría.

—Gracias.

—Espero que la lámpara lo compense todo —añade con voz socarrona.

—Podrías haber intentado comprar la misma que teníamos —respondo molestándolo de broma.

Me mira con expresión divertida.

—He limpiado toda la sala. —Sonríe.

—Bueno, al fin y al cabo la destrozaste tú.

—Pues sí, pero ya sabes que no me gusta nada limpiar.

Me estrecha entre sus brazos con más fuerza, abrazándome.

—Pues yo no pensaba recogerlo, lo habría dejado ahí —le digo.

—¿Tú? ¡Sí, claro! Sabes que no serías capaz.

—Claro que sí.

—Tenía miedo de que no estuvieras cuando volviese —dice entonces. Lo miro y él me mira a mí.

—No pienso irme a ninguna parte —le aseguro, y cruzo los dedos para que sea verdad.

En lugar de contestar, pega los labios a los míos.

CAPÍTULO 65

Tessa

—Vaya manera de empezar el año —dice Hardin cuando nos separamos, y apoya la cabeza contra la mía.

Entonces mi teléfono empieza a vibrar sobre la mesa, rompiendo el hechizo, y antes de que me dé tiempo de agarrarlo, él ya lo tiene en la mano y se lo pega a la oreja. Cuando me pongo de puntitas para intentar quitárselo, da un paso atrás y sacude la cabeza.

—Landon, ahora te llamará Tess —dice. Me agarra de la muñeca con la otra mano y me jala hacia él, con mi espalda contra su pecho. Pasan unos segundos y añade—: Está ocupada con otra cosa.

Me lleva pegada a él hacia nuestro cuarto. Roza mi cuello con los labios y me entra un escalofrío. «Vaya.»

—Deja de dar lata, ustedes dos necesitan medicación —dice Hardin al teléfono, luego cuelga y lo deja en el escritorio.

—Tengo que hablar con él sobre nuestras clases —digo.

Mi voz me traiciona cuando lame y chupa la piel de mi cuello.

—Necesitas relajarte, nena.

—No puedo... Tenemos mucho que hacer.

—Puedo ayudarte —dice de un modo más lento de lo habitual.

Me agarra con más fuerza de la cadera cuando coloca la otra mano en mi pecho para mantenerme quieta.

—¿Recuerdas aquella vez que te masturbé delante del espejo y te obligué a que vieras cómo te venías? —pregunta.

—Sí —digo tragando saliva.

—Fue divertido, ¿verdad? —ronronea.

Un intenso calor me recorre el cuerpo al oír sus palabras. No es calor..., es fuego.

—Puedo enseñarte a tocarte como yo te toco —dice, y me chupa

364

con fuerza la piel. Acabo de convertirme en una bola de electricidad—. ¿Quieres que lo haga?

La lasciva idea me atrae, pero me resulta demasiado humillante admitirlo.

—Me tomaré tu silencio como un sí.—añade y me suelta la cintura, pero me toma la mano.

Permanezco callada mientras repaso nerviosa sus palabras en mi mente. Esto me da muchísima pena, y no sé cómo me siento al respecto.

Me guía hasta la cama y me empuja con cuidado contra el blando colchón. Se monta en mí, a horcajadas sobre mis piernas. Lo ayudo a quitarme los pants y él me besa la cara interna del muslo antes de despojarme de las pantaletas.

—No te muevas, Tessa —me ordena.

—No puedo —gimoteo mientras me muerde suavemente la piel. Me resulta imposible.

Se echa a reír, y si mi cerebro estuviera conectado con el resto de mi cuerpo en estos momentos, le pondría los ojos en blanco.

—¿Quieres hacerlo aquí o prefieres mirar? —pregunta, y siento un hormigueo en el estómago.

La presión entre mis piernas continúa aumentando e intento apretarlas para conseguir algo de alivio.

—No, no, nena —dice—. Todavía no. —Me está torturando.

Me separa los muslos y se apoya en mí para obligarme a mantenerlos abiertos.

—Aquí —respondo por fin. Casi había olvidado que me había hecho una pregunta.

—Eso pensaba —dice con una sonrisa de superioridad.

Es un engreído, pero sus palabras tienen un efecto en mí que jamás creí posible. Nunca tengo suficiente, ni siquiera cuando me tiene atrapada en la cama con las piernas separadas.

—Había pensado en hacer esto antes, pero era demasiado egoísta. Quería ser el único que te hiciera sentir así. —Se inclina hacia abajo y me pasa la lengua por la piel desnuda entre mi cadera y la parte superior del muslo.

Mis piernas intentan tensarse de manera involuntaria, pero él no lo permite.

—En fin, como sé exactamente dónde te gusta que te toque, no se hará muy largo.

—¿Por qué quieres hacerlo? —pregunto con voz aguda cuando me muerde de nuevo y después me lame la piel sensible.

—¿Hacer qué? —dice mirándome.

—¿Por qué...? —repito con voz temblorosa—. ¿Por qué quieres enseñarme, si quieres ser el único?

—Porque, a pesar de eso, la idea de que te toques delante de mí..., carajo —me explica.

«Vaya.» Necesito alivio, y pronto; espero que no tenga pensado torturarme durante mucho tiempo.

—Además, en ocasiones pareces demasiado estresada, y a lo mejor es esto lo que necesitas. —Sonríe y yo intento esconder el rostro avergonzada.

Si no estuviésemos haciendo... esto..., le contestaría algo por decir que parezco estresada. No obstante, tiene razón y, como ha dicho antes, estoy ocupada con otra cosa.

—Mira..., aquí es donde tienes que empezar. —Me sorprende tocándome con sus fríos dedos. Un siseo escapa de mis labios ante el gélido tacto—. ¿Están fríos? —pregunta, y yo asiento—. Perdona. —Se ríe y desliza los dedos dentro de mí sin previo aviso.

Mis caderas se separan de la cama y me llevo la mano a la boca para no gritar.

Sonríe con petulancia.

—Así me los caliento un poco.

Mientras mete y saca los dedos lentamente unas cuantas veces, el fuego en mi interior se aviva. Entonces los retira y me siento vacía y desesperada. De repente vuelve a introducirlos y me muerdo el labio inferior.

—Será mejor que no hagas eso o no podremos terminar la lección —dice.

No lo miro. En lugar de hacerlo, me paso la lengua por el labio y vuelvo a mordérmelo.

—Hoy estás demasiado rebelde. No eres muy buena estudiante —bromea.

Incluso su manera de provocarme me vuelve loca. ¿Cómo puede ser tan seductor incluso cuando no lo pretende? Estoy segura de que esta habilidad es algo que sólo Hardin ha conseguido dominar.

—Dame la mano, Tess —me ordena.

Pero yo no me muevo. El pudor se concentra en mis mejillas.

Entonces su mano toma la mía y desliza ambas por mi estómago hasta la parte superior de mis muslos.

—Si no quieres hacerlo, no tienes por qué, pero creo que te gustará —dice con suavidad.

—Quiero hacerlo —decido.

Sonríe con complicidad.

—¿Estás segura?

—Sí, es sólo que... estoy algo nerviosa —admito.

Me siento mucho más cómoda con Hardin que con cualquier otra persona que haya conocido en mi vida, y sé que no hará nada que me haga estar incómoda, al menos no con mala intención. Le estoy dando demasiada importancia a esto. La gente lo hace todo el tiempo, ¿no?

—Pues no lo estés. Te gustará. —Se muerde el labio inferior y yo sonrío nerviosa—. Y no te preocupes: si no consigues llegar al orgasmo, yo te ayudaré.

—¡Hardin! —exclamo muerta de vergüenza, y dejo caer la cabeza sobre la almohada.

Oigo cómo se ríe ligeramente y dice:

—Así.

Me separa los dedos. El corazón se me acelera a un ritmo vertiginoso mientras coloca mi mano... ahí. Es una sensación extraña. Rara y extraña. Estoy tan acostumbrada al tacto de las manos de Hardin, al modo en que me tocan sus dedos ásperos y callosos, largos y delgados, y al modo en que sabe perfectamente cómo tocarme, cómo...

—Tienes que hacer esto —me explica con voz grave y llena de lujuria mientras guía mis dedos hasta mi parte más sensible.

Intento no pensar en lo que estamos haciendo... ¿Qué estoy haciendo?

—¿Qué te parece? —pregunta.

—No... no lo sé —musito.

—Vamos. Dímelo, Tess —me ordena, y aparta la mano de la mía. Gimoteo ante la falta de contacto y empiezo a apartar la mano—. No, déjala ahí, nena. —Su tono hace que vuelva a colocar la mano donde estaba al instante—. Continúa —me pide con suavidad.

Trago saliva y cierro los ojos, intentando repetir lo que él estaba haciendo. No me gusta ni la mitad que cuando lo hace él, pero la verdad es que no está mal. La presión en la parte inferior de mi vientre comienza a aumentar de nuevo. Cierro los ojos con fuerza e imagino que son los dedos de Hardin los que me están haciendo sentir así.

—No te imaginas cuánto me calienta ver cómo te tocas delante de mí —dice, y no puedo evitar gemir y seguir trazando el patrón que les ha enseñado a mis dedos.

Cuando abro ligeramente los ojos, veo que Hardin se está tocando por encima de los pantalones. Madre mía. ¿Por qué estoy tan cachonda? Creía que esto era algo que la gente sólo hacía en las películas porno, no en la vida real. Hardin hace que todo resulte excitante, por muy extravagante que sea. Tiene la mirada fija entre mis piernas mientras se muerde el labio inferior, lo que hace que su arete plateado sobresalga de la tensión.

En el momento en que creo que va a atraparme mirándolo, cierro los ojos y desconecto mi subconsciente. Esto es algo natural, todo el mundo lo hace..., aunque no todo el mundo deja que alguien lo observe mientras tanto. Sin embargo, si estuvieran con Hardin, seguro que sí lo harían.

—Qué buena chica eres siempre conmigo —me susurra al oído, y jala el lóbulo de mi oreja con los dientes.

Su aliento es cálido y huele a menta, y hace que quiera gritar y derretirme en las sábanas al mismo tiempo.

—Hazlo tú también —exhalo sin apenas reconocer mi voz.

—¿Hacer qué?

—Lo que yo estoy haciendo... —digo sin querer usar la palabra.

—¿Quieres que lo haga? —pregunta sorprendido.

—Sí..., por favor, Hardin.

Estoy muy cerca, y necesito esto; necesito centrarme en algo que no sea en mí y, sinceramente, ver cómo se tocaba me ha vuelto loca, y quiero ver cómo lo hace otra vez, eso y mucho más.

—Bien —contesta sin más.

Él tiene mucha seguridad en lo que al sexo se refiere. Ojalá yo la tuviese también.

Oigo el cierre de sus pantalones e intento ralentizar los movimientos de mis dedos; si no lo hago, esto acabará muy, muy pronto.

—Abre los ojos, Tess —ordena, y yo obedezco.

Envuelve con la mano su miembro desnudo y mis ojos se abren de par en par ante la perfecta visión mientras observo cómo Hardin hace algo que jamás pensé que vería hacer a nadie.

Baja la cabeza de nuevo y esta vez me da un único beso en el cuello antes de acercar la boca a mi oreja.

—Esto te gusta, ¿verdad? Te gusta ver cómo me doy placer a mí mismo. Eres una pervertida, Tess.

No aparto ni por un momento la vista de la mano entre sus piernas, y entonces empieza a moverla más deprisa mientras habla conmigo.

—No voy a durar mucho mirándote, nena. No tienes ni idea de cómo me excita esto. —Jadea, y yo hago lo mismo.

Ya no me siento incómoda. Estoy cerca, muy cerca, y quiero que Hardin esté cerca también.

—Cómo me gusta, Hardin... —gimo sin importarme lo estúpida o desesperada que pueda parecer. Es la verdad, y él me hace sentir que no pasa nada porque me sienta así.

—Carajo... Sigue hablando —dice con los dientes apretados.

—Quiero que te vengas, Hardin. Imagínate mi boca alrededor de ti...

En cuanto las sucias palabras salen de mis labios siento una húmeda calidez en mi estómago mientras eyacula sobre mi piel ardiente. Eso me lleva al límite y pierdo el control. Cierro los ojos y repito su nombre una y otra vez.

Cuando los abro de nuevo, veo que Hardin está apoyado sobre un codo a mi lado, y entierro el rostro en su cuello al instante.

—¿Qué te ha parecido? —pregunta rodeándome la cintura y estrechándome contra sí.

—No lo sé... —miento.

—No seas tímida, sé que te ha gustado. A mí también.

Me besa en la cabeza y yo levanto la vista para mirarlo.

—Me ha gustado, pero me sigue gustando más cuando lo haces tú —admito.

Él sonríe.

—Bueno, eso espero —dice, y levanto la cabeza para darle un beso en el hueco de su hoyuelo—. Puedo enseñarte muchas cosas —añade, y cuando me pongo colorada de nuevo me tranquiliza—: Iremos poco a poco.

Mi mente empieza a imaginar todo cuanto Hardin puede enseñarme. Probablemente ni siquiera haya oído hablar de muchas de las cosas que ha hecho, y quiero aprenderlas todas.

—Bueno —dice a continuación—, y ahora vamos a bañar a mi mejor alumna.

Lo miro.

—Querrás decir tu única alumna.

—Sí, por supuesto. Aunque me parece que también debería enseñar a Landon. Creo que lo necesita tanto como tú —bromea, y sale de la cama.

—¡Hardin! —exclamo, y él se echa a reír con ganas. Es un sonido maravilloso.

Cuando la alarma de mi celular suena temprano el lunes por la mañana, salto de la cama y me dirijo a la regadera para bañarme. El agua me llena de energía y mis pensamientos retroceden a mi primer trimestre en la WCU. No sabía qué esperar, pero al mismo tiempo me sentía muy preparada, tenía todos los detalles controlados. Imaginaba que haría unos pocos amigos y que me centraría en actividades extraescolares. Quizá me uniría al club de literatura y a unos cuantos más. Me pasaría la vida en mi cuarto o en la biblioteca, estudiando y preparándome para mi futuro.

No tenía ni idea de que tan sólo unos meses después estaría viviendo en un departamento con mi novio, que no sería Noah. No me imaginaba lo que estaba por venir cuando mi madre dejó el coche en el estacionamiento de la WCU, y mucho menos cuando conocí a ese chico tan grosero de pelo chino. Si alguien me lo hubiera dicho, jamás lo habría creído, y ahora no puedo imaginarme la vida sin ese cascarrabias.

Noto mariposas en el estómago cuando recuerdo cómo me sentía al verlo en el campus, cuando lo buscaba en el salón de literatura, cómo lo sorprendía mirándome mientras el profesor impartía la clase y la manera en que escuchaba a hurtadillas lo que hablábamos Landon y yo. Esos días parecen muy lejanos. Es como si hubiesen pasado siglos.

Me encuentro sumida en mis pensamientos cuando, de repente, la cortina del baño se abre y aparece Hardin con el torso desnudo y el pelo revuelto cubriéndole la frente mientras se frota los ojos.

Sonríe y habla con la voz grave y afónica de acabar de despertarse:

—¿Por qué estás tardando tanto? ¿Qué haces?, ¿practicar las lecciones de ayer?

—¡No! —exclamo, y me pongo colorada cuando me viene a la cabeza la imagen de Hardin.

Me guiña un ojo.

—Ay, ajá.

—¡No lo estaba haciendo! Sólo estaba pensando —confieso.

—¿En qué? —Se sienta en la taza del baño y cierro la cortina.

—En lo de antes...

—¿Lo de antes de qué? —pregunta con preocupación.

—En el primer día de universidad, y en lo grosero que eras —lo provoco de broma.

—¿Grosero? ¡Si ni siquiera hablé contigo!

Me echo a reír.

—Por eso mismo.

—Dabas asco con esa falda espantosa y tu novio con mocasines. —Da una palmada regodeándose—. La cara de tu madre fue un poema cuando nos vio.

Siento una punzada en el pecho al hablar de mi madre. La extraño, pero me niego a cargar con sus errores. Cuando esté dispuesta a dejar de juzgarnos a Hardin y a mí, hablaré con ella. No obstante, si no lo hace, entonces no merece que pierda el tiempo con ella.

—Y tú dabas asco con tu..., bueno..., con tu actitud —contraataco. No se me ocurre qué decir, porque no me dijo nada el primer día que nos vimos.

—¿Recuerdas la segunda vez que te vi? Estabas envuelta en una toalla y llevabas la ropa mojada en los brazos.

—Sí, y tú dijiste que no ibas a mirar —le recuerdo.

—Mentí. Sí te estaba mirando.

—Parece que ha pasado mucho tiempo, ¿verdad?

—Sí, mucho mucho tiempo. Es como si no hubiera sucedido nunca; es como si siempre hubiésemos estado juntos, ¿sabes a lo que me refiero?

Asomo la cabeza por la cortina y sonrío.

—Sí.

Es verdad, pero se me hace muy raro pensar que Noah era mi novio en vez de Hardin. Me resulta extraño. Aprecio mucho a Noah, pero ambos perdimos varios años de nuestras vidas saliendo juntos. Cierro la regadera y lo aparto de mis pensamientos.

—¿Te importaría...? —empiezo a pedir, pero antes de que termine, me pasa una toalla por el costado de la cortina—. Gracias —digo al tiempo que envuelvo mi cuerpo húmedo con ella.

Me sigue hasta el cuarto y me visto lo más rápido posible mientras él permanece acostado boca abajo en nuestra cama, sin apartar los ojos de mí. Me seco el pelo con la toalla y me visto. Hardin se esfuerza por distraerme toqueteándose en el proceso.

—Yo manejo —dice, y se levanta de la cama para vestirse.

—Hicimos un pacto, ¿recuerdas?

—Cállate, Tess. —Sacude la cabeza de manera juguetona y yo le regalo una inocente sonrisa burlona antes de dirigirme a la sala.

Decido llevar el pelo liso para variar. Después me maquillo un poco, agarro la mochila y compruebo de nuevo que llevo todo lo que necesito antes de reunirme con Hardin en la puerta de entrada. Toma mi bolsa de deporte para la clase de yoga y yo cargo con mi mochila llena de todo lo demás que pueda necesitar.

—Adelante —dice, y ambos salimos.

—¿Qué? —Me vuelvo para mirarlo.

—Adelante, enójate —dice con un suspiro.

Le sonrío y empiezo a contarle por enésima vez los planes para las próximas veinticuatro horas.

Mientras finge escucharme atentamente, le prometo —y también a mí misma— que a partir de ahora me relajaré más.

CAPÍTULO 66

Tessa

Hardin se estaciona lo más cerca que puede de la cafetería, pero el campus está atestado, ya que todo el mundo ha regresado de las vacaciones de Navidad. Maldice a cada vuelta que da por el estacionamiento, y yo intento no reírme de su enojo. Resulta bastante adorable.

—Dame tu mochila —dice cuando salgo del coche.

Se la paso con una sonrisa y le doy las gracias por ser tan considerado. Pesa bastante, es cómoda, pero pesa.

Se me hace raro estar de nuevo en la facultad. Han cambiado y sucedido muchas cosas desde la última vez que estuve aquí. El viento frío azota mi piel y Hardin se pone un gorro de lana en la cabeza antes de subirse el cierre de la chamarra hasta arriba. Apretamos el paso por el estacionamiento y por la calle. Debería haberme puesto una chamarra más gruesa, y guantes, y también un gorro. Hardin tenía razón al decirme que no debería haberme puesto el vestido, pero no pienso admitirlo.

Él está adorable con el pelo escondido bajo el gorro, y tiene las mejillas y la nariz rojas del frío. Sólo Hardin estaría aún más atractivo si cabe con este tiempo.

—Ahí está —dice señalando a Landon mientras entramos en la cafetería.

La familiaridad del pequeño establecimiento me calma los nervios, y sonrío en cuanto veo a mi mejor amigo sentado ante una mesa, esperándome.

Sonríe al vernos.

—Buenos días —nos saluda.

—¡Buenos días! —canturreo.

—Voy a formarme a la fila —farfulla Hardin, y se dirige hacia el mostrador.

No esperaba que se quedara, ni que fuese por mi café, pero me da gusto que lo haga. Este trimestre no coincidimos en ninguna materia, y lo voy a extrañar. Me he acostumbrado a verlo todo el día.

—¿Lista para el nuevo trimestre? —pregunta Landon cuando tomo asiento frente a él.

La silla rechina contra el suelo de azulejos y llama la atención de todo el mundo. Sonrío a modo de disculpa y me vuelvo para ver bien a Landon.

Se ha cambiado el peinado. Se ha apartado el pelo de la frente y la verdad es que le sienta muy bien. Observo la cafetería y empiezo a darme cuenta de que quizá debería haberme puesto unos pantalones y una sudadera. Soy la única persona que va arreglada, excepto por Landon, que lleva una camisa azul claro y unos pantalones color caqui.

—Sí y no —le digo, y él asiente.

—Yo igual. ¿Cómo van las cosas... —se inclina para susurrar—, ya sabes, entre ustedes?

Me vuelvo y veo que Hardin está de espaldas a nosotros. La mesera frunce el ceño y pone los ojos en blanco cuando él le entrega la tarjeta de débito para pagar, y yo me pregunto qué habrá podido hacer para irritarla tanto ya a primera hora de la mañana.

—Bien, la verdad. ¿Qué tal van tú y Dakota? Parece que ha pasado mucho más de una semana desde la última vez que nos vimos.

—Bien, se está preparando para irse a Nueva York.

—Eso es fantástico. Me encantaría ir a Nueva York. —No me puedo ni imaginar lo que debe de ser estar en esa ciudad.

—A mí también. —Sonríe. Me gustaría pedirle que no lo haga, pero sé que no puedo hacer eso—. Todavía no me decido —añade respondiendo a mis pensamientos—. Quiero ir para estar cerca de ella. Llevamos mucho tiempo separados. Pero me encanta la WCU, y no sé si quiero alejarme de mi madre y de Ken para ir a una ciudad enorme donde no conozco absolutamente a nadie, excepto a ella, claro.

Asiento e intento animarlo aunque vaya en contra de mis propios deseos.

—Seguro te va de maravilla allí. Podrías ir a la Universidad de Nueva York y podrán rentar un departamento y vivir juntos —digo.

—Sí, pero es que no sé.

—¿Qué no sabes? —interrumpe Hardin, que deja mi café delante de mí pero no se sienta—. Bueno, no importa. Tengo que irme. Mi primera clase empieza dentro de cinco minutos al otro lado del campus —explica, y yo me estremezco al pensar en llegar tarde el primer día de las nuevas clases.

—Bueno, te veré después de yoga. Es mi última clase —le digo, y él me sorprende inclinándose para darme un beso en los labios y otro en la frente.

—Te quiero, ten cuidado con los estiramientos —me aconseja.

Tengo la sensación de que, si sus mejillas no estuviesen ya rojas por el frío, ahora lo estarían de todos modos por otra causa, y desvía la mirada al suelo cuando recuerda que Landon está con nosotros. Definitivamente, las muestras de afecto en público no son lo suyo.

—Lo tendré. Te quiero —le digo.

Hardin se despide de Landon con un incómodo saludo con la cabeza y se va por la puerta.

—Eso ha sido... raro. —Landon arquea las cejas y bebe un sorbo de café.

—La verdad es que sí. —Me río, apoyo la barbilla en mi mano y suspiro feliz.

—Deberíamos ir yendo a religión —dice Landon.

Recojo mi mochila del suelo y mi bolsa de deporte y lo sigo fuera de la cafetería.

Afortunadamente nuestra primera clase no está lejos. Tengo muchas ganas de empezar esta materia. Debe de ser muy interesante, aunque polémica, y que Landon venga conmigo también es un incentivo. Cuando entramos en el salón, no somos los primeros estudiantes en llegar, pero la primera fila está completamente vacía. Landon y yo nos sentamos por el centro y sacamos nuestros libros. Es agradable volver a estar en mi elemento. Los estudios siempre han sido lo mío, y me encanta que Landon sea como yo.

Esperamos pacientemente mientras llegan los demás estudiantes, la mayoría de los cuales hablan muy alto. El tamaño reducido de la clase no ayuda con el ruido.

Por fin llega un señor alto que parece demasiado joven para ser profesor y empieza la lección de inmediato.

—Buenos días a todos. Como la mayoría de ustedes saben ya, soy el profesor Soto. Están en la clase de religión internacional; es posible que se aburran en algunas ocasiones, aunque les aseguro que aprenderán un montón de cosas que no les servirán para nada en el mundo real; pero, oigan, para eso está la universidad, ¿no? —Sonríe, y todo el mundo se echa a reír.

Vaya, esto es algo diferente.

—Bien, empecemos. No seguiremos ningún programa ni ningún orden estricto, no es mi estilo. Pero acabarán aprendiendo todo lo que necesitan saber. El setenta y cinco por ciento de la calificación provendrá de un diario que tendrán que elaborar. Y sé que están pensando: «¿Qué tendrá que ver un diario con la religión?». Pues en principio, nada..., pero en cierto modo sí está relacionado. Para estudiar y llegar a comprender cualquier forma de espiritualidad, tendrán que abrirse a la idea de que todo es posible. Elaborar un diario los ayudará, y algunas de las cosas que les pediré que anoten en él implicarán temas con los que la gente no suele sentirse demasiado cómoda, temas controvertidos o embarazosos para algunos. No obstante, al mismo tiempo, tengo grandes expectativas de que todo el mundo saldrá de esta clase con una mente abierta y tal vez un poco de conocimiento. —Sonríe de nuevo y se desabrocha la chamarra.

Landon y yo nos miramos el uno al otro al mismo tiempo. «¿No hay programa?», articula Landon.

«¿Un diario?», respondo yo en silencio.

El profesor Soto se sienta en su enorme mesa frente a la clase y saca una botella de agua de su cartera.

—Pueden hablar entre ustedes hasta el final de la clase, o pueden marcharse por hoy. Mañana empezaremos a trabajar de verdad. Pero firmen la hoja de asistencia para que veamos cuántos han faltado el primer día —anuncia con una sonrisa sarcástica.

Los alumnos empiezan a gritar para celebrarlo y se apresuran a abandonar el salón. Landon me mira encogiéndose de hombros y ambos nos levantamos cuando la clase se queda vacía. Somos los últimos en firmar la hoja de asistencia.

—Bueno, supongo que no hay mal que por bien no venga. Así puedo llamar a Dakota un rato entre clases —dice Landon.

El resto del día transcurre bastante rápido, y estoy deseando ver a Hardin. Le he mandado varios mensajes pero aún no me ha contestado. Los pies me matan mientras me dirijo al edificio del gimnasio. No me había dado cuenta de lo lejos que estaba caminando. El olor a sudor inunda mis orificios nasales cuando abro la puerta principal. Entro corriendo en los vestidores en cuya puerta se muestra una figura con un vestido. Las paredes están repletas de casilleros pintados de rojo. Bajo la pintura descarapelada se ve el metal del que están hechos.

—¿Cómo sabemos qué casillero tenemos que utilizar? —le pregunto a una chica de cabello oscuro que lleva puesto un traje de baño.

—Puedes usar la que quieras y cerrarla con el candado que hayas traído —dice.

—Vaya...

Por supuesto, no se me ha ocurrido traer ningún candado.

Al ver mi expresión, rebusca en su bolsa y me entrega un candado pequeño.

—Toma, tengo uno de sobra. La combinación está en la parte de atrás; no he quitado la etiqueta todavía.

Le doy las gracias mientras sale del vestidor. Me pongo unos pantalones de yoga negros nuevos y una camiseta blanca y también salgo. Mientras me dirijo a la sala de yoga, un grupo de jugadores de lacrosse pasan por mi lado. Varios de ellos hacen comentarios vulgares que decido pasar por alto. Todos siguen su camino excepto uno.

—¿Vas a hacerte animadora para el año que viene? —pregunta el chico, y sus ojos cafés oscuros, casi negros, me miran de arriba abajo.

—¿Yo? No, sólo voy a clase de yoga —tartamudeo.

Somos las únicas personas en el pasillo.

—Vaya, qué lástima. Estarías preciosa con minifalda.

—Tengo novio —digo.

Intento sortearlo, pero me bloquea el paso.

—Y yo tengo novia... Pero ¿qué más da? —Sonríe y avanza hacia mí, arrinconándome.

Su aspecto no me intimida en lo más mínimo, pero algo en su sonrisa de superioridad me pone los pelos de punta.

—Llego tarde a clase —digo.

—Puedo acompañarte... o podrías saltártela y así te enseño el edificio.

Apoya el brazo en la pared, al lado de mi cabeza, y yo doy un paso atrás, sin poder ir a ninguna parte.

—Apártate de ella —truena la voz de Hardin detrás de mí, y mi acosador se vuelve para mirarlo.

Con esos shorts largos de baloncesto y una camiseta negra con las mangas recortadas que muestra sus brazos tatuados, su aspecto intimida más que nunca.

—Vaya..., lo siento, hombre. No sabía que tenía novio —miente.

—¿No me has oído? Te dije que te apartes de ella.

Hardin avanza hacia nosotros y el jugador de lacrosse retrocede rápidamente, pero él lo agarra de la camiseta y lo estampa contra la pared.

No lo detengo.

—Como vuelvas a acercarte a ella, te aplastaré la cabeza contra esta pared. ¿Me has entendido? —ruge.

—Sss... sí —tartamudea el tipo antes de salir corriendo.

—Menos mal —digo, y me abrazo a su cuello—. ¿Qué haces aquí? ¡Creía que no necesitabas más clases de educación física! —le cuestiono.

—Decidí venir a una. Y me alegro de haberlo hecho. —Suspira y me toma de la mano.

—¿A cuál? —pregunto.

No me imagino a Hardin haciendo ejercicio.

—A la tuya.

Sofoco un grito.

—Sí, claro.

—Hazte a la idea.

Su furia parece desvanecerse mientras sonríe ante mi cara de asombro.

CAPÍTULO 67

Tessa

Hardin camina ligeramente detrás de mí a propósito, y de repente desearía volver a estar en décimo curso, cuando me anudaba un suéter alrededor de la cintura para taparme el trasero.

—Vas a tener que comprarte más pantalones de esos —dice en voz baja.

Recuerdo la última vez que me puse pantalones de yoga delante de él y los comentarios vulgares que me hizo, y aquellos pantalones no eran ni la mitad de ceñidos que estos. Me río ligeramente y lo agarro de la mano para obligarlo a caminar a mi lado en vez de detrás de mí.

—Dime que no es verdad que vienes a yoga.

Por más que lo intento, no puedo imaginarme a Hardin haciendo las posturas.

—Claro que sí.

—Pero sabes lo que es, ¿no? —le pregunto cuando llegamos a la sala.

—Sí, Tessa. Sé lo que es, y voy a venir —resopla.

—¿Por qué?

—Eso da igual, sólo quería pasar más tiempo contigo.

—Ah.

Su explicación no me convence, pero me muero de ganas de verlo haciendo yoga, y pasar más tiempo con él tampoco está mal.

La instructora se sienta en un tapete de color amarillo en el centro de la sala. Su cabello castaño y rizado recogido en un chongo alto y su camiseta de flores me causan una buena sensación.

—¿Dónde está la gente? —me pregunta Hardin mientras agarro una cobija morada del estante de la pared.

—Hemos llegado pronto —digo.

Le paso una azul y él la examina antes de colocársela debajo del brazo.

—Claro. —Sonríe sarcásticamente y me sigue hasta la parte delantera de la sala.

Empiezo a colocar mi tapete directamente frente a la instructora, pero Hardin me toma del brazo y me detiene.

—Olvídalo, nos pondremos atrás —dice, y veo cómo el rostro de la profesora se ilumina con una ligera sonrisa al oír sus palabras.

—¿Qué? ¿Que nos pongamos atrás en clase de yoga? No, yo siempre me pongo delante.

—Exacto. Vamos a ponernos atrás —repite él, y me quita el tapete de las manos para dirigirse al fondo de la sala.

—Si vas a ponerte tan gruñón no deberías quedarte —le susurro.

—No me pongo gruñón.

La instructora nos saluda y se presenta como Marla cuando nos sentamos en nuestros tapetes. Después Hardin me asegura con rotundidad que está drogada, y me entra la risa. Va a ser una clase divertida.

Sin embargo, cuando la clase empieza a llenarse de chicas con mallas estrechas y tops minúsculos y todas parecen mirar a Hardin, me voy poniendo cada vez menos zen. Por supuesto, él es el único chico presente. Por fortuna, él no parece reparar en toda la atención femenina que está recibiendo. Eso, o simplemente ya está acostumbrado... Sí, eso debe de ser. Siempre llama la atención de esta manera. Y no culpo a las chicas, pero es mi novio y tienen que mirar a otra parte. Sé que muchas de ellas lo miran por los tatuajes y los *piercings*, y deben de estar preguntándose qué diablos hace en clase de yoga.

—¡Bueno, empecemos! —anuncia la instructora.

Se presenta como Marla ante todos los demás y habla un poco sobre por qué y cómo acabó enseñando yoga.

—¿No se va a callar nunca? —gruñe Hardin al cabo de unos minutos.

—Estás ansioso por hacer las posturitas, ¿verdad? —digo levantando una ceja.

—¿Qué posturitas? —inquiere.

—Primero empezaremos con unos estiramientos —anuncia Marla justo entonces.

Hardin se sienta inmóvil en el suelo mientras todas las demás imitamos los gestos de la profesora. Noto que me mira todo el tiempo.

—Se supone que tienes que estirar —lo regaño, y él se encoge de hombros pero no se mueve.

Entonces, con voz cantarina, Marla le llama la atención:

—Oye, el de atrás, tienes que estirar.

—Eh..., claro —farfulla, y descruza sus largas piernas, las extiende por delante de él e intenta tocarse los dedos de los pies.

Me obligo a volverme hacia adelante para no mirar a Hardin y no reírme.

—Se supone que tienes que tocarte los dedos de los pies —le dice la chica rubia que tiene al lado.

—Eso intento —responde él con una sonrisa excesivamente empalagosa.

¿Por qué le contesto? Y ¿por qué estoy tan celosa? Ella le sonríe como una tonta y yo no paro de imaginarme que le estampo la cabeza contra la pared. Siempre estoy riñendo a Hardin por su temperamento, y aquí estoy yo ahora, planeando el asesinato de esa zorra... y llamándola zorra aunque no la conozco.

—No veo bien, voy a ponerme más cerca —le digo a Hardin.

Parece sorprendido.

—¿Por qué? No estaba...

—No pasa nada, es que quiero ver y oír la clase —le explico, y arrastro mi tapete unos metros hasta colocarlo justo delante de él.

Me siento y termino de estirarme con el grupo. No necesito volverme para ver la expresión en el rostro de Hardin.

—Tess —sisea intentando captar mi atención, pero no me vuelvo—. Tessa.

—Empecemos con la postura del perro boca abajo. Es una postura básica muy sencilla —dice Marla.

Me inclino hacia adelante, apoyo las manos en el tapete y miro a Hardin a través del hueco entre mi estómago y el suelo. Está de pie, con la boca abierta.

De nuevo, Marla se da cuenta de que Hardin no se mueve.

—Oye, chico, ¿vas a unirte a la clase? —pregunta de broma.

Si vuelve a hacerlo, no me extrañaría que la insultara delante de toda la clase. Cierro los ojos y elevo las caderas de manera que me quedo totalmente doblada.

—Tessa —oigo que me llama una vez más—. The-reeee-sa.

—¿Qué quieres, Hardin? Estoy intentando concentrarme —digo mirándolo de nuevo.

Se ha inclinado y está tratando de hacer la postura, pero su largo cuerpo está doblado formando un ángulo incómodo y no puedo evitar doblarme de risa.

—¡¿Quieres hacer el favor de no reírte?! —me espeta, y yo me río todavía más.

—En esto eres pésimo —lo molesto.

—Me estás distrayendo —replica con los dientes apretados.

—¿Ah, sí? ¿Y eso? —Me encanta tener el control con Hardin porque no sucede muy a menudo.

—Ya lo sabes, pervertida —susurra.

Sé que la chica que tiene al lado nos está oyendo, pero me da igual. Es más, espero que nos oiga.

—Pues mueve tu tapete.

Me levanto deliberadamente para estirarme y vuelvo a inclinarme hacia adelante para hacer la postura.

—Muévete tú... Estás jugando conmigo.

—Provocándote —lo corrijo.

—Bien, ahora vamos a pasar a la media pinza —anuncia Marla.

Me incorporo de nuevo y me doblo por la cintura, colocando las manos sobre las rodillas y asegurándome de que mi espalda forma un ángulo de noventa grados.

—Por Dios —gruñe Hardin al ver mi trasero prácticamente en su cara.

Me vuelvo para mirarlo y veo que ni siquiera se acerca a la postura; tiene las manos en las rodillas, pero su espalda está prácticamente recta.

—¡Eso es! Ahora la pinza —indica la instructora, y yo me inclino hacia adelante doblando el cuerpo.

—Es como si quisiera que te cogiera aquí delante de todo el mundo —dice, y yo me vuelvo inmediatamente para asegurarme de que nadie lo ha oído.

—Chsss... —le chisto, y oigo cómo se ríe.

—Mueve tu tapete o pienso decir todo lo que me está pasando por la cabeza en este mismo instante —me amenaza, y me incorporo de inmediato y vuelvo a colocarme a su lado.

—Buena chica —dice sonriendo con petulancia.

—Puedes decirme esas cosas después —susurro, y él ladea la cabeza.

—Lo haré, no lo dudes —me asegura, y siento un cosquilleo en el estómago.

No participa mucho el resto de la clase, y la rubia acaba cambiándose de sitio hacia la mitad, probablemente porque Hardin no para de hablar.

—Se supone que hay que meditar —le susurro, y cierro los ojos.

Toda la sala está en silencio, excepto por los siseos de Hardin.

—Esto es una mamada —protesta.

—Nadie te ha pedido que vinieras.

—No sabía que era tan aburrido. Estoy a punto de quedarme dormido.

—Deja de quejarte.

—No puedo. Me has puesto cachondo, y ahora estoy aquí sentado, con las piernas cruzadas, meditando y con una erección en una sala llena de gente.

—¡Hardin! —silbo, más alto de lo que pretendía.

—Chsss... —chistan varias voces.

Él se ríe, le saco la lengua y la chica que tengo a mi derecha me mira mal. Esto de venir a yoga juntos no va a funcionar; o me corren o me reprueban.

—Vamos a dejar esta clase —dice Hardin cuando termina la meditación.

—La dejarás tú, yo no. Necesito un crédito de educación física —le informo.

—¡Ha estado muy bien para ser el primer día! —dice Marla para despedirnos—. Nos vemos a finales de semana. *Namasté.*

Enrollo mi tapete, pero Hardin ni siquiera se molesta y lo mete tal cual en el estante.

CAPÍTULO 68

Tessa

Cuando regreso a los vestidores no encuentro por ninguna parte a la chica que me ha prestado el candado, así que vuelvo a colocarlo en la puerta y, si mañana no me lo pide, seguiré usándolo y se lo pagaré o algo.

Termino de recoger mis cosas y me reúno con Hardin en el pasillo. Está apoyado contra la pared con un pie en el muro detrás de él.

—Si llegas a tardar más, habría entrado —me amenaza.

—Deberías haberlo hecho. No habrías sido el único chico —miento, y observo cómo le cambia el gesto.

Paso de largo y doy unos cuantos pasos. Entonces me agarra del brazo y me da la vuelta para colocarme frente a él.

—¿Qué acabas de decir? —pregunta con los ojos entornados y primitivos.

—Es broma. Sólo te estaba provocando. —Sonrío con petulancia y, con un resoplido, él me suelta del brazo.

—Creo que ya me has provocado bastante por hoy.

—Puede. —Sonrío de nuevo.

Sacude la cabeza.

—Está claro que te gusta torturarme.

—El yoga me ha relajado y me ha limpiado el aura —digo, y empiezo a reír.

—Pues a mí no —me recuerda mientras salimos.

El primer día del nuevo trimestre ha ido bastante bien, incluso la clase de yoga, que ha acabado siendo bastante divertida. No suelo preferir la diversión en lo que a estudios se refiere, pero ha sido agradable estar con Hardin. La clase de religión puede ser un problema por la falta de estructuración, pero intentaré dejarme llevar para no volverme loca.

—Tengo trabajo que hacer durante un par de horas, pero habré terminado a la hora de cenar —me dice Hardin. Ha estado trabajando mucho últimamente—. El partido de hockey es mañana, ¿no? —pregunta.

—Sí. Vas a ir, ¿verdad?

—No lo sé...

—Necesito saberlo, porque si tú fallas iré yo con Landon —respondo.

Seguro que Landon preferiría ir conmigo, aunque no les vendrá mal pasar un rato juntos para establecer vínculos. Sé que nunca serán amigos de verdad, pero sería de gran ayuda que se llevaran mejor.

—Vale madre, está bien, iré... —suspira metiéndose en el coche.

—Gracias. —Sonrío, y Hardin pone los ojos en blanco.

Media hora después, nos estacionamos en el sitio de siempre en el estacionamiento de nuestro departamento.

—¿Qué tal las clases? —le pregunto—. ¿Las odias todas menos la de yoga? —bromeo para suavizar el ambiente.

—Sí, menos la de yoga. El yoga ha sido... interesante. —Se vuelve para mirarme.

—¿En serio? Y ¿eso por qué? —Me muerdo el labio inferior en un intento de aparentar inocencia.

—Creo que tiene algo que ver con una rubia —sonríe con petulancia y me pongo tensa.

—¿Perdona?

—¿No has visto a la rubia que tenía al lado? Madre mía, nena, deberías haber visto ese trasero con esos pantalones de yoga.

Lo fulmino con la mirada y abro la puerta del coche.

—¿Adónde vas? —inquiere.

—Adentro. Hace frío en este coche.

—Vamos, Tess. ¿Tienes celos de la chica de yoga? —me provoca Hardin.

—No.

—Claro que sí —me desafía, y yo pongo los ojos en blanco mientras salgo del vehículo.

Me sorprendo un poco al oír sus botas golpeando el concreto a mis espaldas. Jalo la pesada puerta de cristal para abrirla, entro en el vestíbulo y llego hasta la puerta del elevador. Entonces me acuerdo de que me he dejado las bolsas en el coche.

—Eres una idiota —dice riéndose.

—¿Perdona? —Levanto la vista para mirarlo.

—¿De verdad crees que miraría a una rubia cualquiera estando tú ahí, pudiendo mirarte a ti? Y especialmente con esos pantalones. Pues no. Además, es literalmente imposible que mire a nadie más. Me estaba refiriendo a ti.

Se aproxima y yo doy un paso atrás, pegándome a la pared del elevador.

Casi me pongo a llorar.

—Bueno, es que he visto cómo coqueteaba contigo.

No soporto estar celosa, es la sensación más desagradable del mundo.

—Eres testaruda. —Da un paso más para pegar el cuerpo al mío y después entramos en el elevador. Me toma de las mejillas y me obliga a mirarlo a los ojos—. ¿Cómo puedes no ser consciente del efecto que tienes en mí? —pregunta a unos milímetros de mi boca.

—No lo sé —digo con voz aguda cuando su mano libre agarra la mía y la coloca sobre sus shorts.

—Mira lo que me haces. —Mueve la cadera y su erección me llena la mano.

—Vaya. —La cabeza me da vueltas.

—Vas a decir mucho más que «vaya»... —empieza, pero se interrumpe cuando el elevador se detiene—. Por favor —gruñe en el momento en que una mujer y sus tres hijos entran en el elevador.

Intento apartarme de él, pero me agarra de la cintura para impedirme que me mueva. Uno de los niños empieza a llorar, y Hardin resopla con fastidio. Comienzo a imaginarme lo gracioso que sería que el elevador se descompusiera y nos quedásemos atrapados con el niño llorando. Por suerte para Hardin, las puertas se abren unos momentos después y salimos a nuestro descanso.

—Odio a los niños, literalmente —se queja al llegar al departamento.

Cuando abre la puerta, un aire frío sale del departamento.

—¿Apagaste la calefacción? —le pregunto en cuanto entramos.

—No, esta mañana estaba encendida. —Hardin se acerca a la calefacción y maldice entre dientes—. Aquí pone veintiséis grados, cuando

es evidente que no hace esa temperatura. Llamaré a los de mantenimiento.

Asiento, tomo una cobija del respaldo del sillón y me envuelvo con
ella antes de sentarme.

—Sí..., la calefacción no funciona y hace frío aquí —dice Hardin
por el auricular—. ¿Media hora? No, de eso nada... Me vale madres,
pago una fortuna por vivir aquí, y no pienso permitir que mi novia se
muera de frío —añade, y de inmediato se corrige—: No pienso permitir que haga frío aquí.

Me mira y yo aparto la mirada.

—Bien. Quince minutos. Ni uno más —ladra por el teléfono, y después lo tira en el sillón—. Van a mandar a alguien para que lo arregle
—me dice.

—Gracias —le sonrío, y él se sienta a mi lado.

Abro la cobija y lo agarro de la ropa para acercarlo. Una vez cerca,
me monto en sus piernas, hundo los dedos en su cabello y lo jalo ligeramente.

—¿Qué haces? —pregunta al tiempo que me agarra de las caderas.

—Has dicho que tenemos quince minutos. —Rozo su mandíbula
con los labios y le dan escalofríos.

De pronto, noto que sonríe.

—¿Vas a venirte encima de mí, Tess?

—Hardin... —protesto para evitar que siga molestándome.

—Es broma. Quítate la ropa —me ordena, pero sus manos me le-
vantan la camiseta contradiciendo así su propia orden.

CAPÍTULO 69

Hardin

Se le pone la piel chinita cuando le acaricio los brazos con las puntas de los dedos. Sé que tiene frío, pero me gustaría pensar que en parte se lo estoy provocando yo. La agarro de los brazos con más fuerza cuando se menea sobre mí, presionando las caderas contra mí para crear la fricción que deseo y que necesito. Nunca había deseado tanto a nadie, tan seguido.

Sí, me he acostado con muchas chicas, pero eso era sólo por la satisfacción del momento, para poder jactarme de ello, no para estar lo más cerca posible de ellas, como me sucede con Tess. Con ella, es una cuestión de sensaciones. Me gusta ver cómo se le eriza el vello cuando la toco; cómo se queja de que tener la piel chinita la obliga a rasurarse más a menudo, y yo pongo los ojos en blanco aunque me hace gracia; cómo gime cuando atrapo su labio entre los dientes y hace ese ruido cuando lo suelto y, sobre todo, me gusta el hecho de estar haciendo algo que únicamente compartimos ella y yo. Nadie ha estado ni estará nunca tan cerca de ella de este modo.

Desliza sus finos dedos para desabrocharse el brasier mientras yo chupo su piel justo por encima de la copa.

La detengo.

—No tenemos mucho tiempo —le recuerdo, y ella hace pucheros, logrando que la desee más todavía.

—Pues date prisa y quítate la ropa —me ordena con suavidad.

Me encanta ver que cada vez se siente más cómoda conmigo.

—No me lo tienes de decir dos veces.

La tomo de las caderas, la levanto y la coloco al lado en el sillón. Me quito los shorts y el bóxer y le hago una señal para que se acueste. Mientras tomo mi billetera de la mesa para sacar un condón, ella se quita los pantalones... los pantaloncitos de yoga. En mis veinte años de vida, jamás había visto algo tan sexi. No tengo ni idea de qué es lo que tienen, puede que sea el modo en que se ciñen a sus muslos, resaltando cada una de sus maravillosas curvas, o puede que sea el hecho de que muestran su trasero perfectamente, pero, sea como sea, van a convertirse en la prenda que lleve puesta para estar en casa a todas horas.

—Tienes que empezar a tomarte la píldora. No quiero usar esto nunca más —le digo, y ella asiente mirando mis dedos mientras yo me coloco el condón.

Lo digo en serio: pienso recordárselo todas las mañanas.

Tessa me sorprende jalando mi brazo en un intento de obligarme a sentarme en el cojín que tiene al lado.

—¿Qué? —pregunto sabiendo perfectamente lo que pretende, pero quiero oír cómo lo dice. Me encanta su inocencia, pero sé que es mucho más pervertida de lo que se admite a sí misma: otra característica de su personalidad que sólo yo conozco.

Me fulmina con la mirada, y el tiempo apremia, así que decido no provocarla. Me siento y la coloco encima de mí de inmediato. La agarro del pelo y pego los labios a los suyos. Absorbo los gritos y los gemidos que emanan de su boca mientras hago descender su cuerpo sobre mí y la penetro. Ambos suspiramos. Pone los ojos en blanco y casi me vengo al instante.

—La próxima vez lo haremos despacio, nena, pero ahora sólo tenemos unos minutos, ¿de acuerdo? —gruño en su oído mientras ella menea en círculos sus generosas caderas.

—Mmmm —gime.

Me tomo el gesto como una señal para acelerar el ritmo. Envuelvo su espalda con los brazos, la estrecho contra mí para que nuestros pechos se toquen y elevo las caderas al tiempo que ella hace rotar las suyas. Es una sensación indescriptible. Apenas puedo respirar mientras los dos nos movemos más y más deprisa. No tenemos mucho tiempo y, por una vez, estoy desesperado por acabar pronto.

—Dime algo, Tess —le ruego sabiendo que le dará vergüenza, pero esperando que penetrarla y agarrarla del pelo con la fuerza suficiente le inspire el valor para hablarme de un modo en el que ya me ha hablado antes.

—Está bien... —Jadea, y yo me muevo más deprisa—. Hardin... —Su voz es temblorosa, y se muerde el labio para relajarse, cosa que no hace sino calentarme todavía más. La presión empieza a concentrarse en mi estómago—. Hardin, me encanta sentirte... —dice con confianza, y yo maldigo entre dientes—. Ya estás protestando y ni siquiera he dicho nada —me suelta. Su tono presuntuoso me lleva al límite y pierdo el control.

Su cuerpo tiembla y se tensa y observo cómo llega al orgasmo. Es como si fuese igual de cautivadora, si no más, cada vez que se viene. Por eso nunca me canso de ella, y nunca lo haré.

Unos golpes en la puerta nos sacan a los dos de nuestro estado de sedación postorgásmica y Tessa se aparta de mí al instante. Levanta su camiseta del suelo mientras yo me quito el condón usado y también recojo mi ropa del suelo.

—¡Un momento! —grito.

Tessa enciende una vela y comienza a ordenar los cojines decorativos del sillón.

—¿Por qué enciendes una vela? —pregunto mientras me visto y me dirijo a la puerta.

—Porque huele a sexo —susurra, a pesar de que el de mantenimiento no puede oírla.

Se arregla a toda prisa el pelo con los dedos. Me río en respuesta y sacudo la cabeza justo antes de abrir. El hombre que espera al otro lado es alto, más alto que yo, y tiene una barba larga. Lleva el pelo castaño hasta los hombros y aparenta tener al menos cincuenta años.

—Se ha estropeado la calefacción, ¿no? —pregunta con voz áspera. Es evidente que ha fumado demasiados cigarros a lo largo de su vida.

—Sí, ¿por qué si no íbamos a estar a menos seis grados en este departamento? —respondo, y veo cómo los ojos del hombre se posan en mi Tessa.

Me volteo y, claro, compruebo que está inclinándose hacia adelante para sacar el cargador de su celular de la canasta de debajo de la mesa. Y, claro, lleva puestos los malditos pantalones de yoga. Y, cómo no, este tipo grasiento con una pinche barba le está mirando el trasero. Y, claro, ella se incorpora de nuevo ajena a ese intercambio.

—Oye, Tess, ¿por qué no esperas en el cuarto hasta que esté arreglado? —le sugiero—. Allí se está más calentito.

—No, estoy bien. Me quedo aquí contigo —repone, y se sienta en el sillón.

Se me está agotando la paciencia, y cuando levanta los brazos para recogerse el pelo ofreciéndole a este cabrón un espectáculo, tengo que armarme de paciencia para no arrastrarla hasta la habitación.

Debo de estar mirándola con furia, porque me observa durante unos segundos y luego dice:

—Bueno... —claramente confundida.

Recoge sus libros de texto y desaparece en la habitación.

—Arregle la pinche calefacción —le espeto al viejo verde.

Él se pone a trabajar en silencio, y permanece en silencio, de modo que debe de ser más inteligente de lo que había pensado.

Al cabo de unos minutos, el celular de Tessa empieza a vibrar en la mesita auxiliar. Me tomo la libertad de tomarlo cuando veo el nombre de Kimberly en la pantalla.

—¿Sí?

—¿Hardin?

La voz de Kimberly es tremendamente aguda, no sé cómo Christian lo soporta. Seguramente fue su aspecto lo que lo atrajo, probablemente en alguna discoteca, donde no podía oírla bien.

—Sí. Un segundo, ahora te la paso.

Abro la puerta del cuarto y me encuentro a Tessa recostada boca abajo en la cama, con una pluma entre los dientes y los pies en el aire.

—Es Kimberly —le explico, y le tiro el teléfono a la cama a su lado.

Lo agarra.

—¡Hola, Kim! ¿Está todo bien? —Al cabo de unos segundos, exclama—: ¡No puedo creerlo! Eso es horrible.

Levanto una ceja, pero no repara en ello.

—Ah..., bueno... Deja que se lo comente a Hardin. Sólo será un segundo, pero seguro que no tendrá inconveniente. —Se aparta el teléfono de la oreja y tapa el auricular con la mano—. Christian tiene una especie de virus estomacal y Kim tiene que llevarlo al hospital. No es nada grave, pero su niñera no está disponible —susurra.

—¿Y? —digo encogiéndome de hombros.

—Necesitan que alguien cuide de Smith.

—Yyyy, ¿por qué me cuentas esto?

—Quiere saber si podemos cuidarlo nosotros. —Dice tímidamente.

No puedo creer que me esté sugiriendo que quiere cuidar de ese niño.

—¿Qué?

Tessa suspira.

—Hacer de niñeros, Hardin.

—No. De eso, nada.

—¿Por qué no? Es un niño muy bueno —protesta.

—No, Tessa, esto no es una guardería. Ni de broma. Dile a Kim que le compre paracetamol y que le dé un poco de sopa de pollo y listo.

—Hardin..., ella es mi amiga y él es mi jefe, y está enfermo. Creía que te importaba —replica, y se me revuelve la conciencia.

Claro que le tengo aprecio a Vance, estuvo ahí para mí y para mi madre cuando mi padre la cagaba, pero eso no significa que quiera cuidar de su hijo cuando mañana ya me he comprometido a ir a un partido de hockey con Landon.

—He dicho que no —reitero, manteniéndome firme. Lo último que necesito ahora es un incordio de niño con la boca manchada de chocolate que me destroce el departamento.

—Por favor, Hardin —me ruega Tess—. No tienen a nadie más. Por favooor...

Sé que va a decir que sí de todos modos; sólo me ha preguntado por cortesía. Suspiro vencido y veo cómo se dibuja una sonrisa en su rostro.

CAPÍTULO 70

Hardin

—¿Quieres dejar de refunfuñar? Te estás comportando peor de lo que se va a portar él, y sólo tiene cinco años —me regaña Tessa.

Pongo los ojos en blanco.

—Sólo digo que esto es cosa tuya. Y será mejor para él que no toque mis cosas. Tú has accedido a hacer de niñera, así que es problema tuyo, no mío —le recuerdo justo cuando un golpe en la puerta anuncia su llegada.

Me siento en el sillón y dejo que sea Tessa quien abra. Me fulmina con la mirada, pero no hace que los invitados, *sus* invitados, esperen mucho antes de colocarse su mejor sonrisa y abrir la puerta del departamento de par en par.

Al instante, Kimberly empieza a parlotear, prácticamente gritando.

—¡Muchísimas gracias! Me salvan la vida con esto, en serio, no tenía ni idea de qué habría hecho si me hubieran dicho que no podían cuidar de Smith. Christian está fatal, no para de vomitar, y...

—No te preocupes, mujer —la interrumpe Tess, y doy por hecho que lo hace porque no quiere saber los detalles escabrosos de los vómitos de Christian.

—Sí, bueno, me está esperando en el coche, así que me tengo que ir ya. Smith es bastante independiente, se entretiene él solito, y si necesita algo les dirá.

Se hace a un lado y un niño pequeño de cabello rubio oscuro aparece detrás de ella.

—¡Hola, Smith! ¿Cómo estás? —dice Tessa en un tono rarísimo que no le había oído antes. Debe de ser su intento de adoptar un lenguaje infantil, aunque el niño ya tiene cinco años. En fin, cosas de Tessa.

El niño no dice nada, sólo le sonríe tímidamente y pasa hacia la sala.

—Sí, no es muy hablador —le dice Kimberly a Tess al ver su expresión apenada.

Por mucha gracia que me haga que no le haya contestado, no quiero que se entristezca, así que más le vale al chamaco cambiar de actitud y ser amable con ella.

—Bueno, ¡ahora sí me voy! —Kim sonríe y cierra la puerta después de despedirse de Smith con la mano por última vez.

Entonces Tessa se agacha y le pregunta al niño:

—¿Tienes hambre?

Él niega con la cabeza.

—¿Y sed?

La misma respuesta, sólo que esta vez se sienta en el sillón, enfrente de mí.

—¿Quieres que juguemos un juego?

—Tess, creo que sólo quiere sentarse ahí tranquilamente —le digo cuando veo que se pone colorada.

Comienzo a buscar algo interesante que ver en la televisión para mantenerme ocupado mientras ella cuida del niño.

—Perdona, Smith —se disculpa—. Sólo quiero asegurarme de que estás bien.

El niño asiente como un robot, y entonces me doy cuenta de que se parece muchísimo a su padre. Tiene el pelo del mismo color, y los ojos del mismo tono verde azulado, y sospecho que, si sonriera, tendría los mismos hoyuelos que Christian.

Pasamos unos minutos en incómodo silencio durante los cuales Tessa se limita a estar de pie junto al sillón, y veo cómo su mente no para de planificar. La pobre había dado por hecho que el niño llegaría aquí lleno de energía y dispuesto a jugar con ella, pero no ha abierto la boca ni se ha movido un milímetro del sillón. Va impecablemente vestido, tal y como había imaginado, con unos tenis blancos que parecen nuevos. Cuando levanto la vista de su polo azul, veo que me está mirando.

—¿Qué? —le pregunto.

Él aparta la mirada.

—¡Hardin! —me reprende Tessa.

—¿Qué pasa? Sólo le he preguntado por qué me estaba mirando.

Me encojo de hombros y cambio el canal que había dejado sin querer. Lo último que quiero ver es el *reality* de las Kardashian.

—Sé amable —dice fulminándome con la mirada.

—Lo soy —le contesto, y me encojo de hombros como si no tuviera importancia.

Tess pone los ojos en blanco.

—Bueno, voy a preparar la cena. Smith, ¿quieres venir conmigo o prefieres quedarte con Hardin?

Siento que el niño me observa, pero decido no mirarlo. Tiene que irse con ella. Ella es la niñera, no yo.

—Ve con ella —le digo.

—Puedes quedarte aquí si quieres, Smith. Hardin no te molestará —le asegura.

El niño no dice nada. Qué sorpresa. Tess desaparece por la cocina y yo subo el volumen de la televisión para evitar cualquier posible conversación con el mocoso, aunque es bastante improbable que se dé el caso. Estoy tentado de ir a la cocina con ella y dejarlo solo en la sala.

Pasan unos minutos y cada vez estoy más incómodo con el niño ahí sentado. ¿Por qué no habla ni juega o lo que sea que hagan los niños de cinco años?

—Bueno, ¿qué te pasa? ¿Por qué no dices nada? —le pregunto al final.

Se encoge de hombros.

—Es de mala educación no contestar cuando alguien te habla —le informo.

—Es de peor educación preguntarme por qué no hablo —me contesta.

Tiene un ligero acento británico, no tan marcado como el de su padre, pero está ahí.

—Bueno, al menos ahora sé que sabes hacerlo —digo. Su respuesta me ha sorprendido y no sé muy bien qué decirle a continuación.

—¿Por qué tienes tanto interés en que hable? —me pregunta, y parece mucho mayor de lo que es.

—Pues... no sé. ¿Por qué no te gusta hacerlo?

—No lo sé. —Se encoge de hombros.

—¿Va todo bien por ahí? —pregunta Tessa desde la cocina.

Por un instante me pasa por la cabeza decirle que no, que el niño se ha muerto o que está herido, pero deja de parecerme gracioso mientras lo pienso.

—Sí —le contesto.

Espero que termine pronto, porque no pienso seguir con esta conversación.

—¿Por qué llevas esas cosas en la cara? —me pregunta Smith señalándome el arete del labio.

—Porque quiero. Quizá la pregunta adecuada sea por qué no llevas tú ninguna —digo para centrar la atención en él, intentando no pensar que al fin y al cabo es un niño.

—¿Te dolió? —repone, evitando así mi pregunta.

—No.

—Parece que duele —dice con una media sonrisa.

Supongo que el niño no está tan mal, pero sigue sin gustarme la idea de tener que cuidar de él.

—¡Casi he terminado! —grita Tessa.

—Bien, yo le estoy enseñando al niño a hacer una bomba casera con una botella de refresco —bromeo, y Tess asoma la cabeza por la puerta para echar un vistazo.

—Está loca —le digo, y él se ríe mostrando sus hoyuelos.

—Es guapa —susurra colocándose las manos alrededor de la boca.

—Sí, lo es, ¿verdad?

Asiento y levanto la vista hacia Tess, que tiene el pelo recogido en una especie de nido en lo alto de la cabeza. Aún lleva puestos los pantalones de yoga y una camiseta sencilla, y asiento de nuevo. Es preciosa, y ni siquiera tiene que esforzarse por serlo.

Sé que todavía nos oye, y veo cómo sonríe mientras se vuelve para terminar su tarea en la cocina. No sé por qué sonríe de esa manera; ¿y qué si estoy hablando con este niño? Sigue siendo un incordio, como todos los demás humanos en miniatura.

—Sí, muy guapa —vuelve a decir.

—Bien, relájate, chico; es mía —bromeo.

Me mira con la boca muy abierta.

—¿Es tu mujer?

—No, carajo, no —resoplo.

—¿Carajo, no? —repite.

—¡Mierda, no digas eso! —Corro al sillón para taparle la boca.

—¿Que no diga «mierda»? —pregunta apartándome la mano.

—No, no digas ni «mierda» ni «carajo».

Ésta es una de las razones por las que no debería estar en presencia de niños.

—Sé que son palabrotas —me dice, y yo asiento.

—Pues no las digas —le recuerdo.

—Entonces, si no es tu mujer, ¿quién es?

Carajo, qué chismoso.

—Es mi novia.

No sé para qué me molesto en hacerle hablar.

Entonces el niño junta las manos y me mira como si fuese un sacerdote o algo así.

—¿Quieres casarte con ella?

—No, no quiero casarme con ella —digo de forma pausada pero clara para ver si lo entiende esta vez.

—¿Nunca?

—Nunca.

—Y ¿tendrán un bebé?

—¡No! ¡Carajo, no! ¿De dónde sacas esas cosas? —Me estoy agobiando sólo de oírlas en voz alta.

—¿Por qué...? —empieza a preguntar, pero lo interrumpo.

—Deja de hacer tantas preguntas —gruño, y él asiente, me quita el control remoto de la mano y cambia de canal.

Tessa lleva varios minutos sin asomarse, de modo que decido acercarme a la cocina y ver si le falta mucho.

—Tess..., ¿te falta mucho? Porque el niño está hablando demasiado —protesto, y tomo un trozo de brócoli del plato que está preparando.

Sé que odia que coma antes de que esté lista la cena, pero hay un niño de cinco años en mi sala, así que puedo comerme el pinche brócoli si quiero.

—No, sólo un par de minutos —contesta sin mirarme.

Su tono es extraño y parece molesta por algo.

—¿Estás bien? —le pregunto, y entonces se vuelve con los ojos vidriosos.

—Sí, estoy bien. Son las cebollas, que me hacen llorar. —Se encoge de hombros y abre la llave para lavarse las manos.

—No te preocupes..., acabará hablando contigo también. Ahora ya está más relajado —le aseguro.

—Ya, ya lo sé. No es eso..., son sólo las cebollas —repite.

CAPÍTULO 71

Hardin

El niño permanece callado y se limita a asentir cuando Tessa le pregunta alegremente:

—¿Te gusta el pollo, Smith?

—¡Está delicioso! —digo con un entusiasmo exagerado para suavizar el golpe de que el niño todavía no quiera hablar con ella.

Me sonríe ligeramente pero no me mira a los ojos. El resto de la cena transcurre en silencio.

Mientras Tessa recoge la cocina, yo vuelvo a la sala y oigo unas pequeñas pisadas que me siguen.

—¿Quieres algo? —pregunto, y me dejo caer sobre el sillón.

—No. —El chico se encoge de hombros y centra la atención en la televisión.

—Estupendo...

Esta noche no hay nada decente que ver.

—¿Va a morirse mi papá? —me pregunta de repente la vocecita que tengo a mi lado.

Me vuelvo hacia él.

—¿Qué?

—Mi papá, ¿va a morirse? —dice Smith, aunque parece bastante tranquilo respecto al tema.

—No, sólo se ha puesto enfermo porque ha comido algo en mal estado.

—Mi mamá se puso enferma y ahora está muerta —replica, y un pequeño temblor en su voz me hace ver que no es inmune a la preocupación.

Siento que me asfixio con mi propia respiración.

—Pues sí..., bueno —comienzo a decir—. Eso era diferente.

«Pobre chico.»

—¿Por qué?

Carajo, ¿por qué hace tantas preguntas? Quiero llamar a Tess, pero algo en la expresión de preocupación de su rostro me detiene. No habla con ella, así que no creo que quiera que la llame.

—Tu padre sólo está un poco enfermo..., pero tu madre estaba muy enferma. Él estará bien.

—¿Me estás mintiendo?

Habla como si fuese mucho mayor de lo que es, y me recuerda mucho a mí. Supongo que esto es lo que pasa cuando te ves obligado a crecer demasiado deprisa.

—No, si tu padre fuese a morir te lo contaría —le digo, y lo digo en serio.

—¿De verdad?

Sus ojos brillan y temo por un momento que vaya a ponerse a llorar. No sé qué chingados haría si empezara a llorar ahora. Huir. Saldría corriendo hasta el otro cuarto y me escondería detrás de Tessa.

—Sí. Y ahora hablemos de algo menos macabro.

—¿Qué es «macabro»?

—Algo retorcido y jodido —le explico.

—Has dicho otra palabrota —me regaña.

—Yo puedo decirlas porque soy mayor.

—Sigue siendo una palabrota.

—Tú has dicho dos antes, podría acusarte con tu padre —lo amenazo.

—Y yo te acusaría con tu novia —me contesta, y no puedo evitar echarme a reír.

—Bueno, bueno, tú ganas —digo, y le indico con un gesto que no abra la boca.

Tessa asoma la cabeza.

—Smith, ¿vienes aquí conmigo?

Él la mira, después me mira a mí y pregunta:

—¿Puedo quedarme con Hardin?

—No creo que... —empieza ella, pero la interrumpo.

—Está bien —suspiro, y le paso el control al niño.

CAPÍTULO 72

Tessa

Observo cómo Smith se acomoda en el sillón y se aproxima ligeramente a Hardin. Él lo mira con cautela, pero no lo detiene ni dice nada acerca de su cercanía. Es curioso que al niño le guste Hardin cuando es evidente que él detesta a los niños. Sin embargo, como Smith parece en cierto modo un hacendado sacado de una novela de Austen, es posible que no lo incluya en esa categoría.

«Nunca», le ha dicho a Smith cuando éste le ha preguntado si quiere casarse conmigo.

«Nunca.» No piensa tener un futuro conmigo. En lo más hondo de mi ser ya lo sabía, pero me duele oírselo decir, y más de una manera tan fría y rotunda, como si fuera un chiste o algo. Podría haber suavizado el golpe, aunque fuera sólo un poco.

Obviamente todavía no quiero casarme, no hasta dentro de unos años. Pero lo que me duele, y mucho, es el hecho de que no haya la más mínima posibilidad. ¿Dice que quiere estar conmigo para siempre pero no quiere casarse? ¿Qué quiere?, ¿que seamos novios toda la vida? ¿Quiero renunciar a tener hijos? ¿Me querrá lo suficiente como para que me merezca la pena esta relación, a pesar del futuro que siempre había imaginado para mí?

Lo cierto es que no lo sé, y me duele la cabeza sólo de pensarlo. No quiero obsesionarme por el futuro en estos momentos; sólo tengo diecinueve años. Las cosas van bastante bien entre nosotros ahora, y no quiero arruinarlo.

Cuando la cocina está limpia y el lavaplatos lleno, compruebo una vez más que todo va bien en el comedor y me dirijo al cuarto para preparar las cosas para mañana. Mi teléfono comienza a sonar mientras saco una falda negra larga para el día siguiente. Es Kimberly.

—¡Hola! ¿Va todo bien? —digo al contestar.

—Sí, todo bien. Van a administrarle antibióticos y, en teoría, deberíamos acabar pronto. Aunque puede que se retrase la cosa un poco, espero que no les importe —dice.

—No te preocupes. Tómense el tiempo que necesiten.

—¿Qué tal Smith?

—Bien, se lleva de maravilla con Hardin —le digo. Todavía no puedo creerlo.

Ella se ríe con ganas.

—¿En serio? ¿Con Hardin?

—Sí, a mí también me sorprende. —Pongo los ojos en blanco y me dirijo a la sala.

—Vaya, no me lo esperaba, pero es un buen entrenamiento para cuando tengan pequeños Hardins por la casa —bromea.

Sus palabras me hieren en lo más profundo del corazón y me muerdo el labio.

—Sí..., supongo... —Quiero cambiar de tema antes de que el nudo que se me ha formado en la garganta aumente de tamaño.

—Bueno, no tardaremos, espero. Smith tiene que acostarse a las diez, pero como ya son las diez, dejen que se quede despierto hasta que quieran que se duerma. Gracias otra vez —dice Kimberly, y cuelga el teléfono.

Me detengo un momento en la cocina para preparar un pequeño almuerzo para mañana; me llevaré las sobras de esta noche.

—¿Por qué? —oigo que Smith le pregunta a Hardin.

—Porque están atrapados en la isla.

—¿Por qué?

—Porque su avión se ha estrellado.

—Y ¿cómo es que no han muerto?

—Es una serie.

—Es una serie absurda —dice Smith, y Hardin empieza a reír.

—Sí, tienes razón.

Hardin sacude la cabeza divertido y Smith se ríe. En cierto modo se parecen mucho, los hoyuelos, la forma de los ojos y las sonrisas. Imagino que, menos por el pelo rubio y el color de los ojos, Hardin se parecería mucho a Smith cuando era pequeño.

—¿Te parece bien que me acueste o quieres que me quede a cuidarlo? —le pregunto.

Él me mira, y después mira a Smith.

—Este..., acuéstate tranquila. De todos modos, sólo estamos viendo tonterías en la televisión —responde.

—Bien. Buenas noches, Smith. Te veré dentro de un rato cuando Kim venga por ti —le digo.

El niño mira a Hardin, después a mí, y sonríe.

—Buenas noches —susurra.

Me vuelvo para ir a la recámara, pero Hardin me detiene agarrándome del brazo.

—Oye, ¿a mí no me das las buenas noches? —dice haciendo pucheritos.

—Ah..., sí. Perdona. —Lo abrazo y le doy un beso en la mejilla—. Buenas noches —le digo, y él me abraza de nuevo.

—¿Seguro que estás bien? —pregunta, y me aparta por los hombros para mirarme.

—Sí, es sólo que estoy muy cansada, y de todos modos él prefiere estar contigo. —Sonrío débilmente.

—Te quiero —me dice, y me besa en la frente.

—Te quiero —respondo, y corro al cuarto y cierro la puerta.

CAPÍTULO 73

Tessa

Al día siguiente, el tiempo es agradable. Apenas sí hay nieve ya en la cuneta. Cuando llego a Vance, Kimberly está sentada detrás del mostrador de recepción y me sonríe mientras yo agarro mi dona y mi café como todos los días.

—Ni siquiera me enteré de cuándo viniste anoche. Me quedé dormida —le digo.

—Lo sé, Smith también estaba dormido. Gracias de nuevo —contesta, y su teléfono empieza a sonar.

Se me hace raro estar en la oficina después de haber estado en el campus ayer. A veces tengo la sensación de tener una doble vida: una de estudiante universitaria y otra de adulta trabajadora. Tengo un departamento que comparto con mi novio y una beca de prácticas pagadas que, sinceramente, parece más un trabajo real que una beca. Me gustan las dos vidas y, si tuviera que escoger una, elegiría la de adulta, pero con Hardin.

Me sumerjo en mi trabajo y pronto llega la hora de almorzar. Después de varios desastres, por fin doy con un manuscrito bastante cautivador, y me encuentro comiendo a toda prisa para poder seguir leyéndolo hasta terminarlo. Espero que encuentren una cura para la enfermedad del personaje principal; sería una lástima que falleciera. El resto del día transcurre deprisa. Ajena al resto del mundo, estoy enfrascada en la obra, que tiene un final terriblemente triste y me deja absolutamente desolada.

Con lágrimas en las mejillas, salgo de la oficina y me voy a casa. No sé nada de Hardin desde que lo dejé durmiendo y malhumorado en la cama, y no puedo hacer otra cosa que pensar en sus palabras de anoche. Necesito distraerme de esas cavilaciones; a veces desearía poder desconectar mi mente como parece hacer otra gente. No me gusta pensarlo todo tanto, pero no puedo evitarlo. Soy como soy, y ahora sólo puedo pensar en que Hardin y yo no tendremos un futuro juntos. No obstante, necesito de verdad hacer algo para dejar de obsesionarme con esto. Él es como es, y no quiere casarse ni tener hijos en la vida.

Quizá debería llamar a Steph después de ir a Conner's para comprar algo de comida y de poner una tanda en lavadora, ya que Hardin y Landon van a ir al partido esta noche... Madre mía, espero que todo vaya bien.

Cuando llego al departamento, Hardin está leyendo en la cama.

—Hola, guapa. ¿Qué tal el día? —pregunta cuando entro.

—Supongo que bien.

—¿Qué te pasa? —dice mirándome a la cara.

—Hoy he leído un libro muy triste. Era fantástico, pero desgarrador —digo intentando no ponerme sensible otra vez.

—Vaya, pues sí que debe de ser bueno para que sigas tan afectada. —Sonríe—. No me habría gustado estar presente la primera vez que leíste *Adiós a las armas*.

Me dejo caer a su lado sobre la cama.

—Esto ha sido peor. Mucho peor.

Me agarra de la blusa y me jala para que apoye la cabeza en su hombro.

—Qué sensible es mi niña —dice mientras me acaricia la espalda con los dedos arriba y abajo, y su manera de pronunciar esas palabras hace que note mariposas en el estómago. Que me llame «mi niña» hace que me sienta mucho más feliz de lo que debería.

—¿Has ido hoy a clase? —le pregunto.

—No. Cuidar del minihumano agotó mis energías.

—¿Cuidarlo? Si sólo estuvieron viendo la tele.

—No importa. Hice más que tú.

—¿Te cae bien, entonces? —No estoy segura de por qué le pregunto eso.

—No..., bueno, teniendo en cuenta lo molestos que son los niños, éste no estaba tan mal, pero no tengo intención de verlo para jugar con él en una buena temporada. —Sonríe.

Pongo los ojos en blanco pero no digo nada más en relación con Smith.

—¿Estás listo para el partido de esta noche?

—No, ya le he dicho a Landon que no voy.

—¡Hardin! ¡Tienes que ir! —grito.

—Es broma... Pasará por mí dentro de poco. Ésta me la debes, Tess —refunfuña.

—A ti te gusta el hockey, y Landon es muy buena compañía.

—No tan buena como tú —repone, y me da un beso en el cachete.

—Estás de bastante buen humor teniendo en cuenta que actúas como si te llevaran al matadero.

—Si esto sale mal, no seré yo quien acabe sacrificado.

—Sé amable con Landon esta noche —le advierto.

Levanta las manos con fingida inocencia, aunque ya me conozco la historia. Oigo que llaman a la puerta, pero Hardin ni se inmuta.

—Es tu amigo, abre tú —dice.

Pongo los ojos en blanco y voy a abrir.

Landon viste una sudadera de su equipo de hockey, unos pantalones azules y unos tenis.

—¡Hola, Tessa! —dice ofreciéndome su afable sonrisa de siempre y saludándome con un abrazo.

—¿Podemos acabar con esto de una vez? —dice Hardin antes de que me dé tiempo a decir hola.

—Vaya, veo que la noche promete —señala Landon, y pone los ojos en blanco y se pasa la mano por su pelo corto.

—Será la mejor noche de toda tu vida —le suelta Hardin.

—Buena suerte —le digo a Landon, y él se echa a reír.

—Tranquila, Tess, sólo está haciéndose el gallito, intentando aparentar que no está deseando pasar el rato conmigo. —Sonríe, y ahora es Hardin quien pone los ojos en blanco.

—En fin, aquí hay demasiada testosterona para mí, así que voy a cambiarme y a hacer algunos recados —replico—. Que la pasen bien —y dejo a los hombres con sus jueguecitos.

CAPÍTULO 74

Hardin

—¿Por qué chingados hay tanta gente ya? —gruño mientras Landon y yo nos abrimos paso entre la multitud.

Me mira con reproche.

—Porque hemos llegado tarde gracias a ti.

—Aún faltan quince minutos para que empiece el partido.

—Yo suelo venir una hora antes —me explica.

—Por supuesto. Incluso cuando no estoy con Tessa, estoy con Tessa —protesto.

Landon y ella son idénticos en lo que respecta a su fastidiosa necesidad de ser los primeros y los mejores en todo lo que hacen.

—Deberías sentirte orgulloso de estar con ella —me dice.

—Deja de comportarte como un cabrón y es posible que disfrutemos del partido —replico, conteniéndome, aunque no puedo evitar sonreír al ver su cara de fastidio—. Perdona, Landon. Me siento orgulloso de estar con ella. Y ahora, ¿quieres hacer el favor de relajarte? —Me río.

—Claro, claro. Busquemos nuestros asientos —dice en voz baja, dirigiendo el camino.

—¡Pero ¿qué diablos...?! ¿Has visto eso? ¡¿Cómo rayos lo han dado por válido?! —grita Landon a mi lado.

Nunca lo había visto mostrarse tan enérgico. Pero incluso estando furioso suena como un pelele.

—¡Por favor! —grita una vez más, y yo me muerdo la lengua muerto de risa.

Supongo que Tessa tenía razón: no es tan mala compañía. No sería mi primera elección, pero no está tan mal.

—Veo que, cuanto más gritas, más probabilidades tienen de ganar —le digo.

Él hace como que no me oye y sigue gritando y abucheando según se desarrolla el partido. Yo alterno entre prestar atención al juego y mandarle a Tessa mensajes para decirle obscenidades y, antes de que me dé cuenta, oigo que Landon grita: «¡Sí!», cuando su equipo gana el partido en el último segundo.

La multitud se agolpa en el campo y yo me abro paso entre ellos.

—Ten más cuidado —oigo una voz detrás de mí.

—Perdón —se disculpa Landon.

—Así me gusta —dice el de la voz, y cuando me vuelvo me encuentro a Landon nervioso y a un pendejo que lleva la sudadera del equipo contrario.

Landon traga saliva, pero no dice nada más mientras el tipo y sus amigos siguen provocándolo.

—Mira qué miedo tiene —dice otra voz, supongo que de uno de los acompañantes del pendejo.

—Yo..., este... —tartamudea Landon.

«Esto está de la chingada.»

—Hagan el favor de dejarlo tranquilo —les bramo, y ambos se vuelven para mirarme.

—¿O qué? —escupe el más alto. Puedo percibir el olor a cerveza en su aliento.

—O les cerraré la maldita boca delante de todo el mundo, y acabarán tan humillados que aparecerá como titular entre las noticias del partido —les advierto, y lo digo muy en serio.

—Ya, Dennis, vámonos —dice el más bajo, el único que parece tener algo de sentido común, y jala de la sudadera a su amigo y desaparecen entre la multitud.

Agarro a Landon del brazo y lo jalo hasta que salimos de allí. Tessa me cortará los huevos como alguien le dé una golpiza esta noche.

—Gracias por lo de antes, no era necesario —dice cuando llegamos a su coche.

—No hagas que la situación sea más incómoda todavía, ¿sí?

Pongo una falsa sonrisa y él sacude la cabeza, pero oigo que se ríe por lo bajo.

—¿Te llevo de vuelta a tu departamento? —pregunta después de varios minutos de silencio embarazoso mientras esperamos para salir del atestado estacionamiento.

—Sí, está bien. —Compruebo el teléfono para ver si Tessa me ha respondido. No lo ha hecho—. ¿Te vas a mudar? —le pregunto a Landon.

—No lo sé aún. La verdad es que quiero estar más cerca de Dakota —explica.

—Y ¿por qué no se muda ella aquí?

—Porque su carrera de ballet aquí no tiene ningún futuro. Tiene que estar en Nueva York. —Landon deja pasar a otro coche delante de nosotros a pesar de que apenas nos hemos movido desde que salimos de la plaza de estacionamiento.

—Y ¿qué vas a hacer? ¿Renunciar a tu vida para estar con ella? —me burlo.

—Sí, prefiero hacer eso a seguir alejado de ella. Además, no me importa tener que mudarme; Nueva York debe de ser un lugar fantástico para vivir. Las relaciones no giran siempre en torno a una sola persona, ¿sabes? —dice mirándome de reojo.

«Cabrón.»

—¿Eso se supone que va por mí?

—No exactamente, pero si te has dado por aludido, a lo mejor sí.

Un grupo de idiotas borrachos pasan tambaleándose delante del coche, pero a Landon no parece importarle que nos estén bloqueando el paso.

—Cierra el hocico, ¿quieres? —digo. Ahora sólo quiere chingarme.

—¿Quieres decir que tú no te mudarías a Nueva York para estar con Tessa?

—Sí, eso mismo quiero decir. Yo no quiero vivir en Nueva York, así que no viviré en Nueva York.

—Sabes que no me refiero a Nueva York, sino a Seattle. Tessa quiere vivir allí.

—Se vendrá a Inglaterra conmigo —le digo, y subo el volumen del radio con la esperanza de zanjar esta conversación.

—¿Y si no lo hace? Sabes que no quiere hacerlo, ¿por qué ibas a obligarla?

—No voy a obligarla a hacer nada, Landon. Se vendrá allí porque tenemos que estar juntos y ella no querrá estar lejos de mí, es así de simple.

Compruebo mi teléfono una vez más para intentar distraerme de la irritación que mi querido hermanastro me está causando.

—Eres un cabrón —me espeta.

Me encojo de hombros.

—Nunca he dicho que no lo sea.

Marco el número de Tess y espero a que me responda. No lo hace. «Genial.» Confío en que siga en casa cuando llegue. Si Landon no condujera tan lento ya estaríamos allí. Permanezco en silencio, arrancándome los pellejitos de las uñas. Después de lo que parecen tres pinches horas, Landon detiene el coche delante de mi departamento.

—No ha estado mal la noche, ¿eh? —dice cuando salgo.

—No, supongo que no —admito riéndome por lo bajo—. Pero como le digas a alguien que he dicho esto, te mataré —bromeo.

Él se ríe y se va. Dejo escapar un profundo suspiro, satisfecho de que esos tipos no le hayan dado una golpiza.

Cuando entro en el departamento, Tessa está profundamente dormida en el sillón, así que me siento y me quedo observándola un rato.

CAPÍTULO 75

Hardin

Después de observar a Tessa un rato mientras duerme, la cargo y la llevo al cuarto. Se abraza a mí y apoya la cabeza en mi pecho. La deposito en nuestra cama y la tapo con la cobija. Le doy un tímido beso en la frente y cuando me doy la vuelta para acostarme yo también, abre la boca.

—Zed —musita.

«¿Acaba de...?» La miro fijamente, intentando reproducir en mi mente los últimos tres segundos. No puede haber dicho...

—Zed. —Sonríe y se pone boca abajo.

«¿Por qué chingados está diciendo su nombre?»

Una parte de mí quiere despertarla y preguntarle por qué lo ha llamado dos veces en sueños. El resto de mí, la parte tarada y paranoica, sabe lo que me dirá. Tessa me dirá que no tengo por qué preocuparme, que sólo son amigos, que me quiere. Puede que sea cierto, pero acaba de decir su nombre.

Oír el nombre de ese pendejo de su boca y el tarado de Landon, tan seguro de su futuro, me superan. Yo no tengo nada claro, no tanto como él, y Tessa por lo visto tampoco tiene claro si va a seguir conmigo. De lo contrario, no estaría soñando con Zed.

Tomo papel y lápiz y le escribo una nota, la dejo en la cómoda y me adentro en la noche.

Giro el coche hacia la taberna de Canal Street. No quiero ir por si Nate y los demás siguen ahí, pero hay un sitio cerca al que solía ir a emborracharme. Me encantan el Estado de Washington y los retrasados que nunca les piden la identificación a los universitarios.

La voz de Tessa resuena en mi mente, me advierte de que no vuelva a beber después de lo de la última vez. Me vale. Necesito un trago. A continuación oigo las voces de Landon y de Zed. ¿Por qué todo el mundo cree que sus opiniones me importan un comino?

No voy a mudarme a Seattle; Landon y su consejo de mierda pueden irse al carajo. Sólo porque él quiera seguir a su novia como un perrito faldero no significa que yo vaya a hacer lo mismo. Ya lo estoy viendo: recojo mi equipaje y me mudo a Seattle con ella, y dos meses después decide que está hasta la coronilla de mi mierda y me deja. En Seattle, estaremos en su mundo, no en el mío, y podría echarme de él con la misma facilidad con la que me permitió entrar.

Cuando llego al bar, la música no está alta y apenas hay gente. La rubia de detrás de la barra me mira sorprendida, interesada.

—Cuánto tiempo sin verte, Hardin. ¿Me has extrañado? —Sonríe y se pasa la lengua por los labios carnosos, recordando las noches que hemos pasado juntos, seguro.

—Sí. Oye, ¿me sirves una copa? —contesto.

CAPÍTULO 76

Tessa

Cuando me despierto, veo que Hardin no está en la cama. Imagino que ha salido por café o que está en el baño. Miro la hora en el celular y me obligo a levantarme. Estoy cansada, y eso que anoche no salí, así que no me arreglo. Me pongo una camiseta de la WCU y unos *jeans*. Me pondría unos *leggins* para provocar a Hardin, pero no los encuentro. Conociéndolo, seguro que los ha escondido para que ningún otro chico me vea con ellos.

Vuelvo a buscarlos en el cajón de arriba de la cómoda y, cuando lo cierro, un pedazo de papel cae al suelo.

«He salido a desayunar con mi padre», dice la letra de Hardin. La nota me confunde y me pone contenta a partes iguales. Espero de verdad que Ken y él puedan seguir trabajando en su relación.

Imagino que ya habrán acabado e intento llamar a Hardin, pero no contesta. Le envío un mensaje y salgo a reunirme con Landon en la cafetería de la facultad.

Al llegar, él ya está sentado en una mesa y señala las dos tazas que hay en ella.

—Pedí una para ti —dice con una sonrisa al tiempo que me ofrece una de las tazas de papel.

—Qué amable. Muchas gracias.

El sabor dulce y amargo del café termina de despertarme y empieza a preocuparme no tener noticias de Hardin.

—Fíjate: parecemos universitarios normales —bromea Landon señalando nuestras camisetas, que son idénticas.

Me echo a reír y le doy otro sorbo al bendito café.

—Oye, ¿dónde está Hardin? —Sonríe—. Esta mañana no te ha acompañado.

Me encojo de hombros.

—No lo sé. Me ha dejado una nota que decía que se había ido temprano para desayunar con su padre.

Landon deja de beber a medio sorbo y me mira inquisitivo.

—¿De verdad? —Y, tras una pausa, añade—: Cosas más raras se han visto.

Su respuesta no hace más que empeorar mis dudas. ¿Seguro que Hardin ha salido a desayunar con su padre? ¿Seguro?

Landon y yo nos vamos a clase y Hardin todavía no ha contestado a ninguno de mis mensajes. Siento una opresión en el pecho.

Ocupamos nuestros asientos; Landon me mira y me pregunta:

—¿Te encuentras bien?

Estoy a punto de contestarle cuando veo entrar en clase al profesor Soto.

—¡Buenos días! Disculpen mi tardanza, anoche acabé tardísimo. —Sonríe, se quita la chamarra de cuero y la deja de cualquier manera en el respaldo de su silla—. Espero que todos hayan encontrado tiempo para comprar o robar un diario.

Landon y yo nos miramos y sacamos nuestros diarios. Miro alrededor y veo que somos los únicos que lo hemos traído, y una vez más me asombro de lo poco que se esfuerzan los universitarios.

Sin embargo, el profesor Soto sigue hablando impasible, ausente, ajustándose la corbata.

—Si no lo han traído, saquen una hoja de papel en blanco porque vamos a dedicar la primera mitad de la clase a la primera tarea del diario. Aún no decido cuántas haremos pero, como ya dije, el diario representa buena parte de su calificación final y deben dedicarle al menos un poco de esfuerzo. —Sonríe, se sienta y pone los pies encima de la mesa—. Quiero saber qué piensan de la fe. ¿Qué significa para ustedes? No hay una respuesta errónea y su religión tampoco supone una diferencia. Pueden enfocarlo de muchas maneras. ¿Tienen fe en un poder superior? ¿Creen que la fe aporta cosas buenas a la vida de la gente? A lo mejor tienen una visión muy distinta de la misma. ¿Creen que tener fe en algo o en alguien cambia el desenlace de una situación? Si tienen fe en que su amante infiel va a dejar de serlo, ¿cambiará eso las cosas? El hecho de creer en Dios... o en varios dioses, ¿les hace ser mejor persona que alguien que no cree en nada? Tomen el tema de la fe y hagan con él lo que quieran... Pero hagan algo —dice.

Mi mente es un torbellino de ideas. De pequeña solía ir a la iglesia, pero he de reconocer que mi relación con Dios no siempre ha sido muy estrecha. Cada vez que intento empezar a escribir en la primera página de mi diario, Hardin me viene a la cabeza. «¿Cómo es que no sé nada de él? Siempre me llama. Me dejó una nota para que supiera que estaba bien, pero ¿dónde se habrá metido? ¿Cuánto tardaré en tener noticias suyas?»

Con cada mensaje sin respuesta, me entra más y más miedo. Ha cambiado mucho, ahora se porta mejor.

Fe. ¿Le tengo demasiada fe a Hardin? ¿Cambiará si le sigo teniendo fe?

Antes de darme cuenta estoy en la tercera página. Casi todo lo que he escrito me ha salido del corazón. Es como si me hubiera quitado un peso de encima al escribir sobre mi fe en Hardin. El profesor Soto anuncia que la clase ha terminado y Landon me habla de lo que ha escrito en el diario. Ha elegido escribir de la fe que tiene en sí mismo y en su futuro. Yo he escrito sobre Hardin sin pensarlo dos veces. No sé qué opinar al respecto.

El resto del día se me hace eterno porque sigo sin noticias de él. Lo he llamado tres veces más y le he escrito otros ocho mensajes y todavía no es ni la una. No hay respuesta. Me hace sentir muy mal, sobre todo después de haber estado escribiendo sobre la fe y sobre lo que siento por él, pero lo principal es que espero que no esté haciendo algo que nos haga daño a los dos.

Lo segundo que me viene a la cabeza es Molly. Es curioso cómo siempre aparece en mi mente cuando hay problemas. Bueno, más que curioso, persistente. Es como un fantasma que se aparece en mi cabeza, aunque sé que Hardin no me pondría los cuernos.

CAPÍTULO 77

Hardin

—¿Quieres otra taza de café? —me pregunta—. Te caerá bien para la cruda.

—No. Sé cómo librarme de una cruda. He tenido muchas —gruño.

Carly pone los ojos en blanco.

—No hace falta que te pongas impertinente.

—Cierra la boca. —Me masajeo las sienes. Tiene una voz muy desagradable.

—Tan encantador como siempre.

Se echa a reír y me deja solo en la pequeña cocina.

Soy un imbécil integral por haber venido, pero ¿acaso tenía otra opción? Sí, la tenía, sólo estoy intentando no aceptar que mi reacción fue un tanto exagerada. Me ofendí al oír que estaba soñando con Zed, y ahora estoy en la cocina de Carly tomando café por la tarde.

—¡¿Necesitas que te lleve hasta tu coche?! —grita desde la otra habitación.

—Evidentemente —respondo, y entra en la cocina sólo con el brasier puesto.

—Tienes suerte de que me trajera tu trasero de borracho a casa. Mi novio no tardará en llegar, será mejor que nos vayamos —dice mientras se pone una camiseta por la cabeza.

—¿Tienes novio? Bien por ti. —Esto no hace más que mejorar.

Pone los ojos en blanco.

—Sí, tengo novio. Puede que te sorprenda, pero no todo el mundo se conforma con un número infinito de amigas con derecho.

Casi le hablo de Tessa, pero decido no hacerlo. No es de su incumbencia.

—Tengo que orinar —le digo y me voy al baño.

Me duele la cabeza y estoy enojado conmigo mismo por haber venido aquí. Debería estar en casa, bueno, en el campus. Mi celular vibra encima de la barra de la cocina y me sobresalto.

—¡No contestes! —le grito a Carly, que da un paso atrás.

—¡No pensaba hacerlo! Güey, anoche no estabas tan pendejo —recalca, pero no le hago ni caso.

Sigo a Carly hasta su coche. La cabeza me retumba como un bombo con cada paso que doy sobre el duro cemento. No debería haber bebido tanto. No debería haber bebido y punto. Miro a Carly mientras baja la ventanilla y enciende un cigarro.

¿Cómo pudo ser alguna vez mi tipo? No lleva puesto el cinturón de seguridad. Aprovecha los semáforos para maquillarse. Tessa es muy distinta de ella, de todas las chicas con las que he estado.

Volvemos al bar donde me emborraché anoche. Leo y releo los mensajes de Tessa. Esto es horrible, debe de estar muy preocupada. Estoy demasiado mareado para poder inventarme una excusa, así que sólo le respondo:

Me he quedado dormido en el coche. Anoche bebí demasiado con Landon. Llegaré pronto a casa.

Hay algo raro y me paro a pensar, pero es que no me queda una neurona viva. Le doy a «Enviar» y espero a que me conteste. Nada.

Bueno, no puedo contarle que he pasado la noche en casa de Carly. Nunca me lo perdonaría, ni siquiera me dejaría hablar. Lo sé. Noto que se está cansando de mis chingaderas. Lo sé.

Pero no tengo ni idea de cómo arreglarlo.

Carly interrumpe mis divagaciones mentales cuando pisa el freno y maldice.

—Vale madre. Tenemos que dar media vuelta, ha habido un accidente —dice señalando los coches que nos bloquean el camino.

Observo y veo a un hombre de mediana edad hablando con un policía. Señala un coche blanco que es idéntico... igualito que el de...

Me entra el pánico.

—Detente —ordeno.

—¿Qué? ¿Qué coño haces, Hard...

417

—¡He dicho que pares el maldito coche!

Sin pensar, abro la puerta, me bajo del coche en cuanto aminora y corro hacia los vehículos accidentados.

—¿Dónde está el otro conductor? —le pregunto furibundo al policía.

El cofre del coche blanco está bastante mal, y luego veo un pase de estacionamiento de la WCU colgando del retrovisor. «Mierda.» Hay una ambulancia parada junto al coche de policía. «Mierda.»

Si le ha pasado algo... Si está herida...

—¿Y la chica? ¡Que alguien me lo diga! —grito.

El policía me pone cara de pocos amigos pero el otro conductor ve lo alterado que estoy y dice en voz baja:

—Ahí —y señala la ambulancia.

Mi corazón deja de latir.

Como en un sueño, camino hacia la ambulancia. Las puertas están abiertas... y Tessa está sentada en la camilla, con una bolsa de hielo en la cara.

«Gracias a Dios. Gracias a Dios no es grave...»

Corro hacia ella y se me confunden las palabras.

—¿Qué pasó? ¿Estás bien?

Pone una cara de tremendo alivio al verme.

—Tuve un accidente.

Lleva un pequeño apósito encima del ojo y tiene el labio hinchado y partido.

—¿Puedes irte? —pregunto con mala educación—. ¿Puede irse? —le pregunto a la joven paramédica.

Ella asiente y se aleja deprisa. Tomo la bolsa de hielo de Tessa y se la aparto de la cara. Tiene una hinchazón del tamaño de una pelota de golf. Las lágrimas le ruedan por las mejillas y tiene los ojos rojos e hinchados. Ya se ve el moretón que se le está formando bajo la delicada piel del ojo.

—Mierda, ¿estás bien? ¿Fue culpa suya? —Me vuelvo e intento encontrar al muy imbécil.

—No, fui yo la que se le echó encima —dice haciendo una mueca.

Me quita la bolsa de hielo y se la pone otra vez en la cara. Luego parte del alivio abandona sus ojos cuando me mira y me pregunta:

—¿Dónde estuviste todo el día?

—¿Qué? —digo confundido de verdad por la cruda y por tener que verla así.

Con una mirada más fría, dice:

—Te he dicho: «Hardin, ¿dónde estuviste todo el día?».

Aterrizo de sopetón.

«Vale madre.»

Y, justo cuando voy a inventarme una excusa, aparece Carly y me da una palmada en el trasero:

—Bueno, chico malo, ¿puedo irme? Tu coche ya no está muy lejos caminando. Tengo que volver a casa.

Tessa abre unos ojos enormes.

—Y ¿tú quién eres?

«Mierda, mierda, mierda.» Ahora no. Esto no.

Carly sonríe y saluda a Tessa con una inclinación de la cabeza.

—Soy Carly, una amiga de Hardin. Siento lo del accidente. —Luego me mira—. ¿Puedo irme ya?

—Adiós, Carly —le espeto.

—Espera —dice Tessa—. ¿Ha pasado la noche en tu casa, contigo?

Intento mirarla a los ojos pero los tiene clavados en Carly.

—Sí. Sólo lo estaba llevando de vuelta a su coche.

—¿Su coche? ¿Dónde está? —Le tiembla la voz.

—Adiós, Carly —repito lanzándole una mirada asesina.

Tessa se pone de pie, aunque le ceden un poco las rodillas.

—No. Dime dónde tiene el coche.

La tomo del codo para detenerla pero me aparta y gimotea porque se ha hecho daño.

—¡No me toques! —sisea entre dientes.

—Carly, ¿dónde tiene el coche? —le pregunta Tessa otra vez.

Carly levanta las manos y nos mira a uno y a otro.

—En el bar en el que trabajo. Bueno, ya me voy —dice echando a andar.

—Tess... —le suplico.

«Mierda, ¿por qué soy tan imbécil?...»

—Aléjate de mí —replica ella.

El cachete se le hunde un poco. Sé que se lo está mordiendo por dentro para no llorar. Ahora que la tengo aquí delante, mirando a la nada e intentando aparentar frialdad, extraño los tiempos en los que no paraba de llorar.

—Tessa, tenemos... —empiezo a decir, pero me falla la voz.

Ahora el emocional soy yo, y no me importa. El pánico que se ha apoderado de mí al ver su coche arrugado como un papel me tiene temblando como una hoja, y lo único que quiero es abrazarla.

Tess sigue sin mirarme.

—Vete o le pediré al policía que te eche —me espeta.

—Si se acerca, lo mato —replico.

Sus ojos me miran como látigos.

—No. ¡Estoy harta de escucharte! No estoy muy segura de lo que pasó anoche, pero lo he sabido toda la mañana, no sé cómo pero sabía que estabas con otra. Sólo que estaba intentando obligarme a creer que no era así.

—Podemos solucionarlo —le suplico—. Siempre lo hacemos.

—¡Hardin! ¡¿Es que no ves que acabo de tener un accidente?! —grita y, al ver que se pone a llorar, la paramédica se acerca de nuevo—. Seguro que ni siquiera eres capaz de verlo, tu versión de la realidad es muy retorcida. Anoche me escribiste una nota diciéndome que habías salido a desayunar con tu padre esta mañana. Luego me mandas un mensaje de texto diciéndome que te quedaste a dormir la borrachera en el coche después de haber estado bebiendo con Landon. ¡Con Landon! Piensas que soy tan idiota como para creerme cualquier cosa, por muy contradictoria que sea. —Me lanza una mirada asesina—. Está claro que eres una contradicción andante, así que ya veo por qué te parece que la realidad también lo es, pero estás muy equivocado.

Acabo de darme cuenta de lo imbécil que he sido, y me quedo sin habla un instante. Soy imbécil. Soy Imbécil con mayúsculas. Y no sólo por no haber sabido atenerme a una sola mentira.

La paramédica le pone a Tessa la mano en el hombro y le pregunta:

—¿Todo bien? Tenemos que llevarte al hospital para examinarte.

Tess se seca las lágrimas, me mira carente de emoción y le dice a la mujer:

—Sí. Podemos irnos cuando quieran. Estoy lista para irme.

CAPÍTULO 78

Hardin

Abro la cuarta cerveza y le doy vueltas a la tapa sobre la mesita auxiliar. ¿Dónde estará? ¿Vendrá aquí?

A lo mejor debería enviarle un mensaje y decirle que me he acostado con Carly y acabar con nuestra miseria.

Llaman a la puerta y me sacan de mis maquinaciones.

«Allá vamos. Espero que esté sola.» Tomo la cerveza, le doy otro trago y me dirijo hacia la puerta. Ahora ya la están golpeando y, cuando abro, veo que es Landon. Antes de que pueda pestañear, me agarra del cuello de la camiseta y me estampa contra la pared.

«Pero ¿qué chingados...?» Es mucho más fuerte de lo que me esperaba, y su agresividad me sorprende.

—¡¿A ti qué demonios te pasa?! —grita. No sabía que pudiera subir tanto la voz.

—¡Suéltame! —Lo empujo pero no se mueve. Carajo, sí está fuerte...

Me suelta y durante un segundo creo que va a pegarme, pero no lo hace.

—¡Sé que te has acostado con otra y por tu culpa Tessa ha chocado con el coche! —Se planta en mi cara otra vez.

—Te sugiero que bajes la maldita voz —le espeto.

—No me das miedo —sisea entre dientes.

El alcohol hace que esté indignado, cuando en realidad debería sentirme avergonzado.

—Ya te he pateado el trasero antes, ¿te acuerdas? —le digo mientras vuelvo a sentarme en el sillón.

Landon me sigue.

—Aquella vez no estaba tan enojado contigo como ahora. —Levanta aún más la barbilla—. ¡No puedes pasarte la vida haciéndole daño!

Le quito importancia con un gesto de la mano.

—Ni siquiera me acosté con la otra chica —replico—. Sólo me quedé a dormir en su casa. Métete en tus asuntos.

—¡Qué cosas! ¡Pero si estás bebiendo! —dice señalando las botellas vacías de cerveza que hay en la mesita y la que tengo en la mano—. Tessa está toda magullada y tiene una conmoción cerebral por tu culpa y aquí estás tú, emborrachándote. ¡Eres un cabrón! —me grita.

—¡El accidente no fue culpa mía, e intenté hablar con ella!

—¡Sí fue culpa tuya! Estaba tratando de leer tu pinche mensaje mientras manejaba. Un mensaje que sabía que era mentira, debo añadir.

No puedo respirar.

—¿De qué estás hablando? —Me atraganto.

—Estaba muy nerviosa porque no sabía nada de ti y agarró el celular en cuanto vio tu nombre en la pantalla.

Es culpa mía. ¿Cómo no he sabido verlo? Está herida por mi culpa. Le he hecho daño.

Landon sigue mirándome fijamente.

—No te quiere ni ver, lo sabes, ¿no?

Lo miro, de repente me siento abatido.

—Sí, lo sé. —Tomo mi cerveza—. Ya puedes irte.

Pero me arranca la botella de la mano y se mete en la cocina.

—Óyeme, te la estás buscando —replico poniéndome en pie de un brinco. Está avisado.

—Te estás comportando como un imbécil y lo sabes, ¡aquí emborrachándote mientras Tessa está en el hospital! ¿Es que no te importa? —me grita.

—¡Deja de gritarme, carajo! —Me llevo las manos a la cabeza y me jalo del pelo—. Claro que me importa. ¡Pero no se va a creer nada de lo que le diga!

—¿Acaso puedes culparla? Podrías haber vuelto a casa o, mucho mejor, no haber salido —dice vertiendo mi cerveza por el desagüe—. ¿Cómo puedes ser tan indiferente? Con lo que ella te quiere.

Abre el refrigerador y me pasa una botella de agua.

—No soy indiferente. Sólo estoy harto de esperar lo peor. No parabas de hablar de tu perfecta vida amorosa y de hacer sacrificios, bla, bla, bla, y luego Tess va y dice su nombre... —Echo atrás la cabeza y me quedo mirando el techo un momento.

—¿El nombre de quién? —inquiere.

—Zed. Dijo su nombre en sueños. Claro como el agua, como si quisiera estar con él, no conmigo.

—¿Mientras dormía? —pregunta Landon con sarcasmo.

—Sí. Pero dormida o despierta, dijo su nombre y no el mío.

Pone los ojos en blanco.

—¿Eres consciente de lo ridículo que suena eso? ¿Tessa dice el nombre de Zed mientras duerme y tú corres a emborracharte? Estás haciendo una montaña de un grano de arena.

El plástico de la botella de agua se arruga bajo la presión de mis dedos.

—Tú no sabes... —empiezo a decir, pero entonces oigo las llaves en la cerradura y la puerta que se abre.

Me vuelvo y la veo en la entrada. Tessa...

... y Zed. Ha venido con Zed.

Se me nubla la vista y corro hacia ellos.

—¿Qué chingados pasa aquí? —pregunto.

Ella da un paso atrás, tropieza y se agarra a la pared que tiene detrás para no caer.

—¡Cállate, Hardin! —Me devuelve los gritos.

—¡No! ¡A la mierda! ¡Estoy harto de ver su pinche cara cada vez que hay un problema! —digo empotrando las manos en el pecho de Zed.

—¡Basta! —grita otra vez Tessa.

—Por favor —dice, y luego mira a Landon—. ¿Qué haces tú aquí? —le pregunta.

—Vine a hablar con él.

Asiento con sarcasmo.

—En realidad, vino a intentar darme una golpiza.

A Tessa casi se le salen los ojos de las órbitas.

—¿Qué?

—Luego te lo cuento —dice Landon.

Zed respira con fuerza y veo que la está mirando. ¿Cómo ha podido traerlo aquí después de todo lo que ha pasado? Estaba claro que iba a ir corriendo a buscarlo. El hombre de sus sueños.

Tessa se acerca a él y le pone la mano en el hombro.

—Gracias por traerme a casa, Zed, de verdad. Pero ahora será mejor que te vayas.

Él me mira.

—¿Estás segura? —le pregunta.

—Sí. Y muchísimas gracias. Landon está aquí y esta noche dormiré en casa de sus padres.

Zed asiente con la cabeza, luego da media vuelta y se va. Ella cierra la puerta.

No puedo controlar la furia que siento cuando Tessa se vuelve y me lanza una mirada asesina.

—Voy a empacar mi ropa —dice entrando en el cuarto.

Por supuesto, la sigo.

—¡¿Por qué has llamado a Zed?! —le grito.

—¿Por qué te fuiste de parranda con la tal Carly? Uy, espera, seguramente para quejarte de lo pesada que es tu novia y de la de cosas que quiere y espera —me espeta.

—Y ¿cuánto has tardado tú en soltarle a Zed lo malo que soy? —le suelto.

—¡No! No le he contado nada, pero estoy segura de que se lo imagina.

—¿No vas a dejar que te explique lo que ha pasado? —le pregunto.

—Adelante —se burla intentando sacar su maleta de lo alto del ropero. Me acerco para ayudarla.

—Quítate —me suelta. Está claro que he agotado su paciencia.

Retrocedo y la dejo bajar sola la maleta.

—Anoche no debería haber salido —le digo.

—¿De verdad? —contesta con sarcasmo.

—Sí, de verdad. No debería haberme ido y no debería haber bebido tanto. Pero no te puse los cuernos. Yo no haría eso. Me quedé a dormir en su casa porque estaba demasiado borracho para manejar, eso es todo —le explico.

Cruza los brazos y pone la clásica postura de novia encabronada.

—Y ¿por qué las mentiras entonces?

—No lo sé... Porque sabía que si te lo contaba no me creerías.

—Claro. Los que son infieles no suelen admitir sus infidelidades.

—No te he sido infiel —le digo.

Ella suspira, en absoluto convencida.

—Me cuesta mucho creerte cuando no haces más que mentir descaradamente. Igual que hoy.

—Lo sé. Perdóname por las mentiras de antes, por todo, pero de verdad que no te pondría los cuernos. —Lanzo los brazos al aire.

Coloca una blusa perfectamente doblada en la maleta.

—Como he dicho antes, los que son infieles no suelen admitir sus infidelidades. Si no tuvieras nada que ocultar, no me habrías mentido.

—No es para tanto, no hice nada con ella —digo en mi defensa mientras ella dobla otra prenda.

—¿Qué pasaría si yo agarra una peda descomunal y me quedara a dormir en casa de Zed? ¿Qué harías? —inquiere, y la sola idea me da ganas de matar.

—Lo mataría.

—Pues sí. Cuando tú pasas la noche fuera en casa de una chica no pasa nada, pero si yo hiciera lo mismo, se armaría en grande —replica—. Lo que ha pasado es lo de menos. Has dejado muy claro que sólo estoy de paso en tu vida —añade.

Sale de la habitación y entra en el baño a recoger sus cosas de aseo. Se va con Landon a casa de mi padre. Qué mierda. No está de paso en mi vida. ¿Cómo puede pensar eso? Puede que por todas las mentiras que le he soltado y mi silencio de hoy.

—Sabes que no voy a dejarlo así —le digo cuando cierra la maleta.

—Ya, pues yo me voy.

—¿Por qué? Sabes que volverás —aseguro. Es el enojo el que habla.

—Precisamente por eso —dice con la voz temblorosa.

Toma la maleta y sale de la habitación sin mirar atrás.

Cuando oigo el portazo, me apoyo contra la pared y me dejo caer hasta el suelo.

CAPÍTULO 79

Tessa

Nueve días.

Llevo nueve días sin saber nada de Hardin. Creía que me sería imposible vivir un solo día sin hablar con él y ya llevo nueve. Aunque me han parecido cien, para ser sincera, cada hora que pasa duele un poquito menos que la anterior. No ha sido en absoluto fácil. Ken llamó al señor Vance para que me diera el resto de la semana libre; al final, sólo iba a perder un día.

Sé que me fui yo, pero me está matando que ni siquiera haya intentado llamarme. Siempre he aportado yo más a la relación, y ésta era su oportunidad para demostrarme lo que de verdad siente. Imagino que eso es justo lo que está haciendo, lo que pasa es que lo que siente es precisamente lo contrario de lo que yo deseaba con desesperación. De lo que yo necesitaba con desesperación.

Sé que Hardin me quiere, lo sé. No obstante, también sé que, si me quisiera tanto como yo creía, a estas alturas ya me lo habría demostrado. Dijo que no iba a dejarlo así, pero lo ha hecho. Lo ha dejado así y me ha dejado ir. Lo que más me asusta es que la primera semana parecía un fantasma. Estaba perdida sin Hardin. Perdida sin sus ingeniosos comentarios. Perdida sin su forma de dibujar círculos en mi mano, sin los besos que me daba porque sí, sin su modo de sonreírme cuando creía que no lo estaba mirando. No quiero estar perdida sin él, quiero ser fuerte. Empiezo a sospechar que siempre estaré sola, por exagerado que parezca. Con Noah no era feliz, pero entre Hardin y yo tampoco ha funcionado. A lo mejor soy como mi madre y me va mejor cuando estoy sola.

No quería que acabáramos así, cortando por lo sano. Quería que lo hablásemos todo, quería que me contestara a las llamadas y que pudiéramos llegar a un acuerdo. Sólo necesitaba tiempo para pensar, un tiempo sin él para que aprendiera que no soy un títere. El tiro me ha salido por la culata porque es evidente que no le importo tanto como suponía. Puede que éste fuera su plan desde el principio: hacer que yo rompiera con él. Conozco a un par de chicas que pasaron por lo mismo con sus novios.

El primer día esperaba que me llamara, que me escribiera o, siendo Hardin, que echara la puerta abajo gritando a pleno pulmón y armando una escena mientras su familia y yo estábamos sentados en silencio en el comedor, sin saber qué decirme. Pero no pasó y yo me vine abajo. No me puse a llorar en un rincón ni me hundí en la autocompasión. Quiero decir que me vine abajo, que me perdí a mí misma. Vivía cada segundo esperando que Hardin volviera con el rabo entre las patas para pedirme perdón. Ese día casi tiro la toalla. Estuve a punto de volver al departamento. Estaba dispuesta a mandar al diablo el matrimonio y a decirle que no me importa que me mienta a diario, ni que me falte al respeto, con tal de que no me deje nunca. Menos mal que se me pasó y logré salvar un poco del respeto que me debo a mí misma.

El tercer día fue el peor. Fue cuando lo comprendí todo. Fue cuando empecé a hablar después de haberme pasado tres días sin abrir la boca, a excepción de algún sí o no a Landon o a Karen cuando los pobres intentaban hacerme plática. Lo único que hacía era llorar y balbucear que mi vida habría sido mejor y mucho más sencilla si no lo hubiera conocido. No me lo creo ni yo. El tercer día fue cuando por fin me miré al espejo con la cara sucia y amoratada, con los ojos tan hinchados que apenas sí podía abrirlos. Fue cuando me tiré al suelo y le recé a Dios para que hiciera desaparecer el dolor. Le dije que nadie podía soportar un dolor semejante, ni siquiera yo. El tercer día fue cuando no puede evitar llamarlo. Me dije que si me contestaba el teléfono lo solucionaríamos, llegaríamos a un acuerdo, nos pediríamos perdón y nos prometeríamos que no íbamos a romper nunca más. Pero saltó el buzón de voz a los dos segundos, prueba de que rechazó mi llamada.

El cuarto día volví a descarriarme y lo llamé otra vez. Esta vez tuvo el detalle de dejar que sonara hasta que saltó el buzón de voz, en vez de pulsar el botón «Ignorar». Fue cuando me di cuenta de que lo quiero mucho más que él a mí. El cuarto día no salí de la cama y estuve recordando las pocas veces que me había dicho lo que sentía por mí. Comencé a darme cuenta de que casi toda nuestra relación y lo que yo creía que sentía por mí no eran más que... imaginaciones mías. Comencé a darme cuenta de que, mientras yo me dedicaba a pensar que podíamos conseguirlo, que podíamos hacer que funcionara para siempre, él no pensaba en mí en absoluto.

Ése fue el día en que decidí unirme a las filas de los jóvenes normales y le pedí a Landon que me enseñara a descargarme música en el celular. Fue empezar y no poder parar. Me pasé veinticuatro horas sin quitarme los auriculares y escuchando más de cien canciones. La música ayuda mucho. El escuchar las penas de otros me recuerda que no soy la única que la pasa mal en la vida. No soy la única que ha querido a alguien que no la quería lo suficiente para luchar por ella.

El quinto día por fin me bañé e intenté ir a clase. Fui a yoga, con los dedos cruzados para poder soportar los recuerdos. Me sentía rara caminando en un océano de universitarios felices. Gasté toda la energía que me quedaba en rezar para no tropezarme con Hardin en el campus. Ya no tenía ganas de llamarlo. Esa mañana conseguí beberme medio café y Landon me dijo que el color estaba volviendo a mis mejillas. Pasé completamente desapercibida, que era justo lo que quería. El profesor Soto nos mandó escribir nuestros mayores miedos en la vida y la relación que guardan con Dios y con la fe. «¿Les da miedo morir?», nos preguntó. «Pero si yo ya estoy muerta», respondí en silencio.

El sexto día fue un martes. Empecé a formar frases completas, un tanto fragmentadas, que no venían al caso, pero nadie se atrevió a decírmelo. Me reincorporé a Vance. Kimberly se pasó la mañana sin poder mirarme a la cara pero al final se decidió a intentar entablar conversación conmigo, aunque no fui capaz de participar. Mencionó algo de una cena y recuerdo que le dije que me lo preguntara otra vez cuando pudiera pensar. Estuve todo el día mirando la primera página de un manuscrito que, por más que leyera y releyera, no retenía. Ese día volví a comer. Los días previos sólo había comido algún plátano o un poco de arroz hervido. Ese día Karen hizo un asado que me recordó al que había preparado un día muy lejano en el que Hardin y yo cenamos en su casa. Los recuerdos de aquella velada, con él acomodado a mi lado tomándome de la mano, me sentaron tan mal que me pasé la noche encerrada en el baño, vomitando lo poco que había comido.

El séptimo día se me hizo eterno y empecé a pensar en qué pasaría si de repente dejara de doler. ¿Desaparecería sin más? Era una idea aterradora, no porque me muriera, sino porque me asustó que mi mente fuera capaz de sumirse en las tinieblas. Eso me sacó del colapso mental y me devolvió al mundo real, o a lo más parecido que mi mente podía gestionar. Me cambié la camiseta y juré no volver a pisar la habitación de Hardin. Empecé a buscar departamentos que estuvieran dentro de mi presupuesto y cerca de Vance y cursos online en la WCU. Me gusta demasiado ir a clase como para estudiar a distancia, así que al final rechacé la idea, pero encontré un par de departamentos interesantes.

El octavo día sonreí un instante pero todo el mundo lo vio. Fue el día en que volví a tomar mi taza de café y mi dona de siempre al llegar a la editorial. Me sentaron bien y volví por más. Vi a Trevor. Me dijo que estaba preciosa, a pesar de que llevaba la ropa arrugada y tenía la mirada perdida. Fue el día del cambio, el primer día que sólo dediqué la mitad de mi tiempo a desear que las cosas hubiesen sido de otra manera entre Hardin y yo. Oí a Ken y a Karen hablar de que el cumpleaños de Hardin estaba a la vuelta de la esquina y, para mi sorpresa, sólo sentí una pequeña punzada en el pecho al oír su nombre.

Y hoy se cumplen nueve días.

—¡Estoy abajo! —me dice Landon a través de la puerta de «mi» habitación.

Nadie ha dicho nada de que me vaya ni de adónde iré. Les estoy muy agradecida, pero sé que si me quedo aquí acabaré siendo una molestia. Landon me asegura que puedo quedarme todo el tiempo que necesite, y Karen me recuerda varias veces al día lo mucho que disfruta con mi compañía. Sin embargo, son la familia de Hardin. Quiero seguir adelante, decidir dónde voy a vivir. Ya no tengo miedo.

No puedo, me niego, a pasar un solo día más llorando por un mentiroso tatuado que ya ni siquiera me quiere.

Bajo y Landon está en la cocina comiéndose un *bagel*. Un poco de queso crema le cuelga de la comisura del labio y saca la lengua para recuperarlo.

—Buenos días. —Me sonríe masticando con glotonería.

—Buenos días —repito, y me sirvo un vaso de agua.

Se me queda mirando.

—¿Qué?

—Nada..., es que... estás estupenda —dice.

—Muchas gracias. He decidido bañarme y resucitar de entre los muertos —bromeo y me sonríe despacio, como si no estuviera muy convencido de mi condición mental—. Estoy bien, de verdad —le aseguro mientras él se termina el *bagel* de un bocado.

Decido poner uno a tostar para mí e intento no pensar que Landon me está mirando como si fuera un animal del zoo.

—Cuando quieras, nos vamos —le digo al terminar de desayunar.

—¡Hoy estás guapísima, Tessa! —exclama Karen en cuanto entra en la cocina.

—Gracias. —Le sonrío.

Es el primer día en que me he molestado en arreglarme. Los últimos ocho, mi aspecto distaba mucho de mi pulcritud habitual. Hoy me siento yo misma. Mi nuevo yo. Mi yo «después de Hardin». El noveno día es mi día.

—Ese vestido es muy favorecedor —dice Karen con admiración.

Es el amarillo que me regaló Trish por Navidad. Sienta muy bien y es muy informal. No voy a cometer otra vez el error de intentar ir a clase con tacones, hoy me pongo las Toms. Me he recogido la mitad del pelo con pasadores y unos pocos chinos me caen sobre la frente. El maquillaje es sutil pero creo que me queda bien. Me picaban un poco los ojos cuando me he puesto el delineador marrón... El hecho de maquillarme no estaba en mi lista de prioridades mientras me hundía en la miseria.

—Muchas gracias. —Vuelvo a sonreír.

—Que tengas un buen día —me desea Karen con una sonrisa. Se ve contenta, y sorprendida, de que haya vuelto al mundo.

Así es como debe de ser tener una madre cariñosa, alguien que te manda a clase con una amable palabra de aliento. Todo lo contrario que la mía.

Mi madre... Llevo días ignorando sus llamadas. Es la última persona con la que quiero hablar, pero ahora que puedo respirar sin desear arrancarme el corazón del pecho, creo que quiero llamarla.

—Tessa, ¿vendrás con nosotros a la cena del domingo en casa de Christian? —me pregunta Karen en el momento en que me dispongo a salir.

—¿El domingo?

—La cena para celebrar que se mudan a Seattle. —Me lo dice como si tuviera que saber de qué me está hablando—. Kimberly me dijo que te lo había comentado. Aunque, si no deseas ir, lo entenderán —me consuela.

—No, no. Quiero ir. Iré con ustedes. —Sonrío.

Estoy lista. Puedo salir, estar con gente sin desmoronarme. Mi subconsciente está mudo por primera vez en nueve días. Le doy las gracias antes de seguir a Landon al exterior.

El tiempo refleja mi estado de ánimo: soleado y cálido para estar en enero.

—¿Tú también vas a ir el domingo? —le pregunto cuando estamos en el coche.

—No, me voy esta noche, ¿no te acuerdas? —me contesta.

—¿Qué?

Me mira con la frente como un acordeón.

—Me voy a pasar el fin de semana a Nueva York. Dakota se va a mudar al nuevo departamento. Te lo dije hace un par de días.

—Perdona, debería haberte prestado más atención en vez de pensar sólo en mí misma —repongo.

Es increíble lo egoísta que he sido, ni siquiera lo oí cuando me contó que Dakota se mudaba ya a Nueva York.

—No pasa nada. Sólo te lo mencioné de pasada. No quería restregártelo por la cara ahora que estás... Bueno, ya sabes...

—¿Hecha una zombi? —termino la frase por él.

—Sí, una zombi aterradora —bromea, y sonrío por quinta vez en nueve días. Es agradable.

—¿Cuándo vuelves? —le pregunto.

—El lunes de madrugada. Me perderé religión, pero iré a todas las demás clases.

—Qué emocionante. Nueva York debe de ser maravilloso.

Me encantaría escapar, salir de aquí una temporada.

—Me preocupaba irme y dejarte aquí —me dice Landon entonces, y me siento muy culpable.

—¡No! Ya hiciste demasiado por mí. Es hora de que me ponga las pilas. No quiero que tengas que volver a plantearte dejar de hacer algo por mí. Perdona que te haya hecho sentir así —le digo.

—Es culpa de Hardin, no tuya —me recuerda, y asiento.

Me pongo los auriculares y Landon sonríe.

En religión, el profesor Soto escoge el tema del dolor. Por un momento me da la impresión de que lo ha hecho a propósito, para torturarme, pero cuando empiezo a escribir sobre cómo el dolor puede hacer que la gente se refugie o reniegue de su fe y de Dios le agradezco la tortura. Lo que escribo en el diario habla de cómo puede cambiarte el dolor, cómo puede hacerte mucho más fuerte y que, al final, tampoco te hace falta tener tanta fe. Lo único que necesitas es a ti mismo. Tienes que ser fuerte y no permitir que el dolor te obligue a nada ni te impida hacer nada.

Vuelvo a la cafetería a reponer fuerzas antes de ir a yoga. De camino a clase, paso junto a la Facultad de Ciencias Medioambientales y pienso en Zed. Me pregunto si estará en clase. Imagino que sí, pero no sé qué horario tiene.

Entro sin pensarlo dos veces. Falta un rato para que empiece la clase de yoga y está a menos de cinco minutos de aquí.

El vestíbulo es enorme. Como imaginaba, unos árboles gigantescos ocupan casi todo el espacio. El techo es de paneles de cristal y es casi invisible.

—¿Tessa?

Me vuelvo y ahí está Zed. Lleva puesta una bata blanca y se ha echado hacia atrás los lentes de laboratorio de tal modo que le aplastan el pelo.

—Hola... —lo saludo.

Sonríe.

—¿Qué haces aquí? ¿Has cambiado de especialidad?

Adoro cómo esconde la lengua detrás de los dientes cuando sonríe, siempre me ha gustado.

—La verdad es que te estaba buscando.

—¿Ah, sí?

Lo he dejado boquiabierto.

CAPÍTULO 80

Hardin

Nueve días.

Llevo nueve días sin hablar con Tessa. Creía que me sería imposible vivir uno solo sin hablar con ella y ya llevo nueve. Aunque me han parecido mil, y cada hora que pasa es peor que la anterior.

Cuando se fue del departamento esa noche la estuve esperando. Esperé y esperé a volver a oírla entrar por la puerta, esperé que volviera y me cosiera a gritos. Pero no volvió. Me senté en el suelo a esperar. Esperé y esperé. Y no volvió.

Me bebí toda la cerveza que tenía en el refrigerador y luego arrojé las botellas contra la pared. Cuando me desperté a la mañana siguiente todavía no había vuelto. Hice la maleta y decidí tomar el primer avión que saliera de Washington. Si Tessa tenía intención de volver, lo habría hecho esa misma noche. Necesitaba largarme y respirar un poco. Con el aliento apestando a alcohol y la camiseta blanca llena de manchas, me fui al aeropuerto. No telefoneé a mi madre antes de llegar. No importó porque siempre está en casa.

«Si Tessa me llama antes de que me suba al avión, volveré. Y, si no, ella se lo pierde», me decía a mí mismo. Le he dado la oportunidad de volver conmigo. Es lo que hace siempre, da igual lo que yo le haga. ¿Por qué iba a ser diferente esta vez? Si encima no he hecho nada; le mentí, pero era una mentirita de nada y ella es una exagerada.

El que debería estar enojado soy yo. Trajo a Zed a mi maldita casa. Y, encima, el maldito Landon se presenta como si fuera el increíble Hulk y me estampa contra la pared. Pero ¿qué chingados?, de verdad.

Esta situación es una mierda de las gordas y no es culpa mía. Bueno, puede que sí, pero tendrá que volver a mí arrastrándose y no a la inversa. La quiero, pero no estoy dispuesto a dar el primer paso.

El primer día lo dediqué a dormir la borrachera en el avión. Las azafatas y los cabrones trajeados me miraban mal, pero me importaba un comino. No significan nada para mí. Tomé un taxi a casa de mi madre y casi estrangulo al conductor. ¿Cómo se atreve a estafarme así por un recorrido de quince kilómetros?

Mi madre se quedó de piedra pero se alegró de verme. Lloró un par de minutos pero dejó de hacerlo en cuanto apareció Mike. Por lo visto, han empezado a llevar las cosas de mi madre a su casa y ella tiene pensado vender la suya. No me supone ningún problema porque detesto la casa. Está llena de recuerdos del borracho inconsciente de mi padre.

Es agradable poder pensar esas cosas sin la influencia de Tessa. Si ella estuviera aquí, me sentiría un poco culpable por ser maleducado con mi madre y su novio.

Por suerte, no está aquí.

El segundo día fue agotador. Me pasé la tarde oyendo a mi madre hablar sobre sus planes para el verano y evitando responderle cuando me preguntaba por qué había vuelto a casa. Le repetí que, si quisiera hablarlo, ya lo habría hecho. He venido a estar tranquilo, y lo único que he conseguido es que no paren de molestarme. A las ocho me instalé en la cervecería que hay al final de la calle. Una chica buenísima de cabello negro con los ojos del mismo color que los de Tessa me sonrió y me invitó a una copa. La rechacé casi con educación; creo que fui tan amable por el color de sus ojos. Cuanto más los miraba, más distintos me parecían de los de Tessa. Los de esta chica estaban apagados y carentes de vida. Los ojos de Tessa son del gris más fascinante del mundo. Si uno no se fija bien, parecen azules. Tiene unos ojos muy bonitos. «¿Qué chingados hago en una cervecería pensando en globos oculares? —me dije de pronto—. Mierda...»

Vi la cara de decepción de mi madre cuando entré tambaleándome por la puerta a las dos de la madrugada pero hice lo posible por ignorarla y musité una disculpa de mierda antes de obligarme a subir la escalera.

Empezó el tercer día. Tessa me venía a la cabeza cuando menos lo esperaba. Mientras veía a mi madre lavar los platos me acordaba de Tessa, que siempre está cargando el lavaplatos porque no soporta ver uno solo en el lavadero.

—Nos vamos a la feria, ¿quieres venir? —me preguntó mi madre.

—No.

—Hardin, por favor, has venido de visita y apenas me has dicho dos palabras o has pasado cinco minutos conmigo —replicó ella.

—No, mamá.

—Sé por qué has venido —repuso con ternura.

Dejé la taza encima de la mesa de golpe y me fui de la cocina.

Sabía que adivinaría que estaba huyendo de algo, escondiéndome de la realidad. No sé qué clase de realidad me espera sin Tessa, pero no me siento preparado para lidiar con la mierda, ¿por qué tiene que darme lata? Si Tessa no quiere estar conmigo, que chingue su madre. No la necesito. Estoy mejor solo, que es lo que siempre había querido.

Al cabo de pocos segundos sonó mi celular pero ignoré la llamada en cuanto vi el nombre de Tessa en la pantalla. «¿Para qué me llama? —me dije—. Para decirme que me odia o que quite su nombre del contrato de la renta, seguro.»

«Mierda, Hardin, ¿por qué lo has hecho?», me lamenté después una y otra vez. No tenía una buena respuesta.

El cuarto día empezó de la peor forma posible.

—¡Hardin, sube a tu cuarto! —me ruega.

No, no, no. Otra vez no. Uno de los hombres le cruza la cara de una cachetada y ella mira la escalera. Sus ojos encuentran los míos y grito. Tessa.

—¡Hardin! ¡Hardin, despierta! ¡Despierta, por favor! —oí que gritaba mi madre entonces mientras me agarraba por los hombros hasta que abrí los ojos.

—¿Dónde está? ¿Dónde está Tess? —balbuceé bañado en sudor.

—No está aquí, Hardin.

—Pero la estaban...

Tardé un momento en despertarme del todo y en darme cuenta de que sólo era una pesadilla. La misma pesadilla de toda la vida, sólo que esta vez era mucho peor. En vez de a mi madre, veía a Tessa.

—Ya, ya está... Ya ha pasado todo. Sólo fue un mal sueño. —Mi madre lloraba e intentaba abrazarme, pero la aparté con suavidad.

—No, estoy bien —le aseguré, y le dije que me dejara en paz.

Me pasé la noche en vela intentando borrar la imagen de mi cabeza pero me resultó imposible.

El cuarto día continuó igual de mal que había empezado. Mi madre me ignoró durante la mayor parte del tiempo. Creía que eso era lo que quería, pero resultó que entonces me sentí... solo. Comencé a extrañar a Tessa. No dejaba de volverme para hablar con ella, de esperar a que dijera algo que me hiciera sonreír. Quería llamarla y estuve a punto de pulsar el botón verde un millón de veces, pero no lo hice. No puedo darle lo que quiere, y eso para ella es inaceptable. Esto es lo mejor. Me pasé la tarde mirando cuánto me costaría traer mis cosas de vuelta a Inglaterra. Acabaré viviendo aquí, así que no pierdo nada por adelantarlo.

No habría funcionado. Siempre supe que lo nuestro no iba a durar. Era imposible. No hay manera de que pudiéramos estar juntos para siempre. Ella es demasiado buena para mí y lo sé. Todo el mundo lo sabe. Veo cómo la gente se vuelve para mirarnos cuando salimos, y sé que se preguntan qué hace una chica tan guapa con alguien como yo.

Permanecí durante horas mirando la pantalla del celular mientras bebía media botella de whisky antes de apagar las luces y quedarme dormido. Me pareció que el teléfono vibraba sobre la mesita de noche, pero estaba demasiado borracho para incorporarme y contestar. La pesadilla se repitió. Esta vez era el camisón de Tessa el que estaba empapado de sangre y ella me gritaba que me fuera, que la dejara en ese sillón.

El quinto día me despertó la luz roja del celular, que indicaba que había vuelto a perder una de sus llamadas, sólo que esta vez no lo había hecho a propósito. El quinto día fue cuando vi su nombre en la pantalla y luego una foto suya tras otra. ¿Cuándo se las tomé? No me había dado cuenta de la cantidad de fotos que le tomé sin que se diera cuenta.

Mientras miraba las fotos me acordaba de su voz. Nunca me ha gustado el acento americano, me aburre mortalmente y me parece molesto, pero la voz de Tessa es perfecta. Su acento es perfecto, y podría pasarme el día oyéndola hablar. ¿Volveré a oír su voz?

«Ésta es mi favorita», pensé por lo menos diez veces mientras miraba las fotos. Al final me decidí por una en la que está acostada boca abajo en la cama, con las piernas cruzadas en el aire y el pelo suelto recogido hacia un lado. Tiene la barbilla apoyada en una mano y la boca entreabierta mientras devora las palabras que aparecen en la pantalla de su libro electrónico. Le tomé la foto el instante en que me atrapó mirándola, en el momento justo en que esa sonrisa, la sonrisa más maravillosa del mundo, apareció en su cara. Parecía muy contenta de verme. ¿Siempre... siempre me ha mirado con esos ojos?

Ese día, el quinto día, fue cuando empecé a sentir la opresión en el pecho. Un recordatorio constante de lo que había hecho y de lo que seguramente había perdido. Debería haberla llamado ese día mientras miraba sus fotos. ¿Estará ella mirando fotos mías? Que yo sepa, sólo tiene una, y de repente desearía haber dejado que me tomara más. El quinto día fue cuando arrojé el celular contra la pared con la esperanza de hacerlo estallar, pero sólo conseguí rajarle la pantalla. El quinto día fue cuando empecé a desear desesperadamente que me llamara porque entonces todo iría bien, todo iría bien. Los dos pediríamos perdón y yo volvería a casa. Si me llamara ella, no me sentiría culpable por volver a su vida. Me pregunté si Tess se estaría sintiendo igual que yo. ¿También se le hacía más duro cada día? ¿También le costaba más respirar cada segundo que pasaba sin mí?

Ese día empecé a perder el hambre. No quería comer. Extrañaba sus platillos, incluso las comidas sencillas que preparaba para mí. Carajo, extrañaba hasta verla comer. Extrañaba cada maldito detalle de esa chica desesperante de dulce mirada. El quinto día fue cuando me desmoroné. Lloré como un niño y ni siquiera me sentí mal por haberlo hecho. Lloré y lloré. No podía parar. Lo intenté desesperadamente pero no me la quitaba de la cabeza. No me dejaba en paz, se me aparecía una y otra vez, me decía que me quería y me abrazaba y, cuando comprendía que sólo era fruto de mi imaginación, me soltaba a llorar otra vez.

El sexto día me desperté con los ojos rojos e hinchados. No me podía creer el llanto de la noche anterior. La opresión en el pecho era mucho peor y apenas podía abrir los ojos. ¿Por qué fui tan pendejo? ¿Por qué seguí tratándola como a una mierda? Es la primera persona que de verdad me ha visto, que sabe cómo soy por dentro, cómo soy de verdad, y yo la traté como a una mierda. La culpé a ella de todo cuando en realidad todo era culpa mía. Siempre ha sido mía, siempre, incluso cuando parecía que no estaba haciendo nada malo. Era grosero con ella cuando intentaba hablar conmigo. Le gritaba cuando me atrapaba haciendo una de las mías. Y le mentía sin parar. Me lo ha perdonado siempre todo. Siempre podía contar con eso y tal vez por eso la trataba así, porque sabía que podía. El sexto día aplasté el celular bajo mis pies. Pasé medio día sin comer. Mi madre me preparó avena pero, cuando intenté obligarme a comer, casi vomito. Llevaba sin bañarme desde el tercer día y estaba hecho un asco. Traté de escuchar las cosas que mi madre quería que le trajera de la tienda, pero no entendía nada. Sólo podía pensar en Tessa y en su necesidad de ir a Conner's al menos cinco días a la semana.

Una vez Tessa me dijo que yo la había destrozado. Ahora, sentado aquí, mientras intento concentrarme, mientras trato de respirar, sé que se equivocaba. Ella me ha destrozado a mí. Se me ha metido muy adentro y me ha jodido la vida. He tardado años en levantar los muros, toda la vida, la verdad, y va ella y los echa abajo y me deja rodeado de escombros.

—Hardin, ¿me has oído? Te hice una lista, por si acaso —dijo mi madre poniéndome en la mano el papel de colores.

—Sí. —Mi voz era apenas un susurro.

—¿Seguro que puedes ir?

—Sí, seguro. —Me levanté y me metí la lista en los pantalones sucios.

—Anoche te oí, Hardin. Si necesitas...

—Basta, mamá. No insistas. —Casi me atraganto. Tenía la boca seca y me dolía la garganta.

—Está bien. —Sus ojos estaban tristes.

Salí de casa y fui a la tienda que está al final de la calle.

La lista se componía de unos pocos artículos, pero no habría recordado uno solo sin mirar el papel. Conseguí tomarlo todo: pan, mermelada, café en grano y algo de fruta. Me rugía el estómago vacío al ver comida en los estantes. Agarré una manzana y me obligué a comérmela. Sabía a carbón y notaba cómo los pequeños pedazos caían en el fondo de mi estómago mientras le pagaba a la anciana de la caja.

Salí de la tienda justo cuando empezaba a nevar. La nieve también me recordó a Tessa. Todo me recordaba a Tessa. Me dolía la cabeza, un dolor que se negaba a desaparecer. Me masajeé las sienes con la mano libre y crucé la calle.

—¿Hardin? ¿Hardin Scott? —oí entonces que me llamaba una voz desde el otro lado de la calle.

Imposible.

—¿Eres tú? —volvió a preguntar.

«Natalie.»

No podía estar pasando, pensaba mientras se acercaba a mí cargada con un montón de bolsas de las compras.

—Eh... Hola —fue todo cuanto conseguí decir.

La cabeza me iba a cien y me sudaban las manos.

—Creía que te habías ido a vivir fuera.

Le brillaban los ojos, no eran los ojos sin vida que yo recordaba de cuando me suplicaba llorando que la dejara quedarse en mi casa porque no tenía adónde ir.

—Sí... Vine de visita —le dije, y ella dejó las bolsas en la banqueta.

—Qué bien —repuso con una sonrisa.

¿Cómo podía sonreírme después de lo que le había hecho?

—Sí... ¿Cómo estás? —me obligué a preguntarle a la chica a la que le destrocé la vida.

—Bien, muy bien —dijo muy contenta mientras se pasaba las manos por la barriga abultada.

«¿Y esa barriga? Ay, no. No, un momento...» Las fechas no cuadraban. Por un instante, me llevé un buen susto.

—¿Estás embarazada? —le pregunté, esperando que así fuera porque, de lo contrario, acababa de insultarla.

—De seis meses. ¡Y comprometida! —Volvió a sonreír y me mostró su pequeña mano para que viera el anillo de oro.

—Oh, vaya.

—Sí, es curioso cómo son las cosas, ¿no te parece? —Se metió un mechón de pelo detrás de la oreja y me miró a los ojos, rodeados de sendos anillos violeta por la falta de sueño.

Su voz era tan dulce que me hacía sentir mil veces peor. No podía dejar de recordar su cara cuando nos sorprendió a todos viéndola en la pequeña pantalla. Se puso a gritar, a gritar a pleno pulmón, y se fue. No fui detrás de ella, claro está. Sólo me reí de ella, me reí de su dolor y de su humillación.

—Lo siento muchísimo —le dije.

Fue raro, extraño y necesario. Esperaba que me insultara, que me dijera que era un pendejo, incluso que me pegara.

Lo que no me esperaba era que me abrazara y me dijera que me perdonaba.

—¿Cómo puedes perdonarme? Fui un cabrón y te arruiné la vida —le dije con los ojos escocidos.

—No, no lo hiciste. Al principio, sí, pero al final todo salió bien —repuso, y estuve a punto de vomitar en su suéter verde.

—¿Qué?

—Después de que..., ya sabes... No tenía adónde ir. Encontré una iglesia, una iglesia nueva porque de la mía me expulsaron, y allí conocí a Elijah. —Se le iluminó la cara sólo con decir su nombre—. Y aquí estamos pocos años después, comprometidos y esperando un bebé. Todo sucede por una razón, supongo, aunque suene un poco cursi... —añadió riendo.

Su risa me recordó que siempre fue una chica muy dulce. Sólo que a mí no me importó una mierda y su bondad la convertía en una presa fácil.

—Un poco —repuse—, pero me alegro mucho de que hayas encontrado a alguien. He pensado en ti últimamente..., ya sabes..., en lo que te hice, y me sentía muy mal. Sé que ahora eres feliz, pero eso no disculpa lo que te hice. Hasta que conocí a Tessa no... —Tuve que cerrar el hocico.

Una pequeña sonrisa se le dibujó en los labios.

—¿Tessa?

A punto estuve de desmayarme de dolor.

—Es... es... —tartamudeé.

—¿Qué? ¿Tu esposa? —Las palabras de Natalie metieron el dedo en la llaga y buscó con la mirada un anillo en mis dedos.

—No, era... era mi novia.

—Vaya, ¿ahora tienes relaciones? —dijo medio en broma. Notaba mi dolor, seguro.

—No... Sólo con ella.

—Ya veo. Y ¿ya no es tu novia?

—No. —Me llevé los dedos al *piercing* del labio.

—Lamento mucho oírlo. Espero que al final todo te vaya igual de bien que me ha ido a mí —repuso.

—Gracias. Enhorabuena por el compromiso y... por el bebé —le dije muy incómodo.

—¡Gracias! Esperamos poder casarnos este verano.

—¿Tan pronto?

—Bueno, llevamos dos años prometidos —dijo entre risas.

—Vaya.

—Fue todo muy rápido —explicó.

Me sentí como un pendejo mientras lo decía, pero aun así le pregunté:

—¿No son un poco jóvenes?

Natalie sonrió.

—Tengo casi veintiún años, y esperar no tiene sentido. He tenido la suerte de encontrar a la persona con la que quiero pasar el resto de mi vida muy joven. ¿Por qué perder el tiempo cuando sé qué es lo que quiero? Es un honor que quiera hacerme su mujer, no existe mayor demostración de amor que ésa.

Mientras me lo explicaba, oía la voz de Tessa en mi cabeza repitiendo esas mismas palabras.

—Supongo que tienes razón —le dije, y ella sonrió.

—¡Mira, ahí está! Debo irme. Estoy helada y embarazada, no es una buena combinación.

Con una sonrisa, recogió las bolsas de la banqueta y saludó a un hombre vestido con un suéter y unos caquis. La sonrisa de él al ver a su prometida embarazada era tan deslumbrante que juraría que parecía como si el sol hubiera salido en toda la gris y triste Inglaterra.

El séptimo día fue muy largo. Todos los días se me han hecho largos. No dejaba de pensar en Natalie y en su perdón, que no podría haber llegado en mejor momento. Sí, yo daba lástima y ella lo sabía, pero estaba feliz y enamorada. Y embarazada. Después de todo, no le destrocé la vida como yo creía.

Gracias a Dios.

Me pasé el séptimo día en la cama. No podía ni subir las persianas. Mi madre y Mike tenían planes y me quedé solo en casa, sumido en mi desgracia. Cada día era peor que el anterior. Pensaba constantemente en qué estaría haciendo Tessa y con quién. ¿Estaría llorando? ¿Se sentiría sola? ¿Habría vuelto a nuestro departamento a buscarme? ¿Por qué no me había llamado?

Éste no es el dolor del que hablan las novelas. No es sólo un dolor mental, es físico. Me duele el alma, es como si algo me estuviera descuartizando desde dentro y no creo que pueda soportarlo. Nadie podría soportarlo.

Así es como Tessa debe de sentirse cada vez que le hago daño. No me puedo imaginar su frágil cuerpo soportando esta clase de dolor, pero por lo visto es más fuerte de lo que parece. Ha de serlo para aguantarme. Su madre me dijo una vez que si de verdad Tessa me importaba, debía dejarla en paz, porque yo iba a terminar por hacerle daño.

Tenía razón. Debería haberla dejado en paz cuando me lo dijo. Debería haberla dejado en paz el primer día que entró en la habitación de la residencia. Me prometí a mí mismo que antes muerto que volver a hacerle daño... Y aquí estamos. Esto es la muerte; es peor que la muerte. Y mucho más doloroso. Debe de serlo.

El octavo día me la pasé tomando. No podía parar. Después de cada trago rezaba para que su cara desapareciera de mi mente, pero no había manera.

«No puedes seguir así, Hardin. No puedes. No puedes. De verdad que no puedes seguir así.»

—Hardin... —*La voz de Tessa me da escalofríos*—. *Cariño...* —*dice.*

Cuando la miro está sentada en el sillón de mi madre, con una sonrisa en los labios y un libro en las piernas.

—*Ven aquí, por favor* —*lloriquea cuando la puerta se abre y entra un grupo de hombres.*

«*No.*»

—*Ahí está* —*dice el tipo bajito que me tortura en sueños todas las noches.*

—*¿Hardin?* —*Tessa se pone a llorar.*

—*¡Aléjense de ella!* —*les advierto a medida que la acorralan. No parece que me oigan.*

Le rasgan el camisón y la tiran al suelo. Unas manos sucias y arrugadas suben y bajan por sus muslos y ella me llama entre sollozos.

—*Por favor... Hardin, ayúdame.* —*Me mira pero estoy petrificado.*

No puedo moverme y no puedo ayudarla. Me obligo a mirar mientras le pegan y la violan hasta que está tirada en el suelo, en silencio y cubierta de sangre.

Mi madre no me despertó. Nadie lo hizo. Tenía que verlo acabar, hasta el final, y cuando desperté la realidad era mucho peor que cualquier pesadilla.

Hoy es el noveno día.

—¿Te has enterado de que Christian Vance se traslada a Seattle? —me pregunta mi madre mientras aparto el tazón de cereales que tengo delante.

—Sí.

—Qué emocionante, ¿verdad? Una nueva sucursal en Seattle.

—Supongo.

—Va a celebrarlo con una cena el domingo y cree que te gustaría asistir.

—¿Cómo lo sabes? —le pregunto.

—Porque me lo dijo. Hablamos de vez en cuando. —Se sirve una segunda taza de café.

—¿Por qué?

—Porque podemos. Acábate el desayuno —me regaña como si fuera un niño, pero no tengo fuerzas para contestarle como se merece.

—No quiero ir —le digo, y me obligo a llevarme la cuchara a la boca.

—Es probable que no vuelvas a verlo en una temporada.

—¿Y? Tampoco es que ahora nos veamos a diario.

Me mira como si tuviera algo más que decir pero se reprime.

—¿Tienes una aspirina? —le pregunto.

Asiente y se va a buscarlas.

No quiero ir a una ridícula cena de despedida para celebrar que Christian y Kimberly se mudan a Seattle. Estoy harto de que todo el mundo hable siempre de Seattle, y sé que Tessa irá a esa cena. El dolor que me produce la idea de verla me aplasta y por poco me tira de la silla. Tengo que alejarme de ella, se lo debo. Si puedo quedarme aquí unos cuantos días más, o unas semanas, ambos podremos seguir con nuestras vidas. Ella encontrará a alguien como el prometido de Natalie, alguien mucho mejor para ella que yo.

—Creo que deberías ir —repite mi madre mientras me trago la aspirina, aunque sé que no va a servir de nada.

—No puedo ir, mamá..., aunque quisiera. Tendría que salir de aquí a primera hora de la mañana y no estoy listo para irme.

—Quieres decir que no estás listo para enfrentar lo que dejaste —repone.

No puedo soportarlo más. Hundo la cara entre las manos y dejo que el dolor se adueñe de todo, que me ahogue. Le doy la bienvenida y espero que me mate.

—Hardin... —La voz de mi madre es dulce y reconfortante, y me abraza y tiemblo contra su pecho.

CAPÍTULO 81

Tessa

La siento en el mismo momento en que Karen se va a llevar a Landon al aeropuerto. Siento la soledad que me acecha, pero tengo que ignorarla. Debo hacerlo. Sola estoy bien. Bajo a la cocina porque mi estómago se niega a dejar de rugir y me recuerda que estoy hambrienta.

Ken está rasgando el papel de aluminio de un panquecito con cobertura azul.

—Hola, Tessa. —Sonríe y le da un mordisco—. ¿Quieres uno?

Mi abuela solía decir que los panquecitos eran alimento para el alma, y eso es justamente lo que necesito.

—Gracias. —Sonrío antes de pegarle un lametón a la cobertura.

—Dáselas a Karen.

—Lo haré.

Este panquecito está para morirse. Puede que sea porque llevo nueve días casi sin comer, o puede que sea porque realmente los panquecitos son buenos para el alma.

Cuando el brillo del dulce se apaga, siento que el dolor sigue ahí, constante como el latir de mi corazón. Sin embargo, ya no me supera, ya no me hunde.

Ken me sorprende al decir:

—Se hará más fácil con el tiempo y encontrarás a alguien capaz de querer a otra persona y no sólo a sí mismo.

Se me revuelve el estómago con el repentino cambio de tema. No quiero mirar atrás, quiero seguir adelante.

—Yo traté muy mal a la madre de Hardin y lo sé —prosigue—. A veces desaparecía durante días, le mentía, bebía hasta que no me tenía de pie. Si no hubiera sido por Christian, no sé si Trish y mi hijo habrían sobrevivido...

Al oír eso, me acuerdo de lo mucho que me enojé con Ken cuando me enteré del origen de las pesadillas de Hardin. Recuerdo que quería golpearlo por permitir que le hicieran eso a su hijo. Sus palabras remueven la furia que le tenía guardada y aprieto los puños.

—Nunca podré hacer retroceder el tiempo ni compensarla por lo ocurrido por más que quiera y por más que lo intente —añade—. No era bueno para ella y lo sabía. Ella era demasiado buena para mí, era consciente, todo el mundo lo era. Ahora tiene a Mike, que sé que la tratará como se merece. También hay un Mike para ti en alguna parte, estoy convencido de ello —dice mirándome como un padre—. Mi hijo tendrá suerte si consigue encontrar a su Karen más adelante, cuando madure y deje de luchar contra todo y contra todos.

Cuando dice lo de Hardin y «su Karen», trago saliva y miro a otra parte. No quiero imaginarme a Hardin con nadie más. Es demasiado pronto. Le deseo lo mejor, de verdad; no quiero que se pase la vida solo. Espero que encuentre a alguien a quien quiera tanto como Ken quiere a Karen para que tenga una segunda oportunidad y pueda amar a alguien más de lo que me quiso a mí.

—Eso espero —digo al fin.

—Lamento que no te haya contactado —repone Ken en voz baja.

—No pasa nada... Dejé de esperar hace días.

—En fin —dice con un suspiro—. Será mejor que me vaya a mi oficina. Tengo unas cuantas llamadas pendientes.

Me alegro de que se vaya a trabajar. No quiero seguir hablando de Hardin.

Me estaciono delante del edificio donde vive Zed y veo que me está esperando fuera con un cigarro detrás de la oreja.

—¿Fumas? —le pregunto arrugando la nariz.

Parece perplejo cuando sube a mi diminuto coche.

—Sí. Bueno, a veces. Llevaba un tiempo sin hacerlo, pero he encontrado a este pequeñín en mi habitación.

—No sólo estás pensando en fumar, sino que estás pensando en fumarte un cigarro antiguo.

—Eso es. ¿No te gusta el tabaco?

—Para nada. Pero, eh, si quieres fumar, adelante. Aunque no puedes hacerlo en mi coche.

Presiona uno de los pequeños botones de la puerta. Con la ventanilla bajada, se saca el cigarro de detrás de la oreja y lo tira a la calle.

—Entonces no fumo. —Sonríe y sube la ventanilla.

Por mucho que deteste el tabaco, he de admitir que el cigarro le quedaba muy bien con el pelo casi de punta, los lentes de sol y la chamarra de cuero.

CAPÍTULO 82

Hardin

—Aquí tienes —dice mi madre entrando en mi antigua habitación.

Me tiende una pequeña taza de porcelana y me incorporo en la cama.

—¿Qué es? —pregunto con la voz ronca.

—Leche caliente con miel —dice cuando le doy un sorbo—. ¿Te acuerdas de que te la preparaba de pequeño siempre que te enfermabas?

—Sí.

—Tessa te perdonará, Hardin —me dice, y cierro los ojos.

Por fin he pasado de llorar a moco tendido a estar medio atontado y sin lágrimas. No siento nada.

—No lo creo...

—Te perdonará. He visto cómo te mira. Te ha perdonado cosas peores.

Me peina la maraña enredada y me la aparta de la frente. Por una vez, no hago una mueca.

—Ya lo sé —digo—, pero esta vez es distinto, mamá. He arruinado todo lo que hemos pasado meses construyendo.

—Te quiere.

—No puedo seguir de este modo, no puedo. No puedo ser lo que ella quiere. Siempre lo arruino todo. Soy así y siempre lo seré, el tipo que lo echa a perder todo.

—Eso no es verdad, y sé que eres justo lo que ella quiere.

La taza tiembla en mi mano y está a punto de caerse.

—Sé que sólo quieres ayudar pero, mamá..., déjalo, por favor.

—Y ¿qué vas a hacer? ¿Vas a perderla y seguir adelante con tu vida?

Dejo la taza y el plato sobre la mesita antes de contestar. Suspiro.

—No, no podría seguir con mi vida aunque quisiera. Pero ella tiene que hacerlo. Debo dejarla ir antes de causarle más daño.

Tengo que dejar que acabe como Natalie. Feliz…, feliz después de todo lo que le hice. Feliz con alguien como Elijah.

—Está bien, Hardin. No sé qué más decirte para convencerte de que seas un hombre y le pidas perdón —me espeta.

—Vete, por favor —le ruego.

—Eso voy a hacer, pero sólo porque tengo fe en que al final harás lo correcto y lucharás por ella.

En cuanto sale del cuarto y cierra la puerta tras de sí, estrello la taza y el pequeño plato contra la pared.

CAPÍTULO 83

Tessa

Comemos en un pequeño centro comercial de las afueras y volvemos a casa de Zed. Pasamos junto al campus, me armo de valor y le pregunto lo que siempre he querido preguntarle:

—Zed, ¿qué crees que habría pasado si tú hubieras ganado la apuesta?

Es evidente que lo he sorprendido. Se mira las manos un momento antes de contestar.

—No lo sé —dice finalmente—, aunque que le he dado vueltas.

—¿Ah, sí? —Lo miro y sus ojos color caramelo encuentran los míos.

—Pues claro.

—¿Y bien?

Me meto un mechón rebelde detrás de la oreja, esperando su respuesta.

—Pues... —empieza—. Sé que te lo habría contado antes de dejar que las cosas se salieran de control. Siempre quise hacerlo. Quería contártelo cada vez que los veía juntos. —Traga saliva—. Quiero que te quede claro.

—Lo sé —digo en un susurro.

Continúa:

—Quiero pensar que me habrías perdonado porque te lo habría contado antes de que ocurriera nada y habríamos salido un par de veces, como tiene que ser: habríamos ido al cine o algo así y la habríamos pasado bien. Te habrías reído y te habrías divertido y yo no me habría aprovechado de ti. Y me gusta pensar que te habrías enamorado de mí igual que te enamoraste de él, y que cuando llegara el momento perfecto, habríamos... y no se lo habría contado a nadie. No le habría dado a nadie un solo detalle. Demonios, habría dejado de verlos porque querría estar contigo a todas horas, haciéndote reír como sueles hacerlo cuando crees que algo es muy gracioso... Es distinto de tu risa normal. Así es como sé cuándo te hago reír de verdad y cuándo estás fingiendo por educación. —Sonríe y se me acelera el pulso—. Te habría valorado y no te habría mentido. No me habría burlado de ti a tus espaldas ni te habría insultado. Me habría importado un comino mi reputación y... y... creo que habríamos sido felices. Habrías sido feliz en todo momento, no sólo a veces. Quiero pensar que...

No lo dejo acabar porque lo tomo del cuello de la chamarra y acerco los labios a los suyos.

CAPÍTULO 84

Tessa

Zed me acaricia la mejilla y se me eriza el vello de la nuca. Me jala del brazo para acercarme más a él. Me golpeo la rodilla con el volante mientras me siento sobre sus piernas y me maldigo por haber estado a punto de estropear el momento, pero él no parece darse cuenta y me abraza y me estrecha contra su pecho. Le echo las manos al cuello y nuestras bocas se mueven en perfecta sincronía.

Sus labios son un país extranjero para mí; no son como los de Hardin. Su lengua se mueve de otra manera, no acaricia la mía y no me muerde el labio inferior entre beso y beso.

«No los compares, Tessa. Lo necesitas. Tienes que dejar de pensar en él. Seguro que ya está en la cama con cualquiera, puede que con Molly.» Si está con Molly...

«Habrías sido feliz en todo momento, no sólo a veces.»

Sé que Zed tiene toda la razón. Me habría ido mucho mejor con él. Me lo merezco. Merezco ser feliz. Ya he sufrido bastante y he tenido que tragar suficiente mierda con Hardin para que ni siquiera se haya molestado en llamarme y hablarlo conmigo. Sólo alguien muy débil volvería corriendo con alguien que la ha pisoteado una y otra vez. No puedo ser así, tengo que ser fuerte y seguir adelante. O por lo menos intentarlo.

Me siento mejor ahora, en este momento, de lo que me he sentido en los últimos nueve días. Nueve días no parecen tanto tiempo hasta que te los pasas contando cada segundo, esperando agónicamente lo que no va a pasar. Entre los brazos de Zed puedo respirar al fin, puedo ver la luz al final del túnel.

Zed siempre me ha tratado bien y siempre ha estado ahí. Ojalá me hubiera enamorado de él y no de Hardin.

—Carajo, Tessa... —gime, y lo jalo del pelo.

Lo beso con más intensidad.

—Espera... —masculla en mi boca, y me aparto lentamente—. ¿Qué pasa aquí? —Me mira a los ojos.

—No... No lo sé... —Me tiembla la voz y estoy sin aliento.

—Yo tampoco...

—Perdona... Es que estoy un poco inestable y he pasado por mucho, y lo que me has dicho ha hecho que... No sé... No debería haberlo hecho. —Miro hacia otra parte y me bajo de su regazo, de vuelta al asiento del conductor.

—No tienes por qué disculparte... Sólo es que no quiero que te hagas una idea equivocada, ¿sabes? Únicamente quiero saber qué significa esto para ti —me dice.

«¿Qué significa para mí?»

—No tengo respuesta para eso, aún no. Yo...

—Eso creía —dice con un ligero matiz de enojo.

—Es que no sé...

—No pasa nada, lo entiendo. Sigues enamorada de él.

—Sólo han pasado nueve días, Zed. No puedo evitarlo. —No sé cómo me las arreglo, pero no hago más que complicarlo todo, y cada problema es más grande que el anterior.

—Lo sé. No te estoy diciendo que dejes de quererlo ni que vayas a dejar de hacerlo. Sólo es que no quiero ser el plato de segunda mesa. Acabo de empezar a salir con alguien. No había salido con nadie desde que te conocí, hasta que apareció Rebecca. Pero luego, cuando te llevé a tu casa y vi cómo reaccionaste cuando te dije que estaba saliendo con alguien, empecé a pensar... Sé que soy un idiota, pero empecé a pensar que no querías que diera vuelta a la página o algo así.

Aparto la vista de su hermoso rostro y miro por la ventanilla.

—No eres plato de segunda mesa... —digo—. Deseaba besarte. Sólo que no sé muy bien ni lo que pienso ni lo que hago. Nada tiene sentido desde hace nueve días, y cuando te he besado ha sido increíble y he dejado de pensar en él. He sentido que podía hacerlo, que podía olvidarlo, pero sé que no es justo que te utilice de este modo. Estoy confundida y he perdido la razón. Perdona que te haya forzado a serle infiel a tu novia, no era ésa mi intención. Sólo es que...

—No espero que lo olvides tan pronto. Sé hasta qué punto te tiene en sus garras...

No sabe cuánto.

—Dime una cosa —dice luego, y yo asiento—. Dime que al menos intentarás permitirte ser feliz. No te ha llamado ni una vez. Te ha hecho pasar un calvario y ni siquiera está intentando luchar por ti. Si fuera yo, pelearía por ti. Para empezar, nunca te habría dejado ir. —Extiende el brazo y me mete un mechón perdido detrás de la oreja—. Tessa, no necesito una respuesta inmediata. Sólo necesito saber que estás lista para intentar ser feliz. Sé que no estás preparada para una relación conmigo, pero puede que algún día lo estés.

La cabeza me da vueltas, el corazón se me va a salir del pecho y me duele al mismo tiempo, y es como si me faltara el aire. Quiero decirle que lo intentaré pero no me salen las palabras. La media sonrisa de Hardin por las mañanas cuando por fin consigo que se levante después de haberse pasado un rato protestando por la alarma de mi celular. La voz soñolienta con la que pronuncia mi nombre. El modo en que intenta que me quede en la cama con él hasta que tengo que salir corriendo muerta de la risa de la habitación. El café, que le gusta sin leche y sin azúcar, igual que a mí. El hecho de que lo quiero más que a nada en el mundo y cómo desearía que fuera distinto. Ojalá pudiera ser exactamente igual pero distinto. No tiene sentido, ni para mí ni para nadie, pero así son las cosas.

Ojalá no lo quisiera como lo quiero. Ojalá no hubiera hecho que me enamorara de él.

—Lo entiendo. No pasa nada —dice Zed, y se esfuerza por sonreír pero fracasa estrepitosamente.

—Lo siento... —aseguro, y de verdad que no sabe cuánto.

Se baja del coche, cierra la puerta y vuelvo a sentirme sola.

—¡Mierda! —grito y golpeo el volante con las manos, cosa que también me recuerda a Hardin.

CAPÍTULO 85

Hardin

Me despierto bañado en sudor otra vez. Se me había olvidado lo horrible que es despertarse así casi todas las noches. Creía que las noches en vela eran cosa del pasado, pero ahora vuelven a torturarme.

Miro el reloj: las seis de la mañana. Necesito dormir, dormir de verdad. Dormir sin interrupciones. La necesito a ella, necesito a Tess. Tal vez, si cierro los ojos y finjo que está aquí conmigo, consiga volver a dormirme...

Cierro los párpados y trato de imaginar que estoy acostado boca arriba y ella tiene la cabeza apoyada en mi pecho. Intento recordar el perfume a vainilla de su pelo, su respiración lenta cuando duerme. Por un momento casi puedo sentirla, su suave piel contra mi pecho desnudo... Es oficial: me estoy volviendo loco.

«Mierda.»

Mañana estaré mejor. Seguro. Llevo pensando eso... diez días. Si pudiera volver a verla sólo una vez, seguro que no sería tan malo. Sólo una vez. Si pudiera volver a verla sonreír, podría soportar haberla dejado ir. ¿Estará mañana en la cena de Christian? Parece probable...

Miro el techo e intento imaginarme qué se pondrá para la cena. ¿Se pondrá el vestido blanco que sabe que tanto me gusta? ¿Se enchinará el pelo y se lo recogerá a un lado o se hará una cola de caballo? ¿Se maquillará? La verdad es que no le hace ninguna falta.

«Maldita sea.»

Me incorporo y me levanto de la cama. No voy a poder volver a dormirme. Bajo la escalera y veo que Mike está sentado en la cocina leyendo el periódico.

—Buenos días, Hardin —me saluda.

—Hola —mascullo, y me sirvo una taza de café.

—Tu madre está durmiendo.

—Ya lo suponía... —Pongo los ojos en blanco.

—Está muy contenta de tenerte aquí.

—Si, ajá. Me he portado fatal desde que llegué.

—Eso es verdad. Pero se alegró de que te abrieras a ella. Siempre estaba muy preocupada por ti... Hasta que conoció a Tessa. Entonces dejó de preocuparse tanto.

—Pues imagino que tendrá que volver a preocuparse —suspiro.

¿Por qué está intentando mantener una conversación a corazón abierto conmigo a las seis de la mañana?

—Quería hablar contigo —dice entonces, y se vuelve hacia mí.

—¿Y bien?... —replico mirándolo de reojo.

—Hardin, quiero a tu madre y tengo intención de casarme con ella.

Escupo el café de vuelta a la taza.

—¿Quieres casarte con ella? ¿Estás loco?

Levanta una ceja.

—No veo qué tiene de locura que quiera casarme con ella.

—No lo sé... Ya ha estado casada... y tú eres nuestro vecino..., su vecino.

—Puedo cuidar de ella como se merece, como deberían haber cuidado de ella toda la vida. Si no lo apruebas, lo siento mucho, pero pensé que debía informarte de que, llegado el momento adecuado, voy a pedirle que pase el resto de su vida conmigo de manera oficial.

No sé qué decirle a este hombre que ha vivido en la casa de al lado toda mi vida. Un hombre al que nunca he visto enojado, ni una sola vez. La quiere, se nota, pero ahora mismo se me hace muy raro.

—Está bien —asiento.

—Está bien —repite, y mira detrás de mí.

Mi madre entra en la cocina en bata y despeinada.

—¿Qué haces despierto tan temprano, Hardin? ¿Vas a volver a casa? —pregunta.

—No podía dormir, y ésta es mi casa —le digo, y me tomo otro trago de café.

Ésta es mi casa.

—Ya... —Sonríe medio dormida.

CAPÍTULO 86

Tessa

Me estoy hundiendo otra vez. Los recuerdos que compartí con Hardin son como piedras atadas a mis pies que intentan arrastrarme bajo el agua.

Abro las ventanillas, necesito aire. Zed es muy dulce conmigo, es amable y comprensivo. Ha aguantado mucho por mí y siempre lo he despreciado. Si pudiera dejar de comportarme como una idiota, podría intentarlo con él. Ahora mismo no me imagino en una relación, ni ahora ni en un futuro inmediato. Pero tal vez con el tiempo... No quiero que Zed rompa con Rebecca por mi culpa cuando ni siquiera puedo darle una respuesta, o una pista sobre mi futuro.

Manejo de vuelta a casa de Landon más confundida que nunca.

Si pudiera hablar con Hardin, verlo una vez más, al menos podría zanjar el asunto. Si pudiera oírlo decir que no le importo, si fuera cruel conmigo por última vez, entonces podría darle a Zed una oportunidad. Podría darme a mí misma una oportunidad.

Antes de darme cuenta, tomo el celular y pulso el botón que llevo evitando tocar desde el cuarto día. Si me ignora, daré vuelta a la página. Si no lo contesta, la ruptura será oficial. Si me dice que lo siente y que podemos arreglarlo... No. Dejo el teléfono en el asiento. He llegado demasiado lejos como para volver a llamarlo, para volver a humillarme.

Pero tengo que saberlo.

Salta el contestador.

—Hardin... —las palabras salen de mi boca a borbotones—. Hardin, soy Tessa. Yo... necesito hablar contigo. Estoy en el coche, y estoy muy confundida... —Rompo a llorar—. ¿Por qué no lo has intentado siquiera? Dejaste que me fuera sin más y aquí estoy, llamándote y llorándole a tu buzón de voz. Necesito saber qué nos ha pasado. ¿Por qué esta vez ha sido distinto? ¿Por qué no seguimos peleando hasta solucio-

narlo? ¿Por qué no has luchado por mí? Merezco ser feliz, Hardin...
—sollozo, y cuelgo.

¿Por qué lo he hecho? ¿Por qué me he rendido y lo he llamado? Soy
una imbécil. Seguro que se morirá de risa cuando escuche el mensaje.
Seguro que se lo pone a la chica a la que se esté cogiendo y los dos se
doblarán de la risa. Me meto en un estacionamiento desierto para ordenar mis ideas, no quiero tener otro accidente.

Miro el celular y respiro hondo para dejar de llorar. Han pasado
veinte minutos y no me ha devuelto la llamada. Ni siquiera me ha escrito un mensaje.

¿Por qué estoy en un estacionamiento vacío a las diez de la noche,
esperando a que me llame? Llevo nueve días luchando conmigo misma
para ser fuerte, y sin embargo aquí estoy, hecha pedazos otra vez. No
puedo consentirlo. Saco el coche del estacionamiento y vuelvo al departamento de Zed. Es evidente que Hardin está muy ocupado y no
tiene tiempo para mí, pero Zed está aquí, es sincero y siempre acude
cuando lo necesito. Dejo el coche junto a su camioneta y respiro hondo. Tengo que pensar en mí y en lo que yo quiero.

Subo corriendo la escalera y, cuando llego delante de la puerta del
departamento de Zed, siento que estoy en paz conmigo misma.

Golpeo la puerta y espero impaciente a que me abra. ¿Y si es demasiado tarde y no me abre? Me lo tengo merecido, supongo. No debería
haberlo besado con todo lo que está pasando.

Abre la puerta y se me corta la respiración. Zed sólo lleva unos pantalones cortos de deporte; tiene el torso tatuado al descubierto.

—¿Tessa? —Está boquiabierto. No me esperaba.

—No... No sé qué puedo ofrecerte, pero quiero intentarlo —le
digo.

Se pasa la mano por el pelo negro y respira hondo. Va a rechazar-
me, lo sé.

—Perdona, no debería haber venido... —digo. No puedo soportar
que él también me rechace.

Doy media vuelta y empiezo a bajar los escalones de dos en dos hasta que Zed me agarra del brazo y me mira a los ojos.

No dice nada, sólo me toma de la mano y me conduce de vuelta a su
departamento.

Está tranquilo y callado. Es muy comprensivo. Nos sentamos en el sillón, uno en cada extremo. Es totalmente distinto de Hardin. No quiero hablar y lo respeta. No puedo explicarle mis actos, no me lo reprocha. Y cuando le digo que no me siento cómoda durmiendo en la misma cama que él, me trae la cobija más suave del mundo y una almohada que está más o menos limpia y las deja en el sillón.

A la mañana siguiente, cuando me despierto, me duele horriblemente el cuello. El sillón de Zed está viejo y no es nada cómodo, pero he dormido bastante bien teniendo en cuenta las circunstancias.

—Hola —me saluda cuando entra en la sala.

—Hola. —Sonrío.

—¿Has dormido bien? —me pregunta.

Zed se portó de maravilla anoche. Ni siquiera parpadeó cuando le dije que quería dormir en el sillón. Me escuchó cuando le hablé de Hardin y de cómo se había ido todo al diablo. Me contó lo mucho que le importa Rebecca, pero que ahora no está seguro porque nunca ha dejado de pensar en mí, ni siquiera después de conocerla. La primera hora me sentí culpable y no hice más que llorar, pero a medida que avanzaba la noche las lágrimas se fueron transformando en sonrisas y después en carcajadas. Para cuando decidimos irnos a dormir, me dolía la panza de tanto reír porque habíamos estado compartiendo recuerdos chistosos de la infancia.

Son casi las dos y creo que nunca había dormido hasta tan tarde, pero eso es lo que pasa cuando uno se queda despierto hasta las siete de la mañana.

—Sí —respondo—, ¿y tú?

Me levanto y doblo la cobija. Recuerdo que me arropó con ella mientras me quedaba dormida.

—Igual.

Sonríe y se sienta en el sillón. Lleva el pelo húmedo y brillante, como si acabara de salir de bañarse.

—¿Dónde la dejo? —le pregunto.

—Donde quieras. No tenías que doblarla. —Se dobla de la risa.

Me acuerdo del ropero del departamento y de cómo Hardin mete las cosas sin ningún cuidado sólo para hacerme enfurecer.

—¿Qué planes tienes para hoy? —le pregunto.

—Fui a trabajar esta mañana. Nada más.

—Y ¿ya regresaste?

—Sí. Empiezo a las nueve y salgo a mediodía. —Sonríe—. Hoy lo único que hice fue arreglar mi camioneta.

Se me había olvidado que Zed trabaja de mecánico. No sé gran cosa de él, excepto que tiene mucha energía, porque sólo ha dormido dos horas antes de irse a trabajar.

—¿Eres un prodigio de las ciencias medioambientales de día y un príncipe de la grasa de camión de noche? —bromeo, y entonces Zed se echa a reír.

—Algo así. ¿Tú qué planes tienes?

—No lo sé. Tengo que ir a comprarme un vestido para la cena en casa de mi jefe mañana por la noche.

Por un momento pienso que podría pedirle que fuera mi acompañante, pero no es buena idea. Nunca sería capaz: todo el mundo se sentiría incómodo, yo la primera.

Zed y yo hemos llegado a un acuerdo. No vamos a forzar las cosas. Vamos a pasar tiempo juntos y ver qué pasa. No va a presionarme para que olvide a Hardin; los dos sabemos que necesito más tiempo antes de empezar a plantearme salir con nadie. Tengo mucho que pensar, para empezar, dónde voy a vivir.

—¿Quieres que te acompañe? O podríamos ir al cine cuando acabes... —pregunta nervioso.

—Sí, las dos cosas suenan bien. —Sonrío, y miro el celular.

No hay llamadas perdidas, ni mensajes de texto, ni mensajes en el buzón de voz.

Zed y yo acabamos pidiendo una pizza y haraganeando en su departamento hasta que vuelvo a casa de Landon a darme un baño. Por el camino paso por el centro comercial antes de la hora de cierre y encuentro el vestido rojo perfecto, con el escote cuadrado y el bajo justo por encima de la rodilla. No es ni demasiado conservador ni demasiado atrevido.

Para cuando vuelvo a casa de Landon, hay una nota en la barra de la cocina, junto a un plato lleno de comida que me ha guardado Karen. Ken y ella han ido al cine y volverán pronto, dice el papel.

Qué alivio estar sola, aunque cuando están tampoco me entero porque la casa es enorme. Me baño y me pongo la pijama. Luego me meto en la cama y me obligo a dormir.

Mis sueños son un estira y afloja entre un chico de ojos verdes y un chico de ojos de color caramelo.

CAPÍTULO 87

Tessa

Once días. Han pasado once días desde la última vez que supe de Hardin, y no ha sido nada fácil.

Sin embargo, la compañía de Zed ha sido de gran ayuda.

Hoy es la cena en casa de Christian, y he estado todo el día temiendo que ver las caras de siempre me recuerde a Hardin y que de un plumazo se desmoronen los muros que he levantado. Basta una pequeña grieta para que deje de estar protegida.

Finalmente, cuando es la hora de salir, respiro profundamente e inspecciono mi aspecto una vez más en el espejo. Me he peinado como siempre: con el pelo suelto y chinos suaves, pero el maquillaje es más oscuro que de costumbre. Me pongo la pulsera que Hardin me regaló en la muñeca; aunque sé que no debería llevarla, me siento desnuda sin ella. Se ha convertido en una parte tan importante de mí... El vestido me sienta aún mejor que ayer, y me alegro de haber recuperado los kilos que perdí en los primeros días de ayuno.

«*I just want it back the way it was before. And I just want to see you back at my front door...*» («Sólo quiero que vuelva a ser como antes. Sólo quiero volver a verte en mi puerta...»), suena la música mientras tomo la cartera de mano. En el siguiente compás, me quito los auriculares y los meto.

Me reúno con Karen y Ken abajo, los dos van muy elegantes. Ella lleva un vestido largo con un estampado azul y blanco y él traje y corbata.

—Están muy bien —le digo a Karen, y se pone colorada.

—Gracias, cielo, tú también —responde sonriéndome de oreja a oreja.

Es muy dulce. Cuando tenga que dejarlos voy a extrañarlos muchísimo.

—Estaba pensando que esta semana podríamos trabajar un rato en el invernadero. ¿Qué te parece? —me pregunta mientras caminamos hacia el coche.

Mis tacones repiquetean sobre el concreto del garaje.

—Me encantaría —le contesto, y me subo al asiento trasero de su Volvo.

—Esto va a ser muy divertido. Hacía tiempo que no íbamos a una fiesta como ésta. —Karen toma la mano de Ken y se la pone en el regazo mientras él maniobra para sacar el coche.

No envidio lo mucho que se quieren; me recuerdan que las personas pueden ser buenas y cariñosas.

—Landon llegará muy tarde de Nueva York. Lo recogeré a las dos de la madrugada —dice Karen con entusiasmo.

—Qué ganas tengo de verlo —contesto.

Y es cierto... He extrañado a mi mejor amigo, sus sabias palabras y su cálida sonrisa.

La casa de Christian Vance es tal cual la imaginaba. De un estilo muy moderno, con la estructura casi transparente. Parece que sólo las vigas y los cristales la sujetan a la colina. En el interior, cada elemento de la decoración está pensado para combinarse orgánicamente en un conjunto perfecto. Es impresionante, y me recuerda a un museo en el sentido de que nada de lo que contiene ha sido tocado antes.

Kimberly nos saluda en la puerta principal.

—Muchísimas gracias por venir —dice, y me da un abrazo.

—Gracias a ti por invitarnos. —Ken le estrecha la mano a Christian—. Enhorabuena por la mudanza.

Me quedo sin aliento al ver el agua a través de las ventanas de atrás. Ahora entiendo por qué casi toda la estructura es de cristal: la casa se asienta junto a un gran lago. El agua en el exterior parece no tener fin, y la puesta de sol, que se refleja en el lago, es tan apabullante que me ciega. El hecho de que la casa esté sobre una colina y que el jardín haga pendiente te hace creer que estás flotando sobre las aguas.

—Ya está aquí todo el mundo. —Kimberly nos lleva a la sala, que, como el resto de la casa, es perfecta.

En realidad no es mi estilo, me gusta más una decoración clásica, pero la casa de Vance es realmente exquisita. Dos largas mesas rectangulares llenan el espacio, decoradas con flores de colores y pequeños recipientes con velas flotando en su interior junto a cada uno de los asientos. Elegante y colorido, parece sacado de una revista. Kimberly ha organizado una maravillosa fiesta.

Trevor se sienta a la mesa más cercana a la ventana, junto con otras caras que me resultan familiares de la oficina, incluyendo a Crystal, del departamento de ventas, y su futuro marido. Smith está dos sitios más abajo, enfrascado en un videojuego en el celular.

—Estás preciosa. —Trevor me sonríe y se levanta para saludar a Ken y a Karen.

—Gracias. ¿Qué tal? —pregunto.

Su corbata es exactamente del mismo azul que sus ojos, que brillan radiantes.

—¡Genial! Preparado para la gran mudanza.

—¡Me imagino! —contesto, pero lo que realmente pienso es: «Ojalá yo también pudiera trasladarme a Seattle...».

—Trevor, me da gusto verte. —Ken le estrecha la mano y yo bajo la vista cuando noto un ligero jalón en mi vestido.

—Hola, Smith, ¿cómo estás? —pregunto al pequeño de brillantes ojos verdes.

—Bien. —Se encoge de hombros. Entonces, en voz baja, pregunta—: ¿Dónde está tu Hardin?

No sé qué decirle, y su forma de llamarlo «mi Hardin» remueve algo en mi interior. Los muros de piedra están empezando a resquebrajarse y todavía no hace ni diez minutos que estoy aquí.

—Está... —empiezo a decir—, no está aquí ahora mismo.

—Pero va a venir, ¿no?

—No, lo siento. No creo que venga, cariño.

—Ah.

Es una mentira terrible, y cualquiera que conozca a Hardin lo sabría, pero le digo al pequeño:

—Me dijo que te mandaba saludos —y le revuelvo un poco el pelo. Por culpa de Hardin, he tenido que engañar a un niño pequeño. Estupendo.

Smith sonríe poco convencido y se sienta otra vez a la mesa.

—Está bien. Me gusta tu Hardin.

«A mí también —quiero decirle—, pero no es mío.»

Durante los siguientes quince minutos, llegan veinte invitados más y Christian enciende su sistema de sonido ultramoderno. Con sólo apretar un botón, una suave melodía de piano inunda la estancia. Jóvenes meseros uniformados desfilan alrededor de las mesas con charolas de canapés y yo elijo uno que parece un pedazo de pan cubierto de jitomate y salsa.

—La oficina de Seattle es maravillosa, deberían verla —nos dice Christian a un pequeño grupo de invitados—. Está casi encima del agua, es el doble de grande que la de aquí. No puedo creer que por fin me esté expandiendo.

Trato de parecer interesada mientras un mesero me ofrece una copa de vino blanco. En verdad sí me interesa, sólo es que estoy distraída. Me distrae oír hablar de Hardin y la idea de Seattle. Me quedo mirando el agua y me imagino a Hardin y a mí mudándonos a vivir juntos a un departamento en medio del ajetreo de una nueva ciudad, un sitio nuevo, con gente nueva. Haríamos nuevos amigos y comenzaríamos una nueva vida juntos. Hardin trabajaría otra vez para Vance y alardearía día y noche de que gana más dinero que yo, y tendría que pelearme con él para que me permitiera pagar la factura de la luz.

—¿Tessa?

La voz de Trevor me saca de mis ensoñaciones.

—Perdona... —tartamudeo, y me doy cuenta de que nos hemos quedado aparte y que está acabando, o comenzando, una historia que no sabía que estaba contándome.

—Como te decía, mi departamento está cerca del nuevo edificio, en pleno centro... Deberías ver las vistas. —Sonríe—. Seattle es maravilloso, especialmente de noche.

Sonrío y asiento. Seguro que lo es. Seguro, segurísimo, que lo es.

CAPÍTULO 88

Hardin

«¿Qué chingados estoy haciendo?»

No paro de dar vueltas de un lado para otro. Ha sido una idea muy mala.

Le doy una patada a una piedra y la mando al otro lado de la entrada de vehículos. ¿Qué espero? ¿Que corra a mis brazos y se olvide de todas las mamadas que le he hecho? ¿De repente va a creer que no me acosté con Carly?

Miro hacia la impresionante casa de Vance. Probablemente Tessa ni siquiera haya llegado todavía, y voy a quedar como un idiota que se presenta sin haber sido invitado. De hecho, voy a quedar como un pendejo haga lo que haga. Debería largarme y punto final.

Además, esta camisa pica un chingo y odio tener que ir disfrazado. Pero bueno, sólo es una camisa negra.

Al ver el coche de mi padre, me acerco y miro el interior. En el asiento de atrás está la espantosa bolsa de mano que Tessa se reserva para las ocasiones especiales.

Ha venido y está dentro. Siento mariposas en el estómago vacío de pensar que voy a verla, a tenerla cerca. Y ¿qué le digo? Ni idea. Tengo que explicarle que he estado en el infierno desde que me fui a Inglaterra y que la necesito, la necesito más que a nada. Tengo que decirle que soy un cabrón y que no puedo creer que arruinara la única cosa buena que tenía en la vida. Ella. Ella lo es todo para mí, siempre lo será. Simplemente entraré y la sacaré afuera para que podamos hablar. Estoy nervioso, estoy como un maldito flan.

Voy a vomitar. No. Pero si tuviera comida en el estómago, seguro que lo haría. Sé que mi aspecto deja bastante que desear, me pregunto si el suyo también. Bueno, eso es del todo imposible, pero ¿a ella le habrá sido tan duro como lo ha sido para mí?

Finalmente me planto en la puerta principal... y me vuelvo. Odio estar con gente y he contado como quince coches estacionados. Todo el mundo me mirará y pareceré un maldito loco, que es justo lo que soy.

Antes de que me convenza de lo contrario, me vuelvo de nuevo y toco el timbre.

Esto va por Tessa. «Va por ella», me digo en el momento en que Kim abre la puerta y me sonríe sorprendida.

—¿Hardin? No sabía que ibas a venir —dice.

Puedo ver que intenta por todos los medios ser amable, pero la noto enojada, probablemente porque quiere proteger a Tessa.

—Pues sí, yo tampoco —contesto.

Después, una nueva emoción: compasión. Se filtra a través de sus ojos cuando repara en mi aspecto, que puede que sea incluso peor de lo que yo me figuraba, dado que he venido aquí directamente desde el aeropuerto.

—Oye, pasa adentro, hace mucho frío —me ofrece, y me acompaña al interior.

Por un instante me quedo boquiabierto por la maldita obra de arte que ha hecho Vance con su casa. No parece que nadie viva aquí. Es original y muy chida, pero prefiero algo más clásico, no tanto arte moderno.

—Estamos a punto de empezar a cenar —me dice Kimberly mientras caminamos hacia una sala comedor con las paredes de cristal.

Y entonces la veo.

El corazón deja de latirme y siento una opresión tan fuerte en el pecho que casi me asfixio. Parece estar escuchando una historia que alguien le está contando, mientras sonríe y se pasa la mano por la frente para arreglarse el pelo. El reflejo de la puesta de sol detrás de ella la hace resplandecer, y no puedo moverme.

Oigo su risa y por primera vez en once días noto que puedo respirar. La he extrañado y está tan guapa como siempre. Con ese vestido rojo y la luz del sol sobre su piel y esa sonrisa... ¿Cómo es que está tan feliz y tan sonriente?

¿No debería estar hecha una mierda y llorando a moco tendido? Sonríe otra vez y finalmente mis ojos alcanzan a ver con quién está hablando, quién la está haciendo olvidarse de mí.

«Maldito Trevor.» Odio a muerte a ese cabrón. Me dan ganas de acercarme y tirarlo por la ventana. Nadie podría impedírmelo. ¿Por qué chingados está siempre revoloteando cerca de Tessa? Es un marica remilgado y me lo voy a chingar.

No. Tengo que tranquilizarme. Si le parto la cara, Tessa no volverá a dirigirme la palabra.

Cierro los ojos unos segundos y reflexiono. Si me muestro tranquilo me escuchará, saldremos de aquí y nos iremos a casa. Le suplicaré que me perdone y ella me dirá que todavía me quiere y haremos el amor y todo irá bien.

Continúo mirándola. Parece animada, está empezando a contar una anécdota. Mientras habla, gesticula con la mano con la que no sujeta la copa de vino y sonríe. Se me acelera el corazón cuando veo que lleva puesta mi pulsera. ¡Aún la lleva! Aún la lleva. Es una buena señal. Tiene que serlo.

El cabrón de Trevor la observa con intenciones, con una expresión de adoración que me pone mal. Parece un perrito faldero y ella está encantada.

¿Le había dado vuelta a la página? ¿Con él?

Eso me mataría..., pero no puedo culparla. No le he devuelto las llamadas. Ni siquiera me he molestado en comprarme otro celular. Probablemente piense que no me importa, que he seguido con mi vida.

Mi mente regresa a esa calle tranquila de Inglaterra, al vientre abultado de Natalie, a la cara de adoración de Elijah al mirar a su prometida. Trevor mira a Tessa de la misma manera.

Trevor es su Elijah. Su segunda oportunidad para tener lo que merece.

Es como un jarro de agua fría. Necesito largarme, necesito salir de aquí y desaparecer de su vida.

Ahora entiendo por qué me tropecé con Natalie. Tenía que ver a la chica a la que le destrocé la vida para no cometer el mismo error con Tessa.

«Tengo que irme. Tengo que salir de aquí antes de que me vea.»

Pero justo en ese momento nuestras miradas se encuentran. Se le borra la sonrisa de la cara y la copa de vino se desliza entre sus dedos y se hace pedazos contra el suelo de madera.

Todo el mundo se vuelve para mirarla pero ella sólo me ve a mí. Desvío la mirada. Trevor la está observando, confuso pero dispuesto a acudir a socorrerla.

Tessa parpadea un par de veces y mira al suelo.

—Lo siento muchísimo —se disculpa muerta de la vergüenza, y se agacha a recoger los cristales rotos.

—¡Tranquila, no pasa nada! Traeré una escoba y papel de cocina —le dice Kimberly, y se apresura a buscarlas.

Necesito salir de aquí ya. Me vuelvo, listo para largarme y casi me caigo encima de un pequeñín. Bajo la vista y ahí está Smith, que me mira inexpresivo.

—Creía que no ibas a venir —dice.

Niego con la cabeza y le revuelvo el pelo.

—Ya me iba.

—¿Por qué?

—Porque no debería estar aquí —le explico, y miro atrás.

Trevor le ha quitado la escoba a Kimberly y está ayudando a Tessa a recoger los cristales y a tirarlos en una bolsa. Debe de haber un simbolismo oculto detrás de todo esto, detrás de que lo esté viendo ayudar a Tessa a recoger los platos rotos. Qué asco de metáforas...

—Yo también quiero irme —protesta Smith.

Lo miro otra vez y asiento.

—¿Te quedas? —pregunta con inocencia, con esperanza.

Miro a Tessa y al niño. Hoy no me resulta tan molesto como antes. Creo que no me quedan fuerzas para enojarme con él.

Entonces una mano me sujeta del hombro.

—Hazle caso —dice Christian, y aprieta un poco—. Al menos, quédate a cenar. Kim no ha reparado en gastos esta noche —añade con una cálida sonrisa.

Miro al lugar donde su novia, vestida con un sencillo vestido negro y armada con un rollo de papel de cocina, se pelea con el desastre que ha armado Tessa gracias a mí. Claro, Tessa no se separa de ella y se disculpa profusamente.

—Bueno —asiento mirando a Christian.

Si sobrevivo a esta cena, puedo sobrevivir a cualquier cosa. Me tragaré el dolor de ver a Tessa tan contenta sin mí. Parecía estar bien antes de verme, y después, su hermoso rostro se ha cubierto de tristeza.

Actuaré igual que ella, como si no me estuviera matando cada vez que pestañea. Si cree que no me importa, podrá seguir adelante y finalmente estar con alguien que la trate tan bien como se merece.

Kimberly termina de recogerlo todo justo en el momento en que uno de los meseros hace sonar una pequeña campana.

—El espectáculo ha terminado. ¡Todos a cenar! —dice con una sonrisa mientras con los brazos gesticula para guiar a los comensales a las mesas.

Yo sigo a Christian y escojo un asiento al azar, sin prestar atención al lugar en el que están Tessa y «su amigo». Juego un rato con los cubiertos, hasta que mi padre y Karen se acercan a saludar.

—No esperaba verte aquí, Hardin —dice él.

Karen se sienta a mi lado.

—Todo el mundo dice lo mismo... —suspiro.

Me prohíbo mirar a Tessa.

—¿Has hablado con ella? —me pregunta Karen de forma casi inaudible.

—No —contesto.

Me quedo mirando el estampado del mantel mientras espero que los meseros sirvan la cena. Pollo. Un montón de pollos enteros que traen en grandes charolas. Los meseros disponen platos y más platos de acompañamientos en fila a lo largo de la mesa. Al final, no puedo evitar levantar la vista para buscarla. Miro a mi izquierda, pero me llevo una sorpresa: está sentada casi enfrente de mí, junto al cabrón de Trevor, claro.

Está ausente, mareando un espárrago en el plato. Sé que no le gustan, pero es demasiado educada como para no comerse lo que le han preparado. Cierra los ojos y se lleva el espárrago a la boca. Casi sonrío al ver que hace lo que puede para que no se note el asco que le da, bebe grandes tragos de agua para que le baje la comida y luego se limpia las comisuras de los labios.

Me atrapa observándola e inmediatamente desvío la mirada. Puedo distinguir el dolor en sus ojos grises. Dolor que yo he causado. Dolor que sólo cesará cuando desaparezca de su vida y pueda seguir adelante sin mí.

Todo lo que no nos hemos dicho flota en el aire entre nosotros..., y entonces ella se centra de nuevo en su plato.

No vuelvo a levantar la vista de la mesa en toda la cena, de la que apenas consigo probar bocado. Ni siquiera miro cuando oigo a Trevor hablarle a Tessa sobre Seattle. Es la primera vez en mi vida que desearía ser otra persona. Daría cualquier cosa por ser Trevor, por ser capaz de hacerla feliz en lugar de hacerle daño.

Ella contesta a sus preguntas escuetamente y sé que respira agradecida cuando Karen comienza a hablar sobre Landon y su novia de toda la vida en Nueva York.

El sonido de un tenedor que golpea una copa resuena en la sala y Christian se levanta y anuncia:

—Les ruego que presten un momento de atención. —Vuelve a hacer sonar la copa con el tenedor. Sonríe y añade—: Será mejor que pare antes de que la rompa —y le dirige a Tessa una mirada de complicidad.

Ella se pone colorada y tengo que sujetarme las manos contra los muslos para quedarme quieto en la silla y no abalanzarme sobre él por haberle sacado los colores. Sé que era una broma, pero es una broma de mal gusto.

—Muchas gracias a todos por haber venido —prosigue Vance—. Significa mucho para mí que todos mis seres queridos estén esta noche con nosotros. Estoy más que orgulloso del trabajo de todas las personas aquí presentes, y es posible que sin ustedes no hubiera podido dar este paso. Son el mejor equipo que podría desear. Quién sabe, tal vez el año que viene estrenemos oficina en Los Ángeles, o incluso en Nueva York, para que pueda volverlos a todos locos de nuevo con la planificación. —Se ríe con sus bromas, pero irradia ambición.

—No adelantes acontecimientos —le dice Kimberly, y le da una palmada en el trasero.

—En especial quiero darte las gracias a ti, Kimberly —añade él cambiando drásticamente el tono—. No sé dónde estaría sin ti. —Todos los presentes se revuelven en sus asientos. Christian toma entonces las manos de Kimberly entre las suyas y se pone delante de ella—. Tras la muerte de Rose vivía sumido en la oscuridad. Los días se sucedían borrosos, idénticos, y pensaba que nunca volvería a ser feliz. No creía que fuera capaz de volver a querer a alguien. Me resigné al hecho de que Smith y yo nos habíamos quedado solos. Y un buen día apareció esta rubia inquieta en mi despacho. Llegaba diez minutos tarde a su entrevista de trabajo y con la mancha de café más escandalosa del mundo en la blusa blanca. Y con eso bastó. Su vitalidad y su energía me cautivaron al instante.

Se vuelve hacia Kimberly.

—Me diste la vida cuando no quedaba nada dentro de mí. Nadie podría nunca reemplazar a Rose y tú lo sabías. Pero no intentaste reemplazarla. Honraste su memoria y me ayudaste a construir una nueva vida. Ojalá te hubiera conocido antes. Me habría ahorrado mucho sufrimiento.

Se ríe un poco, intentando restarle intensidad al momento, pero no lo consigue.

—Te quiero, Kimberly, más que a nada, y me encantaría pasar el resto de mi vida devolviéndote todo lo que me has dado.

A continuación hinca una rodilla en el suelo.

«Pero ¿qué clase de broma es ésta? ¿Es que a todo el mundo le ha dado por casarse o es que el guionista de mi vida se ha vuelto loco?»

—Esto no es una fiesta de despedida. Es una fiesta de compromiso. —Christian sonríe mirando a su amada—. Bueno, si me dices que sí, claro.

Kimberly grita y se echa a llorar. Miro a otra parte cuando acepta a Vance a gritos.

No puedo evitar mirar a Tessa. Se lleva las manos a la cara y se seca las lágrimas. Sé que está haciendo todo lo posible para mostrar lo mucho que se alegra de la dicha de su amiga, para simular que son lágrimas de alegría, pero sé que está fingiendo. Está abrumada, acaba de ver cómo Kimberly escuchaba todo lo que ella deseaba que yo le dijera.

CAPÍTULO 89

Tessa

Me duele el pecho al ver a Christian levantar a Kimberly del suelo en un abrazo de lo más amoroso. Me alegro por ella, de corazón. Sin embargo, por mucho que me alegre por ambos, me resulta muy duro estar aquí viendo cómo alguien consigue lo que yo quería. Sé que no les robaría ni una pizca de felicidad, pero me cuesta mirar cómo él le da un beso en las mejillas y le pone un anillo de diamantes maravilloso en el dedo.

Me levanto y espero que nadie se percate de mi ausencia. Llego a la sala antes de convertirme en un mar de lágrimas. Sabía que iba a pasar, sabía que me iba a desmoronar. Si él no estuviera cerca sería más soportable, pero es demasiado surrealista y doloroso tenerlo aquí.

Está aquí para torturarme, es eso. ¿Qué hace aquí si no? Viene y no me habla. No tiene ni pies ni cabeza: lleva once días evitándome y de repente aparece aquí, como yo me imaginaba. No debería haber venido. Si al menos me hubiera traído el coche, podría largarme ahora mismo... Pero Zed no me recogerá hasta...

Zed.

Zed va a venir a buscarme a las ocho. Miro el reloj de pared. Ya son las siete y media. Como Hardin lo vea, lo va a matar.

O puede que no, puede que le importe un comino.

Encuentro el baño, entro y cierro la puerta. Tardo un momento en darme cuenta de que para encender la luz hay que pulsar un panel táctil que hay en la pared. Esta casa es demasiado moderna para mí.

Ha sido muy humillante que se me haya caído la copa de vino. Hardin parece indiferente, como si no le afectara lo más mínimo mi presencia ni lo raro que se me hace tenerlo cerca. ¿Le habrá sido duro? ¿Se habrá pasado días enteros en la cama sin poder parar de llorar? Yo sí.

No tengo forma de saberlo, pero desde luego no parece que tenga el corazón roto.

«Respira, Tessa. Respira. Olvídate del puñal que llevas clavado en el pecho.»

Me seco los ojos y me miro al espejo. Por suerte, no se me ha corrido el maquillaje y mi pelo sigue perfectamente rizado. Estoy algo sonrojada pero me sienta bien, parece que estoy viva y todo.

Abro la puerta y veo a Trevor apoyado contra la pared con cara de preocupación.

—¿Te encuentras bien? Te has ido a toda prisa. —Da un paso en mi dirección.

—Sí... Necesitaba aire fresco —miento.

Qué mentira más tonta, no tiene sentido buscar aire fresco en un baño.

Por suerte, Trevor es un caballero y no va a dejarme en evidencia. Hardin, en cambio, no lo pensaría dos veces.

—Están sirviendo el postre. ¿Tienes hambre? —dice, y me acompaña de vuelta con los demás.

—La verdad es que no, pero probaré un poco —contesto.

Respiro despacio y noto que me ayuda a calmarme. Estoy pensando en cómo evitar que Zed y Hardin se vean cuando oigo la vocecita de Smith procedente de una de las habitaciones que dejamos atrás.

—¿Cómo lo sabes? —pregunta nada convencido.

—Porque yo lo sé todo —le contesta Hardin.

«¿Hardin? ¿Qué está haciendo el niño?»

Me detengo y despacho a Trevor con un gesto de la mano.

—Trevor, ve tú delante. Yo... voy... voy a hablar con Smith.

Me mira inquisitivo.

—¿Estás segura? Puedo esperarte —se ofrece.

—No, no. Estoy bien —lo despido con educación.

Asiente con la cabeza y sigue andando. Soy libre para poder espiar, aunque sé que es muy feo.

Smith dice algo que no comprendo y Hardin le contesta:

—Ya te lo dije: yo lo sé todo.

Parece tan tranquilo como de costumbre.

Me apoyo en la pared de enfrente y Smith pregunta:

—¿Se va a morir?

—No, hombre. ¿Por qué siempre piensas que todo el mundo se va a morir?

—No lo sé —responde el pequeño.

—Pues no es verdad. No todo el mundo se muere.

—Y ¿quién se muere?

—No todo el mundo.

—Pero ¿quién, Hardin? —insiste Smith.

—La gente, la gente mala, supongo. Y los ancianos. Y los enfermos y, a veces, la gente que está triste.

—¿Como tu chica guapa?

Se me acelera el pulso.

—¡No! Ella no se va a morir. No está triste —dice Hardin, y me tapo la boca con la mano.

—Sí, claro...

—De veras que no. Es feliz y no va a morirse. Y Kimberly tampoco.

—¿Cómo lo sabes?

—Porque, como ya te dije, yo lo sé todo.

Su tono de voz ha cambiado desde que Smith me ha mencionado.

El niño se ríe muy a gusto.

—No es verdad. No lo sabes todo.

—¿Te encuentras mejor o vas a seguir llorando? —le pregunta Hardin.

—No me provoques.

—Perdona. ¿Ya no vas a llorar más?

—No.

—Bien.

—Bien.

—No me hagas burla. Es de mala educación —le dice Hardin.

—Tú eres un maleducado.

—Igual que tú. ¿Estás seguro de que sólo tienes cinco años? —replica Hardin.

Es justo lo que siempre he querido preguntarle a ese niño. Smith es muy maduro para su edad, pero imagino que, con todo lo que ha pasado, es normal.

—Seguro. ¿Jugamos? —le pregunta Smith.

—No.

—¿Por qué?

—¿Por qué haces tantas preguntas? Me recuerdas...

—¿Tessa?

Me sobresalto al oír la voz de Kimberly y estoy a punto de soltar un grito. Me pone la mano en el hombro para tranquilizarme.

—¡Perdona! ¿Has visto a Smith? Ha salido corriendo y Hardin ha ido detrás de él. —Parece algo confusa pero conmovida por el gesto de Hardin.

—No —me apresuro a responder, y huyo por el pasillo para evitar la humillación de que él me atrape espiando. Sé que ha oído a Kimberly llamándome.

Cuando vuelvo a la sala me acerco al pequeño grupo con el que Christian está hablando, le doy las gracias por haberme invitado y lo felicito por su compromiso. Kimberly aparece poco después, la abrazo y me despido también de ella. Luego hago lo propio con Karen y Ken.

Miro el celular: son las ocho menos diez. Hardin está ocupado con Smith y es obvio que no tiene intención de hablar conmigo. Me parece bien. Es justo lo que necesito, no que se disculpe y que me diga que la ha pasado muy mal sin mí. No necesito que me abrace y que me diga que encontraremos la manera de solucionarlo, de arreglar todo lo que ha estropeado. No lo necesito. Tampoco es que vaya a hacerlo, así que sería ridículo que lo necesitara.

Cuando no lo necesito duele menos.

Para cuando llego al final de la entrada de vehículos, estoy helada. Debería haber traído una chamarra. Estamos a mediados de enero y acaba de empezar a nevar. No sé en qué estaría pensando. Espero que Zed no tarde en llegar.

El viento glacial es inmisericorde y me azota el pelo y el cuerpo hasta que empiezo a temblar. Me rodeo el cuerpo con los brazos para intentar conservar el calor.

—¿Tess?

Levanto la vista y por un instante creo que el chico de negro que camina hacia mí es producto de mi imaginación.

—¿Qué haces? —dice Hardin acercándose un poco más.

—Me voy.

—Ah... —Se pasa la mano por la nuca, como hace siempre. No digo nada—. ¿Cómo estás? —me pregunta, y yo no salgo de mi asombro.

—¿Cómo estoy? —inquiero volviéndome hacia él.

Intento mantener la calma y él me mira con cara inescrutable.

—Sí... Quiero decir..., ¿estás bien?

«¿Miento o le digo la verdad?»

—¿Cómo estás tú? —le pregunto, con los dientes castañeteando a causa del frío.

—Yo lo he preguntado primero —contesta.

No me imaginaba así nuestro primer encuentro. No sé muy bien qué creía que iba a pasar, pero seguro que no era esto. Pensaba que me maldeciría y que nos gritaríamos hasta quedar afónicos. No suponía que estaríamos en una salida para vehículos cubierta de nieve, preguntándonos el uno al otro qué tal estamos. Los faroles que cuelgan de los árboles que bordean el sendero hacen que Hardin brille como un ángel. Evidentemente es una ilusión.

—Estoy bien —miento.

Me mira de arriba abajo. Se me encoge el estómago y el corazón se me va a salir del pecho.

—Ya lo veo —dice su voz entre el viento.

—Y ¿tú cómo estás?

Quiero que diga que está muy mal. Pero no lo hace.

—Igual. Bien.

Rápidamente le pregunto:

—¿Por qué no me has llamado? —A ver si así da señales de sentir algo.

—Pues... —Me mira, agacha la cabeza, se mira las manos y se las pasa por el pelo salpicado de copos de nieve—. He estado ocupado.

Su respuesta es el toque de gracia, la maza que derrumba lo que quedaba de mis defensas.

La furia es más fuerte que el dolor aplastante que siento y amenaza con apoderarse de mí en cualquier momento.

—¿«Ocupado»?

—Sí... He estado ocupado.

—Vaya...

—¿Qué quiere decir eso? —pregunta.

—¿Has estado ocupado? ¿Sabes por lo que he pasado estos últimos once días? Han sido infernales y he sentido tal dolor que creía que no iba a ser capaz de soportarlo. He estado esperando... ¡Esperando como una maldita imbécil! —grito.

—¡No tienes ni idea de lo que he estado haciendo! ¡Siempre crees que lo sabes todo pero no te enteras de una mierda! —me grita, y yo camino hacia el final del sendero.

Le va a dar un ataque cuando vea quién viene a recogerme. ¿Dónde demonios está Zed? Ya son las ocho y cinco.

—¡Pues dímelo! Dime qué era más importante que luchar por mí, Hardin. —Me seco las lágrimas y me suplico a mí misma que deje de llorar.

Estoy harta de llorar a todas horas.

CAPÍTULO 90

Hardin

Cuando empieza a llorar se me hace mucho más difícil mantener la cara impenetrable. No sé qué sucedería si le dijera que yo también la he pasado muy mal, que he sentido un dolor que tampoco sabía si iba a ser capaz de resistir. Creo que correría a mis brazos y me diría que no pasa nada. Estaba escuchándome mientras hablaba con Smith, lo sé. Está triste, como ha dicho el mocoso, pero ya me sé el final. Si me perdona, se me ocurrirá otra pendejada con la que hacerle daño. Siempre ha sido así y no sé cómo evitarlo.

La única opción es darle la oportunidad de estar con alguien que le convenga mucho más que yo. Creo que en el fondo quiere a alguien más parecido a ella. Alguien sin *piercings* ni tatuajes. Alguien sin una infancia problemática que no sabe controlar sus emociones. Cree que me quiere, pero un día, cuando le haga algo peor de lo que le he hecho hasta ahora, se arrepentirá de haberme conocido. Cuanto más la veo llorar bajo la nieve, más convencido estoy de que no le convengo.

Yo soy Tom y ella es Daisy. La dulce Daisy. Tom la corrompe y no vuelve a ser la misma. Si le suplico que me perdone, de rodillas, en el suelo nevado, será la Daisy odiosa para siempre, no quedará ni rastro de su inocencia y acabará odiándome y odiándose también a sí misma para siempre. Si Tom hubiera dejado a Daisy la primera vez que ella tuvo dudas, Daisy podría haber disfrutado de la vida con el hombre con quien estaba destinada a estar, un hombre que la habría tratado todo lo bien que ella merecía.

—No es asunto tuyo —le digo, y contemplo cómo mis palabras se le clavan en el alma.

Debería estar dentro con Trevor. O en su pueblo con Noah. No conmigo. No soy Darcy y ella se merece uno. No puedo cambiar por ella. Encontraré la manera de vivir sin ella y ella ha de encontrar el modo de vivir sin mí.

—¿Cómo puedes decir eso? ¿Después de todo lo que hemos pasado juntos, me dejas tirada como una basura y no tienes ni la decencia de darme una explicación? —Llora.

Las luces de unos faros de coche aparecen entonces al final de la calle oscura, enmarcan su silueta y crean nuevas sombras en el suelo.

Quisiera gritarle: «¡Lo estoy haciendo por tu bien!». Pero no lo hago. Me encojo de hombros.

Abre la boca, la cierra y una camioneta se detiene ante nosotros.

Esa camioneta...

—¿Qué hace él aquí? —bramo.

—Recogerme —sentencia Tess con tanta determinación que la noticia me pone de rodillas.

—¿Por qué...? ¿Y el...? ¿Qué chingados...? —Doy vueltas arriba y abajo.

He estado intentando alejarla de mí para que siga adelante con su vida y pueda estar con alguien como ella, no con el maldito Zed. Tenía que ser Zed.

—¿Has... has estado viendo a ese desgraciado? —le digo con mirada asesina. Sé que estoy frenético, pero me importa una mierda.

Dejo atrás a Tessa y me acerco a la camioneta.

—¡Sal del maldito coche! —grito.

Para mi sorpresa, Zed baja del vehículo y deja el motor en marcha. Es un cabrón integral.

—¿Te encuentras bien? —tiene los huevos de preguntarle.

Me coloco ante él.

—¡Lo sabía! ¡Sabía que estabas esperando el momento oportuno para ir por ella! ¿Creías que no me iba a enterar?

La mira y ella lo mira a él.

«Puta madre, estos dos van en serio.»

—¡Déjalo en paz, Hardin! —insiste Tessa.

Y exploto.

Con una mano tomo a Zed por el cuello de la chamarra. Con la otra le atizo en la mandíbula. Tessa grita pero es apenas un susurro que se tragan el viento y mi rabia.

Zed se tambalea y se lleva la mano a la mandíbula, pero rápidamente se estabiliza y viene por mí. Tiene ganas de morir joven.

—¿Creías que no iba a enterarme? ¡Te dije que no te acercaras a ella!

Me abalanzo de nuevo sobre él, pero esta vez bloquea el golpe y se las ingenia para devolverme el gancho en la mandíbula.

La ira se mezcla con la adrenalina que genera mi primera pelea desde hace semanas. Extrañaba la sensación, la energía que corre por mis venas. Qué emoción.

Le atizo en las costillas. Esta vez lo derribo y en cuestión de segundos estoy sentado encima de él, pegándole un puñetazo tras otro. He de reconocer que consigue darme algún golpe, pero no va a poder conmigo.

—Yo estaba allí... Y tú no —me provoca.

—¡Detente, Hardin! ¡Suéltalo! —Tessa me agarra del brazo y, en un acto reflejo, la empujo para que me suelte y la tiro al suelo.

Salgo de mi trance al instante y me vuelvo hacia ella, que retrocede a gatas en la nieve, se pone de pie y extiende los brazos para protegerse de mí.

«Pero ¿qué he hecho?»

—¡No te acerques a ella! —grita Zed a mi espalda.

En un abrir y cerrar de ojos está a su lado. Ella se lo queda mirando fijamente y ni siquiera se molesta en mirarme a mí.

—Tess..., no quería hacerlo. No sabía que eras tú, ¡te lo juro! Sabes que pierdo el control cuando me enojo... Lo siento, yo...

Mira en mi dirección, pero es como si no me viera.

—¿Podemos irnos, por favor? —pregunta con calma, y me da un vuelco el corazón... Hasta que me doy cuenta de que le está hablando a Zed.

«Pero ¿cómo chingados han acabado así?»

—Desde luego.

Zed le pone la chamarra sobre los hombros, le abre la puerta de la camioneta y la ayuda a subir.

—Tessa... —la llamo otra vez, pero hace como que no me oye, se tapa la cara con las manos y solloza tan fuerte que le tiembla todo el cuerpo.

Señalo a Zed con un dedo y lo amenazo:

—Esto no ha acabado.

Asiente, abre la puerta y me mira.

—Yo creo que sí —dice, sonríe satisfecho de sí mismo y sube al vehículo.

CAPÍTULO 91

Tessa

—Siento mucho que te hayas llevado un empujón —dice Zed mientras le lavo el corte de la mejilla con una gasa tibia. No deja de sangrar.

—No ha sido culpa tuya. Siento haberte metido en esto —suspiro, y vuelvo a humedecer la gasa en el lavabo de su casa.

Se ha ofrecido a llevarme de vuelta a casa de Landon en vez de irnos al cine, como habíamos planeado, pero yo no quería volver allí. No quería que Hardin apareciera y armara una escena.

Es probable que esté allí ahora mismo, destrozándoles la casa a Ken y a Karen. Dios, espero que no.

—Tranquila. Sé cómo es. Me alegro de que no te haya hecho daño. Bueno, más daño —suspira Zed.

—Voy a presionar un poco, es posible que te duela —le aviso.

Cierra los ojos y aprieto con la gasa. Es un corte profundo, creo que le va a quedar cicatriz. Espero que no. Tiene una cara demasiado perfecta para una cicatriz como ésta, y no quiero ser la causa de que quede desfigurado.

—Ya está —digo, y sonríe a pesar de que también tiene los labios hinchados.

«¿Cómo es que siempre estoy limpiando heridas?»

—Gracias. —Sonríe de nuevo y yo enjuago la toalla manchada de sangre.

—Te haré llegar la factura —bromeo.

—¿Seguro que estás bien? Te ha tirado con mucha fuerza.

—Sí, me duele un poco, pero estoy bien.

Cuando Hardin me ha seguido al exterior, la noche ha dado un giro a peor. Tenía la sensación de que no le dolía mucho que lo hubiera dejado, pero creía que estaría un poco más afectado. Me ha dicho que había estado ocupado y que por eso no me había llamado. A pesar de que creía que lo nuestro no le importaba tanto como a mí, pensaba que me quería lo suficiente para que se le notara un poco. Sin embargo, se ha comportado como si nada hubiera ocurrido, como si fuéramos amigos hablando del tiempo. Hasta que ha visto a Zed y ha perdido el control. Yo pensaba que al ver a Trevor se encabronaría e intentaría pelearse con él delante de todo el mundo, pero ni se ha inmutado. Ha sido muy raro.

A pesar de que tengo el corazón roto, sé que Hardin nunca me haría daño a propósito. Sin embargo, es la segunda ocasión que ocurre algo así. La primera vez me apresuré a excusar su comportamiento. Fui yo quien lo convenció para que fuera a casa de su padre en Navidad y fue demasiado para él. Esta noche ha sido culpa suya, no sé ni por qué ha venido.

—¿Tienes hambre? —me pregunta Zed.

Salimos de su pequeño baño y vamos a la sala.

—No, ya he cenado en la fiesta —digo. Tengo la voz ronca del vergonzoso llanto que no he podido contener en el trayecto hasta aquí.

—Bueno. No tenemos gran cosa, pero podemos pedir algo si quieres. Avísame si cambias de opinión.

—Gracias —digo.

Zed siempre me trata muy bien.

—Mi compañero de depa llegará dentro de un rato, pero no nos molestará. Lo más probable es que se meta en la cama nada más llegar.

—Siento mucho que haya vuelto a pasar, Zed.

—No te disculpes. Como ya te he dicho, me alegro de haber estado ahí. Hardin se ha enojado mucho al verme.

—Ya estábamos peleándonos antes de que tú llegaras. —Pongo los ojos en blanco y me siento en el sillón con una mueca de dolor—. Claro.

Ahora que se me habían curado las magulladuras y los cortes del accidente de coche..., tengo una nueva colección de moretones regalo de Hardin. La parte trasera del vestido está sucia y destrozada, y se me han rayado los laterales de los zapatos. Realmente Hardin destroza todo lo que toca.

—¿Necesitas una pijama o algo para dormir? —me pregunta Zed cuando me trae la cobija vieja con la que me tapé hace algunas noches.

Ponerme su ropa no me hace sentir cómoda. Era algo que hacía con Hardin y nunca he llevado ropa de nadie más.

—Creo que hay algo de Molly por aquí..., en la habitación de mi compañero de depa. Sé que suena un poco raro... —medio sonríe—, pero seguro que es mejor que dormir con ese vestido.

Molly está mucho más delgada que yo y casi me echo a reír.

—No quepo en su ropa, pero gracias por pensar que sí.

Zed no parece comprender mi respuesta; su confusión es adorable.

—Bueno, puedes ponerte algo mío —me ofrece, y asiento antes de darle demasiadas vueltas.

Puedo ponerme la ropa que quiera y de quien quiera. Hardin no es mi dueño, ni siquiera le importo lo suficiente como para darme explicaciones.

Zed desaparece entonces en su cuarto y vuelve con las manos llenas de ropa.

—Traje algunas cosas, no sé qué te gusta. —Hay algo en su tono de voz que me hace pensar que de verdad le gustaría llegar a esa fase conmigo. Ésa en la que sabes lo que le gusta al otro. Esa fase en la que yo estoy con Hardin... O estaba... Bueno, lo que sea.

Escojo una camiseta azul y unos pantalones de pijama de cuadros.

—No soy exigente —digo y le sonrío agradecida antes de volver al baño a cambiarme.

Horror y terror. Lo que yo creía que era un pantalón de pijama de cuadros es en realidad un bóxer. Un bóxer de Zed. Mierda. Me bajo el cierre del vestido y me pongo la camiseta antes de decidir qué hago con el bóxer.

La camiseta es algo más pequeña que las de Hardin, apenas me llega a los muslos, y no huele a Hardin. Normal, no es de Hardin. Huele a detergente y un poco a cigarro. Es un olor agradable, aunque no tanto como el del chico al que tanto extraño.

Me pongo el bóxer y me miro. No es muy corto. De hecho, es holgado, más ajustado que los de Hardin, pero no demasiado apretado. Caminaré deprisa hasta el sillón y me taparé con la cobija lo más rápidamente que pueda.

Me da mucha vergüenza llevar puesta su ropa, pero sería mucho peor darle importancia después de lo que le ha pasado a Zed esta noche por mi culpa. Su pobre cara es la prueba viviente de la ira de Hardin, un recordatorio sangriento de por qué lo nuestro no puede funcionar. Sólo piensa en sí mismo, y la única razón por la que se ha puesto así al ver a Zed es su maldito orgullo. No me quiere, pero tampoco quiere verme con nadie más.

Doblo el vestido y lo dejo en el suelo del baño. Total, ya está sucio y roto. Probaré a llevarlo a la tintorería, aunque no creo que tenga arreglo. Me gustaba mucho ese vestido, y me ha costado un buen dinero, dinero que necesitaré desesperadamente cuando encuentre mi propio departamento.

Ando todo lo deprisa que puedo pero, cuando llego a la sala, Zed está de pie junto a la televisión. Abre unos ojos como platos al verme y me mira de arriba abajo.

—Yo..., eh..., iba a poner algo... A buscar una película... para verla. O algo para que tú vieras, quiero decir —tartamudea.

Me siento en el sillón y me tapo con la cobija.

Sus palabras atropelladas y la mirada que lleva en la cara lo hacen parecer más joven y vulnerable.

Se ríe nervioso.

—Perdona. Lo que quería decir es que iba a poner la televisión para que pudieras verla, si gustas.

—Gracias —le digo y sonrío.

Se sienta en la otra punta del sillón. Apoya los codos en las rodillas y mira al frente.

—Si no quieres volver a verme, lo entenderé —digo para poner fin al silencio.

Se vuelve hacia mí.

—¿Qué? No, no pienses así.

Me mira a los ojos.

—No te preocupes por mí, puedo soportarlo. Un par de golpizas no van a hacer que me aleje de ti. Sólo me apartaré de ti si tú me lo pides. Si quieres que me vaya, lo haré. Pero hasta entonces, aquí estaré.

—No quiero que te vayas. Sólo es que no sé qué hacer con Hardin. No quiero que vuelva a pegarte —le digo.

—Es un tipo violento. Sé lo que hay, creo. Pero no te preocupes por mí. Sólo espero que, después de haber visto quién es en realidad, guardes las distancias con él.

La idea me pone muy triste, pero asiento:

—Lo haré. No le importo nada. ¿Por qué debería importarme él a mí?

—No debería. Eres demasiado buena para él, siempre lo has sido —me asegura.

Me siento un poco más cerca de él, y entonces Zed levanta la cobija y se mete debajo antes de pulsar un botón del control remoto y encender la televisión. Me encanta lo tranquilos que estamos. No dice cosas sólo para herirme o molestarme, no hiere mis sentimientos a propósito.

—¿Estás cansado? —le pregunto al rato.

—No, ¿y tú?

—Un poco.

—Pues a dormir. Yo me voy a mi cuarto.

—No. En realidad, puedes quedarte aquí hasta que me duerma —digo más como una pregunta que como una afirmación.

Zed me mira contento y aliviado.

—Claro. Por supuesto.

CAPÍTULO 92

Hardin

Estampo el puño contra la cajuela de mi coche y grito para soltar parte de mi furia.

¿Cómo ha podido pasar? ¿Cómo es que la he tirado al suelo? Zed sabía que iba a acabar así en cuanto se bajó de la camioneta, y he vuelto a partirle la cara. Conozco a Tessa, se compadecerá de él y se culpará a sí misma de la golpiza que le he dado a ese cretino y luego creerá que le debe algo.

—¡Mierda! —grito aún más alto.

—¿Por qué gritas? —Christian aparece en el camino nevado.

Lo miro y pongo los ojos en blanco.

—Por nada.

La única persona a la que querré en la vida acaba de irse con la persona a la que más detesto en el mundo entero.

Vance me mira con asombro.

—Algo te pasa —contraataca, y le da un buen trago a su copa.

—Ahora mismo no me da la gana desnudarte mi alma —le suelto.

—Qué coincidencia: a mí tampoco. Sólo intento averiguar por qué hay un cabrón gritando en la entrada de mi casa —dice con una sonrisa en los labios.

Casi me suelto a reír. Casi.

—Chinga tu madre —le espeto.

—¿No ha aceptado tus disculpas?

—¿Quién ha dicho que me haya disculpado o que tenga que hacerlo?

—Eres como eres y, además, eres un hombre... —Me saluda con la copa y se bebe el resto de su contenido—. Los hombres siempre tenemos que disculparnos primero. Así son las cosas.

Dejo escapar un largo suspiro y le digo:

—Ya, bueno, ella no quiere mis disculpas.

—Todas las mujeres quieren una.

No puedo dejar de imaginármela acudiendo a Zed en busca de consuelo.

—La mía, no... Ella, no.

—Bueno, bueno, bueno —dice Christian bajando las manos—. ¿Vienes adentro?

—No... No tengo ganas. —Me sacudo la nieve del pelo y me lo aparto de la frente.

—Ken... tu padre, y Karen están a punto de irse.

—¿Y eso a mí qué chingados me importa? —le contesto, y suelta una carcajada.

—Tu lenguaje nunca deja de sorprenderme.

Le sonrío.

—¿Qué dices? Si dices aún más majaderías que yo.

—Precisamente.

Me pasa el brazo por los hombros y, para mi sorpresa, dejo que me lleve adentro.

CAPÍTULO 93

Tessa

No puedo dormir. Me despierto cada media hora para ver si Hardin ha intentado llamarme. Nada. Compruebo que he puesto la alarma. Mañana tengo clase y Zed va a llevarme a casa de Landon temprano para arreglarme y llegar a la facultad a tiempo.

Intento cerrar los ojos pero no paro de pensar, de recordar cómo Hardin me suplicaba en sueños que volviera a casa. Aunque fuera un sueño, me mata verlo así. Después de dar mil vueltas en el pequeño sillón, decido hacer lo que debería haber hecho antes.

Abro la puerta de la habitación de Zed y lo oigo roncar con suavidad. No lleva camiseta y está durmiendo boca abajo con los brazos a modo de almohada.

Una batalla campal se libra en mi interior mientras él se despierta.

—¿Tessa? —Se incorpora—. ¿Estás bien? —Parece alarmado.

—Sí..., perdona que te haya despertado... Me preguntaba si me dejarías dormir aquí —digo tímidamente.

Me mira un segundo antes de decir:

—Por supuesto que sí —y se mueve un poco para dejarme sitio en la cama.

Trato de ignorar que en la cama no hay sábanas. Al fin y al cabo, es un estudiante y no todo el mundo es tan pulcro como yo. Me pasa una almohada y me acuesto a su lado. Estamos a menos de treinta centímetros.

—¿Quieres hablar? —pregunta.

«¿Quiero hablar?», me pregunto.

—No, esta noche, no. No consigo aclararme las ideas.

—¿Hay algo que yo pueda hacer? —Tiene una voz muy dulce en la oscuridad.

—¿Puedes acercarte un poco más? —le pido, y eso es justo lo que hace.

Estoy nerviosa y me vuelvo para verle la cara. Me acaricia la mejilla con el pulgar. Es una caricia tierna y delicada.

—Me alegro de que estés aquí conmigo y no con él —susurra.

—Yo también —contesto sin saber si lo digo de corazón o no.

CAPÍTULO 94

Hardin

Landon se ha convertido en todo un hombre desde la noche en que intentó agredirme. Ha hecho un buen berrinche en el aeropuerto cuando me vio junto a las cintas de recogida de equipajes. Esperaba a su madre. Karen accedió a que fuera a recoger a su hijo, tal vez porque no quería ir después de la fiesta de Vance, tal vez porque le doy pena. No estoy seguro. Pero me da gusto.

Por su parte, Landon está encabronadísimo. Dice que soy el tipo más pendejo que ha conocido, y al principio ni siquiera quería subir al coche conmigo. He tardado veinte minutos en convencer a mi encantador hermanastro de que volver a casa en mi compañía es mejor que caminar sesenta kilómetros en plena noche.

Tras un largo silencio, retomo la conversación que habíamos iniciado en la terminal.

—Landon, aquí me tienes, y necesito que me digas lo que debería hacer. Estoy confundido y no me decido por una cosa o la otra.

—¿Qué es cada cosa? —pregunta.

—No sé si volver a Inglaterra para asegurarme de que Tessa tiene la vida que se merece, o si ir a casa de Zed y matarlo.

—Y ¿qué tiene que ver Tessa en eso último?

Lo miro y me encojo de hombros.

—Después de matarlo, la obligaría a venir conmigo.

—Ése es el problema. Crees que puedes conseguir que haga todo lo que quieres. Estás así precisamente por eso.

—No me he explicado bien. Quería decir... —Sé que está en lo cierto, y no me molesto en acabar la frase—. Pero está con Zed. ¿Cómo demonios ha acabado con Zed? Es que veo rojo sólo de pensarlo —gruño, y me froto las sienes.

—Será mejor que maneje yo —repone.

Landon es una molestia.

—Hardin, se quedó a dormir en su casa el viernes y pasó el sábado con él.

De repente lo veo todo negro.

—¿Qué? Entonces... ¿está saliendo... con él?

Landon garabatea en el cristal.

—No lo sé..., pero sé que cuando hablé con ella el sábado me dijo que se había reído por primera vez desde que la abandonaste.

Ay, por favor.

—Pero si ni siquiera lo conoce. —No puedo creer que esto esté pasando.

—No quiero ser un cabrón, pero no puedes ignorar la ironía que tenemos entre manos: estabas obsesionado con que estuviera con alguien como ella, pero acaba saliendo con alguien exactamente igual que tú.

—No se parece a mí en nada —le digo e intento concentrarme en la carretera para no ponerme a llorar delante de él.

No abro la boca durante el resto del trayecto.

—Y ¿ha llorado? —pregunto cuando lo dejo en la puerta.

Landon me mira con incredulidad.

—Sí. Una semana entera sin parar. —Luego menea la cabeza—. Güey, no tienes ni idea de lo que le has hecho y tampoco te importa. Sigues pensando sólo en ti mismo.

—¿Cómo puedes decir eso, si lo he hecho por ella? Me he alejado de ella para que pueda dar vuelta a la página. No la merezco, tú mismo me lo dijiste, ¿te acuerdas?

—Me acuerdo, y no he cambiado de opinión. Pero también creo que es ella quien debería decidir qué es lo que merece —dice con un bufido antes de bajar del coche.

Jace le da una fumada al churro y lo mira fijamente.

—Hacía tiempo que no me fumaba uno. Tristan ya no viene casi nunca. Se pasa el día entre las piernas de Steph.

—Ya... —musito.

Bebo un trago de cerveza y miro el departamento de mierda. No sé por qué he venido, pero tampoco sabía adónde ir. No pienso volver a mi departamento esta noche. No puedo creer que Tessa esté con Zed. En serio. «Pero ¿qué chingados...?»

Landon no ha querido llamar a Tessa para pedirle que volviera a casa de mi padre. He intentado convencerlo de todas las maneras posibles. Es un cabrón.

Aun así, he de confesar que admiro su lealtad, aunque no cuando se interpone en mi camino. Landon dice que debería permitirle a Tessa decidir si quiere estar conmigo o no, pero ya sé cuál sería su decisión. O eso creía.

Zed me tenía bien engañado. Ha ido a recogerla y ha pasado casi todo el fin de semana con ella.

—¿A ti qué te pasa? —me pregunta Jace echándome el humo del churro a la cara.

—Nada.

—He de decir que me ha sorprendido encontrarte en mi puerta esta noche después de lo que pasó la última vez que nos vimos —me recuerda.

—Ya sabes por qué he venido.

—¿Lo sé? —Está disfrutando.

—Tessa y Zed. Sé que estás enterado.

—¿Tessa? ¿Tessa Young y Zed Evans? —Sonríe—. Cuéntame.

Más le vale borrar esa estúpida sonrisa de su cara.

No respondo y se encoge de hombros.

—No sé nada, de verdad. —Le da otra fumada al churro y pequeños copos de papel caen en sus piernas. No se da ni cuenta.

—Tú nunca dices la verdad. —Me bebo otro trago.

—Falso. ¿Dices que están cogiendo? —Levanta una ceja.

Casi me atraganto con la pregunta.

—Cuidado con lo que dices. ¿Los has visto juntos? —Inspirar, espirar... Despacio.

—No, no sé nada de ellos. —Jace deja el churro en el cenicero—. Creía que estaba saliendo con una tonta de instituto.

Miro el montón de ropa sucia que hay en una esquina de la habitación.

—Eso creía yo también.

—¿Te ha dejado por Zed?

—No te burles, que no estoy de humor.

—Te presentas aquí con un montón de preguntas. No me burlo —dice con desdén.

—He oído que pasaron juntos el viernes, y quería saber quién más había por allí.

—No lo sé. Tampoco estuve con ellos. Pero ¿ustedes dos no viven juntos? —replica. Se quita sus lentes de aspirante a *hipster* y las deja encima de la mesa.

—Sí. ¿Por qué te crees que estoy tan encabronado con Zed?

—Bueno, ya sabes cómo es desde que tú...

—Lo sé.

Odio a Jace. Muchísimo. Y a Zed. ¿Qué le costaba a Tessa haber elegido a Trevor? Carajo, nunca pensé que me parecería bien que Tessa saliera con Trevor.

Pongo los ojos en blanco y lucho contra el impulso de partirle la cabeza a Jace contra la mesita de café. Así no voy a llegar a ninguna parte. El alcohol y la rabia no ayudan.

—¿Seguro que no sabes nada? Porque, si descubro lo contrario, te mataré y lo sabes —lo amenazo muy en serio.

—Sí, colega, todos sabemos lo psicótico que te pones cuando se trata de esa chica. No seas tan cabrón.

—Estás avisado —le digo, y pone los ojos en blanco.

¿Cómo es que me hice amigo suyo? Es un montón de mierda y debería haber puesto fin a nuestra supuesta amistad con una buena golpiza.

Jace se levanta y se estira.

—Me voy a la cama. Son las cuatro. Puedes acostarte en el sillón.

—No, ya me iba —digo caminando hacia la puerta.

Son las cuatro de la mañana y en la calle hace mucho frío. No voy a poder pegar ojo sabiendo que está con Zed. En su departamento... ¿Y si la toca? ¿Y si se ha pasado todo el fin de semana poniéndole las manos encima?

¿Se lo cogería por despecho?

No, la conozco bien. Estoy hablando de una chica que todavía se ruboriza cuando le bajo los calzones. No obstante, Zed puede ser muy persuasivo y podría haberla emborrachado. Sé que no sabe beber. Dos copas y empieza a maldecir como un camionero y a intentar desabrocharme el cinturón.

Carajo, como la emborrache y la toque con sus sucias manos...

Doy media vuelta en una intersección y espero que no haya policías cerca porque el aliento me apesta a cerveza.

«A la mierda la pendejada de mantenerme lejos de ellos.»

Puede que haya sido un cabrón y puede que la haya tratado como a una mierda, pero Zed es mucho peor que yo. La quiero mucho más que él, mucho más de lo que la querrá ningún hombre. Ahora sé lo que tenía. Sé lo que podía perder y, ahora que lo he perdido, quiero recuperarlo. No puede tenerla, ni él ni nadie. Es mía y sólo mía. Maldita sea. ¿Por qué no le pedí perdón en la fiesta? Eso es lo que debería haber hecho. Debería haberme hincado de rodillas delante de todo el mundo y haberle suplicado que me perdonara y ahora estaríamos en la cama. Pero no. Tenía que pelearme con ella y tirarla al suelo por accidente cuando estaba tan rabioso que no sabía quién era quién.

Zed es un maldito bastardo. ¿Quién chingados se cree que es para venir a recogerla a la fiesta? ¿Me toma el pelo?

La ira me puede otra vez. Tengo que calmarme antes de llegar. Si estoy tranquilo, ella hablará conmigo. O eso espero.

Para cuando llego a casa de Zed son las cuatro y media de la madrugada. Paro y me quedo quieto unos minutos intentando tranquilizarme. Luego llamo a la puerta y espero impaciente.

Justo cuando voy a empezar a golpearla, la puerta se abre. Es Tyler, el compañero de depa de Zed. He hablado con él un par de veces, en las fiestas que se armaban aquí.

—¿Scott? ¿Qué hay, colega? —dice arrastrando las palabras.

—¿Y Zed? —Entro en el departamento, no quiero perder más tiempo.

Se frota los ojos.

—Güey, son las cinco de la madrugada.

—No, las cuatro y media. ¿Dónde...?

Entonces veo la cobija doblada en el sillón. Doblada con esmero: el sello personal de Tessa. Mi cerebro tarda un segundo en asociar eso con el hecho de que el sillón está vacío.

Si no está en el sillón, ¿dónde puede estar?

La bilis me sube por la garganta y por enésima vez esta noche noto que no puedo respirar. Cruzo el departamento como una exhalación y dejo atrás a un Tyler medio dormido.

Abro la puerta del cuarto de Zed, que está oscuro como la noche. Saco el celular y lo uso de linterna. El pelo rubio de Tessa cubre una de las almohadas y Zed no lleva camiseta.

«Mierda, mierda, mierda...»

Busco el interruptor y enciendo la luz. Tessa se revuelve y rueda hacia su lado. Tropiezo con la pata de la mesa y ella cierra los ojos con fuerza y los abre para ver qué la ha despertado.

Trato de pensar qué voy a decir mientras intento procesar el cuadro que tengo delante. Tess y Zed en la cama, juntos.

—¿Hardin? —gimotea, y frunce el ceño. Parece que se está despertando. Mira a Zed y luego me mira a mí. Sorpresa—. ¿Qué... qué haces tú aquí? —pregunta presa del pánico.

—No, no. ¿Qué haces *tú* aquí? ¡En la cama *con él*! —Intento no gritar, me clavo las uñas en la palma de la mano.

Si se lo ha tirado, se acabó. Se acabó para siempre, no quiero volver a verla.

—¿Cómo has entrado? —pregunta con tristeza.

—Tyler me ha abierto la puerta. ¿Qué haces en su cama? ¿Cómo has podido meterte en su cama?

Zed se vuelve sobre la espalda y se frota los ojos. Los abre, se sienta y me mira fijamente.

—¿Qué demonios estás haciendo en mi habitación? —exige saber.

«Contente, Hardin. No te muevas.»

Tengo que controlarme o alguien acabará en el hospital. Ese alguien es Zed, pero si voy a alejarla de él, he de permanecer todo lo calmado que pueda.

—He venido a buscarte, Tessa. Vámonos —digo, y le tiendo la mano a pesar de que estoy en la otra punta de la habitación.

Ella frunce el ceño.

—¿Cómo dices?

Ahí está el mundialmente conocido carácter de Tessa...

—No puedes presentarte en mi departamento y decirle que se vaya.

—Zed se mueve para levantarse de la cama y veo que sólo lleva puestos unos pantalones cortos de deporte que dejan ver sus calzoncillos.

No creo que pueda mantener la calma.

—Puedo y acabo de hacerlo. Tessa...

Espero a que se levante de la cama pero no mueve un músculo.

—No voy a ir a ninguna parte contigo, Hardin —me dice.

—Ya la has oído. No quiere irse contigo —se burla Zed.

—Yo que tú cerraría el hocico. Estoy intentando con todas mis fuerzas no hacer nada de lo que me arrepienta después. Es mejor que no me provoques —rujo.

Zed abre los brazos para retarme.

—Es mi departamento y mi cuarto, y si ella no quiere irse contigo, no tiene por qué hacerlo. Si quieres pelea, adelante. Pero no voy a obligarla a irse contigo si no quiere. —Cuando termina, la mira con la expresión de preocupación más falsa que he visto en la vida.

Suelto una carcajada maléfica.

—Ése es el plan, ¿no? Me calientas hasta que te parto las costillas, a ella le das pena y yo quedo como el monstruo al que todos temen, ¿no es así? ¡No le creas ni una palabra, Tessa! —grito.

No soporto que siga en la cama con él, y aún menos el hecho de que no puedo partirle la cara a ese baboso porque eso es justo lo que quiere.

Ella suspira.

—Vete.

—Tessa, escúchame. No es quien tú crees. No es don Inocente.

—Y ¿eso por qué? —me reta.

—Porque..., bueno, aún no lo sé. Pero sé que te está utilizando para algo. Sólo quiere metértela, y lo sabes —le digo. Me cuesta controlar mis emociones.

—No es verdad —dice, pero sé que se está encabronado.

—Güey, deberías irte —repite Zed—. Ella quiere quedarse. Estás haciendo el ridículo.

Cuando termina de hablar con el labio partido, empiezo a temblar. Tengo guardada demasiada rabia y necesito dejarla salir.

—Te lo advierto: cierra esa maldita boca. Tessa, deja de ser tan necia y vámonos. Tenemos que hablar.

—Es de madrugada y tú... —empieza a decir, pero la interrumpo.

—Tessa, por favor.

Le cambia la cara y no sé por qué.

—No, Hardin. ¡No puedes presentarte aquí y ordenarme que me vaya contigo!

Zed se encoge de hombros como si la cosa no fuera con él.

—No me obligues a llamar a la policía, Hardin.

Se acabó. Doy un paso hacia él pero Tessa salta de la cama y se interpone entre los dos.

—No. Otra vez no —me ruega, y me mira directamente a los ojos.

—Entonces ven conmigo. No puedes confiar en él —le digo.

Zed se ríe.

—Y ¿en ti sí puede confiar? Acéptalo: la has cagado. Se merece a alguien mejor que tú, y si la dejaras ser feliz...

—¿Que la deje ser feliz? ¿Contigo? —escupo—. ¡Como si de verdad quisieras tener una relación con ella! ¡Sé que lo único que te interesa es meterte en sus calzones!

—Eso no es verdad. ¡Tessa me importa mucho y podría tratarla infinitamente mejor que tú! —me grita, y Tess me empuja con las palmas de las manos en mi pecho.

Sé que es ridículo, pero no puedo evitar disfrutar con el gesto, con la suavidad de sus manos en mi pecho. Hacía mucho que no la sentía.

—¡Paren de una vez los dos! Hardin, tienes que irte.

—No voy a irme, Tessa. Eres demasiado ingenua. ¡Le vales madres! —le grito.

Ni siquiera parpadea.

—¿Y a ti sí? ¡Has estado «demasiado ocupado» para llamarme durante once días! ¡Él estaba aquí y tú no, y si...! —grita y sigue gritándome, pero lo único que veo es lo que lleva puesto.

«¿Lleva...? No. No puede ser...»

Doy un paso atrás para asegurarme.

—¿Eso es...? ¿Qué demonios llevas puesto? —tartamudeo, y empiezo a dar vueltas.

Mira hacia abajo, por lo visto se le ha olvidado.

—¿Llevas puesta su maldita ropa? —digo casi a gritos. Se me quiebra la voz y me jalo del pelo.

—Hardin... —intenta hablar.

—Sí —responde Zed por ella.

Si lleva puesta su ropa...

—¿Te lo cogiste? —digo con la voz rota. Las lágrimas amenazan con rodar por mis mejillas en cualquier momento.

Abre unos ojos como platos.

—¡No! ¡Desde luego que no!

—¡Quiero la verdad, Tessa! ¿Te lo cogiste?

—¡Ya te lo dije! —me devuelve el grito.

Zed retrocede y observa con la cara magullada y preocupada. Aún le he hecho poco.

—¿Lo has tocado? ¡Maldita sea! ¿Te ha tocado?

Estoy como loco y me da igual. No puedo soportarlo. Si le ha tocado un solo pelo, no voy a poder soportarlo, no voy a poder.

Me vuelvo hacia Zed antes de que ninguno de los dos pueda contestar.

—Si la has tocado, te juro por Dios que no me va a importar que ella esté presente o no, te voy...

Tessa vuelve a interponerse entre nosotros y veo miedo en sus ojos.

—Sal de mi departamento o llamo a la policía —me amenaza Zed.

—¿La policía? ¿Te crees que me importa un com...?

—Me voy contigo —La voz de Tessa suena suave en medio del caos.

—¿Qué? —exclamamos Zed y yo al unísono.

—Me voy contigo, Hardin, sólo porque sé que no te irás a menos que te acompañe.

Qué alivio. Bueno, sólo un poco. Me da igual por qué venga conmigo siempre y cuando venga de verdad.

Zed se vuelve hacia ella, casi suplicante.

—Tessa, no tienes por qué irte. Puedo llamar a la policía. No tienes que irte con él. Siempre hace lo mismo, te controla a base de meterte miedo y de asustar a todo el que te rodea.

—Te equivocas... —suspira—. Pero estoy agotada, son las cinco de la mañana y tenemos cosas que hablar. Es lo más sencillo.

—No tiene por qué...

—Se viene conmigo —le digo, y ella me lanza una mirada asesina. Si las miradas matasen...

—Te llamo mañana, Zed. Siento mucho que se haya presentado aquí —le dice en voz baja, y al final él asiente y comprende que he ganado yo. Pone cara de tristeza y espero que Tessa no se la crea.

En realidad, me sorprende que haya accedido tan fácilmente a venir conmigo... Aunque me conoce mejor que nadie y tenía razón al decir que no iba a irme sin ella.

—No te disculpes. Ten cuidado y no dudes en llamarme si necesitas algo —le dice.

Debe de ser un asco ser un imbécil que no puede hacer una mierda para evitar que irrumpa en su departamento en plena noche y me lleve a Tessa conmigo.

Ella no abre la boca mientras sale de la recámara de Zed y se dirige al baño que hay al otro lado del pasillo.

—No vuelvas a acercarte a ella. Ya te lo he advertido y parece que no sabes captar una indirecta —le digo al llegar a la puerta de su habitación.

Zed echa chispas por los ojos y, si no fuera porque Tessa me está llamando desde la sala, le partiría el cuello.

—¡Si le haces daño, te juro por mis huevos que me aseguraré de que no vuelvas a hacérselo! —grita lo bastante alto para que ella lo oiga mientras salimos del departamento y caminamos sobre la nieve.

CAPÍTULO 95

Hardin

Tacones altos y el maldito bóxer de Zed. Es una combinación absurda, pero imagino que no tiene otros zapatos, señal de que no pensaba pasar la noche con él. Aun así, se ha quedado a dormir, y estoy asqueado de haberla encontrado en su cama. Me repugna verla vestida con esa ropa. Es la primera vez que no quiero mirarla. Lleva el vestido rojo en la mano y sé que se está congelando.

Intento prestarle mi chamarra pero me espeta que cierre el hocico y que la lleve a casa de mi padre. No me importa que esté resentida conmigo. De hecho, lo agradezco. Estoy contento porque es un gran alivio que haya accedido a acompañarme. Podría haberse pasado el viaje insultándome y habría disfrutado con cada improperio que saliera de sus labios carnosos.

Yo también estoy enojado. Me encabrona que haya ido corriendo a arrojarse a los brazos de Zed. Me encabrona haber intentado que se alejara de mí.

—Tengo tantas cosas que contarte... —le digo mientras nos metemos en la calle en la que vive mi padre.

—No quiero oírlas —replica con una mirada glacial—. Has tenido oportunidades de sobra para hablar conmigo estos últimos once días.

—Tú sólo escúchame, ¿sí?

—¿Por qué tiene que ser ahora? —pregunta mirando por la ventanilla.

—Porque... porque te he extrañado —confieso.

—¿Me has extrañado? Querrás decir que estás celoso porque estaba con Zed. No me has extrañado hasta que él ha venido a recogerme esta noche. Estás así por los celos, no por amor.

—No es verdad, eso no tiene nada que ver. —Bueno, tiene mucho que ver, pero eso no quita que la extrañe.

—No me has hablado en toda la noche y luego sales y me dices que has estado demasiado ocupado para hablar conmigo. Eso no es lo que una persona normal hace cuando extraña a alguien —recalca.

—Estaba mintiendo. —Alzo las manos al cielo.

—¿Tú? ¿Mintiendo? ¿Cómo crees? —Cierra los ojos y menea la cabeza despacio.

Mierda, esta noche está belicosa. Respiro hondo para asegurarme de no decir nada que empeore aún más la situación.

—Para empezar, no tengo celular, y estaba en Inglaterra.

Gira la cabeza como si tuviera un resorte.

—¿Cómo dices?

—Me fui a casa de mi madre a despejarme. No sabía qué otra cosa hacer —le explico.

Tessa baja el volumen del radio y cruza los brazos.

—No respondías a mis llamadas.

—Lo sé. Las ignoré y te pido perdón. Quería devolvértelas pero no podía, y luego me emborraché y descompuse el celular.

—Y ¿se supone que eso ha de hacer que me sienta mejor?

—No... Sólo quiero que seas feliz, Tessa.

No dice nada. Mira otra vez por la ventanilla y busco su mano pero la aparta.

—No me toques —dice.

—Tess...

—¡No, Hardin! No puedes aparecer once días después y tomarme de la mano. Estoy harta de caminar en círculos contigo. Por fin he llegado al punto en el que puedo pasarme una hora entera sin llorar, y entonces apareces de golpe e intentas volver a embaucarme. Me has hecho lo mismo una y otra vez desde el día en que nos conocimos y estoy harta de caer siempre. Si de verdad te importara, aunque sólo fuera un poco, me habrías dado una explicación —espeta, haciendo lo imposible para no llorar.

—Estoy intentando dártela ahora —le recuerdo.

Mientras me meto en la entrada de vehículos de la casa de mi padre, estoy cada vez más encabronado.

Tess trata de abrir la puerta del coche pero pongo los seguros.

—¿De verdad vas a intentar encerrarme aquí contigo? ¡Ya me has obligado a irme de casa de Zed! ¿Te has vuelto loco? —empieza a gritar.

—No estoy intentando encerrarte en el coche. —Mentira. No obstante, debo de decir en mi defensa que es muy necia y que no le gusta oír nada de lo que tengo que decirle.

Quita el seguro y sale del coche.

—¡Tessa! Maldita sea, Tessa. ¡¿Quieres escucharme?! —le grito al viento.

—¡No paras de repetirme que te escuche, pero no dices nada!

—¡Porque no me dejas hablar!

Siempre acabamos a gritos. Tengo que dejar que me grite y contenerme, de lo contrario, soltaré una barbaridad de la que me arrepentiré después. Quiero mencionar a Zed y el hecho de que lleva puesta su maldita ropa, pero tengo que controlarme.

—Lo siento, ¿sí? Dame dos minutos, dos minutos sin interrupciones. Por favor...

Para mi sorpresa, asiente y cruza los brazos a la espera de que yo hable.

Está nevando abundantemente y sé que se está helando, pero tengo que hablar con ella antes de que cambie de opinión.

—Me fui a Inglaterra porque no volviste aquella noche. Estaba tan enojado que no veía ni por dónde iba. Estabas imposible, y yo...

Da media vuelta y empieza a caminar por el sendero nevado en dirección a la casa. Carajo. Se me da muy mal pedir perdón.

—Sé que no es culpa tuya. ¡Te mentí y no sabes cuánto lo siento! —grito esperando que vuelva.

Lo hace.

—No se trata sólo de tus mentiras, Hardin. Es mucho más grave que eso.

—Explícate, por favor.

—No me tratas como merezco que me traten. Para ti nunca soy lo primero. Sólo piensas en ti, en tus amigos, en tus fiestas, en tu futuro. Yo no cuento para ti ni decido nada, y me hiciste sentir como una tonta cuando dijiste que estaba loca por querer casarme. No me estabas escuchando. No se trata del matrimonio, se trata de que ni siquiera has pensado en lo que yo quiero para mí y para mi futuro. Y, sí, me gustaría

504

casarme algún día, no en este momento, pero necesito seguridad. Así que deja de comportarte como si esta relación fuera más importante para mí que para ti. No olvidemos que te emborrachaste y te pasaste toda la noche por ahí con otra mujer.

Para cuando termina, se ha quedado sin aliento, y doy un paso hacia ella. Tiene razón, sólo que no sé qué hacer.

—Lo sé. Mi idea era que nos mudásemos juntos a Inglaterra. Pensaba que allí estaríamos los dos solos y que tú... —tartamudeo.

—¿Yo, qué, Hardin? —Está tiritando y tiene la nariz roja de frío.

Me rasco las costras de los nudillos. No sé cómo decirle lo que siento sin parecer el cabrón más egoísta del planeta.

—Tendrías menos oportunidades de dejarme —confieso, y espero su réplica horrorizada.

Nada.

Se pone a llorar.

—No sé qué más podría haber hecho para demostrarte lo mucho que te quería, Hardin. He vuelto contigo cada vez que me has hecho daño, me fui a vivir contigo y te perdoné todas las cosas imperdonables que me hiciste, ya no me hablo con mi madre por ti y, aun así, sigues dudando de mí. —Se apresura a secarse las lágrimas.

—No dudo de ti.

—¿Lo ves? —llora—. Por eso no va a funcionar nunca. Siempre dejas que tu ego se entrometa.

—¡Mi ego no tiene nada que ver! —exploto—. De hecho, mi ego está bastante dañado en este mismo instante porque acabo de encontrarte en la cama con Zed.

—¿De verdad quieres hablar de eso ahora?

—¡Maldita sea, claro que sí! Te estás portando como una... —Me contengo al ver que hace una mueca porque sabe lo que voy a decir.

Sé que no es culpa suya que la tenga comiendo de su mano, eso se le da muy bien, pero aun así me duele que se haya quedado con él.

Extiende los brazos, desafiante.

—Adelante, Hardin, insúltame.

Es la mujer más desesperante del universo, pero, mierda, no sabe lo mucho que la quiero hasta cuando se pone imposible. No digo nada e intento apaciguar mi furia. Chasquea la lengua.

—Bueno, eso es todo un logro, pero me voy adentro —añade—. Tengo frío y he de levantarme dentro de una hora para ir a clases.

Camina hacia la casa y la sigo, esperando que se acuerde de que se ha dejado la bolsa de mano en el coche de mi padre, que está cerrado con llave.

Se queda mirando la puerta un momento y dice, imagino que hablando sola:

—Tendré que llamar a Landon, no tengo llave.

—Puedes venir a casa conmigo —sugiero.

—Sabes que no es buena idea.

—¿Por qué no? Sólo tenemos que solucionar esto. —Me jalo del pelo con una mano—. Juntos —le aclaro.

—¿Juntos? —repite Tessa, medio riéndose.

—Sí, juntos. Te he extrañado mucho. No sabes el infierno que ha sido vivir sin ti... Espero que tú también me hayas extrañado.

—Deberías haberme llamado. Estoy agotada, siempre hacemos lo mismo.

—Pero podemos estar juntos. Eres demasiado buena para mí y no creas que no lo sé, pero, por favor, Tessa, haré cualquier cosa. No puedo soportar otro día sin ti.

CAPÍTULO 96

Tessa

Me duele el corazón de oírlo. Se le da demasiado bien.

—Siempre haces lo mismo. Repites lo mismo una y otra vez pero nunca cambia nada —le digo.

—Tienes razón —reconoce mirándome a los ojos—. Es cierto. Sí, he de admitir que los primeros días estaba tan encabronado que no quería ni verte porque estabas exagerando. Entonces me di cuenta de que podía ser el final y me asusté. Sé que no te he tratado como debería, no sé cómo querer a nadie salvo a mí mismo, Tess. Lo estoy intentando con todas mis fuerzas... Está bien, puede que no con todas mis fuerzas, pero lo haré a partir de ahora, te lo juro.

Lo miro. Me ha dicho eso mismo demasiadas veces.

—Eres consciente de que eso ya me lo habías dicho antes, ¿verdad?

—Lo sé, pero esta vez lo digo en serio. Después de ver a Natalie, yo...

«¿Natalie?»

Me he quedado atónita.

—¿La has visto?

¿Sigue enamorada de él? ¿O lo odia? ¿Le ha arruinado la vida?

—Sí, la vi y hablé con ella. Está embarazada.

«Lo que faltaba.»

—Llevaba años sin verla, Tessa —dice con sarcasmo. Me ha leído el pensamiento—. Está comprometida y es muy feliz. Me dijo que me perdonaba y me contó lo feliz que le hacía casarse porque era un gran honor, o algo así, pero me abrió los ojos. —Da otro paso hacia mí.

No siento ni los brazos ni las piernas a causa del frío y estoy furiosa con Hardin. Furiosa se queda corto. Estoy que me lleva y con el corazón roto. Va y viene y es agotador. Ahora está aquí, delante de mí, hablando de matrimonio, y no sé qué pensar.

No debería haberme ido con él. Ya lo tenía decidido: iba a olvidarme de él aunque fuera lo último que hiciera en este mundo.

—¿Qué decías? —pregunto.

—Que ahora me doy cuenta de lo afortunado que soy de tenerte, de que hayas permanecido a mi lado a pesar de todas las chingaderas que te he hecho.

—Lo eres. Y deberías haberte dado cuenta mucho antes. Siempre te he querido más de lo que tú me quieres a mí y...

—¡Eso no es verdad! Te quiero más de lo que nadie ha querido nunca a otra persona. Yo también la he pasado muy mal, Tessa. Me he puesto enfermo, literalmente, sin ti. No podía comer y parecía un muerto viviente. Lo estaba haciendo por ti, para que pudieras dar vuelta a la página —explica.

—Eso no tiene sentido. —Me aparto el pelo húmedo de la cara.

—Lo tiene. Tiene mucho sentido. Pensé que, si me mantenía fuera de tu vida, podrías seguir adelante y ser feliz sin mí, con tu Elijah.

—¿Quién es Elijah?

«¿De qué me está hablando?»

—¿Qué? Ah. El prometido de Natalie. Ha encontrado a alguien a quien amar y que quiere casarse con ella. Si ella ha podido, tú también —me dice.

—Pero ese alguien... ¿no eres tú? —le pregunto.

Pasan unos segundos y no dice nada. Está perplejo y frenético, se jala del pelo por décima vez en una hora. Franjas de luces rojas y anaranjadas aparecen entonces por detrás de las casas de la manzana. Tengo que entrar antes de que todo el mundo se levante y me vea con bóxer y tacones. Qué vergüenza.

—Ya decía yo —suspiro, y no me permito derramar ni una sola lágrima más por él. Al menos no hasta que esté sola.

Hardin está de pie ante mí con expresión ausente. Marco el número de Landon y le pido que me abra. Debería haberme imaginado que Hardin sólo iba a luchar por sacarme del departamento de Zed. Ahora que tiene la ocasión perfecta para decirme todo lo que necesito oír, se queda sin habla.

—Entra, hace un frío terrible —dice Landon cerrando la puerta detrás de mí.

No quiero aburrirlo con mis problemas ahora mismo. Acaba de llegar de Nueva York y no puedo ser tan egoísta.

Toma la cobija que cuelga del respaldo del sillón y me la echa por los hombros.

—Subamos antes de que se despierten —sugiere, y asiento.

Entre Hardin y la nieve no siento ni la cabeza ni el cuerpo. Miro el reloj mientras sigo a Landon escaleras arriba. Las seis y diez. Tengo que meterme a bañar dentro de diez minutos. Va a ser un día muy largo. Landon abre la puerta de la habitación en la que he estado durmiendo y enciende la luz mientras yo me siento en el borde de la cama.

—¿Te encuentras bien? Parece que te has quedado helada —dice, y asiento. Le agradezco que no haga ningún comentario sobre mi vestimenta.

—¿Qué tal estuvo Nueva York? —pregunto, pero sé que mi voz carece de entonación o interés. Sí me interesa la vida de mi mejor amigo, el problema es que me he quedado sin emociones que expresar.

Me mira preocupado.

—¿Seguro que quieres que te lo cuente? Puede esperar hasta la hora del café.

—Seguro —le digo obligándome a sonreír.

Estoy acostumbrada al estira y afloja con Hardin, lo que no significa que duela menos, pero sabía que iba a suceder. Siempre ocurre lo mismo. Es increíble que se fuera a Inglaterra para alejarse de mí. Ha dicho que tenía que aclararse las ideas, pero soy yo la que tiene que aclararse. No debería haberme quedado tanto tiempo en la calle hablando con él. Debería haber hecho que me trajera y haberme metido en la casa en vez de escucharlo. Lo que ha dicho me ha dejado más confusa que antes. Por un momento pensé que iba a decir que cree que tenemos futuro, que quiere un futuro a mi lado, pero cuando ha llegado la hora de la verdad, ha vuelto a dejar que me vaya.

En cuanto ha reconocido que quería llevarme a Inglaterra para que no lo dejara debería haberme largado, pero lo conozco demasiado bien. Sé que no cree merecer que nadie lo quiera, y sé que en su cabeza esa idea absurda tiene sentido. El problema es que no es lo que hace la gente corriente; no puede esperar que lo deje todo y a todos para quedarme atrapada con él en Inglaterra. No podemos vivir allí sólo porque él tenga miedo de que lo deje.

Tiene muchos problemas que debe resolver él solito. Y yo también. Lo quiero, pero tengo que quererme más a mí.

—Estuvo bien, me encantó. El departamento de Dakota es increíble, y su compañera es muy amable —empieza a decir Landon.

Lo único en lo que yo puedo pensar es en lo agradable que debe de ser tener una relación sin complicaciones. Me acuerdo de las horas y horas que Noah y yo nos pasamos viendo películas; con él todo era sencillo. Pero a lo mejor por eso no duró. Tal vez por eso quiero tanto a Hardin, porque es un reto y hay tanta pasión entre nosotros que casi acaba con los dos.

Me da más detalles y se me contagia su entusiasmo por Nueva York.

—¿Vas a irte a vivir allí? —le pregunto.

—Sí, creo que sí. No hasta que acabe el semestre, pero quiero estar cerca de ella. La extraño mucho. —Me cuenta.

—Lo sé. Me alegro mucho por ti, de verdad.

—Siento lo de Hardin...

—No lo sientas. Se acabó. Estoy harta. No puedo más. Tal vez deba irme a Nueva York contigo. —Sonrío y se le ilumina la cara con esa sonrisa que adoro.

—Sabes que podrías.

Siempre digo lo mismo. Siempre digo que se ha acabado y luego vuelvo con Hardin, es un bucle infinito. Tomo una decisión.

—El martes hablaré con Christian de Seattle.

—¿En serio?

—Tengo que hacerlo —le digo, y asiente porque está de acuerdo.

—Voy a vestirme para que puedas bañarte. Nos vemos abajo cuando hayas terminado de arreglarte.

—Te he extrañado mucho.

Me pongo de pie y lo abrazo con fuerza. Las lágrimas ruedan por mis mejillas y él me abraza aún más fuerte.

—Perdona, estoy muy mal. Soy un desastre desde que irrumpió en mi vida —digo llorando y soltándolo.

—¿Tessa? —dice cuando llega a la puerta de su habitación.

—¿Sí?

Me mira con toda la comprensión del mundo en los ojos.

—Que no pueda quererte como tú quieres que te quiera no significa que no te quiera con toda su alma —dice.

¿Eso qué significa? Proceso sus palabras mientras cierro la puerta del baño y abro la llave de la regadera. Hardin me quiere, eso lo sé, pero sigue cometiendo un error detrás de otro y yo sigo cometiendo el error de aguantárselos. ¿Me quiere con toda su alma? ¿Basta con eso? Me quito la camiseta de Zed y oigo que llaman a la puerta.

—¡Un momento, Landon! —grito, y vuelvo a ponerme la camiseta para cubrirme el cuerpo.

Sin embargo, cuando abro la puerta veo que no es Landon. Es Hardin, y tiene las mejillas cubiertas de lágrimas y los ojos rojos.

—¿Hardin?

Me toma de la nuca y me atrae hacia su boca antes de que pueda resistirme.

CAPÍTULO 97

Hardin

Puedo saborear mis lágrimas y la duda en sus labios cuando aprieto su cuerpo contra el mío, y la sujeto de la cintura mientras la beso con más intensidad. Es un beso ardiente y emocional, y podría desmayarme del alivio tan grande que supone sentir su boca en la mía.

Sé que no tardará en apartarme de un empujón, por eso aprovecho cada movimiento de su lengua, cada gemido casi inaudible que emiten sus labios.

El dolor de los últimos once días se evapora casi por completo cuando sus brazos rodean mi cintura, y en este momento estoy más seguro que nunca de que, por mucho que discutamos y peleemos, siempre encontraremos el camino de vuelta al otro. Siempre.

Después de ver cómo entraba en la casa me he sentado en el coche antes de armarme de valor y venir a buscarla. La he dejado escapar demasiadas veces y no puedo arriesgarme a no volver a verla. Me derrumbé. No he podido evitar ponerme a llorar cuando Landon ha cerrado la puerta detrás de ella. Sabía que tendría que venir a buscarla, que tendría que luchar por ella antes de que alguien me la quite.

Le demostraré que puedo ser como ella quiere que sea. No al cien por cien, pero verá lo mucho que la quiero y que no permitiré que vuelva a huir de mí tan fácilmente.

—Hardin... —dice, y apoya la mano en mi pecho con cuidado y me aparta.

Fin de nuestro beso.

—No lo hagas, Tessa —le suplico. No estoy listo para que se acabe.

—Hardin, no puedes besarme y hacer como si no hubiera pasado nada. Esta vez, no —susurra, y caigo de rodillas ante ella.

—Lo sé, no sé por qué dejé que volvieras a irte. Perdóname. Lo siento mucho, nena —le digo esperando que eso me ayude. Me agarro a sus piernas y ella me pasa las manos por el pelo—. Soy consciente de que siempre lo arruino todo y de que no puedo tratarte como he estado haciéndolo. Te quiero tanto que me supera, y la mitad del tiempo no sé qué chingados hacer, así que digo lo primero que se me pasa por la cabeza sin pensar en cómo puede afectarte. Sé que no hago más que romperte el corazón pero, por favor..., por favor, déjame arreglarlo. Lo pegaré y no me atreveré a volver a romperlo. Perdóname. Siempre te estoy pidiendo perdón, lo sé. Iré a un loquero o lo que sea. No importa... —sollozo entre sus piernas.

Tomo el resorte del bóxer y se lo bajo.

—¿Qué estás...? —Me toma las manos.

—Quítatelo, por favor. No soporto verte con eso puesto. Por favor... No te tocaré, pero deja que te lo quite —le ruego, y ella me suelta las manos y me acaricia el pelo mientras le quito el bóxer.

Me levanta la barbilla con una mano. Sus pequeños dedos me acarician las mejillas y me secan las lágrimas. Su cara sigue confusa y me observa detenidamente, como si me estuviera estudiando.

—No te entiendo —me dice sin dejar de secarme las lágrimas con el pulgar.

—Yo tampoco —confieso, y ella frunce el ceño.

Me quedo así, arrodillado delante de ella, rogándole que me dé una última oportunidad aunque he desaprovechado todas las que me ha dado. El baño está lleno de vapor y el pelo se le pega a la cara. La humedad se condensa en su piel.

Carajo, es preciosa.

—No podemos seguir de esta manera, Hardin. No es bueno para ninguno de los dos.

—No volverá a pasar. Podemos superarlo. Hemos superado cosas mucho peores y ahora soy consciente de lo rápido que puedo perderte. No he sabido valorarte, lo sé. Sólo te pido una última oportunidad —suplico tomándole la cara entre las manos.

—No es tan fácil —me dice. Empieza a temblarle el labio inferior y yo sigo intentando detener las lágrimas.

—Se supone que no tiene que ser fácil.

—Lo que se supone es que no tiene que ser tan difícil. —Se echa a llorar conmigo.

—Sí, sí que lo es. Para nosotros nunca será fácil. Somos como somos, pero no siempre será tan difícil. Tenemos que aprender a comunicarnos sin discutir cada vez que intentamos hablar. Si hubiéramos sido capaces de mantener una conversación sobre el futuro, no estaríamos como estamos.

—Yo lo intenté pero tú no quisiste saber nada —me recuerda.

—Lo sé —suspiro—. Y es algo que debo aprender. Sin ti no valgo nada, Tessa. No soy nada. No puedo comer, ni dormir, ni respirar. Llevo días llorando sin parar y tú sabes que yo no lloro. Sólo es que... te necesito —digo con un hilo de voz. Parezco un imbécil.

—Levántate. —Me toma de debajo del brazo para ayudarme.

Ya de pie, me quedo delante de ella. Mi respiración es irregular y cuesta respirar con todo el vapor que se ha formado en el baño.

Me mira a los ojos y asimila mi confesión. Si no fuera porque estoy llorando, sé que no me creería. Soy consciente de que está luchando contra sí misma por la mirada que tiene en los ojos. Ya la he visto antes.

—No sé si puedo. Seguimos haciendo lo mismo una y otra vez y otra. No sé si estoy lista para volver a ponerme en esta situación. —Agacha la cabeza—. Lo siento.

—Eh, mírame —le suplico, y le levanto la barbilla para poder mirarla a los ojos.

Aparta la vista.

—No, Hardin. Tengo que bañarme. Voy a llegar tarde.

Capturo una sola lágrima de sus ojos y asiento.

Sé que se la he hecho pasar muy mal y que nadie en su sano juicio volvería a aceptarme después de lo de la apuesta, las mentiras y mi constante necesidad de arruinarlo todo. Ella no es como los demás. Ama de manera incondicional y conmigo lo ha dado todo; incluso ahora, que me está rechazando, sé que me quiere.

—Piénsalo, ¿sí? —le pido.

Le daré tiempo para que lo piense pero no voy a darme por vencido. La necesito demasiado.

—Por favor... —digo cuando no me responde.

—Está bien —susurra al fin.

El corazón me da un brinco.

—Te demostraré... Te demostraré lo mucho que te quiero y que lo nuestro puede funcionar. No te rindas conmigo, ¿sí? —Tomo la manilla de la puerta.

Se muerde el labio inferior y suelto la manilla para eliminar la escasa distancia que nos separa. Cuando estoy junto a ella me mira con recelo. Quiero volver a besarla, sentir sus brazos en mi cintura, pero le doy un beso en la mejilla y me alejo de nuevo.

—Está bien —repite.

Recurro a toda mi autodisciplina para salir del baño, sobre todo cuando me vuelvo y veo que se está quitando la camiseta. Hacía mucho que no veía esa piel de color crema.

Cierro la puerta al salir y me apoyo en el marco. Parpadeo para no volver a ponerme a llorar.

«Mierda.»

Al menos ha dicho que lo pensará. Parecía reticente, como si le doliera volver a estar conmigo. Abro los ojos cuando la puerta de la habitación de Landon se abre y sale al pasillo vestido con un polo blanco y unos caquis.

—Hola —me saluda echándose la mochila al hombro.

—Hola.

—¿Está bien? —pregunta.

—No, pero confío en que lo estará.

—Yo también. Es más fuerte de lo que cree.

—Lo sé. —Me seco los ojos con la camisa—. La quiero.

—Eso ya lo sé —dice, cosa que me sorprende.

Lo miro.

—¿Cómo se lo demuestro? ¿Tú qué harías? —le pregunto.

El resentimiento brilla un instante en sus ojos pero desaparece pronto y contesta:

—Tienes que demostrarle que estás dispuesto a cambiar por ella. Tienes que tratarla todo lo bien que se merece y darle tiempo y espacio.

—Eso último no me resulta fácil —le digo. No me puedo creer que esté hablando otra vez de lo mismo con Landon.

—Pues vas a tener que hacerlo o se rebelará. ¿Por qué no intentas demostrarle que vas a luchar por ella pero sin agobiarla? Eso es todo lo que quiere. Quiere ver que te esfuerzas.

—¿Que me esfuerce sin agobios?

Yo no la agobio. Bueno, puede que sí, pero no puedo evitarlo. No tengo término medio: o no me despego de su lado o me distancio tanto que la pierdo. No sé encontrar el equilibrio.

—Sí —dice como si no hubiera notado mi tono sarcástico.

Sin embargo, como necesito que me ayude, controlo mi actitud.

—¿Puedes explicarme un poco mejor qué demonios quieres decir? Ponme un ejemplo o algo.

—Pues podrías pedirle una cita. ¿Han salido juntos en ese plan alguna vez? —pregunta.

—Pues claro que sí —contesto de inmediato.

«¿O no?»

Landon levanta una ceja.

—¿Cuándo?

—Pues... cuando fuimos..., y aquella vez que... —Me he quedado en blanco—. Bueno, puede que no le haya pedido nunca una cita —concluyo.

Trevor le habría pedido una cita y habría salido con ella como es debido. ¿Y Zed? Si ha salido con ella, juro que lo voy a...

—Bien, pues pídele una cita. Hoy no, porque es demasiado pronto incluso para ustedes dos.

—¿Qué insinúas? —le espeto.

—Nada, sólo digo que necesitan tomarse un tiempo. Al menos ella, de lo contrario, la vas a espantar aún más.

—¿Cuánto debería esperar?

—Al menos unos días. Intenta actuar como si acabaran de empezar a salir, o como si quisieras que accediera a salir contigo. Tienes que hacer que vuelva a enamorarse de ti.

—¿Me estás diciendo que ya no está enamorada de mí? —le digo en tono agresivo.

Landon pone los ojos en blanco.

—No... ¿Quieres dejar de ser tan pesimista?

—No soy pesimista —me apresuro a defenderme. En realidad, no me había sentido tan optimista en mucho tiempo.

—Si tú lo dices...

—Eres un pendejo —le espeto.

—El pendejo al que acudes en busca de consejo sentimental —alardea con una sonrisa de cretino.

—Sólo porque eres el único de entre mis amigos que tiene una relación de verdad y porque, excluyéndome a mí, conoces a Tessa mejor que nadie.

La sonrisa le llega de oreja a oreja.

—Acabas de decir que soy tu amigo.

—¿Qué? Estás drogado.

—Sí, sí. Lo has dicho —dice muy complacido.

—No me refería a amigo, amigo. Quería decir... No sé qué diablos quería decir, pero seguro que «amigo» no era la palabra.

—Ya.

Empieza a reír y entonces oigo que el agua de la regadera deja de correr.

Supongo que no es mal tipo, pero no es que vaya a decírselo.

—¿Me ofrezco a llevarla a clase hoy? —pregunto mientras lo sigo abajo.

Niega con la cabeza.

—¿Qué parte de «sin agobiarla» no has entendido?

—Me caías mejor cuando no hablabas.

—Y tú me caías mejor cuando... Uy, nunca me has caído bien —dice, pero sé que está bromeando.

Nunca pensé que le cayera bien, la verdad. Creía que me odiaba por todas las chingaderas que le he hecho a Tessa. Pero aquí está, mi único aliado en este desastre que he organizado yo solito.

Alargo el brazo para darle un pequeño empujón, cosa que lo hace reír, y casi me echo a reír con él cuando veo a mi padre al pie de la escalera mirándonos como si tuviéramos dos cabezas.

—¿Qué haces tú aquí? —me pregunta dándole un trago a su taza de café.

Me encojo de hombros.

—La he traído a casa... Aquí.

«¿Ahora es ésta su casa?» Espero que no.

—Ah —dice mi padre, y mira a Landon.

—Relájate, papá —añado con bastante mala vibra—. Puedo llevarla a donde me dé la gana. Deja de hacerte el protector con ella y recuerda cuál de los dos es tu hijo.

Landon me lanza una de sus miraditas y a continuación los tres entramos en la cocina. Me sirvo una taza de café sin que mi hermanastro me quite los ojos de encima.

Mi padre toma una manzana del frutero y empieza a darme un sermón.

—Hardin, en estos últimos meses Tessa se ha convertido en una más de la familia, y esta casa es su único refugio cuando tú... —Se interrumpe en cuanto Karen entra en la cocina.

—¿Cuando yo, qué? —replico.

—Cuando la engañas.

—Ni siquiera sabes lo que ha pasado.

—No necesito tener todos los detalles. Lo único que sé es que es lo mejor que te ha pasado, y te estoy viendo cometer con ella los mismos errores que yo cometí con tu madre.

«¿Me toma el pelo?»

—¡No me parezco en nada a ti! ¡La quiero y haría cualquier cosa por ella! Tessa lo es todo para mí. ¡En cambio, tú no puedes decir lo mismo de mi madre!

Dejo la taza de golpe sobre la barra de la cocina y parte del café se derrama sobre ella.

—Hardin... —Es la voz de Tessa. Está detrás de mí. Mierda.

Para mi sorpresa, Karen sale en mi defensa.

—Ken, deja al chico en paz. Lo está haciendo lo mejor que sabe.

La mirada de mi padre se suaviza en cuanto se vuelve hacia su esposa. Luego me mira otra vez a mí.

—Perdóname, Hardin. Sólo me preocupo por ti —suspira, y Karen le pasa la mano por la espalda.

—No pasa nada —digo, y miro a Tessa.

Lleva unos *jeans* y una sudadera de la WCU. El pelo húmedo le enmarca el rostro sin maquillar, es una belleza inocente. Si ella no hubiera entrado en la cocina, le diría a mi padre lo cabrón que es y que es hora de que aprenda a no meterse donde no lo llaman.

Tomo una servilleta de papel y limpio el café que ha caído en su carísima barra de granito.

—¿Estás lista? —le pregunta Landon a Tessa.

Ella asiente sin dejar de mirarme.

Me gustaría poder llevarla yo, pero debería volver a casa y dormir un poco o darme un baño, acostarme en la cama a mirar el techo, limpiar... Carajo, cualquier cosa menos quedarme aquí a hablar con mi padre.

Nuestras miradas se separan y Tessa sale de la cocina. Oigo cerrarse la puerta de la entrada y suspiro.

En cuanto doy media vuelta, Karen y mi padre empiezan a hablar de mí. Claro.

CAPÍTULO 98

Tessa

Sé lo que debería haber hecho: debería haberle dicho a Hardin que se fuera, pero no he podido. Casi nunca exterioriza sus emociones, y verlo postrado de rodillas delante de mí me ha partido mi ya maltrecho corazón en mil pedazos. Le he dicho que pensaría lo de darnos otra oportunidad, pero no veo la manera de que esto funcione.

Ahora mismo tengo sentimientos encontrados, estoy más confundida que nunca y enfadada conmigo misma por haber estado a punto de entregarme a él por completo. No obstante, por otro lado, estoy orgullosa de haber parado las cosas antes de que llegaran demasiado lejos. Necesito pensar en mí, y no sólo en él, por una vez.

Mientras Landon maneja, mi teléfono vibra sobre mis piernas y miro la pantalla.

Es un mensaje de Zed.

¿Estás bien?

Respiro hondo antes de contestar.

Sí, estoy bien. Voy de camino al campus con Landon. Siento lo de anoche, fue culpa mía que fuera allí.

Pulso «Enviar» y centro la atención en Landon.

—¿Qué crees que va a pasar ahora? —me pregunta.

—No tengo ni idea. Aún tengo intención de hablar con Christian sobre lo de Seattle —respondo.

Zed me escribe otra vez:

No, no lo fue. La culpa es suya. Me alegro de que estés bien. ¿Sigue en pie lo de la comida de hoy?

Había olvidado nuestro plan de quedar en la Facultad de Ciencias Medioambientales para comer. Me dijo que quería enseñarme unas flores que brillan en la oscuridad que ha ayudado a crear.

Me gustaría mantener mis planes con él; se ha portado muy bien conmigo con todo esto, pero después de haber besado a Hardin esta mañana no sé qué hacer. Anoche dormí en casa de Zed y esta mañana he besado a Hardin. «¿Qué me está pasando?» No quiero ser esa clase de chica; todavía me siento algo culpable por lo que pasó con Hardin cuando aún estaba con Noah. En mi defensa he de decir, sin embargo, que Hardin apareció como una bola de demolición. No tuve más remedio que gravitar hacia él mientras él me destruía lentamente y después me reconstruía para destruirme otra vez.

Lo que está pasando con Zed es totalmente distinto. Hardin llevaba once días sin hablarme y yo no tenía ni idea de por qué. Llegué a la conclusión de que ya no me quería, y Zed estaba ahí para mí. Siempre ha sido un encanto conmigo. Intentó zanjar la apuesta con Hardin pero él no lo aceptó, tenía que demostrar que podía ganarme a pesar de la insistencia de Zed de acabar con ese asqueroso juego.

Entre Hardin y Zed ha habido mala vibra desde que los conozco. No estoy segura de cuál es la razón —a causa de la apuesta, he empezado a suponer últimamente—, pero su animadversión era evidente desde que empecé a salir con ellos. Hardin dice que Zed sólo quiere meterse en mis pantaletas pero, sinceramente, me parece un comentario muy hipócrita por su parte. Y Zed no ha hecho nada que me haga pensar que está intentando acostarse conmigo. Nunca, ni siquiera antes de que me enterase de lo de la apuesta y de que lo besase en su departamento, me ha hecho sentir que tuviera que hacer nada que no quisiera hacer.

Detesto cuando mi mente se traslada a esos días. Fui una estúpida, y ambos estaban jugando conmigo. No obstante, hay algo tras los ojos de color caramelo de Zed que me inspira bondad, mientras que detrás de los ojos verdes de Hardin sólo veo ira.

«Sí. Nos vemos a mediodía», le respondo a Zed.

CAPÍTULO 99

Tessa

No tengo muy claro cómo me siento hoy. No estoy precisamente contenta, pero tampoco me siento desgraciada. Estoy muy confundida, y ya extraño a Hardin. Patético, lo sé. No puedo evitarlo. Llevaba mucho tiempo sin verlo y casi había conseguido expulsarlo de mi organismo, pero con sólo un beso ha conseguido instalarse en mis venas de nuevo, destruyendo el poco sentido común que me quedaba.

Landon y yo esperamos a que el semáforo para los peatones se ponga en verde y me alegro de haberme puesto una sudadera, porque el frío no da tregua.

—Bueno, parece que ha llegado el momento de hacer esas llamadas a la Universidad de Nueva York —dice, y saca una lista de nombres.

—¡Vaya! ¡La NYU! —exclamo—. Seguro que te irá genial allí. Es fantástico.

—Gracias. Estoy un poco nervioso por si no me aceptan para el trimestre de verano, y no quiero tomarme el verano sabático.

—¿Estás tonto? ¡Claro que te aceptarán, para cualquier trimestre! ¡Tienes unas notas fantásticas! —Me echo a reír—. Y tienes un padrastro rector.

—¿Quieres llamar tú por mí? —bromea.

Nos separamos y quedamos en encontrarnos en el estacionamiento al final del día.

Se me hace un nudo en el estómago cuando llego al gran edificio de la Facultad de Ciencias Medioambientales y abro la pesada puerta doble. Zed está sentado en un banco de cemento delante de uno de los árboles del vestíbulo. Al verme, una sonrisa se dibuja en su rostro al instante y se pone de pie para recibirme. Viste una camisa blanca de manga larga y unos pantalones de mezclilla. La tela de la camisa es tan fina que se transparentan las líneas de sus tatuajes.

—Hola. —Sonríe.

—Hola.

—He pedido pizza, llegará enseguida —me dice, y nos sentamos los dos en el banco y platicamos sobre cómo nos ha ido el día hasta ahora.

Cuando llega la comida, Zed me guía hasta una sala llena de plantas que parece ser un invernadero. Hileras de flores diferentes que no había visto en mi vida inundan el reducido espacio. Zed se acerca a una de las pequeñas mesas y toma asiento.

—Huele de maravilla —le digo mientras me siento delante de él.

—¿Qué? ¿Las flores?

—No, la pizza. Bueno, las flores también. —Me río.

Me muero de hambre. No me ha dado tiempo de desayunar esta mañana y llevo despierta desde que Hardin ha irrumpido en el departamento de Zed buscándome.

Toma una rebanada de pizza y la dobla por la mitad como recuerdo que solía hacer mi padre. Antes de darle un bocado, me pregunta:

—¿Cómo fueron las cosas anoche? Bueno... esta mañana.

Empiezo a sentirme incómoda al observarlo, y el aroma de las flores me recuerda a las horas que pasaba en el invernadero de la casa de mi infancia, huyendo de los gritos de mi padre alcohólico hacia mi madre.

Aparto la mirada de él y termino de masticar antes de contestarle:

—Al principio fue un desastre, como siempre.

—¿Al principio? —Ladea la cabeza y se relame los labios.

—Sí. Discutimos, como siempre, aunque ahora parece haber mejorado algo —digo simplemente.

No voy a hablarle a Zed sobre cómo Hardin se desmoronó y se postró de rodillas ante mí; es algo demasiado personal y no le interesa a nadie más que a Hardin y a mí.

—¿Qué quieres decir?

—Se disculpó.

Me lanza una mirada que no me gusta para nada.

—Y ¿le creíste?

—No, le respondí que no estaba preparada para nada todavía. Sólo le dije que lo pensaría.

Me encojo de hombros.

—No irás a perdonarlo, ¿verdad? —dice con un tono cargado de decepción.

—No voy a volver con él así sin más, y no pienso regresar a ese departamento.

Zed deja su porción sobre su servilleta.

—No deberías malgastar ni un minuto en pensarlo, Tessa. ¿Qué más tiene que hacer para que te mantengas alejada de él?

Me mira como si le debiera una respuesta.

—Las cosas no funcionan así. No es tan sencillo eliminarlo de mi vida. He dicho que no voy a salir con él ni nada, pero hemos pasado por muchas cosas juntos, y la ha estado pasando muy mal sin mí.

Zed pone los ojos en blanco.

—Claro, ¿beber y drogarse con Jace es su versión de pasarlo mal? —me dice, y me derrumbo.

—No ha estado con Jace. Estaba en Inglaterra.

«Porque estaba en Inglaterra, ¿verdad?»

—Pues anoche estuvo en casa de Jace, justo antes de presentarse en mi casa.

—¿En serio?

Jamás pensé que Hardin volvería a quedar con Jace.

—Me parece un poco raro que quede con alguien que tiene gran parte de culpa en todo lo que ha pasado cuando, según parece, detesta que *yo* esté cerca de ti.

—Ya..., pero tú también estabas implicado —le recuerdo.

—No en lo de ponerte al tanto. Yo no tuve nada que ver cuando te avergonzaron delante de todo el mundo. Jace y Molly lo prepararon todo, y Hardin lo sabe. Por eso le dio una golpiza a Jace. Y yo quería decírtelo todo el tiempo; para mí no era sólo una apuesta, Tessa. Pero para él, sí. Lo demostró cuando nos enseñó las sábanas.

Se me ha quitado el apetito y tengo ganas de vomitar.

—No quiero seguir hablando de esto.

Zed asiente y levanta una mano a modo de disculpa.

—Tienes razón. Lamento haber sacado el tema. Es sólo que me gustaría que me dieras a mí la mitad de oportunidades que le das a él. Yo nunca haría cosas como ir a ver a Jace si estuviera en el lugar de Hardin y, además, Jace siempre está rodeado de chicas...

—Bien —lo interrumpo. No puedo seguir oyendo hablar más sobre Jace y las chicas de su departamento.

—Hablemos de otra cosa. Lo siento si he herido tus sentimientos, de verdad, pero es que no lo entiendo. Eres demasiado buena para él, y le has dado muchas oportunidades. Sin embargo, no volveré a sacar el tema a menos que tú quieras hablar de ello. —Alarga el brazo por encima de la mesa y apoya la mano sobre la mía.

—No te preocupes —respondo, pero no puedo creer que Hardin haya visto a Jace después de lo que ocurrió. Su casa sería el último lugar al que pensé que iría.

Zed se levanta y se acerca a la puerta.

—Ven. Quiero enseñarte algo. —Me levanto y lo sigo—. Espera aquí —dice cuando llego al centro de la sala.

Las luces se apagan y espero quedarme a oscuras. Pero en lugar de eso unas luces de neón verdes, rosa, naranja y rojas sorprenden a mis ojos. Cada hilera de flores brilla con un color diferente, unas más que otras.

—¡Vaya! —exclamo en un susurro.

—¿Están padres? —pregunta.

—Sí, mucho.

Me acerco a una fila lentamente admirando la escena.

—Básicamente las diseñamos y después modificamos las semillas para hacer que brillaran así. —De repente se coloca detrás de mí—. Mira esto.

Me toma del brazo y guía mi mano para que toque el pétalo de una flor que brilla de color rosa. Ésta en específico no brilla tanto como las demás..., al menos hasta que mi dedo la toca, y entonces parece cobrar vida. Retiro la mano al instante, sorprendida, y oigo cómo Zed se ríe detrás de mí.

—Pero ¿cómo es posible? —pregunto fascinada.

Me encantan las flores, especialmente los lirios, y estas flores modificadas genéticamente se parecen mucho y han pasado a ser mis nuevas favoritas.

—Con la ciencia todo es posible —dice con el rostro iluminado por el resplandor que emiten las flores y una amplia sonrisa.

—Eres un matado —bromeo, y él se ríe.

—Mira quién lo dice —replica, y esta vez me río yo.

—Cierto. —Toco la flor de nuevo y veo cómo su brillo se intensifica una vez más—. Esto es increíble.

—Imaginé que te gustaría. Estamos intentando hacer lo mismo con un árbol; el problema es que los árboles tardan mucho más tiempo en crecer que las flores. Pero también viven más; las flores son demasiado frágiles. Si no las cuidas, se marchitan y mueren. —Su tono es suave, y no puedo evitar compararme con la flor, y tengo la sensación de que él está haciendo lo mismo.

—Ojalá los árboles fueran tan bonitos como las flores —digo.

Se coloca delante de mí.

—Podrían serlo, si alguien los hiciera de esa manera. Si tomamos unas flores comunes y corrientes y las convertimos en esto, también podemos hacer lo mismo con un árbol. Con los cuidados y las atenciones pertinentes, podrían brillar como las flores, pero ser mucho más fuertes. —Permanezco callada mientras él acaricia mi mejilla con el dedo pulgar—. Tú mereces esa clase de atención, Tess. Mereces estar con alguien que te haga brillar, no con alguien que te arrebate la luz.

Entonces Zed se inclina para besarme.

Retrocedo y choco con la hilera de flores. Por fortuna, ninguna se cae y yo me recompongo.

—Lo siento, no puedo.

—¿No puedes, qué? —dice levantando ligeramente la voz—. ¿Dejar que sea yo quien te enseñe lo feliz que podrías ser?

—No..., no puedo besarte. Ahora mismo no puedo. No puedo estar todo el tiempo entre uno y otro. Anoche estaba en tu cama, y esta mañana besé a Hardin, y ahora...

—¿Lo besaste?

Se queda boquiabierto y yo me alegro de que la sala esté a oscuras excepto por el brillo de las flores.

—Bueno, me besó él a mí, pero yo dejé que lo hiciera antes de apartarme —le explico—. Estoy confundida, y hasta que sepa lo que voy a hacer, no puedo ir por ahí besándome con todo el mundo. No está bien.

No dice nada.

—Lo siento si te he dado falsas esperanzas y te he hecho creer que...

—No pasa nada —responde Zed.

—No, sí pasa. No debería haberte metido en todo este lío hasta que pudiera pensar con claridad.

—No es culpa tuya. Soy yo quien no deja de insistir. No me importa que me des falsas esperanzas mientras pueda estar cerca de ti. Sé que nos iría bien juntos, y tengo todo el tiempo del mundo para esperar a que tú también te des cuenta —dice, y se aleja para encender la luz.

¿Cómo puede ser siempre tan comprensivo?

—Oye, si me odiases te comprendería —le aseguro, y me cuelgo la mochila en el hombro.

—Yo jamás te odiaría —dice, y sonrío.

—Gracias por enseñarme esto. Es increíble.

—Gracias por venir. Pero déjame al menos que te acompañe a clase, ¿no? —se ofrece con una sonrisa.

Me dirijo a los vestidores para cambiarme y agarrar mi tapete y entro en la sala de yoga sólo cinco minutos antes de la hora. Una chica alta de pelo negro ocupa mi sitio delante, y me veo obligada a ponerme en la última fila, cerca de la puerta. Había planeado decirle a Zed que jamás podré sentir por él lo que siento por Hardin, que lamento haberlo besado y que sólo podemos ser amigos, pero no he sido capaz de hacerlo con todas las cosas bonitas que me decía. Me ha sorprendido totalmente cuando me ha contado que Hardin estuvo en casa de Jace anoche.

Siempre creo que sé lo que tengo que hacer hasta que Zed empieza a hablar. Su voz suave y sus ojos amables me aturden y confunden mis pensamientos.

Cuando vuelva a casa de Landon tengo que llamar a Hardin y contarle lo de la comida con Zed y preguntarle qué hacía en casa de Jace... ¿Qué estará haciendo ahora? ¿Habrá venido hoy a la facultad?

La clase de yoga es justo lo que necesito para aclararme las ideas. Una vez concluida me siento mucho mejor. Enrollo el tapete y salgo de la sala. Entonces, de repente, oigo que alguien me llama justo cuando llego al vestidor.

Me vuelvo y veo que Hardin corre hacia mí y se pasa la mano por el pelo.

—Verás..., quería hablar contigo de una cosa...

Parece contrariado, como si estuviera... ¿nervioso?

—¿Ahora? No creo que éste sea el lugar...

No quiero debatir sobre nuestros problemas en medio del gimnasio.

—No... no es eso —dice con voz muy aguda. Está nervioso, esto no puede ser nada bueno. Él nunca se pone nervioso.

—Me preguntaba... No sé... Bueno, da igual. —Se ruboriza, da media vuelta y se dispone a irse.

Suspiro y me vuelvo para entrar en el vestidor a cambiarme.

—¿Quieres salir conmigo? —exclama entonces, casi gritando.

Me vuelvo sin poder ocultar mi sorpresa.

—¿Qué?

—Como una cita..., ya sabes... ¿Podemos salir por ahí? Sólo si tú quieres, claro, pero podría estar bien. No estoy seguro, pero me gustaría... —Se detiene, y yo decido acabar con su humillación al ver que sus mejillas se tornan rojo escarlata.

—Claro —respondo, y Hardin me mira a los ojos.

—¿En serio? —Sus labios se transforman en una sonrisa, una sonrisa nerviosa.

—Sí.

No sé cómo acabará esto, pero nunca antes me ha pedido salir. Lo más cerca que hemos estado de tener una cita fue cuando me llevó a aquel arroyo y después a cenar. Pero todo aquello fue una mentira, así que no fue una cita real. Fue su manera de acostarse conmigo.

—Bueno... ¿Cuándo? ¿Ahora mismo? ¿O mañana? ¿O a finales de semana?

No recuerdo haberlo visto nunca tan nervioso. Resulta adorable, e intento no reírme.

—¿Mañana? —propongo.

—Sí, mañana está bien. —Sonríe y se muerde el labio inferior. El ambiente entre nosotros es incómodo, pero de una manera positiva.

—Genial...

Me siento nerviosa, como las primeras veces que estaba cerca de él.

—Genial —repite.

Da media vuelta, se va apresuradamente y casi tropieza con una colchoneta de lucha libre. Entro en los vestidores y empiezo a doblarme de la risa.

CAPÍTULO 100

Hardin

Landon se queda perplejo al verme.

—¿Qué haces tú aquí? —me espeta cuando irrumpo en la oficina de mi padre.

—Vine a hablar contigo.

—¿Sobre qué? —inquiere mientras me siento en el sillón grande de piel que hay detrás de la carísima mesa de roble.

—De Tessa, ¿de qué va a ser? —Pongo los ojos en blanco.

—Me contó que ya le pediste salir. Veo que le has dado mucho espacio.

—¿Qué te dijo? —lo interrogo.

—No voy a contarte lo que me dijo. —Desliza una hoja de papel en el fax.

—¿Qué estás haciendo? —le pregunto.

—Mandar mi expediente académico a la NYU por fax. Me traslado allí el trimestre de verano.

«¿En verano? ¡Carajo!»

—¿Por qué tan pronto?

—Porque no quiero seguir perdiendo el tiempo aquí cuando podría estar con Dakota.

—¿Lo sabe Tessa?

Sé que eso la entristecerá. Él es su único amigo de verdad, y eso en cierto modo hace que yo también sea reacio a que se vaya.

—Por supuesto que sí. Ella fue la primera en saberlo.

—Bueno, necesito ayuda con la mierda esta de la cita.

—¿La mierda de la cita? —Sonríe—. Qué bonito.

—¿Me vas a ayudar o no?

—Supongo. —Se encoge de hombros.

—¿Dónde está ella ahora? —le pregunto.

He pasado por delante de la habitación donde se ha estado quedando, pero la puerta estaba cerrada y no he querido llamar. Bueno, sí quería llamar, pero estoy haciendo todo lo posible por darle un poco de espacio. Si no hubiera visto su coche estacionado fuera, ahora mismo estaría nervioso, pero sé que está aquí. O, al menos, eso espero.

—No lo sé, creo que está con ese tal Zed —dice Landon, y me derrumbo.

Me levanto del asiento en cuestión de segundos.

—¡Es broma! Es broma —se apresura a añadir con una sonrisa burlona—. Está en el invernadero, con mi madre.

Sin embargo, no me importa, me alivia pensar que mis fantasías paranoicas estaban sacando lo mejor de mí.

—Pues no tiene ninguna gracia. Eres un cabrón —le espeto, y él se ríe—. Ahora tienes que ayudarme sí o sí —le digo.

Después de darme algunos consejos, Landon da por finalizado nuestro encuentro y me acompaña hasta la salida. De camino, le pregunto:

—¿Ha manejado ella hasta Vance estos días?

—Sí, faltó un par de días cuando estaba..., bueno, ya lo sabes.

—Hum... —Bajo la voz mientras pasamos por delante de la habitación de Tessa. No quiero pensar en el daño que le hice, no en estos momentos—. ¿Crees que estará ahí dentro? —susurro.

Se encoge de hombros.

—No lo sé. Probablemente sí.

—Debería... —giro el agarrador y la puerta se abre con un pequeño rechinido.

Landon me fulmina con la mirada, pero yo hago caso omiso y me asomo.

Está acostada en la cama, con papeles y libros de texto esparcidos a su alrededor. Todavía lleva puestos los *jeans* y una sudadera; debía de estar realmente muy cansada para haberse quedado dormida mientras estudiaba.

—¿Has terminado de comportarte como un mirón? —sisea Landon en mi oído.

Le doy al interruptor de la luz para apagarla, me aparto de la entrada y cierro la puerta.

—No soy ningún mirón. La quiero, ¿sí?

—Ya, pero está claro que no entiendes el concepto de darle un poco de espacio.

—No lo puedo evitar. Estoy acostumbrado a estar con ella, y he pasado un auténtico infierno estas últimas dos semanas sin su presencia. Me cuesta mantener las distancias.

Bajamos la escalera en silencio y espero no haber parecido demasiado desesperado. Pero bueno, sólo es Landon, así que en realidad me vale madre.

Detesto estar en el departamento ahora que Tessa no está allí. Por un momento considero llamar a Logan y pasarme por la casa de la fraternidad, pero en el fondo sé que no es buena idea. No quiero que haya problemas, y allí siempre los hay. Pero es que no quiero volver a ese departamento vacío.

Lo hago de todos modos. Estoy agotado, tengo la sensación de no haber dormido bien desde hace siglos. Me acuesto en nuestra cama e intento visualizar sus brazos alrededor de mi cintura y su cabeza sobre mi pecho. Me cuesta imaginarme la vida así. Si no consigo recuperarla, si no consigo volver a sentir el calor de su cuerpo junto al mío... Tengo que hacer algo. Tengo que hacer algo diferente, algo para demostrarle, a ella y a mí mismo, que puedo hacer esto.

Puedo cambiar. Tengo que hacerlo y, carajo, lo haré.

CAPÍTULO 101

Tessa

Para cuando termino de bañarme y secarme el pelo ya son las seis y ya hace rato que el sol se ha escondido. Llamo a la puerta de la habitación de Landon, pero no obtengo respuesta. Tampoco veo su coche estacionado fuera, aunque últimamente ha estado dejándolo en el garaje, así que puede que todavía esté ahí.

No sé qué ponerme porque no sé adónde vamos a ir. No puedo evitar mirar por la ventana constantemente, esperando ansiosa el coche de Hardin. Cuando la brillante luz de los faros aparece por fin, se me hace un nudo en el estómago.

Casi toda mi ansiedad se esfuma al ver que sale del coche vestido con la camisa negra que se puso para la cena. ¿Lleva pantalones de vestir? Madre mía, sí que los lleva. Y zapatos, zapatos negros y brillantes. Vaya. ¿Hardin se ha arreglado? Me siento inapropiada, pero su manera de mirarme disipa mi desasosiego.

Se ha esforzado mucho. Está muy guapo, e incluso se ha peinado para la ocasión. Lleva el pelo hacia atrás, y sé que ha utilizado algún producto para fijarlo porque no le cae sobre la frente al caminar, como suele hacerlo.

Se ruboriza.

—Este..., hola.

—Hola. —No puedo dejar de mirarlo. «Un momento...»—. ¿Y tus *piercings*? —Los aretes de metal han desaparecido de su ceja y de su labio.

—Me los he quitado. —Se encoge de hombros.

—¿Por qué?

—No lo sé... ¿No crees que estoy mejor así? —Me mira a los ojos.

—¡No! Me encantaba cómo estabas antes... Ahora también, pero deberías volver a ponértelos.

—Ya no quiero llevarlos. —Se acerca a la puerta del acompañante de su coche y la abre para mí.

—Hardin..., espero que no te los hayas quitado pensando que así me vas a gustar más, porque no es verdad. Te quiero del mismo modo. Por favor, vuelve a ponértelos.

Sus ojos se iluminan al oír mis palabras y yo aparto la mirada antes de subirme al coche. Por muy enojada que esté con él, no quiero que sienta que tiene que cambiar su aspecto por mí. Lo prejuzgué cuando vi sus *piercings* la primera vez, pero aprendí a amarlos. Forman parte de él.

—No es eso, de verdad. Ya llevaba tiempo pensando en quitármelos. Los he llevado toda la vida y ya me he cansado. Además, ¿quién chingados va a contratarme para un trabajo de verdad con esa mamada en la cara? —Se abrocha el cinturón y me mira.

—Pues claro que te contratarán, estamos en el siglo xxi. Si te gustan...

—No es para tanto. Me gusta bastante el aspecto que tengo sin ellos, es como si ya no me estuviera escondiendo, ¿sabes?

Lo miro de nuevo y analizo su nueva imagen.

Está guapísimo, como siempre, pero resulta agradable que no haya ningún tipo de distracciones en su rostro perfecto.

—Bueno, creo que estás perfecto sea como sea, Hardin; sólo espero que no pienses que quiero que tengas un aspecto determinado, porque no es cierto —le aseguro, y lo digo de verdad.

Cuando me mira, me sonríe con tanta timidez que se me olvida que quería regañarle.

—Bueno, ¿adónde me vas a llevar? —le pregunto.

—A cenar. Es un sitio muy bonito —responde con voz temblorosa.

El Hardin inseguro se ha convertido en mi Hardin favorito.

—¿He oído hablar de él?

—No lo sé. Puede.

El resto del trayecto transcurre en silencio. Murmuro algunas de las canciones de The Fray, canciones que parecen gustarle mucho a Hardin ahora, mientras él mira atento a través del parabrisas. No para de frotarse el muslo con la mano mientras maneja, y sé que se trata de un tic nervioso.

Cuando llegamos al restaurante, parece sofisticado y muy caro. Todos los vehículos que hay en el estacionamiento valen más que la casa de mi madre, no me cabe duda.

—Pretendía abrirte la puerta —me dice cuando me dispongo a bajar del coche.

—Si quieres, la cierro para que me la abras —le propongo.

—Eso no cuenta, Theresa. —Me sonríe con una sonrisa petulante, y no puedo evitar sentir las mariposas en el estómago que aparecen cada vez que me llama por mi verdadero nombre.

Solía sacarme de quicio, pero lo cierto es que me encantaba cada vez que lo decía para molestarme. Me gusta casi tanto como su manera de llamarme «Tess».

—Hemos vuelto a lo de «Theresa», por lo que parece. —Le sonrío.

—Sí, así es —contesta, y me toma del brazo.

Veo que su confianza va aumentando a cada paso que damos hacia el restaurante.

CAPÍTULO 102

Hardin

—¿Hay algún otro sitio adonde quieras ir? —le pregunto cuando volvemos al coche.

El hombre del restaurante lujoso en el que había reservado mesa ha dicho que mi nombre no estaba en la lista. He mantenido la compostura para no arruinar la noche, pero era un cabrón de mucho cuidado. Agarro con fuerza el volante.

Calma. Tengo que relajarme. Miro a Tessa y sonrío.

Ella se muerde el labio y aparta la mirada.

La situación ha sido horrible.

—En fin, qué vergüenza —digo en un tono inseguro y exageradamente agudo—. ¿Se te ocurre algún sitio en particular, ahora que parece ser que hemos pasado al plan B? —le pregunto, deseando saber de algún otro sitio bonito al que llevarla. Uno en el que nos dejen entrar.

—La verdad es que no. Cualquier sitio donde sirvan comida me parece bien —sonríe.

Ha llevado esto muy bien, y me alegro. Ha sido humillante que nos hayan prohibido la entrada.

—Bueno... ¿McDonald's, entonces? —bromeo sólo para oírla reír.

—Llamaríamos un poco la atención en McDonald's así vestidos.

—Sí, un poco —coincido.

No tengo ni idea de adónde ir. Debería haber elaborado un plan de emergencia por si acaso. La noche ya está siendo un desastre, y eso que todavía no ha empezado.

Paramos en un semáforo y miro a mi alrededor. Hay un montón de gente en el estacionamiento que tenemos al lado.

—¿Qué hay ahí? —pregunta Tessa intentando asomarse por mi lado.

536

—No lo sé, creo que hay una pista de patinaje sobre hielo o alguna mamada de ésas —le digo.

—¿Patinaje sobre hielo? —pregunta elevando la voz como cuando se emociona por algo.

«No, por favor...»

—¿Vamos? —pregunta.

«Mierda.»

—¿A patinar sobre hielo? —pregunto inocentemente, como si no supiera a qué se está refiriendo.

«Por favor, di que no. Por favor, di que no.»

—¡Sí! —exclama.

—Es que... no... —No he patinado sobre hielo en mi vida, y no tenía intención de hacerlo, pero si eso es lo que quiere, supongo que no me voy a morir por intentarlo... Bueno, puede que sí, pero lo haré de todos modos—. Claro..., ¿por qué no?

Cuando la miro, veo que está sorprendida. No esperaba que accediera. Carajo, yo tampoco.

—Espera..., ¿qué vamos a ponernos? Sólo llevo este vestido y unas Toms. Debería haberme puesto pantalones de mezclilla, habría sido divertido —dice casi haciendo pucheros.

—Si quieres vamos a la tienda y te compras algo de ropa. Yo llevo algunas cosas en la cajuela —le digo.

No puedo creer que vaya a pasar por toda esta mierda para ir a patinar sobre hielo.

—¡Bien! —responde sonriente—. ¡Tener la cajuela llena de ropa resulta bastante útil después de todo! Oye... y ¿por qué llevas siempre tanta ropa ahí? Nunca me lo has contado.

—Era una costumbre. Cuando me quedaba a dormir en casa de las chicas..., quiero decir, cuando salía toda la noche, necesitaba ropa limpia por la mañana, y nunca tenía, así que empecé a guardarla en la cajuela. Es bastante práctico —le explico.

Frunce los labios ligeramente y sé que no debería haber mencionado a las otras chicas, aunque eso sucediera antes de conocerla a ella. Ojalá supiera cómo eran las cosas entonces, y que me las tiraba sin ningún tipo de sentimiento. No era lo mismo. No las tocaba de la manera en que la toco a ella, no estudiaba cada milímetro de sus cuerpos, ni me deleitaba con sus jadeos e intentaba acompasar los míos con los suyos, ni deseaba desesperadamente que dijeran que me querían mientras entraba y salía de ellas.

No permitía que me tocaran mientras dormíamos, y si me quedaba en la misma cama que ellas era porque estaba demasiado borracho como para irme. No tenía nada que ver con lo que vivo con ella y, si lo supiera, tal vez no le importaría saber lo que pasó con ellas. Si yo fuera ella... La idea de imaginar a Tessa cogiendo con otro tipo invade mi mente y me provoca náuseas.

—¿Hardin? —dice en voz baja, devolviéndome a la realidad.

—¿Qué?

—¿Me has oído?

—No..., perdona. ¿Qué has dicho?

—Que ya te has pasado Target.

—Ah, mierda, perdón. Daré la vuelta.

Me meto en el primer estacionamiento que encuentro y cambio de sentido. Tessa está obsesionada con esa tienda, y no lo entenderé jamás. Es como el Marks & Spencer de Londres pero más cara, y me da ganas de cachetear a los empleados, con sus estúpidos polos rojos y sus caquis. Pero ella siempre me dice que «En Target hay artículos de calidad y una gran variedad para elegir». Y no lo niego, pero los grandes almacenes siguen siendo una de esas cosas de Estados Unidos que hacen que me sienta como el extranjero que soy.

—Entraré de un salto y tomaré lo primero que vea —dice Tessa cuando aparco.

—¿Estás segura? Si quieres, te acompaño. —Quiero ir con ella, pero no puedo imponerle mi presencia. Esta noche, no.

—Si quieres...

—Quiero —contesto antes de que termine de hablar.

A los diez minutos ya tiene el carrito lleno de un montón de chingaderas. Ha acabado agarrando un suéter gigante y unas mallas de licra. Ella dice que no, que se llaman *leggins,* pero a mí me parecen mallas de licra. Intento imaginármela con ellas puestas mientras toma unos guantes, una bufanda y un gorro. Por su comportamiento, cualquiera diría que nos vamos a la pinche Antártida; aunque la verdad es que hace un frío de la chingada ahí fuera.

—Creo que también deberías comprarte unos guantes. El hielo está muy frío, y cuando te caigas se te congelarán las manos —repite.

—No me voy a caer... pero bueno, me llevaré unos guantes, ya que insistes. —Sonrío y ella me devuelve el gesto mientras mete un par de guantes negros en el carrito.

—¿Quieres también un gorro? —pregunta.

—No, llevo uno de lana en la cajuela.

—Claro.

Saca la bufanda del carro y la deja de nuevo en su sitio.

—¿No te llevas la bufanda? —le pregunto.

—Creo que con esto ya voy bien —dice señalando el carrito lleno.

—Sí, yo diría que sí —bromeo, pero ella pasa por alto mi comentario y se acerca a la sección de los calcetines.

Vamos a pasarnos toda la noche en esta maldita tienda.

—Bueno, creo que ya estoy —anuncia luego por fin.

En la caja, intenta discutir conmigo por el hecho de que quiera pagar sus cosas, como siempre hace, pero no cedo. Esto es una cita que yo le pedí, así que no pienso dejar que pague nada. Pone los ojos en blanco varias veces y se niega a permitirme que pague por sus cosas.

«¿Cómo va de dinero? Si le hiciera falta, ¿me lo diría? ¿Debería preguntarle?» Carajo, estoy pensando demasiado en todo esto.

Cuando volvemos al estacionamiento donde está la pista de patinaje, Tessa está deseando salir corriendo del coche, pero yo aún tengo que cambiarme de ropa. Mientras lo hago, ella mira hacia el otro lado por la ventanilla. Después le digo que podemos ir a buscar unos baños para que se cambie.

Pero ella se encoge de hombros.

—Iba a cambiarme en el coche para no tener que ir cargando con el vestido.

—No, hay demasiada gente. Alguien podría verte desnuda.

Me vuelvo y veo que en la zona donde nos hemos estacionado no hay prácticamente nadie, pero aun así...

—Hardin..., no pasa nada —dice algo molesta.

Debería haberme llevado la pelota antiestrés que vi anoche sobre la mesa de mi padre.

—Si insistes —resoplo, y ella empieza a quitarle las etiquetas a la ropa nueva.

—¿Me bajas el cierre antes de salir? —me pregunta.

—Eh..., sí. —Me inclino en su dirección y ella se levanta el pelo para darme acceso al cierre.

Le he desabrochado este vestido infinidad de veces, pero ésta es la primera que no podré tocarla mientras lo deja caer por sus brazos.

—Gracias. Y ahora espérame fuera —me ordena.

—¿Qué? Si ya te he visto... —empiezo a decir.

—Hardin...

—Bueno. Date prisa. —Salgo del coche y cierro la puerta. Soy consciente de que lo que acabo de decir ha sido una grosería. Abro la puerta rápidamente y me agacho—: Por favor —añado, y la cierro de nuevo.

Oigo cómo se ríe dentro del coche.

Minutos después, sale y se peina su larga melena con la mano antes de ponerse un gorrito morado en la cabeza. Cuando se reúne conmigo al otro lado del vehículo, la encuentro... bella. Siempre está guapa y sexi, pero con ese suéter gigante, el gorro y los guantes parece aún más inocente que de costumbre.

—Toma, te has olvidado los guantes —dice, y me los entrega.

—Menos mal, no habría sobrevivido sin ellos —bromeo, y ella me propina un codazo. Carajo, qué preciosa es.

Hay muchas cosas que me gustaría decirle, pero no quiero soltar algo inapropiado y arruinar la noche.

—Oye, si querías llevar un suéter tan grande podrías haberte puesto uno mío y haberte ahorrado veinte varos —digo.

Ella me agarra de la mano pero me suelta al instante.

—Perdona —murmura, y se pone colorada.

Quiero tomarla de la mano otra vez pero, una vez en la pista, una mujer nos recibe y me distrae.

—¿Qué talla son? —pregunta con voz grave.

Miro a Tessa y ella contesta por los dos. La mujer vuelve con dos pares de patines de hielo y yo me horrorizo al verlos. Esto no puede acabar bien de ninguna manera.

Sigo a Tess hasta un banco cercano y me quito los zapatos. Se pone los dos patines en un instante cuando yo todavía no he metido ni medio pie en uno. Espero que se aburra pronto y quiera que nos vayamos.

—¿Todo bien por ahí? —se burla de mí cuando por fin me ato las agujetas del segundo patín.

—Sí. ¿Dónde dejo los zapatos? —le pregunto.

—Yo se los guardo —responde la mujer bajita de antes, que aparece de repente.

Le entrego mi calzado y Tess hace lo mismo.

—¿Preparado? —me pregunta, y me pongo de pie.

Me agarro del barandal de inmediato.

«¿Cómo chingados voy a hacer esto?»

Tessa reprime una sonrisa.

—Es más fácil cuando te desplazas sobre el hielo.

Carajo, eso espero.

Pero no es más fácil, y me caigo tres veces en cinco minutos. Tessa se ríe en cada ocasión, y he de admitir que, de no llevar los guantes, ahora mismo tendría las manos congeladas.

Se ríe y me ofrece la mano para ayudarme a levantarme.

—¿Recuerdas que hace media hora dijiste convencido que no ibas a caerte?

—¿Tú qué eres?, ¿una especie de patinadora sobre hielo profesional? —le pregunto mientras me levanto.

Odio el patinaje sobre hielo más que nada en el mundo en estos momentos, pero Tessa parece estar pasándola genial.

—No, hacía tiempo que no patinaba, pero solía hacerlo mucho con mi amiga Josie.

—¿Josie? Nunca te había oído decir que tuvieses amigas donde vivías.

—No tenía muchas, la verdad, pasaba la mayor parte del tiempo con Noah. Josie se trasladó allí antes de mi último curso.

—Ah.

No entiendo por qué no tenía muchas amigas. ¿Y qué si es un poco obsesivo-compulsiva, y pudorosa y se obsesiona con las novelas? Es simpática, a veces incluso demasiado, con todo el mundo. Menos conmigo, claro. A mí me mete en apuros constantemente, pero me encanta eso de ella. La mayor parte del tiempo.

Media hora más tarde todavía no hemos dado ni una vuelta entera a la pista gracias a mi gran habilidad.

—Tengo hambre —dice por fin, y mira hacia un puesto de comida con luces parpadeantes encima.

Sonrío.

—Pero todavía no te has caído y me has arrastrado contigo de manera que acabas aterrizando sobre mí y mirándome a los ojos, como en las películas —replico.

—Esto no es una película —me recuerda, y se dirige hacia la salida.

Ojalá me hubiera agarrado de la mano mientras patinábamos; si hubiera conseguido mantenerme de pie, claro. Todas las parejitas felices parecen burlarse de nosotros mientras recorren la pista en círculos a nuestro alrededor, agarraditos de las manos.

En cuanto salgo de la pista, me quito los horribles patines, se los devuelvo a la mujer menuda y recupero mis zapatos.

—Tienes un gran futuro en los deportes —me molesta Tess por enésima vez cuando me reúno con ella en el puesto de comida, donde está devorando un *waffle* y llenándose el suéter morado de azúcar glas.

—Ja, ja. —Pongo los ojos en blanco. Todavía me duelen los tobillos de esa mierda—. Te podría haber llevado a otro sitio a comer, los *waffles* no son precisamente lo que yo entiendo por una buena cena —le digo, y bajo la vista al suelo.

—No pasa nada. Hacía mucho tiempo que no me comía uno. —Se ha comido los suyos y la mitad del mío.

La atrapo mirándome otra vez; su rostro tiene una expresión pensativa, como si estuviera estudiando mi cara.

—¿Por qué me miras tanto? —pregunto por fin, y aparta la mirada.

—Perdona..., es que no estoy acostumbrada a verte sin *piercings* —admite mirándome otra vez.

—Tampoco hay tanta diferencia.

Sin darme cuenta, me he llevado los dedos a la boca.

—Ya..., pero se me hace raro. Me había acostumbrado a verlos.

«¿Debería volver a ponérmelos?» No me los he quitado por ella. Lo que le he dicho es verdad. Siento que estaba escondiéndome detrás de ellos, que estaba usando los aretes de metal para mantener a la gente a cierta distancia. Los *piercings* intimidan a la gente y eso hace que eviten hablarme o que se me acerquen, y siento que ya estoy superando esa etapa de mi vida. No quiero mantener alejada a la gente, y menos a Tessa. Quiero atraerla hacia mí.

Me los hice cuando era sólo un adolescente. Falsifiqué la firma de mi madre y me emborraché antes de tambalearme hasta la tienda. El muy cabrón sabía que había bebido, pero me los hizo de todos modos. No me arrepiento en absoluto; pero ya no los necesito.

Lo de los tatuajes es diferente. Me encantan y sé que siempre será así. Seguiré cubriéndome el cuerpo de tinta, revelando pensamientos que soy incapaz de expresar con palabras. Bueno, en realidad no es ése el caso, teniendo en cuenta que son un montón de tonterías sin relación que no guardan ningún significado en absoluto, pero quedan bien, así que me vale madres.

—No quiero que cambies —me dice, y levanto la vista para mirarla—. No físicamente. Sólo quiero que me demuestres que puedes tratarme mejor y que dejes de controlarme. Tampoco deseo que cambies tu personalidad. Sólo quiero que luches por mí, no que te conviertas en una persona con la que crees que quiero estar.

Sus palabras me llegan al alma y amenazan con desgarrármela y abrírmela.

—No es eso lo que pretendo —contesto.

Intento cambiar por ella, pero no de ese modo. Esto lo he hecho por mí, y por ella.

—Quitármelos sólo ha sido un paso en todo esto. Estoy intentando convertirme en una persona mejor, y los *piercings* me recuerdan una mala época de mi vida. Un tiempo que quiero dejar atrás —le digo.

—Ah —dice casi en un susurro.

—¿Te gustaban, entonces? —Sonrío.

—Sí, mucho —admite.

—Si quieres me los vuelvo a poner —le ofrezco, pero niega con la cabeza.

Estoy mucho menos nervioso ahora que hace dos horas. Ésta es Tessa, mi Tessa, y no debería estar nervioso.

—Sólo si tú quieres hacerlo —añade.

—Puedo ponérmelos cuando te... —me interrumpo.

—¿Cuando qué? —pregunta ladeando la cabeza.

—Es mejor que no termine la frase.

—¡Ándale! ¿Qué ibas a decir?

—Bueno, como quieras. Iba a decir que puedo ponérmelos cuando te coja si tanto te excitan.

Su expresión de espanto me hace reír, y ella se vuelve mirando a todas partes para comprobar que nadie me ha oído.

—¡Hardin! —me reprende con una mezcla de diversión y vergüenza.

—Te lo he advertido... Además, esta noche no he hecho ningún comentario lascivo. Tengo derecho a hacer al menos uno.

—Cierto —coincide con una sonrisa, y bebe un trago de limonada.

Quiero preguntarle si eso significa que se ve practicando el sexo conmigo otra vez, ya que no me ha corregido, pero algo me dice que éste no es el momento. No es sólo porque quiera sentirla de nuevo, es porque, carajo, la extraño muchísimo. Nos estamos llevando bastante bien, para tratarse de nosotros. Sé que en gran parte es porque yo no me estoy comportando como un cabrón por una vez. La verdad es que no es tan difícil. Sólo tengo que pensar antes de decir cualquier pendejada.

—Mañana es tu cumpleaños. ¿Qué piensas hacer? —me pregunta después de unos minutos de silencio.

«Mierda.»

—Pues... Logan y Nate me van a dar una especie de fiesta. No tenía intención de ir, pero Steph ha dicho que fueron todos a comprarme algo y que se han gastado un montón de lana, así que supongo que al menos iré un rato. A no ser..., ¿querías hacer algo? Si es así, no iré —le digo.

—No, tranquilo. Seguro que en la fiesta te la pasas mucho mejor.

—¿Quieres venir? —Y, como sé la respuesta, añado—: Nadie sabe lo que pasa entre nosotros, excepto Zed, claro.

Tengo que obligarme en no centrarme en por qué carajos está Zed al tanto de mis pinches asuntos.

—No, aunque gracias de todos modos. —Sonríe, pero el gesto no alcanza sus ojos.

—No tengo por qué ir.

Si quiere pasar mi cumpleaños conmigo, Logan y Nate pueden irse a volar.

—No, tranquilo, de verdad. Tengo cosas que hacer de todas formas —replica, y aparta la mirada.

CAPÍTULO 103

Tessa

—¿Tienes planes para el resto de la noche? —me pregunta Hardin mientras detiene el coche en la entrada de vehículos de la casa de su padre.

—No, estudiar y dormir. Una noche loca. —Le sonrío.

—Yo extraño dormir. —Frunce el ceño y pasa el dedo índice por los surcos del volante.

—¿No duermes? —Claro que no duerme—. ¿Estás... has estado...? —empiezo.

—Sí, todas las noches —me dice, y creo morir.

—Lo siento.

Detesto esto. Detesto que lo atormenten esas pesadillas. Detesto ser su único elixir, lo único que consigue hacer que desaparezcan.

—No te preocupes. Estoy bien —asegura, pero las ojeras debajo de sus ojos indican lo contrario.

Invitarlo a entrar sería una idea tremendamente estúpida. Se supone que tengo que pensar qué quiero hacer con mi vida de ahora en adelante, no pasar la noche con Hardin. Se me hace raro que me esté dejando en casa de su padre, y por eso mismo tengo que buscarme mi propio departamento.

—Puedes entrar si quieres. Sólo para dormir, todavía es pronto —le ofrezco finalmente, y levanta la cabeza al instante.

—¿Estás segura? —dice, y yo asiento antes de arrepentirme.

—Sí..., pero sólo para dormir —le recuerdo con una sonrisa, y él asiente.

—Ya lo sé, Tess.

—No lo decía en ese sentido... —intento explicarle.

—Lo he entendido —resopla.

«Bueno...»

La distancia que hay entre nosotros es incómoda pero necesaria al mismo tiempo. Quiero acercar la mano y retirarle el único mechón rebelde que le cae sobre la frente, pero eso sería demasiado. Necesito espacio, tanto como necesito a Hardin. Es todo muy confuso, y sé que invitarlo a entrar no me ayudará a aclarar toda esta confusión, pero quiero que duerma bien.

Le ofrezco una leve sonrisa y él me mira durante un segundo y luego niega con la cabeza.

—¿Sabes qué? Será mejor que me vaya. Tengo trabajo que hacer y... —empieza.

—No pasa nada. En serio —lo interrumpo, y abro la puerta del coche para huir del bochorno que siento.

No debería haber hecho eso. Se supone que tengo que distanciarme, y aquí estoy, permitiendo que me rechace... otra vez.

Cuando llego a la puerta, me acuerdo de que me he dejado el vestido y los tacones en el coche de Hardin, pero cuando me vuelvo ya está dando marcha atrás por el camino.

Mientras me desmaquillo y me preparo para acostarme, mi mente reproduce la cita una y otra vez. Hardin ha estado tan... agradable. Hardin ha sido agradable. Se ha vestido de manera elegante, y no se ha peleado con nadie. Ni siquiera ha insultado a nadie. Es un progreso importante. Empiezo a reírme como una idiota cuando me acuerdo de sus caídas en la pista de hielo. Él estaba furioso, pero ha sido muy divertido. Con su figura alta y desgarbada y esas piernas que no paraban de tambalearse con los patines, desde luego ha sido una de las cosas más graciosas que he visto en mi vida.

No tengo claro cómo me siento con respecto al hecho de que se haya quitado los *piercings*, pero él me ha asegurado que quería hacerlo, así que no es culpa mía. Me pregunto qué opinarán sus amigos.

Me ha cambiado ligeramente el humor cuando me ha contado lo de la fiesta de cumpleaños. No sé qué pensaba que iba a hacer, pero desde luego lo de la fiesta no se me había pasado por la cabeza. Sin embargo, soy una estúpida, porque al fin y al cabo cumple la mayoría de edad.

Quiero pasar su veintiún cumpleaños con él más que nada en el mundo, pero siempre que voy a esa maldita casa de la fraternidad ocurre algo malo, y no quiero continuar con ese ciclo, y menos con lo delicadas que están las cosas entre nosotros. Lo último que necesito es beber y empeorarlo todo. No obstante, me gustaría regalarle alguna cosa. No soy buena haciendo regalos, pero ya pensaré algo. Me detengo frente a la habitación de Landon, pero no me contesta cuando llamo a la puerta. Abro y veo que está durmiendo, así que decido irme a la cama yo también.

Abro la puerta de mi habitación y casi me da un infarto cuando veo una figura sentada sobre el colchón. Dejo caer mi bolsa de aseo sobre la cómoda..., entonces me doy cuenta de que es Hardin y me tranquilizo. Mientras lo observo, veo que cruza los tobillos por delante de él, incómodo.

—Yo... eh... siento haber sido un cabrón antes. Quería quedarme. —Se pasa los dedos por su pelo rebelde.

—Y yo te he invitado a quedarte —le recuerdo, y me acerco a la cama.

Suspira.

—Lo sé, y lo siento. ¿Puedo quedarme, por favor? La he pasado muy bien esta noche contigo, y estoy tan cansado...

Lo medito durante unos instantes. Quería que se quedara. Extraño la reconfortante sensación de tenerlo en mi cama, pero ha dicho que tenía cosas que hacer.

—Y ¿qué pasa con tu trabajo? —pregunto con una ceja levantada.

—Puede esperar —responde. Parece angustiado.

Me siento a su lado en la cama, tomo la almohada y la coloco sobre mi regazo.

—Gracias —dice, y me acerco a él.

Es como un imán para mí; soy incapaz de mantenerme ni siquiera a unos centímetros de distancia.

Lo miro y él sonríe, y entonces baja la vista al suelo. Mi cuerpo, actuando libremente, se inclina hacia él y coloca mi mano sobre la suya. Tiene las manos frías, y la respiración agitada.

«Te he extrañado —me gustaría confesarle—. Quiero estar cerca de ti.»

Él me aprieta la mano suavemente y apoyo la cabeza en su hombro. Uno de sus brazos me rodea la espalda y me estrecha con fuerza.

—La he pasado muy bien esta noche —le digo.

—Yo también, nena. Yo también.

Oírlo llamarme «nena» hace que quiera estar aún más cerca de él. Levanto la vista y veo que me está mirando los labios. De manera instintiva, ladeo la cabeza y acerco la boca a la suya. Cuando pego los labios a los suyos, se inclina hacia atrás para apoyarse en los codos, y me monto sobre su regazo. Apoya una mano en mi zona lumbar y acerca mi cuerpo más todavía al suyo.

—Te he extrañado —dice, y me lame la lengua. Extraño el frío del arete de metal, pero mis ansias por él calientan mi cuerpo y hacen que todo lo demás sea irrelevante.

—Yo a ti también —contesto.

Hundo los dedos en su pelo y lo beso con fuerza. Mi mano libre serpentea por sus fuertes músculos por debajo de su camisa, pero Hardin me detiene y se aparta, conmigo todavía en el regazo.

Sonríe claramente mortificado.

—Creo que deberíamos dejar este encuentro en algo apto para todos los públicos. —Se pone colorado y respira agitadamente contra mi rostro.

Quiero protestar, decirle que necesito su tacto, pero sé que tiene razón. Suspirando, me quito y me acuesto al otro extremo de la cama.

—Perdona, Tess. No quería decir... —No termina la frase.

—No, tienes razón. De verdad, no te preocupes. Vamos a dormir. —Sonrío, pero mi cuerpo vibra tras el contacto.

Se acuesta lejos de mí, ciñéndose a su lado de la cama con una almohada entre nosotros, y me hace recordar nuestros comienzos. No tarda en quedarse dormido, y sus serenos ronquidos inundan el aire. Sin embargo, cuando me despierto en mitad de la noche, Hardin se ha ido y me ha dejado una nota sobre su almohada:

Gracias otra vez. Tenía cosas que hacer.

A la mañana siguiente, le mando un mensaje a Hardin en cuanto me despierto para desearle un feliz cumpleaños y me visto mientras espero su respuesta. Me habría gustado que se quedara, pero a la luz del día me siento aliviada de no tener que enfrentarme al incómodo momento de despertar juntos después de una primera cita.

Suspirando, guardo el celular en la mochila y me dirijo al piso de abajo para reunirme con Landon y decirle que faltaré a la mitad de las clases hoy porque quiero ir a buscar un regalo para Hardin.

CAPÍTULO 104

Hardin

—Va a estar de puta madre, güey —me dice Nate mientras se sube al muro de piedra al final del estacionamiento.

—Por supuesto —contesto.

Me aparto del humo del cigarro de Logan y me siento al lado de Nate.

—Y más te vale no escabullirte, porque llevamos meses planeando esto —me informa Logan.

Balanceo las piernas hacia adelante y hacia atrás y, por un segundo, me planteo empujar a Logan del muro por todo lo que me ha molestado por haberme quitado los *piercings*.

—Iré. Ya les he dicho que iré.

—¿Vas a traerla? —pregunta Nate, refiriéndose claramente a Tess.

—No, está ocupada.

—¿Ocupada? Cumples veintiún años, güey. Te has quitado los *piercings* por ella, tiene que venir —señala Logan.

—Siempre que viene pasa alguna mierda. Y, por última vez, no me los he quitado por ella. —Pongo los ojos en blanco y recorro con el dedo las grietas en el cemento.

—Podrías pedirle que le diera otra golpiza a Molly. Aquello fue digno de ver —se ríe Nate.

—Estuvo chido, y es muy divertida cuando está borracha. Y cuando dice groserías es muy chistosa. Es como oír a mi abuela. —Logan se echa a reír también.

—¿Quieren dejar de hablar de Tessa de una maldita vez? No va a venir.

—Bueno, relájate, güey —sonríe Nate.

Ojalá no me hubiesen organizado ninguna fiesta, porque quería pasar mi cumpleaños con ella. Me valen madres los cumpleaños, pero quería verla. Sé que no tiene nada que hacer, pero no quiere estar con mis amigos, y no se lo reprocho.

—Oye, ¿te pasa algo con Zed? —pregunta Nate mientras nos dirigimos a clase.

—Sí, que es un cabrón que no para de rondar a Tessa. ¿Por qué?

—Por nada, porque el otro día la vi a ella entrando en el edificio ese de medioambiente o como se llame y me pareció raro —dice.

—¿Cuándo fue eso?

—Hará un par de días. El lunes, creo.

—¿Estás jug...? —Pero me detengo a media frase porque sé que habla en serio.

«Maldita sea, Tessa, ¿qué parte de "mantente alejada de Zed" no has entendido?»

—Aunque no te importará que Zed venga, ¿no? Porque ya se lo hemos dicho a todos y no quiero tener que retirarle la invitación a nadie —prosigue Nate; siempre ha sido el más agradable del grupo.

—Me vale madres. No es él quien se la está cogiendo, sino yo —le digo, y se echa a reír. Si supiera cómo están las cosas en realidad...

Nate y Logan me dejan delante del edificio del gimnasio, y he de admitir que estoy ansioso por ver a Tessa. Me pregunto cómo llevará el pelo hoy, y si se habrá puesto esos pantalones que tanto me gustan.

«Pero ¿qué chingados...?» Todavía me maravillo al sorprenderme pensando en este tipo de cosas tan absurdas. Si alguien llega a decirme hace unos meses que iba a estar soñando despierto sobre cómo lleva el pelo una tipa, le habría partido los dientes. Y aquí estoy ahora, esperando que Tess se lo haya recogido para poder verle la cara.

Horas más tarde, no puedo creer que esté en la casa de la fraternidad de nuevo. Me parece que han pasado siglos desde que vivía aquí. No lo extraño en absoluto, pero tampoco me gusta nada vivir solo en ese departamento.

Este curso ha sido una pinche locura. No me puedo creer que haya cumplido veintiún años y que vaya a terminar la carrera el año que viene. Mi madre se ha puesto a llorar por teléfono antes y a decirme que estoy creciendo demasiado deprisa, y he acabado colgándole porque no paraba. En mi defensa he de decir que no he colgado sin más, sino que he fingido durante toda la conversación que estaba a punto de acabarse la batería.

La casa está llena de personas, la calle repleta de coches, y me pregunto quién chingados es toda esta gente y qué hacen en mi cumpleaños. Sé que la reunión no es toda en mi honor. Es sólo una excusa para dar una fiesta a lo grande, pero aun así... Justo cuando empezaba a desear que Tessa estuviera aquí, veo el espantoso pelo rosa de Molly y me alegro de que no haya venido.

—Ahí está el cumpleañero —dice sonriendo mientras entra en la casa delante de mí.

—¡Scott! —grita Tristan desde la cocina; por lo que parece, ya ha estado bebiendo.

—¿Y Tessa? —pregunta Steph.

Todos mis amigos están a mi alrededor formando un pequeño círculo y mirándome mientras intento improvisar algo. Lo último que necesito ahora es que sepan que estoy intentando persuadirla para que vuelva conmigo.

—Un momento..., ¿dónde carajos están tus *piercings*? —exclama Steph a continuación, y me toma de la barbilla y me ladea la cabeza para examinarme como si fuese una pinche rata de laboratorio.

—Quítate —gruño, apartándome.

—¡Carajo! Te estás transformando en uno de ellos —dice Molly, y señala a un grupo de bien portados asquerosos que hay al otro lado de la habitación.

—No es verdad —respondo fulminándola con la mirada.

Ella se echa a reír e insiste:

—¡Claro que sí! Te dijo ella que te los quitaras, ¿verdad?

—No. Me los quité porque quise. Métete en tus asuntos —le espeto.

—Lo que tú digas —dice poniendo los ojos en blanco, y se va, gracias a Dios.

—No le hagas caso. Bueno, di, ¿va a venir Tessa? —insiste Steph, y yo niego con la cabeza—. ¡La extrañaremos! Ojalá saliera más —dice, y bebe un trago de su vaso rojo.

—Pues sí —murmuro entre dientes, y me lleno un vaso de agua.

Para mi desgracia, el volumen de la música y las voces aumentan conforme avanza la noche. Todo el mundo está borracho antes de las ocho. Todavía no he decidido si quiero beber o no. Llevaba mucho tiempo sin hacerlo hasta aquella noche en casa de mi padre, cuando destruí toda la vajilla de porcelana de Karen. Antes venía a estas pinches fiestas sin beber nada..., bueno, al menos la mayor parte del tiempo era así. Apenas recuerdo mis primeros días de facultad, botella tras botella, zorra tras zorra... Todo está borroso, y me alegro por ello. Nada tenía sentido hasta que apareció Tessa. Busco un hueco en el sillón al lado de Tristan y me pongo a pensar en ella mientras mis amigos juegan otro estúpido juego para beber.

CAPÍTULO 105

Tessa

«Hola», dice el mensaje de Hardin y, por ridículo que parezca, siento miles de mariposas en el estómago.

«¿Qué tal la fiesta?», le escribo, y me meto otro puñado de palomitas en la boca. Me he pasado dos horas seguidas frente a la pantalla de mi libro electrónico y necesito un descanso.

«Una mierda. ¿Puedo ir a verte?», responde.

Casi salto de la cama. Antes, después de pasarme horas buscando algo decente que regalarle, he tomado la decisión de que mi «espacio» puede esperar hasta después de su cumpleaños. Me da igual si parezco patética o necesitada. Si prefiere pasar el tiempo conmigo en vez de con sus amigos, pienso aceptarlo. Se está esforzando mucho, y tengo que reconocerlo. Es verdad que tenemos que hablar sobre el hecho de que no quiera un futuro conmigo y de cómo afectará eso a mi carrera.

Pero eso puede esperar a mañana. Le contesto:

Sí. ¿Cuánto tardas?

Rebusco en el ropero y saco una blusa azul sin mangas que Hardin me dijo en su día que me quedaba bien. Tendré que ponerme unos *jeans*; de lo contrario, pareceré una idiota encerrada en esta habitación con un vestido puesto. Me pregunto cómo irá él. ¿Llevará el pelo hacia atrás como ayer? ¿Se aburría en la fiesta sin mí y ha preferido venir a verme en lugar de quedarse allí? Está cambiando mucho, y lo adoro por ello.

«¿Por qué me pongo tan tonta?»

Media hora.

Corro al baño para cepillarme los dientes y quitarme los restos de palomitas. Aunque no debería besarlo, ¿no? Es su cumpleaños..., por un beso no pasará nada y, la verdad, se merece un beso por todo el empeño que ha puesto hasta ahora. Un beso no cambiará nada de lo que estoy intentando hacer.

Me retoco el maquillaje y me paso el cepillo por el pelo antes de recogérmelo en una cola de caballo. Está claro que pierdo el juicio en lo que a Hardin se refiere, pero ya me castigaré por ello mañana. Sé que no suele celebrar los cumpleaños, pero quiero que éste sea diferente. Me gustaría que supiera que es importante.

Tomo el regalo y empiezo a envolverlo rápidamente. El papel que he comprado está repleto de notas musicales y quedaría muy bien para forrar libros. Estoy nerviosa y despistada, y no debería estarlo.

«Bueno, te veo al rato», le envío, y me dirijo al piso de abajo después de escribir su nombre en la etiqueta del regalo.

Me encuentro a Karen bailando al ritmo de una vieja canción de Luther Vandross, y no puedo evitar echarme a reír cuando se vuelve con la cara toda roja.

—Perdona, no sabía que estabas ahí —dice claramente avergonzada.

—Me encanta esa canción. Mi padre la escuchaba todo el tiempo —le digo, y ella sonríe.

—Tu padre tiene buen gusto, entonces.

—Lo tenía.

Sonrío cuando me viene a la cabeza un recuerdo bastante bonito de mi padre bailando conmigo en brazos en la cocina..., antes de que anocheciera y le pusiera un ojo morado a mi madre por primera vez.

—¿Qué vas a hacer esta noche? Landon está en la biblioteca otra vez —me dice, aunque ya lo sabía.

—Iba a preguntarte si me ayudarías a preparar un pastel o algo para Hardin. Es su cumpleaños, y llegará dentro de una media hora. —No puedo evitar sonreír.

—¿De veras? Pues claro que sí, podemos hacer un pastel rápido... o, mejor, ¡hagamos uno de dos capas! ¿Qué le gusta más: el chocolate o la vainilla?

—Pastel de chocolate con cobertura de chocolate —le digo.

Por mucho que a veces crea que no lo conozco, lo conozco mejor de lo que pienso.

—Bien, ¿me sacas los moldes? —pregunta, y lo hago.

Treinta minutos después, estoy esperando a que el pastel se enfríe del todo para poder echarle la cobertura antes de que llegue Hardin. Karen ha sacado algunas velas usadas. Sólo ha encontrado un uno y un tres, pero estoy segura de que a él le parecerá chistoso.

Entro en la sala y miro por la ventana para ver si ha llegado ya, pero el camino está vacío. Seguramente sólo se está retrasando un poco. Únicamente han pasado cuarenta y cinco minutos.

—Ken llegará a casa dentro de una hora —señala Karen—, iba a cenar con algunos colegas. Sé que soy una persona horrible, pero le he dicho que me dolía la panza. Detesto esas cenas. —Se echa a reír y yo la acompaño mientras intento alisar la cobertura de chocolate por las orillas del pastel.

—No te culpo —le digo, y hundo las velas en el pastel.

Después de colocarlas de manera que ponga «31», decido cambiarlas para que ponga «13». Karen y yo nos echamos a reír y me peleo con el glaseado duro para escribir el nombre de Hardin bajo las cursis velas.

—Qué... bonito —miente.

Tuerzo el gesto al ver lo mal que se me da esto.

—La intención es lo que cuenta. O, al menos, eso espero.

—Le encantará —me asegura ella antes de subir al piso de arriba para darnos a Hardin y a mí un poco de intimidad cuando llegue.

Ya ha pasado una hora desde que me mandó el mensaje, y estoy aquí sentada sola en la cocina, esperando a que aparezca. Quiero llamarlo, pero si no va a venir debería ser él quien me llamara para decírmelo.

Vendrá. Al fin y al cabo, lo de venir ha sido idea suya. Vendrá.

CAPÍTULO 106

Hardin

Nate intenta darme su vaso por tercera vez.

—Ándale, güey. Sólo una copa, cumples veintiún años, ¡es ilegal no beber!

Al final cedo para poder largarme antes de aquí.

—Bueno, pero sólo una.

Sonriendo, recupera el vaso y le quita a Tristan la botella de alcohol que tiene en las manos.

—De acuerdo, entonces que sea al menos una decente —dice.

Pongo los ojos en blanco antes de beberme el líquido oscuro.

—Bien, ya está. Y ahora déjame tranquilo —le digo, y él asiente.

Me dirijo a la cocina a por otro vaso de agua y, de todas las personas posibles, tenía que ser precisamente Zed el que me detuviera.

—Toma —dice, y me da mi celular—. Lo has dejado en el sillón al levantarte.

Y se va de nuevo a la sala.

CAPÍTULO 107

Tessa

Dos horas después, dejo el pastel en la barra y subo al piso de arriba para desmaquillarme y volver a ponerme la pijama. Esto es lo que pasa cada vez que me permito darle otra oportunidad a Hardin. La realidad me explota en la cara.

De verdad he creído que iba a venir, qué estúpida soy. Estaba abajo haciéndole un pastel... No tengo remedio, soy una idiota.

Me pongo los auriculares antes de permitirme llorar de nuevo. La música inunda mis oídos mientras me tumbo sobre la cama y me esfuerzo en no ser demasiado dura conmigo misma. Anoche se comportó de una manera muy diferente, en un sentido positivo, pero extraño esos comentarios lascivos y ordinarios que finjo odiar, a pesar de que en realidad me encantan.

Me alegro de que Landon no haya venido a saludarme cuando lo he oído llegar a casa. Todavía albergaba esperanzas de que viniera, y habría parecido aún más patética, aunque él no me lo diría nunca, por supuesto.

Alargo el brazo y apago la luz de la mesita de noche, y después bajo el volumen de la música ligeramente. Hace un mes me habría metido en el coche y me habría presentado en esa estúpida casa para preguntarle por qué me ha dejado plantada, pero ahora ya no tengo ganas ni energía de pelear con él. Ya no.

Me despierto con el tono de mi celular en los oídos y el ruido me sobresalta a través de los auriculares.

Es Hardin. Y es casi medianoche. «No contestes, Tessa.»

Tengo que obligarme literalmente a ignorar la llamada y a desconectar el teléfono. Tomo el despertador de la mesita, pongo la alarma a la hora que quiero levantarme y cierro los ojos.

Debe de estar muy borracho para llamarme después de dejarme plantada. Qué ilusa he sido.

CAPÍTULO 108

Hardin

Tessa no responde a mis llamadas y me estoy empezando a enojar. ¿Faltan quince minutos para que termine mi pinche cumpleaños y no me contesta el teléfono?

Bien, debería haberla llamado antes, pero aun así... Ni siquiera ha contestado al mensaje que le he mandado hace unas horas. Creía que la habíamos pasado bien anoche; incluso me invitó a entrar en casa de mi padre para que pudiera dormir. Me sentí fatal al rechazar su ofrecimiento, pero sabía lo que pasaría si entraba. Habría llevado las cosas demasiado lejos, y tengo que dejar que sea ella la que haga el primer movimiento. No puedo aprovecharme de ella ahora, aunque, carajo, me gustaría hacerlo.

—Creo que ya me voy —le digo a Logan, obligándolo a despegarse de la chica de pelo negro y piel morena que, obviamente, tanto le gusta.

—No, no puedes irte todavía, no hasta... ¡Ah! ¡Ahí están! —grita, y señala hacia adelante.

Me vuelvo y veo a dos chicas con gabardina que vienen hacia nosotros. «¿Es una maldita broma?»

La multitud empieza a aplaudir y a silbar.

—No me gustan las *strippers* —le digo.

—¡Ajá, güey! ¿Cómo has sabido que eran *strippers*? —Se echa a reír.

—¡Llevan gabardinas y tacones altos! —Esto es una maldita pendejada.

—¡Vamos, hombre! ¡A Tessa no le importará! —añade Logan.

—Ésa no es la cuestión —gruño, aunque sí que lo es. No es la única cuestión, pero sí la más importante.

—¿Eres el cumpleañero? —dice una de las chicas.

Su labial rojo intenso ya me está dando dolor de cabeza.

—No, no, no. No lo soy —miento, y salgo volado por la puerta.

—¡Vamos, Hardin! —gritan unas cuantas voces.

Me vale madre. No pienso darme la vuelta. Tessa se volvería loca si se enterara de que he estado de fiesta con unas *strippers*. Casi puedo oírla gritándome por ello en estos momentos. Ojalá me hubiera contestado el teléfono. Pruebo a llamarla una vez más mientras Nate intenta llamarme por la otra línea. No pienso volver ahí por nada del mundo. Ya he participado bastante en la celebración.

Seguro que está encabronada conmigo por no haberla llamado antes, pero nunca sé cuándo debo llamarla y cuándo no. No pretendo agobiarla, pero tampoco quiero darle demasiado espacio. La situación pende de un hilo y no sé cómo actuar.

Compruebo mi teléfono una vez más y veo que el «Hola» que le he mandado es el último mensaje recibido o enviado. Parece ser que esta noche seremos mi departamento solitario y yo de nuevo.

Feliz cumpleaños de la chingada.

CAPÍTULO 109

Tessa

Me despierto con una alarma extraña y tardo unos instantes en recordar que desconecté mi teléfono anoche por Hardin. Después recuerdo haber estado esperando en la cocina, desilusionándome cada vez más a cada minuto que pasaba, y al final no se presentó.

Me lavo la cara y me preparo para el largo trayecto hasta Vance; lo único que extraño del departamento es lo cerca que estaba de la editorial. Y a Hardin, claro. Y los libreros llenos de libros que cubrían las paredes. Y la cocina pequeña pero perfecta. Y esa lámpara. Y a Hardin.

Cuando llego abajo, en la cocina sólo está Karen. Traslado la mirada directamente hacia el pastel con las velas con el número equivocado encima y los estúpidos garabatos con los que puse «Hardin», pero que ahora, después de haber estado ahí toda la noche, parece que dice «Mierda».

Y puede que lo ponga de verdad.

—Al final no pudo venir —le digo sin mirarla a los ojos.

—Ya..., me lo he imaginado. —Me sonríe con compasión y se limpia los lentes en el delantal.

Es un ama de casa ejemplar. Siempre está cocinando o limpiando algo. Pero no sólo eso, sino que también es amable y adora a su marido y a su familia, incluido al grosero de su hijastro.

—Estoy bien. —Me encojo de hombros y me sirvo una taza de café.

—No tienes por qué estar bien siempre, cielo.

—Lo sé. Pero es más fácil estar bien —repongo, y ella asiente.

—Nadie dice que tenga que ser fácil —asegura, y casi me echo a reír ante la ironía de oírla usar las palabras que emplea siempre Hardin en mi contra—. Cambiando de tema, estamos planeando hacer una excursión a la playa la semana que viene. Si quieres venir, estás invitada.

—Una de las cosas que más me gustan de la madre de Landon es que nunca me presiona para hablar de nada.

—¿A la playa? ¿A finales de enero? —pregunto.

—Tenemos un bote con el que nos gusta salir a navegar antes de que haga demasiado calor. Vamos a ver ballenas, y es muy bonito. Deberías venir.

—¿En serio? —Nunca he subido a un bote, y la idea me aterra, pero lo de ir a ver ballenas suena interesante—. Bueno, genial.

—¡Perfecto! La pasaremos muy bien —me asegura, y se dirige a la sala.

Enciendo mi teléfono de nuevo cuando llego a Vance. Tengo que dejar de apagarlo cuando estoy enojada. Basta con que ignore sus llamadas la próxima vez. Si le ocurriera algo a mi madre y no pudiera contactarme, me sentiría fatal.

Kimberly y Christian están la una encima del otro en el vestíbulo cuando salgo del elevador. Él le susurra algo al oído y ella se ríe antes de colocarse el pelo detrás de la oreja y sonreírle ampliamente cuando él la besa. Ambos sonríen sin parar.

Corro a mi oficina para llamar a mi madre, ya es hora, pero no contesta. El manuscrito que empiezo a leer consigue molestarme ya en las primeras cinco páginas. Cuando ojeo las últimas, leo «Sí, quiero» y suspiro. Estoy harta de las mismas historias de siempre. Chica conoce a chico, el chico la quiere, tienen un problema, hacen las paces, se casan, tienen hijos, fin. Tiro las páginas a la basura sin leer más. Me siento mal por no darle una oportunidad, pero no me interesa.

Necesito una historia realista en la que aparezcan problemas reales, más allá de una pelea o incluso de una ruptura. Un problema real. Personas que se hieren pero que vuelven por más..., como hago yo, por supuesto. Ahora me doy cuenta.

Christian pasa por delante de mi oficina y respiro hondo antes de levantarme para seguirlo. Me aliso la falda e intento practicar lo que quiero decirle con respecto a Seattle. Espero que Hardin no me arruine la oportunidad de ir.

—¿Christian? —pregunto llamando a su puerta ligeramente.

—¿Tessa? Pasa —dice con una sonrisa.

—Lamento molestarlo, pero quería saber si tendría unos momentos para hablar —pregunto. Me hace un gesto con la mano para que me siente—. He estado pensando mucho en Seattle. ¿Habría alguna posibilidad de trasladarme allí? Si es demasiado tarde lo entenderé, pero me gustaría mucho ir. Trevor me lo comentó, y he pensado que sería una gran oportunidad para mí si...

Christian levanta las manos, se echa a reír y me detiene:

—¿De verdad quieres ir? —pregunta con una sonrisa—. Seattle es un lugar muy distinto de éste. —Sus ojos verdes son amables, pero tengo la sensación de que no está del todo convencido.

—Sí, sin duda. Me encantaría ir... —Y es verdad. Me encantaría. ¿No?

—¿Y Hardin? ¿Se irá contigo? —Se tira del nudo de la corbata para aflojarse un poco la tela estampada que rodea su cuello.

¿Debería decirle que Hardin se niega a ir? ¿Que su lugar en mi futuro es incierto y que es un necio y un paranoico?

—Aún lo estamos hablando —respondo finalmente.

Mi jefe me mira a los ojos.

—Me encantaría que vinieras a Seattle con nosotros —dice, y al instante añade—: Y Hardin también. Podría venir y ocupar su antiguo puesto —sugiere, y se echa a reír—. Si es que puede mantener la boca cerrada...

—¿En serio?

—Sí, por supuesto. Deberías haberlo dicho antes. —Juguetea con su corbata un poco más hasta que al final se la quita del todo y la deja sobre la mesa.

—¡Muchísimas gracias! ¡Se lo agradezco enormemente! —digo con sinceridad.

—¿Has pensado cuándo podrías trasladarte? Kim, Trevor y yo nos iremos dentro de un par de semanas, pero tú puedes venir cuando estés lista. Sé que tendrás que hacer el traslado de expediente. Te ayudaré en todo lo que pueda.

—Dos semanas serán suficientes —respondo sin pensar.

—Genial, eso es perfecto. Kim se pondrá muy contenta. —Sonríe y veo cómo desvía la mirada hacia la foto que tiene de ellos dos juntos sobre la mesa.

—Gracias otra vez, significa mucho para mí —le digo antes de salir de su oficina.

Seattle.

Dos semanas.

¡Voy a mudarme a Seattle dentro de dos semanas! Estoy preparada. «¿Verdad?»

Por supuesto que sí. Llevo años aguardando este momento. Es sólo que no esperaba que sucediera tan pronto.

CAPÍTULO 110

Tessa

Mientras aguardo frente al departamento de Zed, espero que no tarde mucho. Necesito hablar con él, y me ha dicho que venía de camino desde su trabajo. Me he parado por un café para matar un poco el tiempo. Al cabo de unos minutos, se detiene y toca el claxon de su camioneta, que hace un ruido tremendo. Cuando sale de ella, va tan bien vestido con unos pantalones de mezclilla negros y una camiseta roja con las mangas recortadas que por un momento me distraigo de mi objetivo.

—¡Tessa! —exclama con una amplia sonrisa, y me invita a entrar en su casa.

Me sirve un café a mí y un refresco para él y pasamos a la sala.

—Zed, creo que tengo una cosa que contarte. Pero quiero que antes me respondas a algo —le digo.

Se coloca las manos detrás de la cabeza y se apoya en el respaldo del sillón.

—¿Es sobre la fiesta?

—¿Fuiste? —pregunto, dejando por un momento mis noticias a un lado. Me siento en el sillón que hay enfrente.

—Sí, fui un rato, pero me fui cuando aparecieron esas *strippers*. —Zed se rasca el cuello. Se me corta la respiración.

—¿*Strippers*? —grazno, y dejo mi taza de café sobre la mesa auxiliar para no derramarme el líquido caliente encima.

—Sí, todo el mundo estaba muy borracho, y encima habían contratado a esas chicas. A mí no me gusta el tema, así que me largué. —Se encoge de hombros.

¿Mientras yo le preparaba a Hardin un pastel y pensaba en pasar su cumpleaños con él, él estaba emborrachándose con unas *strippers*?

—¿Pasó algo más en la fiesta? —inquiero cambiando de tema otra vez.

No me puedo quitar a las *strippers* de la cabeza. ¿Cómo pudo dejarme plantada por eso?

—No, nada del otro mundo. Fue una fiesta como las demás. ¿Has hablado con Hardin? —pregunta con la mirada fija en su lata de refresco sin dejar de mover la anilla de un lado a otro.

—No, es que... —No quiero admitir que anoche me dejó plantada.

—¿Qué ibas a decir? —pregunta Zed.

—Me dijo que iba a venir, pero no se presentó.

—Qué cabrón. —Sacude la cabeza.

—Lo sé, y ¿sabes qué es lo peor? Que la habíamos pasado realmente bien en nuestra cita, y creía que iba a empezar a tratarme como una prioridad.

Cuando lo miro, los ojos de Zed están cargados de compasión.

—Pero prefirió quedarse en una fiesta a ir a verte —añade.

—Sí... —No sé qué otra cosa decir.

—Creo que eso demuestra qué clase de persona es, y que no va a cambiar.

«¿Tendrá razón?»

—Lo sé. Es sólo que me habría gustado que hubiese hablado conmigo o que me hubiese dicho que no quería venir en lugar de dejarme ahí plantada durante horas, esperándolo.

Mis dedos empiezan a juguetear con las orillas de la mesa, y a pelar la madera descarapelada.

—Creo que no deberías decirle nada al respecto. Si creyera que mereces la pena, habría aparecido en lugar de dejarte esperando.

—Sé que tienes toda la razón, pero ése es el principal problema: que nunca hablamos las cosas. Llegamos a nuestras propias conclusiones y acabamos gritándonos hasta que uno de los dos se va —explico.

Sé que Zed sólo intenta ayudar, pero quiero que Hardin me explique, a la cara, por qué pasar el rato con unas *strippers* era más importante que yo.

—Creía que ya no tenían una relación... —repone él.

—La tenemos..., bueno, no, pero...

Ni siquiera sé cómo explicarlo. Estoy mentalmente agotada, y a veces la presencia de Zed me confunde más todavía.

—Eso depende de ti, pero ojalá dejaras de malgastar el tiempo con él. —Suspira y se levanta del sillón.

—Lo sé —susurro, y miro mi teléfono para ver si tengo algún mensaje de Hardin. No hay ninguno.

—¿Tienes hambre? —me pregunta Zed entonces desde la cocina, y oigo cómo su lata vacía impacta contra el bote de la basura.

CAPÍTULO 111

Hardin

Este departamento está vacío.

Detesto estar aquí sentado sin ella. Extraño que apoye las piernas en mi regazo cuando estudia y lanzarle miradas furtivas mientras finjo trabajar. Extraño que me pique en el brazo con la pluma insistentemente hasta que se la quito y la sostengo por encima de su cabeza. Entonces se hacía la enojada, pero sé que sólo me estaba provocando para que le prestara atención. Cuando se subía en mí para quitarme el objeto de las manos, la cosa siempre acababa de la misma manera, siempre, lo cual, obviamente, me encantaba.

—Carajo —digo en voz alta, y dejo la carpeta de anillas a un lado. No he conseguido hacer nada hoy, ni ayer, ni en las últimas dos semanas.

Aún me encabrona que no me contestara anoche, pero necesito verla más que todas las cosas. Estoy seguro de que estará en casa de mi padre, así que debería pasarme por allí y hablar con ella. Si la llamo, puede que no conteste, y eso sólo alimentará mi ansiedad, así que mejor me acercaré allí.

Sé que se supone que tengo que darle espacio, pero, en serio..., a la chingada el espacio. A mí no me está funcionando, y espero que a ella tampoco.

Cuando llego a casa de mi padre son casi las siete y veo que el coche de Tessa no está.

«Pero ¿qué carajos...?»

Habrá ido a comprar o a la biblioteca con Landon o alguna otra cosa por el estilo. Sin embargo, cuando entro me encuentro a mi hermanastro sentado en el sillón con un libro de texto sobre las piernas. Genial.

—¿Dónde está? —le pregunto en cuanto irrumpo en la sala.

Estoy a punto de sentarme a su lado, pero al final decido quedarme de pie. Se me haría muy raro sentarme con él.

—No lo sé, hoy no la he visto —responde levantando apenas la mirada de sus libros.

—¿Has hablado con ella? —le pregunto.

—No.

—¿Por qué no?

—¿Por qué iba a hacerlo? No todo el mundo la acosa —me dice con una sonrisa en la cara.

—Vete a la chingada —resoplo.

—No sé dónde está, de verdad —asegura.

—Bien, entonces supongo que la esperaré aquí.

Entro en la cocina y me siento sobre la barra. Que ahora me lleve algo mejor con Landon no significa que vaya a quedarme ahí a mirar cómo hace la tarea.

Delante de mí hay una masa de chocolate con unas velas encima con el número «13». ¿Es el pastel de cumpleaños de alguien?

—¡¿Para quién es este maldito pastel?! —grito. No se distingue el nombre, si es que es un nombre lo que pone con glaseado blanco.

—Ese pinche pastel era para ti —me responde Karen.

Cuando me vuelvo, veo que me mira con una sonrisa sarcástica.

Ni siquiera la había visto entrar.

—¿Para mí? Pone «13».

—Eran las únicas velas que tenía, y a Tessa le pareció chistoso —me dice. Su tono me indica que algo no va bien. ¿Está enojada o algo?

—¿Tessa? No entiendo nada.

—La hizo anoche para ti mientras te esperaba.

Miro el espantoso pastel y me siento como un gran cabrón. ¿Por qué iba a prepararme un pastel si ni siquiera me había pedido que viniera? Nunca entenderé a esa chica. Cuanto más miro el pastel, más encantador me parece. Admito que no te entra por los ojos precisamente, pero puede que anoche, recién hecho, sí que fuera bonito.

Me la imagino riéndose mientras colocaba las velas con la edad equivocada en la cobertura de chocolate. Me la imagino lamiendo la masa de la cuchara y arrugando la nariz mientras escribía mi nombre.

Ella me preparó un maldito pastel y yo me fui a esa pinche fiesta. ¿Se puede ser más pendejo?

—¿Adónde ha ido? —le pregunto a Karen.

—No tengo ni idea, y no sé si va a venir a cenar.

—¿Puedo quedarme? —le pregunto.

—Por supuesto que puedes. Eso ni se pregunta. —Se vuelve con una sonrisa.

Su sonrisa es un reflejo perfecto de su carácter. Debe de pensar que soy un cabrón, y a pesar de ello me sonríe y me invita a quedarme en su casa.

Para cuando llega la hora de cenar, estoy desesperado. No paro de revolverme en mi asiento y de mirar por la ventana cada pocos segundos. Considero llamarla mil veces hasta que me conteste. Me estoy volviendo loco.

Mi padre habla con Landon sobre la próxima temporada de béisbol; ojalá cerraran la pinche boca.

«¿Dónde chingados está?»

Al final, saco mi teléfono para mandarle un mensaje, y justo en ese momento oigo que se abre la puerta. Me pongo de pie al instante y todo el mundo me mira.

—¿Qué? —les espeto, y me dirijo a la sala.

Siento un alivio tremendo cuando la veo entrar cargando un montón de libros y lo que parece la cartulina de una presentación en las manos.

En cuanto me ve, los objetos empiezan a caérsele al suelo. Corro para ayudarla a recogerlos.

—Gracias. —Me quita los libros de las manos y empieza a subir la escalera.

—¿Adónde vas? —le pregunto.

—A dejar mis cosas... —Se vuelve para responder, pero me da la espalda otra vez.

Cualquier otro día habría empezado a reclamarle por no contestarme el teléfono pero, por una vez, quiero saber qué le pasa sin gritar.

—¿Vas a cenar aquí? —le pregunto.

—Sí —contesta sin volverse siquiera.

Me muerdo la lengua y regreso al comedor.

—Bajará enseguida —digo, y juraría que he visto a Karen sonreír, pero el gesto desaparece de su rostro en cuanto la miro.

Los minutos se me hacen horas hasta que Tessa por fin toma asiento a mi lado en la mesa. Espero que el hecho de que se haya sentado junto a mí sea una buena señal.

Minutos después, sin embargo, me doy cuenta de que no es así, ya que no me ha dirigido la palabra y apenas ha comido nada.

—Ya tengo todo el papeleo del traslado a la NYU solucionado, todavía no me la creo —dice Landon, y su madre sonríe con orgullo.

—Allí no tendrás descuento por ser familia —bromea mi padre, pero sólo se ríe su mujer.

Tessa y Landon sonríen y fingen reír por educación, pero sé que no les parece chistoso.

Cuando mi padre lleva la conversación de nuevo hasta los deportes, encuentro el momento para hablar con Tessa.

—He visto el pastel... No sabía que... —empiezo a susurrar.

—Déjalo. Ahora, no, por favor. —Frunce el ceño y señala con la mano a los demás.

—¿Después de cenar? —pregunto, y ella asiente.

Me pone de los nervios ver cómo picotea la comida. Me dan ganas de meterle el tenedor lleno de papas en la boca. Por eso tenemos problemas, porque sueño despierto con obligarla a comer a la fuerza. Mi padre no para de intentar que conversemos todos hablando de cosas triviales y haciendo bromas sin gracia. Hago todo lo posible por hacer como si no estuviera y termino de cenar.

—Estaba delicioso, cariño —elogia mi padre a Karen cuando ella comienza a recoger la mesa. Después mira a Tessa, y luego a su mujer otra vez—. Cuando termines con eso, ¿qué tal si los llevo a Landon y a ti a comer un helado a Dairy Queen? Hace tiempo que no vamos...

Karen asiente con fingido entusiasmo, y Landon se pone de pie para ayudarla.

—¿Podemos hablar, por favor? —me pregunta Tess para mi sorpresa cuando se levanta.

—Sí, claro —asiento.

La sigo hasta el piso de arriba, hasta el que es ahora su cuarto. No estoy seguro de si me va a gritar o a llorar cuando veo que cierra la puerta en el momento en que entro.

—He visto el pastel... —Decido intervenir primero.

—¿Ah, sí? —dice como sin interés, y se sienta en el borde de la cama.

—Sí... Ha sido... muy amable por tu parte.

—Ajá...

—Siento haber ido a la fiesta en vez de pedirte que pasaras mi cumpleaños conmigo.

Tessa cierra los ojos durante unos segundos y respira hondo antes de volver a abrirlos.

—Bueno —dice con voz monótona.

Su manera de mirar por la ventana sin emoción alguna en el rostro me pone los pelos de punta. Es como si alguien le hubiera absorbido la vida...

Y alguien lo ha hecho.

Yo.

—Lo siento mucho. No sabía que quisieras verme, dijiste que tenías cosas que hacer.

—¿Cómo pudiste pensar eso? Estuve esperándote durante dos horas. Me dijiste que tardarías media hora. —Su voz sigue sin denotar emoción, y se me empieza a erizar el vello de la nuca al escucharla.

—¿De qué estás hablando?

—Me dijiste que vendrías, y no lo hiciste. Así de simple. —Ojalá me estuviera gritando.

—Yo no te dije que fuese a venir. Te pregunté si querías venir a la fiesta, te mandé un mensaje y te intenté llamar, pero no me contestaste ni a una cosa ni a la otra.

—Vaya. Debías de estar muy borracho —dice lentamente.

Me acerco y me coloco delante de ella.

Tess ni siquiera me mira. Su mirada perdida me resulta perturbadora. Estoy acostumbrado a su ira, a su necedad, a sus lágrimas... pero a esto no.

—¿Qué quieres decir? Te llamé...

—Sí, a medianoche.

—Sé que no soy tan listo como tú, pero la verdad es que ahora mismo estoy totalmente confundido —le digo.

—¿Por qué cambiaste de idea? ¿Por qué no viniste al final? —me pregunta.

—No sabía que tenía que venir. Te escribí y te puse «Hola», pero no me contestaste.

—Sí te contesté, y tú a mí. Me dijiste que no te estabas divirtiendo y me preguntaste si podías venir.

—No es verdad. —«¿Bebió ella anoche?»

—Claro que sí —replica.

Sostiene el teléfono en el aire y se lo quito de las manos.

Una mierda. ¿Puedo ir a verte?

Sí. ¿Cuánto tardas?

Media hora

«Pero ¿qué carajos...?»

—Yo no envié esos mensajes —me apresuro a decir. Intento reproducir la noche entera en mi mente. Ella no dice nada y se limita a mirarse las uñas—. Tessa, si hubiera pensado por un segundo que me estabas esperando, habría venido para estar contigo.

—¿Me estás diciendo en serio que no me escribiste cuando acabo de demostrarte que sí lo hiciste? —dice con incredulidad, casi riéndose.

Necesito que me grite. Al menos cuando me grita sé que le importo.

—Te digo que no fui yo —le ladro.

Ella se queda en silencio unos instantes.

—Entonces ¿quién lo hizo? —dice al cabo.

—No lo sé... Mierda, no lo sé... ¡Zed! ¡Claro! ¡Fue el pinche Zed!

Ese cabrón me devolvió el teléfono cuando me lo dejé en el sillón. Le escribiría a Tessa haciéndose pasar por mí para que se pasara la noche esperándome.

—¿Zed? ¿En serio vas a culpar a Zed de esto?

—¡Sí! ¡Eso es justo lo que voy a hacer! Se sentó en el sillón cuando yo me levanté, y después me devolvió mi teléfono. Sé que fue él, Tessa —le digo.

Sus ojos destellan con confusión, y por un segundo sé que me cree, pero sacude la cabeza.

—No sé si... —Parece estar hablándose a sí misma.

—Yo jamás te diría que voy a venir para luego no aparecer, Tess. Me he estado esforzando mucho, muchísimo, para demostrarte que puedo cambiar. No te dejaría plantada así, ya no. Esa fiesta era un asco, y me sentía como una mierda allí sin ti...

—¿Ah, sí? —Sube el tono y se levanta de la cama.

«Allá va.»

—¡¿Te sentías como una mierda rodeado de *strippers*?! —grita.

«Mierda.»

—¡Sí! ¡Me largué en cuanto aparecieron! Un momento..., ¿cómo sabes lo de las *strippers*?

—Y ¿eso qué importa? —me desafía.

—¡Claro que importa! Te lo dijo él, ¿verdad? ¡Te lo dijo Zed! ¡Te está llenando la cabeza de mierda para ponerte en mi contra! —le grito.

Sabía que tramaba algo, pero no pensé que fuese a caer tan bajo. Le mandó mensajes desde mi teléfono y después los eliminó. ¿Es tan idiota como para volver a entrometerse en mi relación? Voy a buscar a ese tarado y...

—¡No es verdad! —grita interrumpiendo mi ira.

«¡Puta madre!»

—Bueno, llamemos a tu querido Zed y preguntémosle.

Tomo su teléfono de nuevo y busco su nombre. Lo tiene en su lista de favoritos. Maldita sea, quiero estampar el teléfono contra la maldita pared.

—¡No lo llames! —me ruge, pero no le hago caso.

No contesta. ¡Obvio!

—¿Qué más te ha contado? —Estoy que echo humo.

—Nada —miente.

—Mientes fatal, Tessa. ¿Qué más te ha contado?

Se cruza de brazos y me fulmina con la mirada. Yo espero su respuesta.

—¿Y bien? —insisto.

—Que estuviste con Jace la noche que me quedé en su casa.

Mi furia amenaza con sacar lo peor de mí.

—¿Quieres saber quién se relaciona con Jace, Tess? ¡El maldito Zed! Salen todo el tiempo. Fui allí para preguntarle por ustedes dos, ya que parece que de repente ahora quieres cohabitar con él.

—¿«Cohabitar con él»? ¡No estaba cohabitando con nadie! ¡Me quedé allí esas noches porque disfruto de su compañía y siempre me trata bien! ¡No como tú! —Da un paso hacia mí.

Quería que me gritase, y ahora no para, pero prefiero esto a verla ahí parada, como si todo le valiera madres.

—No es tan bueno como crees, Tessa. ¿Es que no lo ves? Te está llenando la cabeza de mierda para conseguirte. Quiere cogerte, eso es todo. No te lo creas tanto y pienses que... —Me detengo. Quería decir la parte sobre Zed, no el resto—. No pretendía decir eso último —digo intentando avivar su ira, no su tristeza.

—Por supuesto que no. —Pone los ojos en blanco.

No puedo creer que estemos teniendo esta discusión sobre Zed. Esto es una mierda. Le dije que se alejara de él, pero es una necia y nunca escucha lo que le digo.

Al menos me ha dicho que no se acostó con él cuando se quedó en su casa esa... ¿«esas noches»?

—¿Cuántas noches te has quedado en su casa? —le pregunto, esperando haber oído mal.

—Ya lo sabes. —Su enojo aumenta a cada segundo que pasa, y el mío también.

—¿Podemos, por favor, intentar hablar de esto con calma? Porque estoy a punto de perder el control y eso no nos va a traer nada bueno a nadie —pido juntando los dedos para mostrar a qué me refiero.

—Lo he intentado, pero tú...

—¡¿Te quieres callar un momento y escucharme?! —grito, y me paso los dedos por el pelo.

Y, para mi sorpresa, hace justo lo contrario de lo que pensaba que iba a hacer. Se dirige a la cama, se sienta y cierra el pico.

No sé qué decir ni cómo empezar, porque no esperaba que de verdad quisiera escucharme.

Me acerco y me quedo delante de ella, que levanta la vista y me mira con una expresión difícil de interpretar. Me paseo de un lado a otro unos segundos y entonces me detengo para hablar.

—Gracias. —Suspiro con alivio y frustración—. A ver..., todo esto es muy retorcido. Pensaste que te pedí venir a verte y que después te dejé plantada. No obstante, ya deberías saber que yo no haría eso.

—¿Ah, sí? —me interrumpe.

No sé cómo espero que lo sepa después de todo lo que le he hecho.

—Tienes razón..., pero cállate —digo, y pone los ojos en blanco—. La fiesta fue una mamada —continúo—, y si tú no hubieses querido que fuera, no habría ido. No bebí nada. Bueno, en realidad me tomé una copa, pero eso fue todo. No hablé con ninguna otra chica, apenas hablé con Molly, y desde luego no estuve de fiesta con las *strippers*. ¿Por qué chingados iba a querer estar con una *strippers* cuando te tengo a ti?

Su mirada se suaviza y ya no me observa como si quisiera cortarme la maldita cabeza. Algo es algo.

—Bueno, no te tengo..., pero estoy intentando recuperarte —digo—. No quiero estar con nadie más. Y, lo que es más importante, tampoco quiero que tú lo estés. No sé por qué rayos te fuiste con Zed, sé que te trata bien y bla, bla, bla..., pero es mala persona.

—No ha hecho nada para hacerme pensar eso, Hardin —insiste.

—Te mandó mensajes desde mi teléfono fingiendo que era yo. Y te dijo adrede lo de las *strippers*...

—No sabes si fue él quien me mandó los mensajes. Y la verdad es que me alegro de saber lo de las *strippers*.

—Te lo habría contado yo si me hubieras contestado cuando te llamé. No tenía ni idea de qué pasaba, ni sabía que me habías preparado un pastel ni que me estabas esperando. Ya es bastante difícil conseguir que veas que estoy haciendo un esfuerzo como para que venga él a interponerse entre nosotros y a meterte estas ideas en la cabeza.

Ella se queda callada.

—¿Adónde nos lleva esto, Tess? Necesito saberlo porque toda esta situación me está matando, y no puedo seguir dándote espacio.

Me arrodillo delante de ella y mis ojos encuentran los suyos mientras aguardo una respuesta.

CAPÍTULO 112

Tessa

No sé qué hacer ni qué decirle a Hardin en estos momentos.

Una parte de mí sabe que no me está mintiendo con respecto a lo de los mensajes, pero no creo que Zed fuera capaz de hacerme eso. Acabo de hablar con él sobre todo lo que ha ocurrido con Hardin y se ha mostrado tan amable y comprensivo...

Pero Hardin es como es.

—¿Puedes darme una respuesta? —me insiste, aunque con voz suave y pausada.

—No lo sé. Yo también estoy harta de esta situación. Es agotador, y no puedo más. De verdad que no puedo —le digo.

—Pero yo no hice nada malo. Estábamos bien hasta ayer, y nada de lo que ha pasado es culpa mía. Sé que siempre lo es, pero esta vez no. Lamento no haber pasado mi cumpleaños contigo. Sé que debería haberlo hecho, y lo siento —dice Hardin.

Apoya las palmas de las manos en los muslos mientras se postra de rodillas delante de mí, no suplicándome como antes, sino esperando.

Si me está diciendo la verdad y no fue él quien me mandó los mensajes, cosa que creo, esto ha sido sólo un malentendido.

—Pero ¿cuándo va a parar todo esto? Ya me he cansado. La pasé genial en nuestra cita, pero luego no quisiste entrar cuando te lo pedí.

—Me ha estado preocupando el hecho de que rechazara mi invitación, pero no quería sacar el tema.

—No quise entrar porque estaba intentando darte espacio, siguiendo el consejo de Landon. Está claro que se me da pésimo, pero creía que si te concedía un poco de espacio tendrías tiempo para pensar en todo esto y te pondría las cosas más fáciles —me dice.

—No me resulta más fácil, pero no se trata sólo de mí. También se trata de ti —le digo.

—¿Qué? —pregunta confundido.

—Que no soy la única en esta situación. Para ti también debe de ser agotador.

—¿A quién le importa una mierda lo que me pase a mí? Yo sólo quiero que tú estés bien y que sepas que de verdad estoy haciendo un esfuerzo.

—Lo sé.

—¿Qué sabes? ¿Que me estoy esforzando? —pregunta.

—Eso, y a mí sí me importa lo que te pase —le contesto.

—Entonces ¿qué hacemos, Tessa? ¿Estamos bien ahora? ¿Vamos en la buena dirección? —Levanta la mano y la coloca en mi mejilla.

Me mira esperando mi aprobación, y no lo detengo.

—¿Por qué estamos tan locos los dos? —susurro cuando me acaricia el labio inferior con el pulgar.

—Yo no lo estoy. Pero tú sí, desde luego. —Sonríe.

—Tú estás más loco que yo —replico, y él se acerca entonces lentamente.

Estoy encabronada con Hardin por hacer que lo estuviera esperando anoche, aunque se supone que él no tuvo nada que ver con eso. Me molesta ver que no conseguimos llevarnos bien, pero esos sentimientos no son nada en comparación con lo mucho que lo extraño. Extraño nuestra cercanía. Extraño ver cómo cambia su mirada cuando me mira.

Tengo que admitir mis faltas y mi responsabilidad en todo este desastre. Sé que soy una necia, y que pensar siempre lo peor de él no ayuda después de lo mucho que sé que se está esforzando. No estoy preparada para tener una relación con él, pero no tengo motivos para estar enojada por lo de anoche. O, al menos, eso espero.

No sé qué pensar, pero no quiero pensar en estos momentos.

—No —susurra con su boca apenas a unos centímetros de la mía.

—Sí.

—Cállate.

Pega los labios a los míos con extrema precaución. Apenas me rozan mientras coloca las manos en mis mejillas.

Su lengua tantea mi labio inferior y me quedo sin respiración. Abro ligeramente la boca para intentar tomar algo de aire, pero no hay. No hay nada. Sólo él. Jalo su camiseta para levantarlo del suelo, pero él no cede y continúa besándome lentamente. Su ritmo insoportablemente lento me está volviendo loca, y me levanto de la cama para reunirme con él en el suelo.

Sus brazos envuelven mi cintura y los míos hacen lo propio con su cuello. Intento empujarlo hacia atrás para subirme encima de él pero, una vez más, no cede.

—¿Qué pasa? —pregunto.

—Nada, es que no quiero llegar demasiado lejos.

—¿Por qué no? —le pregunto pegada a sus labios.

—Porque tenemos mucho que hablar, no podemos meternos en la cama sin resolver nada.

«¿Qué?»

—Pero no estamos en la cama. Estamos en el piso. —Parezco desesperada.

—Tessa... —Me aparta de nuevo.

Me rindo. Me levanto y vuelvo a sentarme en la cama. Él me mira con unos ojos como platos.

—Sólo estoy intentando hacer lo correcto, ¿sí? —dice—. Quiero hacerlo contigo, te lo aseguro. Carajo, vaya si quiero. Pero...

—Tranquilo. Deja de hablar de ello —le ruego.

Sé que probablemente no sea muy buena idea, pero no pretendía que nos acostásemos sí o sí. Sólo quería estar más cerca de él.

—Tess.

—Déjalo, ¿está bien? Ya lo entendí.

—No, es obvio que no —dice con frustración, y se pone de pie.

—Esto no se va a solucionar nunca, ¿verdad? Las cosas siempre serán así entre nosotros. Ahora sí y ahora no, te tomo y te dejo. Tú me deseas, pero cuando yo te deseo, me apartas —digo esforzándome por no llorar.

—No..., eso no es verdad.

—Pues es lo que parece. ¿Qué quieres de mí? Quieres que crea que estás intentando demostrar que puedes cambiar por mí, y luego ¿qué?

—¿Qué quieres decir?

—¿Después de eso qué va a pasar?

—No lo sé... Todavía no hemos llegado a ese punto siquiera. Quiero seguir saliendo contigo y hacerte reír en vez de llorar. Quiero que me quieras otra vez. —Tiene los ojos vidriosos y no deja de parpadear.

—Te quiero muchísimo —le aseguro—. Pero con eso no basta, Hardin. El amor no lo puede todo como pretenden hacerte creer las novelas. Siempre hay muchas complicaciones, y esas complicaciones están ganándole la batalla al amor que siento por ti.

—Lo sé. Las cosas son complicadas, pero no será siempre así. No somos capaces de llevarnos bien ni un día entero, nos gritamos y nos peleamos y después dejamos de hablarnos como si tuviésemos cinco años. Actuamos por despecho y decimos lo que no queremos decir. Complicamos cosas que no tienen por qué ser complicadas, pero podemos solucionarlo.

No sé adónde nos lleva esto. Me alegro de que Hardin y yo estemos manteniendo una discusión bastante civilizada sobre todo lo que ha sucedido, pero no puedo pasar por alto el hecho de que no apoyará mi decisión de ir a Seattle.

Iba a decírselo, pero tengo miedo de que, si lo hago, vaya a hablar con Christian otra vez y, sinceramente, si Hardin y yo vamos a seguir intentando reconstruir nuestra relación o lo que sea que estamos haciendo, eso sólo complicará más las cosas.

Si realmente somos capaces de hacer que esto funcione, no importará si estoy aquí o a dos horas de distancia. No me educaron para que dejara que ningún hombre dictara mi destino, por muy profundo que sea mi amor por él.

Sé perfectamente lo que sucederá: se pondrá furioso y saldrá corriendo a buscar a Christian, o a Zed. Sobre todo a Zed.

—Si finjo que las últimas veinticuatro horas no han pasado, ¿me prometes una cosa? —le pregunto.

—Lo que quieras —se apresura a contestar.

—No le hagas daño.

—¿A Zed? —pregunta con tintes de odio en la voz.

—Sí, a Zed —le aclaro.

—No, de eso nada. No voy a prometerte eso.

—Dijiste... —empiezo.

—No, no digas eso. Está causándonos muchísimos problemas y no pienso quedarme de brazos cruzados. Ni de chiste. —Comienza a pasearse de un lado a otro.

—No tienes ninguna prueba de que haya sido él, Hardin. Y pelearse no va a solucionar nada. Deja que hable con él y...

—¡No, Tessa! Ya te he dicho que no quiero que te acerques a él. No voy a volver a repetírtelo —ruge.

—No vas a decirme con quién puedo o no hablar, Hardin.

—¿Qué más pruebas necesitas? ¿No te basta con el hecho de que te escribiera desde mi celular?

—¡No fue él! Él no haría algo así.

No creo que fuera capaz. ¿O sí?

De todos modos, pienso preguntárselo, pero no me lo imagino haciéndome eso.

—Eres literalmente la persona más ingenua que he conocido en mi vida —replica—, y me molesta un montón.

—¿Podemos dejar de discutir, por favor?

Me siento de nuevo en la cama y entierro el rostro entre las manos.

—Pues dime que te mantendrás alejada de él.

—Pues dime que no te pelearás con Zed otra vez —le contesto.

—Si accedo, ¿te mantendrás alejada de él?

No quiero dar mi brazo a torcer, pero tampoco quiero que Hardin le pegue. Todo esto me está dando dolor de cabeza.

—Sí.

—Y cuando digo que te mantengas alejada de él me refiero a nada de contacto en absoluto. Ni mensajes, ni visitas al edificio de ciencias..., nada —dice.

—¿Cómo sabes que estuve allí? —le pregunto. ¿Acaso me ha visto entrar?

Se me acelera el corazón al pensar que Hardin me vio entrar con Zed en el invernadero lleno de esas flores luminosas.

—Nate me dijo que te había visto.

—Ah.

—¿Hay algo más que quieras decirme, ahora que aún seguimos hablando de Zed? Porque esta conversación se ha terminado. No quiero volver a oír ni una palabra más acerca de él —dice Hardin.

—No —miento.

—¿Estás segura? —insiste.

No quiero contárselo, pero debo hacerlo. No puedo esperar honestidad por su parte si yo no le pago con la misma moneda.

Cierro los ojos.

—Lo besé —susurro con la esperanza de que no me haya oído.

Sin embargo, cuando tira los libros del escritorio, sé que sí lo ha hecho.

CAPÍTULO 113

Tessa

Abro los ojos y miro a Hardin desde la cama, pero él no me devuelve la mirada. Creo que apenas es consciente de que existo. Sus ojos están fijos en los libros que ha tirado al suelo y tiene los puños cerrados a los lados.

—Lo besé, Hardin —digo para hacer que vuelva conmigo desde dondequiera que esté.

En lugar de mirarme, se golpea varias veces la frente con frustración y mi mente intenta buscar una explicación que darle.

—Yo..., tú... ¿Por qué? —balbucea.

—Creía que te habías olvidado de mí..., que ya no me querías. Y él estaba ahí y...

Mi explicación no es justa, y lo sé. Pero no sé qué otra cosa decir. Mi mente ordena a mis pies que se acerquen a él, pero estos no hacen caso y permanezco sentada en la cama.

—¡Deja de decir esa mierda! ¡Deja de decir que él estaba ahí! ¡Te juro por lo que más quieras que como vuelva a oírlo otra maldita vez...!

—¡Bien! Lo siento, lo siento, Hardin. Estaba dolida y confundida. Y él no paraba de decir todas las cosas que yo necesitaba que tú me dijeras...

—¿Qué te decía?

No quiero repetir nada de lo que Zed me ha dicho, no delante de él.

—Hardin... —Me aferro a la almohada como anclaje.

—¡¿Qué te decía?! —grita.

—Sólo me decía lo que habría pasado si hubiera ganado él la apuesta, si hubiera salido con él en lugar de contigo.

—Y ¿qué pensaste?

—¿Qué?

—¿Que qué pensaste al oír toda esa mierda? ¿Es eso lo que quieres? ¿Quieres estar con él en vez de conmigo?

Está a punto de estallar, y sé que está intentando controlarse con todas sus fuerzas, pero el vapor no para de aumentar la presión.

—No, no es eso lo que quiero.

Me levanto de la cama y camino hacia él con pies de plomo.

—No. No te acerques a mí. —Sus palabras me detienen en el acto.

—¿Qué más has hecho con él? ¿Has cogido con él? ¿Le has comido la verga?

Me alegro inmensamente de que no haya nadie en casa para oír las asquerosas acusaciones de Hardin.

—¿Qué? ¡No! Sabes perfectamente que no. No sé en qué pensaba cuando lo besé, fui una estúpida y me sentí muy mal cuando me abandonaste.

—¿Que yo te abandoné? ¡Fuiste tú la que me dejó! ¡Y ahora me entero de que ibas por el campus pavoneándote como una cualquiera! —grita.

Quiero llorar, pero no tengo derecho. Sé que está muy herido y enojado.

—Sabes que no lo decía en ese sentido, y no me insultes —digo apretando el respaldo de la silla del escritorio.

Hardin me da la espalda y me deja sola con mi culpabilidad. No quiero ni imaginar cómo me sentiría si hubiera sido él quien hubiese hecho esto durante los peores momentos de mi vida. No pensé en cómo se sentiría cuando lo hice. Di por hecho que él estaba haciendo lo mismo.

No quiero seguir presionándolo. Sé que cuando está así le cuesta controlar su temperamento, y se está esforzando mucho para hacerlo.

—¿Quieres que me vaya y te deje a solas? —pregunto débilmente.

—Sí.

No quería que su respuesta fuera afirmativa, pero hago lo que me pide y salgo de la habitación. Él no se vuelve.

No sé qué hacer, de modo que me apoyo contra la pared del pasillo. En cierto modo preferiría que me gritara y me exigiera que le explicara por qué hice lo que hice en lugar de quedarse mirando por la ventana y pedirme que me marche.

Puede que ése sea nuestro problema: ambos somos adictos al dramatismo de nuestros desacuerdos. No creo que eso sea cierto; hemos avanzado mucho desde los comienzos de nuestra relación, incluso a pesar de que nos hemos pasado más tiempo peleándonos que en paz. La mayoría de las novelas que he leído me llevan a pensar que las discusiones surgen y desaparecen en un abrir y cerrar de ojos, que una simple disculpa acabará con cualquier problema y que todo se solucionará en cuestión de minutos. Las novelas mienten. Puede que por eso me gusten tanto *Cumbres borrascosas* y *Orgullo y prejuicio*; ambas son tremendamente románticas a su manera, pero revelan la realidad que se esconde detrás del amor ciego y de las promesas para toda la vida.

Ésta es la realidad. Vivimos en un mundo en el que todos cometemos errores, incluso la chica ingenua que suele ser víctima del temperamento y la falta de sensibilidad de un chico. Nadie es del todo inocente en esta vida, nadie. Y aquellos que se creen perfectos son los peores.

Oigo un golpe en la habitación y me llevo la mano a la boca cuando lo sigue otro y otro más. Hardin está destrozando el cuarto. Sabía que lo haría. Debería detenerlo y evitar que siga destruyendo la propiedad de su padre pero, sinceramente, me da miedo hacerlo. No temo que me haga daño físicamente, sino las palabras que pueda llegar a decir en ese estado. Sin embargo, no puedo permitirme tener miedo. Puedo con esta situación. Yo...

—¡¡¡Carajo!!! —grita, y entro en el cuarto.

Me alegro de que Ken se haya ido con Karen y Landon a tomar el postre fuera, pero ojalá hubiera alguien aquí para ayudarme a detenerlo.

Hardin tiene un trozo de madera en la mano. Cuando veo una silla tirada junto a su pie deduzco que se trata de una pata de la misma. Arroja por el aire la madera oscura y sus ojos verdes refulgen con ira al verme.

—¿Qué parte de «déjame solo» no has entendido, Tessa?

Respiro hondo y permito que sus palabras furiosas me resbalen.

—No voy a dejarte solo. —Mi voz no transmite la determinación que pretendía.

—Lárgate. Te lo digo por tu bien —me amenaza.

Camino hacia él y me detengo a un par de pasos. Hardin intenta retroceder, pero la pared se lo impide.

—No vas a hacerme daño —respondo a su vacía amenaza.

—Eso no lo sabes. Ya te lo he hecho antes.

—No a propósito. Tu conciencia no te dejaría vivir si lo hicieras. Lo sé.

—¡No tienes ni idea de nada! —grita.

—Habla conmigo —digo con calma. Tengo el corazón en un puño mientras veo cómo cierra los ojos y los abre de nuevo.

—No tengo nada que decirte. Ya no te quiero —replica con voz entrecortada.

—Claro que me quieres.

—No, Tessa. No quiero tener nada que ver contigo. Puedes irte con él.

—No quiero estar con él. —Trato de no dejar que sus duras palabras me afecten.

—Está claro que sí.

—No. Sólo te quiero a ti.

—¡Mamadas! —Golpea la pared con la mano abierta. Me sobresalto ligeramente, pero no me muevo—. ¡Lárgate, Tessa!

—No, Hardin.

—¿No tienes nada mejor que hacer? Vete con Zed. Vete a coger con él, me vale madres. Yo haré lo mismo, créeme. Me iré y me tiraré a todas las tipas que se me pongan por delante.

Se me llenan los ojos de lágrimas, pero él no les presta atención.

—Sólo dices esas cosas porque estás furioso, no las piensas de verdad.

Mira alrededor de la habitación como si estuviera buscando algo, lo que sea, que todavía esté por romper. No queda mucho intacto. Afortunadamente, la mayoría de los objetos que han sido destruidos son míos. La cartulina que he comprado para el trabajo de Landon está hecha pedazos. La maleta llena de libros está tirada en el suelo, y las novelas esparcidas por la alfombra. Ha arrancado algunas prendas de ropa del ropero, y la silla, por supuesto, también está tirada y rota.

—No quiero ni mirarte..., vete —dice con brusquedad, aunque ahora con un tono más suave.

—Siento haberlo besado, Hardin. Sé que te he hecho daño, y lo siento mucho. —Lo miro.

Él estudia mi rostro en silencio. Me encojo ligeramente cuando su pulgar me seca las lágrimas que empapan mi rostro.

—No temas —susurra.

—No lo hago —digo susurrando también.

—No sé si voy a poder superar esto —añade respirando de manera agitada.

Mis piernas flaquean al oírlo. Creo que nunca, desde que nos declaramos nuestro amor, me había planteado que Hardin fuera el que cortara la relación a causa de una infidelidad. El beso que le di a aquel desconocido en Año Nuevo no tiene nada que ver con esto; se enojó, y sabía que me armaría una escena, pero en el fondo también sabía que pronto se le pasaría. No obstante, esta vez ha sido con Zed, con quien mantenía una mala relación por mi causa; se han peleado varias veces y sé que ni siquiera soporta que hable con él.

No creo que volver a tener una relación propiamente dicha con Hardin sea buena idea ahora mismo, pero nuestros problemas han pasado de ser por un futuro incierto a esto. Unas lágrimas involuntarias escapan de mis ojos rebeldes y Hardin frunce más el ceño.

—No llores —me dice, y sus dedos se extienden y descansan contra mi mejilla.

—Lo siento —exhalo. Una única lágrima cae sobre mis labios, y la retiro con la lengua—. ¿Aún me quieres? —Necesitaba preguntárselo.

Sé que sí, pero necesito desesperadamente oírselo decir.

—Por supuesto que sí. Siempre te querré —me consuela con voz tranquilizadora.

Es un sonido curiosamente hermoso: su respiración es agitada y laboriosa, pero su voz tranquila y suave, como una imagen de olas furiosas rompiendo contra la orilla sin sonido alguno.

—¿Cuándo sabrás lo que quieres hacer? —le digo, temiendo la respuesta.

Hardin suspira y pega la frente contra la mía. Su respiración empieza a relajarse ligeramente.

—No lo sé. Parece que soy incapaz de estar sin ti.

—Yo tampoco puedo —le susurro—. Estar sin ti.

—Parece que somos incapaces de solucionar nuestros problemas, ¿verdad?

—Eso parece, sí. —Casi sonrío ante nuestro sosegado intercambio de palabras después del arrebato de hace unos minutos.

—Ven aquí.

Me jala de mis brazos y me estrecha contra su pecho.

Es una sensación maravillosa, como volver a casa después de pasar una larga temporada fuera, y cuando entierro la cara en su camiseta, su fragancia calma mi corazón.

—No vuelvas a acercarte a él —dice con el rostro hundido en mi cabello.

—De acuerdo —accedo sin pensar.

—Y esto no significa que vaya a dejarlo pasar, pero te extraño.

—Lo sé —contesto, pegándome más contra él hasta que oigo sus latidos fuertes y rápidos.

—No puedes ir por ahí besándote con la gente cada vez que te enojas. No está bien, y no pienso tolerarlo. Tú te pondrías hecha una furia si yo hiciera lo mismo.

Aparto la cabeza de su pecho y observo su rostro hostil. Despego los dedos del fino tejido de su camiseta y los hundo en sus suaves chinos.

Su mirada es severa, pero sus labios ligeramente entreabiertos me indican que no me detendrá si jalo su cabello para atraer su rostro hacia el mío. Si no fuera tan alto, esto sería mucho más fácil. Hardin suspira, me besa y me agarra de la cintura con más fuerza. Sus dedos descienden hasta mis caderas y vuelven a ascender y a rodear mi talle de nuevo.

Mis lágrimas se mezclan con su laboriosa respiración en una letal combinación de amor y deseo. Lo quiero infinitamente más de lo que lo deseo, pero ambos sentimientos se funden y se intensifican cuando aparta la boca de la mía para recorrer mi mandíbula y mi cuello con sus cálidos labios. Se arrodilla para tener mejor acceso a mi piel y yo apenas puedo mantenerme de pie mientras me mordisquea suavemente encima de lo que sería el hueso de la clavícula si estuviera tan delgada como la sociedad querría que estuviera.

Empiezo a retroceder hacia la cama y lo jalo de la camiseta cuando intenta protestar. Cede, resoplando, y me da un beso firme en el cuello. Llegamos a la cama y nos detenemos para mirarnos a los ojos.

No quiero que ninguno de los dos diga nada que pueda arruinar lo que hemos empezado, de modo que agarro el borde de mi camiseta y me la quito por encima de la cabeza. Su respiración se intensifica de nuevo, esta vez por la necesidad, no por la furia.

Dejo caer la prenda al suelo y alargo la mano para desvestirlo a él. Se quita la suya y, cuando mis dedos nerviosos pero rápidos le desabrochan el cinturón y deslizan sus pantalones por sus muslos, se impacienta y usa la pierna que yo no estoy sosteniendo para acabar de desprenderse de ellos.

Me siento de nuevo en la cama y Hardin hace lo propio sin dejar de acariciar mi piel desnuda con los dedos. Nuestros labios se unen otra vez y su lengua atraviesa los míos lentamente al tiempo que se coloca sobre mí, apoyando el peso sobre los brazos.

Siento cómo se le pone dura con tan sólo besarnos. Levanto ligeramente la cadera de la cama y la pego contra la suya para crear fricción entre nosotros, lo que provoca que deje escapar un gruñido. Se baja el bóxer de un jalón y lo deja a la altura de sus rodillas. Me aferro inmediatamente a su miembro y oigo cómo sisea en mi oído. Mi mano empieza a ascender y a descender alrededor de él. Me inclino y mi lengua recorre la punta de su verga, ansiosa por provocar más sonidos por su parte. Levanto la cabeza para mirarla y la envuelvo otra vez con la mano.

—Te quiero —le recuerdo cuando gime contra mi cuello.

Desplaza una mano hasta mi pecho y jala sin cuidado de las copas de mi brasier para dejar mis senos al descubierto.

—Te quiero —responde por fin—. ¿Estás segura de que quieres hacerlo, con todo lo que está pasando y teniendo en cuenta que no estamos juntos? —pregunta, y yo asiento.

—Por favor —le ruego.

Acerca la boca a mi pecho y sus manos ascienden por mi espalda para desabrocharme el brasier y quitármelo por completo. Noto sus dedos fríos sobre mi piel. Su lengua, en cambio, está caliente, y lame ávidamente mi pezón atrapado entre sus dientes.

Lo jalo del pelo y obtengo un leve gemido al tiempo que su boca se desplaza hacia el otro pecho.

CAPÍTULO 114

Hardin

Con tan sólo mirarla mientras se está desnudando ya estoy preparado para introducirme en ella. Sé que nuestros problemas no se han solucionado, pero necesito esto. Carajo, los dos lo necesitamos.

Me bajo los pantalones hasta los tobillos y me siento en la cama con ella, con la exasperante chica que me ha robado cada milímetro de mi ser, de mi cuerpo y de mi alma, y no quiero que me los devuelva. Ni siquiera me importa lo que haga con ellos. Son suyos. Soy suyo.

Se me pone dura sólo de mirar su cuerpo desnudo. Aparto la boca de sus preciosos pechos únicamente el tiempo suficiente como para sacar un condón. Ella se acuesta boca arriba con las piernas abiertas.

—Quiero verte —le digo.

Ladea la cabeza, algo confundida, de modo que la agarro suavemente de los brazos y la coloco encima de mí. Me encanta sentir su cuerpo encima del mío; fue creada para mí.

Tessa separa aún más los muslos, menea las caderas y restriega su humedad contra mi verga parada. Estoy ansioso y preparado, pero su manera de deslizarse sobre mi miembro trazando tentadores círculos con las caderas me está volviendo loco.

Introduzco la mano entre nosotros y le acaricio el clítoris con el pulgar. Ella jadea y se agarra a mi cuello con una mano.

Desciende sobre mí y ambos silbamos mientras la penetro. Carajo, extrañaba esto. Extrañaba lo nuestro.

—Me encanta sentirte cuando te penetro —le digo, y observo cómo pone los ojos en blanco de placer.

Comienza a moverse en círculos de nuevo mientras admiro la imagen que tengo ante mí. Es preciosa y tremendamente sexi. Es exquisita. Jamás he visto nada, ni a nadie, igual. Su pecho es generoso, y sobresale cada vez que menea las caderas. Me encanta ver cómo me monta.

Cada vez se le da mejor lo de estar encima. Recuerdo la primera ocasión que lo intentó. No lo hizo mal, pero estaba muy nerviosa todo el tiempo. Ahora está al mando y no podría hacerlo mejor. Es obvio que se siente cada vez más cómoda con su cuerpo, y me alegro. Es sexi a más no poder, y debería ser consciente de ello.

Levanto las caderas de la cama para recibir sus movimientos. Ella gime y abre unos ojos como platos.

—Te gusta, ¿verdad, nena? Eres increíble —la estimulo.

La agarro del brazo para inclinarla hacia mí. Por mucho que quiero observar cómo su cuerpo posee el mío, mi necesidad de besarla es mayor. Mi boca encuentra la suya y me encanta escuchar sus gemidos cuando la beso.

—Dime qué sientes —digo pegado a sus labios, y la agarro del trasero para meterle la verga hasta el fondo.

—Me encanta... Hardin, me encanta —gime, y apoya las manos en mi pecho para soportar su peso.

—Más rápido, nena.

Levanto la mano y le agarro un pecho. Se lo aprieto y se retuerce de gusto, gimiendo.

Segundos más tarde, hace una mueca de dolor y se detiene. Entonces me mira a los ojos.

—¿Qué pasa? —Intento incorporarme con ella contra mi pecho, sin apartarla de mí.

—Nada..., es que la he sentido... más profunda, o algo. Te siento mucho más adentro. —Se ruboriza y su voz es suave y llena de sorpresa.

—Y ¿eso es bueno o malo? —Levanto la mano para colocarle el pelo detrás de la oreja.

—Es bueno... Muy bueno —dice, y pone los ojos en blanco.

He cogido con esta chica muchas veces ya, y todavía hay muchas cosas sobre el sexo que desconoce. Hacer mamadas no es una de ellas. Eso se le da de maravilla.

Muevo sus caderas de nuevo en un intento de encontrar ese punto otra vez, el punto que hará que grite mi nombre en cuestión de segundos. Me encanta cómo me mira mientras las menea, y su forma, que no podría ser más perfecta. Cuando clava las uñas en mi pecho desnudo sé que he encontrado el punto. Se tapa la boca con la mano y se muerde la palma para no gritar mientras elevo las caderas para recibir sus movimientos y penetrarla más deprisa.

—Voy a hacer que te vengas así —exhalo.

Es demasiado perfecta. Cierra los ojos con fuerza y sus movimientos se vuelven más lentos.

—Vas a venirte ya, ¿verdad? ¿Vas a venirte para mí, nena?

—Hardin... —Gime mi nombre, y es la respuesta correcta.

—Puta madre. —No puedo evitar maldecir al ver cómo arquea la espalda y como cierra sus ojos grises de nuevo.

Clava en mi pecho las uñas de la mano con la que no se está tapando la boca y siento cómo sus músculos se tensan a mi alrededor. Carajo, es increíble. Altero el ritmo y empiezo a moverme más despacio, aunque me aseguro de llegar lo más al fondo de ella que puedo con cada embestida.

Sé que le encanta cómo le hablo mientras me la cojo. Esta vez, prácticamente grita en su mano mientras yo lleno el condón.

—Hardin... —suspira mientras apoya la cabeza en mi pecho jadeando sin parar.

—Nena... —respondo, y Tess me mira con una sonrisa soñolienta.

Respiro al mismo ritmo que ella y hundo los dedos en la masa de su cabello rubio, que cubre mi pecho. Sigo enojado con ella, y con Zed, pero la quiero y estoy intentando demostrarle que estoy cambiando. Es innegable que nuestra comunicación ha mejorado muchísimo.

Se enfurecerá conmigo al menos una vez más a causa de Zed, pero tengo que dejarle claro que Tessa es mía y que, como vuelva a tocarla, lo mataré.

CAPÍTULO 115

Tessa

Me recuesto sobre el torso de Hardin para recuperar el aliento. Nuestros torsos desnudos suben y bajan lentamente debido a nuestro estado de dicha poscoital. No se me ha hecho tan raro como creía. Extrañaba desesperadamente intimar con él; sé que puede que hacer el amor tan pronto, antes de haber llegado a ninguna determinación, no sea muy buena idea, pero ahora mismo, mientras sus dedos ascienden y descienden acariciando mi columna, me siento de maravilla.

No puedo dejar de reproducir en mi mente la imagen de su cuerpo debajo del mío, elevando las caderas del colchón para llenarme por completo. Nos hemos acostado muchas veces, pero ésta ha sido una de las mejores. Ha sido tan intenso, y sincero, y cargado de deseo..., no, de necesidad por el otro.

Hardin se ha dejado llevar por su temperamento hace un rato, pero ahora lo miro y sus ojos están cerrados y sus labios ligeramente curvados hacia arriba.

—Sé que me estás mirando, y tengo que orinar —dice, y no puedo evitar reírme—. Arriba. —Me levanta por las caderas y me coloca a su lado.

Se pasa las manos por el pelo para apartarse un mechón suelto de la frente mientras recoge su ropa del suelo. Se pone sólo los pantalones y desaparece de la habitación. Empiezo a vestirme. Mi mirada va directamente a su camiseta tirada en el suelo y, por costumbre, me agacho para recogerla, pero vuelvo a dejarla donde está. No quiero forzar las cosas ni provocar que se enoje, así que debería ponerme mi propia ropa por ahora.

Son casi las ocho, así que me pongo un pants ancho y una camiseta sencilla. Los restos del arrebato de Hardin cubren el suelo, así que me tomo la libertad de empezar a colocarlo todo en su sitio. Comienzo por la ropa de mis cajones. Cuando regresa a la habitación me encuentro cerrando la maleta llena de novelas.

—¿Qué estás haciendo? —pregunta.

En una mano sujeta un vaso de agua y un panquecito en la otra.

—Sólo estoy recogiendo un poco —respondo en voz baja.

Tengo miedo de que volvamos a empezar a pelearnos otra vez, y no sé cómo comportarme.

—Ah... —dice, y deja el vaso y el tentempié sobre la cómoda y se acerca a mí.

—Te ayudo —se ofrece, y recoge la silla rota del suelo.

Trabajamos en silencio para devolver la habitación a su estado normal. Hardin toma la maleta y se dirige al ropero con ella en brazos. En el proceso, casi tropieza con uno de los cojines decorativos de la cama.

No sé si debería ser la primera en hablar, y no sé qué decir. Sé que sigue enojado, pero no paro de atraparlo mirándome, así que no debe de estarlo demasiado.

Sale de detrás del ropero con una bolsa pequeña y una caja de tamaño mediano.

—¿Qué es esto? —pregunta.

«¡Ay, no!»

—Nada —me apresuro a responder, y me acerco corriendo para intentar quitárselos de las manos.

—¿Son para mí? —pregunta con curiosidad.

CAPÍTULO 116

Hardin

—No —miente, y se pone de puntitas para intentar alcanzar la caja que tengo en la mano izquierda, de modo que la levanto más todavía.

—Pone mi nombre en la etiqueta —señalo, y ella baja la mirada.

¿Por qué tiene tanta vergüenza?

—Es que..., bueno, te compré algunas cosas, pero ahora me parecen tonterías, así que no hace falta que las abras.

—Quiero hacerlo —le aseguro, y me siento en la orilla de la cama.

No debería haber roto esa espantosa silla.

Tessa suspira y mantiene su posición al otro extremo del cuarto mientras jalo los extremos del papel de regalo pegados con cinta adhesiva. Me molesta la cantidad de cinta que ha utilizado para envolver esta caja, pero admito que estoy un poco...

... emocionado.

No es emoción exactamente, sino felicidad. No recuerdo cuándo fue la última vez que recibí un regalo de cumpleaños de alguien, ni siquiera de mi madre. Desde una edad muy temprana dejé bien claro que odiaba los cumpleaños, y me comportaba de una manera tan desagradable cada vez que mi madre me compraba algo que dejó de hacerlo antes de que cumpliera dieciséis años.

Mi padre me mandaba una tarjeta de mierda con un cheque dentro todos los años, pero yo me dedicaba a quemarlos. Llegué a orinarme en los que envió cuando cumplí los diecisiete.

Cuando por fin abro la caja, encuentro varias cosas dentro.

La primera es una copia destrozada de *Orgullo y prejuicio* y, en cuanto la saco, Tessa se acerca y me la quita de las manos.

—Esto es una tontería..., olvídalo —dice, pero está claro que no pienso hacerlo.

—¿Por qué? Devuélvemelo —le exijo extendiendo la mano.

Cuando me pongo de pie parece darse cuenta de que es imposible que gane esta batalla, de modo que me devuelve el libro. Mientras lo hojeo veo que hay frases subrayadas en amarillo fosforescente por toda la novela.

—¿Recuerdas cuando me dijiste que habías estado subrayando a Tolstói? —me pregunta, y se pone más roja que nunca.

—Sí, ¿y?

—Bueno, pues... es que yo también subrayaba frases de libros —admite, y me mira a los ojos.

—¿En serio? —digo, y lo abro por una página que está prácticamente cubierta de marcas.

—Sí. Sobre todo éste. No hace falta que lo releas todo ni nada. Sólo pensé que... Se me da pésimo hacer regalos, lo siento.

Eso no es cierto. Me encantará leer qué palabras de su novela favorita le recuerdan a mí. Éste es el mejor regalo que podrían haberme hecho en la vida. Son estas cosas, las cosas sencillas, las que me dan esperanzas de que podemos hacer que esto funcione, el hecho de que los dos estuviésemos haciendo lo mismo, que los dos leamos a Jane Austen, sin saberlo.

—No es verdad —le digo, y vuelvo a sentarme en la cama.

Dejo la novela debajo de mi pierna para que no intente quitármela de nuevo. Una leve carcajada escapa de mis labios al ver otro de los objetos de la caja.

—¿Para qué es esto? —pregunto con una sonrisa maliciosa, sosteniendo la carpeta de anillas de piel.

—Esa cosa que usas para trabajar se está pelando de las orillas y está hecha un desastre. Mira, ésta tiene etiquetas para cada semana, o tema, lo que prefieras. —Sonríe.

Me hace gracia que me haya regalado esto porque me doy cuenta de la cara de horror que pone cada vez que me ve meter mis papeles en mi antigua carpeta. Me niego a dejar que me la organice a pesar de sus numerosos intentos, y sé que la saca de quicio. No quiero que vea lo que hay dentro.

—Gracias. —Me río.

—Eso no era un regalo, en realidad: te la compré hace tiempo e iba a tirar la otra, pero nunca tuve la ocasión de hacerlo —admite riéndose.

—Eso es porque siempre la llevaba conmigo. Te veía las intenciones —bromeo.

Me falta abrir la bolsa pequeña, y una vez más me echo a reír al ver lo que contiene.

«Kickboxing» es lo primero que leo en el pequeño ticket.

—Es una semana de kickboxing en el gimnasio de nuestro... de tu barrio. —Sonríe, claramente orgullosa de su ingenioso regalo.

—Y ¿qué te hace pensar que me interesa practicar kickboxing?

—Ya lo sabes.

Es obvio que me lo ha comprado para que libere la rabia con el deporte.

—Nunca lo he probado.

—A lo mejor te gusta —dice.

—No tanto como darle una buena golpiza a alguien —contesto, y ella frunce el ceño—. Es broma.

Tomo el CD que queda dentro de la bolsa. El cabrón que llevo en mi interior quiere burlarse de Tess por haber comprado un CD cuando podría haberlo descargado directamente de internet. Disfrutaré escuchando cómo tararea sus canciones; supongo que es el segundo álbum de The Fray.

Estoy convencido de que ya se sabe todas las canciones a la perfección, y que le encantará explicarme su significado mientras manejamos escuchándolo.

CAPÍTULO 117

Tessa

—¿Puedo quedarme contigo esta noche? —me ha preguntado antes Hardin, mirándome a la cara para analizar mi expresión. He asentido con efusividad.

De modo que ahora que se está quitando la camiseta, la agarro con ansia y me la pongo. Observa cómo me cambio de ropa pero permanece en silencio. Nuestra relación es muy confusa. Siempre lo es, pero ahora especialmente. En estos momentos no estoy segura de quién lleva la voz cantante. Hace un rato estaba enojada con él por haberme dejado plantada en su cumpleaños, pero ahora estoy convencida de que él no tuvo nada que ver con eso, así que vuelvo a estar como hace unos días, cuando fue tan lindo al acceder a llevarme a patinar sobre hielo.

Después él se ha enojado mucho por lo mío con Zed, pero ahora nadie lo diría, dadas las sonrisas y los comentarios sarcásticos que no para de lanzarme. Puede que sus ganas de estar conmigo sean más grandes que su ira, que me haya extrañado y ahora se alegre de que ya no esté molesta con él. No sé la razón, pero la verdad es que me da igual. Me gustaría que me permitiera hablar sobre Seattle. ¿Cómo reaccionará? No quiero decírselo, pero sé que tengo que hacerlo. ¿Se alegrará por mí? No lo creo; de hecho, sé que no.

—Ven aquí. —Me estrecha contra su pecho mientras se acuesta de nuevo en la cama.

Toma el control de la televisión de su soporte de la pared y empieza a cambiar de canal antes de detenerse en una especie de documental de historia.

—¿Qué tal con tu madre? —le pregunto al cabo de unos minutos.

No me contesta, lo miro a la cara y veo que se ha quedado dormido.

Cuando recupero la conciencia hace calor, demasiado calor. Hardin está acostado encima de mí, atrapándome con su peso contra el colchón. Estoy boca arriba y él boca abajo, con la cabeza sobre mi pecho, con uno de sus brazos alrededor de mi cintura y el otro extendido en el espacio que tiene al lado. He extrañado dormir de esta manera, e incluso despertarme sudando tapada por su cuerpo. Miro el reloj y veo que son las siete y media. La alarma de mi celular sonará dentro de diez minutos. No quiero despertar a Hardin, está tan sereno... Luce incluso una leve sonrisa en los labios, cuando normalmente tiene el ceño fruncido, incluso dormido.

En un intento de moverlo sin despertarlo, le levanto el brazo que rodea mi cintura.

—Mmmm —protesta. Sus ojos se mueven bajo sus párpados. Se revuelve un poco y se aferra a mí con más fuerza.

Miro al techo y me debato entre si debo apartarlo directamente o no.

—¿Qué hora es? —pregunta con la voz ronca.

—Casi las siete y media —le digo en voz baja.

—Mierda. ¿Faltamos a clases hoy?

—Yo no puedo, pero si tú quieres... —Sonrío, hundo los dedos en su pelo y le masajeo el cuero cabelludo suavemente.

—¿Desayunamos por ahí? —Se vuelve para mirarme.

—Es una oferta muy tentadora, pero no puedo. —La verdad es que se me antoja mucho. Desliza el cuerpo un poco hacia abajo y apoya la barbilla justo debajo de mi pecho—. ¿Has dormido bien? —le pregunto.

—Sí, muy bien. No dormía así desde... —No termina la frase.

De repente me siento inmensamente feliz, y sonrío contenta.

—Me alegro de que hayas dormido un poco.

—¿Te puedo contar algo? —dice entonces. No parece haberse despertado del todo aún, le brillan los ojos y su voz es más grave que nunca.

—Claro. —Vuelvo a masajearle la cabeza.

—Cuando estaba en Inglaterra visitando a mi madre, tuve un sueño..., bueno, una pesadilla.

«Ay, no.» Me derrumbo. Sabía que tenía pesadillas otra vez, pero me duele oírlo.

—Siento que hayas vuelto a tener pesadillas.

—No, no sólo he vuelto a tenerlas. Son peores que antes. —Juraría que me ha parecido notar que temblaba, pero su rostro no muestra ninguna emoción.

—¿Peores?

¿Cómo es posible que sean peores?

—Tú estabas ahí, y ellos... te lo estaban haciendo a ti —dice, y se me hiela la sangre en las venas.

—Vaya —digo con voz débil y patética.

—Sí, era... era horrible. Era mucho peor que antes, porque estoy acostumbrado a los de mi madre, ¿sabes?

Asiento y acerco mi otra mano a su brazo desnudo para acariciárse-lo al igual que su cabeza.

—Ni siquiera intentaba volver a dormirme después. Permanecía despierto adrede porque no podía soportar verlo otra vez. La idea de que alguien pueda hacerte daño me vuelve loco.

—Lo siento muchísimo.

Sus ojos reflejan angustia, y los míos están llenos de lágrimas.

—No me compadezcas —me pide.

Levanta la mano y atrapa las lágrimas antes de que lleguen a derra-marse.

—No lo hago. Me siento mal porque no quiero que sufras. No te compadezco —aseguro, y es verdad.

Me siento fatal por este hombre traumatizado que sueña con que violan y maltratan a su madre, y la idea de que mi rostro sustituya al de Trish me mata. No quiero que esos pensamientos atormenten su men-te ya de por sí angustiada.

—Sabes que jamás dejaría que nadie te hiciera daño, ¿verdad? —pre-gunta mirándome a los ojos.

—Lo sé, Hardin.

—Ni siquiera ahora. Incluso si nunca volvemos a estar como está-bamos, mataría a cualquiera que lo intentara. —Su voz es entrecortada pero suave.

—Lo sé —le aseguro con una débil sonrisa.

No quiero mostrarme alarmada ante sus súbitas amenazas porque sé que las dice de manera afectuosa.

—Hoy he dormido bien —dice para relajar un poco el ambiente, y yo asiento.

—¿Dónde quieres desayunar? —le pregunto.

—Has dicho que tenías...

—He cambiado de idea. Tengo hambre.

Después de que se abriera tanto con respecto a lo de sus pesadillas, quiero pasar la mañana con él. Quizá continúe con la línea de comunicación abierta. Normalmente tengo que pelearme con él para obtener algún tipo de información, pero hoy me ha contado eso de manera voluntaria, y para mí eso significa muchísimo.

—¿Te he persuadido tan fácilmente con mi patética historia? —pregunta con una ceja levantada.

—No digas eso. —Frunzo el ceño.

—¿Por qué no?

Se incorpora y se levanta de la cama.

—Porque no es verdad. No ha sido lo que me has contado lo que me ha hecho cambiar de idea, sino el hecho de que lo hayas compartido conmigo. Y no digas que eres patético. Eso no es cierto. —Apoyo los pies en el suelo mientras se sube los pantalones por las piernas—. Hardin... —digo al ver que no responde.

—Tessa... —se burla de mí con voz aguda.

—Lo digo en serio. No deberías pensar eso de ti mismo.

—Lo sé —se apresura a decir, zanjando bruscamente la conversación.

Sé que no es perfecto ni mucho menos, que tiene numerosos defectos, pero todo el mundo los tiene, sobre todo yo. Ojalá fuera capaz de ver más allá de sus faltas, tal vez eso lo ayudaría a solucionar sus problemas con respecto al futuro.

—Bueno, dime, ¿voy a tenerte para mí todo el día, o sólo para desayunar? —Se agacha para meter el pie en las Converse negras.

—Me gustan esos tenis, por cierto, siempre se me olvida decírtelo —digo señalándolas.

—Ah..., gracias. —Se ata las agujetas y se levanta. Para tener el ego tan hinchado se le da pésimo aceptar cumplidos—. No me has contestado.

—Sólo para desayunar. No puedo faltar a todas las clases. —Me quito su camiseta y me pongo una propia.

—Está bien.

—Voy a peinarme y a lavarme los dientes —digo cuando he terminado de vestirme.

Cuando empiezo a cepillarme la lengua, Hardin llama a la puerta.

—Pasa —farfullo con la boca llena de dentífrico.

—Hace tiempo que no hacemos esto —me dice.

—¿Practicar sexo en el baño? —inquiero.

«¿Por qué habré dicho eso?»

—Nooooo... Iba a decir «lavarnos los dientes juntos». —Se echa a reír y saca un cepillo nuevo del mueble—. No obstante, si lo que quieres es hacerlo en el baño... —me tienta, y pongo los ojos en blanco.

—No sé por qué he dicho eso, ha sido lo primero que me ha pasado por la cabeza. —Me echo a reír ante la estupidez de mi respuesta.

—Vaya, es bueno saberlo. —Moja el cepillo un momento y no dice nada más.

Después de que ambos nos hayamos lavado los dientes y de recogerme el pelo en una cola de caballo, bajamos al piso de abajo. Karen y Landon están hablando en la cocina frente a unos tazones de avena.

Mi amigo me ofrece una cálida sonrisa. No parece sorprenderlo demasiado vernos a Hardin y a mí juntos. A Karen tampoco. En todo caso, parece... ¿encantada? No estoy segura, porque se lleva la taza de café a los labios para ocultar su sonrisa.

—Hoy llevaré a Tessa yo al campus —le dice Hardin a Landon.

—Bueno.

—¿Lista? —pregunta volviéndose hacia mí, y yo asiento.

—Te veré en religión —le digo a Landon antes de que Hardin me arrastre, literalmente, fuera de la cocina.

—¿A qué vienen estas prisas? —le pregunto una vez fuera.

Me quita la bolsa del hombro mientras salimos.

—Nada, pero los conozco a Landon y a ti, y si se ponen a hablar ya no nos vamos nunca, y si añadimos a Karen a la mezcla acabaré muriéndome de hambre antes de que se callen.

Me abre la puerta del coche, se dirige a su lado y se sube.

—Cierto. —Sonrío.

Nos pasamos al menos veinte minutos discutiendo sobre si ir a IHOP o a Denny's, y al final nos decidimos por IHOP. Hardin dice que sirven mejor pan francés, pero yo me niego a creerlo hasta que lo vea.

—Tendrán que esperar unos diez o quince minutos —nos dice una mujer bajita con un pañuelo azul alrededor del cuello en cuanto entramos.

—De acuerdo —contesto al mismo tiempo que Hardin pregunta por qué.

—Hay mucha gente y no tenemos ninguna mesa disponible —explica la mujer dulcemente.

Hardin pone los ojos en blanco y yo lo aparto de ella y me lo llevo para sentarnos en un banco en la entrada.

—Me alegro de que hayas vuelto —bromeo.

—¿Qué significa eso?

—Que parece que has recuperado tu mordacidad.

—¿Cuándo he dejado de tenerla?

—No lo sé, en la cita del otro día y anoche también un poco.

—Anoche destrocé la habitación y te insulté —me recuerda.

—Lo sé, sólo era una broma.

—Bueno, pues intenta que la próxima vez sea buena —replica, aunque veo un atisbo de sonrisa en sus labios.

Cuando por fin nos sentamos, pedimos el desayuno a un chico joven que lleva una barba que parece demasiado larga para alguien que trabaja como mesero. Cuando se va, Hardin protesta y jura que como encuentre un pelo en su comida le arranca la barba a trancazos.

—Tenía que demostrarte que conservo mi mordacidad —me recuerda, y me echo a reír.

Me encanta que esté intentando ser un poco más agradable, pero también me gusta el hecho de que no le importe lo que la gente piense de él. Ojalá se me pegasen algunas de esas cualidades. Continúa elaborando una lista de cosas que lo irritan sobre el lugar hasta que llega nuestra comida.

—¿Por qué no puedes faltar todo el día? —me pregunta mientras se lleva un bocado de pan francés a la boca.

—Porque... —empiezo. «Verás, porque voy a trasladarme a otro campus y no quiero complicar las cosas perdiendo puntos de asistencia antes de trasladarme en mitad del trimestre»—. No quiero arriesgarme a no sacar sobresalientes —le digo.

—Es la universidad, Tessa. Nadie va a clase —me dice por enésima vez desde que lo conozco.

—¿No tienes ganas de que llegue la clase de yoga? —Me río.

—No, para nada.

Cuando terminamos de desayunar, me acerca en coche al campus y seguimos de buen humor. Su celular vibra sobre el tablero pero no contesta. Quiero hacerlo por él, pero nos estamos llevando tan bien que no quiero arruinarlo. La tercera vez que suena, al final me pronuncio.

—¿No vas a contestar? —le pregunto.

—No, que dejen un mensaje. Será mi madre. —Levanta el teléfono y me muestra la pantalla—. ¿Ves? Ha dejado un mensaje. ¿Quieres escucharlo? —pregunta.

Mi curiosidad saca lo peor de mí y le quito el celular de las manos.

—Pon el altavoz —me dice.

—«Tiene siete mensajes nuevos» —anuncia la voz automática mientras estaciona el coche.

Gruñe.

—Por eso nunca los compruebo.

Pulso el número uno para escucharlos.

—«Hardin... Hardin, soy Tessa... Yo...» —Intento pulsar el botón de «Finalizar», pero él me quita el teléfono de la mano.

«Maldita sea.»

—«... necesito hablar contigo. Estoy en el coche, y estoy muy confundida...» —Mi voz suena histérica y me dan ganas de salir corriendo del vehículo.

—Por favor, apágalo —le ruego, pero él se pasa el teléfono a la otra mano para que no se lo pueda quitar.

—¿Qué es esto? —pregunta mirando el aparato.

—«¿Por qué no lo has intentado siquiera? Dejaste que me fuera sin más y aquí estoy, llamándote y llorándole a tu buzón de voz. Necesito saber qué nos ha pasado. ¿Por qué esta vez ha sido distinto? ¿Por qué no seguimos peleando hasta solucionarlo? ¿Por qué no has luchado por mí? Merezco ser feliz, Hardin...»

Mi estúpida voz inunda el coche, y me atrapa dentro.

Permanezco sentada en silencio con la vista en mis manos, apoyadas sobre mis piernas. Esto es humillante. Casi había olvidado lo del mensaje; ojalá no lo hubiera escuchado, y menos ahora.

—¿De cuándo es esto?

—De cuando te fuiste.

Exhala sonoramente y corta el mensaje.

—¿Por qué estabas confundida?

—No creo que quieras hablar de ello. —Me muerdo el labio.

—Claro que sí. —Se desabrocha el cinturón y se vuelve hacia mí. Lo miro e intento pensar en la mejor manera de explicárselo.

—Ese horrible mensaje es de la noche... la noche en que lo besé.

—Ah. —Aparta la cara.

El desayuno ha sido de maravilla, y ahora el estúpido mensaje que le dejé en medio de una tormenta emocional lo ha arruinado todo. No puede hacerme responsable de esto.

—¿Antes o después de besarlo?

—Después.

—¿Cuántas veces lo besaste?

—Una.

—¿Dónde?

—En mi coche —contesto.

—Y ¿después, qué? ¿Qué hiciste después de dejar ese mensaje? —pregunta sosteniendo el teléfono en el aire entre nosotros dos.

—Volví a su departamento.

En cuanto las palabras salen de mi boca, Hardin apoya la frente contra el volante.

—Yo... —empiezo.

Levanta un dedo para indicarme que me calle.

—¿Qué pasó en su departamento? —Cierra los ojos.

—¡Nada! Estuve llorando y vimos la televisión.

—Me estás mintiendo.

—No, Hardin. Me quedé dormida en el sillón. La única vez que dormí en su habitación fue el día que te presentaste allí. Lo único que ha pasado entre nosotros ha sido un beso, y hace unos días, quedé con él para comer, intentó besarme y yo me aparté.

—¿Intentó besarte otra vez?

«Mierda.»

—Sí, pero entiende lo que siento por ti. Sé que lo he animado con todo esto, y siento incluso haber pasado tiempo con él. No tengo ninguna buena razón ni ninguna excusa, pero lo siento.

—Recuerdas lo que me has dicho, ¿no? Que te mantendrás alejada de él. —Su respiración es controlada, demasiado controlada, cuando levanta la cabeza del volante.

—Sí, lo recuerdo —digo.

No me gusta la idea de que me diga de quién puedo ser amiga y de quién no, pero la verdad es que, si invirtiésemos los papeles, cosa que ha estado pasando mucho últimamente, yo esperaría lo mismo por su parte.

—Ahora que conozco los detalles, no quiero volver a hablar de ello, ¿de acuerdo? Lo digo en serio. No quiero ni que su pinche nombre salga de tu boca. —Está intentando mantener la calma.

—Está bien —accedo, y alargo la mano para tomar la suya.

Yo tampoco quiero volver a hablar de esto. Ambos hemos dicho todo lo que había que decir al respecto, y volver al tema sólo nos ocasionará más problemas innecesarios a nosotros y a nuestra ya maltrecha relación. Es un alivio ser la causa del problema para variar, porque lo último que necesita Hardin en estos momentos es tener otro motivo para odiarse a sí mismo.

—Será mejor que vayamos a clase —dice al final.

Creo morir al oír su tono frío, pero mantengo la boca cerrada cuando retira la mano de la mía. Hardin me acompaña hasta la Facultad de Filosofía y yo busco a Landon por la calle, pero no lo veo. Debe de haber entrado ya.

—Gracias por el desayuno —digo, y agarro mi mochila de la mano de Hardin.

—De nada. —Le quita importancia y yo esbozo una sonrisa y me doy la vuelta.

Me agarra del brazo y, antes incluso de llegar a pegar la boca a la mía, me reclama como sólo él sabe hacerlo.

—Te veré después de clase. Te quiero —me dice, y se va, dejándome jadeando y sonriendo mientras entro en el edificio.

CAPÍTULO 118

Hardin

Escucho ese mensaje por quinta vez mientras camino por la banqueta del campus. Suena tan angustiada... Aunque parezca retorcido, en cierto modo me alegro de escucharlo y de percibir el dolor y la absoluta tristeza de su voz mientras llora en mi oído. Quería saber si se sentía tan desgraciada sin mí como yo sin ella, y aquí tengo la prueba de que sí. Sé que la he perdonado muy pronto por besarse con ese cabrón, pero ¿qué otra cosa podía hacer? No puedo vivir sin ella, y ambos hemos cometido muchos errores, no sólo Tess.

Además, esto es culpa mía, él sabía lo vulnerable que sería cuando rompimos. Sé que lo sabía. Y la vio llorar y demás, y no se le ocurrió otra cosa que besarla una semana después de que me dejara. ¿Qué clase de cabrón asqueroso hace eso?

Se aprovechó de ella, de mi Tessa, y no pienso dejarlo pasar. Se cree muy listo y piensa que va a irse como si nada, pero no pienso consentirlo.

—¿Dónde está Zed Evans? —le pregunto a una rubia bajita que está sentada junto a un árbol en la Facultad de Ciencias Medioambientales.

¿Por qué chingados hay árboles gigantes en el vestíbulo de este estúpido edificio?

—En la sala de plantas, la número 218 —me informa con voz temblorosa.

Por fin llego a la sala con la placa «218» y abro la puerta antes de pararme a pensar en la promesa que le he hecho a Tessa. No pensaba dejarlo estar de ninguna de las maneras, pero después de oír lo angustiada que estaba la noche que estuvo con Zed, ha empeorado todavía más la situación para él.

La sala está llena de hileras de plantas. ¿Quién querría dedicarse a esta mierda todo el día?

—¿Qué haces aquí? —lo oigo decir antes de verlo.

Está de pie junto a una caja grande o algo parecido; cuando se asoma, avanzo hacia él.

—No te hagas el tonto, sabes perfectamente lo que hago aquí.

Sonríe.

—No, me temo que no tengo ni idea. El estudio de la botánica no requiere poderes psíquicos —se burla de mí con esos estúpidos lentes en la cabeza.

—¿Cómo puedes haber sido tan cabrón?

—¿Respecto a qué?

—A Tessa.

—Yo no soy el cabrón. Eres tú el que la trata como una mierda, así que no te enojes si viene corriendo a mí por tu culpa.

—¿Cómo se te ocurre ser tan idiota de meterte con algo que es mío?

Se aparta de la caja y recorre el pasillo que tengo al lado.

—Ella no es tuya. No es una posesión —me desafía.

Alargo los brazos por encima de las cajas de plantas, lo agarro del cuello y le estampo la cara contra la barrera de metal que nos separa. Oigo un fuerte crujido, así que ya sé lo que ha pasado. Pero cuando levanta la cabeza y grita: «¡Me has roto la nariz!» mientras forcejea para librarse de mí, he de admitir que la cantidad de sangre que empapa su rostro resulta un poco alarmante.

—Durante varios meses te advertí que te mantuvieras alejado de ella, y ¿qué haces tú? Besarla y meterla en tu pinche cama.

Me dirijo al pasillo para ir por él de nuevo. Se está cubriendo la nariz rota con la mano y la sangre roja inunda su rostro.

—Y yo te dije que me valía madres lo que tú dijeras —ruge viniendo a mi encuentro—. ¡Me rompiste la maldita nariz! —grita otra vez.

Tessa me va a matar.

Debería irme ya. Merece que le dé una buena golpiza, otra vez, pero se va a poner furiosa cuando se entere.

—Tú me has hecho algo peor. ¡No paras de engatusar a mi novia! —le respondo.

—Tessa no es tu novia, y eso no es nada comparado con todo lo que pienso engatusarla.

—¿Me estás amenazando?

—No lo sé, ¿tú qué crees?

Doy otro paso hacia él y me sorprende abalanzándose contra mí. Su puño impacta contra mi mandíbula y me tambaleo hacia atrás hasta que tiro una caja de madera llena de plantas, que caen al suelo mientras me recupero. Ataca de nuevo con furia, pero esta vez bloqueo su golpe y me aparto a un lado.

—Pensabas que era un blandengue, ¿verdad? —Sonríe como un poseso y su boca ensangrentada avanza hacia mí—. Te creías muy duro, ¿no? —Se ríe y se detiene para escupir sangre sobre los azulejos blancos del piso.

Lo agarro de la tela de su bata de laboratorio y lo empujo contra otra hilera de plantas, que caen al suelo al igual que nosotros. Me monto encima de él para asegurarme de que no tenga el control. Veo con el rabillo del ojo que levanta el brazo, pero para cuando me doy cuenta de lo que está pasando, me estampa una de las pequeñas macetas contra la sien.

Me quedo aturdido y parpadeo rápidamente para recuperar la visión. Soy más fuerte que él, pero por lo visto es mejor luchador de lo que me había dejado creer.

Sin embargo, por nada del mundo pienso permitirle que saque lo peor de mí.

—De todos modos, ya me la cogí —me suelta mientras lo agarro del pelo y le golpeo la cabeza contra el suelo. En estos momentos me vale madres si lo mato o no.

—¡No, no lo has hecho! —grito.

—Claro que sí. Qué cosa tan estrechita —me provoca con voz ahogada cuando tengo las manos todavía en su rostro.

Lo golpeo en la sien y él lanza un alarido. Por un breve momento considero agarrarlo de la nariz rota para causarle aún más dolor. Patalea frenéticamente debajo de mí para intentar levantar mi cuerpo del suyo. Imágenes de Zed tocando a Tessa inundan mi mente y me llevan a un estado de furia que no había alcanzado jamás.

Se agarra a mis brazos intentando apartarme de nuevo de encima.

—No volverás a tocarla en la vida —digo, y lo agarro de la garganta—. Si crees que vas a arrebatármela, te equivocas.

Le aprieto el cuello con más fuerza. Su rostro ensangrentado se vuelve rojo. Intenta hablar, pero sólo oigo jadeos entrecortados en el aire.

—¿Qué diablos está pasando aquí? —grita un hombre detrás de mí.

Cuando me vuelvo para mirar, Zed intenta agarrarme del cuello, pero eso no va a pasar. Un puñetazo en la mejilla basta para hacer que deje caer los brazos a los costados.

Una mano me agarra del brazo y me la quito de encima.

—¡Llamen a seguridad! —grita la voz, y yo me apresuro a quitarme de encima de Zed.

«Mierda.»

—No, no es necesario —digo, y me pongo de pie tambaleándome.

—¿Qué está pasando? ¡Sal de aquí! ¡Espera en la otra sala! —grita el hombre de mediana edad, pero yo no me muevo. Supongo que es un profesor.

«Mierda.»

—Ha entrado aquí y me ha atacado —dice Zed, y empieza a llorar. Empieza a llorar, literalmente.

Se cubre con la mano la nariz hinchada y torcida mientras se pone de pie. Tiene la cara ensangrentada y la bata blanca llena de manchas rojas. Su sonrisa de superioridad ha desaparecido.

—¡Ponte cara a la pared hasta que llegue la policía! ¡Lo digo en serio! ¡No te muevas ni un milímetro! —ordena con aire autoritario el hombre, señalándome.

Mierda, va a venir la policía del campus. Tengo un problema grave. ¿Por qué chingados he tenido que venir aquí? Prometí que me mantendría alejado de él si Tessa también lo hacía.

Y ahora que he roto otra de mis promesas, ¿romperá ella la suya?

CAPÍTULO 119

Tessa

Cuando pego la pluma al papel, mi intención es escribir acerca de mi abuela, que dedicó su vida al cristianismo pero, sin saber cómo, el nombre de Hardin aparece en tinta negra.

—¿Señorita Young? —dice el profesor Soto con voz suave, aunque lo bastante fuerte como para que todos los de la primera fila lo oigan.

—¿Qué? —Levanto la vista y mi atención se dirige directamente a Ken.

«¿Qué? ¿El padre de Hardin aquí?»

—Tessa, necesito que vengas conmigo —dice, y la rubia impertinente que tengo detrás dice «uuuh», como si estuviésemos en sexto de primaria. Probablemente ni siquiera sepa que Ken es el rector de la facultad.

—¿Qué pasa? —le pregunta Landon mientras yo me levanto y empiezo a recoger mis cosas.

—Hablamos fuera —señala Ken con voz insegura.

—Voy con ustedes —dice Landon, y también se pone de pie.

El profesor Soto mira a Ken.

—¿Está usted de acuerdo?

—Sí, es mi hijo —le dice, y nuestro profesor abre unos ojos como platos.

—Ah, disculpe. No lo sabía; y ¿ella es su hija? —le pregunta.

—No —responde Ken secamente. Parece preocupado, y está empezando a asustarme.

—¿Le ha ocurrido algo a...? —comienzo a decir, pero Ken me guía hacia la puerta con Landon detrás de mí.

—Han arrestado a Hardin —explica en cuanto salimos.

Me quedo sin respiración.

—¿Qué?

—Lo han arrestado por pelearse y por destrozar una propiedad del campus.

—Dios mío —es lo único que consigo articular.

—¿Cuándo? ¿Por qué? —pregunta Landon.

—Hace veinte minutos. Estoy haciendo todo lo posible para mantener este asunto bajo la jurisdicción del campus, pero él no me lo está poniendo fácil.

Ken camina a toda prisa y casi tengo que correr para seguir su ritmo. Me vienen a la cabeza un millón de preguntas: «¿Han arrestado a Hardin? Vaya, ¿por qué habrá sido? ¿Con quién se ha peleado?».

Sin embargo, ya sé la respuesta a esa última pregunta.

¿Por qué no ha podido dejarlo pasar por una vez en su vida? ¿Estará bien? ¿Irá a la cárcel? ¿A una cárcel de verdad? ¿Estará bien Zed?

Ken abre las puertas de su coche y los tres nos subimos en él.

—¿Adónde vamos? —pregunta Landon.

—A la oficina de seguridad.

—¿Él está bien? —pregunto.

—Tiene un corte en la mejilla y otro debajo de la oreja, o eso me han dicho.

—¿«Te han dicho»? ¿Aún no has ido a verlo? —inquiere Landon.

—No, no he ido. Tiene uno de sus ataques de furia, así que sabía que era mejor que fuera Tessa primero —dice meneando la cabeza en mi dirección.

—Sí, buena idea —coincide Landon.

Yo no digo nada.

¿Un corte en la cabeza y en la oreja? Espero que no le duela. Por favor, esto es una locura. Debería haber accedido a pasar el día entero con él. De haberlo hecho, hoy no habría venido al campus.

Ken maneja a toda prisa por varias calles secundarias y, al cabo de cinco minutos, nos estacionamos delante de un pequeño edificio de ladrillo que alberga la oficina de seguridad del campus. Hay una señal de prohibido estacionarse justo en el sitio donde lo hizo, pero supongo que dejar el carro donde te da la gana es una de las ventajas de ser rector.

Los tres corremos al interior del edificio, y mis ojos empiezan a buscar a Hardin inmediatamente.

No obstante, antes de verlo, lo oigo...

—¡Me importa un carajo, no eres más que un pendejo con una placa falsa! ¡Eres un pinche vigilante de centro comercial, cabrón de mierda!...

Rastreo su voz y giro por el pasillo en su busca. Oigo a Ken y a Landon detrás de mí, pero lo único que me importa es llegar hasta él.

Encuentro a varias personas reunidas... y entonces veo a Hardin paseándose de un lado a otro en una pequeña celda. «Carajo.» Lleva los brazos esposados a la espalda.

—¡Chinguen a su puta madre todos! —grita.

—¡Hardin! —brama su padre por detrás de mí.

Mi chico furibundo gira la cabeza al instante en mi dirección y abre unos ojos como platos en cuanto me ve. Tiene un buen corte justo debajo del pómulo, otro desde la oreja hasta la nuca y el pelo manchado de sangre.

—¡Estoy intentando que esto no empeore y tu actitud no ayuda! —le grita Ken a su hijo.

—¡Me tienen aquí atrapado como si fuera un maldito animal! ¡Esto es una mierda! ¡Llama a quien tengas que llamar y haz que abran esta maldita reja! —grita Hardin intentando sacar las manos de las esposas.

—Basta —le digo con el ceño fruncido.

Su actitud cambia al instante. Se calma un poco, aunque sigue igual de enojado.

—Tessa, tú ni siquiera deberías estar aquí. ¿De qué genio ha sido la idea de traerla? —silba Hardin a su padre y a Landon.

—Ya basta —digo a través de los barrotes—. Tu padre está intentando ayudarte. Tienes que calmarte.

Esto no parece real, estar hablándole mientras está esposado y encerrado en una celda. No puede ser verdad. Pero esto es lo que pasa en el mundo real. Si atacas a alguien, te arrestan, en el campus o donde sea.

Cuando me mira a los ojos sé que puede ver lo mal que me siento por él en estos instantes. Quiero pensar que ésa es la razón por la que por fin cede y asiente suavemente:

—Está bien.

—Gracias, Tessa —dice Ken. Y después añade dirigiéndose a su hijo—: Dame cinco minutos para que vea lo que puedo hacer. Mientras tanto, tienes que dejar de gritar. Estás empeorando la situación para ti, y la bronca que has organizado ya es bastante grande.

Landon me mira, luego mira a Hardin y se va con Ken por el estrecho pasillo. Apenas llevo unos instantes aquí y ya detesto este lugar; todo es demasiado blanco y negro, y huele a lejía.

Los agentes de seguridad del campus sentados detrás de su mesa están hablando de sus cosas en este momento, o al menos han fingido hacerlo desde que el rector de la universidad ha aparecido para tratar con su hijo.

—¿Qué ha ocurrido? —le pregunto a Hardin.

—Me ha arrestado la policía del campus —resopla.

—¿Estás bien? —le pregunto, desesperada por acariciarle la cara.

—¿Yo? Sí, estoy bien. Parece peor de lo que es —contesta, y cuando lo examino más de cerca veo que tiene razón.

Los cortes no son profundos. En los brazos tiene algunos arañazos leves que, mezclados con la tinta negra, le dan un aspecto aterrador.

—¿Estás enojada conmigo? —me pregunta con voz suave, a años luz de cómo sonaba hace unos instantes cuando le gritaba a la policía.

—No lo sé —respondo con sinceridad.

Claro que estoy enojada, porque sé con quién se ha peleado... Bueno, no es difícil adivinarlo. Pero también estoy preocupada por él y quiero saber qué ha pasado para que haya acabado en este problema.

—No he podido evitarlo —dice, como si eso justificara sus acciones.

—Te dije en su día que no iría a verte a la cárcel, ¿lo recuerdas? —Frunzo el ceño y observo la celda en la que está atrapado.

—Esto no cuenta. No es una cárcel de verdad.

—A mí sí me lo parece —replico golpeando los barrotes de metal para mostrar a qué me refiero.

—No es una cárcel real, es sólo un pinche calabozo en el que me retendrán hasta que decidan si llaman a la policía de verdad o no —dice lo bastante alto como para que los dos oficiales levanten la vista.

—Basta ya. Esto no es ninguna broma, Hardin. Podrías meterte en un buen lío.

Pone los ojos en blanco.

Ése es el problema con él: aún no se ha dado cuenta de que sus actos tienen consecuencias.

CAPÍTULO 120

Tessa

—¿Quién empezó? —pregunto, esforzándome por no sacar mis propias conclusiones como de costumbre.

Hardin intenta mirarme a los ojos, pero aparto la mirada.

—He ido a buscarlo después de acompañarte a clase —dice.

—Me prometiste que lo dejarías en paz.

—Lo sé.

—Y ¿por qué no lo has hecho?

—Se excedió. Empezó a provocarme. Me dijo que habían cogido. —Me mira con absoluta desesperación—. No me estás mintiendo respecto a eso, ¿verdad? —pregunta, y casi pierdo la compostura.

—No pienso volver a contestar a esa pregunta. Ya te he dicho que no ha pasado nada entre nosotros, y aquí estás, volviendo a preguntármelo en una pinche celda —digo frustrada.

Pone los ojos en blanco y se sienta en el pequeño banco metálico del calabozo. Me está encabronando de verdad.

—¿Por qué has ido a buscarlo? Quiero saberlo.

—Porque tenía que darle una golpiza, Tessa. Quería que supiera que no debe volver a acercarse a ti. Estoy harto de sus malditos jueguecitos y de que crea que tiene posibilidades contigo. ¡Lo he hecho por ti!

Me cruzo de brazos.

—¿Cómo te sentirías tú si yo hubiera ido a buscarlo después de haberte dicho que no lo haría? Creía que los dos estábamos intentando hacer que esto funcionara, pero me has mentido descaradamente. Sabías que no ibas a cumplir tu parte del trato, ¿verdad?

—Sí, lo sabía, ¿está bien? Pero eso ahora ya no importa, lo hecho hecho está —resopla como un niño furioso.

—A mí sí me importa, Hardin. No paras de meterte en problemas innecesariamente.

—Era muy necesario, Tess.

—¿Dónde está Zed? ¿También está en la cárcel?

—Esto no es una cárcel.

—Hardin...

—No sé dónde está, ni me importa, y a ti tampoco. No vas a acercarte a él.

—¡Deja de ser así! ¡Deja de decirme lo que puedo o no puedo hacer! ¡No lo soporto, carajo!

—¿Estás diciendo palabrotas? —replica con una sonrisa divertida.

¿Por qué le parece gracioso? Esta situación no tiene ninguna gracia. Empiezo a alejarme de él y la sonrisa desaparece de sus labios.

—Tessa, vuelve —me pide, y me doy la vuelta.

—Voy a buscar a tu padre para ver qué pasa.

—Dile que se dé prisa.

Le gruño literalmente mientras me alejo. Piensa que porque su padre es el rector se va a salir con la suya y, sinceramente, espero que así sea, pero me pone de nervios ver la poca importancia que le da a todo este asunto.

—¡¿Qué chingados miran?! —lo oigo gritarles a los policías, y me froto las sienes con los dedos.

Encuentro a Ken y a Landon hablando con un hombre mayor de pelo cano y bigote. Lleva una corbata y unos pantalones negros de vestir, y por su porte diría que es alguien importante. Cuando Landon advierte mi presencia, se acerca a mí.

—¿Quién es ése? —le pregunto en voz baja.

—Es el decano.

—Eso es el vicerrector, ¿verdad?

Mi amigo parece preocupado.

—Sí.

—¿Qué pasa? ¿Qué dicen? —Intento escuchar la conversación, pero no oigo nada.

—Pues... no es sencillo. Ha habido muchos daños en el laboratorio donde estaba Zed. Estamos hablando de miles de dólares de desperfectos. Y, además, Zed tiene la nariz rota y una conmoción cerebral. Se lo han llevado al hospital.

Empieza a hervirme la sangre. No le ha dado a Zed una simple golpiza. ¡Ha estado a punto de matarlo!

—Además, Hardin tiró a un profesor al suelo. Una chica que va a la misma clase que Zed ya ha firmado una declaración en la que dice que Hardin iba buscándolo. Es complicado. Ken está haciendo todo lo posible para evitar que Hardin vaya a la cárcel, pero no sé si será posible. —Landon suspira y se pasa los dedos por el pelo—. Lo único que evitará que lo encarcelen es que Zed decida no presentar cargos. E, incluso así, no sé si será posible.

La cabeza me da vueltas.

—Expulsión —oigo decir al hombre de pelo cano, y Ken se frota la barbilla.

«¿Expulsión?» ¡No pueden expulsar a Hardin! Dios mío, esto es un desastre.

—Es mi hijo —dice Ken en voz baja, y yo me acerco a hurtadillas a ellos.

—Lo sé, pero atacar a un profesor y destrozar bienes de la universidad no es ninguna tontería —repone el hombre.

Maldito sea Hardin y su temperamento.

—Esto es un desastre —le digo a Landon, y él asiente hoscamente.

Quiero tirarme al suelo y ponerme a llorar o, mejor aún, quiero entrar en la celda donde está encerrado Hardin y darle un trancazo en toda la cara. Pero ninguna de esas dos cosas va a ayudar.

—¿Y si hablas con Zed y le pides que no presente cargos? —sugiere Landon.

—Hardin se volvería loco si se enterara de que me he acercado a él.

Aunque no debería hacerle caso. Él no me lo hace a mí.

—Lo sé —responde Landon—, pero no se me ocurre qué más sugerir.

—Supongo que tienes razón. —Miro de nuevo a Ken y me vuelvo en dirección al pasillo, hacia el lugar donde está Hardin.

Él es mi principal prioridad, pero me siento pésimo por lo que le ha hecho a Zed, y espero que el chico esté bien. Tal vez si voy a hablar con él pueda convencerlo de que no presente cargos. Eso al menos eliminaría un problema.

—¿Sabes a qué hospital lo han llevado? —le pregunto a Landon.

—Me ha parecido oír que estaba en el Grandview.

—Bueno. Bien, iré allí primero.

—¿Quieres que te acerque a tu coche?

—Mierda. Me trajo Hardin.

Landon se mete la mano en la bolsa y me entrega las llaves del suyo.

—Toma. Maneja con precaución.

Sonrío a mi mejor amigo.

—Gracias.

No tengo ni la menor idea de qué haría sin él pero, puesto que va a irse pronto, supongo que tendré que averiguarlo. Me entristece pensarlo, pero aparto la idea de mi mente; ahora no puedo pararme a pensar en la partida de Landon.

—Yo iré a hablar con Hardin para contarle lo que está pasando.

—Gracias otra vez. —Le doy un fuerte abrazo.

Cuando llego a la puerta, la voz furiosa de Hardin retruena por el pasillo.

—¡Tessa! ¡Ni se te ocurra ir a verlo! —grita.

Hago caso omiso y abro la puerta doble.

—¡Lo digo en serio! ¡¡¡Tessa!!! ¡Vuelve ahora mismo!

El aire frío amortigua su voz cuando salgo. ¿Cómo se atreve a decirme lo que tengo que hacer de esa manera? ¿Quién se ha creído que es? Está hecho un asco porque es incapaz de controlar su temperamento y sus celos. Estoy intentando ayudarlo a solucionar esto. Tiene suerte de que no le haya dado una cachetada por haber roto su promesa. Mierda, es desesperante.

Cuando llego al hospital Grandview, la mujer en el puesto de enfermería se niega a proporcionarme información sobre Zed. No me confirma si está aquí ni si ha venido en algún momento.

—Es mi novio, y necesito verlo —le digo a la joven del pelo teñido de rubio.

Hace un globo con el chicle y se enrosca un mechón de pelo en el dedo.

—¿Tu novio? ¿El chico lleno de tatuajes? —Se echa a reír, está claro que no me cree.

—Sí. Ése mismo —digo en tono severo, casi amenazador, y me sorprende lo intimidante que puedo llegar a sonar.

Parece que funciona, porque se encoge de hombros y me indica:

—Por ese pasillo. Es la primera puerta a la izquierda —y se va.

Bueno, no ha sido tan difícil. Debería mostrarme así de contundente más a menudo. Sigo las instrucciones que me ha dado y llego a la primera puerta a la izquierda. Está cerrada, de modo que llamo despacito antes de entrar. Espero que no se haya confundido de habitación.

Zed está sentado en la orilla de la cama del hospital. Sólo lleva puestos unos pantalones de mezclilla y unos calcetines. Su cara...

—¡Dios mío! —exclamo sin remedio al verlo.

Ya sabía que tenía la nariz rota, pero su aspecto es espantoso. La tiene totalmente hinchada, y los dos ojos morados. Su pecho está cubierto de vendajes. Sólo el conjunto de estrellas que lleva tatuadas debajo de la clavícula está descubierto y sin cortes.

—¿Estás bien? —pregunto acercándome a la cama.

Espero que no esté enojado conmigo por haber venido aquí, al hospital; al fin y al cabo, todo esto es por mi culpa.

—No mucho —contesta tímidamente.

Exhala hondo y se acomoda el pelo antes de abrir los ojos. A continuación da unas palmaditas sobre la cama a su lado y me acerco para sentarme junto a él.

—¿Quieres contarme lo que ha pasado?

Zed me mira a los ojos con los suyos de color caramelo y asiente.

—Yo estaba en el laboratorio, no en el que estuvimos el otro día, sino en el de tejidos vegetales. De repente ha llegado y se ha puesto a decirme que me alejara de ti.

—Y ¿qué ha pasado después?

—Le he dicho que no le perteneces y me ha estampado la cabeza contra una barrera de metal.

Me encojo de dolor al oírlo y ver su nariz.

—¿Le has dicho que te acostaste conmigo? —le pregunto, sin saber si creerlo o no.

—Sí, se lo he dicho. Y lo siento muchísimo, pero tienes que entender que me estaba atacando, y sabía que ésa era la única forma de detenerlo. Me siento como un cabrón por haber dicho eso, lo siento mucho, Tessa.

—Me prometió que no te haría nada si me mantenía alejada de ti —le digo.

—Bueno, pues parece ser que ha vuelto a romper otra de sus promesas —replica señalando su nariz.

Me quedo callada un minuto intentando reproducir la pelea en mi mente. Estoy furiosa con Zed por haberle dicho a Hardin que nos acostamos juntos, pero me alegro de que lo haya admitido y se haya disculpado. No sé con cuál de los dos estoy más enfadada. Es difícil enojarse con Zed cuando lo tengo aquí al lado, con tantas lesiones por mi culpa, y a pesar de eso sigue mostrándose amable conmigo.

—Lamento que esto siga sucediendo por mi culpa —le aseguro.

—No es culpa tuya. Es mía, y de él. Él sólo te ve como una especie de propiedad, y me saca de quicio. ¿Sabes qué me dijo? Que no debería «meterme con algo que es suyo»; así es como habla de ti cuando no estás delante, Tessa —dice con voz sosegada y tranquila, muy distinta de la de Hardin.

A mí tampoco me gusta que piense que le pertenezco, pero me preocupa que los demás también lo vean. Hardin no es capaz de dominar sus emociones, y nunca había tenido una relación.

—Sólo está siendo territorial.

—No puedo creer que lo estés defendiendo.

—No es eso. No sé qué pensar. Está en la cárcel... Bueno, está en una celda en el campus, y tú estás en el hospital. Todo esto es demasiado para mí. Sé que no debería quejarme, pero estoy harta de tanto drama todo el tiempo... Cada vez que siento que puedo respirar tranquila, pasa algo que lo arruina. Me estoy asfixiando.

—Él te está asfixiando —me corrige.

No es sólo Hardin. Es todo: esta facultad, la traición de mis supuestos amigos, Hardin, Landon me abandona, mi madre, Zed...

—Esto me lo he hecho a mí misma.

—Deja de culparte por sus errores —responde Zed algo irritado—. Hace estas cosas porque no le importa nadie que no sea él. Si le importaras, no habría venido por mí y no habría roto su promesa. No te habría dejado plantada la noche de su cumpleaños... Podría ponerte mil ejemplos.

—¿Me escribiste mensajes desde su celular?

—¿Qué? —Apoya la mano en la cama para acercarse a mí—. ¡Carajo! —Silba de dolor.

—¿Necesitas algo? ¿Llamo a una enfermera? —le ofrezco, distrayéndome momentáneamente de mi pregunta.

—No, voy a vestirme para largarme de aquí. Deben de estar terminando de prepararme el alta. Bueno, ¿qué decías de unos mensajes? —pregunta.

—Hardin cree que fuiste tú quien me escribió unos mensajes la noche de su cumpleaños fingiendo ser él para que pensara que iba a venir cuando él no sabía nada.

—Está mintiendo. Yo jamás haría algo parecido, y lo sabes.

—No lo sé, él cree que estás intentando hacer que lo odie o algo así.

La mirada de Zed es tan intensa que me siento obligada a apartar la mía.

—Eso ya lo está consiguiendo él solito, ¿no?

—No —le contesto. Por muy enojada que esté con él y por mucho que me estén confundiendo las palabras de Zed, quiero defender a Hardin.

—Sólo dice eso para que pienses que soy una especie de villano o algo así, cuando no lo soy. Yo siempre he estado ahí para ti cuando él no estaba. Ni siquiera es capaz de cumplir las promesas que te hace. Ha entrado en el laboratorio y me ha atacado, ¡a mí y a un profesor! No paraba de decir que iba a matarme, y lo he creído. Si el señor Sutton no hubiera aparecido, lo habría hecho. Ya sabe que puede conmigo, me ha golpeado en numerosas ocasiones. —Zed tiembla y se pone de pie. Agarra su camiseta verde de la silla y levanta los brazos para ponérsela—. Mierda. —Se le cae al suelo.

Me levanto de la cama para ayudarlo y recojo la camiseta.

—Levántalos todo lo que puedas —digo, y él alza los brazos hacia adelante para ayudarme a vestirlo.

—Gracias. —Intenta sonreír de nuevo.

—¿Qué es lo que más te duele? —le pregunto, evaluando su rostro hinchado otra vez.

—El rechazo —responde tímidamente.

«Touchée.»

Bajo la vista y empiezo a quitarme los pellejitos de alrededor de las uñas.

—La nariz —añade para quitarle peso al asunto—. Cuando me la han colocado en su sitio.

—¿Vas a presentar cargos contra él? —Por fin le hago la pregunta que he venido a hacerle.

—Sí.

—Por favor, no lo hagas —le suplico mirándolo a los ojos.

—Tessa, no me pidas eso. No es justo.

—Lo sé. Lo siento, pero si presentas cargos irá a la cárcel, a la cárcel de verdad.

La sola idea hace que sienta pánico de nuevo.

—Me ha roto la nariz y tengo una conmoción; si me llega a estampar la cabeza contra el suelo una vez más, me habría matado.

—No estoy diciendo que lo que ha hecho esté bien, pero te lo ruego, por favor, Zed. Ya va a tener problemas en la universidad. Sé que está muy mal que te pida esto pero, por favor, al menos piénsalo.

—Y ¿tú qué vas a hacer? —me pregunta.

—No lo sé, me están pasando muchas cosas últimamente y no puedo pensar con claridad —admito.

—Está bien —suspira—. No presentaré cargos contra él pero, por favor, prométeme que pensarás en todo esto. Que pensarás en lo fácil que podría ser tu vida sin él, Tessa. Me ha atacado sin ningún motivo, y aquí estás tú arreglando sus chingaderas, como siempre —dice claramente irritado.

Y no se lo reprocho. Estoy usando sus sentimientos en su contra para persuadirlo de que no presente cargos contra Hardin.

—Lo haré. Muchísimas gracias —le digo, y Zed asiente.

—Ojalá me hubiera enamorado de alguien que pudiera corresponderme —añade en un tono tan bajo que apenas sí puedo oírlo.

¿«Enamorado»? ¿Zed está enamorado de mí? Sabía que sentía algo... Pero ¿amor? Su pelea con Hardin, y la razón por la que está en el hospital en estos momentos, ha sido por mi culpa. Pero ¿me quiere? Tiene novia, y yo no paro de romper y de volver con Hardin. Lo miro y rezo para que sea la medicación la que habla por él.

CAPÍTULO 121

Hardin

—Te veo en casa, Tessa —dice Landon cuando ella y yo bajamos del coche de mi padre y nos dirigimos caminando al mío.

Lo miro y farfullo un bonito «chinga tu madre» por lo bajo.

—Déjalo en paz —me advierte Tess, y se mete en el interior de mi vehículo.

Cuando entro, enciendo la calefacción y la miro con ojos de agradecimiento.

—Gracias por venir a casa conmigo, aunque sólo sea esta noche.

Ella asiente y apoya la mejilla contra la ventana.

—¿Estás bien? Siento lo que ha pasado, es que... —empiezo.

Ella suspira y me interrumpe:

—Sólo estoy cansada.

Dos horas más tarde, Tessa está profundamente dormida en la cama, abrazada a mi almohada en posición fetal. Está increíblemente guapa hasta cuando está enferma. Aún es pronto para que me acueste, así que me acerco al ropero y tomo la copia de *Orgullo y prejuicio* que me regaló. Hay muchas más cosas de las que pensaba subrayadas en amarillo, así que me acuesto a su lado de nuevo y empiezo a leer los pasajes marcados. Uno de ellos me llama la atención:

«A poca gente quiero de verdad, y de muy pocos tengo buen concepto. Cuanto más conozco el mundo, más me desagrada, y el tiempo me confirma mi creencia en la inconsistencia del carácter humano, y en lo poco que se puede uno fiar de las apariencias de bondad o inteligencia».

Ése es sin duda de nuestros primeros días. Ahora me la imagino, enojada y nerviosa, sentada en la pequeña cama de la residencia, marcador y novela en mano. La miro y me río ligeramente a su costa. Ojeo las páginas y empiezo a ver un patrón: me odiaba. Ya lo sabía, pero que me lo recuerden se me hace muy raro:

«Tienes ante ti una triste disyuntiva, Elizabeth. A partir de hoy serás una extraña para uno de tus padres. Tu madre te repudiará si no te casas con el señor Collins, y yo te repudiaré si te casas con él».

Su madre y Noah.

«La gente irritada no suele actuar con sabiduría.»

No podría ser más cierto...

«No he tenido el placer de entenderte.»

Yo tampoco me entendía a mí mismo, ni me entiendo ahora.

«Podría fácilmente perdonarle su orgullo si no hubiese mortificado el mío.»

Esto lo subrayó el día que le dije que la quería y después lo retiré. Estoy convencido.

«Debo aprender a humillarme ante mi propia suerte. Debo comprender que soy más feliz de lo que merezco.»

Eso es más fácil decirlo que hacerlo, Tess.

«El que fuese aficionado al baile era verdaderamente una ventaja a la hora de enamorarse.»

La boda. Lo sé. Recuerdo cómo me sonreía y cómo fingió que no le había hecho daño cuando la pisé.

«Todos sabemos que es un hombre orgulloso y desagradable; pero eso no tiene nada que ver si a ti te gusta.»

Esto todavía podría aplicarse. Landon podría decirle algo así a Tessa; probablemente ya lo hizo.

«Hasta este momento no me conocía a mí misma.»

No sé a cuál de los dos se aplica esto más.

«—Creo que en todo individuo hay cierta tendencia a un determinado mal, a un defecto innato, que ni siquiera la mejor educación puede vencer.

»—Y ese defecto es la propensión a odiar a todo el mundo.

»—Y el suyo —respondió él con una sonrisa— es el interpretar mal a todo el mundo intencionadamente.»

Cada parte que leo es más cierta que la anterior mientras voy retrocediendo de nuevo hacia la primera parte de la familiar novela.

«No está mal, aunque no es lo bastante guapa como para tentarme; y no estoy de humor para hacer caso a las jóvenes que han dado de lado otros.»

Una vez le dije a Tessa que no era mi tipo, qué pendejo fui. Por favor, sólo hay que mirarla. Es el tipo de cualquiera, incluso aunque sean demasiado estúpidos como para darse cuenta al principio. Paso las páginas y ojeo las innumerables líneas subrayadas que nos retratan a nosotros y expresan sus sentimientos por mí. Éste es, sin duda, el mejor regalo de mi vida.

«Ha embrujado usted mi cuerpo y mi alma.»

Una de mis frases favoritas. Un día la empleé con ella cuando se vino aquí a vivir. Arrugó la nariz cuando la usé de esa manera tan cursi, se rio de mí y me lanzó un trozo de brócoli. Siempre me está tirando cosas.

«Pero la gente cambia tanto que siempre hay en ellos algo nuevo que observar.»

He cambiado a mejor, por ella, desde que la conocí. No soy perfecto, carajo, ni mucho menos, pero podría llegar a serlo algún día.

«No le era difícil conjeturar lo poco estable que había de ser la felicidad de una pareja unida únicamente porque sus pasiones eran más fuertes que su virtud.»

Ésta no me gusta nada. Sé exactamente qué le pasaba por la cabeza cuando la estaba subrayando. Continúo...

«La imaginación de una dama va muy rápido y salta de la admiración al amor y del amor al matrimonio en un momento.»

Al menos, no es sólo la mente de Tessa la que hace esas malditas locuras.

«Sólo el amor más profundo me hará contraer matrimonio...»

Ha dejado el resto de la frase sin subrayar, la parte que dice: «... es por eso por lo que terminaré soltera».

«Sólo el amor más profundo me hará contraer matrimonio.» Hum... No estoy seguro de si eso funcionará conmigo. Es imposible que sienta un amor más profundo que el que siento por esta chica, pero eso no cambia mi opinión con respecto al matrimonio. La gente ya no se casa por los motivos adecuados, aunque no es que antes tampoco lo hicieran. En el pasado lo hacían por estatus social o por dinero, y ahora la gente sólo lo hace para no sentirse solos y desgraciados, dos cosas que casi todas las personas casadas sienten de todos modos.

Dejo el libro sobre la mesita de noche, apago la luz y apoyo la cabeza directamente sobre el colchón. Quiero recuperar mi almohada, pero Tessa la tiene bien agarrada, y no quiero ser un cabrón y molestarla.

—¿Podrías, por favor, dejar de ser tan necia y venir a Inglaterra conmigo? No puedo vivir sin ti —le susurro mientras duerme, y acaricio con el pulgar la cálida piel de su mejilla.

Estoy deseando dormir otra vez, dormir de verdad con ella a mi lado.

CAPÍTULO 122

Tessa

Cuando me despierto, Hardin está muy acomodado en la cama, con un brazo sobre la cara y el otro colgando por el borde del colchón. Su camiseta está empapada en sudor y yo me doy asco a mí misma. Le doy un beso rápido en la mejilla y corro al baño.

Cuando vuelvo de bañarme, ya está despierto, como si hubiese estado esperándome. Se incorpora y se apoya sobre un codo.

—Tengo miedo de que me expulsen —dice.

Su voz me sorprende, pero su confesión me sorprende todavía más.

Me siento a su lado en la cama y él ni siquiera intenta quitarme la toalla que envuelve mi cuerpo.

—¿Ah, sí?

—Sí. Sé que es una idiotez... —empieza.

—No, no es una idiotez. Cualquiera tendría miedo. Yo lo tendría. No pasa nada por tenerlo.

—¿Qué voy a hacer si ya no puedo volver a la WCU?

—Ir a otra universidad.

—Quiero volver a casa —dice, y creo morir.

—Por favor, no lo hagas —le pido en voz baja.

—Tengo que hacerlo, Tess. No puedo permitirme estudiar si mi padre no es el rector.

—Encontraremos la manera.

—No, éste no es tu problema.

—Sí lo es. Si te vas a Inglaterra, no nos veremos nunca.

—Tienes que venir conmigo, Tessa. Sé que no quieres, pero tienes que hacerlo. No puedo estar lejos de ti otra vez. Ven, por favor. —Sus palabras están tan cargadas de sentimiento que no puedo encontrar los míos.

—Hardin, no es tan fácil.

—Sí lo es. Es fácil. Podrías encontrar un trabajo allí haciendo exactamente lo mismo que estás haciendo ahora, y seguramente ganarías más dinero y podrías ir a una universidad mejor.

—Hardin... —Vuelvo a fijar la vista en su piel desnuda.

Suspira.

—No hace falta que lo decidas ahora mismo.

Estoy a punto de decirle que haré las maletas y me iré a Inglaterra con él, pero no puedo. De momento, como la gran cobarde que soy, voy a posponer la noticia de mi traslado a Seattle para otro día. Mientras, me acuesto de lado y él me rodea con sus brazos.

Por una vez ha conseguido que vuelva a meterme en la cama con él por la mañana. Para mí reconfortarlo está por encima de mi rutina.

—El dueño, Drew, es un poco pendejo, pero bastante legal —me informa Hardin mientras nos aproximamos al pequeño edificio de ladrillo.

Una campana suena por encima de mi cabeza cuando me abre la puerta y ambos entramos en el establecimiento. Steph está sentada en una silla de piel, y Tristan está hojeando lo que parece ser... ¿un libro de tatuajes?

—¡Ya era hora! —Steph da una patada en al aire en nuestra dirección y Hardin atrapa su bota en el aire antes de que me dé.

—Veo que ya estás jodiendo... —Pone los ojos en blanco e intenta guiarme hasta Tristan, pero yo me suelto de su mano y me coloco cerca de Steph.

—Quiere estar conmigo —le dice, y él la fulmina con la mirada pero no replica.

Se queda junto a Tristan unos metros más allá, toma un libro negro como el que él tiene en las manos y lo hojea a su vez.

—No te había visto nunca por aquí. —El tipo me mira mientras limpia la piel del vientre desnudo de Steph con una toalla.

—Es que nunca había venido —respondo.

—Yo soy Drew, el dueño del estudio.

—Encantada. Soy Tessa.

—¿Vas a hacerte algo hoy? —Sonríe.

—No —responde Hardin por mí envolviendo mi cintura con los brazos.

—¿Está contigo, Scott?

—Sí.

Hardin me estrecha más contra sí. Es evidente que está presumiendo. Me ha dicho que Drew era un poco pendejo, pero a mí no me lo parece en absoluto. Da la impresión de ser muy buena onda.

—Muy bien, güey. Ya era hora de que te echaras novia. —Drew se ríe. Hardin se relaja un poco, pero sigue rodeándome—. ¿Por qué no te haces algo, hombre?

Un zumbido inunda el espacio. Bajo la vista hacia el estómago de Steph y me quedo mirando fascinada cómo la pistola de tatuar se desliza lentamente por su piel. Drew limpia el exceso de tinta con una toalla y continúa.

—Pues a lo mejor sí me hago alguno —le contesta Hardin.

Me vuelvo hacia él y me mira a los ojos.

—¿En serio? ¿Qué quieres hacerte? —le pregunto.

—No lo sé todavía, algo en la espalda.

La espalda de Hardin es la única parte de su cuerpo que está completamente libre de tatuajes.

—¿De verdad?

—Sí. —Apoya la barbilla en mi cabeza.

—Y, hablando de hacerte algo, ¿dónde chingados están tus *piercings*? —pregunta Drew, sumergiendo la pistola en un pequeño vasito de plástico lleno de tinta negra.

—Ya no los necesito —responde, y se encoge de hombros.

—Como me haga un desastre porque no paras de hablar con él, me la vas a pagar tú —le advierte Steph mirándolo, y me echo a reír.

—No pienso pagar por esa mierda —dicen Hardin y Drew al unísono.

Tristan se reúne por fin con nosotros. Acerca una silla para sentarse junto a Steph y la toma de la mano. Observo la pequeña bandada de pájaros recién dibujados en la piel de mi amiga. La verdad es que es bastante bonito, la ubicación y todo.

—¡Me encanta! —Sonríe, y le devuelve a Drew el espejo antes de incorporarse.

—¿Qué vas a hacerte, Hardin? —le pregunto en voz baja.

—Tu nombre —dice sonriendo.

Estupefacta, me aparto de él con la boca abierta hasta el suelo.

—¿No te gustaría? —me pregunta.

—¡No! ¡Dios mío, no! No lo sé, eso es una locura —susurro.

—¿Una locura? No tanto, es una manera de demostrarte que estoy comprometido contigo y que no necesito ningún anillo ni ninguna propuesta de matrimonio para que siga siendo así.

Habla con rotundidad, y ya no sé si está bromeando o no. ¿Cómo hemos podido pasar de las bromas a los compromisos y el matrimonio en menos de tres minutos? Así son las cosas siempre entre nosotros, por lo que supongo que ya debería estar acostumbrada.

—¿Preparado, Hardin?

—Claro.

Se aparta de mí y se quita la camiseta.

—¿Una frase? —sugiere Drew, expresando mis propios pensamientos.

—Quiero que cubra la parte superior de mi espalda y que diga: «Ya nada podrá separarme de ti». Que mida más o menos tres centímetros de alto, y hazlo a mano, con esa letra bien chida —dice Hardin, y se vuelve de espaldas a Drew.

«Ya nada podrá separarme de ti...»

—Hardin, ¿podemos hablar de esto un momento, por favor? —le pregunto.

Estoy convencida de que se ha enterado de mis planes de ir a Seattle y me está provocando con lo del tatuaje. La frase que ha escogido es perfecta, pero cruelmente irónica teniendo en cuenta que he estado evitando contarle lo de mi traslado.

—No, Tess, quiero hacerlo —dice quitándole importancia.

—Hardin, no creo que...

—No es para tanto, Tessa, no es mi primer tatuaje —bromea.

—Pero es que...

—Como no te calles, me tatuaré tu nombre y tu número de la Seguridad Social en toda la espalda —me amenaza riéndose, aunque tengo la sensación de que sería capaz de hacerlo.

Me quedo callada intentando pensar en algo que decirle. Debería espetárselo ahora mismo antes de que la pistola toque su piel limpia. Si espero más...

El zumbido de la pistola suena de nuevo y la tinta negra empieza a tatuar la espalda de Hardin.

—Ahora ven aquí y dame la mano —dice sonriendo con suficiencia mientras me tiende la suya.

CAPÍTULO 123

Hardin

Tessa me toma la mano tímidamente y yo la jalo hacia mí.

—Deja de moverte —me ordena Drew.

—Perdona.

—¿Te duele? —pregunta ella con voz suave.

La inocencia de su mirada aún me sigue dejando perplejo. Ayer estaba de rodillas, y veinticuatro horas después me está hablando como si le hablara a un niño herido.

—Sí, muchísimo —miento.

—¿De verdad? —La preocupación invade su rostro.

Me encanta la sensación de la aguja transfiriendo la tinta a mi piel; ya no me duele, me relaja.

—No, cariño, no duele —le aseguro, y Drew, como el manchado que es, finge que le dan arcadas.

Tessa se ríe, y yo le saco el dedo. No pretendía llamarla cariño ahora, no delante de él, pero me importa una mierda lo que Drew piense, y sé perfectamente que él está enamorado hasta el copete de la chica con la que tuvo un hijo hace tan sólo unos meses, así que no es quién para decirme nada.

—No puedo creer que estés haciendo esto —dice Tess mientras Drew extiende una pomada sobre el nuevo tatuaje.

—Ya está hecho —le recuerdo, y ella parece preocupada mientras mira la pantalla de su celular.

Espero que no le dé demasiada importancia a este tatuaje; no es para tanto. Tengo un montón de ellos. Éste me lo hago por ella, y espero que le haga ilusión. A mí me la hace.

—¿Adónde chingados han ido Steph y Tristan? —digo mirando por la ventana del estudio para ver si veo el pelo rojo de ella.

—¿Vamos a la puerta de al lado a ver si están? —sugiere Tess después de que le pago a Drew y le prometo volver para dejar que me tatúe la espalda entera.

Casi le arranco los dientes de un madrazo cuando le sugiere a Tessa que se haga un *piercings* en el ombligo.

—Creo que uno en la nariz me quedaría bien —sonríe ella mientras salimos.

Me río al imaginármela y rodeo su cintura con el brazo mientras un hombre con barba pasa por nuestro lado. Lleva los pantalones y los zapatos sucios, y su grueso suéter está todo mojado de enfrente. Por el olor, diría que es vodka.

Tessa se detiene a mi lado y el hombre hace lo mismo. La coloco detrás de mí sin brusquedad. Como este pinche vagabundo borracho se acerque a ella, le...

Lo que Tess dice a continuación lo expresa con una voz tan suave que casi parece un susurro, y yo me quedo mirando confundido cómo el color desaparece de su rostro.

—¿Papá?

AGRADECIMIENTOS

Aquí estamos de nuevo, con el segundo libro bajo el brazo. Nos quedan dos. Voy a intentar hacer esto sin ponerme tan ñoña como en los agradecimientos del primer libro (no creo que lo consiga pero vale la pena intentarlo).

En primer lugar, quiero darle las gracias a mi marido, que no dejó de animarme mientras yo me pasaba horas y horas escribiendo y tuiteando, tuiteando y escribiendo, y volviendo a escribir.

También les estoy muy agradecida a todos mis Afternators (al final nos hemos decidido por ese nombre, ¡tachán!). No se imaginan lo mucho que significan para mí y no puedo creer lo afortunada que soy por contar con ustedes. (Ya están aquí las lágrimas). Todos y cada uno de los tuits, los comentarios, los *selfies* que me han enviado y los secretos que han compartido conmigo nos han convertido en la gran familia que ahora somos. Para los que llevan aquí desde el principio (desde que empezamos en Wattpad), sepan que el vínculo que compartimos es inexplicable. Somos los que recordamos cómo nos sentimos la primera vez que Tess y Harry se besaron. Saben la tortura que era esperar nuevas actualizaciones (y los comentarios sobre las mil y una tonterías, que todos sabemos lo que significan). Nunca podré agradecérselos lo suficiente y espero que Hardin ocupe en su corazón el mismo lugar que nuestro Harry.

Le debo muchísimo a Wattpad. No sé qué sería ahora mismo de mi vida si no hubiera encontrado esta plataforma. Ashleigh Gardner, siempre estás ahí para responder a todas mis preguntas y para darme consejo. Te has convertido en una amiga y me alegro de poder contar contigo. Candice Faktor, siempre me has apoyado y has luchado por *After* y por eso estoy en deuda contigo. Nazia Khan, me haces la vida más fácil a diario y es un honor que me cubras las espaldas. Wattpad fue mi primer hogar y siempre será mi sitio favorito para escribir.

Adam Wilson, el editor más ingenioso y fantástico del mundo, te toca, amigo mío. Sé que te he vuelto loco con mis referencias al mundo de los *fandom*, a *Crepúsculo* y con todas las tonterías con las que te he dado lata. Ocuparte de *After* y de mí era un trabajo a tu medida y has convertido esta experiencia en la más fácil y divertida (aunque me enviaras trabajo durante un concierto de One Direction XD). Gracias por todo ¡Nos quedan dos!

Gallery Books, gracias por creer en mí y en mi historia ¡Han hecho mis sueños realidad! Kristin Dwyer, gracias por estar siempre ahí y por no dejar que me volviera loca. Un agradecimiento enorme a los correctores y a la gente de producción que ha trabajado en esta serie: Steve Breslin y compañía, sé que he sido la horma de su zapato ¡Son increíbles!

One Direction, puede que tenga veinticinco años y esté casada pero el amor no tiene edad. Llevo tres años loca por ustedes y han hecho muchísimo por mí, mucho más que inspirar esta serie. Gracias por demostrarme que ser fiel a uno mismo no tiene nada de malo.